MITTERRAND
Une histoire de Français

I
Les risques de l'escalade

Jean Lacouture

MITTERRAND

Une histoire de Français

I

Les risques de l'escalade

Éditions du Seuil

TEXTE INTÉGRAL

ISBN 2-02-040809-0, éd. complète
ISBN 2-02-040807-4, tome 1
(ISBN 2-02-030738-3, 1re publication)

A Simonne et Dominique.

« Mon Prince,
Dont la louable vie entre-lassée de diverses vertus, ressemble à ce labyrinthe d'où on ne pouvait se retirer, tant il avait d'entrées et de sorties qui guidaient en erreur, pardonnez-moi si je n'en vois plus une seule et m'enfourne en un million… »

Le Politique françois,
écrit anonyme du XVIe siècle, dédié au duc de Sully.

« Par quelle voie apaise-t-il en lui le désir d'être tout ? »

Georges Bataille.

« Tout homme va toujours au bout de son pouvoir. »

Thucydide.

« Le pouvoir n'use que celui qui en est privé. »

Cardinal Mazarin.

« On ne peut être à la fois sincère et en avoir l'air. »

André Gide.

« La vérité d'Alceste n'est pas faite pour gouverner la société des hommes. Celle de Philinte me suffit. »

François Mitterrand.

Avant-propos

Remercier nommément tous ceux, compagnons, collaborateurs, parents, amis, rivaux ou adversaires de François Mitterrand qui m'ont aidé à écrire, après d'autres, cette biographie, me paraît moins indispensable que de m'excuser auprès de tous ceux, non consultés, qui auraient eu beaucoup à dire, préciser, corriger… Et auprès de ceux qui, sollicités, ne retrouveront pas leurs propos cités…

Tous les témoins de cette vie publique de plus d'un demi-siècle n'ont pas été entendus. Tous les livres (combien de centaines ?) n'ont pas été lus. Ce type d'ouvrage ne tend ni à l'exhaustivité ni à la pérennité – moins encore à l'« objectivité ». Son ambition est de viser à l'équité.

Plus encore qu'en diverses tentatives antérieures, cette histoire que l'on a voulu qualifier d'immédiate est largement fondée sur les sources orales, dont le mérite est d'être d'emblée critiquables ou questionnables (« Oui, monsieur le président. Mais en d'autres circonstances, vous avez déclaré que… » etc.) et qui permettent de remédier à la très faible divulgation, à ce jour, d'une correspondance qui s'avérera à coup sûr abondante et savoureuse.

Les quatre-vingts années de vie, dont plus de cinquante très publiques, aux abords du sommet ou au sommet même de l'État, ont paru offrir la matière de deux tomes – avant et après l'entrée du protagoniste à l'Élysée –, l'exercice du pouvoir, surtout du pouvoir quasi monarchique que confèrent nos institutions à l'élu doté d'une forte majorité parlementaire, modifiant naturellement le personnage et son comportement.

Mais l'auteur et l'éditeur ont choisi de publier les deux volumes d'un seul trait, l'ambivalence du personnage et de sa carrière ne pouvant qu'être altérée dans l'esprit du lecteur par une trop longue dissociation temporelle. Deux mi-temps, certes mouvementées, sinon contradictoires, mais un seul match…

Pour ce qui a trait à la carrière de François Mitterrand avant son élection à la présidence de la République qui fait l'objet du premier volume, presque tous les témoins sollicités – à trois exceptions près – ont répondu à l'attente de l'auteur. Les archives du Parti socialiste, notamment sous l'autorité de Marianne Delmaire, lui ont été généreusement ouvertes. Plusieurs personnages du drame, acteurs ou témoins, ont accepté en outre de relire tel ou tel chapitre, sans s'arroger bien sûr le droit d'en modifier l'argumentation. Mon ami Jean-Noël Jeanneney a bien voulu relire l'ensemble. Faute de ses observations, l'ouvrage eût compté à coup sûr plus d'erreurs, ou d'inconséquences.

Immédiate, cette histoire l'est trop néanmoins pour ne pas comporter des manques et des contradictions, des « bougés » et des ratures hâtives, des inconnues mal élucidées, des « bavures » qui ne sont pas toutes le fait de l'auteur, mais parfois aussi du héros ou des comparses…

Comme toujours, l'auteur s'est référé sans vergogne, mais non sans aveu, aux ouvrages, articles et confidences de ses confrères – notamment Jean Daniel, Serge July, Alain Duhamel, Pierre Péan, Jean-Pierre Elkabbach, Jean-Marie Borzeix, Hugues Le Paige ou Franz-Olivier Giesbert.

Plus que jamais, enfin, le biographe aura goûté ici le privilège de vivre et travailler au cœur d'une maison d'édition où chacun redouble de soins pour faire de son travail une fête. Ils se reconnaîtront toutes et tous. Merci.

J. L.

CHAPITRE I

Un si bon jeune homme

• Les hauteurs de Toutvent • Quinze à table • Le parloir de Saint-Paul • Lire, c'est vivre • Le « 104 » ou les vrais dévots • Colonel, nous voilà ! • Une visite à la Cour • Balzac et ses héros…

Ceci est l'histoire d'un homme qui dès sa vingt-cinquième année, et bien qu'il n'eût encore surmonté que des épreuves communes à beaucoup de ses concitoyens, sut qu'il avait reçu ce don redoutable : l'aptitude au pouvoir.

A quels signes le reconnut-il ? Qu'un mot adressé par lui à des « égaux », dans un certain climat d'angoisse et de tension, fût aussitôt suivi d'effet ? Qu'une série de comportements, en des temps d'épreuve, l'ait conduit à représenter si diversement ses compagnons, puis ses concitoyens, qu'il en devint le reflet, les reflets, tirant de cette représentativité successive et miroitante une sorte de légitimité ? Singularité autoritaire et pluralité représentative sont ainsi doublement à l'origine de cette démarche dont ni la sinuosité ni les à-coups n'altèrent l'évidente vigueur.

Précoce lecteur des orateurs de la Révolution, François Mitterrand avait appris de Saint-Just qu'« on ne peut régner innocemment », que ni la conquête ni l'exercice du pouvoir suprême ne sont propres à l'innocence. Laquelle ne fut pas, d'évidence, l'objet de sa recherche. Quelles qu'aient été ses exigences éthiques, puisées au fond judéo-chrétien, rien ne devait lui paraître plus absurde que ce qu'il appelait la « tentation cathare », cette nostalgie d'une vertu qui, écrivait Charles de Gaulle (son maître en plus d'un domaine), « ne conduit pas à l'empire ».

La conquête du pouvoir, du fait de l'adhésion, plus ou moins éphémère, de la majorité des citoyens, il devina très vite que l'action de petits noyaux, cercles ou réseaux (qu'il lui arriva d'appeler « bandes ») permettrait d'y parvenir ; il comprit ensuite que, dans une telle entreprise, les alternances de temps forts et de déboires, de bonds en avant et de replis, de contradictions et d'antagonismes jouaient non comme des freins, mais comme des éléments moteurs en vue d'une progression à long terme.

Le succès de ses démarches, il le crut d'autant mieux assuré qu'elles se dérouleraient au cœur d'une société dont il se sentait par ses origines, ses premiers parcours, la polyvalence de ses dons et de sa culture, ses déboires, ses faux pas et ses volte-face, la diversité de ses implantations et son hédonisme voltigeur, et même par l'ardeur de ses sincérités successives, éminemment représentatif. Moins grand que celui-ci, moins noble que celui-là, plus trouble que beaucoup de ses pairs, il se reconnut pour le plus français de tous les Français de son temps, voué, en attendant de devenir leur chef, à être au moins leur reflet miroitant, leur carte d'identité collective.

Quelques semaines avant la mort de François Mitterrand, l'auteur de ce livre lui confiait qu'il comptait faire de ce constat d'identification multiple de son personnage au groupe national une ligne directrice de son travail. Le président objecta dans un demi-sourire : « Bon… Mais ce Français, dites bien qu'il était d'Aquitaine… »

Ce qui était réduire un peu, ou circonscrire, sa « francité » provocante, mais souligner un enracinement familial et culturel dont nous n'avons pas fini de mesurer les significations. Et jouer, déjà, d'une de ces ambiguïtés qui font la saveur du personnage et de son histoire.

L'Aquitaine, il y a bien des façons de la dessiner et de la « sentir », que l'on soit de Marmande ou d'Aubeterre, de Condom ou de Mérignac, que l'on soit Clovis qui prétendait la rattacher à son domaine ou Aliénor qui en dota les Plantagenêt, Henri le Béarnais qui la chevaucha en maître ou Gérard de Nerval qui en loua « le Prince à la tour abolie ». Mais un homme qui avait pêché, enfant, dans la Dronne et passé ses dernières heures de bonheur du côté de Soustons n'avait besoin ici ni d'arpenteur ni d'ethnographe ; c'étaient, pour lui, des paysages qui parlaient.

* * *

Mieux qu'à Jarnac, mieux qu'à Angoulême, cités proprement charentaises, le vrai berceau de Mitterrand est à Toutvent*, aux confins exacts de la Saintonge et du Périgord, en Aquitaine. Les arbres et les eaux, la prudence des uns et la fougue des autres, langue d'oc et langue d'oïl s'accouplent ici, comme la vallée et les coteaux calcaires, les ciels lavés et la bourrasque vive. C'est au flanc de ces collines piquées de trembles et d'ormeaux, dans ces creux hérissés de peupliers qu'a grandi le deuxième fils des Mitterrand, avant d'être happé par le monde.

C'est dans le domaine qui compose l'essentiel du hameau de Toutvent – quelques maisons et hangars –, à trois kilomètres du premier village sur la route d'Aubeterre, Nabinaud, qu'il a passé le plus clair de son enfance entre un vigoureux grand-père au verbe haut, fier de ses terres et de ses métairies, une menue grand-mère à confitures, une sœur, deux cousins, un ciel changeant, une rivière à anguilles et un curé latiniste : on croirait lire un apologue rousseauiste inspiré de Fénelon.

Pourquoi Toutvent ? (Ah ! ce mot et ce qu'il implique de possibles et de contradictoire chez l'innombrable François !) Pourquoi le deuxième fils de Joseph et Yvonne Mitterrand se trouva-t-il conduit à passer plus de la moitié de ses années d'enfance en ce hameau écarté, à soixante-dix kilomètres de la maison de ses parents installés à Jarnac, où il était né le 26 octobre 1916 ? « J'ai surtout vécu avec mes grands-parents », confiait-il volontiers. Il semble qu'une appendicite mal soignée, dégénérant en péritonite, lui avait fait, vers sa septième année, la réputation d'un enfant fragile, auquel étaient bénéfiques de longs séjours campagnards.

Le fait est que nul ne dévala plus souvent que lui le « raidillon » (que les enfants Mitterrand avaient volontiers doté d'une majuscule, comme pour lui conférer une unicité grandiose) qui, du hameau de Toutvent, serpente vers la Dronne,

---

* Orthographe attestée par l'écriteau du lieu-dit. On lit le plus souvent « Touvent ».

cette « souple rivière », et le moulin de Vigéraud* bâti sur le canal qui relie trois cours d'eau enjambés par de jolis ponts – la Brousse, l'Auzonne et la Dronne –, conférant à ce paysage vallonné une indicible douceur aquatique. François Mitterrand en gardera une tendresse quasi amoureuse pour les ruisseaux et les fleuves, au point de confier à Élie Wiesel que chaque fois qu'il en traversait un, de la Charente au Nil, il lui venait un désir de poème…

Évoquant ces lieux, les barques à fond plat, les algues de la Dronne, l'huile de noix pressée dans le moulin, l'aîné des fils Mitterrand, Robert, parle du « domaine enchanté ». Et François, plus personnel, situe au bord de ces eaux et sous ces arbres « l'enfance heureuse qui a illuminé ma vie », multipliant « les sensations au contact du vent, de l'air, de l'eau, des chemins, des animaux… Le monde naissait avec moi. J'avais la tête pleine de musique naturelle… Chaque heure avait son odeur. J'avais une vie sensorielle »[1].

C'est en ce « vert paradis des amours enfantines », au long des chemins d'ormeaux et de tilleuls qui conduisent à la jolie maison aux volets verts, au petit jardin rassemblé autour du puits, que s'est formé d'abord ce grand corsaire de la politique, cet impitoyable combattant – et c'est mal le considérer que d'ignorer ou minimiser ce penchant pastoral, à sonorités panthéistes, qu'il ne cessera de cultiver jusqu'aux sommets du pouvoir, des boutures de Cluny aux pins et aux chênes de Latche.

Toutvent, ce n'est pas seulement pour François ce tourbillon de libertés et sensations mêlées. C'est aussi le couple des grands-parents maternels, les Lorrain, « papa Jules et maman Ninie ». Lui, fils de prospères agriculteurs saintongeais de Rouillac, avait de l'entregent et du « coffre ». Une personnalité « chatoyante », écrira son petit-fils. Longtemps représentant de maisons de cognac à l'étranger, associé à son ami Despas (que nous retrouverons), il avait roulé sa bosse, appris l'anglais, épousé une demoiselle « bien née » et donné à ses enfants une éducation hors du commun : sa fille Yvonne, la mère de François, lisait le latin. Républicain de tendance laïque (espèce commune en Charente, terre bénie

* Que j'ai recherché vainement en 1996. Il a aujourd'hui disparu.

du centre gauche), plutôt libre-penseur, il s'était retrouvé catholique à l'occasion de la mort de son fils Robert, emporté à 20 ans par la tuberculose.

Ce jeune mort, Robert Lorrain, est une référence importante dans la vie et la formation de François Mitterrand, bien que disparu des années avant sa naissance. Frère aîné de sa mère, Robert avait adhéré au Sillon de Marc Sangnier qui prétendait ranimer l'inspiration sociale du christianisme *. A Paris, chez les pères maristes de la rue de Vaugirard où il préparait l'« agro », il s'était lié d'amitié avec François Mauriac et son frère Jean, jeune prêtre qui, après la mort de Robert en 1908, devait lui consacrer un article frémissant d'admiration dans la *Revue Montalembert*, publiée par la « Réunion des étudiants » du 104, rue de Vaugirard.

Texte éloquent à divers égards, où s'expriment la répulsion de jeunes provinciaux barrésiens déracinés (« Paris qui vieillit tant de jeunesse et énerve tant de virilité ne l'a jamais pris ni à sa mère, ni à sa foi, ni à son sol ») et un ardent militantisme chrétien. Y est évoqué notamment un incident qui révèle en ce jeune homme un petit Polyeucte : dans l'amphithéâtre de la Sorbonne, alors qu'un des grands maîtres des lieux dénonçait le catholicisme, Robert s'était dressé à son banc pour défendre sa foi, si bien qu'après la mort du jeune homme le mandarin laïc était venu saluer sa dépouille. On imagine l'effet que pouvait produire la lecture de tels traits sur l'esprit du petit Mitterrand. En tout cas, le fantôme de ce jeune prosélyte, mort à 20 ans, dont les photographies font paraître le visage d'un Barrès adolescent, ne manqua pas de hanter l'enfance de François. Il se l'entendit à coup sûr proposer pour modèle. Toujours un « silloniste » secret restera tapi dans le cœur du très laïque stratège politique d'Épinay ou de l'Élysée.

Mais pour n'avoir jamais pu s'évader tout à fait du « domaine enchanté » de Toutvent, François n'en était pas moins natif de Jarnac, deuxième des quatre fils de Joseph Mitterrand, patron d'une vinaigrerie dont son beau-père lui avait confié sur le tard la direction. Situation ambiguë, surtout si l'on en considère les implications. Joseph Mitterrand,

---

* « Tant qu'il y aura la monarchie dans l'usine, il ne saurait y avoir la république dans la société » (Marc Sangnier).

sa femme et leurs huit enfants vivaient, 22, rue Abel-Guy, dans une demeure mise à leur disposition par le grand-père, qui occupait, lui, la maison jumelle. Tout le monde se retrouvait pour les repas, présidés par l'aïeul.

Ainsi Joseph était-il, à tout point de vue, l'obligé de son beau-père, dont la personnalité captivait ses fils (Jules racontait avec une verve incomparable les histoires du barde charentais Goulebenèze). En résulta-t-il quelques tensions ou crispations ? Il était interdit, à table, de parler d'argent. Mais ce type de camouflage n'est pas toujours bénéfique, et Robert Mitterrand raconte qu'un jour, au collège d'Angoulême, sa mère vint s'ouvrir à lui de ses inquiétudes financières [2]. On a mille fois écrit que ce type de préoccupations était étranger à François Mitterrand, mais il arrive que le refoulé prenne sa revanche…

On ne saurait en tout cas surestimer l'intérêt, du point de vue de la conscience sociale du futur président, de cette double ascendance, et des rapports qu'elle esquisse entre la fortune et l'idéologie. Du côté Lorrain, une confortable aisance s'accommode d'une orientation « républicaine », et plus ou moins libérale. Du côté Mitterrand, la médiocrité économique des origines induit une attitude nettement plus conservatrice et cléricale. De quoi nourrir les réflexions ultérieures d'un leader politique à propos duquel on n'aura jamais fini de s'interroger sur les contradictions entre l'avoir, l'être et le faire, sur les déterminismes de la naissance et de la formation.

Les Mitterrand, en tout cas, descendent d'une lignée berrichonne, où s'inscrivent quelques bourgeois. L'un d'eux aurait été prévôt des marchands de Bourges, du temps que le dauphin Charles en était le « petit roi ». Le nom « Mitterrand » signifie-t-il « milieu des terres » comme incite à le penser un regard sur la carte de la région (deux hameaux, « Le Grand-Mitterrand » et « Le Petit-Mitterrand », coexistèrent longtemps près de Bourges et « un champ des Mitterrand » est signalé près de Bruère-Allichamps, au sud de la Sologne), ou « mesureur de grains » dans les foires, selon Dauzat ? Le plus notoire d'entre eux ne tranchait pas.

Le fait est que l'éventuelle prospérité de la famille avait subi au cours des siècles un tel déclin qu'à la fin du XIXe l'arrière-grand-père, Charles, se retrouvait éclusier sur le canal du Berry, à Rouéron, avant que son fils Théodore ne se mariât à Limoges ; devenu « agent voyer », il y donna naissance à Joseph, destiné, lui, à faire carrière dans les chemins de fer. Après avoir poussé des wagonnets dans quelques gares bretonnes, le père de François était devenu chef de gare à Angoulême – où vint le chercher « papa Jules » pour en faire, à 54 ans, un vinaigrier.

Faut-il voir là une des déterminations qui orienteront la carrière du futur président ? En Charente, le cognac règne, et ceux qui le produisent et le vendent – comme à Bordeaux, Reims ou Dijon, les maîtres du « bouchon ». Être du côté du vinaigre – dût-on ne pas attacher trop d'importance à la désinence –, ce n'est pas camper du côté du soleil, c'est prendre conscience assez vite qu'entre bourgeois aussi, les plus cossus et les moins nantis, peut se manifester une forme de lutte des classes, ou des castes. Origine de revanches à prendre ? On ne peut dire que la vie de François se soit orientée sur ce thème. Mais les audacieuses sinuosités de ses démarches trouvent peut-être là aussi quelques impulsions.

François Mitterrand décrivait son père comme un homme remarquable bien que taciturne, voire glacial, parlant même de « misanthropie ». Il semble que, trop dépendant de son beau-père, ce Limousin se soit toujours senti en exil en Charente. Ne doutons pas en tout cas que cet homme de peu de mots ait su se retenir d'en proférer de médiocres. Précédé de belles moustaches, strict en sa mise et son maintien, arborant un catholicisme amidonné de jansénisme (il avait fait ses études dans un collège de Blois inspiré de cette spiritualité), fort adonné aux bonnes œuvres et pieuses activités, il était de ces dévots pour lesquels l'acte de chair ne tend qu'à l'accroissement de l'espèce.

Joseph Mitterrand s'intéressait à la politique. Il se réclamait de la Confédération catholique, dont le président était le général de Castelnau, grand homme des sacristies, si calotin que la République lui avait refusé le bâton de maréchal accordé à Foch, qui pourtant… C'est au titre de fidèle de ce zouave pontifical que Joseph allait porter la contradiction aux candidats radicaux dans les réunions électorales. On le vit même une fois présenter sa candidature personnelle à une élection municipale à Jarnac, sans avoir pris le soin de former une liste.

Joseph Mitterrand fut en tout cas un chef de famille capable de ne pas confondre éducation avec dressage, autorité avec brimades. On cite bien de lui quelques traits abusifs – le renvoi par exemple d'un recueil de poèmes adressé à sa fille Colette par le jeune poète et voisin Pierre Boujut (« Des culs serrés, ces Mitterrand[3] », grommelait celui-ci cinquante ans plus tard…). Le commandant Pichardie, fils de l'ancien maréchal-ferrant du village, ami de la famille, raconte aussi que quand François avait fait une bêtise, on attachait son bras à une commode du salon avec un fil de coton : si le fil était rompu avant un délai raisonnable, une punition lui était infligée, mais en ce cas seulement[4]. Ingénieuse interprétation des principes du sursis et de la détention préventive…

Les portraits d'Yvonne Mitterrand font paraître un visage émouvant, au regard mélancolique, aux lèvres charnues, aux yeux un peu tombants – qui la fait ressembler à Claire Mauriac, la mère de l'autre François. Mais ces images ne rendent pas compte de l'optimisme foncier, du tempérament enthousiaste de cette femme. Chrétienne ardente, scrupuleuse en matière rituelle, elle n'imposait rien, en ce domaine, à ses enfants [*]. Atteinte d'une cruelle affection cardiaque, elle devait mourir jeune, après une longue paralysie, dans de terribles souffrances. Cultivée, lectrice intrépide, elle sut communiquer au moins à deux de ses enfants, François et Geneviève, sa passion de la littérature.

La question religieuse est d'autant plus vivante chez les Mitterrand que la société charentaise est porteuse de conflits de cette nature. Dans *Ma part de vérité*, Mitterrand évoque « le code proprement brahmanique qui régissait les relations humaines dans ce coin de Saintonge […]. Le feu des guerres de religion couvait encore sous la cendre. Tout catholique se sentait soupçonné d'avoir révoqué l'édit de Nantes. Par mesure de rétorsion, la haute société protestante, très assise dans le négoce des eaux-de-vie, penchait à gauche et fournissait d'excellents maires aux majorités radicales socialistes[5]… ».

---

* Selon Danielle Mitterrand, qui le tenait de bonne source, Yvonne et Joseph avaient espéré faire de François le prêtre de la famille. Mais rien ne fut entrepris pour le pousser ou l'inciter à ce choix. (Quel cardinal il eût fait !)

Un peu forcés, ces traits ? Peut-être. Mais point n'est besoin d'être jarnacais (ou bordelais) pour connaître ce type de rapports entre calvinistes sobrement opulents et papistes surclassés, réduits aux ors de leur Église… On l'a suggéré : hormis la dynastie des Bisquit, catholique, le cognac était huguenot – souvent aux mains de familles anglaises ou scandinaves. Avant que tel ou telle d'entre eux ne militât pour l'œcuménisme, les Mitterrand, dont la maison jouxtant le temple avait été rachetée au pasteur et dont le jardin s'agrémentait d'un pin, symbole de la Réforme – le palmier étant l'emblème du papisme –, campaient fermement dans le camp catholique aux odeurs de vinaigre *.

Jarnac avait été un haut lieu des guerres de Religion. Calvin y avait longuement séjourné. A l'issue d'une cruelle défaite des réformés, taillés en pièces par le duc d'Anjou (futur instigateur de la Saint-Barthélemy avant de devenir Henri III), le chef de l'armée vaincue, Louis de Condé, blessé, y avait été sauvagement achevé par un seigneur catholique. Et Nabinaud, le village voisin de Toutvent, était dominé par les ruines du château de Poltrot de Méré, le seigneur protestant chargé d'assassiner François de Guise : beau sujet d'étude et de conversation pour ces petits catholiques charentais. Peut-on voir là quelques secrètes composantes de la personnalité de l'un des hommes d'État les plus typiquement catholiques de l'histoire de France, et de son antipathie pour certains protestants ** ?

Quant à l'influence qu'auraient exercée deux familles amies, les Moreau, groupés autour du colonel du même nom, vociférant militant d'Action française (et comme tel exclu des sacrements par son curé), et les Bouvyer, dont l'un des rejetons, Jean, deviendra un ardent cagoulard, les mêmes témoins s'étonnent que l'on pût donner de l'importance à ce qui était superficiel et circonstanciel. Mais on retrouvera ces personnages au cours du récit…

---

* Voir plus haut, p. 19.

** Dans son livre (*L'Édit de Nantes*, Hachette Littérature, 1998), Pierre Joxe fait paraître un président Mitterrand attentif à la digne célébration de l'édit de Nantes, mais, s'adressant à lui, tenu pour protestant, comme à un « autre », plus concerné par l'affaire que lui-même…

* * *

Ce qui donne tout de même sa tonalité fondamentale à l'enfance « heureuse » de ce conquérant, ce sont moins les inégalités et les tensions, les décalages et mutations, que son caractère collectif. Le jeune François, deuxième fils et cinquième enfant d'Yvonne et de Joseph, c'est d'abord le minuscule citoyen d'une communauté familiale. A Jarnac, rue Abel-Guy, et surtout à Toutvent, autour du patriarche Jules, on était quinze à table, parfois vingt pendant les vacances – vingt et un avec le curé. Et le cercle familial était si bien dessiné que peu d'amis y étaient admis.

C'est là que s'est forgé cet esprit de confrérie, de convivialité jaillissante, d'échanges complices qui fera de Mitterrand – si réservé qu'ait été l'enfant plongé dans les livres – l'un des causeurs les plus envoûtants et l'un des chefs de bande les plus entraînants de son époque.

Amorce-t-il déjà un règne ? Se sent-il l'étoile de cette communauté murmurante, compte tenu du déclin de Jules, du mutisme de Joseph ? Son frère Robert suggère que le curé de Nabinaud, Joseph Marcellin, dit « le cardinal » – il se vantait de n'avoir jamais « embrassé les fesses de la République [6] » –, promettait à François, entre deux leçons de latin, « un avenir peu banal ». Mais, « cardinal » ou pas, que penser de ce genre de prophéties, en de telles occurrences ? C'est plus tard, semble-t-il, vers sa quinzième année (a-t-il confié à Élie Wiesel), que le président vieillissant situera la prise de conscience de sa force : « Je pensais que rien ne pourrait résister à une volonté [7]. »

* * *

A la veille de son dixième anniversaire, en octobre 1926, François de Toutvent, le petit Émile rousseauiste, s'en vient à la ville – comme pensionnaire au collège d'Angoulême. Les jésuites, naturellement ? « Non, rectifiait le président, pas chez les bons pères… Au collège Saint-Paul d'Angoulême [...] les professeurs restaient souvent des prêtres paysans. Ce n'était pas une école de pensée, à la différence des jésuites[8]. » (Quel beau « fils de jèze », pourtant, eût fait Mitterrand... On en jurerait* !)

Pensionnaire, il ne reviendra dans sa famille qu'une fois par trimestre – sauf quelques séjours à Toutvent, encore. Levé avant 6 heures, il faut, l'hiver, affronter le froid, la glace dans les lavabos. Mais le souvenir qu'il en gardait n'était pas amer : « Tout m'intéressait au collège. J'avais, certes, la perception du déchirement, mais pas de problème d'existence. J'évoluais dans un monde inchangé[9]. » Et quand on lui parlait de « révolte », en ces occurrences, il se contentait de hausser les épaules en riant. « Révolte ? Contre qui, contre quoi ? »

C'est dans le sillage de son frère aîné, Robert, qui y étudiait depuis un an, que le petit garçon entra au collège Saint-Paul. La bâtisse, toujours signalée (en 1997) par un modeste écriteau : « École Saint-Paul » au-dessus d'une petite porte de bois vert, est moins imposante que le lycée voisin, bien qu'elle s'élève aussi sur le « rempart du Midi » qui a l'allure d'une proue de navire dominant la plaine et pointant vers le sud, la Gironde et Bordeaux. Un petit corps de bâtiment, vieillot, balzacien (on y verrait bien s'affairer la cousine Bette), précède l'ensemble des bâtisses, cours et préaux, très vastes aujourd'hui où se rassemblent quatre fois plus d'élèves que du temps des frères Mitterrand.

A gauche de l'entrée, un petit « parloir », où Mauriac aurait aimé situer une scène de *La Pharisienne*, semble fait pour accueillir le seul « fauteuil de l'évêque », de velours cramoisi. C'est là que Robert et François voyaient, une fois par semaine, leur père ou leur mère venus leur porter quelques gâteaux et des nouvelles de Jarnac, et s'enquérir des notes. Ils étaient trois cents pensionnaires sillonnant les longs couloirs venteux, entre classes et chapelle. Repas médiocres, pris sur un banc dans un grand réfectoire, en écoutant d'abord quelques extraits des Écritures.

Brillant, l'élève Mitterrand ? Non. Et, de ce point de vue,

---

* Un ancien élève de Saint-Paul me signale que les jésuites et leurs méthodes n'en étaient pas moins les modèles du collège.

flegmatique. Quand son frère aîné l'incite à se hisser au premier rang, ce moutard réplique : « Je me trouve très bien à la place où je suis… » Trop assuré que c'est par d'autres voies qu'il s'affirmera ? Bon au ping-pong, en revanche, où il remportera quelques tournois locaux, à la pelote basque, à laquelle il s'adonne avec son frère dans le préau de l'école, et au football : il est gardien de but de son équipe – comme vingt-cinq ans plus tôt Charles de Gaulle dans la sienne, à Stanislas. Et rien ne le passionne autant que les performances des coureurs du Tour de France, les matches de la Coupe Davis, les vols de Lindbergh et de Mermoz, les records de Ladoumègue.

C'est plus tard que, pressé par le chanoine Augeraud, directeur de l'établissement, par les abbés Lalande, supérieur spirituel, Jobit, hispanisant chargé de la philosophie, Hirigoyen, enseignant l'histoire, et Bouchard, professeur de français dont un précepte était : « chaque matin, lire une lettre de Voltaire », il manifestera ses dons. Mais sans excès.

Quant à l'excellent philosophe que fut le chanoine Clovis Coudreau, figure légendaire du collège, il n'enseigna à Saint-Paul que quelques mois après le départ de François Mitterrand pour Paris. Mais les deux hommes devaient lier amitié au temps où l'un devint directeur de Saint-Paul et l'autre ministre.

Sa première preuve d'ambition intellectuelle et publique, il la donnera quand, vers sa seizième année, il se portera candidat à un concours d'éloquence dit « Des religieux anciens combattants » (DRAC) * dont la finale se déroule à Bordeaux. Il ne rapportera pas la coupe au collège Saint-Paul **. Mais il aura commencé à abattre ses cartes, ou à aiguiser ses armes.

Une relation notoire, et qui comptera dans sa vie : celle des frères Guillain de Bénouville, Pierre et François, qui, sensation ! arrivèrent au collège Saint-Paul accompagnés d'un précepteur, l'abbé Journiac… Les Mitterrand devaient nouer avec ces excentriques, affichant alors des opinions fort antirépublicaines, des relations d'amitié : c'est Pierre qui fit découvrir Montherlant à son camarade de Jarnac, longtemps

* Fondé au lendemain de la guerre par le RP Doncœur, jésuite.

** Une légende insistante veut pourtant qu'il l'ait emporté.

fasciné lui aussi par l'auteur de *Service inutile* (moins par celui du cynique *Solstice de juin*, écrit en 1940, qui ne pouvait plus être leur maître en 1943, quand ils se retrouveront dans des organisations de résistance voisines).

Mais le personnage le plus significatif de la vie de François en ces années-là, ce n'est pas au collège qu'il le trouve – car il n'étudie pas, lui, chez les « prêtres paysans » – mais au lycée tout proche : Claude Roy, venu lui aussi de Jarnac.

Écoutons ce témoin privilégié : « Nous faisions route ensemble, de la gare au "plateau", là-haut, où mon lycée voisinait avec son collège. Les pensionnaires comme lui et moi, nous étions de petits rustres. Mais nous avions une passion en commun : la lecture. »

Évoquant de son côté ces échanges, François Mitterrand donnait la prééminence à son ami, doté d'« un esprit littéraire plus formé que le mien », et lui attribuant le mérite d'avoir ouvert à son intention la porte d'« un monde où le style était roi ». Ils partageaient en tout cas le goût pour celui, « un peu vif et assez élégant », dont donnaient l'exemple des écrivains aquitains comme eux : Mauriac, Fromentin et même « ce vieux chat civilisé » de Chardonne :

> « Mitterrand avait beau incliner vers une sympathie perplexe pour le "catholicisme social", ce n'est ni la philosophie ni l'idéologie qui me semblent avoir dominé notre exploration avide de la forêt des livres. Nous lisions beaucoup de poètes [...]. Nous échangions surtout des livres de fiction, des titres de romans, des biographies [...]. Pour nous les romans, c'était une répétition à blanc de la vie à venir, un exercice de l'imaginaire. Les romans nous proposaient des jeux de rôles, où nous mettions à l'épreuve, sans risque, sans danger, nos ressources [10]. »

C'est François Mitterrand qui fait lire à son ami *Les Pléiades* de Gobineau, et Roy qui déniche pour lui le *Voyage du condottiere* d'André Suarès, somptueuse initiation à la magie italienne qui ne pouvait capter regard plus réceptif. Mais on peut tenir pour plus significative pour l'un et l'autre la découverte du livre de Gobineau, l'esprit de groupe aristocratique, de « bande » élue. Tout Mitterrand, ou presque, est là...

Nanti de ses poètes préférés, d'un bachot qui lui a donné bien de la tablature à l'oral, de convictions religieuses fortes et de la certitude que la nation française interprétée par Maurice Barrès est, sous le ciel, ce que Dieu a proposé aux hommes de plus digne d'être servi, François Mitterrand quitte les siens, Jarnac et Angoulême au milieu d'octobre 1934. Il fête ses 18 ans en arrivant à Paris, où il s'inscrit à la faculté de droit et à l'École libre des sciences politiques.

Yvonne et Joseph Mitterrand n'étaient pas confits en dévotion et pruderie au point de ne pas savoir aventurer leur progéniture jusqu'au cœur de Babylone : Marie-Josèphe, la seconde de leurs filles, était élève aux Beaux-Arts de Paris ; Robert, « bête à concours », préparait ceux des grandes écoles chez les jésuites de Versailles. Anticipant sur la révélation des talents de François, ses parents n'avaient pas estimé les facultés de droit de Poitiers ou de Bordeaux dignes de lui. Comme ses maîtres de Saint-Paul, ils jugeaient que son jeune génie s'épanouirait à l'école de la rue Saint-Guillaume, « Sciences Po », parallèlement à ses études de droit.

Quant à ses propres aspirations d'alors, on retiendra pour ce qu'elles valent ces confidences désinvoltes faites quarante années plus tard par le prochain candidat à la présidence de la République :

> « Montant d'Angoulême à Paris, en 1934, pour entrer à l'Université, j'avais deux idées forces en tête. L'une était d'aller au Vel' d'hiv', temple des courses cyclistes sur piste, et d'y assister aux Six Jours, où des équipes de deux coureurs que les journalistes sportifs appelaient "les écureuils" se disputaient primes, victoire et gloire [...].
> Mon autre idée était de rencontrer les écrivains que, pour des raisons qui n'ont pas toutes résisté au temps, j'admirais. Quand j'écris "rencontrer", on me croira si je précise que mon ambition se bornait au désir de les voir et de les entendre sans être connu d'eux [...] à la Mutualité où Gide, Malraux, Benda tenaient des meetings anti-fascistes, à "l'Union pour la vérité" que fréquentait Bernanos *, au Collège de France pour les leçons de Valéry [11]... »

* Les noms et organismes cités ici sont le fruit d'une soigneuse épuration idéologique... On complétera plus loin !

Ce « montant d'Angoulême à Paris », il faudrait vraiment ne pas aimer la littérature pour se retenir de penser, lisant ces mots, à deux jeunes héros de Balzac qui, un peu plus d'un siècle plus tôt, avaient précédé François sur cette route : Eugène de Rastignac et Lucien de Rubempré. Lui-même en est à ce point obsédé que, évoquant aux approches de la mort cette équipée fondatrice, il fera allusion, pour se distinguer du personnage, à l'apostrophe fameuse lancée par Rastignac à Paris : « A nous deux, maintenant ! »

Écoutons-le confier à Élie Wiesel, soixante ans plus tard, son arrivée à Paris en 1934 : « ... En entrant dans ma petite chambre laide, étroite, je n'ai pas pensé "A moi, Paris" *. Je me suis senti perdu, tout petit au bas d'une montagne à gravir. J'étais sans identité [12]... » Retenons cette « montagne à gravir » déjà significative, mais mieux les mots qui vont suivre, plus révélateurs encore : « ... dans un monde indifférent, dans des conditions d'âpreté, de solitude, qui exigeaient de ma part la mobilisation de toutes mes ressources pour la lutte et la conquête ». La lutte, la conquête...

François Mitterrand s'affirmerait-il déjà dans le garçon qui, abordant Paris, se sentait face à une montagne à gravir ? Tenons compte de la reconstruction opérée, consciemment ou non, dans l'esprit du vieil homme. Mais la correspondance de l'adolescent révélera une évolution rapide. La timidité provinciale des premiers jours le cédera à l'esprit de recherche d'abord, à l'instinct de conquête ensuite. Le gosse ébloui par les Six Jours cyclistes, le flâneur des meetings et des cours magistraux sera bientôt happé par les débats politiques. Mais, auparavant, il lui aura fallu apprivoiser l'environnement, se couler dans Paris.

* * *

On l'appelait la « réunion des étudiants » ou le « 104 », selon qu'on était enseignant ou enseigné. C'était, rue de Vaugirard, au croisement de la rue Littré, une « boîte à curés »

---

* Cité de mémoire, évidemment, et, chose curieuse, non corrigé sur les épreuves.

où de pieuses familles provinciales mettaient leurs rejetons à l'abri des turpitudes parisiennes. Des jésuites, cette fois ? Toujours pas : des maristes, ordre auquel appartenait l'abbé Plazenêt, Auvergnat rusé mais libéral qui avait veillé vingt-cinq ans plus tôt sur les études de François Mauriac et de Robert Lorrain. Resté, à un âge avancé, le maître de ces lieux austères, désormais assisté de l'abbé O'Reilly, il n'abusait pas de son autorité. Aucun office n'était obligatoire, les repas restaient facultatifs. Les portes de la maison fermaient à 23 heures, mais il y avait des dérogations.

Mauriac * s'est gaussé du « 104 », « cet ancien couvent que tapissent des dessins modern-style » où il disait « végéter » dans « l'odeur de soutane et de réfectoire ». Hautes verrières, linoléum, boiseries austères, pieuse moiteur, bibliothèque majestueuse (soigneusement passée au tamis), tout était fait en plein cœur de Paris pour recréer un îlot provincial conforme aux mœurs et aux horizons délaissés depuis peu par les jeunes gens. Angoulême à Montparnasse…

Tout, dans une institution de ce style, dépend du compagnonnage. Vingt-cinq ans plus tôt, Mauriac écrivait à son frère Pierre : « … Je me trouve bien chez l'abbé P. [Plazenêt]. Mais les petits jeunes gens bien pensants sont à la longue bien crispants. Ils ont une façon de défendre la famille, la religion et la propriété qui donnerait au pape lui-même l'envie de saper cette auguste trinité [13]… »

Mitterrand fut mieux loti. La « table ronde » qu'il rassembla autour de lui avec un art qui annonce déjà la formation des « bandes » des années 60 n'était pas précisément un conglomérat de « punaises de sacristie » : s'y retrouvaient Jacques Bénet, Pol Pilven, Jacques Marot, Louis-Gabriel Clayeux, Jean Roy, Bernard et François Dalle **, qui, chacun à sa façon, manifesteront courage ou talent, ou les deux.

A les écouter aujourd'hui, on constate que les temps avaient bien changé depuis l'époque de François Mauriac et de Robert Lorrain, puis de leur cadet Jean Guitton. Aux « dindons blêmes » de 1907 avait succédé une phalange de gaillards avisés qui se gardaient de confondre Loti et Girau-

* Qui n'y a passé qu'un an (1906-1907), ayant exaspéré ses camarades par ses idées « avancées ».

** André Bettencourt ne rejoindra le groupe que plus tard.

doux, Saint-Saëns et Ravel. Les grands hommes, en cette sacristie pour défroqués, étaient ceux de *La NRF* (à laquelle Mitterrand resta abonné) : Gide et Claudel, Valéry, Martin du Gard, Benda…

Le jeune homme de Jarnac n'en affichait pas moins son attachement au catholicisme et à sa pratique. C'est même ce comportement qui, des décennies plus tard, frappe encore le plus vivement Jacques Marot * :

> « Mitterrand se manifestait surtout par ses convictions religieuses et, comme en toute chose, il se projetait au premier rang. Son catholicisme tendait à le définir avec éclat – un catholicisme auquel il donnait une couleur sociale, dans la tradition du Sillon. Ce qui ne retenait pas ce pieux compagnon de s'affirmer parfois aux dépens des autres ; railleur, à l'occasion mordant, il contenait mal ses humeurs caustiques… »

Croquis ainsi complété par leur camarade Jacques Bénet, alors chartiste : « Ne le décrivez tout de même pas comme une sorte d'arbitre, de roi du “104”, il brillait, mais nous ne nous laissions pas éclipser… »

Lire, c'est vivre. Pour dévot qu'il soit, Mitterrand se définit alors par sa passion des livres. *La NRF* est bien pour lui, comme pour Mauriac, la « rose des vents » de la culture du temps. Mais il enrichit la sienne par d'autres voies. Ses correspondants à Paris, dotés d'un bel appartement boulevard Saint-Germain, sont Jacqueline et André Lévy-Despas. Lui était le fondateur de Prisunic. Elle, la fille de l'ancien associé du grand-père Lorrain dans une entreprise de cognac. Jacqueline tenait un « salon », où l'on voyait Gérard Bauer et Paul Géraldy. Excellente pianiste, elle recevait aussi des compositeurs. Dans *Ma part de vérité*, François Mitterrand cite à ce propos Stravinski, Honegger et Satie. Le moins que l'on puisse dire, c'est que, s'il croisa alors ces grands hommes, ils laissèrent sur lui une empreinte moins forte que celle qu'il reçut des écrivains.

Le premier auquel il rendit visite afin de combler ses vœux de jeune homme « montant à Paris » fut François Mauriac – auquel l'avait recommandé son grand-père en souvenir de

---

* Futur adjoint de Jean Marin à la direction de l'AFP.

Robert Lorrain. L'auteur du *Nœud de vipères* fit très bon accueil à ce quasi-compatriote, nouant avec lui une amitié durable, fût-elle altérée, un temps, par leurs divergences à propos du général de Gaulle et le parallèle allusif fait par le romancier entre son visiteur et Eugène de Rastignac – parallèle que nous ne pourrons davantage épargner au lecteur.

En quête de ses goûts d'alors, on peut retenir les réponses qu'il fit aux questions de ses amis de la *Revue Montalembert* :

– Écrivains préférés ? Baudelaire, Valéry, Claudel ou Mauriac.

– S'il partait à la guerre, quel livre emporterait-il ? Les *Pensées* de Pascal, *L'Abbaye de Thélème** de Rabelais.

– Et en voyage ? *Eupalinos* de Valéry, *Dieu et Mammon* de Mauriac, *Aux fontaines du désir* de Montherlant, *Le Soulier de satin* de Claudel.

Ce qui représente le choix modèle que pouvait faire, vers 1936, un étudiant doué, catholique et bourgeois…

Le panthéon littéraire du jeune homme de Jarnac (que Claude Roy nous a dit copieux dès avant son départ pour Paris) s'est donc amplifié au contact de la capitale. Jacques Bénet se souvient surtout de sa passion pour Giraudoux et Valéry ; Marot met plutôt l'accent sur Claudel et Bernanos. De la mémoire de Dalle émergent Montherlant, Giono et surtout *L'Été 1914*, le dernier tome des *Thibault***, de Roger Martin du Gard, « très important pour lui en ce climat d'avant-guerre », précise- t-il. Mais personne ne parle à son propos de Péguy : silence étrange s'agissant de ces jeunes gens chrétiens, avides de justice et jetés dans un monde tragique.

Dans *Ma part de vérité*, Mitterrand lui-même mettra en exergue, pour cette époque, le « gros chat » Julien Benda – mais ce choix, à l'usage des lecteurs et électeurs des années 70, tend peut-être à le différencier des chapelles et revues de droite, où l'auteur de *La Trahison des clercs* était honni. Il manifeste en tout cas qu'au cœur des années 30 la

---

* La sélection et la formulation sont de lui.

** Nous les retrouverons à la fin de ce livre. Les deux héros, Antoine et Jacques, n'expriment-ils pas l'ambivalence de notre personnage ?

politique, en tant que passion, en tant que débat idéologique, a alourdi la griffe qu'elle pose sur la société française.

* * *

Le 16 octobre 1934, veille du jour où François Mitterrand s'installe au « 104 », Julien Green note dans son *Journal*, quelques jours après l'assassinat à Marseille du roi Alexandre de Yougoslavie et de Louis Barthou, ministre des Affaires étrangères : « Paris est morne. Un enterrement succède à l'autre. Barthou, puis Poincaré – qu'un journaliste a prévenu trop brusquement de la mort de son vieil ami… Rumeurs de guerre, comme toujours. La vie quotidienne est comme imprégnée de cette peur générale[14]. »

Telle est la toile de fond sur laquelle se déploie la vie à Paris de l'étudiant charentais. Menaces de guerre, de coups d'État, de complots « bolcheviques » ou « fascistes », bruits de persécutions extravagantes prêtées au gouvernement pour mieux démasquer soit « les Rouges armés jusqu'aux dents », soit les Camelots du roy ou, à partir de 1936, la Cagoule. Huit mois plus tôt, les tragiques journées de février, dont le 6 ne fut que l'explosion inaugurale, avaient mis la France au bord de la guerre civile. D'autant que les hitlériens sont au pouvoir à Berlin depuis un an, réarmant avec rage, massacrant les prétoriens bruns et faisant assassiner le chancelier catholique autrichien Dollfuss. Le Komintern en profite pour attiser en France les flammes d'un antifascisme dont il fera parfois la couverture de sa propagande. Il n'est pas un étudiant parisien qui puisse se tenir tout à fait à l'écart de ces fièvres.

Moins que tous, Mitterrand. Ses amis Bénet, Marot et Dalle, qui ont cru pouvoir le définir d'emblée comme un dilettante en quête de toutes les sensations et découvertes, le voient bientôt happé par le débat public. S'ils sont étonnés par l'ardeur de son engagement, c'est qu'ils n'ont pas mesuré d'entrée de jeu à quel point le petit voyageur d'Angoulême émanait d'une société, d'un clan familial imprégnés de patriotisme chrétien.

Dialogue caractéristique, en présence de l'auteur, entre Jacques Bénet, l'un des commensaux du « 104 », et sa femme, née Marie-Claire Sarrazin, fervente amie et fidèle correspondante depuis ces années-là, et tout au long des saisons les plus violentes, de François Mitterrand :

Lui : « Très vite ce flâneur nous apparut comme un partisan, presque un militant. A notre vive surprise... » – Elle : « Mais non... François n'a jamais cessé de chercher, de glaner, de tâtonner en quête de choses plus belles ou plus curieuses. *Les Nourritures terrestres* et *Monsieur Teste* lui importaient plus que tout... » – Lui : « Pas d'accord. Très peu après son arrivée parmi nous, il affichait son engagement, du côté des Croix-de-Feu... Il passait du dilettantisme au militantisme. Nous qui considérions La Rocque avec scepticisme ou ironie, nous nous étonnions de le voir s'engouffrer dans cette aventure »[15]. Double regard, qui reflète bien la dualité mitterrandienne, déjà.

A la fin de novembre 1934, François s'est inscrit chez les Volontaires nationaux (l'organisation de jeunes des Croix-de-Feu, phalange d'anciens combattants), au siège de la troisième section parisienne, le café la Petite Source, sur le boulevard Saint-Germain. Ce faisant, il manifeste moins d'audace que de fidélité aux siens : son père, dont on a dit l'admiration qu'il professait pour Castelnau, ne cachait pas son estime pour La Rocque, et sa mère avait approuvé, lors des journées de février 1934, la modération du colonel et son ralliement au paisible président Doumergue, en contradiction avec les activistes et l'Action française.

Le deuxième des fils Mitterrand est tellement de plain-pied avec cette « ligne » de la droite sociale et catholique que, quelques semaines plus tard, en janvier 1935, la *Revue Montalembert*, organe de la « Réunion des étudiants » dont il deviendra bientôt le président – comme Mauriac vingt-cinq ans plus tôt –, publie cette note signée de son ami Jacques Marot à propos d'un débat organisé au « 104 » : « François Mitterrand apporte une solution à d'autres problèmes [...]. C'est la solution Croix-de-Feu. Il nous montre un idéal mesuré, très humain [...]. Félicitons surtout Mitterrand d'avoir su garder un ton de parfait honnête homme dans une discussion qui pouvait tourner à la politique pure... »

Cet engagement de Volontaire national, ce prosélytisme en faveur de La Rocque (« C'était surtout au "colonel", au patriote que se référait François », précise Jacques Marot) furent-ils durables ? On cite ici ou là un propos du jeune homme qualifiant de « navrant » tel discours du chef des Croix-de-Feu (datant de 1936), et il est vrai que lors de l'une de ses dernières interventions télévisées, en septembre 1996, le vieux président prétendit qu'« au bout de quinze jours » il avait trouvé ce mouvement « tellement ennuyeux… », et même « sous-produit », qu'il n'avait « pas insisté ». Ce qui relève soit de la défaillance de mémoire, soit du camouflage, soit du reniement.

Ses camarades du « 104 » témoignent de la vigueur de son attachement aux Volontaires nationaux (dont il portait volontiers l'insigne, un losange orange et bleu) pendant au moins deux ans. Ils soulignent aussi l'antipathie qu'il portait aux autres mouvements, ceux qui se réclamaient du fascisme (comme Solidarité française de Jean Renaud) ou de l'extrême droite monarchiste, à commencer par l'Action française. Ils s'interrogent donc, à l'exemple des membres de la famille de l'ancien président, sur la signification des photos qui montrent le jeune Volontaire national participant à une manifestation, le 1er février 1935, contre les « métèques ».

L'image où l'on reconnaît l'étudiant Mitterrand est-elle aussi parlante qu'on a voulu l'écrire, après l'exigeant enquêteur Pierre Péan qui l'a publiée ? Chacun sait que l'on peut se trouver mêlé à une « manif » sans épouser la querelle qui l'a motivée. Le fait que ce monôme, organisé par l'Action française, ait été dénoncé expressément par le colonel de La Rocque auquel Mitterrand est alors fidèle ne contribue pas à accréditer l'idée d'une participation active ou d'une adhésion du Volontaire national à cette manifestation. « Métèque » n'appartenait ni au langage du jeune homme ni à celui des partisans de La Rocque.

Le même type d'observations peut être fait à propos d'une manifestation hostile au célèbre professeur de droit financier Gaston Jèze, dont le Négus d'Abyssinie, confronté à l'invasion déclenchée contre lui par Mussolini, avait fait son conseiller juridique auprès de la Société des Nations. Jèze était dénoncé par l'Action française et l'extrême droite, favorables au fascisme italien, comme « le valet du nègre ». Mais la majorité des étudiants en droit le détestaient surtout parce qu'il était un examinateur féroce, exigeant de ses élèves une connaissance littérale de ses ouvrages – notes de bas de page comprises…

Quand ils évoquent cet incident, les « compagnons du 104 » (capables au demeurant de juger sévèrement la personnalité de leur scintillant commensal) parlent plus volontiers de « chahut d'étudiants » que d'action militante en faveur du racisme ou du fascisme – dont le jeune homme se démarque clairement en tout ce qu'il écrit ou publie alors, dans la *Revue Montalembert* ou dans ses lettres intimes. La collusion avec l'Action française, suggérée ici ou là, est particulièrement invraisemblable. En ces années-là, François est étroitement encadré par le clergé catholique, qu'il s'agisse de ses anciens maîtres d'Angoulême, comme l'abbé Jobit, ou des dirigeants du « 104 », Plazenêt ou O'Reilly, tous très soucieux de ne rien céder à l'extrémisme. Et il reste d'autant plus attentif à ne pas blesser les convictions de ses parents que sa mère vit alors, douloureusement, ses mois d'agonie.

Compte tenu de la position prise alors par Rome sous l'impulsion de Pie XI (que les maurrassiens appellent Lévy XI), avant même que soit publié contre elle, en 1926, le texte implacable du cardinal Andrieux, archevêque de Bordeaux, l'Action française est l'objet d'une proscription sans nuance – approuvée en 1937 par le prétendant au trône, le comte de Paris (que nous retrouverons). Le pieux François Mitterrand, encore assidu aux offices, membre actif de la Conférence de Saint-Vincent-de-Paul, ne saurait frayer avec ce Maurras dont Rome fustige l'« athéisme ».

Reste, central, le colonel François de La Rocque, traité d'« âne Casimir » par l'Action française, et ses Croix-de-Feu, dont l'organisation, dissoute par le gouvernement du Front populaire, en 1936, se mue en Parti social français (PSF). Quelles qu'aient pu être les allées et venues et variations du jeune Mitterrand (exercice pour lequel il manifeste des dons précoces), c'est sur cette ligne générale du nationalisme chrétien et social qu'il faut le situer – et, compte tenu des péripéties historiques, jusqu'en 1943. Colonel, nous voilà ! Tel est son cri de ralliement, avant l'autre.

On le répétera jusqu'à satiété s'il le faut : le mouvement de La Rocque n'est ni fasciste ni extrémiste. Il a montré à quel point il réprouvait l'activisme en faisant échouer par son immobilisme le coup de force déclenché par l'extrême droite contre le Palais-Bourbon, le 6 février 1934. Et, trois ans plus tard, en sabotant par son abstention la création du Front de la liberté, machine de guerre montée contre le Front populaire par Jacques Doriot, authentique fasciste, lui. Réprouvant toute forme d'antisémitisme, le PSF organisera des hommages aux anciens combattants juifs patronnés par les rabbins Weil et Kaplan et le Consistoire de Paris.

François de La Rocque, officier retraité féru de justice sociale mais malhabile à se préserver de ce que son excellent biographe Jacques Nobécourt[16] appelle « les pièges du nationalisme chrétien », fut certes le précurseur d'un certain « vichysme » : c'est lui qui inventa la formule « Travail, famille, patrie », avant de rejoindre Vichy… et d'être déporté en Allemagne en 1943 comme chef d'un réseau de résistance. Mais il annonça aussi le second gaullisme, exprimé soit au sein du RPF de 1947*, soit par le projet de « participation » (l'« association capital-travail ») formulé dès 1938 dans son livre *Service public*, projet que de Gaulle reprit et encouragea jusqu'à sa retraite.

On voit bien comment Mitterrand, zélé – quoique intermittent – Volontaire national des années 30, put se retrouver à l'aise dans le Vichy « maréchaliste » et anti-allemand que Jacques Nobécourt suggère (avant de s'en défendre) d'appeler l'« État Croix-de-Feu », et aurait pu jouer son rôle dans un gaullisme moins marqué par l'influence des *Free French* londoniens…

Dans la mouvance de La Rocque, il y avait bien des courants, et organismes, et journaux. *Le Flambeau* était son organe officiel. Plus loin, parfois discordant, mais en sympathie, *L'Écho de Paris* d'Henri de Kerillis donnait le ton à l'usage du grand public. Collaborateur de ce journal, Jean Delage, membre du comité directeur du PSF, jeta son dévolu sur le jeune Mitterrand, promu enquêteur, puis « président de la section littéraire ». Ce qui posait à François des problèmes : le quotidien par excellence de la bourgeoisie bien-pensante était fort mal disposé à l'endroit de ses héros littéraires, ceux de *La NRF*, qu'on appelait, en ces milieux, « les longues figures ».

---

* Dont l'un des chefs de file est l'ancien dirigeant du PSF Barrachin.

Cet épisode représente, chez Mitterrand, la plus triste compromission avec un conservatisme satisfait de ses valeurs académiques et autres. Mais il est vrai qu'en ces temps troublés et au sein d'une droite soumise à bien des tentations, Henri de Kerillis, directeur de *L'Écho de Paris*, s'opposa fermement au nazisme.

L'étudiant charentais ne se gardera pas de dérives plus compromettantes encore. Il nous semble abusif de relier son histoire à celle de la Cagoule * (l'organisation activiste dont l'objectif avéré est le renversement de la République par quelque moyen que ce soit, dont l'assassinat) avec laquelle ses rapports relèvent – tous les témoins de la jeunesse en témoignent – soit de camaraderies adolescentes, comme avec Jean Bouvyer, relation charentaise, soit d'alliances familiales (son frère Robert devait épouser la nièce du chef de l'organisation, Eugène Deloncle). Il est beaucoup plus intéressant de considérer ses relations avec l'hebdomadaire *Combat*.

Ce journal, fondé et dirigé par Thierry Maulnier et Jean de Fabrègues, dissidents de l'église maurrassienne, avait recruté son ami Claude Roy, « monté » de Jarnac en même temps que lui. Le jeune poète charentais, qui devait, on le sait, faire route un temps avec les communistes, était alors envoûté par cet extrémisme-là. Essaya-t-il vraiment d'attirer Mitterrand chez Jean de Fabrègues, qu'ils avaient connu à Angoulême ? Le fait est que le jeune homme du « 104 » fut probablement tenté, qu'il fit à l'occasion l'éloge de tel ou tel article de *Combat* à l'intention de ses amis du « 104 » – et que le lien sera renoué à Vichy **.

Autre « ange noir » de ces temps troublés, Gabriel Jeantet, maurrassien passé par la Cagoule, journaliste de talent, personnage pivot des courants d'extrême droite dressés contre le Front populaire avant de devenir, à Vichy, un feu follet du maréchalisme, puis de la Résistance antigaulliste. Un parcours qui ne pourra manquer de fasciner le multiple Mitterrand – dont le séjour à Vichy n'affaiblira pas, nous le verrons, l'influence exercée sur lui par Jeantet. On constate

---

* C'est à peu près mon seul point de désaccord avec la valeureuse enquête de Pierre Péan, *Une jeunesse française*, Fayard, 1994.

** Voir chapitre II.

en tout cas que les pistes qui conduisent à Vichy sont d'ores et déjà tracées…

Quand, au soir de sa vie, le vieux président nous répétait que, pour compliquées et hasardeuses qu'aient pu être ses tribulations politiques dans les années 30, il n'était « jamais sorti du cadre de la République », on était en droit d'objecter que, du côté de Jeantet, de Fabrègues et de Thierry Maulnier, il s'aventurait alors assez loin des grands ancêtres de l'an II, de Lamartine et de Jules Ferry… En attendant Vichy et son « État », antithèse de Marianne.

Alors, que penser de cette ouverture à tous les courants dont l'homme politique des années 70 ou 80 créditera l'étudiant de 1936 ? « Essentiellement badaud, dira-t-il, je cherchais, de droite à gauche, ma voie. » Peut-on croire qu'« en quête de tout », ce jeune catholique faisait alors son miel des actes et des propos de la gauche antifasciste, des discours de Blum ou de Thorez ? Qu'il fut d'emblée – Bernanos et Mauriac aidant – hostile « à Franco, à sa bande et à sa bandera » ? Et surtout qu'il accueillit avec sympathie, en 1936, « le grand vent de la joie populaire » ? On se permet d'en douter.

S'il est vrai qu'il arrive à son chef de file d'alors, La Rocque, de proclamer en 1936 : « Nos idées sont au pouvoir ! », on ne croit guère qu'il ait alors été persuadé que « le droit et la justice » étaient du côté de Blum et des siens, comme il le laisse entendre dans *Ma part de vérité* (p. 19). Si peu qu'on le voie s'acoquiner à la Cagoule ou à quelque extrémisme, on l'imagine plus mal encore, ce petit « génie du 104 », chantant *La Carmagnole* du Front populaire.

Pour ne rien négliger enfin, il faut évoquer, entre toutes ces sinuosités du parcours de l'apprenti, le détour fait à la veille de la guerre par le Manoir d'Anjou – c'est-à-dire la résidence occupée, dans la périphérie de Bruxelles, par le comte de Paris, fils du prétendant au trône de France *. Peut-on voir là la manifestation d'un certain monarchisme nostalgique, épuré des fureurs sectaires de Maurras et des siens ?

C'est François Dalle, dont la sœur était en pension avec une des filles du roi d'Italie, liées à la famille du comte de

* Le duc de Guise. Les familles « régnantes » sont alors exilées du territoire national.

Paris, qui avait eu l'initiative de cette expédition bruxelloise : une invitation était parvenue au « 104 » spécifiant que « Monseigneur » se ferait un plaisir de recevoir un groupe d'étudiants intéressés par un entretien avec lui.

On partit donc dans les derniers jours de 1938 – Dalle, Mitterrand, Pilven et André Bettencourt, qui entre-temps avait rejoint le groupe – pour Bruxelles. L'accueil fut très cordial, Mitterrand en profitant pour transformer la visite collective en tête-à-tête avec le prétendant. Lequel rappelait en riant à François Dalle, un demi-siècle plus tard, à Biarritz, à quel point le futur président s'était imposé d'emblée comme le chef de la délégation.

André Bettencourt prit soin de noter au passage que sur le livre d'or du Manoir d'Anjou figuraient les signatures de quelques-uns des grands noms de l'armorial républicain français. Les jeunes visiteurs avaient-ils été séduits au point de remettre en question leur attachement à la République ? « Pas le moins du monde, rétorque aujourd'hui Bettencourt. Nous en revenions républicains comme devant. Mais enchantés – et Mitterrand plus séduit qu'aucun d'entre nous… » Ce parfum, fût-il éventé, de pouvoir…

D'autres voyages, en cette veille de guerre, allaient compter bien davantage aux yeux du jeune homme venu de Saintonge. La famille de ses amis Bernard et François Dalle l'ayant invité dans sa propriété des environs de Lille pour les vacances de 1937, on en profita pour organiser d'abord un voyage au Luxembourg le long de la Sudre, frontière avec l'Allemagne. Le spectacle de centaines de jeunes nazis se jetant à l'eau au son de la musique d'un grand orchestre qui jouait la *Symphonie héroïque* les avait stupéfiés, avant une visite à Nuremberg (hors de l'époque du congrès) et surtout la vision d'une *Panzerdivision* traversant la Forêt-Noire sous les acclamations de la foule. « Nous en revînmes d'autant plus bouleversés, et assurés de la supériorité du IIIe Reich, que François, ayant depuis peu entamé son service militaire, était accablé par la gabegie et l'incurie générales, l'incapacité et la veulerie des cadres [17]… »

Ce désarroi devant la guerre qui vient et les perspectives sinistres qu'elle ouvre est encore aggravé, chez le jeune homme, par une affaire de cœur qui le prend tout entier et le marque au plus profond : il a rencontré à la fin de janvier

1938 une jeune personne de 15 ans, Marie-Louise Terrasse, dont le père a appartenu au cabinet de l'ancien ministre des Affaires étrangères Pierre-Étienne Flandin. Une blonde, assez belle. Il a moins de 22 ans et, chose étrange chez ce séducteur, a manifesté jusqu'alors une extrême timidité avec les filles.

Dire qu'il en est amoureux est faible. Dire qu'elle répond à cet amour est excessif. Il lui a donné le nom de « Béatrice », plus propre que « Marie-Louise » aux envolées poétiques, et la harcèle comme un fou, jusqu'à l'importuner. François Dalle, pris comme intermédiaire et facteur, ne sait plus où donner de la tête, et quand François rejoint la caserne, avant la fin de septembre 1938, pour être libéré plus vite de ses obligations militaires et en mesure de se marier – la demoiselle s'est laissé arracher une promesse, approuvée par les parents qu'impressionne la personnalité du garçon –, Dalle se voit confisquer, par l'amoureux, et à des fins amoureuses, le vélomoteur que vient de lui offrir sa mère. « C'était alors un forcené », soupire Dalle, encore ahuri, soixante ans après…

« Béatrice », qui, après la guerre, allait connaître la célébrité sous le nom de « Catherine Langeais », speakerine de télévision, devait rompre sa promesse en 1941, alors que François était prisonnier en Allemagne. Cet homme réputé si habile – notamment dans les choses de l'amour – avait, par sa hâte et son exigence, fragilisé un lien que l'absence finira de briser. L'histoire doit être retenue ici, parce qu'elle provoque une blessure profonde, dont seront marquées les démarches du jeune homme pendant les trois ou quatre années suivantes. Aussi parce qu'elle rappelle à temps qu'un séducteur désinvolte put souffrir comme tout un chacun. Dans les déambulations multiples de ce grand artiste de l'existence, on relèvera d'autres faux pas, d'autres échecs qui le sauveront de la banalité propre au virtuose.

* * *

Et l'étudiant, en tout cela ? Entre un match de tennis – on a déjà signalé son goût pour le sport –, une manifestation sur le boulevard Saint-Michel, une soirée musicale chez les Lévy-Despas, une représentation de *La Sauvage* chez Pitoëff ou d'*Ondine* chez Jouvet et une conférence de Bernanos sur l'Espagne, trouvait-il le temps d'étudier un peu de droit ou d'histoire diplomatique ? François Dalle, qui ne le quittait guère et était, à la faculté de droit, son mentor, va jusqu'à douter qu'il ait suivi sérieusement les cours de Sciences Po. Le dossier de l'étudiant Mitterrand, François, élève de la section générale, n'est pourtant pas vide.

Les registres de Sciences Po portent que le nommé Mitterrand, François, résidant 104, rue de Vaugirard, a été inscrit à l'école en 1934, 1935 et 1937, qu'il a suivi les cours de la « section générale et sociale » et a été reçu, en juin 1937, à la fin de la troisième année d'études, avec la mention « bien » et au cinquième rang. A noter que deux demoiselles le précèdent au classement et qu'au quinzième rang on trouve le nom de Jean Sauvagnargues, qui sera ambassadeur, puis ministre des Affaires étrangères sous la présidence de Valéry Giscard d'Estaing. Études soignées, issue fort honorable. Bon sujet, à suivre…

L'étudiant en droit manifestait-il plus de talents ou d'application ? François Dalle le conteste, sans nier sa convenable assiduité aux cours : « Moi, je bûchais pour m'affirmer. Lui se contentait de travailler au troisième trimestre. Son intérêt était ailleurs… » Il arrivera à François Mitterrand de confier qu'il rêvait d'être professeur de droit international. En 1937, il est reçu à ses différents examens – avec une mention en droit public –, et, en 1938, à un concours de rédacteur à la préfecture de la Seine. Plus tard, ses performances au barreau, dans les années 50, devront plus à son brio intellectuel qu'à ses compétences juridiques.

C'est à cet étudiant quelque peu nonchalant, comme au Volontaire national intermittent, comme au flâneur parisien, que l'on doit le premier texte qui l'engage et le définit vraiment, celui qu'il consacre en avril 1938, dans la *Revue Montalembert* de ses amis du « 104 », et peu de temps avant de revêtir l'uniforme, à l'immense événement politique qu'est l'*Anschluss*, la mainmise d'Adolf Hitler sur l'Autriche catholique, le 11 mars 1938.

Les textes qu'il a publiés jusqu'alors, dans cette revue ou dans *L'Écho de Paris*, sont franchement médiocres, balançant entre le plat et le prétentieux. Ici, brusquement, un ton s'affirme et, sous les ronronnements de l'étudiant qui veut être pris au sérieux, un écrivain politique pointe. Qu'il ait lu Bainville * est évident. Mais un texte est là, et l'on comprend que, quarante ans plus tard, un éditeur ** ayant publié une sélection de ses articles politiques, Mitterrand ait relu et choisi avec plaisir cette œuvre de ses 21 ans :

> « … La France, l'Angleterre et l'Italie enregistrent l'*Anschluss*… Jusqu'ici, mais pas plus loin ? C'est ce qu'on appelle la mauvaise humeur. Mais la mauvaise humeur n'a jamais remplacé la colère… Qu'est-ce que la pureté si une fois elle défaille ? Qu'est-ce que la volonté si elle plie… la liberté si elle cède… La modération est une vertu si elle s'appuie sur la justice ; et il est agréable de confondre la justice et la volonté du peuple […].
> L'Autriche n'est plus qu'une province. L'Œuvre de Wilson est déchirée. La foule, hier pressée le long des avenues de Vienne pour acclamer Schuschnigg ***, hurle maintenant les louanges d'un nouveau maître. Les Docteurs et les Professeurs expliquent que l'évidence est ainsi respectée […]. Il est peut-être vrai que la France serait folle de tenter une guerre pour sauver une paix perdue […]. Mais, sous le faisceau de ces raisons […], devant la venue triomphale du dieu de Bayreuth sur le sol de Mozart, je sais quel sacrilège se prépare et, malgré moi, j'éprouve une sorte de honte, comme si je m'en reconnaissais responsable [18]. »

Si nous connaissons par le journal de son frère Robert ses lectures d'alors – Thomas Mann, Léon Bloy, Chesterton, Meredith –, nous ne savons pas très bien quelles étaient les fréquentations du moment de François Mitterrand dans le paysage politique parisien. Mais ce texte le situe fort loin des démons de l'extrême droite. S'il est vrai que Maurras, ardent germanophobe (jusqu'en 1940), se garda de louer la victoire hitlérienne en Autriche, et s'il est plus vrai encore qu'avant de combattre les accords de Munich six mois plus tard, Henri de Kerillis, patron de *L'Écho de Paris*, dénonça l'*An-*

* Historien proche de l'Action française.
** Fayard.
*** Le chancelier autrichien qui avait succédé à Dollfuss assassiné par les nazis, et qui sera déporté à Dachau en 1940.

schluss avec indignation, il se trouva à droite de bons « Docteurs et Professeurs » pour juger « logique » cette opération.

Ici, l'étudiant du « 104 » se démarque fermement de cette école. Le premier texte politique qu'il revendique sonne moins comme un écho des propos de ses redoutables interlocuteurs de *Combat* que comme un prélude au célèbre article où, commentant Munich, Léon Blum parlera lui aussi de sa « honte ».

Au moment d'entrer à la caserne, antichambre d'une guerre dont l'épisode de Munich vient de manifester l'imminence et qu'il pressent désastreuse, quel bilan peut dresser de ces quatre années d'apprentissage parisien le jeune homme « monté » de sa Charente pour « gravir la montagne » ?

C'est ici qu'on ne peut s'épargner la référence à Rastignac, n'en déplaise à l'intéressé. (« Autant j'admire Balzac, nous confiait-il à la fin de sa vie, autant je déteste ses héros. Quels piètres ambitieux : les salons de la Restauration à conquérir ! ») Inutile d'insister sur le caractère réducteur du propos, ni sur des analogies trop précises. Pas plus que le « 104 » n'est la pension Vauquer du *Père Goriot*, ni que Jacqueline Lévy-Despas ne ressuscite la vicomtesse de Beauséant, ni que le Front populaire ne recommence les « Trois Glorieuses », Mitterrand ne se réduit à Rastignac…

Mais qui ne pense à celui-ci en lisant les lettres écrites par François à l'une de ses sœurs cadettes en mars 1938 ? « Tout se ramène à ceci : gagner ou perdre […] ne pas bouger, c'est commencer à perdre. » Et, quelques mois plus tard : « Ou l'on vit dans le monde, ou l'on vit hors de lui. Si on ne le rejette pas […] il faut vouloir le conquérir. En lui coexistent le bien et le mal… » D'Eugène ? Ou de Vautrin ? Ou de Mme de Beauséant ?

Il est vrai que Rastignac ne prend sa dimension qu'aux dernières pages du *Père Goriot*, modelé, exalté par la poigne de Vautrin. Mitterrand n'a pas attendu un tel *Daimôn*, un Lucifer, pour s'élancer à travers les orages du siècle. Mais une fois endoctriné par l'ancien forçat qui proclame : « Je suis un grand poète. Ma poésie consiste en mes actions », Rastignac, de coups de cœur en coups de Bourse, de liaisons et de mariages en révolution, deviendra en 1845 comte, pair de France, ministre de la Justice, « un des deux ou trois hommes d'État formés par la révolution de Juillet »* – le tout rapporté dans *Les Comédiens sans le savoir*, sorte d'additif à *La Comédie humaine*. Autant de traits, autant de titres, autant de fonctions qui ne détournent pas précisément de la carrière de François Mitterrand.

Dirions-nous, pour affiner la référence à Balzac, que le jeune Mitterrand fait penser à un Rastignac qui eût porté en lui et exalté son Vautrin ?

* Le doigt est-il pointé sur M. Thiers ? Nous retrouverons celui-ci au dernier chapitre…

CHAPITRE II

Je suis un évadé

• La caserne et l'ami • Un éclat d'obus • La République des rutabagas • Quatre Atlantes pour un infant • Les éditoriaux de *L'Éphémère* • Trois essais, dont un transformé • Un autre homme ?

François Mitterrand a détesté l'état militaire – lui, fils de patriotes dévots, ancien Volontaire national du colonel de La Rocque et collaborateur de *L'Écho de Paris*, le « quotidien de l'état-major » – et bien qu'il ait fait ses preuves en tant que combattant et entraîneur d'hommes. Que cette condamnation fût fondée d'abord sur l'état général de l'armée française de 1939 vouée à l'effondrement qui s'ensuivit, ou plutôt sur sa propre situation de sous-officier coincé entre un corps d'officiers nonchalants et une troupe résignée à ce qui lui apparaissait comme une gigantesque corvée, le fait est qu'après comme avant l'épreuve du feu, il a condamné l'institution et son comportement global tels qu'il les a connus à partir de septembre 1938.

Dès le mois de novembre 1939, pendant la « drôle de guerre », il écrit à une jeune femme de sa famille : « Un uniforme blesse qui aime la vie. » Et six ans plus tard, de retour de la guerre et doté des expériences du feu, de la captivité, de l'évasion et de la clandestinité, il publiera ces lignes très amères dans le journal *Libres* dont il est le directeur : « Être soldat, alors [1939], c'était apprendre de quelle façon un citoyen honnête pouvait s'accoutumer dans un minimum de délai à la saleté, à la boisson, à la paresse, aux maisons closes et au sommeil. »

Réaction tout de même surprenante de la part d'un jeune homme issu de cette classe et doté de la formation intellectuelle et politique que l'on sait. Mais c'est précisément celle d'un déclassé, formé pour le commandement sous toutes ses formes, assuré de la prééminence, et qui s'est trouvé plongé dans une troupe livrée à des cadres médiocres, dont l'arrogance, vue d'en bas, a achevé d'écœurer le sergent Mitterrand.

Reste à savoir pourquoi ce nationaliste chrétien n'avait pas jugé digne de lui, le moment venu, de s'astreindre assez sérieusement à la préparation militaire supérieure (PMS) pour n'être pas recalé au concours. Le fait est que, incorporé en septembre 1938 au 23e RIC (infanterie coloniale) et dirigé sur le fort d'Ivry, il dut se contenter, vu ses notes, de suivre la formation dispensée par le peloton des sous-officiers et d'en sortir sergent, alors que son meilleur ami était admis au cours des élèves officiers.

Manifestation d'un individualisme ombrageux et plus ou moins aristocratique (« je ne suis pas de ceux qui briguent et fayotent »), refus de s'intégrer, au niveau « normal », à ce qui était alors la pitoyable machine militaire française, ce conglomérat de bidasses et de badernes, cette armée dont ceux qui en étaient les responsables depuis vingt ans, Pétain, Weygand et Gamelin, le premier surtout, s'étaient faits les fossoyeurs distraits* ?

Cette entrée dans la guerre, il la vécut donc en état de rupture. Mais il ne serait pas Mitterrand le contradictoire si ce violent rejet ne s'accompagnait d'un enchantement symétrique. C'est sous cette défroque de troufion exaspéré qu'il noue en effet la plus belle amitié de sa vie, lui, le dévot de cette religion humaniste.

Georges Dayan était né vingt-deux ans plus tôt à Oran. Juif d'origine bourgeoise, socialiste de cœur, il était grand, beau, enthousiaste. Mitterrand l'avait croisé à la faculté de droit où il se préparait au barreau, sans que se concrétise d'abord un attachement qui allait jouer un si grand rôle dans leurs vies à tous deux. Un jour de 1938, pourtant, leurs relations avaient pris un tour plus chaleureux : au café le Biarritz sur le boulevard Saint-Michel, Dayan s'étant fait chahuter par quelques braillards antisémites de l'Action française, Mitterrand et

* Comme le démontreront, avant de nombreux historiens, les débats du procès de Riom en 1942 – interrompus parce qu'ils accablaient le vieux chef de l'État.

l'un de ses amis s'étaient interposés – le genre de geste que n'oublient pas les offensés, et moins encore ceux qui se sont portés à leur secours. Bref, une relation était née, qui ne prit sa force qu'à la caserne, dans l'épreuve commune.

Il faut voir là une inflexion importante dans la vie de Mitterrand. Pour compliquées et variables qu'aient été ses démarches politiques jusqu'alors, elles ne l'avaient jamais conduit franchement à gauche. On peut admirer le Benda de *La Trahison des clercs* ou le Bernanos* des *Grands Cimetières* sans se marquer de ce côté-là. Dayan sera son premier véritable ami « de gauche ». Écoutons Irène Dayan, l'épouse de Georges :

> « … Comme la plupart des intellectuels juifs oranais, nous étions socialistes de cœur, spontanément. Ce qui n'impliquait pas un militantisme affiché. Nous n'étions d'ailleurs pas encore en butte à l'antisémitisme qui ne se manifestera vraiment qu'à partir de 1940. Comme celle de notre ami Albert Camus, alors communiste, notre sensibilité était celle qu'exprimait le Front populaire[1]. »

Entre Georges et François, qu'une photo de 1939 montre sous l'uniforme, bras dessus bras dessous, rieurs, calot en tête, se noue au fort d'Ivry, puis à la caserne de Lourcine, boulevard de Port-Royal (ils ont loué en commun une chambre pour leurs permissions, dans la rue Guy-Lussac toute proche), une amitié si frappante, si parlante, que leurs amis respectifs les surnomment Jallez et Jerphanion, les héros jumelés des *Hommes de bonne volonté*. Or l'univers de Jules Romains n'est pas précisément celui de La Rocque, et moins encore celui de *Combat*.

Nous verrons, au fil des épreuves à venir, entre 1940 et 1943, Mitterrand cheminer sur des voies assez divergentes de celles qu'empruntera son ami. Mais sans jamais que soit mise en question leur amitié. Ses lettres de Vichy à l'ami juif replié en Algérie y seront reçues et lues avec confiance, notamment celle, écrite en août 1942, où François parle à Georges des « difficultés » auxquelles sont soumises « les classes ouvrières[2] ». Le jeune homme aurait-il été illuminé, à Vichy, des lumières du socialisme ? Ou veut-il plaire à son

* Lequel avait rompu depuis dix ans avec l'Action française.

ami ? En 1943, lors du passage à Alger de Mitterrand venu de Londres pour rencontrer de Gaulle, les liens seront renoués avec enthousiasme de part et d'autre. Et dès son entrée dans la vie publique, Mitterrand exigera d'avoir à ses côtés l'avocat oranais qui, de toute évidence, ne lui a pas fait grief de l'embardée vichyste – francisque comprise.

C'est en se promenant de compagnie sur le trottoir du boulevard Saint-Michel qu'ils ont appris la déclaration de guerre, dans l'après-midi du 3 septembre 1939. Sitôt rentrés à la caserne, ils se voient expédiés avec leur régiment, le 23e RIC, aux avant-postes, au-delà de la ligne Maginot, d'abord du côté de Bitche, puis entre Sedan et Montmédy, vers Stenay. On considérait en effet que les troupes coloniales étaient, par nature, vouées à subir le premier choc, le plus sanglant*...

Dans les zones évacuées, au nord de la ligne Maginot, Mitterrand constate que les villages vidés de leurs habitants ont été pillés par la troupe française et s'en indigne dans une lettre adressée à son frère Robert, lieutenant d'artillerie. Mais le carnage se fait attendre quelques mois encore : François aura même le temps, en avril, de célébrer ses fiançailles avec « Béatrice », de lire le *Terre des hommes* de Saint-Exupéry, qu'il admire sans y puiser grand réconfort. Tout, alentour, est si médiocre – et Georges Dayan, admis, lui, au peloton des élèves officiers de Châteauroux, l'a quitté...

Quelques semaines plus tôt, il a écrit à sa future belle-sœur Édith : « ... Ce qui m'ennuierait, c'est de mourir pour les valeurs [antivaleurs] auxquelles je ne crois pas [...] je décide qu'il faut payer une dette. Laquelle ? Celle de la sottise. Et pour désencrasser la civilisation, je décide que ça vaut peut-être la peine de mourir[3]... » Voilà bien de l'aristocratisme à la Montherlant, à la Drieu, cet « ennuierait », ces « antivaleurs » (la démocratie ?), cette « dette de la sottise », ce « désencrasser »... Hum ! L'antidote fourni par Dayan n'a pas encore agi en profondeur. Voici frayé un chemin vers Vichy...

Le 10 mai 1940, la *Luftwaffe*, puis les *Panzerdivisionen*

---

* Il y aurait un florilège de textes à établir (Léopold Sédar Senghor l'a amorcé) sur cette vocation sacrificielle des troupes recrutées outre-mer.

déclenchent le grand orage. Dès le lendemain, sous la mitraille, François écrit à son père une lettre dont la sobriété de ton dissimule honorablement son angoisse. Signe inimaginable du dénuement des combattants : il réclame de la toile à sac pour la construction de son abri… Mais, à l'épreuve du feu, la troupe révèle plus de vertus qu'il ne lui en prêtait. Cinq semaines durant, aux côtés de la Légion, le long de la Meuse, le 23e RIC bat en retraite en direction de Verdun, sans se désintégrer.

C'est là, le 14 juin, qu'au lieu-dit Mort-Homme, légendaire depuis 1916 (l'année de sa naissance) sur la côte 304, deux éclats d'obus atteignent le sergent Mitterrand, dont l'un au-dessous de l'omoplate. On l'allonge ensanglanté sur une civière roulante et le voilà sur la route au milieu de la foule des réfugiés apeurés ; quand les avions mitraillent ce troupeau, chacun se jette dans le fossé, y compris l'infirmier qui l'accompagne, crie « je reviens ! » et se garde de le faire… Et le voilà au milieu de la route, ficelé sur sa civière, regardant le ciel d'où surgissent les tueurs. « Des moments qui comptent… », relévera-t-il plus tard.

Après avoir, dans cinq hôpitaux, cherché en vain un médecin, il est accueilli à l'hôpital de Bruyères, dans les Vosges, où il s'éveille à côté d'un Sénégalais. Mais déjà la *Wehrmacht* est dans Paris, et les troupes de l'Est prises dans la nasse. Prisonnier sans le savoir encore, il est transporté à Lunéville, puis interné pendant un mois dans le camp voisin – d'où il croit pouvoir s'évader. Mais il n'a pas encore repris ses forces, et le voilà jeté avec quelques dizaines de compagnons dans un wagon à bestiaux dirigé sur la Hesse : c'est, non loin de Cassel, le stalag II C, à Bad-Sulza, camp de tri et d'épouillage, puis à la fin d'août, à Zigenheim, le stalag IX A, où des milliers d'hommes s'entassent en des baraquements sommaires.

L'évocation de ces débuts de captivité sera l'un des plus beaux « morceaux de bravoure » de ce vigoureux conteur qu'était Mitterrand, unissant dans ce récit la certitude d'avoir connu là une révélation et l'art de lui appliquer son intelligence sociale et historique. Entre les diverses versions de l'affaire, on choisit celle qu'il a donnée dans *Ma part de vérité* (une part ici très large, attestée par divers témoignages qui se recoupent) :

> « Ma première rencontre véritable avec d'autres hommes eut lieu au stalag IX A où, prisonnier de guerre, la défaite de juin 40 m'avait déposé sous le numéro 21716 [...]. Sur le flanc d'une colline de Hesse, avec 30 000 hommes jetés là pêle-mêle, tout a recommencé à zéro. A midi, les Allemands faisaient apporter des bassines de soupe au rutabaga ou des boules de pain, et débrouillez-vous pour la journée. D'abord, ce fut le règne du plus fort, le gouvernement du couteau. Ceux qui s'emparaient des bassines se servaient par priorité et il convenait d'attendre de leur extrême bonté un peu d'eau sale pour la survie. Par l'effet de quelle prise de conscience la masse a-t-elle renversé ce pouvoir absolu ? Après tout, le couteau est le couteau, principe simple de l'ordre établi. Pourtant, cela n'a pas duré trois mois.
>
> Il faut avoir vu les nouveaux délégués, désignés on ne sait comment, couper le pain noir en six tranches au millimètre près, sous le contrôle écarquillé du suffrage universel. Spectacle rare et instructif. J'ai assisté à la naissance du contrat social. Je n'apprendrai rien à personne en notant que la hiérarchie naturelle du courage et de la droiture qui venait ainsi de s'affirmer plus puissante que le couteau ne correspondait que de loin à la hiérarchie d'autrefois, à l'ordre social et moral antérieur à l'univers des camps. Dérision ! l'ordre ancien n'avait pas résisté à l'épreuve de la soupe au rutabaga ! »

Mais la République socialiste des rutabagas n'est pas plutôt instaurée qu'en octobre le matricule 21716 est transféré en Thuringe et affecté à Schaala au kommando 1515, dit « des intellectuels » – parce qu'y sont regroupés des instituteurs et des prêtres, des avocats et des étudiants, et des juifs, et des Espagnols républicains...

Un kommando, en l'occurrence, c'est une unité de travail forcé. Les « intellectuels » en question sont accablés de corvées agricoles, de jardinage, de terrassement, de mécanique ou d'artisanat. Mitterrand se verra ainsi en train de fabriquer des jus de fruit, de trier des pommes pourries, de scier du bois chez un menuisier...

Étape importante dans les tribulations du prisonnier, parce qu'elle lui offre l'occasion de nouer quelques amitiés, moins profondes et vivifiantes peut-être que celle qui le lie désormais à Georges Dayan, mais qui marqueront sa vie : avec un paysan-sculpteur, un boxeur juif, un guérillero communiste et un jésuite rebelle.

C'est par une sorte de gag que Jean Munier entre alors dans son existence, lors d'une corvée agricole. C'est celui-ci qui raconte :

> « Nous étions chargés de protéger de la pluie les meules de foin par des panneaux de carton bitume. Je faisais la chaîne et m'efforçais de hisser une de ces plaques au sommet quand je vis deux pieds qui se balançaient, ceux d'un type assis au sommet de la meule. "Hé là ! un coup de main, SVP !" Le type se penche vers moi : "Si tu m'imitais, le travail serait bloqué !" J'en convins et suivis son exemple[4]... »

Mais sous la férule des nazis, les « tire-au-flanc » sont bientôt rappelés à l'ordre : Mitterrand et Munier passeront de longs jours à balayer des rails enneigés.

Fils de vignerons de Bourgogne, taillé à coups de serpe, Jean Munier s'impose d'emblée au mince jeune homme qui trouve en lui une personnalité protectrice, avant d'en faire, deux ans plus tard, le chef du service Action de son réseau. A peine ont-ils lié connaissance, Jean et François parlent d'évasion. Pourquoi ne pas s'enfuir ensemble ? « Tu es trop fort pour moi, objecte Mitterrand, bon connaisseur en performances sportives. Tu me crèverais ! Je partirai avec un compagnon à ma mesure... » Ce qui ne détourne pas Munier, devenu « chef de groupe », de préparer l'évasion de son ami, avant de le « couvrir ».

Bernard Finifter, c'est autrement qu'il conquit Mitterrand. Lors de l'inscription au kommando, chacun est tenu de déclarer de vive voix sa religion. « Juif, répond tranquillement le petit homme brun. – Tu sais comment ils sont ici ? lui souffle François. – Oui, j'en arrive. C'est vrai ou pas ? » D'origine russe, émigré à Berlin, Finifter s'y était fait boxeur. Une manière de faire face. En 1933, il avait pris le large du côté de Londres, puis à Paris – où il s'était plu, jusqu'en 1939. C'est dans les rangs de la Légion qu'il avait été capturé.

Finifter était un homme doté d'infinies ressources, capable de vous procurer une couverture en plein désert et du savon avant la fin du jour. Et sa parfaite connaissance de l'allemand lui donnait, en ces circonstances, de l'autorité. Tout juif qu'il fût, les maîtres du camp en avaient fait l'interprète indispensable pour toutes les transactions. Il tenta bien sûr de s'évader de son côté, et Mitterrand retrouva cet athlète complet de l'amitié au fond d'un cachot nu de Bad-Sulza : trois heures plus tard, tous deux couchaient sur une paillasse presque propre…

Quant à Roger Pelat, ouvrier, fils d'ouvrier, longtemps inscrit aux Jeunesses communistes, ancien combattant des Brigades internationales en Espagne, c'est lui aussi un des Atlantes musculeux que le destin a dépêchés auprès de l'infant d'Aquitaine pour lui permettre de traverser le pire. « Sans lui, confiera plus tard le président, je n'aurais pas survécu. »

C'est sous un jour défavorable pourtant que Mitterrand connut ce Pelat qui s'était vu confier les fâcheuses fonctions d'épouilleur en chef du kommando. C'est lui qui dirigeait ces opérations : douche collective, rasage, détection et arrachage des bestioles… Le jeune homme venu du « 104 » avait ces opérations en horreur particulière. Mais la jovialité de l'épouilleur l'emporta sur le dégoût de l'épouillé – et l'amitié naquit sous ce signe apparemment négatif.

Ainsi le fils Mitterrand découvre-t-il, décrite avec verve par son copain, la condition ouvrière vécue comme un combat, la lutte des brigadistes d'Espagne. Il lui faudra beaucoup de temps encore pour considérer les communistes d'un autre œil que celui d'un petit Volontaire national de 1934. Mais comme Dayan lui a fait connaître le visage d'un socialiste à aimer, Pelat lui aura fait voir celui d'un communiste (provisoire) à admirer.

Le quatrième personnage entré dans la vie de François au kommando de Schaala est un jésuite. Enfin, pourrait-on dire… – tant l'art de vivre, d'agir, de « tenir compte », de discerner, de relativiser, puis de s'opiniâtrer, chez le futur président, semble inspiré des préceptes et techniques de la Compagnie. Alphonse Delobre ne ressemblait guère pourtant au jésuite de la légende. C'était un grand diable de paysan de Haute-Loire expédié par les siens au séminaire pour l'arracher à la misère familiale, fort critique à l'endroit de l'Église établie, et qui s'enveloppait d'une cape pour cacher ses larcins (un canard, quelques œufs, une salade, deux tranches de lard) volés dans une ferme voisine et aussitôt mis en commun.

Mitterrand a eu beaucoup d'amis, et fidèles : mais bien peu

qu'il ait admirés autant que le jésuite révolté contre l'injustice et la règle, comparant le grand séminaire à la captivité, et ne croyant qu'à l'amour – ce prêtre qui pour sa part avait été attiré, chez le jeune sergent de la coloniale, par la « densité d'attention et de malice », par la « maîtrise de soi » et le « refus de la confidence »[5]. (Quelle sûreté du discernement ! Ce Delobre était tout de même un vrai jésuite...)

* * *

La grande, l'unique affaire, pour Mitterrand, nonobstant ses amitiés, c'est l'évasion. Il est à la fois absurde et nécessaire de demander pourquoi. (C'est en tout cas la première question que j'ai posée au président lors de nos entretiens de l'automne 1995.) Acte de « résistance », contre l'acceptation repentante prônée par Vichy ?

> « Pas du tout*. Il s'agissait chez moi d'un réflexe quasi biologique, celui de l'oiseau dans la cage. Je déteste la contrainte. Plus que toute autre, celle que subit le prisonnier. Il me fallait prendre le large, c'est tout. Peut-être aussi surmonter l'humiliation qui nous était infligée, à nous, captifs, et à la nation tout entière. Mais, je le répète, il s'est agi d'abord d'une impulsion élémentaire – qui n'a pas jeté vers la liberté des hommes plus courageux et aussi motivés que moi... »

François Mitterrand ne faisait là aucune allusion à ses problèmes personnels ou, mieux, affectifs : mais il convient de rappeler qu'à travers la correspondance qu'il reçoit alors des siens, et en raison de l'espacement et du ton de celle que lui adresse la jeune fille qu'il considère comme sa fiancée, une poignante inquiétude se mêle à cette impatience. Un message adressé à son frère Robert le 28 août 1941 est très explicite à cet égard : il le charge de revoir « Béatrice » pour « retarder toute solution définitive ».

Ce n'est donc pas seulement à la liberté qu'il aspire, c'est

---

* Mais, dans ses *Mémoires interrompus* (entretiens avec Georges-Marc Benamou, Odile Jacob, 1996), il revendiquera ce geste comme le premier de ses actes de « résistance ».

aussi à la sauvegarde de cet amour qui le possède assez fortement pour que cet homme que le père Delobre juge exceptionnellement avare de confidences n'ait pas pu le dissimuler à ses compagnons. A l'élan quasi animal qui le fait se ruer vers la liberté s'ajoute l'angoisse de l'amant délaissé – ce qui ne retire rien à la valeur des gestes accomplis : s'est-on jamais penché sur les motivations intimes des actions d'éclat, de Caton à Bayard ? De là à soutenir, comme Pierre Péan, que Mitterrand « restera plus marqué par sa blessure amoureuse que par sa guerre ou sa captivité [6] »...

S'évader, donc. Mais comment ? Mitterrand et Munier ont repéré, collée au mur du couloir d'un atelier de mécanique, une carte d'Allemagne. Ils multiplient les prétextes permettant d'emprunter ce passage pour relever de jour en jour, centimètre par centimètre, l'itinéraire qui relie la Thuringe à la Suisse. Pas moins de six cents kilomètres. Au bout de trois mois, durant les premiers jours de mars, le travail est à peu près au point. Entre-temps, le sergent Mitterrand a trouvé à la bibliothèque du camp – mais oui ! – le livre de Robert d'Harcourt racontant ses tentatives d'évasion entre 1914 et 1918... Il l'a lu et annoté.

Il a su aussi conquérir son entourage par sa culture, sa disponibilité à la faire partager, sa verve comique à l'occasion. Un candidat à l'évasion doit disposer d'un bon crédit pour faire admettre par ceux qui restent les représailles que peut entraîner son geste : appels nocturnes, stations debout dans la neige, diminution provisoire des rations.

Munier, chef d'équipe, couvre – à grands risques – l'opération. C'est Delobre qui veillera sur l'exécution : il désigne à son ami le compagnon idéal, l'abbé Xavier Leclerc, vicaire à Saint-Pourçain-sur-Sioule, dans l'Allier. Il lui procure des rations de biscuits, de chocolat, de sucre et de thé jugées nécessaires pour trois semaines de marche. Il confectionne à son intention (un jésuite sait tout faire...) un *Rücksack* où empiler le tout. Mitterrand et Leclerc se font accorder une journée d'exemption de travail par le médecin du camp en vue des derniers préparatifs. Le départ est fixé au 5 mars : il ne faut pas que les nuits – unique période de marche – soient trop courtes. Mais il faut éviter aussi un froid insupportable.

Narrant son équipée cinquante-cinq ans plus tard, François Mitterrand précisait que c'est grâce à Munier et à Finifter, chef de groupe et interprète, que les évadés ne furent pas signalés lors des premiers appels, gagnant ainsi douze heures : « Ils furent punis. C'était la règle du jeu[7]. »

Trois semaines de marches nocturnes, vers Schaffhouse et la Suisse. Une cruelle défaillance de santé du maigre abbé Leclerc les retarde et l'ignorance où ils sont tous deux de la langue allemande les met souvent en péril (à l'occasion, le sergent évadé se fera passer pour un ouvrier italien). Ils avaient prévu de ne dormir que deux heures par nuit mais, à la fin, ils ne peuvent même plus s'assoupir, trempés de pluie et de neige, transis. « Nous étions comme hallucinés », racontera Mitterrand.

D'où les erreurs qu'ils commettent, arrivés à deux nuits de marche de la frontière suisse : ils ont l'imprudence de s'aventurer sur la route en plein jour et de traverser – c'est un dimanche matin – le bourg d'Egesheim en Wurtemberg. Ils se trompent de direction, repassent par le village à l'heure de la sortie de la messe, sont alors repérés et bien en peine de s'expliquer. Non sans leur servir une soupe, le bourgmestre les remet au gendarme, qui les conduit à la prison du chef-lieu voisin, Spaichingen, sur le Danube. Un mois de cachot et les voilà réexpédiés vers leur « stalag d'origine », à Zigenheim, où leur est infligé un régime de haute surveillance : plus aucun travail à l'extérieur du camp…

Première rencontre hors de la geôle, celle de l'abbé Dentin (à croire que ces stalags étaient des séminaires…). « Tu as raté ton évasion ? – Oui. – Tu veux récidiver ? – Oui, après avoir récupéré… » L'abbé est ici ce qu'était Munier à Schaala : un factotum. Il intègre d'emblée cette brillante recrue dans les organisations culturelles du camp : la ZUT (Zigenheim université temporaire) et le GAZ (Groupe d'animation de Zigenheim). La bibliothèque (3 500 volumes) est dirigée, bien sûr, par un moine bénédictin…

Et c'est encore un abbé, nommé Delattre, qui invite Mitterrand à collaborer au journal du camp, *L'Éphémère*[8]. Les éditoriaux en sont anonymes, mais certains de ceux dus au sergent Mitterrand seront authentifiés trente-cinq ans plus tard par leur publication dans ses morceaux choisis, *Politique*[9]. Notre prisonnier mal évadé s'y manifeste sous un jour peu conformiste.

Ainsi, le 1er juillet 1941, dénonce-t-il « ce sport […] qui

consiste à fouiller le passé pour y crocheter nos erreurs et nos fautes [...]. Que chacun, au lieu de se frapper la poitrine (ou celle de son voisin) [...], prenne conscience de ses forces [...] il s'agit de vivre le présent, dégagés d'un passé qu'on nous colle à la face [10]... ». On ne saurait imaginer propos plus rétif au discours officiel de Vichy. Le ton est plutôt celui sur lequel on parle à Londres, alors qu'autour de Pétain s'élève un énorme et monotone *mea culpa* collectif – que s'épargnent les seuls militaires, premiers responsables de la défaite, et surtout les marins qui, eux, ont même refusé le combat : les amiraux, désormais, sont ministres, et triomphants...

Le 15 novembre 1941, le ton n'est guère plus accordé à une propagande maréchaliste qui se targue de tout faire pour améliorer le sort des captifs d'Allemagne sur lesquels est censé veiller Georges Scapini *, représentant personnel du Maréchal :

> « La nomination d'un fonctionnaire préposé au service d'accueil aux prisonniers, la distribution, dans les gares, de chocolat et de sandwiches, et les sourires des dames de la Croix-Rouge, cela ne peut suffire, croyons-nous, à guérir les inquiétudes, à exalter les courages [...]. Je crains qu'on ne parle des prisonniers comme on parle des morts [...] en estimant que leur première qualité est surtout de ne plus gêner les vivants [11]... »

Voilà un texte dont on peut penser qu'il ne fut pas lu à haute voix au « cercle Pétain » du stalag IX. Jean Munier, qu'il a retrouvé à Zigenheim, signale une « altération », à cette époque, dans les relations entre le sergent mal évadé et l'animateur de l'un de ces cercles [12].

C'est pourquoi il semble difficile d'attribuer aussi à Mitterrand un article du 30 août relatant la visite au camp du capitaine de La Chapelle, sur un ton fort respectueux, sinon servile. On sait notre personnage multiple et ondoyant. Mais à ce point ?

La vie au stalag (dont la ceinture de barbelés a été surélevée et doublée d'un mirador à l'autre, devenant apparem-

---

* Il avait perdu la vue. Ce pour quoi, assuraient les malveillants, il avait été désigné...

ment infranchissable par ceux qui sont, comme le sergent Mitterrand, interdits de corvées à l'extérieur) se diversifie et s'humanise. Les conférences se succèdent, auxquelles Mitterrand prend très largement part. Évoquant trente ans plus tard cette expérience devant Roger Priouret, il reconnaîtra y avoir « pris plaisir ». Et, de fait, il est entouré au camp d'une grande considération.

Pierre Péan, qui a tenu à interroger plusieurs de ses compagnons d'alors, est frappé de leur fidélité à son souvenir et résume ainsi leurs réponses : « Dites-lui qu'on l'aime[13]. » La plupart mettent l'accent sur son brio intellectuel, sa courtoisie, son dévouement à l'infirmerie – un seul, nommé Marivin, voyant en lui « un orgueilleux [...] qui se sentait déjà au-dessus de la masse ». Tel le voit en « professeur », tel autre en diplomate et un troisième en « ministre des Affaires étrangères ».

Mais sur le Mitterrand de cette époque, rien n'a été écrit de comparable à cet étonnant portrait qu'« Asmodée* » a tracé de lui dans *L'Éphémère* du 1er septembre 1941, trois mois avant son évasion définitive :

> « Tel Vautrin**, François Mitterrand est l'homme aux incarnations multiples. Il a en effet le don d'ubiquité et je le soupçonne fort d'être en possession du secret redoutable du dédoublement de la personnalité. Nouveau Janus, on le voit ici élégant rédacteur du journal, fin lettré, philosophe perspicace et subtil, et on le rencontre là sanitaire ponctuel et affairé, dévoué à la cause d'Hippocrate. Les Grecs professent qu'il est indigne d'un sage de s'appliquer à un art futile et grossier ; mais Mitterrand, qui sait qu'un gentleman est partout à sa place, remplit très bien l'une et l'autre de ses fonctions et toujours avec le plus de grâce.
> Soit qu'on rencontre le penseur pénétrant, soit qu'on frôle le sanitaire absorbé dans ses agitations quotidiennes et matinales, il ne faut pas oublier que François Mitterrand a un culte intime pour l'aristocratie, c'est-à-dire qu'il est incessamment consumé par les flammes dévorantes du lyrisme, de la beauté, de l'élévation de la pensée. Il est au physique une créature simple et tranquille, qui a l'air comme Marianne d'être

---

* On aimerait savoir qui se cachait sous ce pseudonyme. Quel talent !

** Eh bien !... (Voir plus haut, p. 42-43.)

> conservée dans le miel. Qu'on ne s'y trompe pas, il a, comme l'abeille, le nectar et l'aiguillon ; il a l'esprit ironique et l'âme tendre. Il a de l'esprit ; mais il a mieux encore : il a du cœur [...]. Mitterrand est un sage plein de scepticisme qui ne saurait avoir l'avilissante abnégation de l'esclave Épictète, et, à travers ses verres roses, ses prunelles bistres voient tout en noir. Pourtant [...] il peut dire avec l'élégiaque latin : "Je suis doucement lié par une chevelure blonde et des bras délicats"[14]... »

Quelques semaines plus tard, le même journal fait paraître, sous un dessin représentant Mitterrand en empereur romain drapé dans sa toge et couronné de lauriers, le quatrain suivant :

Hautain, sensible et péremptoire
Temple incontesté de l'esprit
Il a le front nimbé de gloire
On dirait Dante Alighieri...

Comme à la fin du portrait d'« Asmodée », l'allusion à « Béatrice » est claire. François ne peut dissimuler à son entourage son inquiète passion. Mais ce qui frappe dans ces deux reflets du sergent prisonnier, c'est l'impression d'assurance, d'aisance et d'ambition qu'il dégage. Le personnage se dessine, se muscle et se cristallise. Il lui manque la touche d'auto-affirmation qu'apportera l'évasion réussie.

On voit aussi, et chacun note, que la politique l'intéresse. Mais laquelle, en ces jours tragiquement indécis (Hitler a déclenché contre Staline l'opération « Barberousse » le 22 juin 1941 ; le Japon attaquera Pearl Harbor le 7 décembre) ? Où se situe celui en qui l'un de ses compagnons de camp voit un futur ministre des Affaires étrangères ?

L'abbé Dentin, en qui l'on peut voir le meilleur observateur de l'ensemble humain dont il a la charge provisoire, le juge en pleine évolution vers la gauche, passant « du noir au rouge », en tout cas « en crise religieuse ». Mais d'autres compagnons le tiennent pour attaché à ses idées de droite, voire « maréchaliste » (diagnostic que la suite des événements ne contredira pas d'abord...).

S'il est maréchaliste, ce n'est pas au point de se résigner à sa condition de captif. Comme il le confiait à Dentin en arrivant au stalag, il n'attend que d'avoir « récupéré » pour préparer la prochaine évasion, et il fait comprendre dans ses lettres à son frère Robert qu'un envoi de fonds (en marks, bien entendu) lui serait à cet effet d'un grand secours. Des paquets de cigarettes bourrés de marks sont ainsi confectionnés et expédiés au stalag IX A par un spécialiste de la Régie des tabacs ami de Robert, dûment agrémentés de la vignette fiscale. Chose surprenante, certains de ces paquets reviendront trois mois plus tard à l'envoyeur, avec la mention « parti sans laisser d'adresse » ! C'est ainsi que Robert Mitterrand apprendra, benoîtement, la seconde évasion de son frère[15].

François a raconté plus tard qu'une paire de chaussures reçue de sa famille à la veille du jour fixé pour la seconde évasion avait failli le faire renoncer… Mais non, il est trop violemment ressaisi par sa fringale de liberté – bien que, cette fois, la passion amoureuse y prenne moins de part : il sait, par Robert, que la rupture est consommée, faisant dire à son frère qu'il n'a retiré à « Béatrice » ni son « amour » ni son « estime ».

Pour cette nouvelle évasion, les compagnons choisis sont Pierre Levrard et Pierre Barrin. La date fixée pour ce départ est le 28 novembre 1941. C'est un dimanche, jour où les habitants des environs sont admis dans le camp, y provoquant un va-et-vient et quelque agitation. Enveloppés dans des imperméables allemands qu'ils ont su chaparder, ils peuvent se glisser à la nuit tombante au-delà des barbelés. Mais l'alerte est donnée, les lumières s'allument. Barrin est repéré, appréhendé : l'attention des gardiens étant focalisée sur lui, Mitterrand et Levrard peuvent se jeter à travers champs jusqu'à la gare voisine. Grâce à son vêtement, à l'argent reçu de Robert (c'est l'envoi suivant qui sera retourné à l'envoyeur…) et quelques bribes d'allemand qu'il a réussi entre-temps à apprendre, il prend le train pour Francfort et Metz. C'est là (la Lorraine est alors annexée par le Reich) que les ennuis commencent. La frontière n'est qu'à quinze kilomètres, mais il la trouve sillonnée par des patrouilles de la *Wehrmacht*.

De retour à Metz, épuisé, transi de froid, il ne peut résister à l'envie de chercher abri dans un hôtel, le Cecilia.

> « Les propriétaires, sur le pas de leur porte, parlaient français, ce qui était interdit par les autorités allemandes. Cela m'en-

couragea à leur demander une chambre. Mes hôtes m'y conduisirent. La chambre faisait très campagne, avec un gros édredon rouge… Une heure après, j'entendis frapper… "*Polizei !*" Les propriétaires m'avaient dénoncé… Ils m'ont fait payer ma chambre [16]. »

On l'expédie dans un camp voisin, à Boulay-Moselle (alors Bolsheim). Cette fois, après deux évasions, il est « bon pour la Pologne » ou tel autre kommando disciplinaire. Tout vaut mieux que s'attarder dans cette antichambre de la terreur. Il se souvient qu'un compagnon lui a donné à tout hasard, avant de le laisser partir, une adresse à Boulay, celle d'une jeune fille qui tient un stand de journaux, Marie (dite « Maya ») Baron. Un refuge ? Un relais tout au moins. Encore faut-il parvenir jusque-là.

Il se porte volontaire pour un transport du camp à la caserne voisine où est hébergée la *Wehrmacht*. Ses gardiens escomptent qu'il ne pourra s'échapper, étrangement attifé comme il est : veste rouge et sabots ! Le 10 décembre 1941 pourtant, à l'aube, il parvient à dégringoler dans un fossé et à se faufiler entre le camp et la caserne. Quand l'alerte est donnée, il galope sur la route : Boulay n'est qu'à quelques centaines de mètres, et, sur la place du bourg, Maya Baron est en train de lever son rideau de fer. Il peut s'engouffrer dans la boutique, et la jeune fille le fait passer en hâte chez des voisins où il se terre deux jours durant. De là, ses hôtes le ramènent à Metz où il est pris en charge par la famille Guillaume, qui n'en est pas à son coup d'essai.

Le lendemain il se retrouve dans un train qui longe la frontière, d'où il faudra sauter, au lieu-dit Sainte-Marie-aux-Chênes, des travaux forçant le train, dans ce secteur, à rouler très lentement. Il s'élance, rampe sous la pluie glacée et atteint une petite gare française – où des cheminots le nourrissent et lui trouvent une place dans l'autocar pour Nancy (portion de Lorraine non annexée, mais tout de même occupée).

Reste à franchir la ligne de démarcation vers la zone « libre ». A Nancy, un prêtre (encore), ami de Maya Baron, l'accueille et lui procure une carte d'identité portant sa propre photo. Ce qui permet à l'évadé de prendre le train pour Besançon, d'où il faut encore sauter sur le ballast du côté de Mouchard – ce qu'il fait en compagnie cette fois d'une dizaine d'autres irréguliers. En s'insérant ainsi dans une file indienne de vieux habitués de la « ligne », il débouche enfin, près de Chamblay, en zone non occupée, hors de portée semble-t-il des hommes en vert-de-gris. Date : le 16 décembre 1941.

« Vous êtes dans le Jura », lui dit-on. Le Jura ? Et pas de montagnes ? Il n'en revient pas, ce Charentais amoureux des cartes. Pas plus d'escarpements dans ce Jura tabulaire en pente vers la Saône qu'entre Aubeterre et Jarnac ! Un demi-siècle plus tard, le vieux président en restait aussi abasourdi que l'avait été le jeune évadé… Montagnes ou pas, il a un objectif, Lons-le-Saunier, où, lui a-t-on dit, il pourra se faire démobiliser. Il embarque dans l'autocar et regarde défiler les panneaux des villages quand soudain un nom le frappe : Mantry. C'est là, dans un délicieux village aux « toits de velours », qu'habite sa cousine Marie-Claire Sarrazin, dite « Clo » ou « Clairette », professeur de lettres, à laquelle le lie une amitié où se mêle quelque tendresse. Depuis des années, il échange avec elle une correspondance où Giraudoux et Valéry tiennent une large place[*]. Le nom de Mantry lui est donc familier. Il saute de l'autocar…

« Clo », sa mère et sa sœur Marguerite ont du mal à reconnaître François dans le hors-la-loi efflanqué, et bien sûr affamé, qui pousse leur porte. Mais une fois accueilli, le voilà dorloté et gavé de fromages de chèvre. Il n'en reste pas moins obsédé par la chasse dont il vient d'être le gibier, par la hantise d'être repris, s'enquérant des risques d'enquête, de patrouilles, si près de la « ligne ». Les dames le rassurent et le dirigent sur Lons-le-Saunier où, les formalités de démobilisation faites, il a la surprise de toucher une « prime d'évasion[**] ». N'est-il pas étrange que ce régime vichyste, fondé sur la résignation, récompense ainsi les rebelles ? Vit-il là le signe d'un « double jeu » de Pétain ? En 1995, il ne gardait pas le souvenir de s'être fait une telle observation…

Alors intervient son frère Robert, qui, sitôt informé par les cousines, accourt à Mantry et trouve son cadet « si maigre et si fourbu » qu'il le convainc d'aller se « remplumer » chez leurs amis Lévy-Despas, qui disposent à Saint-Tropez d'une

---

* Nous l'avons croisée p. 32.

** L'équivalent de 300 francs d'aujourd'hui.

grande maison proche de la citadelle*. Les deux frères sont reçus à bras ouverts le 23 décembre, notamment par le fils de la famille, Jean, qui en attendant d'animer un réseau de résistance, s'enchante d'accueillir un prisonnier évadé[17].

Mais François ne peut tarder à revoir son père (sa mère est morte quatre ans plus tôt). Le 1er janvier 1942, il prend un train pour Jarnac, situé en zone occupée, destination dangereuse pour cet évadé qui ne peut voyager qu'en prenant le risque de sauter du train... A Jarnac, où il passe trente-six heures, tous sont frappés par son mutisme – qui témoigne de l'incommunicabilité de ce type d'expériences.

Dans une conférence prononcée à Paris en 1947, François Mitterrand, alors jeune ministre, marquera bien à quel point les barbelés avaient retranché les prisonniers du reste de la nation. « La liberté, commentera-t-il, c'était cette maison blanche dans une ville d'Aquitaine qui s'ouvrait parce qu'un vieillard qui était mon père y accueillait un de ses fils [...]. La liberté, c'est peut-être en fin de compte, pour chacun, la simple possession du silence... »

S'il ne parla guère, François dut écouter le peu de mots que prononça son père, et qui ne durent pas être hostiles au vieux maréchal de Vichy. Joseph Mitterrand acceptera pour un temps – assez bref – d'entrer au conseil municipal de Jarnac, désigné par le nouveau régime. Ce vieil admirateur de Castelnau n'était pas sévère pour Pétain. Cela a-t-il compté dans le choix alors fait par le prisonnier évadé de mettre le cap sur Vichy ?

Si nous connaissons peu de chose des échanges de Jarnac, nous en savons moins encore sur ce qui fut dit entre François et « Béatrice », revue à Paris en janvier. Robert, qui avait depuis des mois renoncé à son rôle d'intermédiaire, d'avocat de la dernière chance, constate que François, « se soumettait à la dure réalité ». Il serait absurde d'expliquer le Mitterrand de ces années-là par cet échec, qui bientôt comptera moins que la remémoration systématique de l'épreuve des camps, que le souvenir exaltant des évasions, que le piétinement dans le marécage vichyste, que les combats de la Résis-

* Est-ce là qu'il se persuadera que le « statut des juifs » ne vise que les étrangers ? (Cf. tome 2, chapitre XV.)

tance : mais l'arrachement laissera, pendant des années encore, une plaie à vif.

* * *

Dans la conférence de mai 1947 déjà citée, François Mitterrand tirait quelques « leçons de choses » de ses expériences de la guerre, de la captivité et de l'évasion. Mettant aussi bien l'accent sur l'« esprit de gang » que sur les gestes de solidarité dont avaient été émaillées ces trois années d'épreuves, il soulignait à quel point « les classes sociales, les hérédités, les enseignements et les éducations » s'étaient révélés peu déterminants, qu'en l'occurrence « les élus avaient été improvisés » et que « cette improvisation du courage et de la dignité » était l'un des plus forts enseignements qu'il tirât de son expérience de la captivité.

Commentant plus tard ces épisodes, l'ancien président mettra volontiers aussi l'accent sur un thème qui lui est cher : au cœur de ces vastes ensembles rassemblés dans les camps et au cours des exodes, c'étaient de petits groupes, de petites bandes qui avaient permis les décisions, préparé les initiations, réalisé les opérations. Dès ce moment, dès Schaala et Bad-Sulza, le tacticien Mitterrand a déjà entrevu sa théorie des petits cercles agissants, plus ou moins concentriques et libres de se mouvoir de façon autonome.

Ainsi se dessine, par la remise en question des hiérarchies traditionnelles, par la stratégie apparemment minimaliste des petits groupes, l'homme public. Celui qu'on a vu très ferme sous la mitraille de 1940, rétif au travail forcé dans les camps, conférencier disert et informateur diligent, ingénieux et acharné candidat à l'évasion, résistant aux épreuves physiques qu'elle impose, triomphant enfin des obstacles, le voici qui émerge à une vie nouvelle.

Comme le Tamino de *La Flûte enchantée* fait homme par les épreuves auxquelles le soumet Sarastro (mais sa Pamina à lui s'est bel et bien perdue...), François Mitterrand sort de ce parcours initiatique – guerre, défaite, blessure, captivité, rupture affective, évasions, retrouvailles – bronzé et affûté. Son pays est vaincu, divisé et soumis ; la femme qu'il aime l'a quitté, son bagage universitaire s'avère de peu d'effets, son meilleur ami est cantonné au-delà de la mer. Mais il a eu la révélation de ses « pouvoirs », de son aptitude au commandement, de sa résistance physique et de son adéquation mystérieuse à la collectivité française en toutes ses composantes : bourgeois englué dans sa classe, il vient de voir s'abaisser les barrières, s'appropriant le don d'ubiquité. Il s'est fait passe-muraille et éclaireur, polymorphe et multi-reflets.

Parti d'une collectivité provinciale et bourgeoise, catholique et nationaliste, il vient de traverser courants et épreuves, humiliations et souffrances, et de découvrir, de la caserne de Lourcine à Verdun, du stalag aux sentiers nocturnes du Wurtemberg, un type d'humanité où juifs, curés mal-pensants et marginaux ont pris la relève des conformistes qui prétendaient lui enseigner la sagesse. Un nouvel homme est-il né en lui ? Le petit monsieur qui collaborait à *L'Écho de Paris* va-t-il s'effacer au bénéfice de l'« évadé » total ?

Non. Il lui faudra, les circonstances et l'Histoire aidant, retraverser le miroir, revivre, au négatif, le premier « bon jeune homme », en forger la caricature, pour rompre enfin, peu à peu, tâtonnant vers le nouvel homme. Il lui faudra, à Vichy, revivre le « 104 » et les tribulations du Volontaire national, revoir les notables de *L'Écho de Paris* et les douteux aventuriers de *Combat*, pour se libérer enfin – pour entamer la longue et sinueuse marche vers son personnage historique.

Mais ces deux années, de septembre 1939 à janvier 1942, font une fracture dans sa vie. La défaite et la blessure, Dayan et Pelat, le stalag et l'évasion ont dégagé son horizon. Et peut-être le détachement de son univers religieux. On peut certes s'étonner que la substitution opérée chez ce catholique entre les braves abbés des années 30 et des prêtres tels que Dentin ou Delobre se soit accompagnée d'un éloignement de l'univers chrétien. Mais on sait que les voies du Seigneur sont impénétrables…

Écoutons ce commentaire fait par un religieux particulièrement intelligent, Henri Madelin, un demi-siècle plus tard :

> « On peut dire qu'un grand basculement est survenu dans sa vie au temps de la captivité. Le jeune bourgeois élevé dans

> une vision du monde imprégnée de christianisme fait alors l'expérience de la diversité des hommes et du possible illogisme de leurs comportements. Il côtoie de près "celui qui croyait au ciel et celui qui n'y croyait pas". Il découvre, étonné, des formes d'incroyance tranquille. Le voici installé durablement au centre de l'expérience française[18]... »

Peut-être dut-il prendre ses distances avec l'institution pour se croire appelé ? Il faudra plus d'un an encore au jeune homme évadé du stalag pour se sentir investi d'une mission collective à travers son destin personnel.

Voici en tout cas un Mitterrand gréé pour la haute mer – et qui va, dix-huit mois durant, patauger dans un marécage.

CHAPITRE III

Un maréchal, deux généraux…

• La « pétaudière » • Retour aux Croix-de-Feu ? • Un de la Légion • Une saison en enfer • Saint Antoine de Montmaur • Pinot et les faux papiers • Avec l'ORA • Les conjurés de la Chandeleur • La francisque a deux tranchants • Un nommé Morland…

Mais qu'allait-il faire dans cette galère ? Ou, pour parler comme lui, cette « pétaudière », le jeune homme qui avait su dénoncer le grand avachissement de 1940, rompre physiquement avec la servitude, qui avait mesuré le poids de la contrainte du plus fort – et pouvait deviner ce que son meilleur ami, Georges Dayan, pensait (et souffrait) du régime Pétain ?

Nécessaire question. Sans négliger l'avis de fort bons résistants qui attribuent cette erreur d'aiguillage aux « pesanteurs » de l'époque et l'estiment amplement rachetée par les combats ultérieurs de Mitterrand, nombre d'historiens et d'observateurs la posent. Moins pour le « juger » que pour comprendre et tenter de rationaliser le cheminement d'un homme certes marqué par les enseignements de son milieu et de sa jeunesse, mais qui avait manifesté aussi bien son aptitude au discernement qu'un refus de la résignation peu conforme avec l'idéologie pleurnicharde de Vichy.

Une piste semble s'ouvrir, en vue d'interpréter l'installation du jeune sergent évadé dans ce Versailles de la panique qu'était Vichy : son passé de Volontaire national. En donnant à leur système croupion la devise « Travail, famille, patrie », qui était celle des Croix-de-Feu, Pétain et ses gens n'avaient-ils pas placé leur entreprise sous le signe du colonel de La Rocque et fondé un « État Croix-de-Feu » ? Dans cette France divisée et hagarde, en quête de signes, François Mitterrand n'avait-il pas vu comme un môle de ralliement ?

L'hypothèse* de l'« État Croix-de-Feu » ne tient pas : ni dans l'esprit de l'évadé, qui n'y fait référence dans aucune lettre, ni surtout dans la réalité. Opposé à la capitulation précipitée de juin 1940, au renversement de la République, au parti unique, à la collaboration et aux lois antijuives, François de La Rocque n'avait cessé d'être en butte aux rejets et vexations de la camarilla de Philippe Pétain – faite de maurrassiens tels que Raphaël Alibert, d'anglophobes comme l'amiral Platon, d'antisémites du type Xavier Vallat.

Une apparente réconciliation entre le maréchal et le colonel, coïncidant avec l'arrivée de Mitterrand à Vichy, avait si mal tourné que La Rocque fondait bientôt le réseau de résistance Klan, avant d'être déporté en Allemagne, en 1943. Ce n'est donc pas la « piste Croix-de-Feu » qu'il faut suivre pour trouver la raison de l'installation à Vichy de l'ex-sergent François Mitterrand, 25 ans.

Si l'évadé, que nous savons déjà en quête d'un destin hors du commun, dès lors qu'il a mesuré sa force de séduction, son aptitude à la décision et ses capacités de survie physique, pose ses pénates à Vichy en janvier 1942, c'est moins pour des raisons idéologiques ou de fidélité politique que par suite d'un enchaînement de causes et de circonstances où les relations familiales et les déterminations sociologiques comptèrent plus que tout. Sur ce point, donnons-lui la parole :

> « Jarnac impossible, Paris, pour les mêmes raisons, difficile**, je suis resté en zone sud. Je n'avais pas de situation. Mais j'avais des amis à Vichy – généralement des officiers, cinq à six personnes qui en connaissaient d'autres –, installés dans cette petite ville devenue le centre de gravité de la France et où siégeaient désormais les administrations publiques. On m'a dit : "Venez... On tâchera de vous trouver quelque chose." J'ai donc débarqué à Vichy[1]... »

Il y aurait beaucoup à dire sur ce « centre de gravité de la France » et sur cette « difficulté » de vivre et agir à Paris pour un évadé pourvu comme François de relations et

* Formulée et vite rejetée, on l'a vu dans *Le Colonel de La Rocque*, de Jacques Nobécourt.

** « Pour les mêmes raisons » peut-être, mais pas avec la même intensité. Paris était une jungle où l'on pouvait se perdre.

d'amis. Bien d'autres l'ont surmontée. Mais que signifie cet « on m'a dit » ? Vichy était alors un État militaire (nous dirions plutôt « mirlitaire », pour mieux évoquer le style de ce pouvoir accaparé par des amiraux et généraux vaincus et plastronnant) : « on » désigne naturellement deux officiers, des proches de la famille de Jarnac : le colonel Cahier, beau-père de Robert Mitterrand, et le commandant Le Corbeiller, ami et protecteur de leur beau-frère Landry, qui est attaché au cabinet du tout-puissant amiral Darlan.

C'est l'un de ces deux militaires qui procura un premier emploi au jeune homme, un poste de contractuel au service de documentation de la Légion des combattants, définie par son chef, François Valentin, comme « la courroie de transmission entre le Maréchal et les Français ». Le prisonnier évadé est introduit là au cœur du système, dans ce qui ressemble le plus au parti unique dans un régime totalitaire.

Mais quel système ? On ne peut tenter d'y repérer la démarche de Mitterrand si l'on ne décrit brièvement les détours de ce sérail auvergnat où somnole un sultan cacochyme aux réveils imprévus, et si l'on ne rappelle aussi que ce moignon d'État est alors reconnu, hormis le Royaume-Uni, par la plupart des puissances : les États-Unis, l'URSS et le Vatican entre autres.

En quête de clarté dans ce fatras de contradictions, on ne saurait retenir la vieille distinction d'André Siegfried entre « le Vichy de Pétain et celui de Laval » : s'il est vrai que celui-ci fut plus inféodé aux nazis, celui-là était plus embarbouillé de maurrassisme, sinon d'antisémitisme. Et hormis l'épisode du renvoi de Laval par Pétain, le 13 décembre 1940, et son éphémère remplacement par le modéré Pierre-Étienne Flandin *, il est souvent difficile de distinguer le maréchal de l'Auvergnat autrement que par le style et la sensibilité de leurs « entourages ».

Serre-t-on d'un peu plus près la réalité en distinguant, très arbitrairement, trois courants : les « maréchalistes », ralliés à la personne du « vainqueur de Verdun », on allait dire à son uniforme, à son képi, à ses étoiles, à sa légende, et souvent

* Épisode qui fit s'interroger un instant le général de Gaulle, à Londres : et si Pétain ?... Cf. Charles de Gaulle, *Lettres, notes et carnets, 1940-1941*, Plon, 1981, p. 212.

plus anti-Allemands que leur idole ; les « pétainistes », adhérant à l'ensemble des principes, des méthodes et des conséquences de la « Révolution nationale » ; et les « vichystes », acquis à la collaboration, qui englobaient dans leur dévotion le chef de l'État, Laval, Darlan, bientôt Henriot, sinon Darnand ?

Cercles concentriques, sécants, séparés, divergents ? Tout dépend des époques, entre le 10 juillet 1940 et le 12 novembre 1942, quand Laval rassemble d'un coup, sous sa poigne et celle de l'occupant désormais présent à Vichy, tendances, coteries et contrepoids. Encore verrons-nous, au-delà de cette date et jusqu'à la fin de 1943, s'affronter les « entourages » de Pétain et de Laval, ne serait-ce qu'à propos de dérisoires – mais pour nous intéressantes – attributions de la francisque.

Cette classification de nuées n'est même pas tout à fait opératoire s'agissant de notre personnage – dont le maréchalisme initial se teintera, à l'occasion, de pétainisme, voire, très brièvement, de vichysme, avant de déboucher sur le refus armé. Comme toujours, ce sont les dates qui importent, les mouvantes combinaisons entre rapports de forces et mûrissement des esprits.

Le rappeler impose de signaler un décalage entre celui-ci et ceux-là : des événements aussi capitaux que ceux du 16 avril 1942 (retour au pouvoir de Pierre Laval) et du 10 novembre de la même année (occupation de l'ensemble du territoire par la *Wehrmacht* après le débarquement allié en Afrique du Nord) nous semblent aujourd'hui trancher entre deux ères et deux visions des choses. Nous verrons qu'il convient de nuancer ; personnages, rencontres, lectures et missions modifieront la stratégie personnelle de Mitterrand autant, sinon plus, que les événements historiques précités.

Retenons en tout cas qu'au moment où reprend notre récit, François Mitterrand, revenant à Vichy vers le 20 janvier 1942, est bien ce que nous sommes convenus d'appeler un maréchaliste. Quelle que soit la part d'influence paternelle que l'on puisse déceler en cette adhésion, il n'est pas douteux que jusqu'à l'automne 1942 il a « cru, comme presque tout le monde, que Pétain pouvait protéger la France [2] » et qu'il a personnellement subi la fascination exercée par le vieux chef que de Gaulle appelait, en 1927, l'« Impérator ».

Écoutons-le, en mars 1942 : « J'ai vu une fois le Maréchal au théâtre [...]. Il est magnifique d'allure, son visage est celui d'une statue de marbre[3]. » Tout au long des premiers mois passés à Vichy, rien ne semble altérer ou nuancer, dans l'esprit et le cœur du jeune homme, la dévotion maréchalienne.

Nous avons laissé le nouveau citoyen de Vichy, bientôt installé à demeure chez les Renaud, 20, rue Nationale, engagé comme contractuel au service de documentation de la Légion des combattants. Documentation ? Dans un tel régime, et dans le cadre d'un tel organisme, ce mot risquait fort de recouvrir des activités plus ou moins policières, de mises en fiche ou de dénonciations. Des fiches, il y en eut bien, mais – si l'on en croit l'intéressé – elles étaient rédigées sous la direction d'un personnage si singulier qu'on ne peut décemment croire qu'elles servirent le régime.

Le commandant Favre de Thierrens, Languedocien au verbe haut, avait accueilli François en lui déclarant : « Je ne vous demanderai que du tout faux. » Dans le cadre ou sous la couverture de la Légion, cet officier opérait en liaison avec les services dits « des travaux agricoles », liés à ceux du commandant Paillole qui travaillait pour les Alliés. Les officiers amis de Mitterrand le savaient-ils ? C'est peu probable. En tout cas, Favre de Thierrens en fit tant qu'on le retrouvera à la Libération fêté par les Comités de résistance du Midi.

Mais ce n'est pas cet extravagant champion du double jeu qui illuminera notre héros de la grâce résistante. François avoue lui-même s'être « lassé » de cette activité qui était pourtant ce qu'on pouvait faire de mieux à Vichy. S'il ne semble pas avoir adhéré pour de bon à la Légion – bien qu'il admirât fort son chef, François Valentin, naguère proche des Croix-de-Feu, type chimiquement pur de maréchaliste anti-allemand –, Mitterrand paraît être tombé pendant quelques mois sous l'emprise de ses « anges noirs » de l'avant-guerre, les champions de la droite la plus virulente qui tiennent à Vichy le haut du pavé.

Au bar Cintra, il passe souvent ses soirées avec Paul Creyssel, ancien député PSF en rupture avec La Rocque (et dont Léon Daudet disait qu'« il paierait pour se faire acheter »), Simon Arbellot, journaliste d'Angoulême, qui est chargé d'endoctriner ses collègues étrangers en poste à Vichy, Jean Delage, son ancien patron à *L'Écho de Paris*, et surtout Gabriel Jeantet, l'ancien maurrassien devenu cagoulard et promu ici à la direction de *France, revue de l'État nouveau*.

Jeantet eut-il du mal à convaincre Mitterrand d'écrire pour cette publication officielle un récit de son transport en captivité ? L'article paraîtra en décembre 1942, dans le numéro 5 de la revue *France*, tout à la gloire de la « Révolution nationale » – ce qui rend plus frappant le ton de l'article du sergent évadé. Cette évocation d'une traversée de l'Allemagne de 1940 par des Français vaincus pouvait conduire aux pires déraillements collaborationnistes. Il n'en est rien. Pas un mot sur Pétain, ni Vichy, ni Montoire. En quête d'incongruités, on a relevé que Mitterrand y déplorait « 150 années d'erreurs ». Était-ce un procès de l'ère républicaine et par là une reprise des thèmes de la propagande vichyste ? Mais un bon lecteur de Charles de Gaulle, entre 1940 et 1947, relève, à propos de la IIIe République, des traits analogues sous la plume ou dans la bouche d'un personnage qu'on ne pourrait qualifier de perroquet du Maréchal...

Fallait-il que ce texte commandé et publié par un propagandiste de Vichy fût peu marqué par l'idéologie du régime pour que, procédant trente ans plus tard à un choix de ses écrits politiques, François Mitterrand, leader du Parti socialiste, ait pu y introduire cet article de 1942 [4] ? Combien de notables ayant écrit et publié sous l'Occupation, et sur des sujets aussi brûlants, pouvaient se le permettre ?

Mais on ne vit pas impunément dans le milieu intellectuel et politique qui est alors le sien. Indépendamment des personnages déjà cités, il lit alors avec admiration l'*Histoire de l'armée allemande*, de Jacques Benoist-Méchin, très proche de Darlan, ouvrage d'ailleurs magistral, écrit en 1938, alors diffusé avec l'appui et les encouragements des occupants qui avaient fort goûté, du même auteur, *La Moisson de 40*, hymne à la collaboration. Aussi bien Mitterrand traverse-t-il alors ce que Pierre Péan appelle à bon droit « le point culminant de son pétainisme ».

Nous sommes le 22 avril 1942. Trois jours plus tôt, l'évasion du général Giraud d'une forteresse prussienne a ranimé un certain espoir dans l'opinion française et contribué à accélérer un basculement défavorable à l'occupant. Le lendemain – relation de cause à effet ? –, Pierre Laval est rappelé au pouvoir en lieu et place de l'amiral Darlan (qui commence, lui, à s'interroger sur l'issue de la guerre…).

C'est ce moment que choisit François Mitterrand pour écrire une lettre à en-tête de la Légion des combattants retrouvée par Pierre Péan qui ne donne pas le nom du (ou de la) destinataire *, lettre où le jeune homme se révèle en proie aux pires tentations, aux démons les plus menaçants de cette sombre période. Qu'on en juge :

> « … Comment arriverons-nous à remettre la France sur pied ? Pour moi, je ne crois qu'à ceci : la réunion d'hommes unis par la même foi. C'est l'erreur de la Légion que d'avoir reçu des masses dont le seul lien était de hasard : le fait d'avoir combattu ne crée pas une solidarité **. Je comprends davantage les SOL ***, soigneusement choisis et qu'un serment fondé sur les mêmes convictions du cœur lie. Il faudrait qu'en France on puisse organiser des milices qui nous permettraient d'attendre la fin de la lutte germano-russe sans crainte de ses conséquences – que l'Allemagne ou la Russie l'emporte, si nous sommes forts de volonté, on nous ménagera. C'est pourquoi je ne participe pas de cette inquiétude née du changement de gouvernement. Laval est sûrement décidé à nous tirer d'affaire. Sa méthode nous paraît mauvaise ? Savons-nous vraiment ce qu'elle est ? Si elle nous permet de durer, elle sera bonne [5]… »

Texte terrible, qu'il ne faudra pas oublier, ne serait-ce que pour mesurer ce qu'a risqué de devenir Mitterrand avant de s'accomplir. Certes, le « je souhaite la victoire de l'Allemagne » de Pierre Laval ne sera prononcé que quatre mois plus tard. Mais François Mitterrand – qui n'exclut ni la victoire de l'un, ni celle de l'autre, et n'en « souhaite » aucune… – semble s'aligner ici sur Laval, alors même que le

---

* Il s'agit de Marie-Claire Sarrazin, à laquelle, suffoqué par le texte, j'ai demandé de me communiquer la lettre. Celle-ci est bien de François Mitterrand, écrite à l'encre rouge…

** Voilà une formule bien étrange sous la plume d'un homme dont la carrière se fondera, en ses débuts, sur la solidarité entre anciens combattants…

*** Service d'ordre légionnaire.

directeur de la Légion, François Valentin, qu'il admire, démissionne pour protester contre ce retour, et que, pour le même motif, le gouvernement américain, jusqu'alors si maréchaliste, rappelle de Vichy son ambassadeur, l'amiral Leahy.

Lui, il est vrai, renvoie dos à dos l'Allemagne et la « Russie » – se gardant de parler de bolchevisme. Mais ses propos sur le SOL (Service d'ordre légionnaire), qui deviendra, entre les mains de Darnand, la sinistre Milice (le mot, au pluriel, est d'ailleurs dans la lettre), cet éloge de la « réunion d'hommes unis par la même foi », liés « par les mêmes convictions du cœur », foi et convictions qui, dans ce contexte, ne vont évidemment pas dans le sens de la démocratie, ces propos font frémir. Ce Mitterrand-là a existé, ne fût-ce que quelques jours – comme ont existé le Péguy qui en 1914 appelait à la mort de Jaurès, le Clemenceau qui assurait en 1917 préférer faire tuer deux Noirs qu'un seul Français…

Oui, le François Mitterrand du 22 avril 1942, celui qui fréquente les Jeantet et les Arbellot, qui a retrouvé et rencontre assidûment Jean de Fabrègues, lit avec admiration le livre de Benoist-Méchin, trouve la Légion trop « fonctionnarisée » pour un homme de sa « trempe », ce Mitterrand qui brûle d'agir, cet homme-là a frôlé le pire : la déchéance de la collaboration. De ces quelques semaines de vertige du printemps 1942, François Mitterrand gardera-t-il le souvenir ? Si rudement que le traiteront les intervieweurs à la fin de sa vie, nul ne le poussera dans ces retranchements-là, à propos de cette période où la rencontre avec René Bousquet (qui ne semble pas se produire dès cette époque) n'aurait été qu'un épisode entre autres de cette « saison en enfer ».

* * *

Sa chance, liée à son comportement de guerre et de captivité (comme sa malchance avait voulu qu'il s'acoquinât, en arrivant à Vichy, avec ses pires relations d'avant-guerre), voulut qu'il retrouvât alors quelques-uns de ceux auxquels le liaient sinon la « même foi », au moins des épreuves et des risques communs : les évadés. C'est la remémoration active de cet acte de courage et de liberté qui va le sauver de l'abîme.

En même temps que lui, ou à peu près, d'autres camps et par d'autres voies, se sont évadés trois hommes qu'il rencontre à Vichy ou dans la région : Jean Roussel, Max Varenne et le Dr Guy Fric. Dans ses *Mémoires interrompus*, François Mitterrand nomme le deuxième. Mais ce sont les deux autres, semble-t-il, qui furent les plus actifs dans le « retournement » du sergent évadé – du délire vichyste d'avril aux activités de moins en moins légales auxquelles il s'adonne à partir de juin 1942.

Depuis son évasion pendant l'été 1941, le Dr Fric s'était réinstallé à Clermont-Ferrand, sa ville natale. En avril 1942, les affiches placardées sur les murs de la cité annonçaient une conférence du célèbre physicien Georges Claude, qui s'était fait le propagandiste de la collaboration. C'est à cette occasion, en vue de déclencher un chahut contre ce personnage, qu'il rencontre Mitterrand, amené là par Jean Roussel. Défié, houspillé, le savant fourvoyé bat en retraite... Contre le nazisme, il leur arrivera à tous trois d'être plus audacieux. Mais entre ces évadés le lien est noué. Pour Mitterrand, c'est le début de la désintoxication.

La réorientation du sergent maréchaliste va surtout s'opérer au sein du Commissariat au reclassement des prisonniers. Cet organisme avait été créé neuf mois plus tôt, le 14 octobre 1941, alors que 1 million et demi de captifs languissaient encore dans les camps, 250 000 ayant été rapatriés pour des raisons diverses, souvent la maladie – sans compter les 16 000 évadés. Tant le sort des détenus que celui des libérés posaient des problèmes vitaux aux gouvernants : il s'agissait d'hommes de 20 à 40 ans, le noyau de la population active. Permettre aux absents de survivre sans sombrer dans le désespoir, réintégrer les présents, la tâche était immense – et c'est un des rares sujets qui retinrent l'attention constante du vieux Maréchal, auquel les historiens reconnaissent une vertu, la sollicitude pour les « troupiers », fussent-ils hors de combat.

Le choix de l'homme chargé de cette mission était bon. Issu des milieux les plus conservateurs – sa mère était une Talleyrand-Périgord et son père un dirigeant du Comité des forges –, ancien adjoint de C.-J. Gignoux, le président du patronat, Maurice Pinot était, selon Jean Guitton qui fut son ami, un « maître en l'art de gouverner [...]. Où qu'il fût, il se formait comme un petit conseil d'esprits solides et amis, à qui il donnait des axes de recherche, [...] suggérait de faire ce que lui-même aurait pu faire ; mais il se retirait et disparaissait, comme le dieu derrière l'orage [6] ».

Maurice Pinot, tout maréchaliste qu'il fût, entouré de fonctionnaires du même bord, comme le conseiller d'État Pierre Join-Lambert, les ingénieurs Henri Guérin * et Marcel Barrois ** ou le syndicaliste Jean Cornuau *** – tous anciens prisonniers évadés ou rapatriés –, entendit remplir sa mission dans l'esprit le moins conformiste et le plus dynamique – le moins vichyste, en somme. Il choisit d'ailleurs de s'installer à Paris, le climat politique et moral de Vichy lui causant « un certain malaise [7] ». A Paris, confiait-il à l'un de ses collaborateurs, « on sait au moins à quoi on résiste [8] ». Le délégué à Vichy de Maurice Pinot était, à l'époque où Mitterrand rejoignit l'institution, Georges Baud, apparemment plus conformiste, mais qui laissera la fronde se développer autour de lui.

Les premières réalisations du Commissariat furent les créations des « maisons du prisonnier » et des « centres d'entraide » (CEA) – réconforts pour les arrivants, souvent tenus pour des gêneurs, des ratés ou des lâches. Le choc entre la pénurie besogneuse où vivaient les citoyens de l'intérieur depuis 1940 et l'inadaptation quêteuse des revenants fut l'une des tragédies de ces années-là, à laquelle les services, maisons et centres de Pinot remédièrent tant bien que mal.

Mais François Mitterrand, qui sera affecté d'entrée de jeu au service de presse chargé de faire connaître les objectifs et les réalisations du Commissariat, constata vite que ses nouveaux camarades s'adonnaient à d'autres activités que la distribution de soupe ou de travail. Pour le convaincre de les rejoindre au Commissariat, Roussel lui a confié : « Tu devrais venir travailler ici. Ils sont très sympa et, en plus, on n'est pas dans la ligne... »

Pas dans là ligne ? François Mitterrand aura eu l'occasion d'apprendre ce que signifie cette formule en accompagnant

---

* Déporté en 1944.

** Mort en déportation.

*** Que l'on retrouvera aux côtés de Mitterrand dans une occurrence mémorable (voir chapitre V).

Roussel en un lieu étrange et auprès d'un homme singulier qui vont jouer un rôle décisif dans les mois suivants, ceux du grand virage mitterrandien – de l'hiver des vichystes à l'été de la pré-Résistance. Le lieu, c'est Montmaur. L'homme, c'est Mauduit.

Montmaur était un petit château perdu dans le Dévoluy, massif des Hautes-Alpes, au sud du Vercors. Mauduit l'avait loué pour y créer un centre de regroupement des prisonniers évadés. C'est là qu'il convoque, le 12 juin 1942, quelques hommes qu'il juge dignes de faire aboutir son projet. Parmi eux Roussel, qui a convaincu Mitterrand de l'accompagner.

Antoine Mauduit, seigneur provisoire de Montmaur, a-t-il joué un rôle déterminant dans le « salut » de Mitterrand ? Il est arrivé à celui-ci de le nier. Mais il n'a pas cessé de rendre hommage au personnage – « l'un des plus attachants que j'aie jamais approchés [9] » – et à l'organisation qui y fut créée, la Chaîne, noyau de l'un des premiers maquis ouverts à tous les courants en rupture avec l'ordre établi. La résistance était alors le fait de réseaux dilués dans le corps social, sans implantation géographique – laquelle prendra corps ici et là, au début de 1943. En attendant, écoutons Mitterrand [10] nous parler de Mauduit :

> « Un homme admirable [...]. Un personnage fascinant, chevaleresque, un authentique entraîneur d'hommes, d'une formidable rectitude. Issu d'une famille aisée [...] longtemps incroyant [...] il s'était converti au catholicisme, avait renoncé à tout, était devenu capitaine dans la Légion étrangère, puis ouvrier agricole [...]. Prisonnier, affecté en Syrie qu'il avait quittée en juillet 1941 [*], il avait monté le premier maquis pour les prisonniers de guerre évadés [au] château de Montmaur [...]. Ce qui allait devenir le maquis du Dévoluy [...] constituait une sorte de phalanstère où vivaient quarante à cinquante personnes que liait comme un pacte mystique. Je me souviens de militants communistes qui jusqu'à la fin de leur vie ont continué d'appartenir à la Chaîne. A Montmaur régnait un mélange d'esprit boy-scout, de christianisme conventuel [...], de patriotisme militant [**]. »

---

* Refusant donc de rallier les forces gaullistes.

** Déporté en 1944 à Bergen-Belsen, Antoine Mauduit y mourra à la veille du rapatriement, trop occupé à soigner les malades pour prendre le train du salut.

Plutôt que de se faire moine guerrier dans la montagne, François redescend vers la plaine et les bords de l'Allier, où ses activités vont se faire de moins en moins légales, de plus en plus honorables... Mais Montmaur restera un pôle de référence – et trois mois après le premier conclave, celui de juin 1942, une réunion s'y tiendra, à laquelle François Mitterrand attribuera après coup une importance historique.

Ouvrons son premier ouvrage, *Les Prisonniers de guerre devant la politique*, publié en 1945 : « Le 15 août 1942, quelques hommes se réunissaient au château de Montmaur, dans les Hautes-Alpes. Tous prisonniers de guerre, pour la plupart évadés d'Allemagne, ils avaient décidé de perpétuer dans l'action les réflexions qu'ils avaient pu faire dans leur camp de captivité [11]... » Objectifs : retrouver, regrouper, dépanner les évadés. En attendant l'action. Et de nommer les chevaliers de la Table ronde – Mauduit, Gagnaire, Montjoie, Barrois, lui-même. Étrangement, ni Roussel ni Fric ne sont cités. Avaient-ils manqué ce rendez-vous capital, eux qui avaient servi de traits d'union entre Mitterrand et Mauduit ?

On peut juger un peu prématurée l'affirmation qui suit cet exorde : « Le 15 août 1942 naissait donc le premier mouvement de résistance des prisonniers de guerre... » Il faudra encore quelques mois pour que la Chaîne se développe en s'unissant à d'autres courants et donne naissance à un mouvement de résistance proprement dit, d'ailleurs concurrencé par d'autres. Auparavant, il aura fallu à François Mitterrand accomplir bien d'autres démarches pour s'affirmer comme le coordinateur, puis l'animateur de ces courants.

Quand il participe, le 15 août 1942, au deuxième colloque de Montmaur, Mitterrand est depuis trois mois chef adjoint du service de presse du Commissariat au reclassement des prisonniers, chargé notamment de la rédaction du « bulletin de liaison » de cet organisme et de quelques émissions radiophoniques. Poste idéal pour les contacts, le renseignement, l'influence.

Il n'a pas eu de mal à s'insérer dans ce milieu, où il se lie très vite, après Roussel, avec des hommes tels que Marcel Barrois, Georges Van Batten, André Magne et, un peu plus tard, Jean Védrine : Pinot choisissait bien son monde... Sur l'impression que produisit sur ses camarades du Commissariat le « chef adjoint du service de presse », on dispose d'une curieuse confidence de son ami Jean Roussel : « Les collègues de Mitterrand étaient jaloux de lui... Il était trop fort[12]... » Ce n'est pas la première et surtout pas la dernière fois que nous relevons ce type de notation à propos du personnage. En tout cas, il s'affirme.

Le Commissariat au reclassement des prisonniers ne se contente pas de créer ici et là des « maisons du prisonnier » et des « centres d'entraide », celui de l'Allier notamment qu'ont fondé Mitterrand et Barrois, entre deux missions à Lyon et Clermont, Marseille et Paris – où on le voit assez souvent et où il renoue avec des amis du « 104 » que l'on retrouvera. Il prend sa part à la fabrication des faux papiers pour les évadés qui se trouvent dans la même situation que lui en décembre 1941.

Le futur président de la République se révèle un excellent faussaire, sculptant des pommes de terre pour fabriquer des tampons, et un habile fabricant de paquets pour les prisonniers : les faux papiers et les itinéraires d'évasion y étaient dissimulés dans les brosses que contenaient les colis. Rien ne vaut un ancien évadé pour préparer les évasions.

Mais le long décrochage de François Mitterrand d'avec le régime de 1940 s'opère aussi sur d'autres plans. Après la « révélation Mauduit », après la pénétration dans le Commissariat Pinot aux multiples activités, voici que se dessine une filière militaire. Non que les hommes de Londres se profilent à son horizon : il faudra pour cela encore une longue année d'approches et de tâtonnements. Mais l'armée dite d'armistice commence à s'arracher au sommeil, sous l'influence d'un choc salubre.

* * *

On a fait allusion déjà à l'évasion du général Giraud du camp de Königstein, en Prusse, et à son retentissement dans l'opinion. Illusion ? A peine évadé, Giraud croit bon d'accourir à Vichy, où il est reçu par Pétain le 26 avril 1942. Laval menaçant de le « restituer » aux nazis, le général accepte de signer une lettre rédigée par l'entourage du Maréchal, où il « donne [sa] parole d'officier [...] de ne rien faire qui puisse gêner les rapports [des autorités de Vichy] avec le gouvernement allemand... ». Comme si cette humiliation ne suffisait pas, il est convoqué deux semaines plus tard à l'hôtel du Parc, où Philippe Pétain lui donne à entendre qu'il est de son devoir de se « rendre volontairement aux Allemands ». Cette fois, l'évadé se rebiffe et prend le large. Il devient disponible, dynamisant les velléités disparates de ceux des cadres de l'armée qui, sous l'impulsion du colonel Groussard, ancien cagoulard, se préparent à la résistance.

En ce printemps 1942, le retour de Laval au pouvoir dissipe maintes illusions et quelques espérances dans une armée qui croyait pouvoir attendre beaucoup de Darlan, et constate au demeurant qu'en Russie la *Wehrmacht* piétine plus longtemps que prévu. Des chefs comme les généraux Frère et Verneau sortent de leur réserve et jettent les bases de ce qui sera l'ORA (Organisation de résistance de l'armée). Il faudra des mois encore pour que se tisse cette toile, après l'arrestation des deux généraux et leur remplacement par les colonels Revers, ancien collaborateur de Darlan, et Pfister. Celui-ci rencontrera François Mitterrand à l'automne par l'intermédiaire de Mauduit, lui-même en rapport avec des officiers anciens légionnaires comme lui, les colonels de Linarès et Mennerat*.

Ainsi se dessine pour Mitterrand une nouvelle filière : celle qui se résume dans le nom du général Giraud et les initiales de l'ORA. Elle prendra toute sa signification à partir du 8 novembre 1942, date du débarquement allié en Afrique du Nord, provoquant l'occupation de la zone libre et la liquéfaction du mythe Pétain. Alors Giraud, que l'on sait encouragé par les Américains à assumer les responsabilités majeures, apparaîtra aux anciens maréchalistes comme le recours idéal, épargnant le ralliement, jugé humiliant par beaucoup d'entre eux, à l'homme de Londres.

Il se trouve en outre que, par son beau-frère Landry, qui avait, par ses relations, contribué à son installation à Vichy en 1942, François Mitterrand voit s'ouvrir des portes du côté

* Qui, avant d'être le chef dont dépendait le sergent Mitterrand, en 1939, avait été le condisciple de Charles de Gaulle à Saint-Cyr. Ce qui ne lui parut pas une raison suffisante, après le 18 juin 1940, pour le rejoindre à Londres.

du clan Giraud. Rapports personnels qui vont compléter ceux qui sont amorcés par le truchement de Mauduit, et le feront entrer dans la Résistance active par ce canal quelque peu sinueux.

François Mitterrand s'est toujours défendu d'avoir été giraudiste, affectant même – s'adressant à l'auteur… – de ne pas comprendre ce que signifiait ce mot. Il eût été superflu de lui rappeler que pour un maréchaliste du début de 1942, il s'agissait d'un « sas » tout à fait bienvenu (savoir saisir le moment et le rôle opportuns n'est pas forcément être opportuniste…), permettant de passer, sans se désavouer, du sabotage anticollaborationniste tel qu'il était pratiqué au sein du Commissariat Pinot – avec le sentiment de servir aussi les arrière-pensées du Maréchal – à la résistance armée. Pour un homme qui n'avait pas, en raison des circonstances, reçu de plein fouet et entendu l'appel du 18 Juin et qui gardait un certain attachement sentimental au vieux Maréchal, l'entrée dans la filière giraudiste n'était pas déshonorante.

Sans compter que le seul contact matériel que le Mitterrand de cette époque ait eu avec le gaullisme – une rencontre à Lyon en septembre 1942 avec Michel Cailliau, neveu du Général, qui commençait à monter, de son côté, un réseau de prisonniers évadés à l'enseigne de la France libre – avait contribué à brouiller les cartes : les deux hommes s'étaient haïs d'emblée, d'instinct. Cailliau, que l'on retrouvera au fil de cette histoire dans le rôle de l'anti-Mitterrand à l'état pur, déclarera* à Pierre Péan : « Il était hostile à la Résistance […]. C'était un loup […]. Je l'ai méprisé… » Nous verrons bientôt le sergent évadé beaucoup mieux compris par des gaullistes non prévenus.

Dans ce lent déhalage de Vichy qu'opère l'évadé de décembre 1941 tout au long du second semestre 1942, de fabrique de faux papiers en organisation de filières d'évasion, de colloques à Montmaur en contacts furtifs avec la Résistance inspirée par le giraudisme, un à-coup inattendu se produit soudain, qui ne semble pas avoir contrecarré ni même ralenti cette évolution, mais vient rappeler à François

* Quelques années plus tôt, enquêtant pour ma part auprès du même personnage à propos de son oncle le Général, je l'avais entendu exprimer, à l'encontre de Mitterrand, la même haine, viscérale…

Mitterrand qui il est et d'où il vient – sinon où il va : son audience à l'hôtel du Parc le 22 octobre par le maréchal Pétain, en compagnie de deux camarades, Marcel Barrois et Albert Vazeille.

La publication de la photographie en couverture du livre où Pierre Péan entend retracer, avec une rigueur honnête, la jeunesse de François Mitterrand, a choqué l'opinion. On a glosé sur ce qui paraît être – le troisième personnage étant en retrait et regardant ailleurs – un face-à-face entre le Maréchal et le futur président. On a beaucoup commenté le regard du jeune homme, que d'aucuns ont trouvé « extatique ». En fait, dès lors qu'il n'avait pas refusé l'invitation, et dans le climat qui régnait autour de l'« Impérator », un modeste et jeune visiteur ne pouvait guère faire un autre visage – et nous savons que Mitterrand admirait le vieil homme.

Mais ce qu'on néglige généralement de signaler, c'est que la troisième personne, celle qui figure au centre de la photo, est Marcel Barrois, qui, un an plus tard, sera déporté pour faits de résistance – les mêmes que ceux dont pouvait se prévaloir Mitterrand – et mourra en avril 1944 dans le train qui l'emmenait à Buchenwald... Mais laissons la parole à François Mitterrand :

> « Ah, ces vingt minutes passées à l'hôtel du Parc !... De quoi s'agissait-il ? Pétain nous a reçus au même titre que les représentants d'autres organisations à but social (en l'occurrence, à propos d'une collecte de vêtements chauds) [...]. Pétain entreprenait une campagne de séduction à l'égard des mouvements de solidarité qu'il savait hostiles ou réticents [13]... »

La « séduction » eût-elle opéré plus fortement si l'événement n'avait pris, trois semaines plus tard, un tour bouleversant ? Le débarquement allié en Afrique du Nord modifiait la donne : à partir du 10 novembre, ayant rejeté les innombrables invites qui lui étaient faites de s'envoler pour l'Algérie, le Maréchal n'était plus qu'un otage, Vichy une fiction, et c'est à Paris, dans l'étau nazi, que Laval allait mener les affaires face au conglomérat d'Alger, où, sous l'arbitrage américain, Darlan, Giraud et une poignée de gaullistes se disputaient les faibles cartes françaises.

Résumé de la situation par Mitterrand (cinquante ans plus tard) : « Les hommes de Vichy avaient cessé d'être pour moi de simples marionnettes. Ils sont devenus des adversaires [14]... » Ce qui n'est pas s'attarder beaucoup à cerner la complexité des situations, ni des sentiments.

S'il est en route pour la Résistance, Mitterrand baigne encore dans une complexité que manifestent deux rencontres faites dans les dernières semaines de l'année 1942, après le débarquement, et qui lui donnent l'occasion de confirmer l'extrême dualité où il vit – n'ayant pas encore achevé son « travail de deuil » par rapport au maréchalisme.

C'est alors en effet qu'il rencontre, au Commissariat, l'un des hommes qui désormais feront partie du premier cercle de ses amis – ce qui compte, quand on sait ce qu'est pour lui l'amitié ! Il s'appelle Jean Védrine. De ses premières rencontres avec François Mitterrand, celui-ci retient aujourd'hui : *a*) que son nouveau camarade avait résumé ce qu'on attendait des arrivants par cette formule : « faux papiers » ; *b*) qu'il suggérait que des plans pour une organisation de lutte active contre l'occupant se mettaient en place ; *c*) qu'il n'avait pas rompu, spirituellement si l'on peut dire, avec le Maréchal [15].

C'est sur un autre plan que se situe la seconde rencontre, ne serait-ce que parce qu'il s'agit de retrouvailles – avec son vigoureux camarade du stalag IX A de Schaala : Jean Munier, celui avec lequel il n'a pas voulu s'enfuir de peur d'être « crevé » et qui a été libéré par ses gardiens pour avoir sauvé des civils allemands lors du bombardement de Cassel *. Dès son retour en France, Jean Munier a cherché à rejoindre ses camarades du stalag IX A et, par le truchement de Geneviève Mitterrand, sœur de François, réussi à retrouver sa trace. Ils se donnent rendez-vous à la gare de Dijon (Munier est bourguignon) le 19 décembre 1942. Mitterrand lui demande aussitôt d'entrer dans l'organisation de prisonniers résistants qu'il est en train de créer. Munier se met sans réserve à sa disposition [16].

Peut-on déjà parler d'un « réseau » de résistance ? Peut-on dater du tout début de l'année 1943 la création du RNPG (Rassemblement national des prisonniers de guerre), que beaucoup appelleront le « Pin-Mitt » (Pinot-Mitterrand) ? S'il n'est pas douteux que, dès cette époque, se rassemblent

---

* Voir, chapitre IV, p. 121, une importante retombée de ce geste.

les pièces du puzzle, il aura fallu qu'un nouvel événement cristallise les attentes et les velléités.

Le 13 janvier 1943, Maurice Pinot est convoqué à l'hôtel Matignon par Pierre Laval, chef du gouvernement (tous deux résidaient à Paris), pour s'entendre signifier que la politique d'opposition menée par le Commissariat contre la « relève » – échange d'un prisonnier libéré contre trois ouvriers envoyés en Allemagne – était intolérable, et qu'il avait décidé de se « séparer de lui ». Pinot exigea une révocation en bonne et due forme. Mais le *Journal officiel* présenta son départ comme une « démission », entraînant la désignation, comme successeur, d'André Masson, homme lige de Laval. Sitôt avertis, tous les collaborateurs de Maurice Pinot, à Vichy comme à Paris, décidèrent de démissionner en bloc.

Il se trouve que, quelques heures plus tard, le 14 janvier, Jean Védrine, le nouvel ami de François Mitterrand, devait être reçu en audience publique à l'hôtel du Parc par le chef de l'« État français », avec une trentaine de personnes, en tant que prisonnier récemment libéré. En dépit de l'affaire Pinot, la cérémonie est maintenue, comme si de rien n'était. Au moment où le Maréchal s'avance vers lui, Védrine lui exprime avec véhémence la « surprise » et la « tristesse » que provoque chez ses subordonnés la révocation de Maurice Pinot.

Brouhaha, haut-le-corps du chef de l'État, qui s'exclame : « Je ne savais pas ! », ce que confirment ses collaborateurs, le Dr Ménétrel et Paul Racine. Le vieil homme a l'air stupéfait, hagard. Il marmonne : « Je ne peux plus me faire photographier à cheval avec vous... Je n'ai même plus d'amiraux, il me reste mes prisonniers... » Resté maréchaliste de cœur, Védrine est accablé par le spectacle de ce naufrage [17]. Ce qui est clair, c'est que Pinot est bel et bien révoqué et remplacé par Masson. Démissionner en bloc ne va pas sans risques pour ses collaborateurs, dans le régime qui sévit alors. Ayant d'abord décidé de faire arrêter et condamner les protestataires pour « coalition de fonctionnaires », Laval finit par y renoncer. Mais la rupture est consommée.

Un coup d'accélérateur est ainsi donné au processus de constitution du réseau qui est déjà en gestation dans le cerveau fertile de François Mitterrand. La phase suivante en sera la « réunion de la Chandeleur », le 2 février 1943, dans un village de la Creuse proche d'Aubusson, Saint-Silvain-

Bellegarde, au lieu-dit Chez Livet, où les reçoit l'un des conjurés, Pierre Chigot. Maurice Pinot n'a pu venir, mais a donné à ses anciens collaborateurs démissionnaires la consigne de « ne pas se disperser » et de « se préparer à d'autres tâches, le moment venu ».

Des conciliabules des six démissionnaires réunis ce 2 février 1943 dans la Creuse – Chigot, Védrine, Magne, Van Batten, Guénault et Mitterrand, qui ne se séparent pas sans se promettre de se retrouver quelques jours plus tard à Montmaur autour de Mauduit – sortent, sinon la constitution, en tout cas la mise en organigramme du Rassemblement projeté et l'idée d'un bulletin de propagande clandestine à faire circuler entre les CEA (centres d'entraide).

Le rôle de Mitterrand, en l'occurrence, est d'autant plus important qu'il est le seul à tenir tous les fils de l'écheveau. Aux hommes émergeant du Commissariat vichyste bouleversé, il va associer plusieurs groupes d'amis personnels. D'abord ses anciens condisciples du « 104 », Pol Pilven, Jacques Marot, André Bettencourt, Ferréol de Ferry et surtout Jacques Bénet, qu'il a revu trois mois plus tôt, déjà plus déterminé que lui, en quête de liaisons nouvelles et de moyens d'action. « En ce début de 1943, précise Bénet, c'est moi qui poussais Mitterrand à l'action. Il avait pris sa décision, mais attendait qu'on l'encourage[18]... »

Puis ce sera un autre « cercle » mitterrandien qui sera enrôlé : celui des compagnons de captivité. Nous avons déjà vu que les liens ont été renoués avec Munier. Bientôt ce sera le tour de deux hommes nés pour ce type de combats, l'« épouilleur en chef » Roger Pelat et l'ancien boxeur Bernard Finifter. Trois recrues dont on n'a pas fini d'entendre parler.

Troisième composante du « puzzle » mitterrandien : les militaires en rupture de maréchalisme, regroupés à l'enseigne de l'ORA, d'esprit giraudiste. Le 13 février 1943, Jean Munier et lui-même rencontrent les colonels Descours, Zeller et Pfister, avec lesquels Pinot a déjà noué des relations. L'accord qui intervient comporte le versement de subsides au groupe Mitterrand à partir de mars 1943 : d'où le recrutement d'une secrétaire, Ginette Caillard*. Voilà

* Qui deviendra Mme Munier.

Mitterrand devenu bel et bien giraudiste, du point de vue structurel en tout cas.

Quatrième connexion : celle des réseaux. A la fin de 1942, lors d'un voyage à Paris, il a retrouvé un ami du collège d'Angoulême déjà signalé, Pierre Guillain de Bénouville, qui, après avoir milité à l'Action française, est entré dans la Résistance active, lié au mouvement « Combat » d'Henri Frenay et en liaison avec Claude Bourdet, l'un des fondateurs du NAP (Noyautage des administrations publiques), qu'anime à Vichy Bernard de Chalvron.

La rencontre de François Mitterrand avec Frenay et son *alter ego* Bertie Albrecht, en mars 1943 à Charnay, dans la périphérie de Mâcon, sera le couronnement de ces démarches et le début d'une longue (et parfois orageuse) coopération entre Frenay et Mitterrand [*], qui qualifie son aîné de « type hors de pair », de « chef de guerre incomparable ». Convainquant le chef de « Combat » de mettre une structure vichyste, démantelée mais encore cohérente, au service de la Résistance, le sergent évadé obtient la reconnaissance et l'alliance du réseau de Frenay et quelques fonds qui viennent s'ajouter aux subsides versés par l'ORA.

Et pour faire bonne mesure, le multiple Mitterrand se dote d'un cinquième atout, plus compromettant mais fort utile : à la Direction générale de la police, il s'assure de la complicité de l'un des adjoints de René Bousquet, un certain Jean-Paul Martin, qui, après lui avoir servi d'ange gardien en des occurrences périlleuses, deviendra l'un de ses amis les plus chers [**].

Il n'est pas très difficile de décompter ainsi les cartes que François Mitterrand rassemble alors patiemment entre ses mains (sous le très utile patronage de Maurice Pinot) mais moins facile de dater la création du réseau qui résultera de cette convergence de forces : le Rassemblement national des prisonniers de guerre (RNPG).

Le plus minutieux historien de cette période, Christophe

---

* Qui, à cette occasion, fait la connaissance de la famille Gouze, qui héberge Frenay. Leur fille s'appelle Danielle.

** Une amitié qui, née dans l'ombre des services de René Bousquet, où Jean-Paul Martin se fit en novembre 1943 et au printemps 1944 contre la Gestapo le protecteur de Mitterrand, résistera à tous les orages et à toutes les révélations (cf. tome 2, chapitre XV).

Lewin, date cette création de la « réunion de la Chandeleur », du 2 au 5 février 1943, dans la Creuse[19]. D'autres la situent un peu plus tard, après la reconnaissance par l'ORA ou par Frenay. En tout cas, une direction collégiale fut prévue, groupant Marcel Barrois, Jacques Bénet, Pol Pilven, plus Pinot et Mauduit, et, plus marginal, Jacques de Montjoie. En fait, sous l'égide de Pinot, que ses récentes fonctions à Vichy contraignent à quelque réserve par rapport aux chefs de grands réseaux de Résistance, c'est l'actif, le multiforme, l'ingénieux Mitterrand qui est la dynamo du mécanisme, et son appartement, 20, rue Nationale, à Vichy, où est également installé Jean Munier, devient la plaque tournante de ces activités.

Mais à peine constitué, le RNPG va devoir affronter la contestation. Nombre de prisonniers rapatriés ou évadés s'alarment de voir leur cause prise en main par une organisation directement issue de Vichy, composée pour l'essentiel de maréchalistes récents (ou impénitents...). C'est ainsi en tout cas que le RNPG est vu et décrit – à l'adresse de son oncle – par Michel Cailliau, dit « Charette ».

Le neveu du Général, qui a groupé autour de lui une équipe d'anciens prisonniers également allergiques à Vichy et plus inspirés par le gaullisme, sinon par le communisme – Pierre Lemoign', André Ulmann, Charles Bonnet, Jean Duprat-Geneau –, obtient de faire entendre sa voix lors d'une réunion organisée au château de Montmaur.

Le colloque réuni au milieu de février autour de Mauduit sous le signe de son organisation, la Chaîne, dépassera de loin les questions de personnes, et même le débat entre diverses tendances du mouvement des prisonniers. Michel Cailliau y défend une ligne de « rupture » par rapport à ce qui reste de pouvoir en métropole ; Mitterrand, une procédure plus « sociale », plus progressive, plus temporisatrice*. Impossible de ne pas voir entre eux se profiler l'affrontement entre le post-vichysme, qui place son avenir (au moins à court terme) sous l'égide de Giraud, et la résistance gaulliste épaulée par les communistes**.

* Notons qu'à cette époque un débat parallèle se déroule entre de Gaulle et les communistes, qui le traitent d'« attentiste ».

** Lesquels « joueront » parfois Giraud contre de Gaulle...

Cailliau-Charette, mis en minorité par ceux qu'il appelle et appellera toujours les « Pin-Mitt », imposant à ses rivaux cette étiquette qu'il croit désobligeante, se retire ulcéré. Ainsi s'achève le prélude à la longue et orageuse relation entre François Mitterrand et le gaullisme, qui ne prendra pas toujours un visage aussi grimaçant.

Mais le fondateur du RNPG est-il engagé et sans retour dans ce combat, fût-ce sur le mode « attentiste » ? Lors d'un séjour à Paris à la fin de mars 1943, François retrouve un de ses plus anciens amis * qui, le félicitant pour ses activités militantes, a la surprise de s'entendre demander : « Certains proches du Maréchal me proposent d'aller prendre la succession de Masson à la tête du Commissariat. Qu'en penses-tu ? » Stupéfait, l'ami en question objecte qu'un tel retournement, souhaité par les derniers fidèles du Maréchal, comme Paul Racine, ne saurait être toléré par Laval, et qu'au surplus maréchalistes aussi bien que lavalistes ont d'ores et déjà perdu la guerre. Que signifie donc cette offre ? C'est probablement la réponse que Mitterrand espérait entendre. Mais il est étrange que la question ait pu, par lui, être encore posée…

Non moins étrange est une photo, datée de la même époque (mars 1943), où l'on voit le fondateur du RNPG assistant, debout, dans un coin, à une conférence de presse d'André Masson, à Vichy. A quel titre est-il là ? Celui d'expert ancien et toujours consulté ? d'espion pour le compte de son réseau ? Le fait est que le rebelle n'est pas encore interdit de séjour dans les allées du pouvoir moribond. Qu'il est donc difficile pour lui de se dépouiller des oripeaux du passé ! Et, pour le biographe, de distinguer ici entre double jeu et arrière-pensées…

Quitte à vouloir paraître manier le paradoxe, on jugera moins surprenante la péripétie la plus fameuse de toutes celles qui ont émaillé la saison vichyste de François Mitterrand, celle qui a provoqué le plus de débats au cours de sa vie politique (avant l'évocation de ses relations avec René Bousquet) et suscité le plus de commentaires : l'attribution de la francisque. On sait qu'après l'avoir démenti à la fin des années 40, il reconnut avoir reçu cette encombrante distinc-

* Qui préfère garder l'anonymat.

tion, mais, selon lui, pour en faire une « couverture » qu'un résistant comme lui devait se féliciter de pouvoir porter, ajoutant que, s'il n'avait pu se la voir remettre solennellement par le chef de l'État, c'était parce qu'il était alors à Londres...

Élégante pirouette, mais qui – au moins pour ce qui est du second argument – ne « tient » pas. C'est en novembre 1943 que le responsable principal du RNPG part en mission auprès de la France libre, alors que sa décoration, affectée du numéro 2202, fut attribuée en avril ou mai 1943, au titre (fictif) de « délégué national à la jeunesse étudiante ». Enquêteur minutieux, Pierre Péan a observé que le récipiendaire suivant fut Paul Morand et que l'auteur de *Tendres Stocks* avait reçu sa décoration avant de rejoindre son poste d'ambassadeur à Bucarest au début de l'été : ce qui implique que son prédécesseur fut distingué en mai ou en juin.

Fallait-il solliciter expressément cette distinction pour l'obtenir ? Devant le Conseil de l'ordre, on devait en tout cas bénéficier d'un double parrainage – qui, dans le cas de Mitterrand, fut assuré par deux personnages compromettants, que nous connaissons comme ses garants de droite par excellence : Simon Arbellot et Gabriel Jeantet. Prirent-ils l'initiative ? Furent-ils animés par Mitterrand ? Jean Védrine, décoré quelques mois plus tôt, soutient que l'attribution de la francisque « relevait souvent des caprices du Dr Ménétrel *, à l'humeur de carabin » et qu'il est fort possible qu'en la faisant décerner à Mitterrand le favori du Maréchal ait voulu faire une mauvaise manière à Laval et donner un signe d'encouragement au courant contestataire auquel le jeune homme ne faisait plus mystère d'appartenir. Hum...

L'hypothèse d'une candidature formelle est quand même la mieux fondée. Ce qui n'affaiblit pas l'argument de Mitterrand, celui de la « couverture ». Ginette et Jean Munier évoquent la surprise choquée qu'ils éprouvèrent quand ils virent pour la première fois leur ami arborer sa francisque, et rapportent son commentaire : « Vous verrez combien elle va nous être utile [20]... » Mitterrand pouvait d'ailleurs se référer à une consigne formulée par Jean Pierre-Bloch, l'un des adjoints du colonel Passy, à Londres, recommandant de ne

* Médecin et conseiller le plus proche de Pétain, hostile à Laval.

refuser aucune décoration émanant du pouvoir de Vichy pour ne pas se faire repérer...

On ne serait pas complet si l'on n'ajoutait à ce « dossier francisque » une lettre écrite à Henri Noguères (l'un des meilleurs historiens de la Résistance, à laquelle il a appartenu) par André Ulmann, que nous retrouverons compagnon de réseau de Michel Cailliau, donc peu favorable par principe à notre héros : « François Mitterrand, que je connaissais, a été un des organisateurs du MRPGD * et je peux même dire, si mes souvenirs sont exacts, que si François Mitterrand a été proposé à l'époque pour la francisque, c'est parce que nous lui avions demandé de rester dans son poste à la délégation générale de la jeunesse [21]. »

Certificat de bonne conduite maréchaliste pour le passé ? Oui. Passeport pour les combats de l'avenir ? Peut-être. Voilà bien une francisque à deux tranchants **. François Mitterrand est « en route » depuis l'été 1942, mais sur une ligne sinueuse, où reviennent le hanter tentations de pouvoir immédiat et fantasmes du passé. Ici Mauduit et puis Frenay, et là Arbellot et Jeantet, et l'ombre de Laval. Désormais, il n'est plus que le « capitaine Morland » (camouflé encore sous sept ou huit pseudonymes romanesques, dont « Albret », « Purgon », « M. Arnaud »...).

Il est sorti de l'orbite du maréchal de Vichy sans se lier au général de Londres, ayant, sur cette route, croisé celle de l'autre général, le moustachu, le fantomatique mais très commode Giraud, avec ses réseaux, ses alliés et ses subsides. Si, avant de rencontrer Pfister, Descours ou Revers, il avait été approché par Rémy, Passy ou Brossolette venus de Londres, eût-il adhéré à l'organisation gaulliste ?

Si l'on est tenté d'en douter, c'est moins en raison du personnage qui faisait et fera écran entre Londres et lui, le vésicant Michel Cailliau, dit « Charette » ; moins aussi parce que le retournement vers Londres exigeait un effort sur soi, un rejet douloureux du récent passé : nous savons le jeune homme propre aux volte-face, fussent-elles périlleuses ou humiliantes. Mais ce qui l'isole, l'éloigne du « gaullisme »,

---

* Erreur sur les initiales. Ulmann, qui appartient à ce mouvement, confond avec le RNPG de Mitterrand.

** Et, par là, bien mitterrandienne...

c'est l'immensité même du monolithe qui l'incarne et l'assume en sa totalité, au-delà de la mer, l'homme de ce 18 Juin qui ne l'a pas illuminé, dont il n'a pas reçu la révélation ni l'onction. Trop loin, trop grand. Comment pourrait-il croître, lui, dans cette ombre gigantesque ?

Car il ne faut pas s'y tromper : François est déjà Mitterrand. On l'a dit assuré, à 25 ans, de son destin. L'évadé, parce qu'il a surmonté les trois épreuves du combat, du camp et de l'escapade, sans faiblir, et en « marquant » partout, sait que le pouvoir l'attend. D'ailleurs, personne ne l'a mieux dit que lui, plus clairement.

En mai 1943, il écrivait à l'un de ses correspondants qu'il se préparait à « entrer dans le siècle ». Un demi-siècle plus tard, on lit dans les *Mémoires interrompus*, qui, pour avoir été dictés et relus avec un soin dont je fus alors témoin *, « collent » à la réalité du temps (quand l'intérêt ou les rancunes du mémorialiste ne le gauchissent pas cyniquement), cette stupéfiante autodescription du jeune évadé de 1942 pris dans l'étau entre Vichy et Londres :

> « Avouerai-je l'orgueil qui m'habitait, entretenu par mes rêveries de captif ? J'ambitionnais de réveiller la France non pas de l'extérieur, mais de l'intérieur, et d'échapper aux factions naissantes. Cela paraîtra singulier à beaucoup. Je n'avais ni l'âge ni l'autorité qui l'eussent permis et je n'avais pas d'autre passé que l'avenir qu'inventait mon ambition. De tout cela je discerne moi-même l'insolite. Mais j'obéissais à une règle que je m'étais imposée, je ne comptais sur personne ni sur rien qui ne fût l'œuvre de mon propre effort [22]. »

Phrases inimaginables. On ne saurait les comparer qu'à celles des *Mémoires de guerre* où de Gaulle se décrit, dans l'avion qui le porte à Londres, le 17 juin 1940 : « ... Je m'apparaissais à moi-même, seul et démuni de tout, comme un homme au bord d'un océan qu'il prétendrait franchir à la nage [23]. » Mais celui-ci est tragique, ou épique. Celui-là n'est encore que déconcertant.

---

* A l'automne 1995.

CHAPITRE IV

Un destin national

• Quai des brumes • Avec ou contre les communistes • Un Lysander pour Londres • « Vous vous appellerez "Monier" ! » • Le face-à-face d'Alger • Ne pas être tenu en laisse… • Le bruit que font les rames • La nouvelle bande • Ministre en attendant • Frenay : « Des ambitions plus grandes… »

C'était le 28 mai 1943, à l'aube. Sur le quai de la gare de Lyon-Perrache, le « capitaine Morland » avait rendez-vous avec un homme qui, *a priori*, ne lui voulait pas de bien : Jean Duprat-Geneau, déjà connu de certains sous le nom de « Philippe Dechartre », adjoint de Michel Cailliau à la tête du MRPGD (Mouvement de résistance des prisonniers de guerre et déportés) :

> « J'allais, raconte Dechartre, à la rencontre d'un homme que je méprisais, sur l'ordre exprès de Cailliau-Charette qui se refusait à rencontrer lui-même ce "vichyste hostile à de Gaulle et à la Résistance". Ce point de vue sur "Morland" était le mien. Pour nous, militants du MRPGD formé au stalag XI B sous le signe de De Gaulle, Mitterrand était le type même de ces vichystes qui, la victoire alliée se dessinant, tentaient de rejoindre enfin le camp des vainqueurs par la voie du giraudisme et d'une résistance tardive – et au surplus cherchaient à nous phagocyter ou à nous supplanter…
> J'ai vu paraître sur le quai de la gare, entre 5 et 6 heures, dans une brume où se mêlaient la fumée des machines et les brouillards du Rhône – un vrai décor pour film de Carné – un type pas rassurant, coiffé d'un chapeau sombre (mais n'était-ce pas un béret ou un bonnet ?), le cou serré dans une écharpe rouge (mais n'était-elle pas verte ?), sanglé dans un imperméable recouvrant mal des pantalons de golf, et avec des moustaches noires qui achevaient d'en faire un personnage de

mauvais "polar", mi-inquiétant, mi-cocasse. Pire que l'idée que je m'en étais faite…
Et puis il a commencé à parler, et me voilà fasciné par une intelligence, une connaissance des problèmes et des rapports de force sans égale. Le ton d'un vrai "patron". Une heure plus tard, j'étais conquis. Le passé n'était pas aboli. Morland restait sinon "maréchaliste", au moins "légitimiste". Mais au présent, il s'imposait. Parmi tout ce qu'il m'a dit alors, et qui était d'une pertinence extrême, je retiens ce propos étonnant :
– Dites donc, Dechartre, vous les gobez, je crois, vous, les communistes ?
– Oui. Parmi ceux avec qui je travaille, je dois reconnaître que ce sont les plus sérieux, ceux sur lesquels on peut vraiment compter*…
– Moi, je n'y arrive pas trop. Mais ce qui est clair, c'est qu'on aura besoin d'eux, au moment de prendre le pouvoir[1] ! »

La rencontre Dechartre-Mitterrand ne porta pas beaucoup de fruits, tant les relations entre celui-ci et « Charette » restaient amères. Il est vrai que le mouvement qu'a créé le neveu du Général a, sur le RNPG, sinon l'avantage de l'antériorité, en tout cas celui de la légitimité résistante. Les hommes du MRPGD ont d'ailleurs inscrit, dans leur sigle, le « D » qui désigne les déportés**. Et l'état-major du mouvement « Charette » est, homme pour homme, plus combatif, plus déterminé que son rival : Dechartre, Ulmann, Lemoign' formant vraiment l'élite, les pionniers de ce type de résistance. Mais sur le plan des effectifs, le réseau « Pin-Mitt », le RNPG, gardera jusqu'au bout une large supériorité.

Au surplus, comme le suggère le dialogue qui vient d'être cité, les deux mouvements entretiennent des rapports très différents avec les communistes, plus précisément avec le Front national qui est leur organisation de résistance. Dès l'origine, peut-être par l'entremise d'André Ulmann dont les liens avec le Parti sont étroits, et malgré le tempérament « droitier » de Cailliau, une coopération s'établit entre les

* Philippe Dechartre rejoindra le Parti communiste en 1945, mais pour une période brève, avant de réintégrer le courant gaulliste, sur son aile gauche – et sans jamais renier son amitié pour Mitterrand, qui lui proposera en 1981 un portefeuille ministériel (refusé)…
** Cousine de Michel Cailliau, Geneviève de Gaulle sera bientôt déportée à Ravensbrück.

« Charette » et le CNPG (Comité national des prisonniers de guerre), créé par les communistes, qui, pas plus que les « Pin-Mitt », ne fait l'honneur du sigle « D » aux déportés. Quand on sait l'usage qu'en fera ensuite le PCF…

Mais le groupement communiste a deux faiblesses : il émane non pas du mouvement prisonnier proprement dit, mais de l'organisation politique qu'est le Front national ; et il se manifeste tardivement, son fondateur, Robert Paumier (qui se fera appeler « Delarue »), ne revenant de captivité que le 10 juin 1943. Moyennant quoi, les communistes mettent, comme toujours, les bouchées doubles, leur influence croissant rapidement au sein des grands organes de la Résistance comme le CNR – surtout après la disparition de son fondateur, Jean Moulin *, et son remplacement par Georges Bidault.

En attendant que le réseau communiste affirme sa puissance (il le fera surtout après la fin de la guerre…), le dialogue entre les « Pin-Mitt » et les « Charette » reste hargneux. Les seconds ne cessent de faire grief aux premiers de leur origine vichyste et de leurs liaisons giraudistes. Les rapports adressés par Cailliau à son oncle le Général relèvent tous de la polémique antimitterrandiste, nourrie de certains traits rapportés par des tiers. Ainsi Claudius-Petit, pionnier du réseau Franc-Tireur (très proche du Combat de Frenay et Bourdet), rencontrant « Morland » à Lyon, au printemps, et lui faisant grief de sa longue fidélité à l'idéologie de Vichy, s'entend dire qu'« après tout, il y avait là de bonnes idées, le corporatisme par exemple ». Propos rapportés à « Charette », qui pense de même, mais retournera le trait contre son rival…

Est-ce pour couper court à ce genre de polémique, pour affaiblir la portée de telles imputations, pour rendre sa rupture avec le maréchalisme plus éclatante vis-à-vis de lui-même comme vis-à-vis des autres, pour brûler ses vaisseaux enfin, qu'en juillet 1943 François Mitterrand, dit « Morland », se livre à une provocation qui, en bonne règle résistante, est au moins aussi critiquable que le refus d'une déco-

* Qui, contrairement à une légende imbécile ou perverse, contint soigneusement l'influence des communistes au sein du CNR, avant que, lui disparu, Bidault multiplie les concessions.

ration – mais qui a pour lui-même le sens d'une catharsis et, vis-à-vis de l'opinion publique, contribuera à une mobilisation symbolique des esprits : ce qu'on peut appeler le « coup de Wagram » ?

* * *

Le 10 juillet 1943, André Masson, le successeur de Maurice Pinot au Commissariat, a organisé un grand meeting à la salle Wagram, proche de l'Étoile, à Paris, pour plaider en faveur de la « relève » des prisonniers par les ouvriers*. La salle est comble. La Milice assure le service d'ordre. Laval fait une apparition dans la matinée, puis se retire vers 11 heures, avant l'intervention de Masson – qui est un éloge de la collaboration avec le IIIe Reich, dont, assure-t-il, les prisonniers rapatriés donnent l'exemple.

François Mitterrand a pu se procurer une carte d'entrée, au nom de son ami Jean Roussel. Au moment où Masson, flanqué à la tribune de Jean-Pierre Maxence, ancien collaborateur de ce *Combat*** que le jeune Mitterrand admirait naguère, dénonce la « trahison des gaullistes » et fait l'apologie de la « relève », « Morland » se dresse debout sur sa chaise et hurle : « Non ! Vous ne représentez pas les prisonniers ! Vous n'avez pas le droit de parler en leur nom, monsieur Masson ! La relève est une escroquerie ! »

Brouhaha, chahut, les miliciens se ruent sur le trublion. Un groupe de partisans s'assemble et fait écran autour de « Morland », qui réussit à s'esquiver dans la cohue, tandis que Masson s'époumone à la tribune : « Je vous ferai convoquer par le président Laval ! » L'affaire a été bien montée : Mitterrand, filant par le fond de la salle (grâce à un militant communiste nommé Piatzook, qui hurle : « Ouvrez les portes » – et est obéi !), gagne en courant une chambre qu'il a louée tout près de là, rue de Montenotte, et s'y terre pendant que la chasse à l'homme se déploie dans le quartier de l'Étoile.

---

* Trois ouvriers partant pour l'Allemagne en échange d'un prisonnier…

** Rien de commun, on l'a vu, avec celui de Frenay, puis de Camus.

Maurice Schumann, porte-parole de la France combattante, devait, pour l'anniversaire de ce haut fait, le 12 juillet 1944, lui consacrer une émission de la BBC. Rendant hommage à ce « vaillant patriote [dressé] contre le ministre de l'anti-France », le porte-parole de la France combattante concluait ainsi sa harangue : « L'esprit dont était animé ce garçon qui – en plein cœur de Paris – lança ce défi public à la trahison, c'est le véritable esprit prisonnier. Je veux dire que c'est l'une des formes essentielles de l'esprit combattant. »

Cinquante-trois ans plus tard, le sénateur Maurice Schumann évoquait volontiers devant nous ce souvenir, indiquant que ses collègues de la BBC Jean Marin et Pierre Bourdan furent comme lui « estomaqués » par le culot du jeune manifestant inconnu, et par la malice « géniale » avec laquelle il avait su prendre le large. « Nous ignorions le nom de cet audacieux. Mais l'ayant appris beaucoup plus tard, je n'ai jamais cessé de voir en Mitterrand, et quoi qu'il fasse, hélas ! le feu follet rebelle de la salle Wagram [2]… »

Quand on prend ce genre de risques, on doit s'attendre à en payer le prix. Quatre mois plus tard, la Gestapo [*] investit l'immeuble du 20, rue Nationale, où il a installé, on l'a vu, son petit QG. Il est absent. Son ami Pol Pilven, qui couche dans son lit, et le propriétaire, Jean Renaud, sont capturés. Jean Munier réussit à sauter par une fenêtre. Ginette Caillard s'est blottie dans un réduit, où on ne la cherche pas. Pilven et Renaud seront déportés à Buchenwald, d'où le second ne reviendra pas.

Désormais, le « capitaine Morland », puisque c'est le nom de résistant qu'il a choisi (pour le « M » initial et le « and » final), vivra en hors-la-loi pourchassé, ici ou là, entre Vichy et Paris, Clermont-Ferrand, Lyon et Toulouse, informant, recrutant, distribuant des armes, des fonds et des idées.

En avril 1943, Michel Cailliau était parti en mission pour Londres – où le général de Gaulle résidait encore pour quelques semaines, avant de s'installer à Alger, à la fin de mai. Cette démarche n'annonçait rien de bon pour le RNPG. Laisser « Charette » poursuivre son travail de sape sans réagir risquait de marginaliser le mouvement « Pin-Mitt », de l'enfoncer dans la mouvance giraudiste. Or il était clair,

---

* On emploie ce vocable parlant. En fait, il s'agit du SD.

quelques mois après la libération de l'Afrique du Nord, que le général moustachu qui avait si bien servi à la « dépétainisation » de nombreux vichystes et à la rentrée de l'armée dans la guerre ne serait bientôt plus qu'une marionnette entre les mains puissantes, expertes – et légitimes – de Charles de Gaulle.

Pour plaider la cause du RNPG auprès du chef de la France combattante, Maurice Pinot pense à dépêcher à Londres Marcel Haedrich, excellent militant et bon journaliste. Mais Mitterrand ne veut laisser à personne d'autre que lui le soin de remplir cette mission décisive. Il a acquis auprès de son ancien patron Pinot l'autorité que confèrent l'audace, la disponibilité, le fait aussi qu'il n'était pas marqué par un titre vichyste trop lourd à porter. A-t-il, comme on l'a écrit souvent, supplanté Pinot ? Il aimait et respectait ce « patron ». Il s'est simplement montré plus propre à la tâche, plus acharné – plus ambitieux surtout.

Mais qu'est-il devenu, ce Mitterrand maquillé, numéro 2 du plus important réseau de prisonniers résistants, ce clandestin « Morland », au moment où il se prépare à la mission qui va décider de son destin ? Un destin qu'il sait (et nous le savons aussi, les preuves vont abonder) « national » ?

A 27 ans, il s'est étoffé. Il n'est plus le frêle captif qui refusait de s'évader avec Munier, de peur de n'être pas de taille. Depuis ses équipées allemandes, il connaît sa vigueur. Depuis sa navigation dans les méandres de Vichy, il sait son aptitude à dissimuler, à louvoyer. Depuis son ascension au sein du Commissariat, il a mesuré sa force de séduction et son autorité. Face à un Dechartre ou même à un Frenay, il « fait le poids », désormais. Et la blessure « Béatrice » a contribué à le cuirasser, avant que la rencontre avec Danielle ne lui apporte une raisonnable exaltation, et l'inoculation d'une sensibilité de gauche qui, ajoutée à celle qu'il doit à Georges Dayan, rééquilibre son personnage si longtemps hanté par le nationalisme terrien et chrétien.

Et six ou sept mois de clandestinité ont affûté son personnage, lui donnant l'occasion de manifester beaucoup mieux que du courage, un sang-froid, une maîtrise de soi que saluent tous ses compagnons de l'époque. S'il laisse à ses amis Munier, Pelat ou Finifter le soin de l'action armée proprement dite – à laquelle se joignent des parachutés venus de

Londres, Jacques Pâris ou Alain de Beaufort –, il est au cœur des opérations de sabotage, de parachutage, et de renseignement bien sûr.

Le président Mitterrand parlait de cela avec simplicité. Une simplicité très « travaillée » peut-être, mais qui en imposait. Quand on lui demandait si la tension nerveuse, en de telles occurrences, n'était pas épuisante *, il répondait que l'« esprit de bande », la délectation de l'illégalité, l'affrontement « des gendarmes et des voleurs » avaient fait de cette période de 1943-1944 l'une des plus heureuses de sa vie :

> « L'aventure, voyez-vous, pas le jeu – je ne suis pas un joueur, quoi qu'on en dise –, voilà qui vous donne une raison de vivre. Échapper aux argousins, et mieux encore aider un ami à s'échapper ! C'est là, mieux encore que dans les camps, qu'est née ma religion de l'amitié [3]… »

L'histoire de résistance qu'il préférait raconter, c'est celle de son sauvetage par ses amis après la descente de la Gestapo, rue Nationale :

> « J'arrivais par le train à la gare de Vichy. Sur le quai m'attendaient d'une part la Gestapo et d'autre part quelques résistants, dont Mme Pfister, femme d'un dirigeant de l'ORA ** qui fut ensuite déportée […]. Je m'apprêtais à sauter du marchepied quand je l'ai reconnue. Elle a feint de me bousculer et m'a repoussé à l'intérieur du wagon, me prévenant dans un souffle : "Ne descendez pas… La Gestapo est là !" J'ai continué jusqu'à Clermont-Ferrand [4]. »

Mais il évoquait aussi d'autres aspects de la lutte, comme l'exécution du franciste *** Henri Marlin, chef de la « Gestapo française » de Clermont-Ferrand, abattu sur son ordre par Jean Munier et Alain de Beaufort, chef de l'ORA d'Auvergne, épaulés par le Dr Guy Fric, l'un des artisans de son entrée dans la Résistance. Beaufort fut arrêté et mourut sous la torture. Quant à Munier, il se mit quelque temps « au

* Dans les *Mémoires interrompus*, Georges-Marc Benamou lui demande s'il ne vivait pas « la peur au ventre ».

** Le colonel Pfister, déjà cité.

*** Militant du francisme de Marcel Bucard.

vert » à Jarnac, chez Joseph Mitterrand, qui, informé, ne lui posa pas de question [5].

Bref, c'est un combattant déjà chevronné et sûr de lui qui va s'envoler pour Londres en cet automne 1943 afin de restaurer auprès des chefs légitimes de la Résistance le crédit de son organisation – et d'affirmer le sien… Cinq mois plus tôt, le 30 mai, de Gaulle a quitté Londres pour Alger, où il a installé à ses côtés Henri Frenay, le prestigieux chef de Combat, devenu responsable de tout ce qui touche aux prisonniers et déportés. Mais en attendant l'adoubement par ces deux chefs, il lui faut obtenir l'accréditation des services de Londres, plaque tournante des réseaux et source des subsides.

Gagner Londres, c'est vite dit. Encore faut-il en trouver le moyen. Bien des vols nocturnes partent des terrains improvisés entre les Alpes et l'Atlantique. Mais il y a tellement d'agents, d'émissaires, de combattants qui ont le pas sur Mitterrand, fût-il devenu « Morland » ! Qui, au BCRA, s'intéresse à ce chef adjoint d'un réseau plus ou moins giraudiste ? Mais il y a aussi l'ORA – à laquelle se rattachent les « Pin-Mitt » –, dont les liens sont de plus en plus étroits avec le SOE britannique et les équipes du colonel Buckmaster – qui ne néglige pas de tenir ainsi la dragée haute à de Gaulle… C'est par cette voie que le « capitaine Morland » va s'assurer un moyen de transport – non sans conséquence, nous le verrons.

Au cours de la nuit du 15 au 16 novembre 1943, Mitterrand se retrouve sur le champ balisé de Sourcelles, entre Angers et La Flèche, où l'a conduit son ami André Bettencourt *, afin d'embarquer sur un Hudson avec une vieille connaissance, le commandant Du Passage, l'un des premiers officiers giraudistes à l'avoir contacté ** en 1942. Ils atterrissent à Londres dans la matinée du 16.

Dès l'atterrissage, François Mitterrand est pris en charge par une « attachée » (anglaise) de la France libre, qui, quelques heures plus tard, à Carlton Gardens, QG de la France libre, frappe à la porte de Maurice Schumann (c'est celui-ci qui raconte) :

---

* Qui y gagna un séjour en prison.

** C'est le langage de l'époque.

> « Dis donc, ils nous ont envoyé un drôle de type, cette fois. Tu ne croirais pas que, comme nous roulions de Heston* à Londres, ce type qui s'appelle Morland me dit d'arrêter la voiture. J'ai d'abord cru qu'il voulait me sauter, ce qui arrive, avec vos gars. Mais non, il m'a dit : “Regardez un homme qui sera bientôt au pouvoir en France !” [6]… »

L'accueil qu'on lui fait ne comporte pourtant pas de tapis rouge. C'est sur un ton plutôt rogue que les officiers de l'ORA supposés être ses amis – à la différence de ceux du BCRA gaulliste – et les représentants d'Henri Frenay à Londres lui infligeront ce qu'on appelle un *debriefing*, qui n'est rien de moins qu'un interrogatoire – tout à fait normal en temps de guerre. Ce sont les hommes du SOE britannique (dont le colonel Buckmaster lui-même, auquel on a peut-être fait part de l'arrivée d'un futur maître de la France ?) qui le traitent avec le plus de courtoisie.

Il racontait lui-même avec une certaine amertume ses contacts avec les gaullistes londoniens – le colonel Passy excepté. Il est clair qu'il est fiché comme giraudiste par le BCRA, où l'on connaît la liste des détenteurs de la francisque. Les hommes des services gaullistes, pour bien lui faire sentir que son passé a besoin d'un coup d'éponge, lui signifient qu'il sera inscrit sur leurs registres, non sous le nom de « Morland », mais sous celui de « capitaine Monier », et qu'il recevra une solde correspondant à son grade. Il se rebiffe, estimant n'avoir pas à s'intégrer, lui qui a forgé, sur place, au combat, son rôle, son rang et son identité. Il n'est pas venu se rallier, mais définir sa place dans la lutte commune, et celle de son organisation. Les autres refusent cette argumentation : pour eux, il restera Monier.

Pierre Péan a retrouvé les rapports de plusieurs entretiens, dépositions ou interrogations de Mitterrand à Londres, soit (en compagnie du commandant Du Passage) avec le colonel Buckmaster, le 23 novembre, soit avec un certain Warisse, « représentant à Londres de Frenay », le 26. Il en ressort que, très méfiant et peu loquace face aux Anglais, avec lesquels il parle en giraudiste prêt à faire allégeance à de Gaulle si l'autorité de celui-ci en vient à s'étendre à l'armée, et recon-

* L'aéroport militaire.

naissant que les gaullistes sont les plus actifs en matière de sabotage, « Morland-Monier » fut plus éloquent face à son interlocuteur français, dont le rapport suinte de méfiance et d'ironie. C'était « un ami de Michel Cailliau », précise Péan… Le moins qu'on puisse dire est que cela se voit[7].

Ce qui est le plus curieux, dans le compte rendu rédigé par l'ami de « Charette » (apparemment mal informé des rapports amicaux établis entre son patron Frenay et Mitterrand, et dont on verra bientôt les effets), c'est la référence faite par le visiteur à un « Comité des Cinq » dont on n'a guère entendu parler jusque-là et dont il serait le chef de file, assisté de Bénet, Barrois, Pinot et Munier, les noms, bien connus, des dirigeants du RNPG.

Conclusion, selon l'interrogateur : « Sur mes questions précises de savoir si le mouvement reconnaissait le général de Gaulle, M. Mitterrand m'a répondu qu'en accord avec le "Comité des Cinq" ils avaient décidé de s'intégrer à la Résistance française sans souci de savoir si cette Résistance dépendait du général de Gaulle, de Giraud ou de n'importe quelle tête[8]. » Voilà des mots (les quatre derniers surtout…) de nature à faire sursauter de Gaulle !

Pas plus qu'on ne dispose de récit de la (ou des) rencontre entre Emmanuel d'Astier et François Mitterrand – qui assure, dans son premier ouvrage*, avoir « retrouvé » à Londres l'ancien chef de file de Libération en passe de devenir le ministre de l'Intérieur de Charles de Gaulle, et tenté de se faire un allié de ce corsaire de haut bord qui lui ressemblait par tant de points –, on ne peut consulter de compte rendu des entretiens qu'accorda vraisemblablement le colonel Passy, chef des services spéciaux gaullistes, à « Morland-Monier ».

Compte tenu de la qualité de leurs relations ultérieures, tout donne à penser qu'ils furent plus chaleureux et instructifs que celui que le visiteur eut avec « l'ami de Cailliau ». Tant le colonel que le capitaine ont laissé entendre qu'ils ne s'étaient pas contentés alors de jouer au bridge. Ce qui est certain, c'est que, sur une note du BCRA en date du 27 novembre, le « capitaine Monier » est enregistré comme « chargé de mission de première classe », dépêché par le

---

* *Les Prisonniers de guerre devant la politique*, *op. cit.*, p. 22.

« colonel Passy » à Alger où il est réclamé par le général de Gaulle.

Attendait-il plus et mieux de ces démarches ? Il espérait parvenir, *via* Londres, jusqu'à de Gaulle pour plaider la cause de son mouvement. Et voici que tout s'accélère : c'est le président du Comité français de libération nationale qui veut le voir. Les contradictions entre giraudistes et gaullistes seraient-elles, pour ce qui le concerne, dépassées ? Reçu en giraudiste à Londres, le voici pris en charge par le gaullisme de stricte obédience pour être dépêché vers de Gaulle…

* * *

Alger, où il atterrit le 3 décembre 1943, treize mois après le débarquement allié, deux cents jours après l'arrivée de Charles de Gaulle, est, à la suite de l'éviction de Giraud de la coprésidence du CFLN (le 31 juillet), l'ébauche de ce que sera l'« État gaulliste ». L'homme du 18 Juin y tient toutes les rênes, sans trop se soucier de ses alliés anglo-américains, dont la prééminence militaire ne pèse guère sur ses démarches politiques. Il a su « récupérer » auprès de lui les deux principaux chefs de la Résistance intérieure, Frenay et d'Astier, chargés le premier des prisonniers, déportés et anciens combattants, le second du ministère que l'on appelle déjà, sans timidité, de l'« Intérieur ».

C'est donc le détenteur du pouvoir, établi dès avant d'avoir franchi la mer, que va affronter Mitterrand-Morland-Monier, le chef au nom duquel des centaines de milliers d'hommes luttent sur le sol métropolitain occupé. Car c'est d'ici, d'Alger, que partent les ordres, de cette villa des Glycines où, son ordre de mission en main, il va s'entretenir avec celui que d'Astier appelle « le Symbole » – un symbole très armé.

Atterrissant à Maison-Blanche après une escale à Gibraltar, l'animateur du RNPG n'est pas, comme à Londres, un homme psychologiquement seul. Il y est attendu par un allié puissant, Henri Frenay, que de Gaulle respecte, sans cacher l'agacement provoqué chez lui par ce « Charvet * » qui lui a

* Principal nom de guerre de Frenay.

souvent tenu tête. Mitterrand sait qu'il y retrouvera son frère Jacques, capitaine dans l'armée de l'air, et bientôt, espère-t-il, son ami Georges Dayan (qu'il croit à Oran et qui accourt aussitôt d'une caserne d'Alger...). Et pour être cantonnés désormais dans un rôle militaire, les giraudistes, chez lesquels il a des amis très bien placés, ont les moyens de lui rendre des services...

En fait, la caution de « Passy » ou de ses services n'a pas suffi à le blanchir, et, comme beaucoup d'autres, son frère Jacques verra dans l'étiquette giraudiste qui lui colle à la peau la source de ses premières difficultés avec le général de Gaulle. « Le point d'appui de François à Alger, c'était le général Giraud. L'erreur à ne pas commettre [...]. Pour le Tout-Alger, François était un giraudiste. C'est son giraudisme présumé qui a cabré le général de Gaulle contre lui [9]. » Et qu'il fût ici patronné par Frenay, auquel les gaullistes intransigeants reprochaient tel texte maréchaliste de l'automne 1940 ou telle rencontre à Vichy avec Pierre Pucheu, ministre de l'Intérieur du Maréchal, ne contribuait pas forcément à l'innocenter au cœur de la citadelle où il allait pénétrer.

N'oublions surtout pas que, recevant Mitterrand, de Gaulle a en mémoire (elle est infaillible) les rapports rédigés par son neveu Michel Cailliau, rapports dont on peut résumer ainsi l'argumentation : *a*) le réseau « Pin-Mitt » est une émanation de Vichy et reste téléguidé par le cabinet du Maréchal ; *b*) c'est une organisation giraudiste qui tantôt traite la Résistance gaulliste de « terroriste », tantôt la tient pour une « plaisanterie » ; *c*) elle a des effectifs très faibles et ne vaut que par le bluff et le mensonge.

Il est peut-être bon d'ajouter qu'aux oreilles de Charles de Gaulle, le mot « prisonnier » sonne mal. Il a été lui-même captif en Allemagne de 1916 à 1918, sans réussir à s'évader, bien qu'il ait tenté trois fois de le faire, comme Mitterrand, mais sans aboutir, lui. Mauvais souvenir. Désagréable parallèle. Et il a toujours considéré que les prisonniers des stalags ou des oflags avaient été trop sensibles à la propagande des « cercles Pétain ». Il en parlait parfois sur un ton sarcastique : « Grouper les prisonniers ? Et pourquoi pas les charcutiers, ou les coiffeurs ? »

S'aidant de l'ordre de mission établi à Londres, Frenay

n'en obtient pas moins pour le visiteur, qui a atterri le 3 décembre, un rendez-vous très rapide. Dès la soirée du 3 ? Ou le 4 ? Le 5 ? On penche plutôt pour la troisième date : dans *La Paille et le Grain*, Mitterrand parle du « surlendemain » de son arrivée à Alger. Il avait trouvé en tout cas le temps de mettre la main sur son ami Georges Dayan pour se faire accompagner jusqu'à l'entrée de la villa des Glycines.

Faute de disposer du récit du Général, qui n'a pas jugé l'affaire assez importante pour lui consacrer une seule phrase des *Mémoires de guerre*, citons d'abord celui que Mitterrand a publié dans *La Paille et le Grain* en 1971, après avoir, dans *Ma part de vérité*, deux ans plus tôt, qualifié l'entretien d'« aimable » – ce qui est soit un raccourci abusif, soit une litote, soit un trait d'ironie.

> « Le général de Gaulle me reçut en compagnie d'Henri Frenay, commissaire aux Prisonniers de guerre [...]. Voilà que devant moi était, avec sa drôle de tête, petite pour un si grand corps, son visage de condottiere frotté chez les bons pères et ses jambes repliées sous la table, celui que j'avais tant imaginé. Je m'encourageais en pensant à Stendhal. Pas de doute, c'était de Gaulle. Il fut aimable [...].
> Pendant qu'il me parlait, sa belle main, un peu molle, se balançait au rythme de je ne sais quelle berceuse. Il m'interrogea sur l'état de la Résistance, sur ses méthodes et son climat. Mais bien que sa voix restât nonchalante, le ton durcit quand il aborda le fond du sujet [...]. Il désirait que cessât la dispersion des réseaux concurrents. Après leur fusion, qu'il désirait voir se réaliser sous la conduite d'un certain Michel Charette qui était son propre neveu, ils recevraient des armes et de l'argent. Pas avant. Quelle objection pouvais-je faire aux règles évidentes de la discipline nationale ?
> Je répondis qu'aussi utile que fût cette discipline, la Résistance intérieure avait ses propres lois qui ne pouvaient se réduire à la simple exécution des ordres venus de l'extérieur et que, pour ce qui concernait les réseaux en question, ses instructions devenaient inapplicables. L'entretien était terminé. Il se leva et me serra la main [10]... »

On ne saurait se contenter de cette relation, bien que, compte tenu des différences de fond et de personnes, et d'une ironie dont de Gaulle, pour sa part, ne se fait pas faute d'user pour mettre en scène ses interlocuteurs incommodes, la « part de vérité » produite semble ici honorable. Mais, en vue de serrer de plus près les réalités politiques et humaines, il est bon de nuancer et compléter.

Sur cet épisode majeur – et en fin de compte bénéfique – de sa carrière, François Mitterrand ne détestait pas revenir. Il le fit trois fois devant moi, taisant ce qu'il voulait, et traitant le reste à sa main. Il mettait d'abord l'accent sur l'extrême courtoisie de son hôte, en qui il voyait se déployer les grâces d'une éducation à l'ancienne. S'il se voyait en prétendant, il ne lui déplaisait pas que le souverain régnant fût de grand style.

Il rappelait ensuite avec une fausse naïveté que le Général lui avait fait grief, d'entrée de jeu, de voyager à bord d'un avion britannique, propos qui, rapporté cinquante ans plus tard, semble un trait de chauvinisme ridicule : le conteur en tirait un effet facile. En fait, de Gaulle – et Mitterrand le savait bien – lui signifiait par là qu'il le considérait comme trop lié à ces services (combinés entre l'ORA et le SOE de Buckmaster) dont se méfiaient, non sans raison, ses propres réseaux. Ce n'est pas un « mot », c'est un avertissement. Bon.

S'agissant du fond du problème, l'unification des réseaux de résistance « prisonniers », Mitterrand mettait l'accent sur ce qu'il tenait pour un double abus de pouvoir du Général : ne vouloir l'unification que sous la coupe de « Charette » (à quoi il aurait, lui, objecté : « Vous voulez dire votre neveu Cailliau ? ») et y introduire « une troisième composante dont lui, Morland, ignorait l'existence », émanant du Parti communiste. Cette « ignorance » ne pouvait tromper personne, et surtout pas de Gaulle – que le Général eût été ou non mis au courant des tractations déjà amorcées par les amis de Morland avec des hommes du MRPGD qui ne cachaient guère leurs liens avec le PC…

Ayant évoqué ces manœuvres du grand homme pour mieux rappeler qu'il avait su d'abord les dévoiler, ensuite les retourner en sa faveur, François Mitterrand concluait que, souvent acide, parfois brutal, l'entretien avec le général de Gaulle avait été en fin de compte positif. Lors d'une très longue interview qu'il m'accorda en 1986 en vue d'un film sur l'homme du 18 Juin*, il présentait le tête-à-tête comme

* *De Gaulle ou l'éternel défi*, réalisé par Jean Labib, 1986.

un affrontement rude mais loyal et conclu par une manière de reconnaissance, et de lui-même, et de son mouvement. Ce qui lui donnait l'occasion de rendre enfin hommage à la « largeur de vue » du Général.

C'est bien le son de cloche que donne le seul témoin de la scène, Henri Frenay. Dans une lettre-semonce adressée à Cailliau qui, quelques mois plus tard, se plaignait de la place faite à Mitterrand à la tête des organisations de prisonniers, et selon lui à ses dépens, le fondateur de Combat se référait au dialogue de la villa des Glycines pour dénoncer la campagne de dénigrement poursuivie par lui contre « Morland » :

> « Je ne partage absolument pas votre point de vue sur les sentiments que nourrit Morland à l'égard de la politique de Vichy. D'ailleurs, il a vu lui-même le Général en ma présence, s'est entretenu avec lui de la manière la plus franche [...]. On ne peut donc pas dire que la décision prise * ne l'a pas été en toute connaissance de cause [...]. Vous savez [...] que l'immense majorité du peuple français [...] a fait confiance au maréchal Pétain ** [...]. Vouloir refuser systématiquement de faire route avec ceux-là n'aboutirait en définitive qu'à isoler une poignée d'hommes (dont vous êtes et dont je suis) de la Nation [...]. Ce qui serait contraire à la volonté du général de Gaulle [11]... » (18 mars 1944).

On ne saurait tancer plus vertement un camarade de combat, ni faire mieux entendre que le dialogue de décembre à Alger avait comporté une absolution au moins tacite du passé maréchaliste de Mitterrand et n'avait pas tourné au désavantage du visiteur. Diverses versions de la rencontre la présentent comme un affrontement dévastateur. Mais si vague qu'elle soit, l'évocation de Frenay est la seule qui émane d'un témoin direct.

Il n'en faut pas moins tenir compte d'autres sons de cloche, indirects. Quittant le bureau du Général, Mitterrand retrouva son cher Georges Dayan, qui l'attendait dans le jardin. Il semble avoir alors donné une version pessimiste

---

* Qui donnait la haute main sur les mouvements de prisonniers à Mitterrand et à ses amis.

** Frenay avait lui-même, en novembre 1940, écrit une lettre respectueuse au Maréchal.

de l'entretien, mettant l'accent sur les exigences et la dureté du personnage. Mais on est tenté de croire que si François Mitterrand laissa paraître quelque inquiétude après ce « match », ce fut surtout parce que, selon la confidence faite à Dayan, il avait été « frappé par l'autorité de l'homme comme par sa partialité » et avait donc mesuré d'un coup la formidable puissance, l'abattage, la grandeur du personnage, dont il était persuadé qu'il lui faudrait tôt ou tard l'affronter « pour le titre », comme disent les sportifs.

Retenons aussi l'évocation d'un des intimes de Mitterrand, Pierre Merli*, l'un des premiers informés. Dès son retour à Paris, « Morland » donna rendez-vous à cet ami sûr rue Campagne-Première (chez Roger-Patrice Pelat) pour faire le point sur son voyage.

> « En arrivant près de la porte, je croisai un moustachu qui, sitôt que je l'eus dépassé, me héla : "Pierre !" Marchant à ses côtés, j'écoutai le premier récit du face-à-face d'Alger : "Ça n'a pas été agréable… De Gaulle est prévenu contre nous par son neveu Cailliau… mais nous sommes reconnus…" De ces confidences, et de celles que je recueillis ensuite au sein du groupe, je conclus que l'entretien fut rude, mais pas négatif[12]… »

Que l'on retienne de préférence la version sombre ou la version claire de ce face-à-face dont Mitterrand, répétons-le, allait tirer un parti extrêmement positif pour lui et les siens, ce qui en ressortait était une double et forte contradiction dont la portée historique et politique restera considérable. En faire un « malentendu » ou un « accrochage » entre deux personnages allergiques l'un à l'autre est dérisoire. La carrière du Général est ponctuée d'affrontements plus ou moins caractériels. Mais celui-ci se situe à un niveau où, pour des raisons profondes et durables, se heurtent deux ambitions nationales et deux visions de l'Histoire en cours**.

---

* Depuis lors député-maire UDF d'Antibes.

** L'auteur voudrait bien marquer ici, à l'intention du lecteur, que, s'il est conduit à établir un parallèle entre ces deux « ambitions », il ne cherche jamais à les situer sur le même pied. Entre l'homme de l'Histoire et le grand politique, le parallèle est inévitable – mais les valeurs sont inégales.

Ces deux voix alternées expriment l'opposition entre la Résistance extérieure (dont de Gaulle est l'âme et le maître) et l'intérieure (dont Mitterrand est une voix mineure, mais significative). Opposition qui avait déjà provoqué maints affrontements ou débats entre le Général, Frenay (dit « Charvet »), d'Astier (dit « Bernard »), Brossolette, Daniel Mayer et quelques autres. Débats portant à la fois sur les méthodes et les sensibilités, les centres de décision, le « vécu » (ici) et le « pensé » (là-bas), ou mieux le « long » et le « court », pour parler comme les stratèges chinois.

Dans l'esprit de Mitterrand – et c'est une de ses idées-forces, bien au-delà des préoccupations tacticiennes auxquelles on veut si souvent le réduire – une hiérarchie subsiste entre les deux résistances, et l'affirmation de la suprématie gaulliste constitue une usurpation historique :

> « Je considérais notre résistance sur le sol national, au contact incessant de la torture et de la mort, comme d'une autre nature que la résistance extérieure et ne reconnaissais pas à celle-ci la prééminence dont elle se prévalait. Je contestais que le mot Résistance pût s'appliquer au combat mené de Londres et d'Alger, épisodes d'une guerre traditionnelle. D'une certaine façon, on* a confisqué sa Résistance au peuple français[13]... »

Mitterrand, ne fût-il pas un ouvrier de la première heure, avait de forts arguments pour se poser ici en champion de l'intérieur : une bonne culture historique, un système de réseaux et de relations presque sans égal, une exceptionnelle finesse de perception des courants et d'analyse des sensibilités, son rôle dans le combat. Facultés qui se déployaient mieux au service des combattants de l'intérieur que des autres, dès lors qu'il n'avait pas reçu la « grâce », « l'onction du 18 Juin », qu'il n'avait jamais su reconnaître, lui si fin et sensible aux valeurs religieuses, la dimension en quelque sorte mystique de l'appel gaullien, de son caractère à la fois révolutionnaire, spirituel et fondateur.

Mais dans cette querelle de hiérarchie entre les deux résistances, il faut peut-être analyser plus soigneusement encore

---

* Le « on » est bien vague, et vain. L'histoire de la Résistance intérieure a été écrite avant l'autre, et excellemment, par Henri Noguères, bon résistant lui-même et peu favorable au Général.

la réflexion de Mitterrand. Pour lui, ce qui nous apparaît comme une infériorité essentielle par rapport à de Gaulle, sa collusion avec Vichy, lui semble probablement, sans qu'il le dise, un atout en sa faveur. On en revient alors à ce thème de la représentation successive et multiple qui est au cœur du mitterrandisme. On l'imagine disant ceci : « Il est vrai, de Gaulle, que vous avez été l'homme de la France. Mais moi, prisonnier, évadé, citoyen d'une France aux fers, fonctionnaire en sa capitale provisoire, résistant enfin, j'aurai été, je suis toutes les France…, tous les Français… »

Dans ce grand désaccord, il y a une contradiction, traditionnelle dans l'histoire de France, entre les enracinés et les périphériques, entre ceux qui tiennent la France pour une terre à ensemencer et ceux qui en font une idée, une « force qui va », libre et mouvante ; ceux qui voient dans un arbre la promesse d'un fruit et ceux qui le tiennent déjà pour le mât d'un navire…

Mais il y a aussi, bien sûr, une dimension très personnelle. Le « gentil dauphin » autodésigné, et qui n'ose encore l'avouer que devant une hôtesse anglaise ou dans une lettre à une correspondante lointaine, se dresse, encore à demi respectueux, devant le souverain au « visage de condottiere », lui-même autoproclamé – mais à partir de quel coup d'éclat ! Il le mesure, il se soupèse, inquiet, et puis s'affirme par le refus.

Rébellion pour exister ? Oui. Ce que prescrit de Gaulle, avec la mise du RNPG sous la coupe de « Charette », c'est la colonisation du mouvement « Pin-Mitt », sinon sa disparition. Le Général, informé comme il est des opinions de son neveu Cailliau et de son intolérance foncière, ne peut donner le change : c'est une reddition qu'il réclame de Mitterrand, une reddition aux mains d'un ennemi enflammé. Le visiteur se cabre d'abord pour subsister en tant que chef de groupe, ensuite en tant que personnage « entré dans le siècle » – puisque nous savons qu'il se voit et se décrit ainsi.

Telles étaient les prémisses et les données de la conversation. Telle n'a pas été – pas du tout ! – la conclusion. A-t-on assez remarqué que l'attitude du président du CFLN, « encaissant » le refus de Mitterrand sans le foudroyer et levant la séance sans avoir obtenu la soumission de son visiteur, avant de lui confier plus tard les rênes, est tout à fait extraordinaire chez de Gaulle ? Elle montre à quel point, d'entrée de jeu, il a mesuré la force et le talent du jeune homme, quitte à tenter de le faire plier ensuite par d'autres voies…

Lui qui a su dompter, récupérer et garder auprès de lui les deux grands fauves de la Résistance intérieure, Frenay et d'Astier, nantis de bien d'autres titres que Mitterrand à lui tenir tête, va laisser « Morland-Monier » lui glisser entre les doigts, puis grandir, plus ou moins marginal, sur le sol métropolitain – où est sa légitimité, tardive mais réelle, et renforcée par le « match nul à l'extérieur » qu'est la visite qu'il lui a rendue.

François Mitterrand devait apprendre par Pierre-Bloch, adjoint de d'Astier, que, probablement inspiré par une lettre de Cailliau, le Général avait enjoint à ses services de faire en sorte que son visiteur de décembre ne regagne pas la France : « Pour Mitterrand, *alias* Morland, donner l'ordre de le garder en Afrique ou en Angleterre * dans un bon régiment par mesure de sécurité pour lui [14]. » Sécurité par rapport à qui ? A la Gestapo en France ? A certains services ailleurs ? Ou pour le confort de « Charette » ?

Le fait est qu'après avoir rencontré diverses personnalités politiques, dont Pierre Mendès France, récemment nommé ministre des Affaires économiques par le général de Gaulle – rencontre qui restera marquée dans sa mémoire –, il a pris des contacts à l'Assemblée consultative où lui est proposé un siège qu'il refuse. Il juge plus conforme, sinon à sa sécurité, en tout cas à ses ambitions, de regagner le sol métropolitain, à ses risques et périls. Tout plutôt que d'être tenu en laisse…

C'est par les giraudistes, ou ce qui en reste, qu'il va réussir à sortir de ce qu'il appelle la « seringue algéroise ». Un ami de sa famille, le commandant de La Chénelière, est attaché au cabinet du général Giraud, encore commandant en chef militaire. C'est à cet officier qu'il va demander de lui procurer le moyen de gagner un lieu d'où il pourra s'envoler pour Londres, et par lui qu'il se voit invité à prendre place dès le lendemain dans un Dakota pour Marrakech.

---

* L'intéressé a rapporté ailleurs que la destination prévue pour lui était l'Italie, où se poursuivaient les combats, très durs. Certains l'accusent de les avoir fuis… Pour se mettre à l'abri au contact de la Gestapo ?

> « Alors que je prenais congé, raconte Mitterrand, quelqu'un entra dans le bureau… Je reconnus sans peine le général Giraud. De La Chénelière me présenta, expliqua l'objet de ma requête, narra les difficultés que je rencontrais à boucler ma mission. Giraud s'écria : "Cela ne m'étonne pas. De la politique, c'est tout ce que ces gens de Londres savent faire. Mon ami, je vous aiderai. Moi, je ne m'occupe que de la victoire." Cette charge contre "les gens de Londres", cette allusion directe au conflit qui l'opposait au général de Gaulle alors qu'il ne savait rien de moi cinq minutes plus tôt dépeignaient l'homme [15]… »

Voilà un giraudiste qui n'a pas mis longtemps à être dégrisé…

Bref, il se retrouve le lendemain à Marrakech – mieux, dans un palais dont l'hôtesse est Joséphine Baker, alors liée à un officier des services spéciaux français. C'est là qu'on vient le prévenir que le général Montgomery, désigné pour le commandement des forces terrestres engagées dans le débarquement (alors imminent), doit regagner Londres, et peut l'embarquer dans son avion. Il se case entre le commandant Pierre de Chevigné, futur ministre de la Défense nationale, et Jacques-Camille Pâris, diplomate et gendre de Claudel. Le général anglais le dépose en Écosse – d'où il prend un train pour Londres. Il y est accueilli par le « colonel Passy », avec lequel les liens se resserrent*.

Il y fait aussi une rencontre lourde d'avenir. Le nouveau délégué du Parti communiste auprès de la France libre s'appelle Waldeck Rochet ; sa bonhomie paysanne séduit le voyageur. Est-ce la raison pour laquelle, dans les mois qui suivent, la fusion avec une organisation liée au PCF, telle que de Gaulle l'a réclamée à Alger, lui paraît moins répréhensible ? Les voyages forment les dirigeants.

C'est le chef des services spéciaux gaullistes qui prend en charge son retour. Plutôt que de le faire parachuter quelque part entre l'Anjou et le Bourbonnais, il l'embarque avec deux agents du SOE sur un *torpedo boat* qui, nuitamment, les dépose aux abords de la côte du Finistère, près de Saint-Jean-du-Doigt. Entre la vedette et la terre, les trois hommes

---

* Ce qui confirme que les échos du tête-à-tête d'Alger n'étaient pas si négatifs…

doivent utiliser un minuscule canot à rames. Les blockhaus du « mur de l'Atlantique » sont tout proches… « Tu ne peux pas imaginer, confiait François à l'une de ses sœurs, quel bruit assourdissant font, pendant la nuit, des rames brassant l'eau… »

Morlaix, le train, la gare Montparnasse. Contrôle de police. « Ouvrez votre bagage… » Celui-ci contient un revolver qui lui a été remis à Londres par les gens du BCRA, une capsule de cyanure et une lettre de Frenay à Pinot… Coup d'œil à droite, à gauche. Rien à faire. Morland ouvre lentement la valise, où s'étale le revolver. « Contrôle économique. Ce n'est pas ce que je cherche. Filez[16]… » (Le soir, Jean Munier, spécialiste des armes, vérifiera le revolver : il y manque la première balle du barillet. Si le voyageur avait dû dégainer, il était « fait »… Découverte qui leur donne à réfléchir sur la complexité ou l'incertitude des alliances de guerre[17]…)

Voici venue, quoi qu'il en coûte, l'heure de la fusion. La lettre de Frenay à Pinot, resté le chef théorique du RNPG * – en fait un impératif : « M. [Mitterrand-Morland] rapporte des consignes détaillées […] ainsi qu'un projet d'organisation qui doit recevoir, je l'espère, l'assentiment de tous et en particulier celui de C. [Cailliau-Charette], avec lequel vous avez eu jusqu'à ce jour bien des malentendus. Ce projet a en définitive valeur d'ordre… » Les quatre derniers mots sonnent fort. On ne saurait être plus clair.

Mais ce qui ne l'est pas, c'est le rôle assigné au « troisième tiers », celui qui émane des communistes, tel que l'évoquait de Gaulle dans l'entrevue d'Alger avec Mitterrand et en présence de Frenay : pour le Général, il allait de soi que cette composante devait être intégrée – ce que contestait le visiteur, prétendant ignorer non les communistes, mais leur « organisation » en matière de prisonniers. Or, à partir de

---

* Bien que, dans la même lettre, Frenay signifie durement à Pinot qu'« on » a manifesté à son égard certaines réserves et qu'« on » préfère ne pas lui voir « occuper une place sur l'avant-scène ». Il a été trop en vue à Vichy. Ce qui ouvre toutes grandes les portes à Mitterrand-Morland – et explique qu'il n'ait guère protesté contre la mise à l'écart de son aîné. Si peu protesté que son compagnon Jacques Bénet en fut (et en reste) choqué…

cette époque, et en dépit des preuves de confiance qu'il donnera à Mitterrand, Henri Frenay lui reprochera d'avoir manœuvré pour associer les communistes à la fusion. Or nous l'avons bien vu : c'est le Général lui-même – alors en négociation avec le Parti communiste en vue de la formation du Gouvernement provisoire, qu'il présidera, à partir du 3 juin 1944, avec la participation de deux dirigeants de ce parti – qui a donné pour objectif ce regroupement tripartite, première forme de ce que seront les gouvernements de la Libération.

Mais plus la situation se complique, plus François Mitterrand exerce son ascendant : ses talents de tacticien se manifestent d'autant mieux que c'est aux dépens du malheureux « Charette ». Celui-ci multiplie les impairs et les mauvais coups : après avoir télégraphié à Londres pour dénoncer l'un des plus proches et valeureux camarades de combat de Mitterrand, Jacques Pâris, comme un « agent douteux », il adresse ensuite à son oncle une lettre de démenti où il proteste tour à tour contre la présence aux côtés du Général, à Alger, de Mendès France, Thorez et Le Troquer (qui a « jeté [sa femme] par la fenêtre… »)[18].

Dans le même temps, cet homme qui dénonce la présence de juifs et de communistes auprès du Comité d'Alger multiplie les contacts avec les cadres du PCF sur le plan national, sans se rendre compte que lui qui a choisi pour pseudonyme le nom d'un chef de Chouans a laissé infiltrer son organisation par les amis de Moscou, si naïvement que Mitterrand, la reprenant à son compte, n'aura pas de cesse qu'il ne les contrôle.

La fusion « à trois composantes » qui va s'opérer aux applaudissements de la radio de Londres (Maurice Schumann l'annonce, un peu prématurément, le 12 janvier[*]), c'est exactement l'application de la directive formulée le 5 décembre 1943 à la villa des Glycines par de Gaulle à l'intention de Mitterrand et Frenay, contestée d'abord puis reprise à son compte par le chef de file du RNPG. Mais il ne serait pas Mitterrand, déjà, si l'intégration des communistes s'opérait sans que soit manifestée avec insistance la clémence des intégrateurs…

---

* Dans l'émission où il saluait le « coup d'éclat de Wagram ».

La scène décisive se déroule le 12 mars 1944, au 117, rue Notre-Dame-des-Champs, dans l'atelier des peintres Denise et Georges Giès, sous la présidence d'un délégué du CNR (Conseil national de la Résistance), créé dix mois plus tôt par Jean Moulin : Antoine Avinin, cofondateur de Franc-Tireur. François Mitterrand et Jacques Bénet y représenteront le RNPG, face au délégué du CNPG communiste Robert Paumier, dit « Delarue », et à ceux du MRPGD (le mouvement Charette), Philippe Dechartre, Pierre Lemoign' et Charles Moulin * – auquel on emprunte ici la relation de ce débat auquel il participa [19].

Compagnon de « Charette » et plutôt bien disposé à l'égard des communistes, Charles Moulin ne fait aucune allusion à une scène relatée dans un rapport de Delarue à ses camarades : Mitterrand aurait ouvert la réunion en attaquant les communistes et le CNPG, au motif qu'ils étaient « inconnus à Londres et à Alger ». Attitude qui paraît bien étrange, compte tenu des instructions qu'il a reçues du Général et transmises à ses amis, et des contacts qu'il a pris depuis lors avec des communistes comme Edgar Morin, sans parler de Waldeck Rochet. Si cette philippique fut bien prononcée par « Morland », ce ne peut être qu'à titre tactique, pour minimiser le poids des nouveaux arrivants : c'est en tout cas l'hypothèse formulée par l'historien très sérieux qu'est Christophe Lewin.

Selon Charles Moulin, qui rencontrait là Mitterrand pour la première fois, « tous les participants furent étonnés de la facilité avec laquelle la fusion fut réalisée [20] ». Elle aboutit à la création du Mouvement national des prisonniers de guerre et déportés (MNPGD), placé sous la présidence de François Mitterrand, assisté de Philippe Dechartre, Jacques Bénet et Robert Paumier. Non seulement Morland prenait le *leadership*, mais il était flanqué de son ami Bénet – et l'ancien MRPGD de Charette était désormais représenté par le bienveillant Philippe Dechartre. (« Pourquoi ses amis avaient-ils substitué Dechartre à Charette ? », demandera plus tard Georges-Marc Benamou à Mitterrand. Réponse : « Ses amis étaient raisonnables… » [21].)

Avant d'aller donner la preuve de sa vaillance dans une

---

* De son vrai nom Bonnet.

unité de combat *, Michel Cailliau trouvera encore le temps de rédiger à l'adresse de son oncle le Général un rapport sur l'état d'esprit des Français au printemps 1944, texte qui l'aurait disqualifié en tant qu'homme public si ses extravagances antérieures n'y avaient suffi : ce chef de la Résistance signifie au gouvernement de la Libération que les Français attendent de lui la mise à l'écart des juifs, des francs-maçons et des communistes… *Exit* « Charette ».

Son ennemi intime évincé avec le consentement du général de Gaulle qu'a édifié cette littérature, et promu lui-même à la tête du mouvement unifié, François Mitterrand peut dresser, en ce mois de mars 1944, moins de deux ans après le début de son glissement vers la Résistance, un bilan éclatant : le voilà promu à la tête d'une organisation qui, bon an, mal an, représente un million et demi de citoyens, dont l'influence va bientôt s'exercer sur l'ensemble du corps national.

Une ombre cruelle, pourtant, à ce tableau : la capture, alors qu'il est lui-même à Londres, de celui auquel il doit, plus qu'à quiconque, sa « rédemption » : Antoine Mauduit, arrêté en janvier et incarcéré à Marseille, avant d'être déporté à Bergen-Belsen. « Morland » fait une affaire d'honneur de libérer cet homme qu'il admire plus que tous : il désigne pour l'opération contre la prison de Marseille deux des hommes du service Action du MNPGD, auxquels il accorde une confiance particulière, Jean Munier et Jacques Pâris. Jean Munier raconte comment, arrivés au pied du fort Saint-Nicolas, Pâris et lui constatèrent, du haut d'un tas de gravats, que les cellules, notamment celle où ils avaient localisé Mauduit, étaient si inaccessibles, et les rondes avec chiens si répétées, que l'opération demandait des moyens et des effectifs dont ils ne pouvaient alors disposer. Ils ne purent, consternés, que faire rapport à leur chef [22].

De cet échec, Mitterrand restera humilié et blessé pour longtemps. Mais la vie lui offre une belle revanche, la rencontre avec Danielle Gouze. Leur histoire se noue en effet

---

* Il se fit parachuter sur les maquis de l'Aveyron et du Tarn-et-Garonne, non sans faire en sorte que deux des amis de Mitterrand, Bénet et Dechartre, partis pour Alger avec le même objectif, ne pussent recevoir l'entraînement nécessaire à ce type de missions (entretien avec Jacques Bénet, mars 1997).

sous le signe de cette Résistance qui est, pour elle, « aux origines » et, pour lui, une étincelante découverte. Cluny et le Mâconnais sont devenus des pôles de l'activité résistante de Morland depuis que Bénouville et Bourdet lui ont fait rencontrer, en mars 1943, Henri Frenay et Bertie Albrecht * dans l'arrière-salle d'un café de Mâcon. Or le chef de Combat et sa plus proche collaboratrice sont hébergés par un couple d'instituteurs, Antoine Gouze et sa femme, révoqués par Vichy pour avoir refusé de signaler ceux de leurs élèves que les lois d'octobre 1940 définissaient comme juifs. Retirés dans une maison isolée entre Cluny et Salornay, les Gouze en ont fait un centre d'accueil pour les résistants.

Il se trouve d'autre part que leur fille aînée, Madeleine **, partage depuis peu la vie de l'un des compagnons les plus fidèles de Mitterrand, Roger Pelat, le futur « colonel Patrice ». C'est chez elle qu'en mars 1944 François découvre, sur le piano, la photo d'une jeune fille aux pommettes saillantes et aux yeux de chat. « Qui est-ce ? – Ma jeune sœur Danielle. – Elle est mignonne... » La légende veut qu'il ait alors tranché : « J'épouse ! » L'intéressé a fermement contesté la lettre, sinon l'esprit, de cette déclaration impériale. Témoin de la scène, Pierre Merli ne confirme que la première réplique...

On organise en avril un voyage à Paris de Danielle, qui n'est pas séduite d'emblée par ce prétendant trop disert, aux allures de « danseur de tango ». Le 28 mai pourtant, à Cluny, l'ancien Volontaire national ira charmer sans mal le couple des instituteurs francs-maçons et leur fille. François avait-il entre-temps rasé ses rouflaquettes ? Le souvenir de Bertie Albrecht, également admirée par tous, arrêtée tout près de là et exécutée par les nazis l'année précédente ***, joua-t-il entre eux un rôle bénéfique ?

Dès lors, dans l'emploi du temps assez chargé du « patron » du MNPGD vont s'inscrire les allées et venues des uns et des

---

* Les cofondateurs de Combat. Elle était d'origine hollandaise.

** Qui deviendra Christine Gouze-Rénal.

*** Exécutée ou suicidée pour s'éviter de parler ? L'examen de sa dépouille, après la guerre, aurait fait paraître des marques de strangulation.

autres en des trains bondés où la présence de la jeune fille détourne l'attention des feld-gendarmes, les chassés-croisés des émissaires chargés de mettre Danielle à l'abri, la promesse faite en juin : on se mariera après la Libération... Mais déjà, voilà une nouvelle greffe qui s'opère. Après celle des socialistes oranais ou des résistants plus ou moins « rouges », celle de l'école de Jules Ferry sur l'enseignement des curés d'Angoulême. La complexité mitterrandienne ne cesse de s'enrichir.

« Morland » pilote alors une machine aux composantes multiples, mais qui ont ceci en commun qu'elles passent toutes par un chapitre de sa biographie. Le MNPGD et ses alliés de Combat, c'est en quelque sorte sa rose des vents – celui qui souffle de Charente, avec Guillain de Bénouville ; celui qui vient du « 104 » et de l'avant-guerre, avec Bénet, Férréol de Ferry, Pilven, Dalle, Bettencourt ; celui qui émane des camps, incarné par Munier, Pelat, Finifter ; celui qui trouve sa source au Commissariat de Vichy, avec Pinot, Barrois, Guérin, Védrine ; celui des « Lyonnais », Montjoie, Fric, Gagnaire ; enfin, purement résistant, celui qui se manifeste avec Dechartre, bientôt les Antelme, Mascolo, et enfin Morin et les communistes...

Quoi qu'on pense de son parcours, du rythme et des formes de son arrachement au système maréchaliste, il est alors au confluent exact de tous ces courants issus de la guerre, où se mêlent Vichy et Londres, Alger et les maquis, Moscou aussi. Il est déjà cet étrange mixte de Français qui ont dit oui, qui ont dit non, qui ont flotté, et puis nagé, et navigué, et combattu. Il est déjà le François pétri par les deux histoires, celle du chêne et celle du mât, qui font enfin prévaloir celui-ci sur celui-là.

Mais que représente le MNPGD, unifié sous la houlette de Mitterrand, dans la constellation de la Résistance française à la veille du débarquement du 6 juin 1944, trois mois avant la libération de Paris ? Ce qui est clair, c'est qu'il est officiellement reconnu par le CNR fondé par Jean Moulin, organe suprême de la lutte, du point de vue de l'extérieur (Alger où le Comité national présidé par de Gaulle se proclame le 3 juin « Gouvernement provisoire ») autant que de l'intérieur, communistes compris, comme l'organisation incarnant et dirigeant le peuple prisonnier : 1 300 000 sont encore détenus en Allemagne, et 200 000 déportés souffrent dans les camps.

Morland, qui entretient au sein du CNR de bonnes relations avec Claude Bourdet (ami de son ami Guillain de Bénouville et de son protecteur Henri Frenay), Pascal Copeau et Antoine Avinin, a scindé son mouvement en deux : une zone nord, qu'il dirige plus directement, avec pour adjoints le communiste Bugeaud, Georges Beauchamp, Jean Munier, chargé du service Action – et, pour la région parisienne, Pelat ; une zone sud, confiée à son ami Étienne Gagnaire, assisté de Jacques Pâris, homologue de Munier.

Trois missions spécifiques sont confiées à Marcel Barrois, à Marcel Haedrich et à André Bettencourt : les contacts avec les maquis, la création d'un journal, la liaison avec les Américains à Genève. Barrois (l'homme qui était à côté de Mitterrand lors de la réception par Pétain à l'hôtel du Parc) est arrêté le 30 avril et, déporté, ne survivra pas à l'épreuve. Haedrich réussit à fonder et faire vivre une bonne publication, *L'Homme libre*, qu'il rédige à lui tout seul, dans le Cantal… Quant à Bettencourt, bien que contesté par bon nombre des cadres de l'organisation qui lui reprochent des articles écrits naguère pour la revue corporatiste agricole créée par son père, propriétaire normand, où étaient perceptibles des relents d'antisémitisme, il établit à Genève, avec l'appui de Guillain de Bénouville qui y fait de fréquentes missions, une antenne auprès du puissant chef des services spéciaux américains en Europe, Allen Dulles, détenteur des cordons d'une bourse très enviée.

Au sommet de l'édifice, Mitterrand-Morland constitue, avec Munier, Pelat et Finifter, les « durs » du stalag IX A, un quatuor prépondérant dans la décision et l'action, en coordination avec ceux qu'a groupés autour de lui Robert Antelme, tandis que deux personnages clés du « système Morland », Jacques Bénet et Philippe Dechartre, sont partis pour Alger où, désignés pour représenter les prisonniers au sein de l'Assemblée consultative, ils préfèrent se préparer aux actions désormais imminentes sur le sol national.

Quand on sait le rôle essentiel qu'a joué, dans l'histoire de Mitterrand, ce qu'il appelle les « bandes », dont il a pu expérimenter l'efficacité dans les camps, à Vichy et lors de son passage du maréchalisme à la Résistance, il faut relever ici l'apparition dans son ciel d'une nouvelle constellation : celle qui a pour centre un petit appartement de la rue Dupin (entre les rues de Sèvres et du Cherche-Midi) et pour noyau Robert Antelme, sa sœur Marie-Louise, sa future femme Marguerite, qui ne s'appelle pas encore Duras, et Dionys Mascolo, qui sera ensuite le compagnon de l'auteur de *La Douleur* – groupe auquel s'agrègent d'une part le communiste Edgar Morin et de l'autre Georges Beauchamp, mitterrandien de stricte obédience s'il en fut.

Tous ceux qui ont connu Robert Antelme, dont le nom reste attaché à l'admirable *Espèce humaine* que lui a inspirée la déportation, le décrivent comme un saint laïque. De ce qu'a pu être le charme de Marguerite, dix livres témoignent. Sur celui qui émanait de Mascolo, faisons confiance à des témoins comme Morin et Beauchamp. De beaux ludions dans la tourmente ? Non. Des acteurs responsables et déterminés. Un demi-siècle plus tard, l'ex-« capitaine Morland » parlait d'eux avec autant de respect que d'amitié. Par rapport à Pinot, Barrois ou Védrine, ces « intellectuels » plus ou moins marxisants lui proposaient l'image d'un autre univers, en rupture avec le « 104 » et Vichy, et les matériaux pour une révision idéologique profonde.

Le plus curieux, si l'on tient compte en outre des irruptions successives dans sa vie de Dayan, puis de Pelat et de la famille Gouze, de Dechartre et de Beauchamp, tous orientés à gauche, et de façon plus lointaine de D'Astier ou de Copeau, proches des communistes, c'est à quel point cette révision fut lente, s'agissant d'un esprit aussi vif, et combien elle fut marquée de remords et de retours… Elle était forte, l'empreinte originelle !

Si la « bande de la rue Dupin » n'a pas fait de Mitterrand, en ces quelques mois, un homme de gauche, il n'en partagea pas moins avec ces camarades des deux sexes quelques-unes de ces heures et de ces actions qui pouvaient alors vous conduire vers la salle d'interrogatoires de la rue des Saussaies, et de là à Fresnes, Compiègne, Buchenwald et Dora. Une semaine avant le débarquement, la journée du 1er juin 1944 fut celle où les tenailles de la Gestapo se refermèrent sur la « bande », en deux temps, manquant de peu de tout anéantir.

Déjà, à la fin de la matinée, dans un appartement de l'avenue Charles-Floquet, proche de la tour Eiffel, « Morland » n'a échappé que de justesse à un coup de filet du gestapiste Delval, venu l'arrêter et qui n'a mis la main que sur son ami Jean Bertin *. Lui-même put s'enfuir en galopant à travers le Champ-de-Mars… Trois heures plus tard, Jean Munier a rendez-vous dans le petit appartement des Antelme, 5, rue Dupin, avec Robert, ses sœurs et « Morland », qui y habite alors. L'atmosphère alentour lui semblant inquiétante, Munier rebrousse chemin devant la porte.

> « Je me heurte à un policier qui me demande mes papiers. Je lui rentre dedans, je cours jusque chez Pelat d'où je peux téléphoner rue Dupin où on me répond : "Ici, Charles…" Il n'y a pas de Charles dans le groupe. Il est clair que cette voix est celle d'un flic et qu'il est arrivé un malheur. Je réussis à joindre Mitterrand en partance pour la rue Dupin : "N'y va pas. Ils sont tous coxés !" [23]. »

Robert Antelme reviendra – nous verrons comment… – de déportation, pas ses deux sœurs. Mais le plus étonnant « coup » de ces aventures de « Robin des rues » du Paris occupé, c'est le sauvetage de « Morland » par son ami Munier dans un café de la rive gauche où une escouade d'hommes en vert-de-gris va mettre la main sur eux quand le chef du service Action – naturellement armé d'un revolver qui le voue au poteau – sort de sa poche un papier qui fait se reculer, effarés et respectueux, ceux qui s'apprêtent à leur passer les menottes : « Ouais ! raconte-t-il aujourd'hui : c'était une lettre signée d'Adolf Hitler, qui exigeait ma libération immédiate du stalag IX après que j'eus sauvé d'un incendie, lors d'un bombardement de Cassel, la femme et la fille de l'un de ses officiers d'ordonnance [24] ! »

Pour évoquer le climat de ces derniers mois de l'Occupation et le rôle que joua le « capitaine Morland », on rapportera les témoignages de deux compagnons qui le situent bien, semble-t-il, à son niveau de combattant et de responsable : ceux d'Edgar Morin, alors communiste, venu du réseau « Charette », et de Georges Beauchamp, qui fut d'emblée le plus proche et fidèle de ses lieutenants.

---

* Qui reviendra de déportation à Buchenwald, puis à Theresienstadt.

Edgar Morin :

> « Ce Mitterrand que j'ai rencontré en 1943 par le truchement de Robert Antelme et Georges Beauchamp, c'était un résistant très actif. J'agissais alors en sous-marin du PC, noyautant le réseau Charette, indépendamment de mes camarades Paumier et Bugeaud qui se préparaient à faire du RNPG une antenne du Front national. J'avais de l'estime pour Charette, son courage et sa détermination contre les nazis. Je ne la renie pas. Après le premier contact chez Ninette Antelme, une sœur de Robert, j'ai souvent eu l'occasion de juger Morland. Nous, communistes, qui étions plus prudents, plus respectueux des règles du cloisonnement, nous le jugions un peu téméraire. Mais le personnage s'imposait. J'ai resserré mes relations avec lui à l'occasion d'une affaire de trahison : nous étions persuadés que deux traîtres étaient responsables des affaires de l'avenue Charles-Floquet et de la rue Dupin. Je me vois encore tournant avec Morland autour du Panthéon. Faut-il les liquider ? Il était porté à l'indulgence, mais capable d'assumer la rigueur…
> Je garde de lui, à cette époque, un grand souvenir, bien que je ne l'aie plus guère revu [25]… »

Georges Beauchamp :

> « C'est par mon ancien camarade de lycée Robert Antelme que j'ai connu François Mitterrand en 1943. Aussi par Jacques Bénet. Je ne l'avais pas rencontré à la faculté de droit. Nous l'appelions tous Morland, le tenant pour notre chef. Il en assumait les responsabilités avec autorité et dynamisme. Au sein du MNPGD, j'ai été désigné comme le responsable, pour la région parisienne, de la lutte contre le STO, le service du travail en Allemagne. Nous appelions d'ailleurs ce type d'action le “Front intérieur allemand”…
> Notre QG était situé 100, rue de Richelieu, l'ancien local du journal *Le Journal*, à la “direction de la main-d'œuvre” où avait été installée une petite salle de théâtre. C'est là que, sous prétexte de monter des spectacles – excellent pour les contacts –, nous organisions la lutte contre cette forme de déportation. Bon local pour des comploteurs : l'immeuble avait quatre issues [26]… »

Le couronnement de cette opération de prise en charge du mouvement des prisonniers (et déportés) par François

Mitterrand, fut, au début de juin 1944*, au lendemain de la constitution du Gouvernement provisoire et du débarquement, sa désignation comme « commissaire général correspondant du ministère des Prisonniers », chargé de l'intérim de ce ministère jusqu'à l'arrivée à Paris du Gouvernement provisoire – que l'on pouvait prévoir distant encore de plusieurs mois. Voici Mitterrand « ministre en attendant »…

Promotion inimaginable. Ainsi, après quinze mois de résistance active, le visiteur à demi éconduit par de Gaulle en décembre 1943 (six mois plus tôt…) est promu à 27 ans quasi-ministre, substitut d'Henri Frenay, le chef historique de la Résistance intérieure, dans un cabinct présidé par Alexandre Parodi qui groupe des personnages de l'envergure de Paul Bastid, Emmanuel Monick, Pasteur Vallery-Radot et Henri Wallon…

C'est évidemment Frenay qui l'a choisi. On ne saurait s'en étonner, bien que d'autres eussent des titres plus éclatants à faire valoir. Mais ce qui surprend, et au-delà, c'est que de Gaulle, qui a rayé sur la liste établie par Parodi le nom de Me Willard, proposé pour la Justice, ait maintenu celui du jeune homme dont l'opposition, six mois plus tôt, n'a pu manquer de laisser des traces dans sa mémoire implacable, entretenue par la correspondance venimeuse de son neveu Cailliau.

Décidément, la relation de Gaulle-Mitterrand fut beaucoup plus complcxc que ne le veut la légende. De quel autre « rebelle » à ses directives de Gaulle assura-t-il ainsi la promotion foudroyante ? Crut-il ainsi s'assujettir à jamais l'incommode « Morland » ?

* * *

Les armées alliées écrasent en Normandie pied à pied, bombe par bombe, l'incroyable résistance de la *Wehrmacht*. Juin, juillet, août… Autour de Mitterrand, l'initiative est passée à ceux qu'il a choisis pour l'action – Munier, Pelat,

---

* Date contestée. Christophe Lewin la situe en mai, d'autres en juillet. En fait, il y eut délibération, peut-être contestation, entre Alger et Paris.

Beauchamp, Finifter, Pâris –, et cela d'autant mieux que, dans l'esprit des libérateurs qui marchent sur Paris, à commencer par de Gaulle, les prisonniers doivent surmonter une légende de longue passivité. Munier (« commandant Rodin ») et Pelat (« colonel Patrice ») feront en sorte qu'ils la détruisent.

Dès le premier jour de l'insurrection, le 19 août, leurs groupes de combat déclenchent les opérations qui, à partir des mairies de Colombes et d'Asnières, vont permettre la récupération des immeubles stratégiques : le Commissariat aux prisonniers, rue Meyerbeer, près de l'Opéra, la Maison du prisonnier, place Clichy, et l'immeuble du 100, rue de Richelieu, qu'avait dès longtemps infiltré Beauchamp, on l'a vu, y constituant un stock d'armes. Au surplus, Pelat a mis la main sur l'immeuble des Champs-Élysées d'où émet « le Poste parisien ». Toujours bon à prendre, une radio…

François Mitterrand a tenu à conduire lui-même la reconquête du bâtiment le plus symbolique, le Commissariat aux prisonniers, d'où Maurice Pinot avait été chassé par Laval et remplacé par Masson, avant qu'y soit installé un certain Moreau. A la fin de la matinée du 20 août, tandis que les chars des SS font gronder leurs chenilles alentour, de la Concorde à l'Opéra, il surgit, l'arme au poing, dans l'immeuble de la rue Meyerbeer, et pénètre, flanqué de Munier, dans le bureau du commissaire Moreau, qui leur demande à quel titre… Mitterrand : « Il n'y a pas à discuter. Cédez la place : c'est la révolution [27] ! »

Dans les rues voisines, avenue de l'Opéra, sur les grands boulevards, vers la Trinité, les hommes de la *Wehrmacht* patrouillent, arrêtent et abattent les insurgés pendant cinq jours encore. Mitterrand, lui, tient « son » QG, va et vient, téléphone ses ordres, s'entretient avec Parodi et s'en va coucher chez ses amis, « pendant, écrit-il, que les chars Tigre tournaient autour de la Kommandantur, notre voisine [28]… ».

Deux jours plus tard, le 22, François Mitterrand prend sa première décision importante en tant que représentant du gouvernement : il obtient l'unité d'action entre son MNPGD, représenté par Bugeaud et Patrice, et les centres d'entraide (CEA), organisme directement issu de Vichy et encore à l'écart du grand ralliement : l'ensemble du monde « prisonniers » est regroupé sous sa houlette.

Le 25 août enfin, de Gaulle est dans Paris, où l'ont précédé de quelques heures les premiers « groupements tactiques » de Leclerc. La bataille se poursuit, les coups de feu crépitent encore. Après une halte rue Saint-Dominique, où il a choisi d'installer, au ministère de la Défense, son pouvoir, le Général se hâte vers l'Hôtel de Ville. Depuis 18 heures l'y attendent les chefs de cette Résistance intérieure avec laquelle il entretient depuis quatre ans des relations passionnées, crépitantes de malentendus, mais que son génie a réussi pour l'essentiel à contrôler sans l'abolir – quoi qu'en dise Mitterrand.

Premier contact, première rebuffade. A Georges Bidault, président du CNR (où il a succédé à Jean Moulin), qui lui propose de « proclamer la République », de Gaulle riposte durement : « La République n'a jamais cessé d'être [...]. Vichy fut toujours et demeure nul et non avenu. Moi-même suis le président du gouvernement de la République. Pourquoi irais-je la proclamer ? » Superbes mots, qui ne vont pas sans quelque imposture à propos de Vichy : pour malvenu qu'on le juge, il vécut, reconnu sur le plan international. Mots qui blessent beaucoup de ceux qui sont là, et y sont arrivés au grand péril de leur vie*. C'est donner des arguments à ceux, comme Mitterrand, qui depuis longtemps instruisent, entre admiration et exaspération, le procès du Connétable.

Mais que fait-il, alors, Mitterrand ? Il est là, dans l'embrasure d'une fenêtre, abasourdi, ému bien sûr et méditant. Et soudain appelé à jouer un rôle bien étrange, dans une étonnante scène de comédie historique que n'auraient su inventer ni le père Dumas, ni Victorien Sardou, et que je lui ai entendu raconter par deux fois, et en deux versions différentes...

Le premier récit se passe en 1985 (ou 1986 ?) à la préfecture de Bordeaux, où François Mitterrand est en visite et préside la table du maître de maison, flanqué de Jacques Chaban-Delmas, avec lequel, on le sait, il ne cessa jamais d'entretenir des relations cordiales. L'ex-« capitaine Morland », en verve, raconte :

---

* Sur le mode jovial, ça donne ceci, de la part d'un gaulliste très sincère, Edgard Pisani : « C'était peut-être vrai, mais ça nous aurait fait tant plaisir... »

« La foule*, à l'extérieur, sur la place de l'Hôtel-de-Ville, criait "Vive Leclerc !" plutôt, me semble-t-il, que "Vive de Gaulle !". Nous réussissons néanmoins à convaincre le Général d'apparaître à la fenêtre (il n'y a pas de balcon) pour répondre à la foule. On ouvre les vitres, il grimpe sur la rambarde – protégé par une simple barre à la hauteur de ses genoux… Cette fois, la foule crie bien "Vive de Gaulle !". Mais comme, là-haut, chacun pousse pour paraître dans l'embrasure, le Général manque être projeté à l'extérieur et hurle : "Hé ! poussez pas !" Alors mon ami Jacques Chaban-Delmas et moi nous agrippons chacun à une cuisse du grand homme, lui la droite, moi la gauche, et lui sauvons la vie ! »

Le rire qui s'ensuit, chez les dîneurs, est si vigoureux que Chaban se retient de faire la moindre réserve, ne serait-ce que par respect pour le chef de l'État, hôte de sa ville. Mais dix ans plus tard, interviewant le même président à l'Élysée quelques semaines avant sa retraite en vue d'un film consacré à celui qui était encore pour quelques jours le maire de Bordeaux, je lui proposai de refaire ce savoureux récit, bien propre à illustrer son amitié pour l'homme dont nous entreprenions de tracer le portrait. Mais lui : « Ce n'était pas Chaban, de l'autre côté ; c'était Chevigné ! » Comme quoi il y avait eu une vérité bordelaise, et il y avait maintenant une vérité parisienne. Et peut-être l'autre était-il Schumann, et peut-être lui-même était-il au fond du salon… L'histoire n'est pas une science exacte.

Bref, François Mitterrand est ce jour-là sur les marches du trône, comme un qui eût côtoyé Jean Moulin à Lyon, Charles Tillon dans les maquis et Leclerc à Koufra. Mais il est reconnu et salué par ses compagnons de combat. Après tout, l'homme qui l'a propulsé si haut, Henri Frenay, l'a jugé sur sa valeur, mesurant son courage et ses capacités. Et il marque, déjà.

Deux jours plus tard, le général de Gaulle a convoqué rue Saint-Dominique les membres de ce « gouvernement d'attente » qu'à sa demande a composé Parodi, en attendant l'arrivée d'Alger des « vrais » ministres, dont Frenay, en

* Dont Mitterrand assure quelque part que c'était la même qui acclamait Pétain quatre mois plus tôt. Non. Les chiffres vont de 1 en avril à 7 en août.

charge des prisonniers. Les quinze substituts sont alignés à l'entrée de la salle du Conseil. Récit de « Morland » :

> « De Gaulle passa devant nous, très solennellement, en nous serrant la main. J'étais au bout de la file. Quand il arriva devant moi, il s'exclama : "Encore vous !" Il y avait naturellement de l'humour dans sa remarque puisque c'était lui qui m'avait nommé. Il y avait aussi de la bonne humeur… Cela pouvait vouloir dire : "Décidément, on ne se débarrasse pas facilement de vous." C'est comme cela que je l'ai compris [29]… »

Le surlendemain, le jeune commissaire participe rue Saint-Dominique au Conseil du gouvernement présidé par le général de Gaulle. Dans *La Paille et le Grain* et un article du *Monde* de 1973, il a très bien évoqué ses réactions de l'époque :

> « J'ai encore dans l'oreille son monologue […]. J'écoutais, j'observais, j'admirais. Nul n'a parlé comme lui le langage de l'État […]. J'avais 27 ans, des réserves d'enthousiasme et une certaine propension à magnifier l'événement. C'était le début d'une époque et c'était le général de Gaulle. Je me demande parfois pourquoi cette heure ne m'a pas lié davantage à celui dont je recevais pareille leçon [30]. »

A Georges-Marc Benamou qui lui demande d'expliquer cet « aveu étonnant » (il n'y a rien là d'un « aveu », et moins encore « étonnant ») Mitterrand répond excellemment :

> « De Gaulle […] avait une étonnante sûreté de jugement et une autorité naturelle sans égale. Avec lui, on était dans l'histoire. On la vivait. On la faisait. Cela, je le percevais et j'ai dit à quel point j'admirais qu'on pût gouverner ainsi. Mais je n'ai pas été tenté de le rejoindre politiquement […]. Je sentais comme un fumet d'aventure personnelle [31]… »

Cette dénonciation de l'« aventure personnelle », venant de François Mitterrand, peut susciter l'ironie. Encore que chez lui elle fût toujours à la fois moins haute et plus collective. Il ne s'élance pas comme Thésée, mais comme Jason avec ses compagnons. Clairement invité à le faire, eût-il embarqué dans la nacelle du Général ? Il y a fort à parier que non. La conscience de son « destin national » ne se pouvait plier à un si impérieux magistère. Lui ou moi (ou « nous » ?). En tout cas, l'invitation ne vint pas.

Le 5 septembre, Henri Frenay, rentrant d'Alger en compagnie de Philippe Dechartre, prenait possession de « son » ministère, alors rue de Tilsitt. Le quotidien des prisonniers *L'Homme libre* fit naturellement un sort à l'événement : on y voit sur une immense photo Frenay et Mitterrand posant sur le perron, entourés de Dechartre, Moulin, Lemoign' et des hommes du « corps franc de Courbevoie », dont le chef se fait appeler « Napoléon »... Sobre commentaire de Charles Moulin : « Les affrontements avec le ministre viendront plus tard[32]. »

Récupérant « son » ministère, Frenay proposa à son jeune substitut d'en devenir le secrétaire général. Offre tout à fait logique, probablement attendue, et que Mitterrand rejeta poliment : « Je ne me sentais pas la vocation de devenir fonctionnaire... », commentera-t-il plus tard, sachant bien pourtant qu'un tel poste était une rampe de lancement politique – ce que son ami Chaban-Delmas démontrera bientôt au ministère de l'Information où Malraux lui a confié le même poste, sans l'enfermer dans l'administration...

Crut-il que Frenay, compte tenu de ses mérites historiques, serait appelé par le Général à de plus hautes fonctions, à l'Intérieur, à la Défense ? Et qu'alors le ministère des Prisonniers et Déportés lui serait réservé ? C'eût été mal apprécier les rapports entre Frenay et de Gaulle, qui ne reconnaissait au fondateur de Combat que le plus grand courage, le tenant pour une tête légère et un obstiné.

Tous ses proches sont d'accord pour rapporter que François Mitterrand fut « déçu », voire « ulcéré », de ne pas se voir confirmé dans les fonctions ministérielles qu'il exerçait « en attendant » depuis deux ou trois mois. Curieuse illusion, ou erreur d'optique, de la part d'un esprit si lucide. Évêque en sortant du séminaire ? Doublure qui se prend pour la diva ? On ne sait s'il faut attribuer la désinvolture avec laquelle il traitera parfois Frenay à la blessure qu'il crut se voir infligée au retour du vrai ministre. En sa mise à l'écart il crut pouvoir trouver une preuve nouvelle de la liquidation systématique par de Gaulle de la Résistance intérieure – imputation qu'infirmait pourtant l'attribution des plus hauts postes ministériels à un Bidault, un Menthon, un Teitgen, un Lacoste, un Lepercq…

Le refus du poste de secrétaire général de son ministère, venant de ce si jeune homme qu'il avait élu et propulsé vers les sommets, irrita fort Henri Frenay. D'où le commentaire qu'il en fera vingt ans plus tard : « L'offre est alléchante, presque inespérée pour un homme de son âge et de sa formation. Elle est cependant déclinée car les ambitions de François Mitterrand sont ailleurs, et plus grandes encore [33]. »

Ce qui est dire beaucoup en peu de mots. Le « destin national »…

CHAPITRE V

Les palais de la République

• Le peuple prisonnier • De Gaulle, acte II • Brève beauté • La lettre à Dayan • Échec à Paris • Cap sur la Nièvre • L'UDSR, une micro-résistance à tiroirs • Ministre à 30 ans • Un dauphin de velours • « Mal à l'aise » ?

De ces cinq années de guerre qui ont bouleversé le monde et qu'il n'a pas traversées sans audace ni faux pas, François Mitterrand émerge à la fois exalté et déconfit. Il a donné des preuves de son talent, de son courage et de ses dons, mais reste en quête de tout, et d'abord de lui-même.

Lui qui, depuis son enfance, a la conviction qu'il devra « continuer l'histoire de France » ; qui, dès 1941, a nourri l'ambition de « réveiller [son] pays de l'intérieur », qui a dévisagé Pétain, fait face à de Gaulle, bravé l'occupant, exercé des fonctions quasi ministérielles, refusé de n'être que le second du plus fameux des chefs de la Résistance et décliné l'honneur de siéger à l'Assemblée consultative, se retrouve à la fin de 1944 sans mission bien définie, ni « position » sociale.

Ni base politique ? Si. Mettant en lumière la « froide ambition » de son ancien lieutenant, Henri Frenay assure dans *La Nuit finira* que, « se servant des milieux prisonniers et de leurs associations comme tremplin, il visait à une carrière politique, brûlant de pouvoir y donner sa mesure [1] ». C'est viser droit, mais un peu bas, et ne pas faire cas du sens profond de la solidarité vécue, de la fidélité au groupe, qui est, nous le savons déjà, la vertu mitterrandienne par excellence. Mais, naturellement, le tremplin est là, et sera utilisé au bénéfice de cette carrière encore incertaine. Mitterrand est déjà tout entier dans le François de 1945. Virtuel…

Il a belle allure, en tout cas, ce garçon de 28 ans en rupture de guerre, tel que le décrit sans complaisance excessive l'un de ses plus proches compagnons, Charles Bonnet, dit « Moulin », professeur de lettres et cofondateur du MNPGD :

> « Très mince, vif et passionné, débordant de forces vitales, parfois tranchant, parfois primesautier, habile à charmer par ses propos et le velouté de ses yeux autoritaires, pétillants ou caressants. Il plaît en général mais certains le trouvent distant, un peu cassant et dédaigneux, trop sûr de lui [...] un "jeune loup ambitieux" [...]. Il plisse volontiers les paupières sans réussir à masquer l'éclat de son regard inquisiteur et inquiet [...]. Visage du politique au masque froid, au langage sec et caustique [...]. Façade d'un homme qui n'a pas perdu toute sa timidité d'adolescent, qui veut faire oublier qu'il est encore très jeune[2]... »

On retient bien sûr le « tranchant » et l'aptitude « à charmer », le comportement de « jeune loup », le « politique au masque froid », le « caustique » et aussi une « timidité » qui survivra à la jeunesse. Tout Mitterrand serait-il déjà formé en cette aube incertaine ?

Le ministère abandonné, il a d'abord trouvé le temps de se marier, le 24 octobre 1944, avec Danielle Gouze, à la mairie du VIe arrondissement de Paris, puis à l'église Saint-Séverin, où il conduit, aux côtés de sa pieuse famille de Saintonge, les résistants socialistes et laïques de Cluny. La synthèse s'opère plutôt bien, au bénéfice des seconds, mieux en phase, il est vrai, avec l'air du temps. Mais en dépit de son habit et de la jolie robe de Danielle, ce n'est pas un mariage de riches : il est, pour tout dire, « sur le sable »*...

Il se fait pour un temps journaliste, écrivain, éditeur : après le temps des coups, le temps des mots. Le 10 février 1945, il succède à ses compagnons Marcel Haedrich, le fondateur, et Charles Moulin, le professeur, à la direction de *Libres***, le journal des prisonniers, le « soufflant » aux communistes

---

* A la veille de sa mort, un an plus tard, Joseph Mitterrand, veuf depuis plus de dix ans, fera appeler Danielle pour lui dire : « J'ai craint votre entrée dans notre famille. J'en suis heureux maintenant » (Danielle Mitterrand à l'auteur, mars 1998).

** D'abord *L'Homme libre*, le titre du journal de Clemenceau, dont un héritier refusa à Mitterrand l'usage.

qui souhaitaient s'en assurer le contrôle, et travaille à une brochure qui sera publiée à l'automne aux Éditions du Rond-Point, *Les Prisonniers de guerre devant la politique* (« devant », pas « dans »), où il accuse Thorez et les siens de vouloir « coloniser » le monde des prisonniers.

1945 est, dans sa vie, une année d'épreuves et de tâtonnements, marquée à la fois par la mort à trois mois de son petit garçon, Pascal, et l'entrée en une très longue agonie de son père, qui mourra au printemps 1946 du mal que lui-même devra affronter plus tard. Il ressent quelque satisfaction à écrire au petit matin ses éditoriaux de *Libres* dans un triste bureau de la rue du Croissant (celle où fut assassiné Jaurès). Mais il est assez lucide pour envier les articles – voisins par les thèmes et souvent le sens, mais tellement plus sobres et maîtrisés – qu'écrit pour *Combat*, à quelques pas de là, Albert Camus. Au surplus, *Libres* ne nourrit pas son homme. Il lui faut trouver ailleurs de quoi vivre.

Du profond désarroi dans lequel il vit alors témoignent les lettres suppliantes, presque quémandeuses, qu'il adresse à ses amis François Dalle et André Bettencourt, qui se sont taillé de petits royaumes dans l'empire cosmétique d'Eugène Schueller, L'Oréal. La rumeur, autour de Schueller, ancien cagoulard point hostile aux occupants, est fâcheuse ? Il lui faut subsister. Dalle et Bettencourt sont serviables : ils lui assurent la rédaction en chef de *Votre beauté*, revue consacrée aux soins du corps féminin, que dirige un certain Beaumont, réputé surtout pour la dimension de ses cigares et avec lequel la collaboration ne pourra évidemment s'éterniser…

> « Bien sûr, rappelle aujourd'hui François Dalle, nous ne voyions là pour lui qu'une position provisoire, en attendant de lui donner les moyens de fonder, au sein de notre Société moderne d'édition parisienne, une revue littéraire, ce qui était son ambition. Quant à transformer *Votre beauté* en *NRF*…
> – La question du passé cagoulard d'Eugène Schueller ne s'est pas posée pour lui ?
> – Non. Il ne l'a pas rencontré à cette époque. C'est à nous qu'il avait à faire. Mais très vite, et les rapports avec Beaumont s'altérant, il a cherché sa voie du côté de la politique. Il aimait la littérature, mais sa passion était ailleurs [3]. »

Cette passion se focalise d'abord, on l'a vu, sur la réinsertion de ses camarades prisonniers dans le corps et la vie du pays. C'est à la fois sa « cause » et son atout. Il a été, trois mois durant, leur « ministre en attendant ». Frenay revenu, il devient une sorte de ministre périphérique, d'abord comme président du MNPGD, puis vice-président de la Fédération nationale, créée en avril 1945, et directeur-éditorialiste de *Libres*, moyen d'expression et d'influence que dut parfois lui envier le ministre.

Pendant près de dix mois, tant que peut survivre ce journal pauvre, condamné à terme par la réintégration progressive de ses lecteurs dans la vie normale où s'estompe la solidarité des captifs, Mitterrand se fait le porte-parole véhément de la communauté des anciens « KG* » (les initiales qui marquaient leurs défroques de détenus), soit pour réclamer l'accélération de leur retour en France (jusqu'en juin 1945), soit afin d'exiger pour eux des conditions de vie plus décentes, soit pour s'opposer à ce que la nation fût appelée à se prononcer sur les questions décisives avant leur retour au pays, soit pour exprimer en leur nom la rancœur des captifs de 1940 à l'encontre de ceux qui avaient mal préparé la guerre.

Le déroulement du procès Pétain (juillet-août 1945) lui donne l'occasion d'un ample retour sur le passé et sa longue adhésion à Vichy. Saura-t-il procéder à une révision courageuse de son propre « maréchalisme » à la lumière de tout ce que l'on apprend ici ? Non. Il est beau d'être fidèle, et certains « retournements de veste » devant le vieux Maréchal enfermé dans son mutisme sont écœurants. Mais il est beau aussi d'être lucide.

François Mitterrand n'est-il pas impliqué lui-même dans ce débat entre Pétain et la République ? Le moins que l'on puisse dire, à la lecture de ses articles de *Libres*, c'est qu'il ne plaide guère pour celle-ci contre celui-là, quelles que soient les informations qui surgissent des débats, des dépositions devant la cour d'hommes qui ont été mêlés aux années tragiques, de 1935 à 1945.

Quoi ? On apprend, on entend confirmer que le Maréchal était en tractation avec les Ligues antirépublicaines dès 1934, avec les régimes fascistes à la même époque, qu'il a étalé en

---

* *Kriegsgefangener.*

1940 le plus outrageant défaitisme – et l'éditorialiste de *Libres* préfère s'en prendre à Herriot et à Daladier qui dénoncent ces forfaitures, certes de façon complaisante et auto-absolutoire, mais tout de même bouleversante pour les maréchalistes de 1940-1944… « Que ne le disaient-ils quand il a été désigné ! » objecte Mitterrand. Comme si des hommes publics français pouvaient en pleine guerre, et surtout au printemps 1940, au cœur de la tragédie, porter de telles accusations… Alors le mythe du Maréchal aurait pu, jusqu'à l'armistice, servir.

D'autres qu'Herriot ou Daladier eussent été mieux placés pour instruire le procès de Philippe Pétain, avec lequel le second avait longuement coopéré à la préparation de la piteuse armée de 1939. Mais leurs erreurs ou leurs faiblesses ne pouvaient être comparées au chloroformage de la défense nationale, à l'étranglement de la République et à la dislocation de l'unité du peuple français dont était enfin convaincu le « vainqueur de Verdun » – expression qui faisait ricaner si fort ces deux bons connaisseurs qu'étaient Foch et Clemenceau…

Piètre historien de la République défunte et de l'« État français », Mitterrand est un ardent défenseur des prisonniers et des déportés. Il contribue notamment au regroupement des diverses associations, qui aboutit en avril 1945 à la création de la Fédération nationale des prisonniers de guerre, synthèse entre les centres d'entraide (CEA) émanant de Vichy et le MNPGD formé un an plus tôt par son entremise, celle de Bénet, de Dechartre et des communistes.

De ce puissant organisme François Mitterrand n'est que l'un des vice-présidents, laissant le poste majeur à Louis Devaux, plus propre à résoudre ou apaiser les contradictions entre les diverses tendances, qui bientôt laissera sa place à Jean Bertin, celui-là même qui, le 1er juin 1944, a été emmené (à sa place pourrait-on dire) par la Gestapo venue le capturer avenue Charles-Floquet. Mais il a pris soin de faire attribuer le secrétariat général à son ami Jean Védrine. Le voilà plus que jamais au centre de la constellation. Et c'est à ce titre que de Gaulle lui confie, quelques semaines avant la fin des hostilités, l'une des missions les plus poignantes de sa vie.

Les troupes alliées libérant un à un les camps de concentration, le chef du gouvernement tient à ce qu'un Français soit présent aux côtés du général américain Lewis, chargé de l'opération. Il désigne Mitterrand *, qui a évoqué ainsi, dans les *Mémoires interrompus*, la visite, le 29 avril 1945, des camps de Landsberg et de Dachau :

> « Ce que nous avons vu était pire que tout, inconcevable, hallucinant [...]. A Landsberg, pas un seul survivant. Des corps brûlés par milliers au lance-flammes [...]. A Dachau, la mort partout, les pendus, les gazés, les fours crématoires, les fusillés [...]. Une épidémie de typhus ajoutait au tourment des survivants [...].
> C'est à Dachau que, par un hasard providentiel, j'ai retrouvé Robert Antelme, qui avait été arrêté le 1er juin 1944 avec d'autres camarades de notre mouvement et déporté ensuite. Il était si mal qu'on l'avait déjà jeté dans le carré des morts. Comme nous enjambions les corps, me voyant passer, il a murmuré mon nom, mon prénom plutôt. Pierre Bugeaud, qui était avec moi, l'a entendu et s'est penché vers moi pour me dire : "Je crois qu'on vous appelle."
> Je n'ai pu obtenir du général Lewis de le ramener le soir même dans notre avion à cause de l'épidémie de typhus. Rentré à Paris dans la nuit, j'ai aussitôt dépêché Dionys Mascolo, Jacques Bénet et Georges Beauchamp [qui] sautèrent dans une voiture et atteignirent Dachau à marche forcée. Ils trouvèrent Antelme à l'endroit indiqué. Il vivait encore. Ils l'habillèrent en GI et le portèrent comme s'il s'agissait d'un homme ivre [...]. A Strasbourg, ils le crurent mort [...]. Il était comme un pantin cassé quand ils franchirent la porte du 5 de la rue Saint-Benoît, où sa femme Marguerite et moi les attendions. Les médecins déjà sur place estimèrent qu'il n'y avait pas d'espoir de le sauver [...]. Il se rétablit, et on lui doit l'un des plus beaux livres sur la déportation, *L'Espèce humaine*. »

On ne saurait mesurer mieux l'attachement qu'il porte alors au couple formé par Marguerite et Robert le rescapé qu'en lisant la lettre qu'il leur adresse le 27 août 1945 :

Le 27 août 1945 [4]

> « Chers amis,
> La carte que m'a envoyée Marguerite Duras me fait rêver. Ce Saint-Jorioz, est-ce donc quatre maisons près d'un lac ? Toutes

---

* Ce qui donne à penser que leurs relations n'étaient pas exécrables...

ces maisons aux yeux bêtes qui me cernent dans ce Paris insupportable du mois d'août m'obligent à ne plus aimer que le silence et l'air libre. C'est peut-être pourquoi j'irai avec tant de plaisir à Annecy le 16 septembre. Y serez-vous encore ? Si oui, j'irai jusqu'à chez vous et ce sera pour une bonne part l'agrément de mon voyage.
J'ai bien circulé ces temps derniers du côté des Pyrénées mais sitôt franchies les premières baraques de la ceinture le souvenir même des vraies couleurs de l'été s'envole.
Actuellement je suis seul ici. Danielle et Pascal* sont en Bourgogne. Mes repas sont partagés entre Bernard**, Patrice***, André Bettencourt, Rodain, Saurel. Tout le reste a disparu dans la sécheresse qui a brûlé jusqu'à nos moissons. L'ennui, c'est que tout le monde danse et tout le temps. Le peuple-roi rigole tant qu'il peut et ripaille. Anniversaire sur anniversaire. Libération sur Libération. On décore machinalement. On pétarade de feux d'artifice. Les flics sont à l'honneur. Tout homme honnête sait bien qu'ils furent des héros.
Tous cela n'est guère sérieux et le plaisir finit par s'épuiser. Thorez peut bien discourir sur la Production, la Révolution se fera en chantant et non par le Travail.
Si Robert est trop flemmard, Marguerite aura-t-elle le courage de m'écrire ? Je l'y engage fortement et j'attends de vos nouvelles. On m'y dira encore qu'il a engraissé, ce Robert aux 35 kilos de supplément. Tant mieux, et qu'il retrouve vite ses allures de Bénédictin qui connaît le péché.
Je vous embrasse,

François Mitterrand. »

* * *

Ce qui reste aujourd'hui si intéressant et pertinent dans le traitement de cette question des prisonniers par François Mitterrand jusqu'à son entrée dans la politique active, en 1946, c'est qu'il le situe, et pour longtemps, par rapport aux deux forces majeures dont dépendent alors l'avenir du pays et le sien : le général de Gaulle et le Parti communiste. Là s'est peut-être dessiné, sinon fixé, son destin politique.

---

* Qui va mourir quelques semaines plus tard.
** Finifter.
*** Pelat.

Les rapports entre Mitterrand et les communistes, nous les avons connus d'emblée compétitifs, sinon combatifs – mais dépourvus du ferment de fanatisme que les gens du Parti entretiennent volontiers eux-mêmes, en provoquant chez leurs adversaires la caricature. Chez Mitterrand, il y a une allergie fondamentale au totalitarisme – et d'ailleurs à toutes les idéologies et organisations trop structurées, ou structurantes –, associée à un sens aigu, presque génial, du rapport des forces – mieux, du mouvement des forces. Sa réflexion faite le 28 mai 1943 à Dechartre * disait tout ou presque : au moment où se jouera la question du pouvoir, on aura besoin d'eux…

Dès cette époque, François Mitterrand est souvent la cible des campagnes du PCF, jusqu'au sein des organisations de prisonniers : c'est l'un des porte-parole du Parti en ce domaine, Pierre Verrier, qui « sort » contre lui l'affaire de la francisque **. Lui-même ne les ménage pas : dans *Les Prisonniers de guerre devant la politique*, il dénonce leur attitude, qui consiste à traiter les anciens captifs comme « une colonie de peuplement et d'exploitation ». Mais il sait dompter sa rancune et poursuivre le dialogue : c'est alors que se forge cette stratégie de combat constructif qu'il prétendra ranimer avec eux au cours des années 50 et dont il fera un si savant usage trente ans plus tard. Comme de Gaulle, et à la différence de Mendès France, il fait de la relation avec les communistes une question purement existentielle. Combat ? Alliance ? Les circonstances et les rapports de force en décident.

Avec le général de Gaulle, qui avait fait de lui son quasi-ministre en 1944 en dépit des désaccords d'Alger, le point de départ était moins négatif. Ce n'est pas le Général qui l'avait exclu du ministère en septembre 1944. C'est lui qui, privé du premier rôle par un mécanisme normal, s'en était retiré. Et c'est pourtant à propos du sort des prisonniers que va s'opérer entre eux la « cassure » de juin 1945.

Façonnée par Mitterrand et ses amis Bénet et Dechartre, la Fédération nationale des prisonniers avait très vite adopté

---

* Voir chapitre IV.

** Qui était notoire, contrairement à ce qui s'est dit en 1994. Qui ne veut ni lire ni entendre…

une attitude critique, sinon malveillante, à l'endroit du ministre, Henri Frenay. Très injustement. Les historiens qui peuvent étudier chiffres et documents de l'époque * rendent hommage au travail « gigantesque » accompli à la tête du ministère par l'ancien chef de Combat.

Entre janvier et mai 1945, plus d'un million d'hommes (parfois jusqu'à 25 000 par jour…) furent ainsi ramenés en France : performance dont Frenay pouvait être fier. Que les procédures fussent trop raides, les hébergements médiocres, les vêtements de substitution insuffisants, nul n'en doute : mais sur ces thèmes, les cadres communistes de la Fédération menèrent contre le ministre une lutte déloyale, outrancière, le traitant d'« escroc » et d'« antisémite ». Campagne assez mollement combattue par Mitterrand et ses amis.

Quand, le 2 juin 1945, une manifestation de protestation fut organisée sur le thème des « mal vêtus » (c'était le titre de *L'Humanité*), ni le journal *Libres*, ni les instances supérieures de la Fédération, peu soucieux d'attirer sur eux la vindicte des communistes, ne tentèrent fermement d'apaiser ou de canaliser le mouvement.

C'est ainsi que ces notables se trouvèrent présider quasiment malgré eux un meeting à la Mutualité, puis une marche vers l'Arc de Triomphe qui, à leur grand embarras, draina derrière eux plus de 50 000 personnes, et furent entraînés par la foule jusqu'au ministère, avenue Foch, où des bousculades se produisirent, tandis que les manifestants communistes scandaient : « Frenay, démission ! » Le général de Gaulle, informé de minute en minute, le prit fort mal, acceptant toutefois de recevoir trois jours plus tard une délégation composée de Mitterrand, du syndicaliste socialiste Cornuau et du communiste Thévenin.

Cette audience du 5 juin 1945 a donné lieu à une controverse qui serait ridicule si elle n'avait contribué à exiler Mitterrand du courant gaullien où – pour le meilleur ou pour le pire ? – il aurait pu frayer sa voie. Dans ses *Mémoires de guerre*, dont le troisième tome, qui traite de l'affaire, est publié en 1959 **, de Gaulle soutient [5] – sans nommer

* Notamment Christophe Lewin, déjà cité.

** A l'époque où Mitterrand est devenu l'opposant le plus actif au gouvernement du Général…

Mitterrand – qu'ayant « convoqué » les trois dirigeants portés à la tête du mouvement il avait exigé d'eux qu'ils désavouent ce désordre par écrit dans un délai de trois minutes, faute de quoi ils seraient mis aussitôt en état d'arrestation. Alors ils auraient obtempéré, tête basse… Dix ans plus tard, pendant la campagne électorale de 1965 qui l'opposait au même Mitterrand, le général de Gaulle, lors d'une interview accordée à Michel Droit, enjolivait son récit, citant nommément cette fois son adversaire, ainsi accusé tour à tour de rébellion et de lâcheté…

On s'étonne qu'un homme de la stature intellectuelle qui était celle du général de Gaulle ait cru bon de donner crédit à de telles fables, non seulement au cours d'une campagne électorale où, même à lui, tout est bon, mais dans ce chef-d'œuvre que sont les *Mémoires de guerre*. Mitterrand n'a pas jugé utile de lui opposer sa propre version des faits, laissant ce soin, beaucoup plus tard, à son ami Cornuau *. On ne verrait pas de raisons de privilégier celle-ci sur celle-là si le récit du Général n'était tout simplement invraisemblable.

Que, le 5 juin 1945, un mois après la proclamation solennelle, par ses soins, de la fin victorieuse de la guerre, le chef du gouvernement ait menacé de faire jeter en prison pour « tapage sur la voie publique ** en temps de guerre » (!) trois délégués de la très puissante Fédération des prisonniers (plus d'un million d'adhérents), dont un homme dont il avait fait quelques mois plus tôt un quasi-ministre, et un membre influent du Parti communiste alors représenté au sein du gouvernement, est tellement absurde qu'on est gêné d'avoir à le rappeler. On imagine ce qu'eussent été le Conseil des ministres suivant et l'état de la rue le lendemain…

C'est oublier aussi que la veille de cette entrevue, le 4 juin, comme deux jours plus tôt dans *Libres*, Mitterrand avait qualifié la tâche de Frenay de « colossale », et critiqué le style des manifestations. Son plaidoyer pour son ami et protecteur fut timide, et son louvoiement entre agressé et agresseurs regrettable. Mais moins que la fable gaullienne… L'alga-

---

* Dans *Le Figaro-Magazine* du 21 janvier 1979, ce témoin dément, sinon l'algarade, en tout cas les menaces et l'humiliation.

** L'expression n'est pas extraite des *Mémoires de guerre*, mais de l'interview accordée à Michel Droit.

rade, en tout cas, laissera des traces indélébiles, beaucoup plus que le désaccord d'Alger. En 1943, de Gaulle avait besoin de tous les ralliements, et savait rentrer ses griffes, fût-ce à l'égard des indociles. En juin 1945, il se croit maître du jeu. Dans sept mois pourtant...

* * *

La vie politique de la France émergeant de la guerre, à laquelle François Mitterrand brûle de participer, est alors en plein bouleversement, d'où vont surgir, plus ou moins nouveaux, hommes, institutions et organisations politiques et syndicales. Dans ce tourbillon, l'ancien Volontaire national de 1934, fût-il devenu le combattant de 1944, aura du mal à s'orienter.

Le 25 août 1944, à l'Hôtel de Ville, le Général a donc sinon « proclamé » que la République reprenait son cours, au moins manifesté cette réanimation par son retour dans Paris et même dans son bureau de la rue Saint-Dominique, où il est passé, en quatre ans et trois mois du sous-secrétariat à la Guerre à la présidence du Gouvernement provisoire. Certes. Mais la majorité des Français, comme lui-même, n'aspirait pas seulement à changer le numéro d'ordre de la République.

Au plus fort des combats de la Résistance, de violents débats avaient opposé partisans et adversaires de la résurrection des partis politiques. Les premiers se recrutaient surtout à Londres, où le Général avait besoin de la caution des deux grandes démocraties fort attachées aux structures et cautions partisanes, les seconds au sein de la Résistance intérieure où les forces du passé avaient fort mauvaise réputation et où seul le Parti communiste affichait sa puissance en tant que tel. La stratégie « londonienne » ne risquait-elle pas de jouer surtout en faveur du PCF ? C'était le danger que mettait notamment en lumière Henri Frenay, le fondateur de Combat s'attirant, on l'a dit, la haine des dirigeants du PCF.

Le général de Gaulle avait non seulement fait prévaloir ses vues par le truchement de Jean Moulin, mais manifesté sa réserve à propos de la création d'un parti de la Résistance tel que le projetait à Londres Pierre Brossolette, ancien socialiste envoyé comme émissaire en France et tombé aux mains de la Gestapo en 1944.

En janvier 1945, le congrès du Mouvement de libération nationale (MLN), qui regroupait les organisations de résistance non inféodées au PCF (il y était toutefois représenté), avait, sur les instances de Frenay et de Malraux, rejeté le projet de fusion avec le Front national, d'obédience communiste – fusion qui eût assuré au parti de Thorez le contrôle sur l'ensemble des forces issues de la Résistance, prisonniers compris. Le Général lui donnant son aval, un tel rejet eût-il pu conduire ses initiateurs à fonder le grand parti rêvé par Brossolette ? De Gaulle resta coi.

Ainsi freiné dans son dynamisme « colonisateur », le PCF n'en demeurait pas moins, en 1945, avec l'ensemble de ses filiales syndicales et paramilitaires (les milices patriotiques), la principale force du pays. Sortie amoindrie de la guerre, la SFIO socialiste, bénéficiant du prestige d'un Léon Blum revenu de déportation en martyr et en sage, restait son alliée et mobilisait encore près d'un Français sur cinq. L'ancien Parti radical, apparemment démonétisé par les responsabilités de ses vieux chefs dans la défaite, tentait de renaître, au centre, sous l'étiquette du RGR (Rassemblement des gauches républicaines).

L'ensemble des forces ou tendances regroupées jadis sous le vocable générique de « gauche » se complétait, en juin 1945, d'une timide ébauche ou d'un avatar malingre du grand parti rêvé par Brossolette, l'UDSR (Union démocratique et socialiste de la Résistance), soudant provisoirement les deux courants, celui de l'extérieur, les compagnons londoniens du général de Gaulle – Pleven, Soustelle, Bourdan, Jean Marin –, et celui de l'intérieur, avec quelques responsables de grands mouvements ou réseaux – Frenay, Claudius-Petit, Avinin, Baumel, Hamon, Capitant. Le premier secrétaire général est le socialiste Francis Leenhardt, ami de Gaston Defferre, qu'il rejoindra bientôt à la SFIO.

Voilà bien les cadres d'un grand parti – auquel il ne manquera que des troupes, l'ébauche d'un programme (le terme « socialiste » est là comme une tache rouge dans un tableau de Matisse) et l'unité. L'UDSR restera, pendant ses douze années d'existence, un miroitant syndicat de pouvoir – et c'est à ce titre que le rejoindra, avant de le conquérir et le manipuler, François Mitterrand…

Quant à la droite, que ses compromissions avec Vichy ont marquée d'opprobre (comme l'avait été le Front populaire par la défaite en 1940), elle tente de surmonter son désarroi : un ancien député conservateur qui a montré du courage sous l'Occupation, Joseph Laniel, a créé le PRL (Parti républicain de la liberté) qui se manifeste essentiellement par son anti-communisme et conquiert peu à peu, à ce titre, une audience.

Peut-on dire, comme le font beaucoup d'historiens, que le champ politique de cette immédiate après-guerre n'est disputé que par deux forces réelles, de Gaulle et les communistes ? Non. Le phénomène inattendu de cette époque, c'est tout de même le surgissement du MRP (Mouvement républicain populaire) sur les trois thèmes du courage face à l'occupant, de la tradition sociale de catholicisme et de la modération. Parce que le petit cercle inspiré par le christianisme social d'avant-guerre a fourni à la Résistance des militants braves et des dirigeants éminents – Bidault, Menthon, Teitgen, Schumann… –, ce groupement, improvisé à l'automne 1944 et que son chef créditait alors « grâce aux paroissiennes et au Saint Esprit » de près de 100 sièges, en conquiert d'emblée près de 160 et se retrouvera à plusieurs reprises le « premier parti de France » (sur le plan électoral). Fort de l'action de ses chefs dans la Résistance, adossé à l'Église catholique, rassurant une bourgeoisie effrayée par la montée du communisme, le MRP sera l'organisation la plus constamment responsable et active de la IVe République, son pivot et parfois son foyer.

A tel point que l'une des énigmes que pose la vie publique de François Mitterrand est celle-ci : pourquoi ce jeune ambitieux catholique (tout donne à penser qu'il l'est encore * en 1945) ne se porte-t-il pas à la pointe avancée de ce mouvement qui a le vent en poupe, et guère de « grands timoniers » ? Mais peut-être est-ce ainsi poser la question de façon trop simple, s'agissant de notre héros… Mieux vaut tenter de lui donner la parole.

Pour se faire une idée du regard que porte François Mitterrand sur la société politique française au moment où il va y

* Catholique…

engager sa vie, la totalité de lui-même, à la fois comme un accomplissement de ses dons et de ce qu'il entrevoit, on l'a dit, comme une évidente « mission », comme une revanche aussi sur le malheur qui vient de le frapper avec la mort de son petit garçon, on ne saurait trouver meilleure source qu'une lettre * écrite en septembre 1945 à son ami Georges Dayan, qui, d'Algérie, l'a interrogé sur son avenir.

Après avoir indiqué à son ami, maintenant avocat au barreau d'Alger, qu'il dirige le journal *Libres*, qu'il s'occupe d'une maison d'édition, qu'il a présidé le congrès de fusion des organisations de prisonniers et s'est heurté, là, aux communistes, il enchaîne :

> « J'ai quelques tentations politiques. J'adhérerais bien à la SFIO ** mais il y a là trop de vieilles cloches [...]. Les communistes m'embêtent. Les autres sont des jean-foutre [...]. Comment répondre à tes questions ? Je me sens proche des communistes par les buts poursuivis. Mais mes relations avec eux sont tendues [...]. Leur sectarisme est sans limites [...] on se laisse aspirer par eux, ou on se bat : ils me traitent de vichyste.
> Aller chez les socialistes m'embête en raison de la carence et de la vieillesse des cadres. Et je ne veux pas adhérer à un parti comme on entre en religion. Le MRP est trop catholique, bien que je le sois aussi [...]. Les hommes sont de tels chiens qu'on a envie de les fouailler... »

Et comme pour excuser, par la douleur, la cruauté de cette formule, François Mitterrand conclut ainsi sa lettre : « J'ai perdu mon petit garçon du choléra infantile... »

En peu de phrases, voilà un tour d'horizon qui est, déjà, en prospective, celui d'une carrière. Le « quelques tentations politiques » est admirable : il ne pense qu'à ça depuis trois ans... (non sans confier alors à son ami Abraham Millers qu'il n'excluait pas de se « lancer dans une carrière d'écrivain »).

Retenons d'abord la condamnation prononcée contre le MRP, « trop catholique », bien que lui le soit aussi : refus

---

* Reconstituée d'après des notes prises chez Mme Dayan le 3 novembre 1996.

** Section française de l'Internationale ouvrière, appellation du Parti socialiste jusqu'en 1971.

républicain, parfaitement laïque, qui est proche de l'attitude intellectuelle qui était celle du général de Gaulle – toutes choses égales d'ailleurs… La SFIO réduite à de « vieilles cloches » ? Quand on pense que, trois mois plus tôt, Léon Blum est rentré de déportation, auteur d'*A l'échelle humaine*, tout auréolé de gloire y compris dans les milieux qui cinq ans plus tôt le vomissaient, ayant fait son dauphin politique de Daniel Mayer qui est bien le contraire d'une « vieille cloche », et quand on rappelle que la lettre s'adresse à un socialiste qui est son ami, on constate qu'il en est loin, alors, du socialisme !

Quant aux communistes, avec lesquels il est en débat permanent à propos de la Fédération des prisonniers, il ne se contente pas de marquer son irritation d'être, par eux, traité de « vichyste », il dénonce leur « sectarisme sans limites » – dont il ne cesse d'apprécier les manifestations à propos de Frenay, sans les combattre aussi fermement qu'il eût convenu sur ce plan…

Ce qui est frappant, dans cette lettre si franche et éloquente, c'est à quel point elle ressemble par le ton à celles qu'écrit sur le même sujet, et à la même époque, le général de Gaulle… Du jugement sur les partis aux expressions comme « jean-foutre » et au « fouailler », il y a là un parallélisme surprenant…

On aura noté que le correspondant de Georges Dayan ne nomme pas même cette UDSR qui jouera un si grand rôle dans sa vie : elle vient à peine de naître, quelques semaines plus tôt. Et il lui faudra l'épreuve d'un échec électoral – et peut-être aussi la cicatrisation de certaines blessures causées à Henri Frenay – pour qu'il rejoigne cette nouvelle « bande ».

C'est avant même d'adhérer à l'UDSR, en effet, que François Mitterrand se lance dans la politique active – on veut dire le combat électoral. Les occasions ne vont pas manquer : cinq scrutins nationaux en deux ans ! Mais il bouillonne à tel point d'impatience qu'il va s'engager, sans munitions et en rase campagne, dans les premières tentatives…

Le 5 mai 1946, la majorité du peuple français a rejeté le projet de Constitution élaboré par les socialistes et les communistes, combattu par le général de Gaulle, le MRP et la droite. Le citoyen François Mitterrand a pris position lui aussi contre le projet, au motif qu'il établissait un « régime d'Assemblée », minimisait l'exécutif et « officialisait l'anarchie ». Était-ce en souvenir du François de 1934, disciple de La Rocque ? Ou en attendant le Mitterrand des années 80 ? Le fait est qu'il se retrouve dans le camp de ceux qui ont dit « non » – la majorité –, y voyant peut-être une incitation à intervenir au premier rang.

Les électeurs sont de nouveau appelés aux urnes en juin 1946. Le jeune homme de Jarnac n'y tient plus : il se porte candidat (dans la 5e circonscription de Paris, dite de « la ceinture », Neuilly, Asnières, Clichy, Saint-Denis, Billancourt) sans parti, sinon une vague affiliation au RGR (ces radicaux qui se réclament encore de Daladier et Herriot, dont il a si violemment dénoncé les propos naguère...), sans moyens et quasiment sans programme autre que la critique des nationalisations, de la dilapidation des biens publics et, plus discrètement, de l'épuration. Il critique durement le « tripartisme », l'alliance au pouvoir entre le PCF, la SFIO et le MRP. Campagne droitière, qui reflète mieux sa formation première que ses expériences et positions depuis 1943.

Sa liste (il s'agit d'un scrutin proportionnel) arrive au cinquième rang, après celles des communistes, des socialistes, du MRP et du PRL : aucun élu. « Faux pas », écrit Roland Cayrol qui, vingt ans plus tard, fait observer que l'avenir de ce provincial était en province[6]. Certes. Mais, tout humilié qu'il soit, cet acharné n'a pas tout perdu. Il a pris sa mesure et noué des contacts, notamment avec le dirigeant du PRL Edmond Barrachin. Ce politicien rusé, ancien lieutenant du colonel de La Rocque, s'est trouvé quelque affinité avec l'ancien Volontaire national. Mais il l'a jugé trop dangereux pour ne pas chercher à l'éloigner...

Or, quatre mois plus tard, les Français sont de nouveau consultés, à la fois pour un référendum sur la Constitution et l'élection d'une nouvelle Assemblée. L'occasion est bonne pour Barrachin d'écarter ce jeune loup en l'aiguillant sur un département où il a des amis, la Nièvre par exemple. Il se trouve que, pour une raison inverse – le besoin d'injecter un sang nouveau dans un vieil organisme –, Henri Queuille, augure radical, est en quête de jeunes talents pour circonscriptions hasardeuses. Il souffle à Mitterrand de tenter sa chance soit dans la Vienne (vérification faite, la bataille est perdue d'avance), soit, dit-il aussi, dans la Nièvre. (« Mais, fait le jeune homme, je n'y connais personne, et y suis inconnu… – Justement, vous n'y avez point encore d'ennemi ! »)

Ainsi part-il pour Nevers, poussé par Barrachin, tiré par Queuille… Difficile d'imaginer le début d'une grande carrière politique dans un éclairage moins lumineux… Et il lui faudra aller plus loin encore sur la voie des concessions préliminaires : son principal « supporter » local sera le marquis de Roualle, potentat nivernais ami de Barrachin et patron du jambon Olida… Il est vrai que l'autre camp a pour animateur un autre féodal, le marquis de Champeaux, qui, dans cette guerre des châteaux, représente l'ultra-conservatisme. Ainsi, pour aller vers le peuple, il faudra quand même passer sur le corps d'un ci-devant. Danton ne pouvait-il se prévaloir de l'appui de quelques ducs ?

Délégué à Nevers par le RGR pour soutenir le jeune candidat dont il ignorait la veille jusqu'au nom, Bruno Daoudal garde le souvenir de l'ardeur, de l'acharnement de François Mitterrand, jeté corps et âme dans le combat, sillonnant le pays quinze heures par jour à bord d'une petite Matford déglinguée, infatigable, éloquent, amical aussi : « D'emblée, il m'a introduit dans sa famille – le Nivernais n'est pas très éloigné du Mâconnais – comme ses autres compagnons, Pierre Chigot, Finifter, le Dr Battendier… Quel esprit d'équipe [7] !… »

Mais quel programme ! Plus près encore de Barrachin que de Queuille… La liste d'Action et Unité républicaine parle aux citoyens du Nivernais le langage de la droite la plus classique : « Non au déficit budgétaire ! Non à la vie chère ! Non à la gabegie administrative ! Non aux nationalisations hâtives et coûteuses ! Non à l'installation au pouvoir du Parti communiste ! Oui aux libertés, au premier chef à la liberté de l'enseignement ! » Quel beau chef la droite française a laissé s'écarter de sa route ! Et l'Église : on racontait à Nevers que lors de sa campagne, en visite chez l'évêque, il avait simulé un rhume pour se saisir d'un mouchoir dans sa poche, geste qui aurait provoqué la chute, au sol, sous le regard de monseigneur, d'un chapelet… L'opération n'aurait pas été réservée à l'évêque, mais renouvelée devant quelques ecclésiastiques plus modestes…

Il est élu, sa liste talonnant celle du Parti communiste, précédant MRP et socialistes. Le marquis de Roualle peut être heureux, et avec lui le jambon Olida : le PCF a perdu un de ses deux sièges dans le Nivernais. Et voici François Mitterrand élu du château – d'un château contre l'autre. Il entre au Parlement le 11 novembre 1946, sous le regard attendri des modérés de tout poil.

Et déjà amoureux de son nouveau terroir, conquis par la Nièvre conquise ? Non, ou pas encore. Bruno Daoudal, dont on a cité les éloges prodigués au candidat, est plus réservé sur le compte de l'élu :

> « Il fallait le presser pour qu'il s'occupe de sa circonscription, qu'il ne visitait guère qu'une fois par mois. Il laissait la bride sur le cou à son homme à tout faire, un nommé Colin. Imprudemment. J'avais connu un candidat acharné. J'ai découvert un élu dilettante. Il a failli le payer d'une défaite, en 1951. C'est alors seulement qu'il s'est passionné pour la Nièvre [8]... »

Le fait est que ce « dilettante » est élu dès 1947 conseiller municipal de Nevers, deux ans plus tard conseiller général du canton de Montsauche, et qu'il devient en 1950 directeur politique du *Courrier de la Nièvre*. La mairie de Château-Chinon viendra plus tard. Il est clair que la Nièvre n'a d'abord été dans sa carrière politique que la brèche qu'emprunte l'assaillant pour pénétrer dans la forteresse parlementaire et qu'il n'y a fait pousser qu'ensuite ses racines, alors très fortes, et d'autant plus fortes que combattues. Il est non moins clair que son personnage, sur le plan nivernais, se situera constamment sur une ligne plus modérée que celle où progressera le leader national.

Accueilli à l'UDSR – vingt-six élus à l'Assemblée – par son ancien « patron » Henri Frenay, magnanime et qui juge que cette « froide ambition » doit être mise au service d'une bonne cause, le jeune député de la Nièvre voit se dessiner pour lui deux objectifs plus attrayants en apparence que l'équipement du Morvan : la consolidation de sa position dans ce « club de pouvoir » qu'est le petit parti où il pénètre, et sa participation à un prochain gouvernement.

L'UDSR est une armée en miniature qui compte plus de généraux que de soldats – et plus de courants que de doctrines. Kaléidoscope de personnages émanant du gaullisme mais impatients d'échapper à la férule du Général – Frenay, Bourdan, Claudius-Petit –, campant tour à tour à la gauche de la droite et à la droite de la gauche, en marge de la « maison » de Gaulle aussi bien que du radicalisme, vaguement tentée par le socialisme et entretenant avec lui des rapports ombrageux et complices, l'UDSR est à la fois un labyrinthe, une charnière et une passerelle, un institut de reconversion des résistants en politique, une école supérieure des cadres et un vivier à ministres. Quel politologue nourri d'histoire et de littérature aurait su façonner de ses mains une structure plus propre à l'épanouissement de François le multiple – qui était UDSR avant que de naître ?…

Si bien que sa démarche pour la conquête de ce parti, qui ressemblait tour à tour pour lui au collège d'Angoulême, au « 104 » de la rue de Vaugirard, au stalag IX A ou au RNPG, fut l'idéale préparation aux démarches qui lui permettront d'assurer sa maîtrise sur la gauche et sur l'État.

Le gouvernement ? Le 16 janvier 1947, deux mois après l'entrée au Parlement du député de la Nièvre, Vincent Auriol est élu président de la République, dès lors quatrième du nom. Quelques jours plus tard, le président du Conseil Léon Blum, qui n'a accepté de présider qu'un cabinet de transition, cède la place à Paul Ramadier, l'un de ses lieutenants du Front populaire de 1936 *, Aveyronnais barbichu, cultivé et méditatif qui, investi le 21 janvier, devient le premier président du Conseil de la IVe République.

En quête d'un ministre des Anciens Combattants, il fait appel à Claudius-Petit, prestigieux cofondateur de Franc-Tireur, qui se récuse, non sans lui dire : « C'est Mitterrand qui a le plus d'influence dans ce milieu. Si vous voulez avoir la paix, prenez-le… » Ainsi, entré dans la vie publique par la voie de la captivité, c'est en poussant ses pions dans le même sens que François Mitterrand accède au gouvernement à 30 ans et trois mois, le plus jeune ministre depuis l'Empire.

Ministre ? Encore faut-il pouvoir pénétrer dans son ministère et y manifester son autorité… Près de deux ans après la libération complète du territoire, l'État n'est pas encore tout à fait unifié : le Parti communiste y tient encore quelques

---

* Alors « néo-socialiste », il s'écarta avec horreur de ce groupe quand Marcel Déat en fit une branche du fascisme…

fiefs, non plus militaires depuis que Thorez a accepté de dissoudre les milices patriotiques, mais syndicaux et professionnels. Du ministère des Anciens Combattants, notamment, Laurent Casanova, successeur de Frenay, a fait une petite « démocratie populaire » où le ministre suivant, le socialiste Max Lejeune, n'a pu que se glisser et survivre sous la coupe du syndicaliste CGT Zimmermann.

Pierre Nicolaÿ, maître des requêtes au Conseil d'État, qui deviendra l'inamovible directeur de cabinet dans les divers ministères occupés ensuite par Mitterrand, n'est encore que chargé de mission, à la fin de janvier 1947, quand il participe à la « prise du ministère » de la rue de Bellechasse, tenu par les piquets de grève communistes. Une quinzaine de directeurs et de chefs de service du ministère qui participent à ce blocus sont immédiatement suspendus par Mitterrand, qui, à l'occasion du premier Conseil des ministres, le 30 janvier, avertit ses collègues du PCF – ils sont cinq, dont le vice-président du Conseil, Maurice Thorez – qu'il va faire évacuer les locaux par la force et qu'il substituera aux récalcitrants des cadres de la Fédération des prisonniers… Édifié par cette fermeté, Thorez prend à part son jeune collègue, après le Conseil, pour lui dire qu'à sa place il n'agirait pas autrement et que les consignes vont être données pour que tout rentre dans l'ordre.

Ce qui est fait. Mais si Mitterrand est dans la place, il lui reste à établir son autorité. Il a choisi pour directeur de cabinet son frère Robert, le polytechnicien, flanqué de Georges Beauchamp avec lequel il a fait le coup de feu dans le Paris de l'été 1944, de son cher Jean Védrine et de Pierre Nicolaÿ. Audience est donnée à Zimmermann qui attaque :

> « Monsieur le ministre, nous avons arrêté provisoirement nos manifestations, mais nous ne tolérerons pas que le ministère en profite pour appliquer des sanctions. Nous exigeons…
> – Monsieur Zimmermann, vous le savez, je suis ministre pour la première fois, et peut-être l'idée que je me fais de ma fonction est-elle un peu trop haute, mais voyez-vous, ce n'est pas du tout dans ces termes que je conçois le dialogue entre un ministre et les membres du personnel […] je considère que la séance est terminée. Pour ce qui me concerne, je ne vous recevrai plus. Mais si vous avez des problèmes à régler au niveau du ministre, faites-en part au directeur du personnel,

et, si la chose est importante, vous irez voir mon directeur de cabinet[9]. »

Début d'une carrière d'homme de pouvoir, confronté d'emblée à une force qu'il ne cessera de traiter pendant près d'un demi-siècle en la contournant, l'affrontant ou l'utilisant tour à tour. On le verra parler sur un ton plus modeste à Duclos ou plus rude à Marchais. Mais, sur eux et leurs camarades, il ne cessera jamais de manifester, par la ruse ou par la force, sa détermination, et d'exercer son ascendant.

Le ministre Ramadier restera, pour l'Histoire, celui qui écarta les communistes du gouvernement au début de 1947 – pour trente-cinq ans, jusqu'à ce que Mitterrand les y réintègre, pour mieux les étouffer. Le geste de Ramadier stupéfia l'opinion, tant le PCF, fort de ses bastions, mairies et ministères, paraissait contrôler les divers rouages de l'État, et tant il se déroula simplement – dans un premier temps. Car, le moment de stupeur passé, la CGT déclencha une vague de grèves insurrectionnelles brisées sans pitié par le ministre de l'Intérieur, le socialiste Jules Moch.

A peine introduit au cœur de la citadelle, Mitterrand put vivre, de très près, cette bataille frontale contre le stalinisme, l'une des premières leçons politiques qu'il reçut. Queuille et Barrachin lui avaient enseigné la ruse. Moch et Ramadier lui montraient ce que peut l'audace. Les développements de la guerre froide – qui commence au début de 1948 avec le rejet du plan Marshall par Staline, et sa mainmise sur la Tchécoslovaquie – allaient donner à chacun l'occasion de manifester son caractère.

Quand, après dix mois de combats sur tous les fronts, Paul Ramadier est mis en minorité par l'Assemblée, son successeur, Robert Schuman, catholique lorrain qui semble sorti d'un couvent de trappistes, maintient le député de la Nièvre au ministère des Anciens Combattants. Entré dans le système institutionnel au plus haut niveau, Mitterrand est-il voué à la fréquentation des monuments aux morts ? Non. Rappelé, après une crise, à la tête du gouvernement, en septembre 1948, Robert Schuman ose proposer au jeunot de la Nièvre le redoutable ministère de l'Intérieur, alors que l'affrontement avec le PCF se poursuit. Il faut vraiment que ce débutant ait manifesté une valeur peu banale pour que

Schuman le circonspect l'ait à ce point distingué. Mais l'offre n'est pas plus tôt faite que ses camarades de l'UDSR intiment à Mitterrand l'ordre de ne pas grimper trop vite...

C'est sous une autre égide, et par une autre voie, assez conformes à ses vœux de l'époque, que Mitterrand va poursuivre son ascension républicaine. Henri Queuille, qui fut le parrain de son élection de 1946, chargé de former le gouvernement qui sera l'un des plus stables (treize mois) de la IVᵉ République, l'appelle à ses côtés comme secrétaire d'État à la présidence du Conseil, chargé de l'Information. Beaucoup de responsabilités en peu de mots. Et, surtout, apprentissage auprès de l'un des renards les mieux avisés du bestiaire politique français...

L'Information, où l'ont précédé, entre autres, Malraux et Defferre, est encore un ministère à inventer. Il comporte alors des charges particulièrement lourdes et complexes. La presse française est déchirée entre anciens seigneurs et nouveaux maîtres issus de la Résistance. La SNEP (Société nationale des entreprises de presse) est en plein désarroi. L'AFP (Agence France-Presse) attend un statut, sur lequel son directeur, Maurice Nègre, a des idées très arrêtées. Et c'est alors que naît la télévision, pour laquelle Mitterrand fait adopter la « définition » de 819 lignes, excellente, mais qui posera des problèmes commerciaux. Et il propose la création d'une chaîne de radio à vocation culturelle, projet qui fut durement débattu et en fin de compte rejeté par le gouvernement.

Être responsable de l'information, c'est aussi alors régenter le cinéma. Entre l'inauguration du Festival de Cannes aux côtés de Martine Carol ou de Simone Signoret et une première au Marignan, il est chargé de donner impulsion à une industrie troublée par les compromissions des années 40-44 et de veiller sur la censure. Ce qui lui vaut, entre autres, de défendre, lors d'une séance parlementaire, quelques menues coupures infligées à *Clochemerle*, conte paillard, en un temps où règne, en matière d'images, l'ordre moral.

Rigueur qu'on pardonnerait plus volontiers à Mitterrand que celle dont il fait preuve à l'égard de l'information radiophonique. Il est vrai qu'à partir du printemps 1947 les gouvernements sont pris en tenaille entre un Parti communiste écumant de rage d'avoir été rejeté hors du pouvoir et le Rassemblement que vient de fonder le général de Gaulle (avril 1947), mêlant dans sa logomachie vengeresse les ministres « débiles » et les « cosaques » de Moscou. Quand, à la Chambre, Duclos traite Jules Moch de « Hitler » et Robert Schuman de « boche », il est difficile de faire entendre une voix raisonnable.

Les orateurs communistes, à la tribune, prennent volontiers Mitterrand pour cible, multipliant les flèches à propos de Vichy ou dénonçant ses interventions dans les programmes radiophoniques. Le 1er juillet 1948, Fernand Grenier (le premier communiste que de Gaulle ait fait entrer dans un gouvernement français, à Alger) l'accuse d'avoir supprimé l'émission intitulée *Chœurs de l'Armée rouge*. Censure totalitaire ! Le secrétaire d'État répond que cette émission a dû être interrompue parce que le producteur ne recevait plus d'enregistrements de Moscou, mais qu'elle était remplacée par une série, confiée à Léo Ferré, sur la musique « russe ». « Ainsi, lance Mitterrand, la prochaine émission est-elle consacrée à *La Dame de pique*, de Tchaïkovski. Que M. Grenier se mette à l'écoute. De telles émissions sont propres à adoucir les mœurs. »

Assisté par deux hommes de talent, son ami Georges Dayan, qu'il est allé jusqu'à Oran arracher à son cabinet d'avocats, et le journaliste Vital Gayman, ancien trotskiste voué comme tel à la rancune hystérique du PCF, il s'efforce de maîtriser la tempête. Mais il est vrai que, s'agissant notamment du RPF gaulliste (dont les polémiques outrancières touchent à l'ignoble quand elles sont éructées par un certain Jean Nocher), la censure maniée par Mitterrand – comme par ses successeurs – excède ce que devrait tolérer une démocratie, fût-elle aux abois. N'oublions pas que pendant près de dix ans, comme les staliniens, les gaullistes furent pratiquement exclus des antennes…

* * *

Le personnage de Mitterrand-notable-précoce-de-la-IVe-République se modèle, dès avant qu'il assume les trois ministères qui marqueront, *per fas et nefas*, sa première carrière

– l'Outre-Mer avec Pleven, l'Intérieur aux côtés de Mendès France, la Justice sous Guy Mollet.

La taille un peu courte, mais bien prise dans des costumes sombres, les traits réguliers, fermement dessinés, la belle bouche à peine plissée d'un sourire volontiers condescendant, la voix ourlée, onctueuse ou âpre, les mots lancés comme des balles ou modelés comme par un angelot, il marque, ce jeune ministre, il marque… Mais comment se fait-il que, sur son passage, tant de joues se sentent chaudes d'un soufflet imaginaire, tant de coudes froissés d'une bousculade fictive, tant de pieds écrasés d'une bottine qu'il ne porte pas ?

Un peu suffisant, dit-on, et trop spécieux, trop « malin ». Opportuniste, aussi ? Ce Parlement, qui a vu tant de personnages issus (par la main gauche ?) des luttes pour la Libération déployer le drapeau rouge et élever des barricades de papier avant d'occuper sagement un département ministériel, fait grief à ce jeune homme de se glisser bien vite le long des voies moyennes qui se dégagent à travers le tumulte. Dans ses éditoriaux de *Libres*, il en appelait, certes, à la « justice pour les travailleurs » et à la « sévérité pour les profiteurs de guerre » (ce qui était la logomachie minimale à l'époque), mais sans jamais se prendre, comme tant d'autres, pour Blanqui ou pour Lénine : et le voici qui se voit reprocher la rapidité de son adaptation aux codes et usages du pouvoir bien tempéré…

Il a, au nom de sa Fédération de prisonniers, contresigné le programme révolutionnaire du Conseil national de la Résistance ? Certes : comme le bon M. Laniel, qui, ayant su mériter pendant la guerre l'honneur d'être appelé par Jean Moulin à siéger dans ce périlleux aréopage, ne cesse, depuis le 25 août 1945, de mener le combat à la tête du PRL pour effacer toute trace de ce programme de Front populaire – avec le renfort du brillant Maurice Clavel, brave résistant devenu éditorialiste de *L'Époque* *.

Était-il si révolutionnaire à 25 ans, Mitterrand, qu'on doive lui faire le grief d'avoir, à 30 ans, « trahi » la Révolution ? Qui donc a-t-il trompé, en l'occurrence ? Quelle idéologie a-t-il bafouée, comme tant d'autres ? Il est alors un ambitieux républicain, attaché à grandir au service d'une République

* Le quotidien le plus à droite de ce temps-là.

vagissante et menacée, au sein d'un petit parti « trop faible pour être craint, trop fort pour être négligé » (Philip Williams).

Si l'on chercha alors à le mettre en défaut, ce ne fut pas sur le plan des démarches politiques, sinueuses comme le cours d'un fleuve qui « cherche le mou » entre pierraille, sable et mamelons, ce fut dans l'ordre de la morale personnelle. Se jugea-t-il autorisé à le faire par le consentement d'Henri Frenay, beau caractère ? Le fait est qu'il ne jugea pas indigne de lui de troquer son logement de la rue Maurice-Barrès, à Neuilly, contre un appartement situé 4, rue Guynemer, octroyé peu après la Libération à une association de femmes déportées dont les animatrices étaient Geneviève de Gaulle et Germaine Tillion. Opération « légale » du point de vue des textes ? Elle continue, après si longtemps, de jeter une ombre sur le bénéficiaire – et l'on connaît des gaullistes qu'elle détourna à jamais d'un homme auquel ils auraient pu, autrement, reconnaître le courage et les talents qu'il mit au service de l'État.

* * *

Déjà se dessine la légende du « Florentin », épithète à vrai dire flatteuse sous la plume d'un homme de culture comme François Mauriac, son ancien « parrain » littéraire devenu son ami. S'il ne déteste pas que l'auteur des éblouissants *Blocs-Notes** lui trouve le profil d'un Clouet, Mitterrand est trop aquitain lui aussi, et trop féru de littérature, pour ignorer que Montaigne cherchait ses maîtres en politique chez les Médicis, à commencer par Catherine, et que le livre III des *Essais* comporte un chapitre, le premier, qui est un pur morceau de Machiavel, *alla francese*.

Bref, avant les audaces africaines, la bataille « sous Mendès » et le dérapage molletiste, voici, escaladant à pas rapides les escaliers de l'un ou l'autre des palais de la République, un beau personnage d'ambitieux à l'œil de velours, à la démarche glissante, aux cils battants, qui subjugue et

* Publiés à partir de 1952 dans *La Table ronde*, puis de 1953 dans *L'Express*.

agace les hommes, plaît aux femmes et apprivoise les événements. Il parfait son éducation de prince, en quête de son personnage, lorgnant sur le passé. Le cherche-t-il à la Cour des Valois ? Au XVIIe siècle, du côté de Mazarin ? Au temps des Lumières, de Choiseul et de Turgot ? Ou plus tard, entre Barnave et les Girondins ? Au XIXe, sur les traces de Decazes, ou dans la mouvance de Louis-Napoléon, qui le fascine étrangement ?

Il chemine en tout cas, sans trop de bruit, contrôlant la rumeur, serrant son mors et sa cravache, rêvant à de grandes choses, aiguisant son style, soupesant les hommes, comptant les voix, casant ses amis, lisant Joubert et Benjamin Constant, proche des maîtres du jeu. Comme le dit son excellent ami Edgar Faure (qui le surveille du coin de l'œil), il est fatigant d'être ministre – mais tellement plus de ne pas l'être…

A Georges-Marc Benamou, qui, un demi-siècle plus tard, lui demande : « Comment vous sentiez-vous dans cette république ? », il répond sur un ton d'où l'ironie autocritique semble s'être évaporée : « Mal à l'aise… » Mal à l'aise ? Voilà qui est admirable… Mais peut-être Don Juan n'était-il pas fort à son aise dans le lit de Doña Elvire.

* * *

Ministre, certes. Mais pour quoi faire, au-delà de la diligente manipulation du quotidien ? Du parcours de ce prince héritier d'une république dont il a par deux fois refusé d'approuver la Constitution, parce que l'un et l'autre projet lui ont semblé propres à « officialiser l'anarchie », il faut au moins retenir trois démarches originales : la tentative de renouveler les rapports franco-africains en substituant le contrat à la contrainte ; une participation active, bien que sélective, à la construction européenne ; enfin, le rôle moteur joué dans la seule grande tentative de réanimation et de dynamisation de la République qui fût tentée entre 1945 et 1958 – le ministère Mendès France.

On reprendra ces points. Mais c'est son intervention dans la crise coloniale en tant que ministre de la France d'outre-mer qui transforme le gentil dauphin en un grand squale de la politique, le hissant au niveau de cette Histoire qu'il prétend, depuis son adolescence, modeler. Échec ? Succès ?

Ce morceau de paysage de la France qu'il est, cette synthèse même qu'il prétend déjà en être, des rives de la Charente aux coteaux du Morvan, c'est à partir des bananeraies africaines qu'il va le hisser de la routine à l'invention. Devient-il pour autant un « homme de gauche » ? Il va bientôt devenir en tout cas l'un des hommes, avec Mendès France, les plus haïs par la droite, ce qui est un signe... Haine inépuisée depuis lors, qui va le cuirasser et le préparer aux grandes tâches.

Mitterrand a-t-il vraiment changé le destin de l'Afrique autrement que par quelques correctifs dont Defferre et de Gaulle tireront avec plus d'éclat les conséquences ? En tout cas, l'Afrique va changer le destin de Mitterrand.

CHAPITRE VI

Coups de barre en Afrique ou le « grand dessein »

• La révélation des rapports coloniaux • Clemenceau, Ferry et les tirailleurs • Le Dr Houphouët a la fièvre • Café « noir » et café « blanc » • Bradeur d'empire ! • Complot à Rabat, manœuvres à Tunis • Une démission en deux temps • De Carthage aux Aurès • L'Algérie, la France et la guerre • Les remords d'un garde des Sceaux.

Méditant quelques semaines avant sa mort sur les inflexions majeures de sa carrière politique, François Mitterrand pointait d'abord le doigt sur l'Afrique : « C'est là que ma vie publique a pris son sens*, dans le combat pour la révision des rapports coloniaux. Mon action au ministère de la France d'outre-mer fut mon expérience politique primordiale, et en a commandé l'orientation[1]. »

Quelques mois plus tôt, en réponse aux questions de Georges-Marc Benamou, l'ancien président avait même cru pouvoir situer en Afrique l'origine de son « évolution vers la gauche ». C'est la révélation de « la toute-puissance et de la malfaisance du capitalisme sous sa forme coloniale » qui, disait-il, l'avait animé d'« un profond sentiment de révolte »[2]. En quoi ce fidèle lecteur de Mauriac s'inspirait de ce maître, et aussi de Malraux – qu'il aimait beaucoup moins.

Quand, en juillet 1950, il se voit confier par René Pleven, son chef de file à l'UDSR qui est le nouveau président du Conseil, le portefeuille de la France d'outre-mer, c'est-à-

* De la cruelle inversion historique de sa relation avec l'Afrique, il sera longuement question au tome 2, chapitre XIII.

dire, pour l'essentiel, de l'Afrique, François Mitterrand a déjà « son » Afrique à lui, et quelques idées sur l'empire français.

Cette Afrique, c'est d'abord celle qui a ému le regard et la conscience d'un sergent de l'infanterie coloniale chargé de conduire sur la ligne de feu des tirailleurs sénégalais ou guinéens, des Mossis ou des Bambaras sacrifiés pour la défense d'une France dont les chefs militaires se jugeaient vaincus avant d'entamer le combat. Des hommes ainsi jetés au premier rang dans la fournaise n'ont-ils pas des droits sur nous ?

L'homme d'État moderne qu'il admire entre tous, Georges Clemenceau, a posé le problème en ces termes dès 1919. Mais Mitterrand vénère aussi Jules Ferry * le « Tunisien », l'homme qui a cru à la « mission civilisatrice » de la France – contre Clemenceau, amèrement convaincu que l'entreprise comporte en fin de compte moins de transferts de services que de transgressions de dignité, et qu'à prétendre substituer par la force ses idéaux à ceux de l'Asie et de l'Afrique, une nation moderne risque davantage de détruire des valeurs anciennes que d'en créer de nouvelles.

En fait, Mitterrand balancera constamment entre les deux pôles. C'est lui qui écrivait en juin 1945 dans *Libres* qu'il est « ambitieux de prétendre apporter à des peuples dits arriérés ce qu'on persiste à appeler notre civilisation [...]. Les Français ont oublié de demander aux intéressés leur avis [...]. Nos leçons les blessent. Notre fameux Progrès excite leur ironie ». Le ton de Clemenceau. Mais c'est lui aussi qui écrit quelques années plus tard, dans l'éclairage de Ferry, que « la France reste celle qui conduit, celle dont on a besoin, à laquelle on se rattache. Il ne pourra y avoir d'histoire véritable de l'Afrique si la France en est absente » [3]. En fait, comme Mendès France, l'ancien sergent du 23e RIC est très fortement marqué par Ferry et son évangélisme laïque et républicain, plus que de Gaulle, en fin de compte clemenciste.

Ce qui est essentiel dans la tumultueuse liaison entre

---

* Porté à la tête du gouvernement en 1881, Ferry, violemment condamné par Clemenceau pour sa stratégie au Tonkin, avait patronné le traité du Bardo, qui instaurait en Tunisie le régime ingénieux du protectorat.

Mitterrand et l'Afrique, c'est le rôle qu'y joue le temps, toujours maître de l'Histoire et de ceux qui prétendent la faire – mais ici à l'extrême. A partir de ce qu'il appelait, citant Pascal, son « point fixe », et qui était, en l'occurrence, la vocation africaine de la France, il ne cesse de s'adapter, mais difficilement, douloureusement. Ce sont ces adaptations – du concept de « France d'outre-mer » strictement entendu en 1950, à l'autodétermination des années 60 – qui rendent exemplaire la décolonisation selon Mitterrand, parfaitement synchrone – avec un peu d'avance – sur celle des citoyens français*.

Moins mobile et malléable qu'on ne le dit, plus attaché au « point fixe » en question qu'on ne le croit, Mitterrand l'Africain est l'homme des étapes, des haltes aux points d'eau, des mouvantes réalités. Chaque date comporte sa vérité, qui n'est pas la même en 1950 qu'en 1960, pas identique en Tunisie et en Algérie.

N'oublions pas que c'est le même de Gaulle, ultra-répressif dans l'Algérie de mai 1945, ultra-conservateur avec le RPF « foccardien » de 1950, qui ouvre en 1959 les voies à l'association et va reconnaître les indépendances. C'est le même Mitterrand, audacieux réformiste de l'Afrique noire de 1950, qui s'écrie quatre ans plus tard : « L'Algérie, c'est la France ! » (comme Mendès France et de Gaulle). Tout sera, pour ceux-ci comme pour celui-là, affaire de dates et de cas, de procédures et d'« intérêt national ».

Mitterrand a une conviction : que la France importe à l'Afrique. Il a deux certitudes : que l'on ne s'appuie que sur ce qui résiste, et que l'on ne conserve que ce qui adhère. A partir de là, le temps et les circonstances guideront sa démarche.

* * *

Son premier contact véritable avec l'Afrique date de 1947, à l'occasion d'un voyage entamé au Caire, achevé à Alger, et

---

* En retard sur celle de De Gaulle ? Non de 1945 à 1958 ; oui à partir de 1958.

qui l'éblouit. Il l'approfondit en 1949, puis en 1950, au cours de l'une des rares périodes de « vacances » qu'il se ménage entre deux ministères. Invité à donner sur le continent noir une série de conférences, il visite Dakar, Bamako et Cotonou.

Les notes qu'il prend alors reflètent une sympathie attendrie mieux qu'une inquiète passion : « L'Afrique dort [...]. Les membres étirés sous tant de latitudes [...]. Elle ignore les étrangers, les chercheurs, les égarés. Pas un frisson ne la traverse [4]. » Aimable aveuglement, à la veille de l'explosion des fièvres qu'il aura bientôt pour mission de calmer ? A la même époque, on retrouve des mots analogues sous la plume d'Emmanuel Mounier dans *Esprit*, à propos de la Guinée [5]. Le créateur du personnalisme évoque un pays qui propose le modèle de la sérénité...

Vingt ans plus tard, il pourra bien assurer dans *Ma part de vérité* qu'il a visité une Afrique « en mouvement, incertaine, hésitante, souffrante ». Effet de surimpression classique ou construction plus ou moins consciente de sa légende de pacificateur ? Au cours des premières semaines de 1950, François Mitterrand, conférencier en balade reçu par les notables, n'a vu qu'une Afrique française assoupie plutôt qu'enfiévrée, n'en retenant qu'un signal d'alarme, d'ailleurs marginal du point de vue français : passant par la Gold Coast (le futur Ghana), il a demandé à rencontrer le leader nationaliste Kwame Nkrumah, dont le renom est déjà grand : on lui a répondu qu'il était en prison [6]. Est-ce ce trait, relevé hors de « notre » Afrique, la bonne bien sûr, mais toute proche, qui lui a révélé que le sommeil du continent noir était agité de rêves tumultueux ?

Le fait est qu'il n'est pas plus tôt installé dans son bureau de ministre de la rue Oudinot, le 13 juillet 1950, quatre mois après son retour de voyage, qu'il se comporte comme si l'Afrique était en proie aux fièvres qu'il n'avait pas décelées sur place. Les dépêches et les dossiers qu'il trouve sur son bureau et soumet en hâte à l'attention du président Auriol, très attentif à ces questions, et à René Pleven, qui l'est plus et mieux encore, sont alarmants. Depuis trois ans, après l'Indochine et Madagascar, bien que sur un mode différent, l'Afrique française est entrée dans le cycle de la revendication militante, ici et là de la violence, et gronde de rumeurs inquiétantes.

Un parti, le RDA (Rassemblement démocratique africain), formé à Bamako en 1946 à l'appel de jeunes diplômés échappant aux manipulations de l'administration coloniale – Félix Houphouët-Boigny, Mamadou Konaté, Hamani Diori, Modibo Keita, Gabriel Lisette, Ouezzin Coulibaly, Sékou Touré –, a su poser les vrais problèmes, justice au quotidien, exercice du pouvoir local, sans prétendre *a priori* sortir du cadre français.

Jusqu'au vote de la loi du 25 avril 1946, les villageois africains étaient soumis au « recrutement obligatoire des travailleurs », qui permettait à n'importe quel colon de réquisitionner tel ou tel d'entre eux : l'esclavage bien tempéré, un siècle après Victor Schœlcher… Il avait fallu attendre un an après la libération du sol français de ses occupants pour qu'un terme fût mis à cette infamie (dénoncée dès 1925 par André Gide, visiteur du Tchad et du Congo). Mais cette levée d'écrou très partielle avait exaspéré le colonat en faisant se lever l'espoir de la jeunesse noire.

Si Félix Houphouët-Boigny, jeune médecin ivoirien, avait pour un temps délaissé ses malades pour fonder le RDA avec quelques compagnons, c'était, à partir du texte libérateur de 1946, afin de remettre en question un système socio-économique qui faisait du paysan noir un producteur au rabais dont le café ou le cacao étaient, sur les marchés locaux, achetés à un prix très inférieur à celui qu'exigeaient les producteurs européens. C'était aussi pour obtenir que les Africains, qui s'étaient vu ouvrir l'accès du Palais-Bourbon, pussent être les élus de leur village ou de leur quartier. En attendant, six des fondateurs du RDA avaient été élus députés en 1946 – en même temps que Mitterrand –, s'apparentant au seul groupe qui les y eût invités, celui du Parti communiste.

Dès lors, l'administration coloniale avait trouvé sa cible, au nom de la défense contre les « rouges ». Le prédécesseur de Mitterrand rue Oudinot était un MRP, Paul Coste-Floret, juriste lourdaud et agité qui, prétendant agir pour la défense de l'Occident chrétien, ne connaissait qu'un mot : répression. Quant au gouverneur de la Côte-d'Ivoire, Laurent Péchoux, il avait jugé bon d'affirmer son autorité par un coup d'éclat : la dissolution des coopératives agricoles. Au cours des derniers mois, sous sa poigne, la Côte-d'Ivoire, pays réputé calme, avait connu trois émeutes, dont l'une, le 30 janvier 1950 *, à Dimbokro, avait fait quatorze morts. Les députés RDA, menacés d'arrestation, se terraient. Une vaste opération répressive se préparait. Les garnisons étaient doublées. Les grandes compagnies pavoisaient…

Ce qui fait l'originalité du coup de barre alors donné, et dont Mitterrand doit être tenu pour responsable ne serait-ce que parce qu'il en paya le prix politique, c'est qu'il intervient *avant* que le pire ne fût advenu. Le jeune ministre novateur décide et agit certes en accord total avec ses deux supérieurs, Auriol et Pleven. Dut-il déployer tous ses talents pour les convaincre ? Il ne l'a jamais prétendu.

Vincent Auriol était fort prudent en ce domaine, surtout depuis que son maître à penser, Léon Blum, s'était retiré **, mais, parmi les conseillers du président, le préfet d'origine algérienne Cherif Mecheri ne cessait de sonner le tocsin à propos des colonies… Quant à René Pleven, il avait été le spécialiste colonial de la France libre, du Cameroun à Madagascar et Brazzaville, en tant que maître d'œuvre de la fameuse conférence de janvier 1944. C'est lui d'ailleurs que de Gaulle avait chargé de veiller sur les « colonies » au lendemain de la Libération. Un expert, donc, plutôt enclin au libéralisme, et bien conseillé en cette matière par un intelligent fonctionnaire, Léopold Syrieix.

Pourquoi Pleven confia-t-il ce ministère, si proche de ses préoccupations, à François aux dents longues, dont il se méfiait ? Peut-être parce qu'il pensait pouvoir mieux le contrôler sur un terrain que lui-même connaissait bien. Ou parce que, persuadé par Syrieix de l'urgence des décisions à prendre, il jugea bon de confier cette charge périlleuse à un jeune audacieux, qui réussirait pour le bien du pays – ou s'y brûlerait, pour le bien de Pleven.

Le choix de la réforme contre la répression, et par là d'une forme quelconque de négociation, fut vite fait, et en plein accord avec les plus hautes autorités de l'État. Encore fallait-il trouver l'interlocuteur. Syrieix n'eut pas de mal à démontrer à Mitterrand qu'un nom s'imposait : celui de Félix Houphouët-Boigny. Mais le médecin ivoirien vivait depuis

---

* A l'heure où Mitterrand faisait le conférencier à Dakar…

** Avant de mourir, en mars 1950.

quelques mois dans une quasi-clandestinité, la presse de droite le dénonçait comme « agitateur communiste » avec d'autant plus d'ardeur que *L'Humanité* se portait à son secours : un mandat d'arrêt était lancé contre lui. Mitterrand décida de l'inviter en France, convainquant son collègue de l'Intérieur de ne pas le faire arrêter dès l'atterrissage de l'avion… Ainsi attendu par le ministre de la France d'outre-mer, le médecin-député atterrit à Paris en octobre, s'installant dans un petit hôtel proche de l'Étoile *.

Le premier contact entre Mitterrand, qui avait obtenu que le visiteur fût libre de ses mouvements, et Houphouët se déroula dans un restaurant de l'avenue d'Eylau. Il fut très prometteur, le visiteur ne cachant pas son admiration pour la culture du ministre, celui-ci louant la sagesse du proscrit. Dans *Présence française et Abandon*, Mitterrand cite les propos d'Houphouët, évoquant les « enthousiasmes » aussi bien que les « déboires » et les « douleurs » de ses concitoyens, admettant que « rien ne fructifierait dans le désordre et dans l'émeute » et se déclarant prêt à confirmer l'adhésion de son peuple et de son parti à l'Union française.

Deux entretiens plus officiels se déroulèrent dans le bureau du ministre. François Mitterrand mit l'accent sur l'urgence d'« arrêter la tragique méprise » en obtenant que « les Africains fussent libres chez eux, libres de travailler, de se syndiquer, de lutter pour leur salaire et leur sécurité, de circuler, d'écrire et de parler », d'abattre « les privilèges scandaleux », d'imposer « l'égalité sociale et humaine entre les communautés » et d'instituer « le suffrage universel et le collège unique à tous les échelons » et en préparant « les institutions qui amorceraient la fédération au sein de laquelle chaque État ou territoire disposerait pleinement de ses propres affaires ». A cet effet, il offrait au visiteur « la garantie du gouvernement de la France » et « l'alliance dans ce combat » avec ses interlocuteurs africains.

Georges Beauchamp, qui fut avec Pierre Nicolaÿ l'un des témoins de ces face-à-face décisifs, a relevé pour nous ce qui frappait alors les hôtes et interlocuteurs de Félix Houphouët :

---

* Où j'allai l'interviewer pour *Combat*, recueillant des confidences proches de ce qu'on va lire.

> « C'était moins son émotion, très perceptible, à la fois comme militant pourchassé et interlocuteur ministériel, que la modestie de ses revendications. Que demandait-il en effet, au nom de ses compagnons ? L'accès des Africains aux conseils municipaux – car ces élus du Palais-Bourbon n'avaient pas accès aux Assemblées locales * ! Un code du travail, car si le travail forcé était aboli, tous les abus avaient cours. Et – stupéfaction ! – que les balances, sur les marchés, soient normalisées, pour éviter que le café "africain" cesse de peser moins lourd que celui des Blancs [7]… »

Pierre Nicolaÿ rappelle quant à lui que, si touché qu'il fût par son hôte et si décidé de pousser à fond les réformes, François Mitterrand n'eut de cesse qu'il n'obtînt de lui une lettre spécifiant que le RDA n'entendait en aucun cas sortir du cadre de l'Union française. « Ayant arraché ce texte à Houphouët, il le glissa dans un tiroir, refusant même d'en faire état face à ceux qui l'accusaient de "brader l'Afrique". L'important pour lui était de "tenir" aussi son interlocuteur – qui ne le mit jamais d'ailleurs en position d'avoir à dégainer cette arme secrète [8]… »

Les perspectives ouvertes par Mitterrand se situaient très loin en avant d'un statut encore colonial où n'existait aucun code du travail ou de la famille, où aucun Africain ne siégeait dans un conseil municipal et où régnait un *apartheid* insidieux manifesté par l'exclusion des Noirs de divers lieux ou établissements. Mais en ouvrant ainsi les voies vers un réel progrès, Mitterrand ne se retenait pas de rappeler à son hôte que partout les moyens répressifs étaient renforcés, que s'il n'entrait pas dans le cadre du jeu ainsi défini et qui excluait toute marche vers l'indépendance, il lui en cuirait. En somme, le bâton tout près de la carotte.

> « Et quel bâton ! faisait valoir l'avocat du leader ivoirien, Me Pierre Stibbe, ardent militant anticolonialiste. Le discours de Mitterrand, tel que nous le rapportait Houphouët, était aussi menaçant que séduisant. Ses amis communistes le mirent en garde, comme moi-même. Mais il n'était pas en mesure de refuser ces offres – et d'ailleurs n'était personnellement pas tenté d'aller plus loin. C'était un possédant [9]… »

---

* Sauf dans les quatre « vieilles villes » du Sénégal.

Bref, la négociation se noue sur les bases définies par Mitterrand. Trois lieutenants d'Houphouët – Diori, Konaté et Coulibaly – sont dépêchés à travers l'Afrique occidentale pour porter le mot d'ordre d'apaisement. Et, en prime pour l'habile ministre *, les six députés du RDA se désapparentent du groupe communiste du Palais-Bourbon, pour s'allier à l'UDSR – ce qui n'est pas pour assainir les rapports, déjà détestables, entre le PCF et le député de la Nièvre.

De cette guerre d'Afrique ainsi prévenue François Mitterrand allait-il tirer quelque gloire ? Non, sauf auprès de quelques observateurs lucides et, bien sûr, de la majorité des Africains. Cette « récupération » et « institutionnalisation » du RDA et d'Houphouët (dont tous les liens avec le PCF n'étaient d'ailleurs pas rompus, comme nous le faisait observer Bruno Daoudal, qui fut l'un des opérateurs de la manœuvre) allaient assurer à Mitterrand la réputation d'un bradeur d'« empire ». Des parlementaires MRP (inspirés par Paul Coste-Floret) et radicaux (animés par Émile Roche) écrivent à Vincent Auriol pour dénoncer le ministre qui « a livré l'Afrique au communisme international [10] ».

Mais c'est au RPF du général de Gaulle que la réaction est la plus violente. Au Conseil national de cette organisation, dont Jacques Foccart est, si l'on peut dire, la conscience coloniale, un certain René Laurin dénonce les concessions faites à cet Houphouët qui « met le pays à feu et à sang » (avant de devenir, en 1958, ministre du Général !). Et les augures du Rassemblement – Frédéric-Dupont, Castellani, Bayrou – multiplient les invectives contre Mitterrand **.

Invectives symétriques de celles dont l'abreuve *L'Humanité*, qui ne manque pas plus de raisons de se fâcher contre lui que les tenants de l'ordre colonial. Car ce que vient de réaliser le ministre, c'est précisément la confiscation, aux dépens du PCF, de son plus puissant allié africain, celui dont les communistes comptaient faire leur instrument

---

* Ce ne fut pas l'objectif réel de la négociation, comme certains auteurs l'ont suggéré, mais une dérivation qui prit en cours de route la valeur d'un enjeu.

** Dont certaines philippiques contre les aspects colonialistes du gaullisme des années 50 trouvent là leur origine.

dans le cadre politique de l'Union française. En fait, il s'agit là de la principale défaite subie par le PCF depuis son exclusion du gouvernement Ramadier*, trois ans plus tôt…

Le coup de barre politique allait-il faire bouger, sur place, les mentalités ? Appelés à la détente par la voix de Konaté ou de Diori, désolidarisés du communisme, s'affirmant fidèles à l'Union française, les dirigeants du RDA allaient-ils bénéficier d'un traitement plus compréhensif des maîtres de la colonisation ? Non ! On allait voir que c'est moins leur idéologie supposée qui était en cause que la couleur de leur peau et que, « rouges » ou tricolores, ils étaient, pour les messieurs des grandes sociétés, des « nègres ». Mais ils sont désormais des « nègres » debout…

Un bon test allait être, au début de février 1951, l'inauguration du port d'Abidjan – ou plutôt de l'ensemble d'aménagements de la lagune qui donnaient enfin à la capitale de la Côte-d'Ivoire un accès utile à la mer. Mitterrand avait fait savoir qu'aux fêtes imposantes organisées à cet effet, les dirigeants du RDA devaient participer à un rang digne de leur qualité de députés. Il fut aussitôt en butte aux pressions, d'abord des élus locaux européens et organismes représentatifs de la grande colonisation, estimant « injurieux » qu'on puisse les faire siéger aux côtés des agitateurs, puis des délégués des chefs traditionnels des puissantes ethnies régionales, déclarant qu'ils ne voulaient pas se retrouver aux côtés des responsables des « insurrections » et du « sang coulé » : manœuvre d'utilisation des anciens féodaux que la colonisation renouvellera avec succès, notamment au Maroc.

La tension était intense, surtout dans la ville jumelle d'Abidjan, Treichville, bien quadrillée par le RDA. Le 4 février, au Cercle français, où le ministre a tenu à se faire accompagner par Houphouët et ses amis, un groupe de notables (parmi lesquels se range le gouverneur Péchoux) l'interpelle : « Vous livrez l'Afrique aux Noirs ! » Mitterrand se dresse : « A partir de maintenant, si vous tenez de tels propos, je demanderai au gouverneur général de saisir le parquet ! » On rapporte même qu'au cours d'une des céré-

* « Coup » auquel a été également associé Mitterrand, ministre de ce gouvernement…

monies du 5 février le député RDA Gabriel Lisette * s'entendit ainsi apostrophé par le chef du cabinet du gouverneur : « Dès que ton ministre sera parti, je te foutrai mon pied au cul [11]... » Cet individu est aussitôt rappelé en France, suivi de près par son chef, le gouverneur Péchoux.

Mitterrand a tenu bon, le RDA est « rapatrié », Abidjan se verra bientôt doté d'un gouverneur intelligent et courageux qui s'appelle Pierre Messmer. Mais on fera payer cher ces audaces au ministre – maintenu à son poste en mars 1951 quand, René Pleven ayant été renversé, le successeur investi par l'Assemblée est l'inusable Henri Queuille, dont s'est déjà manifestée la bienveillance pour ce jeune impétueux qui le dérange mais le séduit.

Deux mois avant la fin de son mandat ministériel, le 7 mai 1951, François Mitterrand reçut du porte-parole par excellence de la colonisation en AOF, Georges Lagarosse, sénateur de la Côte-d'Ivoire, l'aimable certificat suivant : « C'est avec une infinie tristesse que je constate que la politique suivie par la IVe République aura mis moins de temps à démolir l'Empire français que n'en avait mis la IIIe à le créer [12]. » Observation qui révélait, chez ce parlementaire, une culture historique inférieure à la moyenne pour ce qui regarde la vie et la mort des empires....

Et ce Mitterrand qui a « livré l'Afrique au communisme international » va maintenant se voir accusé d'y avoir martyrisé des prêtres... En mars 1951, le journal des pères blancs de Dakar, *L'Afrique nouvelle*, transgressant la loi qui interdit la publicité en ce genre d'affaires, reproduit les minutes d'un procès en diffamation intenté par le gouverneur socialiste de l'AOF, Paul Béchard, à un quidam qui avait mis en cause son intégrité. Les pères Paternos et Rummelhardt, qui avaient pensé faire œuvre pie en dévoilant les turpitudes ce gouverneur franc-maçon et socialiste, furent par lui assignés en justice avec l'approbation du ministre. Peine infligée aux religieux : 50 francs d'amende avec sursis...

A la Chambre, l'ineffable Frédéric-Dupont s'indigne : « Les sympathiques populations de l'AOF ont pu voir deux pères blancs sur le banc où sont d'ordinaire assis les voleurs,

* Futur président du gouvernement de la République du Tchad (novembre 1958-juin 1959).

les escrocs et les filles soumises ! » Et de proposer un amendement au budget de la France d'outre-mer réduisant le traitement du ministre de 1 000 francs, par représailles... Mieux : lors de la campagne électorale dans la Nièvre, en 1951, Mitterrand se verra accusé par un adversaire d'avoir fait « fusiller deux pères blancs en Afrique » !

Pas plus que leur interlocuteur de Paris, les dirigeants du RDA ne seront, dans un premier temps, bénéficiaires de la salutaire opération de 1950. A l'approche des élections de novembre 1951 (qui verra sa difficile réélection dans la Nièvre), Mitterrand s'est entretenu avec Houphouët et ses amis. Que leur dit-il vraiment ? Il le confiera quelques années plus tard à Georgette Elgey : « Il était important que le RDA ne gagnât pas les élections. Cela aurait donné un argument très fort aux adversaires de ma politique. Les dirigeants du Rassemblement le comprirent[13]... »

Si bien qu'en novembre trois seulement des six députés du RDA partenaires de François Mitterrand (entre-temps éliminé du gouvernement) furent réélus*. Si l'UDSR en fut affaiblie, le parti colonial en reçut un réconfort provisoire, le détournant de réactions extrémistes. De là à croire que le trucage électoral fut utilisé pour une fois (et à leur détriment...) avec la connivence des intéressés !

Appelé de nouveau quelques mois plus tard à former le gouvernement, René Pleven ne rappelle pas Mitterrand au ministère de la France d'outre-mer. Est-ce parce que ce brillant second y a trop fortement mis sa marque – au-delà des haines, campagnes et dénonciations ? C'est aussi parce que le jeune ministre, l'un de ses lieutenants au sein de l'UDSR, a osé s'en prendre dans l'exercice de ses fonctions africaines à l'un des caciques de ce parti, Bertin, dit « Chevance ».

Ce gros homme sanguin avait été un courageux résistant, l'un des fondateurs de Combat avec Henri Frenay, avant de le suivre à l'UDSR. Mais il était aussi propriétaire en Afrique et, à la tête de publications comme *Marchés coloniaux* et *Climats*, il s'était fait le porte-parole des tenants du *statu quo* colonial.

---

* Parmi les battus, les deux futurs présidents du Tchad et du Mali, Gabriel Lisette et Modibo Keita.

Lors d'un congrès de l'UDSR, François Mitterrand avait osé dénoncer ces campagnes et le rôle personnel joué en Afrique par Chevance-Bertin, soutien actif* de Pleven au sein du parti. Le président du Conseil trouvait fort bon que l'on taillât des croupières aux maîtres de la banane ou du cacao d'AOF, non que l'on touchât à l'un de ses féaux – et au nom d'idées qui, au surplus, étaient les siennes !

Si Mitterrand fomentait, au sein du parti, contre lui, une agitation anticolonialiste et progressiste avec le soutien des leaders du RDA qu'ils avaient su ensemble rattacher à l'UDSR, c'en serait fait de sa présidence à lui, Pleven… Comment mieux freiner la piaffante ambition du député de la Nièvre qu'en le tenant à l'écart du gouvernement ? Et de l'Afrique** ?

Le 10 juillet 1951, donc, quelques semaines après les élections législatives marquées par une forte poussée du Rassemblement gaulliste***, le cabinet Queuille avait été renversé et François Mitterrand libéré de ce dossier africain qui avait marqué son entrée dans la « grande » politique, celle qui mobilise les masses, bouleverse les équilibres, redessine les cartes.

Cette vacance ministérielle l'irrite à coup sûr, interrompant une mission qui l'exaltait. Il n'en reste pas moins proche d'Houphouët, de Coulibaly et de Sékou Touré, déléguant auprès d'eux et du RDA une sorte d'ambassadeur personnel, son ami Bruno Daoudal. Mais cette grande et audacieuse opération lui échappe désormais – dût-elle être prolongée avec talent par des ministres comme Pierre Pflimlin et surtout, en 1956, Gaston Defferre.

* * *

* Et probablement bailleur de fonds.

** L'antagonisme Pleven/Mitterrand, fondé sur des rivalités de pouvoir, on peut le résumer par cette formule du premier : « Mitterrand n'est pas un homme avec lequel on partirait seul à la chasse au tigre… » On ne cite pas de mots symétriques du plus jeune. Mais on les imagine aussi mordants. Trente ans plus tard, le président élu tendra la main à Pleven.

*** Mais fort inférieure aux espoirs du Général et des dirigeants du RPF.

L'Afrique, pourtant, va bientôt se rappeler à son attention, sous une autre forme. Au milieu de janvier 1952, Vincent Auriol, las de chercher le successeur de René Pleven à Matignon parmi les éternels caciques, fait surgir de sa manche un feu follet, Edgar Faure, avocat méridional, député du Jura, qui est, à 42 ans, le plus jeune chef de gouvernement que la France ait connu depuis le début du siècle. Le disert et multiple Edgar (qui ne l'appelle autrement ?) est chargé notamment d'apaiser la crise provoquée en Tunisie par la cascade de maladresses et de brutalités à quoi se résume depuis quelques semaines (surtout…) la politique française.

Pendant dix-huit mois, une euphorie avait été créée à Tunis par les promesses d'émancipation prodiguées par le pouvoir de Paris : le ministre des Affaires étrangères Robert Schuman était allé jusqu'à prononcer en juin 1950 le mot « indépendance », permettant au résident général Louis Périllier d'amorcer la restitution progressive aux Tunisiens de l'exercice de leurs responsabilités.

Mais soudain, le 15 décembre 1951, une lettre partie du Quai d'Orsay et signée du même ministre, réputé responsable (on s'est demandé s'il l'avait seulement lue *…), a renversé la vapeur et annoncé l'instauration d'une cosouveraineté franco-tunisienne qui alourdit la mainmise du système colonial.

Ce défi juridique au nationalisme tunisien suscite de telles réactions qu'à leur tour elles déclenchent une vague répressive. Le 18 janvier 1952, Habib Bourguiba, qui vient naturellement de passer du prêche pour la modération à l'appel à la résistance, est arrêté et jeté en prison – l'avant-veille du jour où est investi par l'Assemblée nationale Edgar Faure, libéral acquis à l'émancipation de la Tunisie, « voire à l'indépendance » [14].

Impatient de changer de cap, le jeune chef du gouvernement, qui a fait de Mitterrand son ministre d'État, le charge de prendre en main ce dossier explosif : il attend de lui qu'il fasse preuve en ce domaine de la même énergie réformatrice qu'à propos de l'AOF. Mais un ministre d'État chargé de

* Dans un article publié l'année suivante dans *La Nef*, le très modéré Robert Schuman dénoncera la dépossession des pouvoirs du ministre par les bureaux et les proconsuls de Tunis et de Rabat.

s'occuper d'un dossier ne dispose pas des mêmes leviers de commande qu'un ministre spécialisé. Au surplus, Mitterrand est cette fois sinon moins motivé, en tout cas moins informé. Lui qui fait de la politique une affaire de contacts – ce qui lui a réussi avec Houphouët – ne connaît pas Bourguiba, désormais emprisonné et hors de sa portée.

A lire le livre qu'il écrira l'année suivante, *Aux frontières de l'Union française*, on constate cependant qu'il se met aussitôt au travail en vue d'élaborer un statut de nature à concilier les justes aspirations tunisiennes et une présence française qu'il estime nécessaire. Son projet est ingénieux, combinant l'idée de double nationalité (qui permettrait aux ressortissants des deux pays de participer à la vie publique ici et là), la formation d'un gouvernement tunisien homogène et le maintien du contrôle français sur les Affaires étrangères et la Défense.

En fait, Mitterrand préconise un retour au traité du Bardo dû à son cher Jules Ferry, créateur du protectorat, depuis lors violé par la puissance protectrice qui pratiquait l'administration directe. Le réformateur veut rajeunir le traité par une plus forte injection de système représentatif. Mais, selon lui, le lien diplomatique et militaire entre Paris et Tunis doit être préservé : il s'agit strictement d'autonomie interne*.

Les Tunisiens auraient-ils été séduits par le projet esquissé par François Mitterrand si le gouvernement d'Edgar Faure n'avait été renversé six semaines après sa formation, à la fin de février 1952, pour faire place à celui d'Antoine Pinay ? Le fait est que la défaite du jeune président du Conseil est celle du courant libéral en ce domaine. A partir de mars 1953, la voie est ouverte aux fonctionnaires répressifs et à des militaires dont le mot d'ordre est « ratissage ». Bourguiba va errer de prison en prison – notamment dans l'îlot de la Galite, où il est inaccessible**–, et les cachots tunisiens se peuplent de ministres ou de ceux qui ont refusé de l'être dans de telles conditions***.

* Comme dans le discours de Carthage de Mendès France, deux ans plus tard.

** Député socialiste en quête de paix, Alain Savary pourra néanmoins lui rendre visite.

*** Tel le futur Premier ministre Hedi Nouira.

Le temps que lui laisse cet exil du gouvernement permet à Mitterrand d'écrire *Aux frontières de l'Union française*, publié en 1953 avec une préface très chaleureuse de Pierre Mendès France (texte qui noue entre eux une sorte de pacte dont on verra bientôt les effets) et de s'occuper des affaires de son parti, l'UDSR, alors que le président, René Pleven, exerce les fonctions de ministre de la Défense nationale, très absorbantes au temps où la guerre d'Indochine fait rage… Lors du congrès de l'UDSR, le 21 octobre, à Clermont-Ferrand, le député de la Nièvre s'affirme durement face à Pleven et à la politique aveuglément répressive du gouvernement Pinay en Tunisie.

Dorénavant, la guérilla menée par Mitterrand pour la conquête de l'UDSR prend une claire sonorité de gauche, à propos du Maghreb et de l'Indochine : sa dénonciation de la guerre là-bas, de la répression en Tunisie, s'accentue. Ainsi le rendez-vous avec Mendès France amorcé par la préface qu'il a donnée au livre de François Mitterrand se mue en alliance, au moment où se prépare la publication de *L'Express*, dont l'un sera le gourou et l'autre un chevau-léger.

L'échec de Pierre Mendès France, appelé par le président Auriol à former le gouvernement à la fin de mai 1953, laisse le député de la Nièvre atterré : si fort que soit le tropisme qui l'attire désormais vers la gauche, faut-il que cette fidélité nouvelle l'exile plus longtemps du pouvoir ? Le stoïcisme que pratique en ce domaine Mendès ne saurait être le sien. Il ne veut pas se laisser oublier plus longtemps, et accepte un portefeuille dans le cabinet de Joseph Laniel, homme de droite s'il en fut. En ce printemps 1953, François Mitterrand est attiré par la gauche. Mais il l'est plus encore par le pouvoir.

Croit-il (question naïve, mais il ne faut jamais sous-estimer, chez les cyniques, la part de la naïveté) que dans cette équipe de conservateurs invétérés, sa présence, jointe à celle de son ami Edgar Faure, chargé des Finances, permettra d'éviter le pire au Maghreb ? Les chances en sont d'autant plus faibles qu'il y est chargé des relations avec le Conseil de l'Europe, désignation qui met en lumière l'une de ses préoccupations fondamentales, mais ne contribue pas à lui donner prise sur l'événement maghrébin. Or celui qui se prépare au Maroc n'est rien de moins qu'un coup d'État.

* * *

Depuis plus de deux ans, une conjuration s'était formée à travers l'empire « protégé » par la France pour chasser du trône le souverain Sidi Mohammed Ben Youssef, choisi en 1927 par le protecteur pour la docilité dont le créditaient les experts [*]. Mais, depuis lors, le cours des événements mondiaux, la guerre, les contacts avec les Américains (dont le président Roosevelt en 1944) et le développement du nationalisme arabe avaient fait de ce prince un symbole national d'autant plus prestigieux que, « commandeur des croyants » et *cherif*, c'est-à-dire descendant du Prophète, il était doté d'une incomparable aura religieuse.

La mise à l'écart de ce personnage flamboyant – au moins par ses titres – était l'objectif déclaré d'une conjuration à trois têtes : un puissant parti de notables marocains conduit par le pacha de Marrakech, Si Thami El-Glaoui, et le *cherif* Kittani ; un groupe de hauts fonctionnaires et militaires français appuyés par le résident, d'abord le général Juin, puis le général Guillaume ; et un opulent syndicat d'hommes d'affaires de Casablanca.

En février 1951 [**], sous le patronage de Juin, l'opération avait failli aboutir, interrompue *in extremis* par le double veto du Quai d'Orsay (alors dirigé par Robert Schuman) et du président Auriol. Mais, en 1953, Bidault avait succédé à Schuman et, au sein du gouvernement, ils n'étaient plus guère que trois ou quatre (Mitterrand, Faure, July et Corniglion-Molinier, ces deux derniers gaullistes) à se refuser au coup de force. Comme Vincent Auriol.

Dès la fin du mois de juin, au cours d'une réception au palais de Rabat, le pacha El-Glaoui avait ouvert les hostilités en défiant le souverain, traité de « sultan de l'Istiqlal [***] aux mains des communistes ». Tout au long du mois de juillet s'échangent des protestations d'amitié à la France adressées

---

* Il avait alors 18 ans.

** Alors que Mitterrand se débat à Abidjan entre les colons et le RDA.

*** Le nom du parti « de l'indépendance ».

par le sultan Ben Youssef à Vincent Auriol et les initiatives du Glaoui qui, le 15 août, annonce le transfert du pouvoir religieux de Ben Youssef à un nouvel *imam*, le modeste Ben Arafa. Le pouvoir politique étant, lui, aux mains de la France, il faut l'aval de Paris pour en priver Sidi Mohammed Ben Youssef. Et Paris renâcle. Si bien que le Glaoui menace, s'il n'est pas suivi, de se retourner contre la France…

Au gouvernement, on l'a vu, Mitterrand est le chef de file du parti du refus, qui se réclame du soutien du chef de l'État, passablement désarmé. L'opinion est manipulée par le colonat, mais un fort mouvement de refus du coup de force se manifeste, à l'appel du Comité France-Maghreb, créé le 3 juin et présidé par François Mauriac, assisté de Louis Massignon, grand islamisant, de l'historien du Maghreb Charles-André Julien, de l'avocat Georges Izard, ami du sultan et d'Edgar Faure.

Le manifeste de France-Maghreb, publié le 23 juin, réclame que « soient mis en œuvre tous les moyens légaux pour que les principes des droits de l'homme soient appliqués sans discrimination en Afrique du Nord ». Parmi les signataires : Albert Camus, Alain Savary, le général Catroux, Edmond Michelet, David Rousset, Léopold Senghor, Étiemble, Jean Paulhan, Louis Vallon – et François Mitterrand *. Des gaullistes, des gauchistes et des légalistes…

Le 19 août, peu après que le ministre des Affaires étrangères, Georges Bidault, eut notifié au général Guillaume qu'un *pronunciamiento* aurait des conséquences incalculables et que cette « intrigue » serait « le reniement d'un demi-siècle de présence française au Maroc », un Conseil des ministres est réuni **. Les adversaires du coup de force croient encore possible d'en suspendre le cours. Mais, sur place, les conjurés ont déjà passé le lacet autour du cou du souverain et intoxiqué le ministre des Affaires étrangères.

Georges Bidault, soudain oublieux de sa mise en garde à Guillaume, somnambulique, vaticine : « L'inexorable est là. Si le sultan n'est pas déposé, l'émeute embrasera les villes

---

* Que tient en alerte son ami Jean Védrine, devenu à Casablanca un animateur du mouvement libéral Conscience française.

** Les interventions qui suivent ont été rapportées dans plusieurs livres, et à l'auteur par Edgar Faure en 1979.

et le Sud, que tient le pacha de Marrakech. Le général Guillaume ne peut faire tirer sur des poitrines constellées de décorations françaises. Il est trop tard… » Mitterrand intervient brutalement : « Il n'est pas trop tard ! Des instructions fermes contraindront Guillaume à faire reculer le Glaoui. Sinon, je demande le rappel immédiat du résident et la mise à la retraite du général Juin, qui est l'âme du complot. Le gouvernement de la République ne peut être plus longtemps mis ainsi en échec… » Alors Bidault, solennel : « Nous ne laisserons pas le Croissant l'emporter sur la Croix ! » Mitterrand : « Si le Conseil n'intervient pas énergiquement, je serai amené à démissionner. »

Un Conseil des ministres extraordinaire est convoqué le lendemain 20 août. Il n'est pas réuni depuis plus de quelques minutes que Vincent Auriol est soudain appelé au téléphone, de Rabat, par le général Guillaume. Il revient vers ses ministres, le visage décomposé : « Le *pronunciamiento* est fait ! » Le résident général prétend que c'est « pour éviter le massacre du souverain et de sa famille par les tribus révoltées » – ah ! Lyautey, le beau « protectorat » que voilà ! –, qu'il s'est vu « contraint » d'« éloigner » le souverain et ses deux fils. On apprend bientôt qu'enlevé en pyjama par les gendarmes, Sidi Mohammed a été jeté dans un avion militaire en compagnie de ses deux fils, Hassan et Abdallah, et déporté en Corse, avant de l'être à Madagascar… M. Bidault peut se vanter d'avoir fait triompher la Croix * !

François Mitterrand présente aussitôt sa démission au chef de l'État, qui le « supplie » (le mot vient dans la bouche de plusieurs témoins) de ne pas ajouter à la honte la désunion. Soutenu par Edgar Faure (qui enverra pour sa part à Vincent Auriol une belle lettre-réquisitoire contre le coup de force), Mitterrand déclare alors qu'il sursoit à sa décision. Mais il n'en a pas fini pour autant avec cette affaire…

En de telles occurrences, en effet, on peut avoir des amis exigeants. Mitterrand est membre de France-Maghreb. Et quand il parle par la voix de Louis Massignon, ce prophète, un tel aréopage n'est pas accommodant : « Vous nous avez

---

* Notation du président Auriol dans son journal : « … Quelle comédie ! Le gouvernement délibérait, et là-bas tout était décidé, arrangé […]. Il n'y a plus d'État en France… »

promis de démissionner de ce gouvernement de janissaires si le souverain légitime était déposé. Qu'attendez-vous, monsieur Mitterrand ? » François Mauriac a beau faire valoir que son jeune ami s'est vaillamment battu, que le mal est fait malgré lui, qu'il vaut mieux qu'avec Faure il reste au gouvernement afin de faire planer une menace sur le cabinet, pour le cas où… L'homme de *Parole donnée** exige, tempête…

Le « cas » entrevu par Mauriac va se présenter plus vite encore qu'il ne le prévoyait : avec ce genre de gouvernement, il n'est pas aventureux de tabler sur la prochaine gaffe… Cette fois-ci, le balancier de la répression coloniale est du côté de la Tunisie. Les projets novateurs formés au début de 1952 par Edgar Faure et Mitterrand sont loin !

Le gouvernement a fini par décider le rappel du malheureux Hauteclocque, résident général dont le nom** est tristement associé au gâchis sanglant dans lequel se débat la Tunisie – surtout depuis qu'elle a été soumise à sa férule. Mais par qui le remplacer ? Lors du Conseil des ministres du 3 septembre, Bidault fait savoir qu'il a jeté son dévolu sur un certain Voizard, haut fonctionnaire colonial. Le même, en pire ?

Mitterrand bondit : « Encore un homme de Juin. Vous ouvrez la voie, cette fois, à la déposition du bey. Si vous persistez, je démissionne. » Bidault et Laniel s'obstinent. Et comme, cette fois, son geste est exécuté « à froid », Vincent Auriol autorise l'homme « chargé du Conseil de l'Europe » à se retirer. François Mitterrand a choisi, enfin, de n'être plus ministre.

« Il a saisi l'occasion de redevenir un homme de gauche », ricane un conseiller de Laniel[15]. (Quelques mois plus tard, accompagnant Germaine Tillion chez un ministre de l'Intérieur qui s'appelle Mitterrand pour plaider contre la répression en Algérie, Louis Massignon souffle à la grande ethnographe : « Il lui faudra bien m'écouter : c'est grâce à nous qu'il est ministre ! C'est moi qui l'ai contraint à démissionner l'année dernière, et c'est à cause de cette démission que

---

* C'est le titre des « morceaux choisis » de Massignon réunis par Vincent Monteil, Le Seuil, 1983.

** C'est celui du maréchal Leclerc, dont il est le cousin…

Mendès France l'a désigné[16]... » Comme quoi les plus grands esprits peuvent divaguer : nous verrons que « PMF » eut bien d'autres raisons d'appeler auprès de lui le député de la Nièvre.) Mais le trait est significatif : cette démission* dote François Mitterrand d'une aura nouvelle. Il n'est plus l'arapède accroché aux gouvernements que dénoncent ses ennemis ; on lui reconnaît du caractère, voire des convictions.

Huit mois plus tard, le désastre de Diên Biên Phu scelle le sort de l'Indochine. Appelé pour liquider la faillite et sauver ce qui n'a pas encore sombré, Pierre Mendès France regroupe autour de lui ceux qui, moins bravement et publiquement que lui, dénoncent comme suicidaire ce combat : et parmi eux, essentiellement, Edgar Faure et François Mitterrand, les deux personnages les plus talentueux du Parlement et les plus capables de conforter son entreprise d'Alceste politique, de l'enrichir de leur connaissance du sérail et de leur virtuosité manœuvrière.

Que PMF eût ou non souhaité, comme on l'a dit, lui confier un grand ministère de l'Outre-Mer qui eût donné à son détenteur la haute main sur l'ensemble des affaires africaines – Maghreb compris –, le fait est que François Mitterrand se voit doté du portefeuille de l'Intérieur**, dont dépend alors l'Algérie.

C'est un pays qu'il n'ignore pas, y ayant fait un court voyage en 1947 au titre de ministre des Anciens Combattants – ce qui lui a donné l'occasion de constater, le rouge au front, que les vieux soldats algériens sont pratiquement exclus des cérémonies aux monuments aux morts et des manifestations officielles... Jean Védrine, qui l'accompagnait alors, met l'accent sur l'indignation que ces mufleries colonialistes provoquaient en lui[17].

A-t-il manœuvré pour obtenir ce redoutable ministère, en prévision d'événements qu'il pressentait et se jugeant mieux apte que d'autres à y faire face ?

---

* La seule de sa carrière : geste très contraire à son tempérament, ce qui ne doit pas être retenu à son seul débit. D'autant que le « non » à de Gaulle de 1958 vaut à lui seul nombre de démissions...

** Voir au chapitre VII un historique plus complet de ce gouvernement.

« Non, répondra-t-il plus tard à cette question. Je ne prévoyais pas alors que les fièvres que nous avions tenté de conjurer en Tunisie et au Maroc agitaient déjà l'Algérie. Je les craignais, je ne les sentais pas si proches [18]. » Tout de même, il est intervenu auprès de Mendès France pour que soit nommé secrétaire d'État à la Défense le maire d'Alger, Jacques Chevallier, réputé libéral et susceptible de « couvrir », à ce poste, une politique d'évolution.

Il n'est pas plus tôt installé dans le bureau du « premier flic de France » (la formule est d'un homme qu'il admire entre tous et qui fut l'un de ses prédécesseurs à ce poste, Clemenceau) qu'il presse son équipe – Nicolaÿ, Rousselet, Jean-Paul Martin et surtout Georges Dayan, auquel ses origines algériennes confèrent une particulière autorité – de procéder à une réévaluation globale du dossier et de préparer un « mouvement » du personnel susceptible de rompre l'immobilisme.

Quelles que soient alors ses informations sur l'Algérie – où, à l'incitation de Georges Dayan, il a fait plusieurs voyages depuis celui de 1947 –, il s'est trop penché déjà sur les questions du Maghreb pour ne pas savoir que :

a) En mai 1945, le général de Gaulle étant chef du gouvernement (avec participation communiste), un soulèvement dans le Constantinois a provoqué une terrible répression (plus de 10 000 morts) qui a marqué au fer rouge une génération de jeunes Algériens, dont certains sont prêts à tout.

b) Depuis 1951 et un scrutin manipulé par le gouverneur socialiste Naegelen, les procédures démocratiques initiées depuis 1947 ont perdu tout crédit. Pour beaucoup d'Algériens, les élections ne sont plus qu'une comédie.

c) Quant aux partis, le MTLD (Mouvement pour le triomphe des libertés démocratiques) du vieux Messali Hadj, qui a lancé le mot d'ordre d'indépendance dès 1936* et va d'internement en « résidence surveillée », et l'UDMA (Union démocratique du manifeste algérien) du fédéraliste Ferhat Abbas, brièvement interné en 1943, ils semblent avoir perdu le contrôle des courants révolutionnaires, dont on connaît

* Après avoir fondé dix ans plus tôt l'Étoile nord-africaine, violemment contestataire.

encore aussi mal les nouvelles ramifications * que les relations avec l'étranger.

Il ne faut pas plus de quelques semaines à Mitterrand et à son équipe pour prendre conscience de la gravité de la situation. Pierre Mendès France a souvent rendu hommage à la clairvoyance dont fit preuve alors son ministre : « Mitterrand m'a répété à plusieurs reprises : il se passe des choses graves en profondeur. Il faut agir vite pour montrer aux Algériens que nous voulons en finir avec le scandale dont ils souffrent depuis un siècle [19]. »

C'est le ministre de l'Intérieur qui persuade le président du Conseil de recevoir en sa présence, dès le mois d'août, Ferhat Abbas, figure de proue du nationalisme « modéré ». Lequel leur déclare avec amertume que l'Algérie souffre de ce que l'« on n'y applique même plus les lois françaises » et que si ses appels restent sans écho, elle « regardera ailleurs ». Mendès et Mitterrand retiennent surtout le premier de ces propos : s'il s'agit, pour prévenir l'explosion, d'« appliquer les lois françaises », à commencer par le statut de 1947 **, on peut compter sur eux.

C'est là mal connaître la formidable forteresse de conservatisme qu'est devenue l'Algérie. Le ministre de l'Intérieur a en tête quelques mutations spectaculaires, pour marquer la tendance et préparer les changements : le rappel, par exemple, du gouverneur général Léonard, symbole de l'immobilisme sacré. Mais la cible, d'entrée de jeu, est trop haute. On pourrait commencer par quelques comparses, comme le très influent directeur de la Mosquée de Paris ; la décision de le relever impliquant l'accord du gouverneur général de l'Algérie, le ministre y dépêche son directeur de cabinet Pierre Nicolaÿ, qui voit s'étaler sur le bureau du gouverneur la lettre écrite en ce sens par François Mitterrand, barrée d'un énorme « Pas question ! ». Ne pourrait-on au moins augmenter le SMIG en Algérie ? Hurlements de

---

* La principale est le CRUA (Comité révolutionnaire pour l'unité et l'action, dissident du MTLD), noyau du futur FLN (Front de libération nationale).

** Voté à l'initiative du ministre socialiste Depreux, fusionnant les « collèges électoraux ». Violemment combattu par les gaullistes, il n'a jamais été appliqué...

ceux que Charles-André Julien appelle les « prépondérants » : « Vous voulez faire sauter la baraque [20] ? »

Le 19 octobre 1954, le ministre se rend en Algérie à l'occasion d'un tremblement de terre qui vient de dévaster la région d'Orléansville. Il y est attendu par les notables comme le « liquidateur de l'AOF », le défenseur du sultan Mohammed, le compagnon du « bradeur d'Indochine » Mendès France, dont la « capitulation » à Genève encourage les trublions de Tunisie et du Maroc.

Jean Daniel, chargé par *L'Express* de « couvrir » le voyage et de tester ainsi le nouveau ministre sur un terrain que lui-même connaît bien, le voit, face aux importants, « cabré dans une sorte de défi permanent : tous ses gestes, tous ses propos tendent à montrer à ses hôtes d'Algérie qu'il n'y a qu'un pouvoir, qu'il est à Paris, et que c'est lui, Mitterrand, jeune et piaffant, qui l'incarne ici comme ailleurs. Vous parlez d'Algérie française ? Eh bien, nous allons la mettre en œuvre. L'Algérie a un statut, celui de 1947, et je me charge de rappeler que la France a un gouvernement [21]… ».

Avant d'arriver à Alger, il a pris soin d'annoncer qu'il va remettre la cravate de commandeur de la Légion d'honneur au président de l'Assemblée algérienne, Me Raymond Laquière, statue de béton du conservatisme colonial. Mais ce bref instant d'euphorie ne dure pas : il suffit, pour le dissiper, que François Mitterrand dévoile les éléments du plan de réformes qu'il entend mettre en œuvre, dans le prolongement du statut de 1947 : accroissement de la présence des musulmans dans l'administration, création d'une école pour les former à cet effet, et surtout la fusion des polices algérienne et métropolitaine. Et l'Assemblée d'Alger n'écoute pas sans inquiétude la péroraison du ministre : « J'entends les plaintes des populations pauvres qui espèrent […]. L'espérance est comme le torrent qui dévale la montagne, rien ne l'arrêtera […]. Suivant l'endroit où se situe la digue, le torrent va ici ou là… »

On se regarde. Que signifient ces « populations pauvres » ? Et ce « torrent » ? Le lendemain, le verdict tombe, sous forme d'un éditorial virulent d'Alain de Sérigny dans *L'Écho d'Alger*, organe du conservatisme intégral : de ce ministre qui ne comprend rien et prétend tout savoir, l'Algérie française n'a rien à attendre. Restons sur nos gardes ! (Ce qui, sous cette plume, a un sens très fort : Sérigny sera, au cours des années à venir, le chef d'orchestre de tous les mouvements algérois qui mettront la République en question.)

Mitterrand pourra bien déclarer en reprenant l'avion pour Paris, le 23 octobre : « J'ai trouvé les trois départements d'Algérie en état de calme et de prospérité. Je pars empli d'optimisme » (et ceci moins de deux semaines avant l'explosion du 1er novembre…), il laisse à ses hôtes un inquiétant souvenir, que n'atténuera que très brièvement sa rude réaction aux « événements » du 1er novembre.

A la veille de l'explosion, Mitterrand donna-t-il quelques preuves de lucidité, corrigeant la platitude claironnante de ses propos d'aéroport ? Guère. A une dramatique lettre ouverte adressée au ministre de l'Intérieur par Gilles Martinet, qui, enquêtant pour *France-Observateur* en Oranie, a découvert à Marnia* les incroyables trafics d'un *bachaga* favori de l'administration qui met le pays en coupe réglée, et incite en conséquence le ministre à nettoyer les écuries d'Augias, il ne fait pas l'honneur d'une réponse. Scandale trop banal ? Mais il confie au président du Conseil, et à lui seul, que « le climat en Algérie est de plus en plus malsain[22] ».

Le 25 octobre 1954, Pierre Nicolaÿ est de nouveau à Alger, yeux et oreilles du ministre. Des bruits inquiétants circulent. Il est reçu par le préfet Vaujour, chargé du maintien de l'ordre, qui lui déclare : « Je suis sur la piste des hommes du complot. Dois-je mettre la main sur eux** ? » Nicolaÿ appelle aussitôt Mitterrand à Paris. « Donnez-moi un temps de réflexion… », répond le ministre. Nicolaÿ rentre à Paris, où Mitterrand (a-t-il consulté Mendès ?) donne le feu vert. Mais déjà est survenue, du 31 octobre au 1er novembre, la nuit rouge de la Toussaint : les insurgés ont frappé, faisant huit morts, commettant plus de trente attentats dont l'assassinat d'un jeune instituteur, Monnerot, dans les Aurès. Ce qu'on n'appelle encore que « les événements d'Algérie » a commencé.

Au soulèvement qui le surprend moins que d'autres, mais

---

* Ville natale de Ben Bella.

** Sous-entendu : ou les laisser se dévoiler davantage pour un plus ample coup de filet…

le prend tout de même de court, Mitterrand (pas plus que Mendès France) ne semble pas avoir hésité à opposer la force, toute la force possible. Dans le schéma franco-africain qu'il a élaboré, et où le mot « réforme » est équilibré par celui de « présence », l'Algérie est la clé de voûte. Si, là aussi, tout est possible dans le cadre français, à l'enseigne de la France, rien ne peut être toléré qui ressemble au séparatisme. Doctrine qui ne se distingue en rien, répétons-le, de celle de Pierre Mendès France, son chef de file.

D'abord, des renforts. Dès lors que l'état d'urgence n'est pas proclamé, qui transférerait les responsabilités à l'armée, c'est lui, ministre de l'Intérieur, responsable de la police, qui est le maître d'œuvre. Mais il lui faut le concours de l'armée : Pierre Nicolaÿ est dépêché auprès du ministre de la Défense pour lui demander de la troupe.

Emmanuel Temple, court bonhomme carré, rit au nez du visiteur : « Mon cabinet ne prend pas la chose au tragique. Quelques pétards… » C'est aussi l'avis du plus proche collaborateur du chef du gouvernement, André Pélabon, qui a longtemps servi à Alger et parle de « simple flambée ». Mais Mendès écoute Mitterrand et intervient personnellement pour arracher l'envoi en Algérie d'un régiment de parachutistes. « C'est le pouvoir civil qui impose aux militaires des renforts [23] », souligne Georgette Elgey. Le responsable militaire à Alger est un certain général Cherrière. Il a d'abord refusé les renforts. Peuh… Puis, d'un coup, il va réclamer l'envoi de deux divisions pour « reconquérir les Aurès [*] »… Mais il cadenasse les troupes dans les casernes, au motif qu'« elles ne sont pas entraînées [**] ».

L'événement impose au gouvernement de définir sa ligne politique. Il le fait le 12 novembre devant la Chambre des députés, une Chambre enfiévrée, travaillée par les députés européens d'Algérie, notamment par le général Aumeran et François Quilici, les plus intransigeants. Mendès France et Mitterrand interviennent tour à tour, à l'unisson.

---

* La province montagneuse du Constantinois où a débuté le soulèvement.

** Les gouvernants algériens de 1997-1998 semblent s'être inspirés de ce précédent…

> Mendès : « Il n'y aura aucun ménagement, aucun compromis avec la sédition [...]. Il s'agit de défendre l'intégrité de la République. Les départements d'Algérie font partie de la République [...]. Jamais la France, jamais aucun gouvernement ne cédera sur ce principe fondamental... »
> Mitterrand : « L'Algérie, c'est la France *... Et qui d'entre vous hésiterait à employer tous les moyens pour préserver la France ? Il y a une grande différence entre la Tunisie et le Maroc, d'une part, et, d'autre part, l'Algérie, qui fait partie de la République [...]. Le peuple algérien [est] partie intégrante du peuple français [...]. Ceux qui veulent [l'en] dissocier seront partout combattus et châtiés » [24].

Le ministre de l'Intérieur n'oublie pas pour autant ses projets de réformes qui ont si fort indisposé naguère le président Laquière et ses amis. Annonçant que le gouvernement vient, sur sa demande, d'augmenter de 22 % les investissements sociaux dans l'agriculture algérienne et l'enseignement, il va beaucoup plus loin, s'engageant sur le chemin que parcourra de Gaulle quatre ans plus tard, en réclamant que l'on prépare, entre les deux rives de la Méditerranée, « l'égalité des citoyens [...] des chances égales à tous ceux, quelle que soit leur origine, qui naissent sur le sol algérien [25] ». Admettant qu'il y a des « différences » dans son application au nord et au sud de la Méditerranée, il assure que « la même loi s'impose à tous ».

Ce ne sont pas ces mots-là qui ont frappé les imaginations, ce sont les premiers prononcés par Mitterrand le 12 novembre – alors qu'on fait mine d'oublier les propos analogues de Mendès France. Ils sont pourtant inséparables, et ce n'est pas se poser en avocat de celui qui était alors ministre de l'Intérieur que de donner aux mots « l'Algérie, c'est la France », compte tenu des circonstances et de la date où ils étaient prononcés, un sens assez différent de celui que leur attribue la polémique contemporaine. On citera ici, globalement, des déclarations faites sur le sujet à l'auteur, en 1981, par Pierre Mendès France et, en 1995, par François Mitterrand, confondues, parce qu'elles étaient identiques :

---

* Mais il n'a pas ajouté : « La seule négociation, c'est la guerre », propos légendaire que l'on ne retrouve pas dans le compte rendu du débat et qu'ont démenti plusieurs historiens comme Charles-André Julien, Georgette Elgey et Benjamin Stora.

> « Proclamer que l'Algérie, c'était la France, était non seulement une évidence juridique à propos de trois départements français, mais l'affirmation d'une volonté politique. C'était manifester qu'il s'agissait désormais de faire appliquer de part et d'autre de la Méditerranée les mêmes lois républicaines – ce qui, s'agissant de l'Algérie, était proprement révolutionnaire. La pierre de touche, c'était évidemment la question de la police. Opérer la fusion entre celle de la métropole et celle d'Algérie, c'était modifier la donne de façon décisive. On nous le fit bien voir : c'est cette affaire, appelée à changer la pratique du pouvoir et la condition des Algériens musulmans, qui a attiré sur nous les foudres de la colonisation, et de ses mandataires au Parlement[26]... »

Qui a suivi ou étudié l'évolution des affaires d'Afrique du Nord au cours de cette période (1950-1962) est frappé par le caractère anachronique de la plupart des commentaires consacrés aux déclarations faites en novembre 1954 par Mendès France et Mitterrand. Les mettre l'un et l'autre, parlant et agissant en 1954, en opposition avec ce que de bons esprits et de courageux politiques ont dit ou fait depuis lors – dont le général de Gaulle – n'a pas de sens. Sinon polémique. Que disent 95 % des spécialistes ou analystes, au lendemain de la vague d'attentats du 1er novembre 1954 ? Rien d'autre que ce qu'ont dit les deux principaux responsables. Quant à de Gaulle, son silence, alors, vaut approbation de ce que fait le pouvoir...

Un chef de gouvernement démocratique conditionné par le suffrage universel, un ministre de l'Intérieur chargé de maintenir l'ordre ne pouvaient, littéralement, s'exprimer autrement. Une fois de plus, on néglige le rôle fondamental de la maturation des situations, des idées et des hommes – les circonstances, que l'homme d'État ne peut dominer qu'après les avoir prises en compte.

Et l'on ne saurait oublier cette donnée si éclairante : le lendemain des attentats de la Toussaint, les trois voix susceptibles de marquer leur discordance en soutenant l'opération – les deux grands partis nationalistes algériens MTLD* et

---

* Mouvement pour le triomphe des libertés démocratiques (dissous peu après, alors que, s'il était le lointain inspirateur du soulèvement, il n'y était pas directement mêlé).

UDMA* et le Parti communiste – dénoncent l'« aventurisme » que manifeste cette initiative. Le leader du MTLD, Hadj Messali, père de l'idée d'indépendance, ne peut cacher sa stupéfaction ni son désaccord : les insurgés, qui sont tous plus ou moins ses disciples, ont agi indépendamment de lui. Celui de l'UDMA, Ferhat Abbas, est par principe hostile à la violence et en dénonce ici l'emploi avec indignation – avant de se rallier au mouvement, dix-huit mois plus tard. Quant à *L'Humanité*, si elle multiplie les dénonciations des pratiques policières et des tortures, elle ne dissimule pas d'abord la gêne que lui causent les méthodes terroristes des insurgés.

On a évoqué plus haut la démarche faite auprès du ministre de l'Intérieur François Mitterrand par Germaine Tillion et Louis Massignon, ami de l'islam et adversaire par excellence de la guerre répressive. Les deux visiteurs venaient demander au ministre de charger Germaine Tillion, l'ethnographe de l'Aurès, d'une mission de surveillance sur le terrain, afin de prévenir ou signaler les exactions éventuelles infligées à la population civile. Mission pour le moins atypique, que le ministre aurait pu prendre comme un cruel procès d'intention. « Mitterrand nous a écoutés avec une certaine froideur, raconte Germaine Tillion. Mais il n'a pas désapprouvé notre idée et c'est sous la responsabilité du ministre que j'ai été envoyée comme observatrice dans l'Aurès, mon ancien terrain d'études qui était en même temps le premier foyer du soulèvement[27]… »

Lors du Conseil des ministres du 5 janvier, Mitterrand annonce des réformes qui vont de l'égalisation progressive des salaires entre l'Algérie et la France à l'octroi du droit de vote aux musulmans et à une ébauche de réforme agraire. Et il fait prévoir la mutation en métropole de neuf policiers réputés tortionnaires, et la fusion entre les deux polices – de toutes ces mesures, celle qui exaspère le plus les hommes d'Alger**.

C'est quelques jours plus tard, cependant, qu'est publié, le 13 janvier 1955, l'article le plus violent jamais consacré au

* Union démocratique du manifeste algérien.

** Y compris les réputés libéraux comme Georges Blachette et son ami Jacques Chevallier, qui menace de quitter le gouvernement où Mitterrand l'avait imposé pour « couvrir » les réformes.

système répressif d'Algérie. Sous le titre « Votre Gestapo d'Algérie », Claude Bourdet, mettant nommément en cause Mendès et Mitterrand, tenus pour coresponsables, dénonce dans *France-Observateur* les tortures infligées à des militants algériens tels que Moulay Merbah : ces tortures contre lesquelles le même gouvernement avait été mis en garde par François Mauriac dès la fin de 1954 dans les *Blocs-Notes* de *L'Express*, d'autant plus commentés en ce temps-là que l'on sait l'écrivain ami du ministre et grand admirateur du chef de gouvernement.

Pierre Mendès France et François Mitterrand sont ainsi pris en tenaille. D'une part se manifeste une forte majorité de partisans de la répression impitoyable, qui les tiennent pour pusillanimes. De l'autre, une minorité libérale ou progressiste, qui a d'abord réagi avec horreur à la vague d'assassinats anonymes du 1er novembre, mais qui, avec l'apparition déclarée du FLN (Front de libération nationale), doté d'un programme axé sur l'indépendance, voit se dessiner un soulèvement à long terme – une nouvelle guerre d'Indochine ?

Avant d'affronter l'Assemblée nationale, au début de février 1955, ils décident de remplacer le gouverneur général Léonard, ce verrou fait homme, par Jacques Soustelle, proche du général de Gaulle et qui a plutôt alors une image de « libéral », de « fédéraliste », ce qui provoque une nouvelle levée de boucliers des ultras.

C'est dans ce climat que s'ouvre, le 3 février, le débat parlementaire consacré à l'Algérie, qui, pour les hommes de la colonisation – le sénateur Borgeaud notamment –, doit s'achever par la mise à mort des « bradeurs ». Certains auteurs ont soutenu ou suggéré que cette épreuve, Mendès et Mitterrand l'avaient affrontée désunis, du fait d'une affaire * dont il sera question plus loin. Interrogés l'un dix ans et l'autre quarante ans après la bataille **, Pierre Mendès France et François Mitterrand démentaient tous deux ce désaccord, le second ne relevant qu'une différence de procédure. En tout cas, ceux qui menaient la chasse contre eux ne distinguaient pas leurs proies, dût la haine se concentrer plutôt sur Pierre Mendès France – le responsable majeur.

---

* Dite des « fuites ».

** Les plaies cicatrisées ?

La séance du 3 février fut marquée par une intervention bouleversante, que ne sauraient oublier les témoins. Ce n'est pas un « ténor » de la Chambre qui est à la tribune, c'est un certain Mostefa Benbahmed, député socialiste de Constantine, inconnu de tous, ou presque. Si le gouvernement avait pu être sauvé, c'eût été par cet homme qui, brossant un tableau impitoyable des inégalités et des sévices dont souffraient ses compatriotes, rappela les gestes de bonne volonté accomplis par Mitterrand depuis trois mois et lança à l'Assemblée : « Ne renversez pas [...] ce gouvernement [...] sous le faux prétexte qu'il n'a pas accompli son devoir en Algérie. Nos populations musulmanes ne comprendront pas. Ou plutôt elles comprendront que votre vote signifie la condamnation de sa politique de réformes [...]. Vous nous ouvririez une voie de larmes et de sang... »

François Mitterrand va tenter, dans son intervention, le lendemain 4, de justifier le plaidoyer de Benbahmed, sur les thèmes de la mise en application, au-delà de la Méditerranée, de la légalité républicaine et de l'association croissante des Algériens à leurs propres affaires : simple application, après sept ans d'« oubli », du statut élaboré par Édouard Depreux en 1947, combattu par la droite et les gaullistes, et de ce fait resté depuis lettre morte. Il a marqué des points. Mais sans émouvoir comme l'avait fait Benbahmed*...

Le couperet tombe le lendemain, 5 février. L'exécuteur des hautes œuvres est le radical René Mayer, camarade de parti de Mendès, mais député de Constantine, manipulé (en ce domaine) par le sénateur Borgeaud. L'homme n'est pas de ceux qui tombent dans l'invective, comme tant d'autres à propos de PMF et de Mitterrand. Mais soutenant que les malheurs de l'Algérie viennent de l'« abandon » de la Tunisie, il tranche : « Je ne vous accorderai pas ma confiance [...]. Je ne sais où vous allez et je ne puis croire qu'une politique de mouvement ne puisse trouver un moyen terme entre l'immobilisme et l'aventure. »

Le cabinet Mendès France, victime de sa politique algérienne (entre autres...), est renversé à l'aube du 6 février par 319 voix contre 273**.

---

* Qui rejoignit le FLN l'année suivante.

** Voir chapitre suivant.

* * *

François Mitterrand manifestera quelques jours plus tard sa fidélité à PMF en refusant d'entrer dans le cabinet du successeur, leur ami Edgar Faure, qui lui propose d'être son ministre d'État. Le député de la Nièvre sait rejeter cette offre et se consacre durant les mois qui suivent à consolider l'UDSR, dont il a, au congrès de Nantes de novembre 1953, subtilisé la présidence à René Pleven, en profitant pour donner un coup de barre à gauche dans le pilotage de sa carrière et resserrer les liens avec les socialistes, tandis que Pierre Mendès France tente de son côté de rénover le Parti radical.

En procédant, à la fin de 1955, à la dissolution de la Chambre, Edgar Faure prend de court ses amis devenus ses rivaux : ils ne sont pas encore prêts, l'un avec son Parti radical en cours de restauration, l'autre avec son UDSR plus ou moins dopée, à la grande alliance de gauche à laquelle ils pensent. Mais au « coup » d'Edgar Faure, mieux vaut réagir en improvisant que pas du tout : et, le 2 janvier 1956, ficelé à la hâte, agglutinant tant bien que mal mendésistes et mitterrandistes, molletistes de la SFIO et chabanistes venus de l'aile libérale du RPF, le Front républicain l'emporte (de peu) sur le président Edgar Faure et ses alliés du centre droit, tandis que surgissent à la Chambre une cinquantaine de poujadistes[*] fort inquiétants pour la démocratie.

On reviendra sur quelques-unes des péripéties de la formation du gouvernement de Front républicain[**]. Mais ce qui est clair, dans cette conjoncture dominée par l'Algérie, c'est que le chef en est, à partir du 26 janvier 1956, le secrétaire général de la SFIO, Guy Mollet, alors tenu pour progressiste en matière algérienne – comme en témoigne sa déclaration d'investiture : « Notre objectif est de réaliser l'égalité politique totale de tous les habitants d'Algérie », ce qui est alors le mot d'ordre de Mendès et de Mitterrand. Des trois, c'est même le leader de la SFIO qui est, en ce domaine, le plus « avancé » – comme en témoigne le choix qu'il fait, pour le

* Dont un nommé Le Pen.

** Voir chapitre VI.

gouvernement général à Alger, du très intelligent général Catroux (membre de France-Maghreb, on l'a vu...).

Tandis que Pierre Mendès France est promu ministre d'État, plus ou moins chargé de suivre le dossier algérien, François Mitterrand se voit offrir le prestigieux ministère de la Justice, qui n'est pas sans connexion avec l'affaire en question. Voilà un dispositif encourageant. Pour immense que soit la tâche en Algérie, l'équipe en place paraît bonne...

Mais ces perspectives se brouillent d'un coup le 6 février quand, parti sans préparation pour Alger, en dépit des mises en garde de tous les partisans d'une politique novatrice, le président du Conseil y est reçu par une foule éperdue d'angoisse, persuadée que cet idéologue socialiste qui vient mettre en place Catroux, l'ami du sultan du Maroc, n'a en tête que de « livrer l'Algérie aux Arabes ».

Quels que fussent les légumes* et projectiles qui s'abattirent sur le cortège (« Catroux au poteau, Mollet à la mer ! »), le chef du gouvernement en fut bouleversé. Ces Français d'Algérie qui le conspuaient, ce n'étaient donc pas des gros colons, mais un petit peuple analogue à ses électeurs d'Arras ? Revenant sur la désignation de ce général Catroux dont les boutiquiers algérois lui crient qu'il est un traître, il rentre à Paris rallié à la cause de l'Algérie française...

Dès le 7 février, Mendès France sait que ses projets de réformes d'abord, de négociations ensuite sont hors de saison. Il en tirera les conséquences en remettant sa démission à Guy Mollet le 23 mai. Cette fois, pourtant, Mitterrand ne sera pas solidaire de son ami, ni de la justice au Maghreb.

En s'installant dans le magnifique ministère de la place Vendôme, se berçait-il d'illusions ? A dater du 6 février 1956, il n'en a plus guère. Les affaires de robe et de palais – bien qu'il soit depuis 1953 inscrit au barreau où il a de grands amis et où il a plaidé, associé à Irène Dayan – ne le passionnent pas. C'est vers l'Afrique, vers le Maghreb, vers l'Algérie qu'il tourne les yeux. Ce qui rend d'autant plus stupéfiant son comportement dans une affaire capitale : le dessaisisse-

---

* La légende veut que ce fussent des tomates – dont l'une se serait écrasée sur la figure du socialiste Max Lejeune, alors secrétaire d'État à la Défense, qui (pour cette « raison » ?) deviendra le plus enragé belliciste d'une époque qui en compta beaucoup...

ment des tribunaux civils au bénéfice des militaires, s'agissant des affaires d'Algérie.

Le 17 mars 1956, cet homme si soucieux de ses pouvoirs et de son prestige signe avec Guy Mollet, Bourgès-Maunoury * et Robert Lacoste ** un décret relatif à « l'organisation, la compétence et le fonctionnement de la justice militaire en Algérie » qui autorise la saisie des juridictions militaires, même pendant les phases de l'instruction, pour tous les crimes commis sur le territoire algérien après le 1er novembre 1954, et autorise les perquisitions de jour et de nuit au domicile des citoyens : un système d'état d'urgence sans que celui-ci ait été proclamé. Comment reconnaître mieux la faillite de son projet de 1954 : appliquer partout la même loi ?... Cette décision extravagante aura pour conséquences l'aggravation de la répression et le développement de l'arbitraire.

Si, à la fin de sa vie, le président Mitterrand révisait volontiers un certain nombre des jugements qu'il avait portés sur les faits ou les hommes, il restait peu disposé à l'autocritique. Sauf sur un point : cette reddition en rase campagne devant les juges militaires en Algérie... Admettant que cette mesure avait eu pour conséquences des peines capitales et des pertes de vies humaines, il reconnaissait clairement avoir, en l'occurrence, failli à sa mission. « J'ai commis au moins une faute dans ma vie, celle-là [28]. » Confession moins banale qu'on ne le croit...

Il se serait grandi en élargissant, en approfondissant cet aveu. S'il est une période où l'on a du mal à retrouver Mitterrand dans Mitterrand, en effet, c'est bien celle où cet homme de caractère s'enferme, apparemment aboulique, dans son grand bureau de garde des Sceaux où il ne semble préoccupé que de ne pas briser ou freiner, par une nouvelle démission ou un trop vif éclat, une carrière si bien entée sur Matignon.

On cite bien sûr des traits de lucidité ou de courage dans l'atmosphère tamisée du Conseil des ministres. Flanqué (après la démission de Mendès) de Gaston Defferre, ministre de la France d'outre-mer, et d'Alain Savary, secrétaire d'État

---

* Ministre de la Défense.

** Ministre de l'Algérie.

LES MITTERRAND, de JARNAC, VERS 1925.
Joseph et Yvonne sont entourés de Marie-Josèphe, Antoinette, Colette, Robert, Jacques, Geneviève, Philippe – et François, debout au premier rang à droite.
(Photo C. Rausch/Rapho)

« MANIF » ÉTUDIANTES EN 1935.
Elles étaient censées l'une (en haut) protester contre la proportion excessive d'étudiants étrangers, l'autre contre l'action du professeur Jèze en faveur du Négus d'Abyssinie. Mitterrand peut être reconnu en haut entre les deux agents, en bas le troisième à partir de la gauche. Quant au sens de sa présence…

(Photo Keystone en haut, Roger-Viollet en bas)

SERGENT AU 23e RIC.
Casqué, debout, deuxième à partir de la droite.
(Photo Keystone, Archives Humanité)

A VICHY, EN 1943.
En haut, à gauche,
pendant une conférence
de presse d'André
Masson qu'il est alors
censé combattre.
(Photo Keystone)

DANS
LA CLANDESTINITÉ.
EN 1943 OU 1944.
(Photo Roger-Viollet)

Août 1945 : au procès Pétain,
assis au dernier rang sur le banc des journalistes
(il dirige le journal *Libres*).
Le maréchal est assis, de dos, au premier plan,
devant les avocats Lemaire et Isorni.
Paul Reynaud, debout au centre, dépose.
(Photo Roger-Viollet)

EN 1947, JEUNE MINISTRE,
AVEC DANIELLE, RUE GUYNEMER.
(Photo Roger-Viollet)

A ROLAND-GARROS, RAQUETTE EN MAIN (1948 ?)
(Photo Keystone)

MINISTRE DES ANCIENS COMBATTANTS,
À l'Arc de Triomphe, aux cotés du président du Conseil Paul Ramadier et des ministres Delbos et Jacquinot.

(Photo Keystone, Archives Humanité)

Secrétaire d'État à l'Information.
En habit, au bal des « Petits lits blancs »
en conversation avec Lady Ashley Clark.
(Photo Archive Photos)

…et au côté du président Auriol qui harangue
les représentants du syndicat de la presse régionale
(à droite, Jules Moch).
(Photo Archive Photos)

Au côté de François Mauriac,
lors du banquet pour le cent-cinquantenaire de Beaumarchais…
Le souvenir de Figaro ne semble pas les égayer…
(Photo Archive Photos)

Juin 1949 : remise des « Victoires du cinéma français ».
François Mitterrand et Robert Lacoste
sont entourés (de droite à gauche) par Jean Delannoy,
Jean Cocteau, Michèle Morgan, Louis Jouvet
et la grande actrice américaine Jennifer Jones, en chapeau.
(Photo Archive Photos)

INAUGURATION DES TRAVAUX D'AMÉNAGEMENT DU PORT D'ABIDJAN.

Lors des cérémonies d'inauguration, le ministre de la France d'outre-mer, tête nue, accompagné du président de l'Assemblée de l'Union française, Jacques Fourcade, coiffé d'un huit-reflets… Dans quelques minutes, les colons vont chahuter les élus africains du RDA…

(Photo Keystone)

L'homme des accords avec le RDA de 1951,
avec son partenaire Félix Houphouët-Boigny, Edmond Bonnefous
et son ami et successeur Roger Duveau.
(Photo Keystone)

Mitterrand-Pinay, recto-verso...
(*Photo Archives Photos)*

Avant de s'envoler pour Genève où il va négocier la paix en Indochine, Pierre Mendès France salue son ministre de l'Intérieur. Entre eux, Christian Fouchet qui vient de déclencher l'« affaire des fuites » contre Mitterrand.
(Photo Keystone)

30 OCTOBRE 1959 :
ENQUÊTE SUR L'« ATTENTAT » DE L'OBSERVATOIRE.
François Mitterrand fait face aux enquêteurs et aux photographes.
(Photo Roger-Viollet)

CHEZ PIERRE BLOCH
(à gauche), à Hossegor, pendant l'été 1965,
préparation de la candidature Mitterrand à l'élection présidentielle
avec « PMF ». Entre eux Roland Dumas qui a déclenché l'opération.
(Photo Archive Photos)

AVEC LOUIS ARAGON
qui a été l'un des avocats du ralliement communiste
à la candidature Mitterrand (décembre 1965).
(Photo Archive Photos)

A L'ASSEMBLÉE.
Sur les bancs de la gauche, le président de la FGDS entre Guy Mollet et Gaston Defferre, son ami.
(Photo Keystone)

A une époque (1969) où il fait le compte de ses vrais amis,
le député de la Nièvre reste flanqué de son cher Georges Dayan,
qui vient de perdre son siège dans le Gard.
(Photo H. Bureau/Sygma)

aux affaires marocaines et tunisiennes, il arrache à René Coty la grâce de quelques condamnés à mort. « Nous avons été élus pour faire la paix, argue-t-il. Exécuter ces hommes, pour la plupart hâtivement jugés, serait un acte de guerre [29]. »

Mais quand Claude Bourdet* est appréhendé, à la fin du mois de mars 1956, pour s'être élevé dans *France-Observateur* contre le rappel de militaires du contingent en Algérie – conformément à la loi sur les « pouvoirs spéciaux », votée d'ailleurs par le Parti communiste –, et quand le Pr Henri-Irénée Marrou voit son domicile faire l'objet d'une perquisition après qu'il eut publié dans *Le Monde* un article superbe contre la torture intitulé « France, ma patrie », Mitterrand se contente de fulminer contre ses collègues en Conseil des ministres. Mais il reste.

Voici pourtant que s'offrent deux bonnes occasions de rompre avec le bellicisme aveugle. Le 22 octobre 1956, un avion affrété par le gouvernement marocain, transportant quatre des principaux dirigeants algériens (Ben Bella, Boudiaf, Khider et Aït Ahmed) de Rabat à Tunis, où ils doivent débattre d'un plan de paix avec Bourguiba et Mohammed V, est détourné par l'aviation française et forcé d'atterrir à Alger, où les passagers sont jetés en prison. Le garde des Sceaux peut bien parler devant les siens de « piraterie », courir chez Guy Mollet pour dénoncer ce « forfait » qui est une « honte » pour le pays (d'ailleurs salué comme un exploit par la majorité de l'Assemblée et de la presse…), il n'en reste pas moins solidaire du chef des « pirates » ! Et, pis, refuse d'accorder le régime politique aux captifs…

Une semaine plus tard est déclenchée contre l'Égypte, supposée base arrière de l'insurrection algérienne, une opération tripartite israélo-anglo-française qui tend à mettre Abdel Nasser à genoux, avant de s'achever en fiasco** du fait du veto américain plutôt que de la gesticulation pseudo-nucléaire de Moscou. Comment se manifeste François Mitterrand, le très intelligent garde des Sceaux ? Par un vibrant plaidoyer pour l'expédition prononcé devant le Conseil de la République, qu'il a été chargé de convaincre du bien-fondé de cette tartarinade chez les barbaresques : « Nasser, tranche-t-il

---

* Qu'il a connu et admiré dans la Résistance.

** Sauf pour Israël, qui atteint ses objectifs.

en se faisant acclamer par les sénateurs, est celui qui appuie le crime et la terreur ! »

Jamais d'ailleurs on ne le fera revenir sur cette géante bévue. « Il fallait réussir, voilà tout. C'est-à-dire y mettre des moyens suffisants*... », confiait-il à ses amis d'alors[30]. Ce Mitterrand de la place Vendôme réduit au rôle de porte-parole de Guy Mollet, dépossédé de sa tranchante lucidité, fait penser à un somnambule. Il semble flotter, en attendant. Tous ceux qui travaillaient alors avec lui, que ce soient les membres de son cabinet ou les dirigeants de l'UDSR, mettent l'accent sur son éloignement, alors, son irritabilité, son comportement distant de « roi entre parenthèses ». Mais il est toujours là. Mendès France a démissionné en mai, dès lors que leurs idées communes sur l'Algérie avaient été abandonnées par le chef du gouvernement. Alain Savary a claqué la porte le 25 octobre, après que le détournement de l'avion de Ben Bella eut déclenché de violentes émeutes antifrançaises au Maroc. Mitterrand est toujours ministre.

Quarante ans plus tard, à la question qui lui était naturellement posée, il répondait, agacé : « J'avais déjà quitté un gouvernement trois ans plus tôt, pour des raisons analogues. Je ne pouvais m'abonner à cet exercice. Au surplus, j'ai refusé au successeur de Mollet, Bourgès, de garder mon portefeuille dans son cabinet, ce qui était une autre façon de me désolidariser de cette politique[31]... »

Il est clair que dans son esprit la place Vendôme était l'antichambre de Matignon. Il le crut jusqu'au jour où on lui préféra, pour succéder à Guy Mollet, le belliqueux Bourgès-Maunoury, croisé de l'Algérie française. Car, selon un de ses confidents d'alors, Louis Mermaz, Mitterrand prévoyait de reprendre, à Matignon, les projets élaborés en 1956 avec Mendès, Defferre et Savary – ce dont étaient persuadées, d'ailleurs, les sentinelles du *statu quo* à Alger.

Mais il n'est pas encore rallié à l'idée d'émancipation radicale. Il croit toujours à la nécessité des « préalables militaires » et reste fermement attaché au maintien d'un ensemble franco-africain institutionnel, négocié et consenti. Écoutons-le s'adresser à ses amis de l'UDSR peu après son

* Il faut noter que c'est exactement le même commentaire que faisait alors le général de Gaulle...

départ du gouvernement, en mai 1957 : « Si nous savons ouvrir notre Constitution, offrir à nos concitoyens algériens de toutes origines, par le moyen du suffrage universel et du collège unique, dans le cadre fédéral interne, la gestion de leurs affaires [...] chaque habitant de l'Algérie se sentira chez lui sans pour autant être séparé de la France... » (Ne croirait-on pas entendre le discours du général de Gaulle, le 4 juin 1958, à Alger ?)

C'est la conclusion du livre qu'il écrit et publie en 1957, *Présence française et Abandon*, où il retrace l'histoire de crises africaines qu'il a arbitrées ou subies depuis sept ans, d'Abidjan à Tunis et Dakar et de Rabat à Alger. L'éclairage dans lequel il évoque ces conflits et les solutions qui leur furent données, avec ou contre lui, et les citations qu'il fait, de Lyautey notamment, le situent sur une ligne sagement évolutionniste, celle d'un homme encore rétif à l'idée d'indépendance*, au séparatisme, farouchement attaché à la Constitution, autour d'un État fort, d'une ample communauté franco-africaine.

Au terme de ce « septennat africain » qui a vu François Mitterrand jouer tous les rôles, celui du libérateur en AOF ou au Maroc, celui du légiste de la répression dans l'Algérie de 1956, en avance sur ses concitoyens et l'ensemble de la classe politique mais en retard sur l'Histoire, il est bien difficile de dégager une formule qui résume cette périlleuse navigation où il a engagé passionnément tout son être. S'il faut à tout prix en retenir une, c'est celle de communauté franco-africaine. Regroupant quinze ans plus tard ses principaux textes dans un livre intitulé *Politique*, il donnera au premier tome le titre de *Grand Dessein* : c'est celui de cette communauté.

Un autre, qui aura su s'armer des moyens adéquats, la mettra en œuvre quelques mois plus tard, et pour quelques années. Sans lui...

---

* C'est un an plus tard qu'il « vire sa cuti » en ce sens (et en privé) – nous le verrons plus loin.

CHAPITRE VII

Deux hommes et une rumeur

• L'air pur et la pestilence • Connivence à *L'Express* • Le choix du 19 juin • Divergences sur le PCF • L'opération Baylot • Fuites au sommet • Le discret M. Pélabon • Une fissure • Le 6 février à l'aube • Deux voies parallèles • Front républicain • Le « complexe révérenciel » • De Gaulle, quand ?

Du 3 juin 1953 date un point d'inflexion, sinon de rupture, dans l'histoire de la IVe République. Ce jour-là, au milieu de l'après-midi, le président Auriol note dans son *Journal* : « Mendès France vient de lire sa déclaration à la tribune [...]. Un beau souffle humain [...]. C'est un gars ! » Mais le « gars » qu'il a pressenti pour la présidence du Conseil n'ayant pu obtenir (pour trois voix) l'investiture, il ajoute, quelques heures plus tard : « ... après un grand souffle pur, la pestilence des marais... »

Un autre bon témoin réagit dans le même sens, quelques jours après, dans *Combat* : « Les propos, l'attitude, le ton du député de l'Eure exprimèrent si admirablement le besoin de renouveau de nos mœurs parlementaires que le climat de crise en fut transformé [1]. » Ce commentateur enchanté par celui qu'on appelle déjà PMF, c'est François Mitterrand.

Les députés de l'Eure et de la Nièvre se connaissent depuis dix ans, gardant leurs distances, fondées moins sur des contradictions politiques que sur des différences de tempérament et de conception et pratique de la vie publique. Alceste et Philinte ? Le janséniste et le jésuite ? Le puritain et le « cavalier » ?

Pessimiste à court terme, optimiste à long terme, Mendès France se heurte aux obstacles mais croit aux vertus de l'action et au salut de l'espèce. Mitterrand, sans trop d'illusions sur le genre humain, se rit des traverses, les ayant mesurées et sachant que son talent est fait pour les surmonter ou les contourner. Deux personnages intensément complémentaires, antithétiques comme à plaisir et tels que l'Histoire s'amuse rarement à les associer, préférant les opposer – Guizot et Thiers, Gladstone et Disraeli, Ferry et Clemenceau, Poincaré et Briand. La fermeté du myrmidon peut-elle s'allier à l'adresse du rétiaire ? la hauteur du stratège, aux finesses du tacticien ?

Le premier face-à-face date d'Alger, en décembre 1943. On retient cette date et cette circonstance, bien que les indications en fussent ténues et que les deux hommes n'en eussent pas gardé un souvenir précis. Pierre Péan a reçu confidence d'une dame alors proche du « capitaine Morland » qui se porte garant de l'admiration éprouvée d'emblée par le cadet pour l'aîné * – cet officier d'aviation dont le général de Gaulle venait de faire son ministre de l'Économie. Faisons confiance à cet excellent enquêteur, et à la mémoire de l'amoureuse « Louquette ».

Au Palais-Bourbon, les députés de l'Eure et de la Nièvre n'avaient pas noué des relations voyantes, le premier y paraissant d'ailleurs peu et restant à l'écart des combinaisons gouvernementales. C'est surtout à partir de 1953, sur le thème de la décolonisation (dont Mendès France est un ardent avocat, le second un praticien actif, bien qu'à éclipses, on l'a vu) et dans le cadre d'un journal récemment fondé, *L'Express*, que se nouent les rapports entre les deux hommes. Ils ont au surplus des amis communs, comme Edgar Faure et Gaston Defferre – et, surtout, François Mauriac.

C'est leur communauté de vues sur l'Indochine, sur la vanité de la guerre dont elle est l'enjeu, qui les rapproche, dût Mendès France être, en ce domaine, beaucoup plus « engagé ». Lors des déjeuners frugaux organisés à *L'Express* par Jean-Jacques Servan-Schreiber et Françoise Giroud, on entend alternativement parler, sur ce thème, le leader radical et le ministre qui vient de démissionner du gouvernement pour protester contre la répression dans les protectorats marocain et tunisien. On ne s'étonne donc pas de voir le livre que publie alors François Mitterrand, *Aux*

* Mendès France est né en 1907, Mitterrand en 1916.

frontières de l'Union française, critique acerbe de la politique menée en ce domaine par les derniers gouvernements français, préfacé par Pierre Mendès France, préface qui a été lue comme un traité d'alliance.

Quand, le 13 juin 1954, un an après son premier échec, cinq semaines après la chute de Diên Biên Phu, qui a donné si cruellement raison aux contempteurs de la guerre indochinoise, Mendès France est appelé par le président Coty, il est clair que ce geste concerne aussi un groupe d'hommes dont fait partie le député de la Nièvre. Mais quelles chances Cassandre a donc de convaincre cette Assemblée jalouse, humiliée de son aveuglement, rétive à l'ascendant de l'homme d'exception ? Les communistes le haïssent, le MRP le déteste, la bureaucratie de la SFIO le suspecte, les conservateurs le craignent. Alors ?

Il est 15 heures, le 17 juin 1954, quand l'homme brun au front pâle monte à la tribune. Deux coups d'éclat scandent son exposé : l'annonce que, s'il n'a pas obtenu le cessez-le-feu en Indochine dans un délai d'un mois, il se retirera* ; l'affirmation selon laquelle il se refuse à compter, dans sa majorité éventuelle, les voix communistes qui viennent de lui être promises, car il se trouverait ainsi mis dans la situation de Periclès, dont, envahissant Athènes et brûlant la ville, les barbares avaient épargné la maison pour le désigner comme leur complice au peuple de la ville…

Le saisissement des élus est profond, leur adhésion massive : par 419 voix contre 47 et 113 abstentions, PMF est investi. François Mitterrand a suivi cette performance avec admiration, non sans faire connaître son désaccord sur un point : le refus des voix communistes, qu'il juge en contradiction avec la règle démocratique. Longtemps après, encore, il maintenait sa désapprobation de principe, refusant de faire sienne l'argumentation de Mendès France, pourtant convaincante : c'est en fonction d'une situation très spécifique, l'ouverture d'une négociation avec le Viêt-minh, allié intime du

* Ce qu'on a appelé le « pari » (et qui était simplement l'utilisation dramatisée du délai pendant lequel l'armée française pouvait « tenir », selon les plus grands experts militaires, un Ely ou un Juin) ou l'« ultimatum adressé par le vaincu au vainqueur » – alors qu'il s'agissait de camoufler une faiblesse en exigence…

Parti communiste français, que le nouveau chef du gouvernement refusait d'inclure ces voix dans sa majorité. Pouvait-il dépendre, dans l'âpre marchandage qui s'annonçait, des voix liées à la cause et aux arguments de ses adversaires ?

Bref, Mitterrand, suivi par ses amis de l'UDSR, a voté en faveur de cet homme qu'il admire plus que tout autre à l'Assemblée ; et il attend la suite, qui prendra naturellement pour lui la forme d'une entrée dans le gouvernement présidé par son commensal de *L'Express*, le premier auquel il puisse adhérer sans réserve – bien que ses amis socialistes se tiennent à l'écart, se contentant d'apporter à PMF un soutien énergique.

Nous savons déjà que c'est au ministère de l'Intérieur qu'il le fit. Mais les péripéties de la formation de ce cabinet, le plus prestigieux de la IVe République, le seul qui ait bénéficié de la relative bienveillance du général de Gaulle, valent d'être contées, ne serait-ce qu'en raison de l'éclairage qu'elles jettent sur les relations entre les maîtres du jeu politique de ce régime. Pour connu et savoureux que soit l'épisode, on n'en peut proposer une version assurée, les récits divergeant selon les témoins.

Retenons d'abord, quitte à la corriger ou la compléter, celle de l'homme qui fut l'ami des deux protagonistes, Paul Legatte, tour à tour conseiller de PMF et de Mitterrand, et qui ne prétend pas se faire personnellement valoir par l'éclat du récit ou la part qu'il prit aux décisions.

Dans la soirée du 18 juin*, le nouveau président du Conseil a réuni chez lui, rue du Conseiller-Collignon, à la Muette, quelques collaborateurs fidèles et compétents : Georges Boris, d'abord, son ami et mentor, Edgar Faure, Simon Nora, Léone Georges-Picot, Paul Legatte, précisément, et quelques autres, dont Françoise Giroud et Jean-Jacques Servan-Schreiber. On griffonne, dans la fièvre, quelques brouillons de liste ministérielle en attendant François Mitterrand, en retard comme à l'accoutumée.

Vers 22 heures, le voici, très calme, et qui s'enquiert du sort qui lui est réservé : « On a pensé à vous pour l'Intérieur, fait Mendès. – D'accord », rétorque avec flegme le député de

---

* A peine investi, ce matin-là, Mendès France avait adressé un télégramme ému au général de Gaulle.

la Nièvre, qui, à la stupéfaction générale, demande à prendre congé. « Je reviendrai plus tard dans la soirée... » Ce qu'il fit.

Racontant l'histoire, Paul Legatte ne peut se retenir d'exprimer une fois de plus son ahurissement : en cette soirée décisive où se jouent tant de choses, entre autres son propre destin politique qui semble lui importer fort, voilà cet ambitieux qui se détourne, ne serait-ce que pour deux heures, du cœur de la mêlée, « pour aller, assure ce très sérieux témoin, retrouver une actrice fort connue* »... Comportement à la Brummell, à la Talleyrand, à la Disraeli, qui ajoute une touche au portrait du personnage, accentuant cette dimension romanesque que chacun a relevée, sans en donner toujours des témoignages aussi frappants...

D'autres ont décrit autrement l'attribution au visiteur de ce ministère très convoité, le président de la République le trouvant trop jeune (il a 37 ans) pour assumer de telles responsabilités, certains s'inquiétant de sa vulnérabilité face à telle ou telle attaque éventuelle, sur son passé ou ses relations. Ce qui n'était pas si mal vu...

Dans son livre de Mémoires, *Passions***, Jean-Jacques Servan-Schreiber assure que c'est lui qui imposa à Pierre Mendès France, très réticent, la promotion de Mitterrand à l'Intérieur, faisant valoir que seul un personnage de ce calibre pouvait assumer de telles responsabilités face aux menaces qui s'accumulaient. Le nouveau président du Conseil se serait rangé en soupirant à cet avis [2]...

Si longue qu'ait pu être son escapade lors de la nuit de la formation du ministère (18-19 juin), Mitterrand n'en a pas moins joué un rôle important parmi les architectes du cabinet : il y a fait entrer trois de ses amis de l'UDSR, dont l'excellent Claudius-Petit, avec lequel il entretient depuis 1943 des relations ambiguës mais dont il admire la loyauté et le courage ; Roger Duveau, chargé d'être son continuateur à la France d'outre-mer – et aussi son vieil ami André Bettencourt, un peu surpris de se retrouver parmi ce groupe d'hommes supposés « de gauche », et qui ira à l'Information.

---

* Pardonnera-t-on à l'auteur l'aveu qu'il fait ici de n'avoir pas enquêté pour savoir qui fut alors la cause de cette absence ?

** Un titre qui en dit long.

La place qu'occupe le nouveau ministre de l'Intérieur dans la hiérarchie du ministère variera avec la nature des crises affrontées, de l'Indochine à l'Algérie, et la composition de l'équipe, que modifieront les démissions et retours des gaullistes (le général Kœnig, Chaban, Fouchet) provoqués par la crise de la CED (Communauté européenne de défense). Quant à ses relations personnelles avec Pierre Mendès France, nous les verrons affectées par le traitement que le président du Conseil accordera à l'affaire des « fuites ».

Mais ne nous y trompons pas : Mitterrand ne cessera pas, au moins pendant cette période, d'être en proie, vis-à-vis de PMF, à ce que Georges Beauchamp, qui le connaît bien, appelle le « complexe révérenciel ». Cet homme au regard coupant et aux jugements aigus, cet ambitieux qui se situe en prospective au sommet de l'État, s'incline, en son for intérieur, devant le négociateur de Genève et de Carthage. Agacé ? Irrité ? Humilié ? Il lui reconnaît, au moins jusqu'à preuve du contraire, une stature politique et morale d'un autre ordre que la sienne. (Et, quoi qui soit dit au cours de ce long récit, l'auteur ne cache pas que c'est aussi son point de vue à lui…)

Nous verrons que les aléas de la vie publique contribueront à corriger, sinon le complexe, au moins la révérence. Mais la conscience d'une hiérarchie, la reconnaissance d'une primauté historique habiteront Mitterrand jusqu'à ses derniers jours. Le discours qu'il prononcera, président, au lendemain de la mort de son aîné, en témoigne. Il ne cessera jamais d'être le jeune ministre que l'on voit sur les photos tout fier d'être le premier à accueillir, à sa descente d'avion, le signataire des accords de Genève ou l'auteur du discours de Carthage [*].

* * *

Il n'a pas plus tôt pris pied dans la citadelle de la place Beauvau (s'y substituant à Léon Martinaud-Déplat, dont la

---

* Toutes choses égales, le bénéficiaire de cette révérence en usait de même avec le général de Gaulle…

haine ne cessera de le poursuivre), flanqué d'une équipe déjà éprouvée où se retrouvent, entre autres, Pierre Nicolaÿ, Jean-Paul Martin *, Georges Dayan et André Rousselet, qu'il provoque une crise majeure dans le domaine qui est désormais le sien : celui de la police.

Jean Baylot, préfet de police depuis près de dix ans, intime de tous les caciques de la République et d'abord des francs-maçons qui ont fait de lui un de leurs hauts dignitaires, mais aussi du très catholique Georges Bidault, était à la France ce que fut Edgar J. Hoover aux États-Unis : le chef des chasseurs de sorcières. A ce titre, un favori du protecteur américain et de tous les notables « atlantistes ».

Un des premiers documents que Mitterrand trouve sur son bureau de ministre de l'Intérieur est un tract communiste appelant à une manifestation violente pour le 14 Juillet. Une enquête démontre qu'il s'agit là d'un faux, et qu'il a été forgé, à des fins de provocation, dans l'entourage sinon sur ordre du préfet de police : ce gouvernement Mendès France, ce cabinet de « rouges » n'étant bon qu'à exacerber l'audace des agents de Moscou, mieux valait prendre les devants…

Le nouveau ministre n'oubliait pas qu'à l'occasion du précédent 14 Juillet, alors qu'il était encore pour quelques semaines membre du cabinet Laniel, des manifestants maghrébins et vietnamiens avaient été abattus, dans l'indifférence générale, par les hommes du préfet Baylot. La révocation de ce fonctionnaire lui avait paru depuis lors s'imposer ; et voilà que Baylot lui en offrait l'occasion, et qu'il en avait, lui, les moyens. Mendès France, consulté, lui donnant carte blanche, la décision est inscrite à l'ordre du jour du Conseil des ministres.

Il n'en faut pas plus pour déclencher une tornade. De la présidence de la République au Quai d'Orsay et à l'hôtel Matignon, les téléphones ne cessent de crépiter, pour dénoncer cette intolérable atteinte à l'ordre public, incarné par ce préfet dodu à la trogne rubiconde, au regard voilé par des lunettes noires. Alors Mendès appelle Mitterrand : « Je ne savais trop que penser de votre initiative. Mais maintenant, j'ai compris : je vous appuie sans réserve… »

* Ancien collaborateur de René Bousquet à Vichy, issu de la « préfectorale », il est devenu l'ami de Mitterrand et l'un des rouages de son « système ».

Le 10 juillet, quelques instants avant que s'ouvre le Conseil des ministres, le président du Conseil et le ministre de l'Intérieur sont reçus par le président de la République. René Coty signifie au ministre qu'il refuse de retenir sa proposition relative à Baylot. Mitterrand : « Monsieur le président, cette décision relève de mon autorité, avec l'agrément du Conseil. Vous n'avez pas le droit de vous y opposer... – Je le prends. – Très bien. Je démissionnerai et monterai à la tribune de l'Assemblée pour demander votre destitution pour non-respect de vos attributions constitutionnelles... » Coty se tourne, interrogatif, vers Mendès France, qui déclare : « J'approuve d'avance ce que fera le ministre de l'Intérieur*. » Une heure plus tard, le Conseil des ministres entérine la mesure prise par Mitterrand – et s'ouvre l'une des plus violentes affaires de la IVe République, celle qui sera dite des « fuites ».

François Mitterrand vient de se lancer dans le combat sans en connaître toutes les données : le clan Baylot, qui n'ignorait pas les sentiments nourris à son égard par le nouveau ministre, avait pris les devants et monté contre lui un piège dans lequel il comptait bien voir le jeune ministre s'empêtrer, se débattre et s'étrangler.

Le 2 juillet, une semaine avant le Conseil qui devait entériner la décision, Christian Fouchet, ministre des Affaires marocaines et tunisiennes et fidèle gaulliste (le seul qui se fût assuré de l'assentiment du Général avant d'accepter son portefeuille), reçoit la visite du commissaire Jean Dides, homme lige de Baylot, plus précisément chargé par lui de la surveillance du Parti communiste – travail qu'il avait déjà fait sous l'occupation nazie en compagnie d'un certain Delarue, dit « M. Charles », lequel, condamné à vingt ans de prison pour collaboration, s'était évadé de ladite prison pour redevenir son adjoint...

Fouchet, qui avait fait la connaissance de Dides au RPF, où le personnage avait pris soin de se dédouaner, apprend que le compte rendu de la dernière séance du Comité de défense nationale a été communiqué au Parti communiste et que lecture en a été faite lors de la réunion du Bureau

* Récit établi à partir d'entretiens avec Pierre Mendès France, François Mitterrand, Jacques Fauvet et Pierre Nicolaÿ.

politique de cette organisation. Dides précise qu'il détient ce document, récupéré par l'un de ses informateurs auprès du PCF, et qu'il est disposé à le remettre au ministre, aux fins de communication au chef de l'État. Et il va jusqu'à suggérer au passage que le responsable des fuites pourrait bien être le ministre de l'Intérieur, François Mitterrand. René Coty reçoit le document le 8 juillet.

Pierre Mendès France, alors absorbé par la négociation indochinoise qui le retient le plus souvent à Genève, charge de ce dossier brûlant son directeur de cabinet, André Pélabon, ancien des services spéciaux de Londres, expert en cette sorte d'affaires – sans prévenir Mitterrand des soupçons qui pèsent sur lui. Pourquoi ? On y reviendra.

Le 10 juillet, quatre des plus notoires journalistes parisiens, Jacques Fauvet, du *Monde*, Georges Altschuler, de *Combat*, Jean Ferniot, de *L'Express*, et Bernard Lefort, de *Franc-Tireur*, sont invités à déjeuner par Jean-Louis Vigier, député de Paris, très proche des gaullistes, qui a, dit-il, d'importantes informations à leur communiquer. Les quatre hommes * entendent leur hôte proférer une première révélation : Mendès France n'est pas le vrai nom du président du Conseil, qui s'appelle Hirsch… Bouffon : les origines et la biographie de Mendès France, son arbre généalogique même sont bien connus depuis trente ans qu'il est sur la brèche, y compris les années d'occupation au cours desquelles les spécialistes du combat antisémite les ont décortiqués avec minutie. Le prénom de son père était Cerf, qui, lors de son mariage à Strasbourg (alors ville allemande), a été traduit « Hirsch » par les fonctionnaires d'occupation. Les auditeurs de Vigier sont abasourdis de tant de sottise, qui fait mal augurer du reste…

La seconde accusation est apparemment moins dérisoire : le Parti communiste est informé de tous les secrets de la Défense nationale, notamment à propos de la guerre d'Indochine, et le traître est le ministre de l'Intérieur, qui livre au Parti les minutes des délibérations du Conseil de la défense nationale… Vigier ajoute qu'il met le document accusateur à la disposition des quatre journalistes : lesquels, après s'être

* Aucun des quatre, sauf peut-être Altschuler, n'est proche de Mitterrand.

rapidement consultés, refusent de tenir compte de ce qui ne peut être, estiment-ils, qu'un faux en vue d'une machination *.

La rumeur ainsi alimentée suit son cours, sans que le principal intéressé en soit, par quelque biais que ce soit, informé. Une évidence apparaît clairement aux enquêteurs, à commencer par Pélabon ; c'est que Mitterrand ne saurait être le responsable des fuites, d'ailleurs vérifiables et vérifiées : elles ont été constatées à une date où le député de la Nièvre n'était pas encore ministre et donc non appelé à siéger au Conseil de la défense nationale. Si bien que la cible sera pour un temps Edgar Faure, présent, lui, aux diverses séances.

L'affaire semble s'apaiser durant l'été – occupé par les questions de l'Indochine, de la Tunisie et de la CED – sans que la rumeur, entretenue par Baylot, cesse de courir. Elle va renaître à l'occasion d'une réunion du Conseil de défense prévue pour le 10 septembre : le clan Dides-Baylot ameute la presse et ses informateurs. Pierre Mendès France et Pélabon ont mis l'Élysée sur le pied de guerre, faisant sonder murs et tables et donnant ainsi l'alerte : c'est alors seulement, le 8 septembre, que François Mitterrand est officiellement informé.

Quelques jours plus tôt – à une date dont elle n'a pas gardé le souvenir –, Léone Georges-Picot **, attachée de presse et très au fait des intentions de Pierre Mendès France, avait téléphoné à Hossegor, où François Mitterrand passait ses vacances : « François, il faut rentrer, il le faut. C'est important ! » Rien de plus n'avait été dit (les écoutes !) mais, à partir du cercle intime de PMF, l'alerte avait été donnée [3]…

Qu'on ait mis si longtemps à l'informer de l'accusation qui a pesé et qui – en dépit des preuves contraires – pèse toujours sur lui bouleverse Mitterrand : non seulement il se trouve des gens pour proférer de telles accusations, mais le chef du gouvernement, son ami, qu'il respecte entre tous,

---

* Deux ans plus tard, Jean-Louis Vigier reconnaîtra qu'il a été abusé par Dides et ses gens, et fera des excuses publiques à Mitterrand.

** Devenue l'épouse de Simon Nora.

ne l'a pas personnellement averti, ne serait-ce que pour lui permettre de préparer défense et contre-attaque *.

L'ignorance dans laquelle fut confiné François Mitterrand pendant ces deux mois est d'ailleurs stupéfiante. Comment un homme si bien informé et si bien pourvu d'antennes dans tous les milieux put-il rester en cet état ? Si Vigier avait parlé à quatre journalistes, assez lucides pour faire fi de ce « tuyau », combien d'autres furent alertés !

Quarante ans plus tard, François Mitterrand se défendait fermement d'avoir éprouvé et moins encore entretenu de la rancune envers Mendès : « Il faisait son métier. Je ne l'ai jamais tenu pour déloyal à mon égard [4]... » Mais il se trouve que de bons témoins de l'époque, comme Roland Dumas, gardent le souvenir d'un homme « ulcéré » et pensent qu'une plaie resta longtemps ouverte. Ainsi fait Paul Legatte, qui rend d'ailleurs responsable de ce camouflage André Pélabon, dont la passion du secret, conforme à la tradition des « services spéciaux », fit commettre là à la « maison Mendès » une lourde gaffe psychologique [5].

Aux questions que je lui posais des années plus tard, PMF répondait : « Je sais que Mitterrand m'en a toujours tenu rigueur. Je croyais que l'affaire dépendait de la Défense, et ne soupçonnais pas plus le général Kœnig que Mitterrand **. J'appliquais à tous la règle du secret de l'enquête, c'est tout [6]. »

Le ministre de l'Intérieur fut d'autant plus choqué par ces soupçons et ces imputations qu'il avait dû faire face un an plus tôt à des attaques de même nature, et les déjouer. Roger Stéphane ayant publié en juillet 1953 un article sur la guerre d'Indochine riche d'informations évidemment puisées à des

---

* Ce qui fait penser à l'attitude du général de Gaulle vis-à-vis de Georges Pompidou lors de l'affaire Markovic, en 1969.

** On ne saurait dire que l'argument soit très convaincant. Assimiler ici les situations des deux ministres n'a guère de sens : Mitterrand est soupçonné, non Kœnig. Et le premier est un ami du président du Conseil, pas le second...

De cet épisode des relations entre les deux hommes, j'ai donné, dans mon livre *Pierre Mendès France* (Le Seuil, 1981) une version probablement trop dramatique. A moins que ce ne soit un François Mitterrand trop adouci par l'âge qui lui ait conféré une excessive sérénité...

sources ministérielles, l'affaire avait été évoquée lors du Comité de défense qui avait suivi. Mitterrand – alors au gouvernement, celui de Joseph Laniel dont il allait démissionner – vit se poser sur lui le regard accusateur du président Auriol, auquel Martinaud-Déplat, évidemment « renseigné » par Baylot, avait signalé que la voiture du ministre d'État avait été repérée stationnant devant la maison du journaliste… Mais il se trouve que le numéro n'était pas le bon. Vincent Auriol ne crut pas indigne de lui de présenter ses excuses à Mitterrand quelques jours plus tard. Chacun savait au surplus que Stéphane était un intime d'Edgar Faure, lequel n'était pas avare de confidences…

Si assuré qu'il fût de la bonne foi de François Mitterrand s'agissant des « fuites », Jacques Fauvet était un journaliste trop consciencieux pour n'avoir pas cherché à tirer l'affaire au clair en tête-à-tête avec lui. Rendez-vous fut pris. « J'entrai au ministère avec la certitude de son innocence. Après avoir, pendant une heure, entendu ses explications, si subtiles et compliquées, j'en sortis en me posant des questions [7]… » Ce qui en dit long sur le rapport de Mitterrand aux autres, sur sa crédibilité, la réputation trouble qu'il porta, ce masque plaqué entre la vérité et lui… A vrai dire, Fauvet ne douta jamais de l'innocence du ministre, présentant l'affaire de telle sorte qu'il reçut plus tard de Mitterrand une lettre le remerciant de lui avoir fait « l'amitié de croire en une vérité fort obscurcie ». Obscurcie, oh ! oui, et pas seulement par l'intéressé…

L'affaire, en effet, a rebondi avec éclat au lendemain du Conseil de défense du 10 septembre, en cette fin d'été où le gouvernement Mendès vient (le 30 août) d'enterrer la CED, dressant contre lui, après les conservateurs d'Afrique du Nord, les « européens » indignés de ce « crime », et tout le parti américain. Dès le lendemain, la rumeur gronde et se développe : la trahison est au gouvernement…

Roger Wybot, patron de la DST (Direction de la surveillance du territoire), désormais chargé de l'affaire qui relève de ses services plutôt que de ceux de Baylot*, en arrive à la conclusion qu'il n'y a que six coupables possibles, les seules personnes présentes à toutes les séances du

---

* Dont le successeur est le préfet André-Louis Dubois.

Conseil de défense d'où émanent les fuites : le président de la République, le général Ganeval, directeur de son cabinet militaire, le maréchal Juin, Edgar Faure, le secrétaire général du gouvernement André Ségalat et Jean Mons, secrétaire général du Conseil de défense. Seuls ces deux derniers prennent des notes, ce qui est conforme à leurs fonctions.

Le 16 septembre, six jours après le fameux Conseil si bien surveillé, Dides rend de nouveau visite à Christian Fouchet : il détient les preuves que des fuites se sont produites. Et il propose de les communiquer. Rendu plus circonspect, Fouchet alerte Mitterrand, qui exige la remise des pièces en question. Dides refuse, pour ne pas « brûler » son informateur, un certain Baranès, infiltré dans les hautes sphères du PCF, et qui, en tant que journaliste, collabore à la fois à *Libération*, quotidien progressiste, et au *Figaro*...

Refus de communiquer des pièces intéressant la Défense nationale ? Désormais « mis au parfum », Mitterrand réagit en faisant arrêter Dides, porteur des fameux documents, et en ordonnant une perquisition chez Baranès, où est découvert le dossier : les services de Wybot constatent que, si habilement « habillées » et maquillées qu'elles soient, ces notes reflètent exactement celles que prenait Jean Mons pendant les séances. Le secrétaire général du Conseil, socialiste, franc-maçon de fort calibre comme Baylot (mais pas de la même obédience), ancien résident général en Tunisie, se voit convoqué par Mendès France. Comment a-t-il laissé traîner de tels documents ? « Je les enferme dans mon coffre ! » Il se révèle que ledit « coffre » est une armoire à peine pourvue d'une clé ; l'accès en est facile. Ce qu'ont pu constater deux des plus proches collaborateurs de Mons, Jean-Louis Turpin et Roger Labrusse, adversaires déclarés de la guerre d'Indochine.

Baranès (qu'ils tenaient pour un compagnon de lutte contre la guerre...) recevait d'eux les notes de Mons, qui, soigneusement « habillées », étaient censées émaner d'un haut personnage vendu au PCF... (Baranès n'en était tout de même pas venu jusqu'à imiter l'écriture de Mitterrand !) Le soir même, une information était ouverte devant le tribunal militaire de Paris.

Après de longues années de réflexion, Pierre Mendès France [8] en était venu à douter que Baranès eût communiqué ces pièces au Parti, les dirigeant directement sur Dides, l'agent américain Lallier et *Le Figaro*. D'où la fureur de ce journal qui, privé de cet exceptionnel informateur, déchaîne ses foudres contre Mitterrand, pour avoir choisi de le « brûler » : à ces moments-là, M. Robinet, grande voix du *Figaro*, aurait ému Basile…

La vérité paraît établie, les coupables sont connus, et innocentés celui ou ceux qui ne pouvaient être que les « oreilles ennemies ». Baylot et Dides sont pris la main dans le sac. Mais c'est alors que la campagne se déchaîne contre Mendès et Mitterrand. Pour *L'Aurore*, pour *La Croix*, pour *Le Figaro*, pour des feuilles comme *Rivarol* ou *Le Journal du Parlement* et quelques bulletins spécialisés dans la chasse aux sorcières « rouges », le chef du gouvernement et son ministre de l'Intérieur sont des traîtres. Il faut qu'ils le soient*… Cette campagne est menée au moment même où, à Bruxelles et à Londres, Pierre Mendès France négocie avec les Américains et les Anglais en vue d'édifier une défense européenne intégrant l'Allemagne et y associant l'Angleterre, sur un autre mode que la CED, rejetée par le Parlement français. Comment les interlocuteurs anglo-saxons de la France pourraient-ils faire confiance à des crypto-communistes ? A des agents de Moscou ?

Un soir d'octobre à Londres, le secrétaire d'État américain John Foster Dulles, prophète et champion de l'anticommunisme, prend PMF à part : « On m'a rapporté sur vous de sales choses [*dirty things*] mais nos experts se sont aperçus que ces "informations" étaient des faux… – J'espère, rétorque le Français, que vous ne les avez pas payées trop cher[9]… »

Si ce parangon de l'anticommunisme – et frère d'Allen Dulles, chef de la CIA – qu'était le secrétaire d'État convenait de l'inanité de la campagne des « fuites », pouvait-on attendre la même honnêteté d'un certain secteur de la classe politique française ? Non. Il y avait dans Paris des hommes pour lesquels la tâche « nationale » consistait, non plus à établir la culpabilité d'un capitaine juif, mais à détruire l'auteur du discours de Carthage, soit directement, soit à travers son ministre de l'Intérieur.

---

* Lors de l'affaire Dreyfus, les aveux mêmes d'Esterhazy, publiés par un journal londonien, ne suffirent pas à faire taire les accusateurs du capitaine…

L'Assemblée nationale est appelée à débattre de l'affaire le 3 décembre – un mois après le début de la guerre d'Algérie. Pour un large secteur de l'opinion, et bien que son innocence soit démontrée, c'est presque un procès en Haute Cour pour François Mitterrand. Deux procureurs sont à la barre. Le premier, gaulliste marginal, fameux combattant de la division Leclerc et qui de ce fait a droit à quelques égards, si dégradants soient ses propos, s'appelle Raymond Dronne. Du second, la bassesse décourage la description. Porte-parole des betteraviers, député de l'Oise proche du RPF, Jean Legendre fait penser à ce personnage dont Saint-Simon écrit que l'on se sentait humilié rien qu'en prononçant son nom…

Écoutons Dronne : « La fonction publique est gangrenée par […] la confrérie des homosexuels […]. Vous ne devez pas oublier, monsieur le ministre de l'Intérieur, que ces sortes de personnages ont des défauts qui les rendent particulièrement vulnérables dans les postes où vous les avez maintenus ou confirmés. » Tel est le ton*…

Et Legendre : « Pourquoi Diên Biên Phu ? Pourquoi l'armée française, supérieure en nombre et en matériel, a-t-elle été vaincue en Indochine ? C'est parce qu'elle a été trahie à Paris » (applaudissements à droite et sur divers bancs à l'extrême droite et au centre). Rappelant qu'il y a eu cinq fuites au Comité de la défense nationale**, le député de l'Oise, faisant fi de tout ce qui a été établi depuis deux mois, ose ainsi mettre en cause Mitterrand :

> « Le gouvernement Laniel n'a pas poursuivi l'auteur des fuites. Pourquoi ? M. le ministre de l'Intérieur pourrait nous le dire. Il appartenait à ce gouvernement. Il assistait à la séance du Conseil des ministres du 5 août 1953 au cours de laquelle M. Vincent Auriol, alors président de la République, disait en substance : "Messieurs, il y a un traître parmi nous." Trois semaines plus tard, M. Mitterrand quittait le gouvernement ! »

---

* Le personnage ainsi visé, chacun s'en répétait alors le nom. On n'entrera pas dans ce jeu obscène…

** Admirables défenseurs de l'armée qui font mine d'ignorer que si, avant Diên Biên Phu, le Viêt-minh avait mal connu le délabrement et le désarroi où se débattait l'armée française, il en aurait été informé en lisant une interview stupéfiante accordée par le général Salan à Pierre Viansson-Ponté, de *L'Express*. Tout y est dévoilé par ce militaire.

Du banc du gouvernement, Mitterrand a bondi à la tribune :

> « Personne ne doute que M. Legendre a voulu dire que j'avais commis, au mois de juillet 1953, une indiscrétion qui pourrait être appelée, le cas échéant, une trahison [...] [pour laquelle] on m'aurait donc prié de démissionner... [Mais] il y a, dans cette assemblée, bon nombre de membres du gouvernement de l'époque, présidé par M. Laniel. Je pense qu'ils se rappellent les raisons pour lesquelles j'étais en désaccord avec la politique du gouvernement [et de citer notamment l'affaire marocaine et la crise tunisienne]. [...] Si l'un de mes anciens collègues partageait l'opinion de M. Legendre, il doit le dire. Sinon, qu'est-ce qui permet à M. Legendre d'avancer cette infamie ? »

Un silence épais, suffocant, un silence de cour d'assises au moment de la lecture du verdict, un silence que les témoins de la scène n'oublieront pas s'abat sur l'Assemblée. Tablant sur le sursaut d'honnêteté ou de pudeur d'un homme, menacé de tout perdre si cet homme s'enferme dans son mutisme, François Mitterrand joue là son va-tout.

Sur l'une des travées du centre est assis en effet un ancien ministre, et des plus considérables, un personnage qui le hait assez fort pour avoir laissé entendre au juge d'instruction militaire que si lui, Mitterrand, avait démissionné en septembre 1953, c'était sous la pression de ses collègues indignés par ses « indiscrétions ». Osera-t-il, ce personnage, face à la représentation nationale, et devant dix témoins de son parjure, maintenir la terrible allégation sur laquelle Legendre a fondé son réquisitoire – en dépit des démentis apportés au cours de l'instruction par le président Auriol, M. Laniel et Edgar Faure ?

Tous les yeux sont tournés vers ce petit homme tassé sur son banc, Georges Bidault, ancien président du CNR (où il a succédé à Jean Moulin), ancien président du Conseil, ancien ministre des Affaires étrangères. C'est lui, lui seul, qui a aiguillé le magistrat sur cette piste. Osera-t-il maintenir, contre tous, l'accusation « abjecte » (François Mauriac) ? Mitterrand, du haut de la tribune, le fixe. Alors on entend la voix nasale, aux sonorités métalliques, du petit homme à la mèche barrant le front pâle : « Monsieur le ministre, vous venez de donner les raisons de votre départ du gouvernement

Laniel ; j'en témoigne : c'est bien ainsi que les choses se sont présentées [...]. Quant à moi, j'ai pendant vingt minutes témoigné sous la foi du serment. Je ne veux pas dire ce que j'ai dit à ce moment-là. »

Mitterrand a gagné. Bidault n'est pas tout à fait tombé au niveau d'un Legendre, dût-il avoir assorti son aveu de sous-entendus perfides dont chacun connaît bien le sens : comme Mendès, Mitterrand est un « liquidateur de la France », et s'il n'a pas expressément trahi en 1953, son action, à propos de l'Indochine et de l'Afrique, n'est qu'une longue trahison. Il osera même accuser de nouveau Mitterrand d'être responsable des « fuites », quelques mois plus tard, devant la communauté française de Milan[10]. Ne se serait-il épargné la honte de la calomnie, devant l'Assemblée, que parce que trop de témoins présents étaient en mesure, sur-le-champ, de le confondre ?

Commentaire de François Mauriac, dans son *Bloc-Notes* de *L'Express* : « Rappelez-vous ce mot du cardinal de Retz : “En fait de calomnie, tout ce qui ne nuit pas sert à celui qui est attaqué.” Voilà ce que M. Bidault n'aurait pas eu tort de méditer avant de faire certaine déposition. »

La vraie victoire morale de François Mitterrand, en l'occurrence, c'est tout de même l'hommage que lui rend à la tribune, dans les minutes qui suivent, Pierre Mendès France :

> « A un homme qui a dû souffrir ces derniers mois, couvert de boue par tant d'adversaires politiques, avec une légèreté et une passion dégradantes, je veux dire ici [...] l'estime, l'affection et la confiance que nous avons pour lui, pour celui qui est aujourd'hui ministre de l'Intérieur et qui est pleinement digne d'occuper cette fonction [...]. Jamais ni un jour, ni une heure, je n'ai regretté avoir confié ce poste de responsabilité, de courage à M. Mitterrand. Je suis fier d'avoir dans mon gouvernement un tel collaborateur [...]. Mais j'ai ressenti une immense humiliation quand, au moment des négociations *, je voyais mes propres compatriotes mettre en garde contre moi mes interlocuteurs étrangers à l'aide de dossiers fabriqués en France ! »

Un si vibrant hommage était de nature à consoler Mitterrand des silences présidentiels de l'été... Il contribua sans

* De Londres (voir plus haut, p. 210).

nul doute à panser sa blessure… Il est évident que si PMF força ici un peu son éloquence naturellement sobre, c'est qu'il n'était pas lui-même sans remords : à long silence, grande fanfare…

L'Assemblée a été domptée par la maîtrise indignée de Mitterrand. Elle est peut-être émue par la caution généreuse assurée par le président du Conseil à son ministre : mais elle n'accorde au gouvernement ainsi calomnié, et, ainsi défendu, qu'une maigre confiance * : 278 voix contre 240 et 71 abstentions. Une majorité beaucoup plus faible que celle qu'à la veille de son suicide avait obtenue Salengro ** …

Mais autant que par la réparation que vient de lui offrir Pierre Mendès France face à la représentation nationale – laquelle reporte à un peu plus tard le coup de grâce –, François Mitterrand est touché par l'hommage qu'en privé, puis en public, lui accorde François Mauriac, son premier maître. En privé, c'est la lettre que l'auteur de *Nœud de vipères*, expert en venins, a écrite à son directeur du *Figaro*, pour lui dire l'indignation que lui cause l'attitude de ce journal, et la rupture qui va s'ensuivre :

> « Mon cher Pierre *** […] J'ai dû interrompre ma collaboration au journal [en raison] de la position de combat prise par *Le Figaro* alors que le président du Conseil négociait à Londres, et des incidents Baranès […]. Le ministre de l'Intérieur, sous le coup de la colère, m'a demandé de venir au ministère où il m'a fait étudier le dossier jusqu'à une heure du matin […]. Je connais Mitterrand depuis vingt ans : c'est un garçon très intelligent, très ambitieux, qui ne doute pas que son destin soit d'être président du Conseil, mais aussi très patriote. Les raisons psychologiques qui eussent dû suffire à prouver que Dreyfus ne pouvait pas avoir trahi ne sont rien auprès de celles qui rendent absurde toute idée de collusion entre Mitterrand et les communistes […]. Le guet-apens contre Mitterrand est, à mon avis, indéniable dès qu'on étudie le dossier […]. Je suis sa caution morale, il m'a connu et admiré dès son adolescence. Il compte sur moi. »

---

* Le très chrétien MRP ne faisant pas partie de cette majorité…

** Le ministre de l'Intérieur du gouvernement du Front populaire de 1936, qui, objet d'une campagne de calomnies – il aurait déserté en 1917 – et innocenté par la Chambre, se suicida.

*** Brisson.

Cela est écrit à titre privé, le 19 octobre, avant le débat parlementaire, auquel François Mauriac donnera, six semaines plus tard, dans son *Bloc-Notes* de *L'Express*, cette conclusion étincelante – et qui vaut à la fois absolution et sommation pour l'intéressé :

> « François Mitterrand est sorti à son honneur de l'épreuve affreuse. Il a tenu tête avec calme, avec un excès de calme, il me semble, à un spécialiste des coups bas [...]. La haine inexpiable de ses adversaires le désigne comme l'un des chefs – il en faut plusieurs – de cette gauche française qui finira bien par se constituer [...]. Dans ce milieu parlementaire où, selon le mot du président du Conseil, il se trouve toujours des Legendre qui sécrètent, en quelque sorte, des Legendre, il est nécessaire, bien sûr, qu'un jeune homme politique en épouse les mœurs, dans l'exacte mesure où il le faut pour n'être pas dévoré, mais dans cette mesure seulement.
> Les Legendre ne peuvent rien contre un homme d'État qui incarne une grande politique. Nous avons cette ambition pour Mitterrand. A ceux qui ont voulu l'abattre après l'avoir sali et qui ont misérablement échoué, il faut qu'il réponde en situant sa vie politique sur le plan le plus élevé. »

* * *

Le procès des « fuites » se déroula quinze mois plus tard, au printemps 1956, devant le tribunal militaire de Paris. François Mitterrand étant ministre de la Justice dans le gouvernement de Guy Mollet. Devant le président Niveau de Villedary comparurent Jean Mons, Jean-Louis Turpin et Roger Labrusse, qui avaient, à des titres et degrés divers, avoué – le premier son manque de vigilance, les autres la passion politique qui les avait conduits à servir la cause des Vietnamiens – et Baranès, indicateur de police, informateur de certains journaux, fabricant ou maquilleur des pièces à conviction...

C'est à titre de témoin que le garde des Sceaux fut entendu le 12 mars 1956. Récit et commentaire du *Monde* : « On voit s'avancer un homme jeune, au costume bleu marine, au front pâle sous les cheveux bruns. Il refuse de s'asseoir et [...] dit son impatience d'avoir à parler de “faits aussi regrettables”

[…] mais il est prêt à répondre à toutes les questions et même à revenir si l'on désirait le confronter. »

Le journal d'Hubert Beuve-Méry *, qui cite largement la déposition du ministre, résume l'affaire comme « une opération montée de toutes pièces » (expression qui prend ici tout son sens) et fait valoir que, tout au long de la procédure, Mitterrand a fait preuve de son civisme : « Plutôt que de rejeter sur-le-champ les soupçons – ce qu'il aurait pu faire sans peine en rappelant qu'il ne participait pas à l'une des réunions du Conseil qui avaient fait l'objet de fuites –, il a préféré débusquer les auteurs du complot. »

Au cours de séances à huis clos – il s'agissait de défense nationale–, Me Tixier-Vignancour, avocat de l'indicateur Baranès, porta les accusations les plus graves contre deux des amis les plus proches de Pierre Mendès France : Georges Boris et Simon Nora. L'ancien président du Conseil, alors ministre d'État – nous sommes en mars 1956 –, vient à la barre « s'offrir à une procédure contradictoire » et martèle : « Osera-t-on, moi absent, dire des choses que l'on n'aurait pas osé dire en face ? » Riposte de Tixier-Vignancour : « Dans ma plaidoirie, j'utiliserai les dépositions contre M. Mendès France [qui ne sera pas là]. Il sait très bien que je considère que sa politique est à l'origine de la ruine et des malheurs de ma patrie. » Tel est le climat !

Tixier obtiendra l'acquittement de Baranès : un indicateur de police est au-dessus des lois ! Mais non les militants… Turpin et Labrusse sont condamnés à quatre et six ans de prison. Jean Mons, auquel on n'impute que de l'incurie, est relaxé – sa carrière brisée… Quant à Dides, il n'a même pas comparu : entre-temps, il est devenu député poujadiste **…

Quelques semaines auparavant s'était déroulée la scène la plus stupéfiante de cette stupéfiante affaire. François Mitterrand, garde des Sceaux, s'entretient, dans le bureau du prési-

* Lequel n'étendait pas à Mitterrand la bienveillance qu'il manifestait à Mendès France…

** Non sans avoir écrit au nouveau préfet de police, André-Louis Dubois, le 5 janvier 1955, ces mots ahurissants : « Pas un instant je n'ai mis personnellement en doute l'honnêteté des sentiments nationaux de M. le ministre de l'Intérieur » ! (Georgette Elgey, *La République des tourmentes*, *op. cit.*, p. 322.)

dent du tribunal, avec M. de Villedary. Entre, formidable et sûr de lui, Me Tixier-Vignancour, qui, indifférent à la dignité de ses interlocuteurs, s'assied à califourchon sur le dossier d'un des fauteuils et, s'adressant à Mitterrand : « Monsieur le garde, ce n'est pas à vous que nous en avons, c'est à Mendès ! Donnez-nous quelques éléments contre lui, et nous vous acquittons [11] ! »

Acquitté par d'autres voies, plus honorables, François Mitterrand l'était déjà. Si bien que, quelques jours plus tard, Me Jean-Louis Tixier-Vignancour tonnait, de sa voix de bronze, dans les couloirs du palais de justice : « Mitterrand est innocent ! Je le réintègre dans la communauté nationale [12] ! »

* * *

Bouffonnerie ? Tragi-comédie ? Tragédie ? L'affaire des « fuites » est tour à tour ceci et cela. Tragédie diplomatique en tout cas, dans la mesure où, au plus fort d'une négociation dont dépendaient les relations stratégiques de la France avec ses alliés – et d'où sortit l'UEO (l'Union de l'Europe occidentale) qui impliquait enfin la Grande-Bretagne dans la défense européenne à laquelle venait d'être intégrée l'Allemagne occidentale –, des soupçons ne cessèrent d'être entretenus, depuis Paris, à l'encontre des négociateurs français, d'un ministre de l'Intérieur dénoncé comme un traître par une rumeur qu'alimentent quelques-uns des leaders français que Washington et Londres tenaient pour les plus crédibles, comme M. Bidault.

Tragédie personnelle pour Mitterrand ? « Épreuve affreuse », a dit pour sa part Mendès France, inoubliable « leçon de ténèbres », traversée du feu. Être mitraillé de tant de haine est instructif, déjà. Voir se déployer contre soi un tel système de calomnies aboutit à ce que, comme le disait Léon Blum *, « le cœur se brise ou se bronze » (ce fut ceci plutôt que cela). Constater que certains de vos camarades de combat, dont le seul homme que vous admiriez vraiment, ont pu douter de

* Citant Chamfort.

vous, ne serait-ce que par conscience professionnelle ou raison d'État… Et mesurer que, jusqu'à ses sommets, la République peut être non plus simplement une machine, un monstre froid, mais une machinerie fertile en machinations, aux mains de très hauts fonctionnaires et d'hommes politiques censés représenter la France, voilà qui peut vous changer un homme.

Eh oui ! Le jeune homme « monté » vingt ans plus tôt de Jarnac à Paris, si doué qu'il fût pour s'insinuer à travers les détours du sérail, de Vichy à Alger et de Nevers au Palais-Bourbon, vient de recevoir une cruelle leçon de règne. Il en tirera les conséquences.

* * *

La faille, au moins provisoire, qu'un certain silence a creusée entre le ministre vilipendé et son président du Conseil, lui-même pourchassé, cette faille dont le vieux président Mitterrand refusait de tenir compte à la fin de sa vie, on va en trouver les traces au cours de l'épisode politique suivant, qui se résume en deux mots : « Front républicain ».

Par le biais de la fondamentale et innombrable affaire algérienne, nous avons déjà évoqué le comportement de François Mitterrand, garde des Sceaux dans ce gouvernement Guy Mollet qui fut le fruit (sec) de la victoire du Front républicain aux élections législatives du 2 janvier 1956. Mais un retour en arrière s'impose.

Le ministère Mendès France abattu au petit matin du 6 février 1955, Edgar Faure avait pris la relève (sans obtenir de Mitterrand qu'il le suive dans l'aventure). Observant à la fin de l'été 1955 que le négociateur de Genève et de Carthage, un temps victime de la cabale parlementaire, retrouvait peu à peu dans l'opinion le crédit qui avait fait de lui le premier chef de gouvernement tenu pour digne de sa mission depuis la retraite du général de Gaulle, Edgar Faure décida de couper court à cette remontée dont un Parti radical plus ou moins rénové était le bras séculier, parallèlement à celle qu'opérait Mitterrand à la tête de l'UDSR.

Procédant à la dissolution de l'Assemblée, Edgar Faure

provoqua par là des élections qui furent fixées au 2 janvier 1956. Mendès dénonça le procédé, parlant même de coup d'État (l'opération se déroulant un 2 décembre), et fit exclure le chef du gouvernement du Parti radical. « Edgar » n'avait fait pourtant qu'user plus ou moins cyniquement de ses prérogatives constitutionnelles * pour prévenir la victoire que ses deux rivaux escomptaient à l'occasion d'élections prévues pour le milieu de 1956.

C'est plutôt du côté des socialistes que Mitterrand, sans rompre certes avec Mendès, cherche alors sa voie. Le leader radical lui fait ombrage, pas les hommes qui dirigent la SFIO : celui qui émerge, Gaston Defferre, est son ami et doit servir de trait d'union. Mais Mendès France a lui-même pris langue avec le secrétaire général de la SFIO, Guy Mollet, qui ne récuse pas l'alliance proposée, alliance que le porte-parole et « mécanicien » du mouvement mendésiste, Jean-Jacques Servan-Schreiber, a dotée d'emblée d'une étiquette publiée par *L'Express* avant même que l'accord ne soit signé : le « Front républicain ».

Pris de vitesse, Mitterrand n'a plus qu'à se rallier à l'opération avec ses modestes effectifs, suivi par Jacques Chaban-Delmas, leader de l'aile « avancée » de ce qui avait été le RPF gaulliste, le parti « républicain social ». Le quatuor ne manque pas d'allure, et l'opinion réagit bien. Mais comment dresser l'ordre de bataille et répartir les « bonnes » circonscriptions entre les diverses composantes du « Front » ? D'autant que le patron de *L'Express* a lancé une autre idée : les candidats de l'alliance apposeront sur leurs affiches et leurs tracts le bonnet phrygien, symbole de la République – ce qui déclenche une véritable bataille pour l'attribution de ce gri-gri.

François Mitterrand est à la tête d'un parti qui ne dispose que d'un groupe de vingt-trois députés, dont onze Africains (du RDA). Maigre troupe. Son ambition, compte tenu de son prestige et de la qualité du recrutement récent de jeunes cadres (Roland Dumas, Louis Mermaz...), est de revenir à la Chambre, en janvier, avec trente élus métropolitains. Il réclame donc à ses alliés radicaux une soixantaine de « bonnets phrygiens » – prétention qui paraît exorbitante à l'état-

* Comme, avec d'autres institutions, Jacques Chirac en 1997.

major mendésiste, dont la superbe n'est pas le moindre défaut.

La tension s'aggrave à propos de la candidature de Georges Beauchamp, intime de Mitterrand s'il en fut, et pour lequel l'ancien ministre de l'Intérieur se juge en droit d'exiger le bonnet fétiche pour une candidature dans la 6e circonscription de la Seine où, en août 1944, il s'est battu les armes à la main. Réaction chez PMF :

« Beauchamp ? Quel dommage ! Pour la même circonscription, nous avons déjà inscrit un candidat imbattable, Charles Hernu ! Cherchez ailleurs... » Contant l'anecdote, Georges Beauchamp rapporte que Mitterrand en conçut une véritable rage : « C'est de là, plus que de l'affaire des fuites, que date la fin de ce que j'appelle, par rapport à Mendès, son "complexe révérenciel"[13]... »

Que l'on ait ainsi négligé, dans l'entourage de son récent chef de file, une demande fondée sur l'amitié, et qu'on l'ait fait sur le ton que pouvait prendre, en ces cas-là, le patron de *L'Express* ou tel autre porte-parole du grand homme, voilà qui mettait hors de lui le député de la Nièvre, nourrissant des arrière-pensées dont nous allons voir l'effet.

La distribution du « bonnet phrygien* » donna lieu à bien d'autres empoignades, Mendès et Mitterrand s'envoyant à la figure leurs alliances partisanes ou provinciales. Le premier a beau jeu de reprocher à son compagnon des combinaisons locales avec tel radical de droite ou tel modéré : l'« ordinaire » des campagnes nivernaises de Mitterrand, qui n'en était pas à une œillade près en direction des châteaux et des sacristies... A quoi l'ancien ministre riposte à l'ex-président que ses « bonnets » à lui étaient souvent accordés à des radicaux « fauristes », comme André Marie, ou ultra-colonialistes comme André Morice... Médiocres marchandages, qui durent enchanter M. Legendre...

Campagne électorale épuisante. Et périlleuse, non seulement du point de vue de son issue politique, mais de son déroulement matériel et physique. André Rousselet, qui fut l'un des lieutenants de Mitterrand dans sa troisième campagne nivernaise, n'évoque pas sans émotion cette bataille :

---

* Dont la dispensatrice était Brigitte Gros, sœur de Jean-Jacques Servan-Schreiber.

> « On n'imagine pas, même en considérant le Front national de 1997, ce qu'étaient les poujadistes de ce temps-là. Nous n'avons pas fait face au Le Pen de cette époque, un forcené qui se croyait encore dans la casbah d'Alger. Mais les réunions publiques, face à ces types qui allaient les poings fermés et l'injure à la bouche, étaient épuisantes. Je me souviens d'un jour où François dut progresser vers la tribune entre deux rangées de types qui lui crachaient à la figure, hurlant : "Diên Biên Phu trahison !", "Algérie fellagha !" * Son courage, en ces occasions, est exemplaire, et m'a même étonné. C'est là que j'ai compris que sa qualité primordiale n'est pas l'habileté, certes exceptionnelle, mais la fermeté d'âme [14]... »

Bref, le Front républicain l'emporta, mais au bénéfice quantitatif de Guy Mollet et de la SFIO, qui gagnait des voix pour la première fois depuis dix ans ; et qualitatif de Pierre Mendès France, qui, auprès de l'opinion publique, faisait figure de leader de la coalition. Qui doutait alors qu'il le resterait à la tête du gouvernement ?

François Mitterrand est bien dans le camp des vainqueurs ; mais à la traîne. S'il réussit à se faire réélire dans la Nièvre, il n'emmène avec lui, à la Chambre, que 5 camarades de son bord, dont, il est vrai, un jeune avocat limousin qui promet, Me Roland Dumas. Lourd échec, et qui le place en position de faiblesse face aux socialistes et leurs 89 élus, aux radicaux mendésistes et leurs 59 députés. La défaite d'Edgar Faure et de la droite est cinglante, mais, au soir du 2 janvier, les vainqueurs comptent moins leurs élus que ceux des deux partis extrêmes, le PCF qui passe de 103 à 150 sièges, et surtout le mouvement de Poujade, l'UDCA (Union des commerçants et artisans), qui entre à la Chambre avec 52 élus...

Avatar de l'aile extrémiste du RPF débandé naguère par le général de Gaulle ? Poussée d'antiparlementarisme furibond, dont le candidat Mitterrand a ressenti, dans la Nièvre, les effets ? Fièvre antisémite, à l'encontre du leader du Front républicain ? Violente réaction contre la décolonisation en marche sur les thèmes voisins de ceux qui animaient naguère, au Parlement, les gros bataillons de la droite la plus

---

* Lors d'une réunion, Yvette Poujade, femme de Pierre, hurle à la face de Mitterrand : « Des types comme vous, il faut les pendre, les écraser comme des limaces ! »

obtuse ? Il a suffi que Mitterrand parle, au cours de sa campagne, de « conciliation en Algérie » pour déchaîner des tempêtes…

Que faire de cette si courte victoire qu'elle s'apparente à un match nul, provoquant la relève d'une droite bonasse (qu'incarne provisoirement le ludion Edgar Faure) par une double menace, stalinienne, d'une part, et populiste, de l'autre ? Les 169 élus du Front républicain, qui ne représentent guère plus de 28 % des électeurs, coincés entre les militants de Thorez et les cogneurs de Poujade, ne peuvent pas même gouverner à eux seuls.

Considérons d'abord le leader de l'UDSR et ses troupes. Dans la consternation, Mitterrand réunit son monde. Louis Mermaz, dont l'adhésion est encore récente, a gardé le souvenir des mélancoliques assises de Nancy, où les effectifs sont si maigres que le tout jeune militant qu'il est se voit propulsé au poste de secrétaire général adjoint. Mitterrand, maîtrisant son amertume, « se comporte comme un sphinx [15] ». Mais l'idée qui rôde sur ce concile de vaincus, c'est que les arbitrages, au sein du Front républicain, ont joué systématiquement contre l'UDSR, « plumée » par ses partenaires, et que les responsables se trouvent chez Mendès France. D'où la conclusion qu'à tout prendre, la meilleure alliance que l'UDSR puisse conclure est avec la SFIO.

Raisonnement que reprend le président de l'UDSR à titre individuel : non seulement le personnage de PMF éclipse le sien (au moins pour un temps), mais le mendésisme laboure les mêmes terres que l'UDSR. Et l'avenir à long terme d'un dirigeant tel que lui dépend désormais des soutiens qu'il pourra se ménager au sein de la SFIO…

Reste à désigner le chef du gouvernement. L'opinion, en masse, élit Mendès France. N'est-il pas, par le truchement de son porte-voix Servan-Schreiber, l'inventeur de la formule de « Front républicain », et le vrai leader de la campagne ? N'est-ce pas sur son nom que la grande majorité des électeurs du Front s'est prononcée ? Mais il se trouve qu'en France le chef du gouvernement n'est pas désigné par acclamation, et que la décision dépend du chef de l'État et de quelques appareils.

René Coty est bien tenté d'abord d'appeler Pierre Mendès France, qu'il estime. Son nom effraie le « marais » et fait briller la haine dans les yeux des gens du MRP. Il passe pour un mauvais « européen » depuis qu'il a laissé étrangler la CED, et la droite le traite de « bradeur d'empire ». Mais l'autre hypothèse, c'est Guy Mollet, et M. Coty, bourgeois normand, n'aime pas les socialistes – fussent-ils eux aussi normands, comme Mollet. Si ce diable de Mendès se manifestait clairement, on pourrait délibérer...

Jean-Jacques Servan-Schreiber sait PMF aussi hésitant avant la décision qu'admirable dans l'action, dès lors qu'elle est déclenchée. Il sait que le leader radical est bourrelé d'inhibitions et de complexes, dont sa judéité n'est pas la moindre : il a entendu, sur le sujet, tant d'injures depuis qu'il est entré dans la vie publique trente ans plus tôt, du procès de Clermont-Ferrand, en 1941, à l'affaire des « fuites » et à la campagne face aux poujadistes ! Et le dénouement du tragique imbroglio algérien va donner lieu à bien des fureurs, encore...

Alors, le pétulant directeur de *L'Express* décide de prendre les choses en main. Quelques heures après la publication des résultats du scrutin (où il voit, lui, un succès...), il téléphone à Gaston Defferre, dont il connaît le dynamisme et la chaleur humaine : « Vous pensez comme moi que PMF est l'homme de la situation. Il hésite. A vous de le convaincre, en présence de Guy Mollet ! »

Le 5 janvier à 13 heures, Gaston Defferre et sa femme reçoivent à leur table Pierre Mendès France, Guy Mollet et Jean-Jacques Servan-Schreiber. De cette « scène à faire », comme disent les dramaturges, sur le thème « qui gouverne, toi ou moi ? », rien ne sortit de clair. Manquait en effet à cette délibération le président de la République, auquel appartenait la décision – et qu'une ferme candidature, fondée sur une entente, eût peut-être déterminé.

« On a tourné autour du pot, on a hésité... J'étais prêt à être candidat, mais je ne voulais pas trop me pousser en avant, confiait vingt ans plus tard Pierre Mendès France. Quant à Guy Mollet, il hésitait, lui, en considérant les risques que l'exercice du pouvoir ferait courir à son parti[16]... » Et Gaston Defferre : « Ils faisaient assaut de modestie, et s'en rapportaient en chœur à la décision de Coty, qui seul... L'opération s'est soldée par un maigre résultat : ils sont convenus que celui qui ne serait pas président prendrait le ministère de son choix[17]. »

Le président de la République, harcelé par Edgar Faure (encore président du Conseil intérimaire, et qui voyait dans l'élévation de son ami Mendès France la manifestation solennelle de sa défaite du 2 janvier, dont il était le principal artisan), choisit en fin de compte Guy Mollet. Il avait confié à quelques interlocuteurs que, étant donné la gravité de la crise algérienne et des décisions qu'elle impliquait, Pierre Mendès France serait handicapé par ses origines juives, ce dont convenait parfois l'homme de Carthage : « On dira que je suis le Juif qui ne répugne pas à abandonner la terre française. »

Complexé ou pas, Pierre Mendès France n'est pas au bout de ses peines. On lui a promis le « ministère de son choix ». C'est pour celui des Affaires étrangères qu'il opte. Or le MRP, qui ne lui pardonne pas la mise en échec de la CED, le 30 août 1954, y met son veto. Et il n'y a guère de majorité possible sans ce parti. Alors, les Finances ? Mendès s'y refuse, tant son programme de rigueur est opposé à celui de la SFIO. Il devra donc se contenter d'un ministère d'État, d'où il aura mission de suivre les affaires algériennes. François Mauriac ne se retient pas d'ironiser dans un sanglot sur le sort fait à « Mendès France, avec son bouquet de garçon d'honneur… ».

Et Mitterrand, en tout cela ? Si le comité directeur de l'UDSR, réuni le 18 janvier 1956, se prononce nettement en faveur de l'attribution de la présidence à Guy Mollet, les amis de Pleven étant pour une fois d'accord avec ceux du député de la Nièvre, est-ce simplement parce que celui-ci a choisi d'assouvir, à l'encontre de Mendès, une « vengeance » ? Si esprit de vengeance* il y eut, il dépassait largement la personne et la conscience du ministre de l'Intérieur de l'affaire des « fuites » : c'est toute l'UDSR qui s'était sentie humiliée par le traitement que venait de lui faire subir l'état-major mendésiste.

Mais si l'on concentre son intérêt sur le personnage de Mitterrand, il est clair que c'est moins la rancune qui le guida, en l'occurrence, qu'une réflexion prospective sur sa

* Comme l'écrit François Stasse, généralement plus équitable, dans son excellent *Mitterrand-Mendès France. La morale de l'Histoire*, Le Seuil, 1996.

carrière. Que l'hypothèse d'une présidence Mendès France le gênât, c'est une évidence. En conscience, il savait bien que le chef du gouvernement de 1954 était toujours « le meilleur » et le plus populaire, en dépit de tout. Mais il constatait aussi que l'ascendant pris sur lui s'alourdissait du complexe de supériorité dont l'équipe de *L'Express* et le *brain trust* mendésiste ne faisaient pas mystère. Devait-il être mis sous tutelle, se contenter du rôle perpétuel de « brillant second », rester le chef d'état-major de ce généralissime ?

Faire alliance avec la SFIO était plus prometteur. L'homme Mollet ne lui faisait pas d'ombre (c'est le moins qu'on puisse dire…). Ses projets économiques et sociaux cadraient avec les siens, mieux que les plans d'austérité mendésiens. Quant à l'Algérie, on aurait bien tort de juger aujourd'hui le leader socialiste au vu de sa triste performance d'Alger, le 6 février 1956. Sur cette question, à la fin de 1955, c'est Mollet qui parle plus volontiers de négociation et d'autonomie que les deux autres*. Et le choix qu'il fait de l'audacieux général Catroux comme ministre de l'Algérie témoigne de l'excellence de ses intentions – dont on sait ce qu'elles deviendront quelques jours plus tard…

L'option Guy Mollet, si décevante qu'elle parût alors à beaucoup d'entre nous, n'était pas une manifestation de la politique du pire, ni un coup de pied de l'âne. C'était le choix d'un stratège naturellement ambitieux – et ce n'est ni la première ni la dernière fois que ces trois mots accolés viennent ou viendront sous la plume de l'historiographe…

On ne reviendra évidemment pas sur le naufrage algérien de l'équipe gouvernementale, dont Mitterrand resta solidaire, ni sur le comportement du garde des Sceaux de 1956-1957. Mais il est un sujet qui n'a guère été abordé ici et qui ne saurait être reporté plus longtemps parce qu'il a été l'occasion d'une nouvelle divergence entre les deux compagnons de 1954, et surtout parce qu'il va devenir fondamental dans la carrière et plus généralement la politique de François Mitterrand : l'unification de l'Europe.

Ce thème européen, qui scande sur le mode majeur les

* Mendès France lui faisait même grief d'avoir parlé un jour d'« indépendance ».

dernières phases de la vie de François Mitterrand, ne s'impose pas à lui dès l'abord. Il est bien vrai qu'il fut, dès 1948, l'un des premiers hommes politiques français à participer à des assises européennes, le congrès de La Haye présidé par Churchill. Ayant reçu une invitation d'origine inconnue, il s'y trouva « un peu par hasard », avoue-t-il, aux côtés des pères fondateurs – Jean Monnet, Konrad Adenauer, Paul-Henri Spaak, Alcide de Gasperi, Robert Schuman. Il est non moins vrai qu'il pressentit d'emblée l'importance de ce « rassemblement placé à la charnière des temps [18] » et maintint ensuite ce cap. Mais il le fit sur le mode critique, très différent de celui adopté par les hommes du MRP.

En 1950, il vote en faveur du « pool charbon-acier » (la CECA) qui, soudant les industries allemande et française, doit servir de noyau à l'unification économique. Le projet de Communauté européenne de défense (CED), lancé par son compagnon et rival René Pleven, le trouve fort perplexe. Il en voit bien la fertilité européenne, mais aussi la perversité nationale : dans la mesure où il créait une pomme de discorde dans la classe politique et risquait de souder les gaullistes aux communistes, les uns et les autres frénétiquement hostiles au projet, il rendait le pays ingouvernable. C'est pourquoi Mitterrand approuva la solution évasive adoptée par Mendès France – européen plus tiède que lui – en recourant à l'arbitrage de l'Assemblée nationale... L'échec du projet et l'abstention des membres du gouvernement lors du vote du 30 août 1954 leur vaudront à tous deux l'irrémédiable rancune du MRP.

Entre-temps, il sera, dans le cabinet Laniel de 1953 (quitté pour les raisons que l'on sait), ministre délégué auprès du Conseil de l'Europe. En 1956, il se prononce fermement en faveur de la ratification du traité qui fonde Euratom, souhaitant la création d'une autorité d'arbitrage de type fédéral. Et – c'est là qu'il va de nouveau s'opposer à Pierre Mendès France – il vote en faveur du traité de Rome, qui fonde, le 25 mars 1957, le Marché commun.

Alors que Mendès refuse d'approuver un texte qui ne crée selon lui que l'Europe des affaires et des échanges sans tenir compte des exigences de la justice sociale, Mitterrand estime qu'il vaut mieux, en attendant, une Europe du marché que pas d'Europe du tout. Un slogan qui restera très longtemps à l'ordre du jour…

Européen, François Mitterrand le fut à coup sûr, tout au long de sa vie publique, et avec une ardeur croissante, non sans quelques coups de freins et virages subtilement négociés. Nul mieux que lui d'ailleurs n'a résumé son attitude à l'égard de la construction européenne dans les années 50 et 60, se situant, contre les « partisans de l'Europe révélée », parmi les « partisans de l'Europe du libre examen »[19]…

* * *

Les « événements d'Algérie » sont devenus la « guerre d'Algérie ». Le cabinet Mollet a été renversé le 26 mai 1957, cédant la place à un gouvernement Bourgès-Maunoury – ce qui donne à Mitterrand, refusant de participer à ce cabinet, l'occasion de prendre ses distances par rapport aux implacables mainteneurs de l'« ordre » en Algérie.

Le 30 septembre 1957, Bourgès, à son tour, est renversé. L'heure de Mitterrand approche-t-elle ? Il ne l'exclut pas et s'en ouvre à ses amis de l'UDSR qui, assure Louis Mermaz, attendent de lui des initiatives audacieuses en Algérie. Ne leur a-t-il pas confié, après le fiasco de Suez, qu'il n'excluait plus qu'elle soit tôt ou tard indépendante[20] ? René Coty, déjà tenté de donner sa chance à cet audacieux, mais toujours perplexe face à un personnage aussi controversé et insaisissable, lui préfère, non son contraire (l'une de ces bornes rassurantes auxquelles, dans la tornade, on accroche le char de la République) mais un séduisant spécialiste des finances, le très jeune radical Félix Gaillard (37 ans et 8 mois), auprès duquel Edgar Faure lui-même fait figure de père conscrit.

Le brio prégiscardien de Félix Gaillard va buter sur une tragédie qui fait d'un coup paraître, sous la virtuosité du jeune homme, sa fragilité : le bombardement par l'aviation française du village tunisien de Sakhiet-Sidi-Youssef, le 8 février 1958, provoque l'internationalisation de la guerre d'Algérie. Washington et Londres, en proposant leurs « bons offices » entre Tunis et Paris, donnent une brusque extension diplomatique à ce qui n'était naguère, aux yeux des hommes de l'Algérie française, qu'une opération de police.

La France est à l'épreuve. La IVe République est à bout. La foule d'Alger, aux yeux de laquelle le mécanisme qui se déroule n'est que le produit de la lâcheté ou de l'incurie de Paris, sinon de la « trahison des intellectuels et des politiciens », met en place une nouvelle version – substituant aux tomates des armes à feu – de ce qu'on pourrait appeler le « scénario Guy Mollet ». Et elle attend qu'un dirigeant métropolitain vienne s'offrir à ses coups pour se soulever. Alors que Félix Gaillard, mis en minorité le 15 avril, « expédie les affaires courantes », le peuple algérois, noyauté par quelques centaines d'activistes et canalisé par l'armée, s'empare, le 13 mai 1958, du bâtiment du gouvernement général, d'où le ministre « responsable », Robert Lacoste, s'est esquivé depuis plusieurs semaines, et proclame un Comité de salut public qui, présidé par le général Massu, dénie toute autorité au gouvernement (renversé...) de Paris.

En fait, il apparaît très vite que la houle populaire a été captée par un groupe à la fois civil et militaire en vue d'un retour au pouvoir du général de Gaulle, supposé seul capable de prendre en main une aussi formidable affaire. Son nom, lancé dès les premières heures du soulèvement par le général Massu, président du Comité de salut public, est repris deux jours plus tard par le commandant en chef (fort peu gaulliste...) Raoul Salan : du coup, la masse des Européens d'Alger acclame un nom qu'elle a souvent, depuis 1940, conspué. Et lui-même, de Gaulle, saisit la balle au bond pour proclamer, à Paris, qu'il se tient « prêt à assumer les pouvoirs de la République ».

Mais la France va disposer enfin d'un gouvernement, présidé par un homme de bonne stature, Pierre Pflimlin, maire MRP de Strasbourg, qui passe pour favorable à l'évolution de l'Algérie. Son élection par l'Assemblée nationale, dans la nuit du 13 mai, quelques heures après le soulèvement d'Alger, y a même provoqué le découragement de nombre d'émeutiers et de dirigeants gaullistes, avant que l'écho donné au mouvement par le Général, le 15, ne relève leur courage.

Cette montée des périls a rassemblé une gauche désunie, notamment par la guerre d'Algérie : Mitterrand s'y implique avec une détermination, une fougue toutes neuves. Contre l'émeute d'Alger – et l'étrange relais que lui donne, ou semble lui donner, Charles de Gaulle – on va le voir se dresser comme un militant, lui, le subtil, le distancié, le calculateur.

Nous verrons * comment se manifestera, évoluera et explosera son opposition au général de Gaulle lui-même, comment se dessinera ainsi l'orientation de la seconde partie de sa vie. Mais il faut le voir d'abord face à un soulèvement qui revendique le patronage du Général, n'en obtenant pendant quinze jours que de bonnes paroles, un soulèvement qui tient à la fois de l'émeute folklorique et du putsch militaire – et qui est en tout cas un défi aux lois de la République.

Après avoir, le 26 mai, à la Chambre, dénoncé avec une violence passionnée le rôle joué par un certain Pascal Arrighi, député radical de la Corse, conseiller d'État fort accointé avec les extrémistes civils et militaires, qui a occupé la préfecture d'Ajaccio à la tête d'un commando de parachutistes, et après avoir appelé à la résistance la représentation nationale où l'on voit se manifester les syndromes abjects de la peur, Mitterrand va se retrouver dans la rue le 28 mai 1958 aux côtés de presque tout ce que la gauche française compte de notables, fatigués ou non.

Manifestation relativement bonasse. Sous les écriteaux portant le slogan « De Gaulle au musée » défile sur les grands boulevards un monôme conduit par quelques anciens présidents du Conseil (radicaux), bon nombre de ministres grisonnants, des socialistes bedonnants, des communistes hilares, beaucoup de militants anticolonialistes surtout. Au premier rang, Pierre Mendès France et François Mitterrand : ils ne sont pas côte à côte, mais marchent à nouveau du même pas.

Ces heures troublées vont-elles être, du fait même qu'elles appellent les personnages d'exception, celles du sacre de l'homme qui a triomphé de la cabale des « fuites », sinon de tous les poisons du système ? Non. René Coty, dès longtemps engagé, par le truchement de son chef de cabinet militaire, le général Ganeval, dans une négociation avec de Gaulle qui va aboutir quelques heures plus tard à l'inves-

---

* Au chapitre suivant.

titure de ce dernier, ne résiste pas à évoquer avec l'intéressé ce qu'on pourrait appeler l'« hypothèse Mitterrand »...

Voici, le 31 mai 1958, aux heures les plus troubles de ce trouble printemps, l'ancien ministre de l'Intérieur dans le bureau de René Coty. Jusqu'à ses derniers jours, François Mitterrand aimait raconter cette histoire – où finissait de s'évanouir un rêve de douze ans :

> « Le président, sur un ton paternel : "Je vous aurais bien appelé, monsieur Mitterrand. Je reconnais vos capacités, et estime votre courage. Mais si je vous avais confié la mission de former le gouvernement, compte tenu de votre réputation là-bas, il risquait d'y avoir des troubles à Alger..." Des troubles à Alger ! Le moins que l'on puisse dire, en cette fin de mai 1958, c'est que le mal était fait, et que la question n'était pas de les créer, mais d'y mettre un terme... Bref, j'avais été éconduit, moins peut-être en raison des "éventuels" troubles algérois que parce qu'à la question du président Coty : "Si vous étiez investi, entreriez-vous en pourparlers avec les communistes ?", j'avais répondu oui... Scandale [21] ! »

Ainsi la IVe République meurt-elle avant que ce brillant sujet n'accède au degré de pouvoir qu'il tient pour l'aire naturelle où doivent se manifester ses dons. Qu'eût-il pu faire, en des circonstances où tout le talent du monde, y compris le sien, où toute la vertu du monde, même celle de Pierre Mendès France, n'étaient plus à la mesure des périls ? Edgar Faure, le « troisième homme », disait alors, avec le zozotement gracieux qui donnait tant de charme à ses propos : « Le problème algérien se situe dans la quatrième dimension, et il n'y a qu'un homme en France qui puisse s'y mouvoir : de Gaulle... »

Nous verrons que François Mitterrand, comme Pierre Mendès France, n'était pas loin de penser de même. Mais, la quatrième dimension, comment y pénétrer ? C'est en ces termes, d'abord, que se pose la question.

CHAPITRE VIII

Non, mon général… ou le Grand Incompatible

• Deux hommes et trois contradictions • La remontée des abîmes • Une attente unanime ? • Le « silence » du Général selon Mitterrand • Le plan « Résurrection » • Le rôle de la maison Coty • « J'ai entamé le processus régulier… » • Colloque à l'hôtel • Un « non » et quelques autres • L'âcre odeur du désert • Ressourcement dans la Nièvre • Faux pas dans un jardin public • L'honnête M. Debré.

La légendaire incompatibilité d'humeur et d'histoire entre le général de Gaulle et François Mitterrand ne relève pas de l'essence, mais de l'existence. Entre le fils des notables catholiques de Lille, né à la veille de l'affaire Dreyfus, et celui des petits-bourgeois non moins catholiques de Jarnac, venu au monde au temps où le lieutenant de Gaulle était jeté dans la fournaise de Verdun, il y avait certes vingt-six années chargées d'histoire, deux lectures de Barrès décalées par le passage d'une génération à l'autre, la substitution de *La NRF* de l'un aux *Cahiers de la quinzaine* de l'autre, et les attributs hiérarchiques et vestimentaires qui, en 1940, distinguent un sergent de l'infanterie coloniale d'un colonel de l'arme blindée en instance d'étoiles.

Bon. On a marqué, au fil du récit, les contradictions profondes qui, au-delà de l'anecdote, scandent les deux carrières, et qui prennent leur source en celle-ci : face au geste révolutionnaire et fondateur de Charles de Gaulle, le 18 juin 1940, il n'y a pas de Mitterrand. Dans l'immédiat, cela va de soi : nous savons où il est alors. Mais, pendant très longtemps, il restera sourd, quasiment, se contentant d'hommages convenus. Faiblesse ? Il se refuse à le reconnaître, opposant au comportement épique de l'autre sa propre authenticité représentative, cette banalité formidable qui l'associe à la masse française clouée au sol.

Dans cette surdité, il y a la part des circonstances. Le 18 juin 1940, le sergent Mitterrand gît, blessé, sur un lit d'hôpital. Et, plus tard, les stalags n'étaient pas très propices à l'écoute de la BBC. Mais la « révélation » du 18 Juin, la plupart des Français ne l'ont reçue qu'après coup, certains même après les coups, en août 1944 – ce qui n'exclut pas, quoi qu'on en dise, la sincérité.

François Mitterrand, combattant courageux contre l'occupant, ne l'a pas reçue, cette révélation. Il est trop lié à l'histoire nationale pour ne pas mesurer la grandeur du personnage, les services rendus par le Général, et on le citera sur ces points. Mais jamais le regard qu'il porte sur l'homme du 18 Juin ne tient compte de cette dimension vaguement mystique, un peu mystérieuse, qui imprègne cet épisode comme tel ou tel autre de notre histoire, et que Michelet eût reconnu pour tel. Il parlera de « sacralisation – à bien des égards justifiée » –, mais pas de sacré…

Regard proprement laïque d'un homme par ailleurs fort ouvert au spirituel, regard professionnel qui retient les hauts faits, repère les erreurs, signale les novations, dénonce les retards, mais jamais n'installe de Gaulle dans cette « quatrième dimension » où le très sceptique Edgar Faure l'entrevoyait…

Ouvrons les *Mémoires interrompus*, à la page où, parvenu aux portes de la mort, Mitterrand décide de faire la clarté sur « son » de Gaulle : « J'éprouvais une profonde admiration pour le caractère, le courage, l'intelligence du chef de la France libre, même si je contestais ses méthodes avant de combattre sa politique […]. Voilà pourquoi, moi qui n'ai jamais été gaulliste, je n'ai jamais été non plus "anti"[1]… » (Sur ces sept derniers mots, on reviendra…)

Quelques années plus tôt, répondant à mes questions en vue d'un film consacré à de Gaulle*, il écartait toute idée de parallèle entre le Général et lui, pour déclarer : « De Gaulle était un fondateur […]. L'acte de refus de 1940 a soudain fait s'épanouir un ensemble de qualités jusque-là ignorées […]. Pour moi, de Gaulle c'est d'abord la maîtrise de soi qui fut la

---

* *De Gaulle ou l'éternel défi*, 1987.

maîtrise de l'histoire. Je ne vois guère d'exemple comparable dans l'histoire de France [...]. On peut penser à Richelieu [...] au Henri IV de la fin des guerres de Religion... » Éloges immenses...

Pour mieux mesurer l'étrangeté de ces relations, on retiendra ce trait : lors d'un déjeuner chez le président de l'UDSR, rue Guynemer (dans les années 50), où étaient attablés Georgette Elgey, Louis Mermaz, Georges Dayan et Bruno Daoudal, l'un des convives lançant une remarque acide à propos de l'ermite de Colombey, François Mitterrand coupa court : « Je ne permets pas que l'on parle sur ce ton du général de Gaulle à ma table[2] ! »

* * *

Mais l'Histoire ou, si l'on préfère user d'un mot cher à tous deux, les « circonstances » les avaient opposés, avec obstination. Et ce n'est pas abaisser le débat que de mettre l'accent sur ce qui en fait l'une de ses données essentielles : le conflit d'ambitions – celle de l'évadé des stalags de 1941, convaincu d'avoir à « ranimer la France », se cognant contre celle (entre-temps accomplie, puis fracassée) du sous-lieutenant qui rejoignait en 1909 le régiment d'Arras commandé par le colonel Pétain, assuré de rendre à la France, bientôt, « quelque service signalé ».

Différence d'altitude, d'ampleur de la vision ? Certes. Mais il se trouve que l'Histoire ne connaît pas, comme la boxe, les catégories ni les mesures, et que les géants s'y heurtent aux hommes de moindre stature. La guerre achevée, les débats pour le pouvoir, à propos des institutions et de la place de la France en Europe et dans le monde, les rapports de force ne confrontaient pas que des héros. Un Truman, alors, pouvait faire plier un Churchill.

On ne reviendra pas sur le tête-à-tête d'Alger, sur tel incident de la Libération, tel affrontement à propos des prisonniers*. On relève simplement que, dès 1946 et son entrée dans la vie publique, François Mitterrand, exclu de l'univers

---

* Voir chapitre v.

dont le foyer brûle à Colombey, se trouve sur tous les terrains en contradiction avec la galaxie gaullienne, dans son département comme dans son parti, l'UDSR, et fort mal disposé à l'endroit du RPF gaulliste que personne apparemment ne lui proposa de rejoindre, comme il fut fait pour Mendès, Pleven ou Savary.

La première contradiction forte se manifeste à propos des questions africaines. Quand Mitterrand amorce avec Houphouët le grand virage qui conduira dix sept ans plus tard à la construction de la Communauté franco-africaine, la quasi-totalité du RPF, animée par Foccart, se dresse contre lui, avec l'approbation apparente du Général (que désavoue, sur ce point, son ancien compagnon Catroux). Et le statut évolutif octroyé à l'Algérie par le ministre socialiste Depreux les oppose à nouveau, les gaullistes n'y voyant que trahison, Mitterrand un modèle d'évolution. Et jusqu'à ce jour de juin 1955 où Charles de Gaulle apporta au sultan du Maroc déporté le réconfort de sa sympathie, la majorité des orateurs du RPF, notamment un certain Schmittlein*, avaient rivalisé d'invectives contre le souverain, dont Mitterrand, entre autres, défendait la légitimité.

Le deuxième désaccord a trait à l'Europe. Le député de la Nièvre se tenait, on l'a vu, pour un européen « critique », approuvant le « pool charbon-acier », l'Euratom, puis le Marché commun, mais ne cachant pas sa perplexité à propos de la CED : il participe à quelques séances de travail relatives au projet Pleven en compagnie de gaullistes comme Chaban-Delmas, Debré et Chalandon, qui y sont fort hostiles. Le Général n'en tenait pas moins l'ancien ministre délégué aux institutions européennes pour un de « ces cabris qui sautent sur leur chaise en criant : "L'Europe, l'Europe, l'Europe !" ».

Mais le plus grand trouble, dans les relations entre l'homme de Colombey et celui de Jarnac, fut un permanent procès d'intention intenté à Mitterrand par les séides du Général. Ce n'est pas tout à fait par hasard que l'affaire des « fuites », déclenchée par un gaulliste de gouttière comme Dides, fut portée au niveau gouvernemental par un congénère de haute volée, Christian Fouchet – et que le procès fut

* Mais non des hommes comme Louis Vallon ou Edmond Michelet.

conduit, au Parlement, par deux hommes se réclamant du RPF : Raymond Dronne et Jean Legendre… Pour les gaullistes, Mitterrand reste l'affreux maréchaliste dénoncé dix ans plus tôt par Cailliau-Charette, puis le bradeur d'empire conspué par les colons de Côte-d'Ivoire sous la baguette de Foccart, enfin le crypto-communiste inventé par Dides.

Nous allons voir pourtant que le « non » catégorique jeté le 1er juin 1958 par le député de la Nièvre au Général sollicitant les suffrages de la Chambre n'allait pas de soi. A considérer l'histoire de la IVe République, Mitterrand avait d'aussi bonnes raisons de se rallier à de Gaulle qu'un Auriol, un Mollet ou un Pflimlin – nonobstant les campagnes dirigées contre lui par divers gaullistes.

S'agissant de la donnée fondatrice du régime, on a indiqué déjà qu'il avait voté, comme le Général, contre la Constitution de 1946, tenue par lui aussi pour vouée à l'anarchie, et dont il souhaitait également muscler l'exécutif. A propos des affaires coloniales une convergence s'amorce : le voyage fait par de Gaulle en 1953 à travers le continent africain, et achevé à Tunis, avait conduit le voyageur à modifier profondément ses idées à propos de l'« empire », à se refuser par exemple à condamner, en Tunisie, un « terrorisme » dont la dénonciation lui parut soudain l'alibi du conservatisme répressif le plus borné.

Et après avoir manifesté une exceptionnelle bienveillance au gouvernement Mendès-Mitterrand, le Général avait fait taire les braillards de son parti contre Sidi Mohammed Ben Youssef, en rappelant qu'au temps de la guerre le sultan était son « ami »… La liquidation du RPF contribuait enfin à lever un obstacle entre le reclus de La Boisserie et des hommes comme Mendès France et Mitterrand.

Il est vrai qu'en mars 1956 de Gaulle reçoit un Pierre Mendès France qui est encore ministre de Guy Mollet, et non le garde des Sceaux. Les échanges restent vagues, mais une certaine convergence se manifeste entre les deux « courants ». Et François Mitterrand, ministre de la Justice, va faire preuve de beaucoup de doigté, sinon d'indulgence, à propos de ce fidèle du Général qu'est Michel Debré, impliqué dans le complot dit du « bazooka* », qui, sous couleur

* Voir plus loin, p. 270.

de défendre l'Algérie française, avait coûté la vie à un officier français. Des services qui ne s'oublient pas ? Mitterrand apprendra que si, à ses dépens…

Du grand mouvement de réanimation qui porte le « général de l'armée morte » de 1956 au formidable plébiscite de 1958, l'ex-« capitaine Morland » n'est donc pas *a priori* exclu. Diverses circonstances, au contraire, viennent de les rapprocher. Comment le réformateur de 1953 n'applaudirait-il pas à la réaction du Général qui, au lendemain du bombardement du village tunisien de Sakhiet-Sidi-Youssef par l'aviation française, reçoit amicalement à Colombey l'ambassadeur de Bourguiba ? Comment n'accueillerait-il pas avec intérêt les récits faits par divers visiteurs de Charles de Gaulle (André Philip, Christian Pineau, Alain Savary), rapportant que les perspectives qu'il trace à propos de l'Algérie vont, par leur audace, au-delà de celles des mendésistes ?

Mitterrand a lu, le 28 février 1958, dans *Paris-Presse*, un remarquable article de son amie Georgette Elgey, qui annonce un retour « aux affaires » de l'homme du 18 Juin dans les trois mois à venir, selon une procédure légale décrite par Olivier Guichard, intime collaborateur du Général. Il connaît les échanges de vues poursuivis entre l'Élysée et Colombey par le truchement du général Ganeval, conseiller militaire du président Coty – lequel estime qu'il n'a plus le choix qu'entre deux solutions : appeler le Général à Matignon ou lui céder sa place au sommet de l'État…

Le 3 mars 1958, c'est tout naturellement que François Mitterrand est l'un des convives du dîner dit des « Pyramides », organisé par Jean-Jacques Servan-Schreiber dans un restaurant de ce quartier proche de l'Opéra, avec la participation de Pierre Mendès France, Robert Buron, « électron libre » du MRP, Alain Savary, qui est en passe de quitter la SFIO (après le gouvernement) pour se « retrouver à l'air libre », et le juriste Maurice Duverger. De quoi y est-il question ? Du retour au pouvoir de Charles de Gaulle.

Pour s'y opposer ? Pas du tout. Toutes les versions qui ont été données de cet échange * révèlent qu'à l'exception du directeur de *L'Express* les dîneurs s'accordèrent pour juger

* L'auteur a recueilli notamment celles d'Alain Savary et de Maurice Duverger.

qu'une telle issue permettrait, pour reprendre l'expression d'Edgar Faure, de « passer dans la quatrième dimension », dans laquelle se situait l'Algérie et où pouvait seul accéder de Gaulle.

Dès le lendemain matin, invité à participer à une conférence de travail à *L'Express*, Mendès France, naturellement interrogé par Jean Daniel sur cette hypothèse du retour du Général, rétorquait, comme impatienté d'avoir à proférer une banalité : « La question qui se pose n'est pas celle de son retour, mais des formes qu'il prendra[3] ! »

De ce brusque revirement de l'Histoire l'opinion fut informée par un article proprement « sensationnel » publié trois jours plus tard par Maurice Duverger dans *Le Monde*, quotidien dont Hubert Beuve-Méry n'avait pas souhaité faire le véhicule de ce qu'on appelle, dans le jargon du métier, les « scoops », mais qui ne pouvait se refuser à mettre les citoyens au courant de pareilles évolutions.

Le titre donné à l'article de Duverger était assez bref pour dire tout : « Quand ? » La question que s'étaient posée les dîneurs n'était donc pas, comme le disait Mendès, de savoir *si* le général de Gaulle reviendrait ; elle n'était même pas, selon Duverger, de préciser *comment*. L'incertitude n'avait trait qu'à la date… Cette version des échanges du dîner des Pyramides minorait, pour faire court, les préoccupations légalistes de certains des interlocuteurs (que l'on va retrouver)*. Mais elle était prophétique, annonçant aussi bien la réforme des institutions que la paix en Algérie et la création de la Communauté franco-africaine…

Que François Mitterrand n'ait pas pris, à propos du retour au pouvoir d'un homme dont il était censé être un opposant déterminé, une posture négative, on n'en veut pour preuve que l'article qu'il publia quelques jours après celui de Duverger, et lui aussi dans *Le Monde*. Article que l'opinion de l'époque négligea étrangement, comme l'ont fait ensuite les historiens et les biographes du futur président.

Ce n'est pas un ralliement sans détour à de Gaulle, et la

---

* C'est Duverger, précisément, qui, lors de la fameuse conférence de presse du 19 mai, demandera au Général s'il est disposé à « respecter les libertés fondamentales » – s'attirant une réplique qui fit mouche.

main qui est tendue là n'est pas ouverte sans restriction. Mais relu aujourd'hui, en un temps où la légende, fondée sur des crises bien réelles, tend à faire du quatrième président l'antithèse frénétique du premier, ce texte, antérieur de deux mois au 13 mai 1958, est d'un extraordinaire intérêt :

> « Oui, de Gaulle se tait. Mais que ce silence est donc assourdissant !
> Hors l'aventure de la sainteté ou de la science, il n'est pas de Français vivant qui soit plus digne de la pérennité de l'Histoire que le chef de la France libre. S'il se tait, quand le vacarme des querelles accompagne les malheurs de la patrie, pourquoi chercher ailleurs que dans la méditation, l'angoisse, la fidélité et l'amour les raisons d'un silence dont il n'a confié à personne le soin de percevoir l'écho ?… »

Sous un intertitre de la rédaction du journal qui ajoute au « Quand ? » de Maurice Duverger un « Comment ? » significatif, le député de la Nièvre poursuit :

> « De Gaulle reviendra peut-être au pouvoir comme il en est sorti, sans phrase […]. Les journaux de Paris sont pleins cette semaine du grand nom disputé. Dans la foulée de Jacques Soustelle, François Mauriac et Maurice Duverger ont déjà dépassé le "comment ?" pour atteindre le "quand ?". Du coup, la léthargie gouvernementale, qui se sent chatouillée, remue bras et jambes et même la tête.
> L'opinion, elle aussi, s'émeut. De Gaulle la choque ou l'exalte comme la solitude et la gloire. On oublie les égarements des "crachats dans la mer *" pour aimer à nouveau cette manière inimitable de prononcer le nom "France" avec l'accent intemporel du haut des Pyramides et de Carlton Gardens.
> Tandis que de Gaulle se tait, le formidable accompagnement du silence propage au loin ses ondes sonores. Tendons l'oreille. Un accord inconnu jusqu'alors rythmera-t-il la marche d'un peuple, le nôtre, vers l'harmonie et vers la paix, plutôt que vers la guerre et ses dominations ? Nous n'avons rien entendu encore qui ressemble à cela. Comment s'y reconnaître ? La vraie grandeur, le vrai langage du général de Gaulle nous révéleront, souhaitons-le, le vrai secret de son silence. »

* Formule employée par le président du RPF pour décrire la politique de la France après son départ…

Voilà ce que publiait *Le Monde* en date du 13 mars 1958, deux mois exactement avant l'explosion de l'émeute algéroise qui, de fil en aiguille (un fil qui ressemblait à un cordeau Bickford, une aiguille assez aiguë…), conduirait au retour au pouvoir de Charles de Gaulle.

On voit qu'au moment où les divers réseaux gaullistes mettent en place leur dispositif politico-militaire, François Mitterrand ne se définit nullement comme un opposant de principe. Bien au contraire. Il évoque, c'est vrai, les procédures, et ne fait pas l'économie de quelques railleries à l'adresse des dévots du grand homme. Il reste dans l'expectative, mais l'admiration, mieux que l'impatience, plus que la défiance, inspire ces lignes. Mauriac lui-même n'en dit pas autant depuis certain article du 22 février 1958 où il exprimait sa crainte que bientôt le nom de De Gaulle ne soit plus prononcé…

François Mitterrand a bien posé la question du « comment ? ». Et l'on sent, derrière son appel, l'appréhension que lui inspirent les « hommes à poigne » qui rôdent autour du Général. Mais il n'évoque pas l'ombre des prétoriens, ni des factieux. L'hypothèse du retour du Général, telle qu'il l'examine alors, soulève des problèmes juridiques, non des inquiétudes relatives à la démocratie et à l'ordre public. Optimisme ? Naïveté ? Saluons ce moment, dans la carrière d'un personnage qui n'en fut pas prodigue.

* * *

Depuis le mois de novembre 1957 est installée à Alger, dans une petite villa d'El-Biar, une « antenne » d'information mise en place par le ministère de la Défense, dont le titulaire est alors Jacques Chaban-Delmas. L'ancien maire de Bordeaux écrit dans ses *Mémoires pour demain* [4] que, ayant créé cet organisme pour être informé sans recourir à des services civils et militaires sclérosés, il avait été placé devant le fait accompli d'une savante intrigue par l'équipe qu'il avait mise en place, laquelle s'était donné pour objectif véritable moins d'informer le ministre que de damer le pion aux extrémistes d'Alger en ramenant de Gaulle au pouvoir. Accordons-lui le bénéfice de la bonne foi : ce n'est pas si souvent qu'un homme prie qu'on l'excuse d'avoir été débordé par des gens qui réalisaient l'objectif de sa vie…

De Gaulle semble avoir été « mis au parfum » par l'équipe de la villa d'El-Biar avant le ministre de la Défense. Les 28 et 30 avril 1958, il recevait deux de ces pionniers, Léon Delbecque et Lucien Neuwirth. « Que ferez-vous, mon général, si nous vous lançons un appel ? – Je vous répondrai », a fait, sobrement, le Général.

Quels que soient les rôles exacts alors joués par Chaban et de Gaulle, le fait est qu'Alger n'est plus, au début de mai 1958, qu'un chaudron de sorcières. Depuis qu'en février l'affaire de Sakhiet-Sidi-Youssef a mis en marche les « bons offices » de Washington et de Londres, qui ne pouvaient aller dans le sens d'un maintien de l'Algérie française, depuis que le FLN a fait exécuter trois prisonniers français dans le but évident de provoquer le pire en exaspérant Alger, il n'est pas de jour que ne se fomente un complot, une intrigue visant soit à déposséder la République de ce qui lui reste d'autorité en Algérie, soit à la renverser.

Ces conjurations au grand jour (hormis celle d'El-Biar) se parent d'oriflammes ou d'insignes multiples, du Sacré-Cœur arboré par Robert Martel, viticulteur chouan qui rêve d'une nouvelle bataille de Poitiers, à la cagoule où se glisse depuis vingt ans le Dr Martin, des fleurs de lys dont rêve le Dr Lefèvre, maurrassien de barricades, aux sigles fascistes dont se parent les bandes menées par le cafetier Joseph Ortiz et aux monômes étudiants encadrés par les parachutistes et menés par Pierre Lagaillarde. Tandis qu'au sein ou en marge de l'armée, les colonels Trinquier, Argoud et Thomazo, dit « Nez de cuir », ne se cachent pas pour préparer l'insurrection contre un pouvoir tenu pour débile, corrompu et prêt à l'abandon – pouvoir qu'ils estiment honteusement incarné, à Alger, par le commandant en chef, le général Salan.

Tous tiennent la IVe République pour la « gueuse » à abattre, mais de Gaulle, soupçonné d'être favorable à l'émancipation de l'Algérie, n'est considéré par eux que comme le choléra par rapport à la peste. Sauf par quelques hommes : le puissant et prestigieux général Massu, commandant la région, maître de la ville d'Alger où il a écrasé le FLN, et la petite troupe de gaullistes infiltrée, on l'a vu, par Jacques Chaban-Delmas et menée par Léon Delbecque.

La situation est telle que le ministre résident en Algérie Robert Lacoste se déclare, dans une interview à Jean Daniel, « dépossédé de tout pouvoir par l'armée » – qu'il a lui-même affolée et radicalisée en déclarant à ses chefs que Paris préparait un « Diên Biên Phu diplomatique », tandis que Salan et Massu signifient au gouvernement que la moindre concession à propos de l'Algérie provoquera dans l'armée une « réaction de désespoir »...

A Paris, Mendès France, Mitterrand et leurs amis lient de plus en plus cette terrible ébullition algérienne à l'éventualité du retour du Général. Mais dans leurs esprits, au moins jusqu'au milieu de mai, de Gaulle ne saurait être qu'un bouclier, ou un arbitre, assurément pas un complice ou un parrain de l'opération. Bien informés, soit par le milieu pied-noir proche de Georges Dayan, soit par les journalistes amis comme Jean Daniel et Jean-Jacques Servan-Schreiber, qui, après un séjour dans un corps de troupe en Algérie, a gardé de fortes relations dans les cadres de l'armée, ils tiennent les séditieux pour fort hostiles à l'homme du 18 Juin. Comment imaginer entre eux une collusion, même une convergence ? Comment le héros « élu » du dîner des Pyramides reviendrait-il de Colombey entre deux haies d'émeutiers et de prétoriens ?

Ni PMF ni Mitterrand ne passent pour des jobards. Mais ils ne sont pas instruits sans surprise, au cours des jours qui suivent, de quelques bribes du plan « Résurrection », dont il est difficile de dater la rédaction mais qui est alors mis au point dans l'entourage du général Massu, lequel n'est pas sans relation avec celui du général de Gaulle. Leur attention est surtout attirée par le comportement quasi insurrectionnel de Michel Debré, qui, se réclamant du Général, tire à boulets rouges sur la IVe République, assimilée au régime de Vichy et se perpétuant par ce qu'il n'appelle pas, lui, un « coup d'État permanent » mais qu'il décrit comme tel. Bons analystes, Mendès et Mitterrand peuvent penser que cette effervescence verbale vise surtout à voiler la dislocation ou les contradictions du mouvement gaulliste. Tant de hurlements peuvent-ils s'expliquer autrement que par le souci de camoufler la faiblesse ?

Ils servent en fait à couvrir une minutieuse préparation qui s'opère à partir du 5 de la rue de Solférino, quartier général de Charles de Gaulle, sous la baguette très discrète, elle, de Jacques Foccart. Celui qui s'est décrit [5] comme le « chef d'orchestre » de la manœuvre met au point une triple opération : *a*) de captation des ardeurs émeutières des pieds-noirs algérois par l'antenne gaulliste ; *b*) de canalisation, dans le même sens, des colères de l'armée ; *c*) de synthèse de ces deux énergies pour mieux émouvoir d'abord, stupéfier ou effrayer ensuite la métropole, et, s'il le faut, abattre le régime.

Nantis du plan « Résurrection », deux officiers de l'état-major de Massu, le commandant Vitasse et le capitaine Lamouliatte, feront la liaison avec Foccart au milieu du mois de mai, pour peaufiner les détails de l'opération armée – non sans avoir remis en passant les dernières instructions aux deux chefs militaires métropolitains les plus ouvertement acquis à l'entreprise, le général Descours à Lyon et le général Miquel à Toulouse... C'est sur ce fond de quadrillage militaire que doit s'opérer ce que le général Massu a décrit comme « la marche convergente [...] d'éléments aéroportés débarqués au Bourget et à Villacoublay [obtenant] la chute du gouvernement actuel et la mise en place d'un gouvernement de salut public présidé par le général de Gaulle dans le même esprit que le mouvement de mai à Alger [6] ».

Un 13 mai algérois à l'échelle de la nation ? Moyennant quoi Massu spécifie qu'« il ne s'agit ni d'un coup de force militaire, ni d'une rébellion ». On a peine à le croire quand on lit dans l'ouvrage parallèle du général Jouhaud, autre maître d'œuvre de l'opération, que « les parachutistes devaient occuper l'Hôtel de Ville, la préfecture de police, la tour Eiffel, l'Assemblée nationale, l'ORTF, la présidence du Conseil, etc. [7] ».

Le plan n'est évidemment pas connu des milieux politiques parisiens, au moins jusqu'au 28 ou 29 mai. Mais ce qu'ils observent, c'est le véritable tourbillon de personnalités gaullistes, qui, de Jacques Soustelle à Guillain de Bénouville * – Michel Debré n'étant retenu en métropole que par une terrible crise de sciatique –, tissent leur toile entre Paris

* Ami de Mitterrand, on le sait.

et Alger. « Si nous avions voulu prendre le pouvoir par la force, de vieux résistants comme nous s'y seraient pris plus discrètement. Nous avions l'expérience des combats dans l'ombre[8]… », a fait valoir Pierre Guillain de Bénouville. En fait, il s'agissait de manœuvres d'intimidation, d'affolement. Première phase du projet et si possible la seule – les parachutages massifs ne devant intervenir que si la peur n'avait pas suffi…

Mais de Gaulle, pendant ce temps-là, que sait-il ? Que fait-il ? Ses plus proches assistants, Guichard, Foccart, Lefranc, assurent qu'il reste en marge des préparatifs. Mais le premier lui en dit assez long, vers le 20 mai, pour que le Général éclate de rire en lui donnant une bourrade dans le dos. « Sacré Guichard[9] ! » Nul plus que lui, bien sûr, ne souhaite faire prévaloir la « stratégie du simulacre » sur celle des couteaux. De Gaulle putschiste ? Pouah ! Et les hommes sont si lâches… Mais il faut ce qu'il faut, et, aux tout derniers jours du mois de mai, on le trouvera peu timide !

Le 13 mai 1958 donc, à l'initiative des milices insurrectionnelles de Lagaillarde, Martel et Thomazo, la foule algéroise, rééditant l'opération qui avait fait plier Guy Mollet deux ans plus tôt – mais au coude à coude cette fois avec de nombreux musulmans –, a pris d'assaut le palais du gouvernement général (le GG) et proclamé le Comité de salut public qui prétend s'ériger en gouvernement. Coiffant les ultras folkloriques, le général Massu s'arroge d'emblée la présidence de cet organisme, avant que Léon Delbecque n'impose à Raoul Salan, détenteur de tous les pouvoirs à Alger, de crier : « Vive de Gaulle ! »

Le Général ne se le fait pas dire deux fois : avec une prestesse qui interdit l'hypothèse de l'improvisation, il fait distribuer trois heures plus tard un texte magistral, d'où il ressort qu'il se tient « prêt à assumer les pouvoirs de la République », non sans avoir dénoncé aussi bien « la dégradation de l'État » que « l'éloignement des peuples associés », formule très neuve et qui donne espoir à ceux qui pensent que son retour « aux affaires » ouvrirait la voie à une politique nouvelle en Algérie.

Une telle synchronisation alerte naturellement Mendès, Mitterrand et des socialistes comme Defferre et Philip, qui n'excluaient nullement, jusqu'au 13 mai, l'appel au grand arbitre, s'interdisant de penser qu'il puisse se faire en convergence avec l'émeute et l'insurrection militaire. État d'esprit résumé dans la nuit du 13 au 14 mai par leur ami François Mauriac : « Nous espérons toujours en de Gaulle, mais non en un de Gaulle qui répondrait à l'appel d'un Massu ! »

La balle qu'il a saisie au bond, le général de Colombey entend la jouer vite. Pour prendre de court à la fois le régime et les prétoriens, il convoque la presse à l'hôtel du palais d'Orsay le 19 mai pour une ample séance d'explication – entouré de son « pré-gouvernement » : Malraux, Debré, Chaban, Fouchet *… « Je prends devant la presse le ton du maître de l'heure [10] », écrit-il majestueusement dans ses *Mémoires d'espoir*. Certes. Mais l'« heure » est à quoi ? Au consulat ? A la démocratie musclée ? Aux parachutistes ? Le Général se refuse à condamner la sédition, revendique des « pouvoirs exceptionnels » et n'exclut l'exercice de l'absolutisme qu'en arguant de son âge : « Croit-on qu'à 67 ans je vais commencer une carrière de dictateur ? » Joli mot – mais qui rappelle que tel autre s'y aventura à 80 ans passés… Il est magnifique, de Gaulle, d'alacrité intellectuelle, de maîtrise de soi et du langage, mais indéchiffrable, ambigu jusqu'à la minutie…

On s'attroupe, à la sortie, autour de Mauriac. Maurice Clavel le presse : « Alors ? » Premier cri de la voix étouffée : « Je suis contre [11] ! » Autour de lui, Françoise Giroud et Jean-Jacques Servan-Schreiber réagissent de même – combattus par Jean Amrouche, écrivain kabyle, et Robert Barrat, tous deux très proches du FLN, qui feront si bien, dans les heures qui suivent (« Je l'aurai », grommelle Amrouche), que l'auteur du « Bloc-notes » écrira au cours de la nuit ces lignes décisives : « Ici même, plusieurs fois, j'ai crié vers le général de Gaulle. Maintenant qu'il est aux portes, vais-je me dresser contre lui […] contre cet arbitre qui se propose, qui ne s'impose pas [12] ?… »

Le même soir, Pierre Mendès France et François Mitterrand qui, quelques jours plus tôt, étaient sur la ligne prônée par Mauriac, profèrent le veto qui est d'abord sorti de sa bouche, au palais d'Orsay : « Je suis contre ! », estimant, eux, que l'arbitre s'« impose » plus qu'il ne se « propose ».

---

* Soustelle est déjà parti pour Alger.

A *L'Express*, qui prend la tête de l'opposition, une voix discordante vient s'associer à celle de Mauriac. Consulté en tant que spécialiste très écouté des affaires d'Algérie, Jean Daniel adresse à Jean-Jacques Servan-Schreiber une note qui résume ainsi sa réflexion : non sans masquer son « inquiétude », il se dit persuadé qu'« il n'y a pas d'autre recours qu'une expérience de Gaulle, contrôlée par une mobilisation permanente des forces populaires ». Constatant « l'absence de programme réaliste de tous ceux qui s'opposent à de Gaulle », il conclut : « Il ne s'agit plus de savoir si on est pour ou contre de Gaulle, mais comment on va pouvoir se défendre contre les écarts éventuels de De Gaulle »[13].

Ces « écarts », Mendès et Mitterrand ne les tiennent déjà plus pour « éventuels », les considérant comme consubstantiels à l'entreprise. A cette estimation un événement va bientôt donner une apparente justification : Pascal Arrighi, député corse très proche de Michel Debré, impliqué depuis des années dans tous les complots contre la IVe République, appelle (en dialecte local...) la Corse à se soulever. Ce conseiller d'État putschiste, en liaison étroite avec Henri Maillot, cousin du général de Gaulle et ancien chef de la Résistance dans l'île, tous deux flanqués d'un régiment de parachutistes, s'emparent de la préfecture d'Ajaccio et rangent la Corse sous la loi d'un Comité de salut public, et celui-ci sous l'autorité d'Alger...

De Gaulle se garde bien de réprouver ce second coup de force, au surplus frappé de l'estampille familiale, et empoche gaillardement cette nouvelle proie. L'Aigle, déjà, vole de clocher en clocher... Réaction indignée, cette fois, de François Mitterrand, qui escalade le 25 mai la tribune de l'Assemblée pour dénoncer le *pronunciamiento* et demander la levée de l'immunité parlementaire de ce conseiller d'État séditieux... Mais il se garde encore de s'en prendre directement à de Gaulle.

Ce 25 mai, s'il ne dénonce que la bouffonne et indécente opération d'Arrighi, s'il fait silence sur le silence observé alors par de Gaulle, François Mitterrand est passé de l'expectative – confiante avant le 13 mai, inquiète entre le 13 et le 19, pessimiste depuis la conférence de presse du palais d'Orsay – à l'opposition déclarée.

La fièvre sanglante où se débat l'Algérie peut faire comprendre beaucoup de choses, et Mitterrand est bien placé pour savoir que la loi y est souvent violée. Mais la Corse ? Un coup de force la livre aux séditieux d'Alger, et de Gaulle approuve ? Le refus dans lequel va se figer le député de la Nièvre est exaspéré par les manœuvres de ses plus considérables confrères, impatients de se ruer à Colombey, de ménager de furtifs entretiens ou de correspondre avec le « connétable » : ainsi font Auriol, Monnerville, Mollet, Pinay – encore que ce dernier mette d'abord en garde le seigneur de Colombey contre la « grève générale illimitée » que provoquerait son retour au pouvoir...

Quand la décision de François Mitterrand prit-elle un caractère irrévocable ? Dès l'équipée de Corse ? Se donna-t-il encore, après sa philippique du 25 mai, quelques jours de réflexion ? En tout cas, après un très bref séjour sur sa terre d'élection de la Nièvre, où il lui faut bien constater que l'attente populaire de l'homme providentiel est si forte que ses scrupules ou ses réserves font figure d'anachronismes, il fait route vers Paris en compagnie du sous-préfet de Clamecy, Jean Pinel, l'un de ses compagnons de route préférés.

C'est alors qu'il lui fait une confidence souvent citée depuis lors : « Je vais voter contre de Gaulle. Il y en a pour vingt ans. Mais après, je ferai trois choses : je ramènerai les communistes à 10 %, j'accrocherai une casserole à la droite et je gouvernerai au centre... » (Le témoin est assez fiable pour qu'on se permette de citer ce propos presque trop savoureux, de ceux dont on dit souvent : « *Se non è vero...* »)

Dans *Ma part de vérité*, François Mitterrand fixe au 29 mai le moment de la rupture irrévocable avec de Gaulle. C'est ce jour-là en effet qu'est amorcé le déclenchement de la phase militaire du plan « Résurrection ». La veille, le 28, vers 10 heures, de Gaulle a reçu à La Boisserie le chef d'état-major de Raoul Salan, le général Dulac, venu s'enquérir des intentions profondes de son hôte. Celui-ci « couvre »-t-il vraiment l'opération « Résurrection », que Salan juge pour sa part bien aventureuse ?

De Gaulle s'informe des moyens aériens et terrestres qui seraient mis en œuvre, et les juge « légers ». Salan se joindra-t-il à l'assaut ? Dulac assure qu'il accompagnerait, comme Massu, la « première vague ». Le maître de La Boisserie précise qu'il ne veut pas, lui, « apparaître tout de suite » et souhaite n'être appelé, un peu plus tard, que « comme un arbitre »… Et, parlant des chefs du mouvement Algérie française, il observe : « Eux parlent. Moi, j'agirai… » Et il résume ainsi son état d'esprit : « Il faut sauver la baraque… » Conclusion du visiteur : « Salan a le feu vert… » [14].

Si le lendemain, 29 mai, est le jour où Mitterrand arrêta sa décision négative, c'est bien parce que ce fut la journée décisive. A 11 heures, le général Nicot, de l'état-major de l'armée de l'air, est reçu rue de Solférino par le groupe des hommes de confiance du général de Gaulle – notamment Foccart, Debré, Guichard et Lefranc… Il obtient d'eux, raconte-t-il, l'assurance que de Gaulle est « d'accord pour déclencher l'opération ».

Mais ce militaire « exige » que l'on téléphone devant lui à Colombey pour obtenir une confirmation orale de cette approbation – qui, rapporte-t-il, est bel et bien formulée en sa présence, mais non à lui-même. C'est, selon le visiteur, Pierre Lefranc qui, à 11 h 30, raccrochant le récepteur, se retourna vers les assistants pour dire : « Le Général donne son accord complet pour que l'opération soit déclenchée sans plus attendre. » Pierre Lefranc, honnête homme s'il en fut, a vivement contesté à mon intention cette version des faits. Ce « feu vert » fut-il donné par d'autres voies ? Il le fut, en tout cas*…

Car c'est vers 15 h 30, selon le général Jouhaud, commandant l'aviation en Algérie, que, sur ordre du général Gelée au général de Rancourt (gaulliste de Londres), les six premiers avions décollèrent d'Alger en direction du sud-ouest de la métropole. « L'opération "Résurrection" était déclenchée », écrit le général Jouhaud. Mais c'est pour ajouter que, sitôt engagée, l'action fut interrompue, les trois chefs d'état-major de l'armée ayant appris que le président de la République allait recevoir le général de Gaulle dans la soirée. Ainsi pouvait s'enclencher, plutôt que le militaire, le processus pacifique, sinon régulier…

---

* C'est alors que le général de Gaulle écrit à son fils que « l'action serait imminente du sud vers le nord »… (*Lettres, notes et carnets*, juin 1951-mai 1958, p. 365.)

Cette décision capitale a été accompagnée d'un « message aux Chambres » de René Coty, dont la lecture, à 15 heures, ce même 29 mai – alors que vrombissaient les appareils de Jouhaud… –, a suscité des « mouvements divers » : le président de la République a déclaré que le pays étant « au bord de la guerre civile », il s'est tourné vers « le plus illustre des Français » en vue de former un « gouvernement de salut national » qui entamerait une « réforme profonde des institutions ». De Gaulle, bien préparé, a reçu ce message « cinq sur cinq », comme disent les militaires, assez tôt pour accourir de Colombey (trois heures de route) et entrer à 19 h 30 à l'Élysée par la grille du parc.

On apprend deux heures plus tard qu'il « accepte d'être investi le 1er juin par l'Assemblée nationale », qu'il s'est même laissé persuader, non sans résistance, de paraître devant les députés, pour leur lire une brève déclaration – mais non certes de participer à un débat… Et M. Coty l'a même convaincu de se contenter des « pleins pouvoirs » pour six mois, alors qu'il les demandait pour un an. Voilà qui ne fait pas prévoir des jours très ordinaires ! Il est vrai que ceux que l'on vient de vivre ne l'étaient guère…

Que sait François Mitterrand de tout cela – hormis l'épisode proprement parlementaire qu'il vient de vivre – quand, sortant de l'Assemblée, en fin d'après-midi, il entame, sur les quais de la Seine, cette déambulation de plusieurs heures qui s'accompagne de l'une des méditations les plus dramatiques de sa vie ? Depuis quelques jours – le 23 ou le 24, et surtout le 25, date du soulèvement corse –, il n'ignore plus grand-chose des préparatifs et agissements militaires : *L'Express* est bien informé et lui-même, entre le milieu Dayan, très sensibilisé aux moindres frémissements algériens, et les nombreux militaires de son entourage (son frère Jacques est colonel de l'armée de l'air…), ne doit plus rien ignorer des mécanismes de « Résurrection »…

Il sait aussi, lui, l'homme des « fuites », et des plus violents débats parlementaires, et des campagnes électorales contre les poujadistes (« Des types comme vous, on les écrase comme des limaces ! »), que la moindre des menaces proférées contre Mendès et lui, ces jours-là – on va « jeter les députés à la Seine », « les paras vont les coller au poteau ! » –, peut être suivie d'effet.

Alors le voilà arpentant la rive gauche de la Seine, des Invalides à la gare d'Orsay, du pont du Louvre à l'Institut, du quai Conti à Saint-Michel et aux Tournelles… Était-il pour une fois seul, lui qui aime tant faire ce parcours avec Roland Dumas, Louis Mermaz ou Georges Dayan ? Il ne nous a pas fait connaître, en tout cas, le nom d'un compagnon de ce cheminement au cours duquel se fixa, pour vingt-trois ans, sa vie.

Il est dans la force de l'âge – 41 ans. Il a appris, à la tête d'une dizaine de départements ministériels – dont l'Intérieur et la Justice –, à la présidence d'un parti et sur le terrain provincial, tous les mécanismes de la vie publique. Il est, avec Pierre Mendès France et Edgar Faure, le parlementaire le plus évidemment promis à de hautes fonctions – la prochaine étant vraisemblablement la présidence du gouvernement. Il n'entretient pas les meilleures relations avec l'homme qui revient, dans un brouhaha militaire, ni avec son entourage. Mais il ne manque pas non plus d'atouts ou d'amitiés de ce côté-là, que ce soit dans le sillage de Mendès (que le vainqueur du jour ne peut manquer de solliciter) ou par le truchement de compagnons du Front républicain, comme Jacques Chaban-Delmas, ou de la Résistance, comme Guillain de Bénouville et Philippe Dechartre. Et il a « traité » l'affaire dite du « bazooka » avec suffisamment de doigté pour avoir droit – croit-il… – à quelques égards de la part de Michel Debré.

Bref, s'il n'aime pas le cours des choses, ce bruit de bottes, ces intrigues de popotes, ces confidences apeurées dans les couloirs du Palais-Bourbon, les ralliements qui se préparent ou s'affichent, ni l'évolution des articles de Mauriac dans *L'Express*, du « non » du 19 mai au « oui » du 29 *, il pourrait à la rigueur s'en accommoder.

Le gaullisme n'est pas allergique au talent. Il n'est pas toujours hostile au cynisme. Le savoir-faire y a fait, depuis 1940, ses preuves, et y a connu, en ces quinze jours de tractations de Charles de Gaulle avec l'armée, les ultras, les partis et l'Élysée, son apogée. Machiavel vient au pouvoir. Pourquoi son épigone le plus doué ne l'y suivrait-il pas ?

* Ce jour-là, d'ailleurs, Mauriac écrit qu'il est « avec le général de Gaulle contre ceux qui exigent que la République lui soit livrée ».

« Non. » Le marcheur du quai Voltaire dit « non », et ce « non » scande sa marche. « J'ai accompli dans ma vie deux ou trois actes qui n'ont dépendu que de moi », écrira-t-il quatorze ans plus tard dans *Ma part de vérité*. Celui-ci en est un, comme l'a été l'évasion de 1941 ou comme le sera la candidature de 1965. Nul mieux que le ministre démissionnaire de septembre 1953, le « premier flic de France » en proie au lobby des chasseurs de sorcières ou le garde des Sceaux du « piratage » d'octobre 1956 ne connaît les faiblesses structurelles existentielles de la IVe République dont il avait d'emblée rejeté la Constitution. Et naguère, au début de l'agonie du système, il a soutenu une réforme proposée par Pflimlin qui prétendait muscler et stabiliser l'exécutif.

Mais ce que vient de faire (ou de couvrir, ou d'accompagner, ou d'exploiter) l'homme du 18 Juin, *ad majorem Galliae gloriam*, pour une plus grande gloire de la France, est-ce tolérable ? Beaucoup d'honnêtes gens pensent que oui, qui ne sont pas tous gaullistes, et qui peuvent y perdre pouvoir, ou statut, ou avenir.

Rejeter de Gaulle, refuser d'approuver la très belle lettre qu'il écrira le lendemain à Vincent Auriol (« si l'on m'empêche de tirer la République d'affaire […] je n'aurai plus, jusqu'à la mort, qu'à rester dans mon chagrin »), interdire aux partis d'« aménager leur résignation », comme l'écrira le Général sur le ton de Chamfort, cela mène à quoi ? A s'offrir, les poings liés, aux parachutistes ? A tenter d'organiser à la hâte cette grève générale illimitée dont M. Pinay voulait faire un épouvantail pour de Gaulle (avant de se rallier et d'être ministre…) ? Mais qui peut croire que la classe ouvrière est prête à se sacrifier pour le MRP et la SFIO ? Où même pour le Parti communiste ?

Et, tout de même, la « résignation » évoquée par de Gaulle lui-même n'est-elle pas chose honteuse ? Claude Bourdet dénonce alors le « chantage odieux » et parle de prendre le maquis… Il est mieux placé que Mitterrand pour rappeler qu'en 1940… Mais le parallèle ne saurait être poursuivi. Cette fois, la noblesse des objectifs de l'opération – et de l'opérateur – permet d'espérer la mise en place, à moyen terme, des mécanismes d'équilibre et de freinage. Rarement en tout cas dans notre histoire le « oui » et le « non » auront eu de plus honorables raisons à faire valoir. Rarement les arguments se seront aussi savamment équilibrés *. Et l'on verra plus loin que nul ne les a mieux soupesés et exprimés que le député de la Nièvre. « En lui, il y eut débat », confirmait avec force André Rousselet, quarante ans plus tard.

Bref, ce sera « non ». Et libre à qui le veut d'y voir, plus qu'un choix pour la dignité ou le puritanisme juridique, un calcul à long terme. Vingt ans ? A d'autres il a parlé d'un moindre délai. Et, si pressé que l'on soit, les ambitions très hautes ne vont pas sans périodes d'incubation, de mûrissement. Plus il sera long, plus le « non » à de Gaulle, ingénieusement mis en scène, apparaîtra grand. Pour Hugo, ce fut dix-neuf ans... A long terme, le « non », s'il ne s'abîme dans l'indifférence et l'oubli, grandira, prendra une dimension luciférienne : « Je suis, dit le Méphisto de Goethe, celui qui toujours dit non **... ! » Mais d'autres préfèrent se référer à Antigone...

Plus prosaïque, Daniel Mayer, qui n'était pas un ami du député de la Nièvre (il n'oubliait pas la francisque de 1943, mais la jugeait avec plus de magnanimité que d'autres), écrit de la décision alors prise par Mitterrand : « ... Sans souci de carrière [...] il sacrifie à sa conception de la démocratie les avantages évidents qu'il aurait pu tirer du néo-gaullisme [15]... » Évidents ? On a vu plus sobrement qu'ils n'étaient pas tout à fait exclus...

Ce « non » déjà formé dans son esprit et sa conscience, François Mitterrand aura l'occasion de lui donner sa forme publique deux jours plus tard, le 1er juin, lors de la séance d'investiture où de Gaulle doit paraître – sans pour autant « solliciter les suffrages des élus », comme on l'exigerait d'un vulgaire Mendès France...

Le président du Conseil désigné – le dernier de la IVe République – a tenu à faire précéder cette formalité à laquelle il n'a consenti que sur les instances du président Coty, d'une séance très originale et qui promet d'être savoureuse, une

* Étant bien entendu que ces choix doivent être situés à la lumière de l'époque, des souvenirs laissés par le RPF et des circonstances de la fin de mai 1958, et non de l'évolution du régime gaullien et des fruits qu'il a portés en douze ans...

** Appliqué par de Gaulle à Beuve-Méry, qui pourtant lui dira « oui »...

rencontre collective avec les principaux personnages de ce Parlement qu'il déteste, non sans en estimer quelques spécimens humains… C'est à l'hôtel La Pérouse, où il réside pendant ses séjours parisiens et où, depuis deux jours, est installé son état-major de campagne (Foccart, Frey, Guichard et Lefranc, pendus au téléphone, faisant et défaisant les ministres de demain), que Charles de Gaulle a convié pour le 31 mai, à 15 heures, les rescapés de l'âge parlementaire – le quaternaire…

Ils sont tous là, ou presque*, fruits ou fossiles d'un demi-siècle d'histoire – de Daladier à Ramadier, de Mollet à « Edgar », de Queuille à Pinay –, presque tous conquis, déjà, et consentants, même Jules Moch, qui trois jours plus tôt ne parlait que de résistance armée. Presque tous…

François Mitterrand aimait évoquer cette scène, mettant comme toujours l'accent sur l'extrême courtoisie du géant, et sur sa propre impertinence de Till l'espiègle… Il décrivait avec délectation l'entrée du Général, éléphant dans ce petit salon de porcelaine où se pressent trente personnages importants, tassés sur des chaises cannées, les questions respectueuses, convenues ou embarrassées des anciens chefs de gouvernement, « coincés » comme des collégiens devant l'inspecteur d'académie.

Citons le passage des *Mémoires interrompus* où il raconte la scène, non sans forcer les effets :

> « Moi qui avais été durant toutes ces années plutôt moins antigaulliste qu'eux, j'étais gêné par cette reptation […]. Je les voyais se confondre en courbettes. Certains avaient dit “jamais” le matin même, un mot qu'il faut prononcer avec précaution […]. De Gaulle jouait les maîtres des cérémonies […] s'enquérant auprès des uns et des autres (“Avez-vous des objections majeures à m'opposer ?”), rassurait sa droite pour les affaires algériennes, il apaisait le centre sur l'Europe et le traité de Rome, il flattait la gauche avec de vagues promesses sociales […]. Dans ce vague acquiescement à tout et à n'importe quoi se mêlaient l'indifférence et le mépris[16]… »

En fait de mépris, le député de la Nièvre n'a pas trop à envier au grand homme. Il évoque dans son récit Mollet et

---

* A l'exception des communistes.

Pinay renvoyés dans leur coin par leur hôte avec la grâce que déploie Don Juan pour abuser M. Dimanche : « Quoi, mon cher président, vous inquiéter pour l'Europe ? Mais je trouve le Marché commun excellent… Un peu étriqué, peut-être ? Et vous, cher monsieur Pinay, vous nous dites que vous tenez à nos relations avec nos alliés. Elles n'en iront que mieux avec une France forte… »

Alors se lève Mitterrand, un peu pâle et qui s'efforce à la désinvolture – les témoins sont là pour le confirmer. Lui-même affirmait plus tard que, « modeste représentant d'un petit parti », il s'était adressé « un peu timidement » à de Gaulle :

> « Mon général, je ne voterai pas pour vous tant que vous n'aurez pas désavoué publiquement les comités de salut public d'Alger et l'insurrection militaire […]. Nous risquons d'entrer, comme les républiques sud-américaines, dans l'ère des *pronunciamientos* militaires […]. Après les généraux, ce sera l'heure des colonels […]. Après tout, mon général, vous êtes mortel… »

De Gaulle n'est pas accoutumé à s'entendre parler sur ce ton – et Mitterrand nous prend pour des naïfs quand, dans ses *Mémoires interrompus*, il se dit « étonné » que son interlocuteur ait réagi « aussi bizarrement » à cette évocation de sa disparition… « Alors, Mitterrand, vous voulez ma mort, c'est ça ? J'y suis prêt ! » Et le grand homme de se lever, blême et jupitérien, coupant court à la séance. L'acide mitterrandien avait joué son rôle corrosif[17]. Les ponts sont donc coupés. Il reste pourtant à donner à la rupture un caractère solennel, face aux élus de la nation, à l'opinion publique tout entière.

C'est le 1er juin 1958, à 15 heures, que s'ouvre la séance d'investiture que le Général veut bien honorer de sa présence, se refusant à tout débat contradictoire et ne consentant qu'à lire une brève déclaration. Cette séance a gardé pour l'Histoire le titre que lui a donné *Le Monde*, « La dernière classe » – bien qu'ici le maître d'école ne se contentât pas de mettre un terme à un régime, mais fût plutôt là pour en annoncer un autre.

Sous les tribunes bondées du public, presque tous les députés sont en séance. Sur les dix-sept orateurs inscrits, neuf, on le sait, sont décidés à exprimer leur refus. Le Général monte à la tribune, « ému, très ému… presque intimidé [18] », selon Raymond Barrillon, lisant, en six minutes, un texte annonçant la profonde réforme des institutions – mais certes pas l'étranglement de la République. Puis il quitte l'hémicycle, laissant les orateurs s'adresser à un banc du gouvernement vide. Déjà le pouvoir législatif a perdu son hégémonie tentaculaire, vieille de quatre-vingt-trois ans…

Plus encore que celui de Pierre Mendès France, visiblement déchiré lorsqu'il dénonce l'« investiture extorquée » sous la menace des prétoriens et ne peut se retenir de glisser dans son ferme refus une note d'espoir à moyen terme, le discours de François Mitterrand marqua la séance, comme le fait, dans un orchestre, le brusque éclat de la trompette – la IVe République subissant, au passage, les sarcasmes d'un bon connaisseur. Mais c'est le « candidat » de Gaulle qui est bien la cible de cette mousquetade :

> « Lorsque, le 10 septembre 1944, le général de Gaulle s'est présenté devant l'Assemblée consultative issue des combats de l'extérieur ou de la Résistance *, il avait à ses côtés deux compagnons : l'honneur et la patrie. Ses compagnons d'aujourd'hui, qu'il n'a sans doute pas choisis, s'appellent le coup de force et la sédition. […]
> Comment pourrait-on nier qu'il existe un lien entre le 13 mai à Alger et la séance d'aujourd'hui, qu'il y a un complot organisé à Alger et dont les ramifications se sont étendues jusqu'à certains palais officiels de Paris ? […] L'Assemblée est placée devant un ultimatum : ou bien elle acceptera le président du Conseil qui se présente, ou bien elle sera chassée. Nous n'acceptons pas cela.
> Alors que le plus illustre des Français se présente à nos suffrages, je ne puis oublier qu'il est présenté et appuyé d'abord par une armée indisciplinée. […] En droit, il tiendra son pouvoir de la représentation nationale ; en fait, il le détient déjà du coup de force…
> Dans quelque temps vous vous rallierez, m'a-t-on dit. Si le général de Gaulle est le fondateur d'une nouvelle forme de démocratie, le libérateur des peuples africains, le mainteneur de la présence française partout au-delà des mers, le restaura-

* L'occasion est trop bonne, pour Mitterrand, de reprendre la distinction entre combats extérieurs et Résistance…

> teur de l'unité nationale, s'il prête à la France ce qu'il faut de continuité et d'autorité, je me rallierai à lui… […] à une condition [interruption].
> Au moment où la seule chose claire que l'on nous annonce est notre mise en congé, où l'on ne nous réserve qu'une séance de pure forme, exigée par la Constitution, le premier mardi d'octobre, où nous sommes invités à nous taire et à laisser faire, même ceux qui sont pleins d'angoisse ne doivent pas se laisser aller au désespoir : la France continue. Il y a l'espoir, la volonté et, au bout, la liberté victorieuse dans la patrie réconciliée. Cette espérance me suffit et m'encourage au moment de me prononcer contre la candidature du général de Gaulle [19]. »

Les applaudissements qui saluent cette philippique musclée ne sont pas très nourris, et viennent surtout des bancs communistes. L'esprit de soumission a déjà prévalu. « A quoi bon ? » murmurent-ils, ceux-là mêmes qui viennent trouver Mendès et Mitterrand dans les couloirs pour leur glisser : « Vous tenez bon, hein ? » [20]. A vrai dire, la IVe République était entrée en agonie avant que de Gaulle vienne mettre sur sa disparition le sceau du génie stratégique, du cynisme tactique et de l'espoir – ce que Mitterrand reconnaissait volontiers *.

Dans les *Mémoires interrompus*, son interlocuteur rappelle opportunément à François Mitterrand qu'au quidam qui lui avait lancé : « Dans quelque temps, vous vous rallierez ! », il ne s'était pas contenté de répondre en énumérant les préalables exigés pour cela **, il avait ajouté qu'un tel ralliement n'était envisageable qu'« à une condition… ». Les interruptions des contradicteurs avaient empêché l'orateur de formuler cette condition. Quelle était-elle ? Qu'attendait-il encore de celui auquel il refusait alors sa confiance ?

La réponse que donnait le vieux président à cette interrogation capitale, près d'un demi-siècle plus tard, était étrange. Faisant observer à bon droit que l'ensemble de son intervention « laissait peu de place à une approbation future », il relevait que son « éducation [le] renvoyait trop facilement à la

* Charles de Gaulle fut investi par 329 voix contre 224.

** Cités plus haut, et qui semblent une projection de ce qu'accomplira de Gaulle, en fait…

notion de péché mortel *, et que c'était comme un péché mortel, donc impardonnable **… qu'[il] dénonçait dans l'acte du 13 mai ». Et il ajoutait, troublé et troublant : « Me trompais-je ? De Gaulle avait une telle envergure que j'ai eu tort et raison à la fois » [21].

Quand on vous dit que la relation de Mitterrand avec de Gaulle est beaucoup plus ambiguë, beaucoup plus subtile qu'on ne le croit et qu'on l'écrit si souvent… Doit-on préciser qu'il s'agit là de propos tenus au soir d'une vie, bien longtemps après le combat ? De ces balancements, de ces « remords » – comme le dirait un peintre, sinon un confesseur – j'ai recueilli pour ma part, et plus tard encore, d'autres témoignages aussi forts.

Mitterrand n'était pas l'« anti-de Gaulle » ***, ni même l'« a- de Gaulle ». Il était celui qui, tantôt pour de mauvaises, tantôt pour de bonnes raisons, avait manqué de Gaulle, voilà le fait. Qui dira si ce « ratage » ne fut pas bénéfique à la société française, plutôt en quête d'antidotes aux griseries d'héroïsme, aux vertiges de la grandeur, que d'un Debré plus agile, d'un Pompidou moins satisfait ?

« Non » honorable ? « Non » chimérique ou étroitement légaliste ? « Non » stratégique, digne d'un machiavélien de haut vol, qui entrevoit et dessine déjà une route austère et longtemps solitaire, mais débouchant, à long terme, sur les sommets ? Avoir été pendant dix, quinze ou vingt ans le rebelle au grand Rebelle, n'est-ce pas passer de la politique à l'Histoire ?

Quarante ans plus tard, et compte tenu des accomplissements majestueux de la « République gaullienne », il est facile de juger que ces hommes du « non » – les Mendès, Mitterrand, Mayer, Savary, Defferre – furent des benêts ou des cathares, ou des malins bernés par plus malin qu'eux. Qui essaie de se reporter au climat de ce mai 1958, ses bruits de bottes et ses ralliements en frôlant les murs, pense que s'il y eut des honnêtes gens dans l'un et l'autre parti, ceux qui acceptèrent l'exil intérieur, en tout cas, ne furent pas méprisables.

---

* Mendès France, qui n'avait pas reçu la même éducation, parlait, lui, plus judicieusement, de péché originel…

** Voilà qui eût étonné les confesseurs de sa jeunesse !

*** Formule appliquée par Louis Vallon à Georges Pompidou.

* * *

Ce 1er juin 1958, quand il descend de la tribune de la Chambre, vers 17 heures, le député de la Nièvre fait pour beaucoup figure de suicidé, pour d'autres de héros. Très minoritaire ? Certes. Mais c'est le propre des oppositions qui impliquent des risques durables. Quand, ayant croisé bien des regards furieux (ou envieux ou apitoyés), il parvient dans la salle des Quatre Colonnes, Mitterrand voit se précipiter vers lui un journaliste qu'il connaît, mais moins que beaucoup d'autres, et qui lui lance : « Bravo ! Désormais, vous pouvez disposer de moi. Je vous suivrai dans tout ce que vous entreprendrez ! »

C'est Claude Estier, qui a le matin même démissionné du *Monde* pour protester contre l'éditorial marquant le ralliement (résigné) à de Gaulle d'Hubert Beuve-Méry au nom de la rédaction de ce journal, d'ailleurs divisée. Ce geste et le propos d'Estier touchent le rebelle. Mais toujours soucieux de son quant-à-soi, François Mitterrand se contente de rétorquer : « Merci. Vous êtes courageux. Ce sera dur. Ce sera long [22] ! » Et il faudra des mois en effet pour que ce disciple spontané entende l'appel du maître.

Le soir même, il rentre à pied, avec Roland Dumas, du Palais-Bourbon à la rue Guynemer, comme il le faisait souvent. « … La démocratie est confisquée, nous devons préparer son retour. Le temps passera vite […]. Nous pourrons accéder au pouvoir si nous réussissons dans notre entreprise de rassemblement […]. Il faudra lire, écouter de la belle musique […]. Songer à préparer notre mort [23]… »

Terrassé, Mitterrand ? Il ne l'est jamais longtemps. Son parti, l'UDSR, a explosé, dix députés, dont Pleven, sur quatorze ayant voté en faveur du nouveau pouvoir. Pour l'heure, sans illusion et sans appui, ce spécialiste du défi et du corps à corps se préparerait à une retraite studieuse entourée des amis les plus fidèles – Dayan, Dumas, Rousselet, Mermaz, Beauchamp – s'il n'était rappelé très vite sur le ring par Daniel Mayer, président de la Ligue des droits de l'homme, que possède la passion du combat et qui entame celui-ci, contre le nouveau consulat, avec d'autant plus d'ardeur que s'y est rallié celui qu'il méprise entre tous – Guy Mollet, naguère parangon de la rigueur marxiste au sein de la SFIO, maintenant ministre d'État du général de Gaulle.

Daniel Mayer, donc, lance dès la fin de juin un appel pour le regroupement des forces de gauche que signe Mitterrand, comme le font Mendès, Savary, Martinet, Bourdet, Depreux et quelques personnages de grand style ; et c'est encore lui qui fonde, le 7 juillet, l'Union des forces démocratiques (UFD), la première des machines de guerre (de guérilla, plutôt) que lancera la gauche pendant vingt ans contre le régime gaulliste, tandis que Depreux détache de la SFIO les partisans du « non » – Savary, Verdier, Mayer – pour fonder le Parti socialiste autonome (PSA), le 12 septembre à Issy-les-Moulineaux.

Le parti du refus – dont la faiblesse consistera en ceci que ce mot paraîtra pendant longtemps résumer son programme – est riche surtout de personnalités vigoureuses, plus attachantes que celles dont s'entoure d'abord de Gaulle. Pierre Mendès France, Gaston Defferre, François Mitterrand semblent d'une autre stature ou d'une autre saveur que les Debré, Pinay et Mollet de l'autre camp. Mais ce trio majeur perdra (pour un temps) « son » socialiste, Gaston Defferre, convaincu par de Gaulle que l'objectif majeur du nouveau pouvoir est l'émancipation de l'Afrique, et de ce fait rallié au système en novembre, avant de rompre de nouveau avec lui.

Quant aux deux compagnons de 1954, s'ils ont fait front au cours des tumultes de mai et maintiennent loyalement leur alliance – d'autant que le vibrionnant Servan-Schreiber a fait taire ses préventions contre le député de la Nièvre en raison du « non » claironné le 1er juin –, ils font, sur l'avenir du régime gaulliste, des analyses différentes.

Pour PMF *, « ce système né de la rue, sans préparation ni cohésion, incapable de se donner une stratégie économique, finira dans la rue [24] ». Pour Mitterrand, il s'agit d'un pouvoir durable parce qu'il incarne la réconciliation entre un grand stratège solitaire et la classe dominante et manifeste d'emblée une vitalité qui devrait lui assurer une ou deux décennies d'existence. Ni le prophète du court terme ni celui du

* Qui prend du champ, passant l'été 1958 en Chine.

long terme n'envisagent le moindre ralliement – mais ces différences de pronostic provoqueront des malentendus et des dissonances. D'autant qu'au sein de la galaxie gaulliste il se trouvera toujours quelqu'un pour tenter d'attirer Mendès aux côtés du Général, mais non Mitterrand. Lequel n'ajoutera d'ailleurs jamais foi aux rumeurs de débauchage de son allié.

Ranimée au printemps par l'opération « Résurrection » et ses suites, la coalition entre le député de l'Eure, celui de la Nièvre et les autres opposants à de Gaulle tente bien de se consolider, s'épanouir en une ou plusieurs organisations et faire barrage, mais le courant gaulliste emporte tout. Le Général, installé à Matignon et doté pour six mois des « pleins pouvoirs », harangue les Algérois, réforme la Constitution ou négocie avec les États étrangers, manifestant un dynamisme et une imagination incomparables.

Ce « maître de l'heure » dont il a choisi de « prendre le ton » le 19 mai, au palais d'Orsay, il en assume le rôle, maintenant, dominant de haut le paysage politique où les rebelles du 1er juin semblent errer, en perdition. Et quand il sollicite des Français l'approbation de la Constitution par référendum dont il assume non sans raisons la paternité *, c'est par près de 80 % ** d'entre eux qu'il est suivi, le 30 septembre 1958. Écrasante défaite de ceux, Mendès et Mitterrand en tête, qui ont formé le « cartel des non ».

La même dynamique jouera quelques semaines plus tard, lors des élections législatives du 30 novembre : tout ce qui prétend s'opposer au vent dominant est balayé – Mendès France dans l'Eure comme Mitterrand dans la Nièvre. Celui-ci, tenant les électeurs de l'ouest du département pour « aussi mouvants que les sables de la Loire », a choisi de se battre dans les escarpements de l'est, le Morvan, plus ancré à gauche. Entré dans la Nièvre par l'ouest, la droite et les « curés », il prétend maintenant s'y implanter à gauche, dans le granit morvandiau, où survivent non sans peine des petits éleveurs et des cultivateurs.

Belle stratégie à long terme, à ceci près qu'elle se heurte, à

---

* Le maître d'œuvre étant Michel Debré, assisté de Raymond Janot.

** 79,25 %.

court terme, aux circonstances. Qui ne dit pas « oui » à de Gaulle est alors affecté d'un handicap insurmontable. Arrive en tête des candidats un maire obscur nommé Jehan Faulquier, apparenté aux gaullistes, suivi d'un socialiste molletiste, le Dr Benoist – Mitterrand ne pointant qu'en troisième position. Les règles admises à ce jour veulent que le député sortant, ainsi battu, se désiste en faveur du candidat de gauche le mieux placé. Mais l'ouragan gaulliste est passé par là, déplaçant les lignes de force et les convenances : Mitterrand refuse de se retirer et sollicite les voix communistes, qui lui sont consenties.

Prétendant que, bien qu'arrivé devant lui, le candidat SFIO aurait dû se désister en sa faveur, il sera battu, faisant élire le gaulliste contre Benoist – qui lui vouera une rancune tenace. Mais à l'échelon d'une modeste circonscription nivernaise vient de s'opérer, *in vivo*, une révolution. Les frontières entre gauche et droite se sont déplacées, et le Parti communiste, proscrit du jeu politique depuis son exclusion du gouvernement Ramadier *, en 1947, y est ainsi réintégré. Dans l'exclusion et la défaite, l'ancien ministre de l'Intérieur a ainsi jeté les premiers jalons de l'union de la gauche, qui va bouleverser le jeu politique pendant trois décennies. Mitterrand a provoqué la défaite de la gauche locale, mais ensemencé pour l'avenir – le sien, en tout cas...

Il ne s'agit pas là d'une improvisation. Cette idée chemine en lui depuis longtemps, bien avant que l'irruption du général de Gaulle ne fasse exploser la SFIO et l'UDSR et ne déplace les zones d'implantation contrôlées par les divers partis. Le vieil ennemi du bolchevisme qu'il est et restera, bien sûr, est persuadé depuis le début des années 50 et la fin de la période aiguë de la guerre froide que les électeurs communistes sont des « citoyens comme les autres », que l'appareil stalinien lui-même peut devenir un interlocuteur valable, en tout cas nécessaire – et qu'il n'y a pas de possibilité d'accession au pouvoir de la gauche sans alliance avec le parti de Thorez et Duclos.

Cet axiome, il le formule à la tribune des derniers congrès de l'UDSR moribonde, il le répétera à René Coty lors de l'entretien au cours duquel le président lui fera savoir qu'il

---

* Dont faisait partie Mitterrand.

avait pensé à l'appeler à Matignon – et il le met enfin en pratique dans la Nièvre. La mutation est faite : à partir de ce mois de novembre 1958 qui semble le chasser à jamais des hautes sphères de la vie publique, François Mitterrand se voit, par la force des choses autant que de son propre chef, ancré à gauche et prophète de la stratégie d'union avec le PCF.

En attendant, il voudrait bien s'intégrer à une formation de gauche, à la plus prometteuse sinon la plus nombreuse, celle qui bénéficie déjà de l'adhésion prestigieuse de Pierre Mendès France, le PSA (Parti socialiste autonome), fait surtout du regroupement des socialistes anti-molletistes. Mais cette tentative va se heurter à la méfiance de ceux qui refusent de pardonner à Mitterrand sa trop longue appartenance au gouvernement Mollet – quand ce n'est pas une autre faiblesse… Lorsqu'il pose sa candidature, il se voit d'abord prié de patienter par des militants qui ne le jugent pas « socialiste » (ah ! ces « examens de socialisme » dont le futur premier secrétaire du PS gardera un souvenir exaspéré…), puis harcelé par le courant le plus anticolonialiste du mouvement, justement sourcilleux sur ce point.

Pis encore : Alain Savary, qui, ayant su rompre hardiment avec Guy Mollet, est l'un des pères fondateurs du PSA et peut se prévaloir d'un passé exemplaire dans la France libre, a formulé un veto sans réplique : « Pas de franciscain ici ! » La formule ne vise pas le catholicisme originel de l'impétrant, qui ne l'eût pas distingué de bon nombre des militants de ce parti, mais la décoration reçue quinze ans plus tôt à Vichy *. Mitterrand reçoit cet arrêt comme une gifle, et ne manquera pas, quelques années plus tard, de se souvenir de cette censure, et du censeur…

Comment distinguer, dans la vie, ce qui est échec immédiat et ce qui est promesse d'avenir ? L'échec cinglant du 30 novembre 1958 qui le chasse du Parlement, lui, le scintillant tribun aux yeux de velours, l'éternel prétendant au trône, cette humiliation qu'il ne cherche pas à camoufler à ses amis va lui permettre de s'implanter plus profondément dans le Morvan, de faire de ce granit herbeux le socle d'une

* Alain Savary n'a jamais fait mystère du mobile de son veto de 1959.

ascension désormais axée sur la gauche. Il a perdu un siège, il va y gagner un terrain – s'y faisant élire tour à tour maire de Château-Chinon, en mars 1959, conseiller général du canton de Montsauche et sénateur de la Nièvre – là encore contre le Dr Benoist –, avant de devenir président du conseil général, en 1964.

Là aussi, François Mitterrand a opéré un choix différent de celui de Pierre Mendès France : blessé au plus profond par le désaveu que lui ont infligé à l'automne 1958 ses électeurs de Louviers, l'homme de Genève a fait abandon de tous ses mandats électoraux dans l'Eure. La stratégie de reconquête choisie par son rival * s'avérera plus heureuse.

Cet enracinement dans un terroir paysan fortement encadré par les instituteurs et les militants laïques sera désormais l'une des composantes essentielles du miroitant personnage venu de Jarnac en passant par les quais de la Seine. Le trop mobile élu de novembre 1946, plus attiré par Paris et ses ministères que par les eaux de la Loire moyenne, se mue en notable provincial attentif aux moissons et aux investissements scolaires – bien que les Nivernais, reconnaissant son efficacité fondatrice en maints domaines, lui reprochent un certain conservatisme bucolique, une mentalité d'écologiste si soucieux de préserver le charme champêtre du Morvan que les routes du département en ont gardé une inimitable rusticité…

Comme toujours, l'ancien évadé des stalags s'est entouré d'une « garde de fer » très agissante et dévouée. Si Georges Beauchamp reste basé à Paris où il est chargé de faire (à lui tout seul ?) *Le Courrier de la Nièvre* publié à Clamecy, Fernand Dussert, Michel Rocagel et surtout l'énigmatique Pierre Saury (venu de Vichy, lui aussi, mais après un beaucoup plus long séjour…) forment son état-major du Morvan. Le notable provincial, si attentif qu'il soit devenu aux réalités locales, ne dédaigne pourtant pas de présenter à ses électeurs morvandiaux ses illustres amis parisiens. Le 27 septembre 1959, il organise à Château-Chinon, sur l'esplanade qui s'étend au pied du calvaire, un meeting de prestige

* Dont les liens affectifs n'étaient pas les mêmes avec ses électeurs de la Nièvre que ceux de PMF avec les citoyens de l'Eure, rejetant celui qui était leur élu depuis 1932…

auquel participent Pierre Mendès France, Édouard Depreux et Claude Bourdet.

Mais la Nièvre ne lui est pas seulement un havre de paix, une retraite, un aimable tremplin où sa carrière peut rebondir de Château-Chinon et de Clamecy vers les sommets. Ses débats avec la SFIO locale, envenimés par le refus de désistement en faveur du candidat socialiste et sa victoire contre le Dr Benoist * aux élections sénatoriales de 1959, vont lui valoir un type de harcèlement qui pourra prendre des formes que ni les staliniens ni l'extrême droite n'auraient désavouées.

S'inspirant d'un tract diffusé par le PCF de la Nièvre en 1951, représentant un Mitterrand à trois têtes, ornées l'une d'une barrette de curé et l'autre d'une francisque, *Le Progrès social*, organe de la SFIO nivernaise, faisait paraître un portrait du même Mitterrand flanqué d'un côté de la faucille, de l'autre du marteau, le tout surmonté de l'insigne de Vichy. L'un des proches du Dr Benoist reçut les félicitations du candidat gaulliste, qui précisait : « Nous, nous n'aurions pas osé. »

A la même époque, il se passait de drôles de choses dans la forêt du Morvan : la voiture du sous-préfet de Château-Chinon, qu'on disait favorable à la campagne du candidat de l'UDSR, se retrouva projetée dans le fossé de la route entre Château-Chinon et Luzy, sans que l'on sût jamais qui avait fait le coup et comment : nul ne porta plainte…

* * *

Depuis le mois de mai 1959, le sénateur de la Nièvre mène la vie dure au gouvernement de Michel Debré, s'y comportant « comme l'un des opposants du régime les plus intransigeants, les plus mordants, les plus talentueux. C'est sans doute l'une des raisons, écrit le perspicace Roland Cayrol, pour lesquelles il sera choisi comme cible dans l'affaire, non encore éclaircie complètement, de l'Observatoire [25] ». Ce qui est flécher hardiment l'une des deux pistes possibles sur

---

* Dont il fera un ministre en 1993.

lesquelles cheminent cahin-caha ceux qui s'interrogent sur cette rocambolesque affaire – plus rocambolesque encore que tout ce que pouvait laisser prévoir la carrière de celui que Mauriac a une fois pour toutes désigné comme un personnage de roman. Mais quel Jules Romains, quel Simenon aurait osé inventer ça ?

Il est un peu plus de 15 heures, ce 7 octobre 1959, un an après le bouleversement politique qui a jeté Mitterrand et ses amis dans une sorte d'exil intérieur, quand le sénateur de la Nièvre – il a repris son métier d'avocat – descend les marches du palais de justice en compagnie de son ami Roland Dumas *.

La guerre d'Algérie fait toujours rage, mais, deux semaines plus tôt, le général de Gaulle, président de la République depuis le début de l'année, a prononcé le discours fameux dans lequel il reconnaissait le droit des Algériens à l'autodétermination – « enterrant » ainsi l'Algérie française. Décision qui avait provoqué la rage des tenants de cette politique, ceux mêmes qui, sur la foi des promesses de Michel Debré, devenu Premier ministre, avaient appelé de Gaulle pour la sauver... Le climat dans lequel vivaient les protagonistes ou confidents de cette tragédie – ministres, élus, militaires, avocats, journalistes, agents secrets ou publics – était suffocant. Il n'était bruit, comme en mai 1958, que de coups fourrés, de complots ou d'attentats.

Au moment où Mitterrand et son ami traversent la cour qui ouvre sur le boulevard du Palais, ils sont abordés par un homme que connaît Roland Dumas : élu en même temps que

* Ce récit a été établi d'après ce que m'en ont narré divers témoins, dont Roland Dumas, et les excellentes relations de Pierre Viansson-Ponté et Franz-Olivier Giesbert. Mais surtout pas en me fondant sur la présentation inimaginable qu'en a faite *Le Monde* au lendemain de la mort de François Mitterrand. On y voyait simplement accolées la « version » de Pesquet et celle de Mitterrand... Caricature absolue de l'« objectivité » (un quart d'heure à Hitler, un quart d'heure au rabbin), mettant sur le même pied l'extravagante présentation de l'affaire dix fois démentie et reniée par le provocateur lui-même – et celle du futur chef de l'État, innocenté par la majorité des historiens sur le plan des faits...

lui en 1956 sous l'étiquette gaulliste, il s'est depuis lors apparenté aux poujadistes. Il s'appelle Robert Pesquet et n'a pas bonne réputation ; mais il bénéficie, dit-on, de la protection du Premier ministre Michel Debré et d'un ministre des Anciens Combattants nommé Triboulet. Sert-il de « taupe » aux gaullistes chez leurs ennemis poujadistes ? Ou réciproquement ?

De toute évidence, si c'est à Me Dumas qu'il s'est d'abord adressé, le connaissant, c'est à Mitterrand que l'homme veut parler. D'abord réticent, le sénateur de la Nièvre accepte de prendre un verre avec Dumas et Pesquet au café des Deux Palais. Puis, Dumas ayant à faire ailleurs, Mitterrand consent à faire quelques pas avec Pesquet en direction du Louvre. C'est alors que s'ouvre l'affaire : Pesquet confie à Mitterrand qu'il est chargé, au nom de l'Algérie française dont ses amis poujadistes sont devenus les champions les plus véhéments, de le supprimer. Mais ajoute-t-il, n'étant pas un tueur, il incite sa victime présumée à se mettre sur ses gardes et à protéger ses enfants… L'ancien ministre de l'Intérieur, plus étonné que troublé, s'éloigne.

Dans les jours qui suivent, le téléphone ne cesse de sonner chez les Mitterrand : des menaces sont proférées contre ses fils et lui. Sa femme s'entend conseiller d'acheter des vêtements noirs… Pesquet insiste pour le revoir. De guerre lasse, il rencontre le poujadiste, le 14, à la terrasse d'un café des Champs-Élysées, le Marignan, puis, le 15, dans la salle des pas perdus du Sénat – lieux publics s'il en fut : Mitterrand est si peu méfiant qu'il prend le risque d'être vu en compagnie du bonimenteur – qui lors de la rencontre au Sénat lui précise que l'opération est « imminente », qu'il est chargé lui-même de l'exécuter, et que, pour en sortir, la solution pourrait être un attentat simulé qui les libérerait tous les deux, l'un de son contrat, l'autre de la menace. Pesquet suggère que la chose pourrait se passer rue Guynemer, à côté de chez l'ancien ministre, ou, mieux, tout près, avenue de l'Observatoire, où la victime pourrait se protéger dans un bosquet. L'homme insiste : il parle « au péril de [sa] vie » et supplie qu'on n'alerte pas la police.

Le soir même, dînant chez Lipp, Mitterrand ouvre *Paris-Presse,* journal proche du pouvoir, où s'étale, sur huit colonnes à la une, une tonitruante déclaration du député gaulliste Lucien Neuwirth (on a vu qu'il était, au sein de l'« antenne » d'Alger, l'un des grands artisans du retour au pouvoir du Général), qui revient d'Algérie : « Des commandos de tueurs ont passé la frontière espagnole. Les personnalités à abattre sont désignées. » Un signal plus clair pouvait-il être lancé par le pouvoir, par ses porte-parole, par sa presse ? Cette fois, Mitterrand est harponné. Après avoir passé un moment chez son ami Georges Dayan avec ses amis Finifter et Beauchamp, il revient chez Lipp, pour le cas où Pesquet l'y attendrait et lui donnerait quelques précisions supplémentaires sur l'attentat simulé. Il ne l'y trouve pas.

Mais, reprenant sa voiture pour rentrer chez lui, il a en tête les indications fournies quelques heures plus tôt : le Luxembourg, les jardins de l'Observatoire... Le voici au volant. Parti du boulevard Saint-Germain, il tourne dans la rue de Seine vers le Luxembourg... Retenons le récit qu'il fit quinze ans plus tard à Franz-Olivier Giesbert, qui, précise celui-ci, recoupe un témoignage recueilli en 1959, au lendemain de l'attentat :

> « Au début de la rue de Seine, une voiture colle la mienne contre le trottoir. Je deviens vigilant. Arrivé en haut de la rue de Tournon, devant le Sénat, je me rends compte qu'elle me suit toujours. Au lieu de tourner à droite, pour aller chez moi, je prends la rue de Médicis, à gauche, histoire de me donner le temps de réflexion. Au square Médicis, voilà que la voiture cherche à nouveau à me coincer. Alors là, mes derniers doutes se dissipent, je mets les pleins gaz et leur prends quelques mètres sur le boulevard Saint-Michel. Je tourne brusquement rue Auguste-Comte, saute de ma voiture au square de l'Observatoire et, vite fait, je cours dans les jardins où je me jette à terre [26]. »

Il est alors 0 h 45. Une voiture débouche dans des crissements de pneus et sept coups de feu claquent dans la nuit, à trois ou quatre mètres de lui. Une rafale...

Cette fois, il faut bien alerter la police. Au commissaire Clot il décrit les faits, quelques silhouettes, la voiture des agresseurs (deux ou trois), mais ne dit mot de Pesquet... A un journaliste accouru il déclare : « On a sans doute voulu m'intimider. » Et, tandis qu'il continue de s'expliquer, son épouse Danielle reçoit un appel téléphonique : « Ici le préfet de police, Maurice Papon*… Votre mari vient d'essuyer des coups de feu… Il est indemne… » Déjà se multiplient les témoignages de sympathie – la gauche, soudain, découvrant en lui un héros… Et lui donne rendez-vous à Pesquet dans un bar, le 19 octobre, pour le remercier…

… Mais, le 22, l'ex-député poujadiste convoque une conférence de presse pour clamer qu'il s'agit d'un attentat « bidon », que tout a été manigancé à la demande de Mitterrand « pour provoquer des perquisitions dans les milieux d'extrême droite » et « doubler » Mendès France dans l'opinion de gauche. Et Pesquet, pour confirmer ce qu'il affirme, précise qu'il a posté deux lettres avant l'« attentat », lettres où celui-ci est décrit de façon précise, et qui ont été ouvertes devant huissier…

Ce soir-là, ce n'est, dans l'opinion, à peu d'exceptions près, qu'un énorme ricanement – et, dans la plupart des secteurs de la gauche, l'abattement**. Pendant des mois, et bien davantage, Mitterrand-de-l'Observatoire pourra aisément faire le compte de ses amis, et aura du mal à s'exprimer en public sans qu'un « Pesquet ! Pesquet ! » ne couvre sa voix. Mais indépendamment du petit cercle des compagnons, il peut mesurer la fidélité de ceux auxquels il tient le plus : Pierre Mendès France et François Mauriac ne le décevront pas.

De PMF il reçoit ce mot, le 23 : « Sachez bien que, dans ces circonstances où tant de haine de nouveau se déchaîne contre vous, tous vos amis vous entourent affectueusement et éprouvent le désir de vous aider s'ils le peuvent[27]. » Et à tous ceux qui manifestent devant lui leurs doutes, Mendès France cite la réponse que faisait Clemenceau à ceux qui doutaient de Dreyfus : « Tout cela est peut-être vrai mais il a une chose pour lui : il est innocent***. »

---

* Mais oui…

** Ce fut le mien, et celui de nombre de mes amis…

*** Mieux encore : dans ses *Cahiers de la République*, PMF publie un dialogue entre Georges Boris et un de ses collaborateurs, qui est l'étude la plus profonde et minutieuse du dossier (reproduit avec les annotations manuscrites de l'intéressé par François Stasse, dans *Mitterrand-Mendès France, la morale de l'histoire*, Le Seuil, 1994, p. 333 *sq.*).

Quant à Mauriac, il consacre à l'affaire l'un de ses plus beaux « Blocs-notes » :

> « ... La vie politique française dégage une odeur de crime, voilà le fait. [...] Que François Mitterrand ait été avec Pierre Mendès France l'une des premières victimes désignées, l'affaire des "fuites" * ne laisse sur ce point aucun doute à ceux qui la connaissent. Mais ce n'est rien de tuer les corps. Et les tueurs le savent. Il ne faut pas plaindre un homme public qui tombe sous les coups de ses ennemis : la mort de Jaurès le grandit à jamais. Déshonorer un adversaire politique, c'est le seul assassinat qui soit payant pour ceux qui le haïssent. Dans cette bataille ignoble, tuer n'est rien, salir est tout.
> Je suis frappé, lisant ici la presse de province, comme il est facile d'y réussir. François Mitterrand, contre lequel rien n'est prouvé, apporterait-il toutes les preuves d'une machination, les bonnes gens souriraient, hocheraient la tête. Que la vie de ses enfants ait été menacée, cela n'a désarmé personne. Les fantaisistes de la télévision n'ont peut-être pas d'enfants, eux qui tout à l'heure, devant un million d'auditeurs, harcelaient ce cerf aux abois, le criblaient de flèches trempées avec soin dans un mélange de poisons. S'il ne s'agissait de ce lutteur dont je connais le courage, il serait ce soir plus mort que s'il était tombé sous les balles des mitraillettes.
> Je ne doute pas qu'il ne donne finalement la preuve de sa bonne foi ; il restera tout de même quelque chose de la calomnie. Les preuves ne servent à rien, même quand elles ne laissent pas la moindre place aux doutes (et ici il s'agit d'un piège monté d'une main experte et d'un homme peut-être un peu affolé, et qui ne s'est pas souvenu de se méfier) [28]... »

C'est aussi dans *L'Express*, dont le soutien est alors sans faille, que François Mitterrand peut se défendre, le 29 octobre :

> « Moi aussi, j'accuse et je les nomme : Tixier-Vignancour, Dides, Biaggi, Arrighi, Le Pen ** ont sorti les poignards de la guerre civile [...] Oui, j'ai été leur dupe [...]. Voilà cinq ans *** que j'avançais entre les pièges et les traquenards. Et le jeudi soir 15 octobre, je suis tombé dans un guet-apens [...].

* Voir chapitre VII.

** Nous connaissons déjà Tixier, Dides et Arrighi. Biaggi est un avocat d'extrême droite et Le Pen un ancien député poujadiste.

*** Début de l'affaire des « fuites ».

Parce qu'un homme vient à moi, me prend à témoin de son hésitation à tuer, me demande de l'aider à se sauver lui-même, cinq ans de prudence, d'analyse, de patience cèdent soudain et me laissent devant la solitude et l'angoisse… »

Sur quoi Mauriac renchérit dans son « Bloc-notes » du 5 novembre :

> « Mitterrand aura payé cher d'avoir été moins fort que ses ennemis eux-mêmes ne l'auraient cru. Et moi je lui sais gré de sa faiblesse : elle témoigne qu'il appartient à une autre espèce que ceux qui l'ont fait trébucher […]. Il s'est endurci, j'imagine autant que l'eût exigé une époque autre que celle-ci. Mais aujourd'hui, c'est le temps des assassins […]. Mitterrand fait confiance à l'homme tout à coup, même à l'homme taré et perdu : c'est la blessure chrétienne qui ne se cicatrise jamais tout à fait dans le cœur en apparence endurci. »

Mais, entre-temps, le « cerf aux abois » que certains de ses amis voient paraître chez eux, le soir, défait, désemparé, au bord des larmes, reçoit mieux que ces réconforts, ces témoignages de confiance de l'homme d'État et du grand écrivain : l'agression d'un pouvoir implacable, qui le pourchasse et du coup le redresse.

Pourquoi le Premier ministre Michel Debré, tenu, indépendamment de son exaltation nationaliste, pour un parangon d'honnêteté, s'acharne-t-il jusqu'à exiger la levée de l'immunité parlementaire du sénateur de la Nièvre ? Parce qu'il lui faut se blanchir d'une terrible accusation et qu'il juge expédient de déshonorer et éliminer celui qui dispose d'armes trop fortes contre lui ?

Deux ans plus tôt en effet, du temps que Mitterrand était garde des Sceaux, un commando de tueurs dirigé par un certain Dr Kovacs avait tenté d'assassiner à Alger le général Salan, alors tenu pour un « bradeur » de l'Algérie française : le projectile n'avait pas atteint le chef, mais tué son collaborateur, le commandant Rodier : c'est ce qu'on appela l'affaire du « bazooka », du nom de l'arme utilisée. Ce crime avait pris une dimension politique nationale quand il fut écrit – d'abord sans preuve – que le commando avait été téléguidé par un certain « Groupe des Six » dont le cerveau passait pour être… Michel Debré lui-même, alors prophète et stratège du parti des ultras, vouant les « traîtres » au poteau d'exécution.

Ces accusations étaient si fondées que le procureur général d'Alger, M. Reliquet, avait demandé la levée de l'immunité parlementaire de Michel Debré à un garde des Sceaux nommé Mitterrand – qui, après un long entretien avec le suspect en présence de Pierre Nicolaÿ, persuadé par le procureur d'Alger de la culpabilité de Debré [29], n'avait pas cru devoir empêcher la justice militaire de s'emparer de l'affaire – pour l'enterrer… L'ancien garde des Sceaux devenu sénateur de la Nièvre avait-il conservé, par-devers lui, telle copie des pièces du dossier ? Il en savait long en tout cas sur cette affaire qui, de l'avis de M. Reliquet, l'un des plus hauts magistrats français, aurait pu conduire Michel Debré devant les assises *.

Ainsi, le quasi-inculpé de 1957 tentait-il d'achever le « cerf aux abois » de 1959. C'était prendre des risques. La « blessure chrétienne » que Mauriac voyait saigner en lui n'allait pas retenir François Mitterrand, ainsi acculé, de déployer un talent de polémiste et une éloquence de la contre-attaque que l'affaire des « fuites » avait révélés.

Certes, la justice avait quelque grief à faire valoir à l'encontre d'un homme qui, portant plainte contre Pesquet après l'attentat, n'avait pas jugé bon de communiquer à la police, ni au magistrat, ces données capitales qu'étaient ses quatre rencontres avec son « assassin ». Le silence constitue-t-il un « outrage à magistrat de l'ordre administratif » ? Les juristes en disputent **. Mais la demande de levée d'immunité parlementaire que Mitterrand n'avait pas cru devoir exiger deux ans plus tôt contre un adversaire politique accusé de complicité d'assassinat (et peut-être est-ce là sa faute principale en cette double affaire : un ministre de la Justice est-il fondé à garder par-devers lui des munitions pour les dangereuses saisons à venir ?) est formulée à son encontre, à propos de la tragi-comédie de l'Observatoire.

Voici Mitterrand face à ses collègues du Sénat. Un rapporteur nommé Delalande a requis contre lui la sanction

---

* Depuis lors, Mme Rodier, épouse de la victime, et le Dr Kovacs, l'exécutant, ont repris et consolidé l'accusation contre Michel Debré.

** Selon Charles Moulin (*Mitterrand intime*), le commissaire Clot, devant lequel Mitterrand fit sa déposition, refusait de se considérer comme « outragé » par ses silences.

majeure en ces lieux. Alors il se dresse, vibrant de fureur concentrée, à la tribune : « Un jour de février 1957, un homme attend [...] dans le bureau voisin de mon cabinet, à la chancellerie, place Vendôme. Il proteste de son innocence dans une affaire qui vient d'éclater et que la presse exploite. [Il admet l'existence] dans le dossier de pièces accusatrices et d'aveux troublants, mais il s'en expliquera plus tard. Il lui en faut seulement le temps [...] [qui] lui manquera si je lance les noms en pâture à l'opinion publique [...], si je demande des levées d'immunité parlementaire à l'Assemblée... »

Mitterrand prend un temps. Il jette sur ses collègues du Sénat un long regard circulaire : « L'opposant d'hier n'hésitait pas à réclamer les garanties de la loi et il les obtenait [...]. Quoi de plus normal ? »

Nouveau silence. Puis la voix se fait violente : « L'homme qui arpentait nerveusement la pièce où nous nous trouvions [...], cet homme, c'est le Premier ministre, c'est Michel Debré ! »

La sensation est si profonde que le sénateur de la Nièvre obtient d'abord un soutien majoritaire. Mais la majorité conservatrice ne lâche pas sa proie. « On le tient ! » Et en dépit des efforts de ses collègues Edgar Faure, Émile Aubert et Edgard Pisani, notamment, l'immunité parlementaire de Mitterrand est levée le 25 novembre par 175 voix contre 25 *... Et il est même inculpé deux semaines plus tard, sans que le pouvoir ose pousser plus loin son avantage. On s'en tiendra là, étrangement. Mais où est, en tout cela, la justice ?

* * *

L'opération Pesquet fut-elle montée par l'extrême droite Algérie française et poujadiste en principe hostile au régime – Tixier-Vignancour, Dides, Arrighi, Le Pen, tous liés d'une façon ou d'une autre au provocateur – ou commanditée par un pouvoir soucieux à la fois de disqualifier l'homme qui

* Aux quelques sénateurs socialistes qui le soutiennent de leur confiance, comme Émile Aubert ou Jean Geoffroy, il devait vouer une vive reconnaissance. Mais aux autres...

savait tout sur l'affaire du « bazooka » et qui, à la tribune du Sénat, restait l'opposant le plus virulent au régime ? Près de quarante ans plus tard, enquêteurs, biographes et polémistes, s'ils ont tous abandonné l'accusation proférée d'abord par Pesquet, celle de l'attentat organisé par Mitterrand, hésitent encore à se prononcer sur les origines de la manœuvre. Après avoir fait amende honorable auprès de sa « victime », Pesquet a dénoncé tour à tour ses amis poujadistes et le gouvernement, allant parfois jusqu'à mettre en cause personnellement Michel Debré.

Ce qui est clair, c'est que la liaison entre ceux-ci et ceux-là fut assurée par le vieil ennemi de Mitterrand, le commissaire Dides. Son implication dans l'affaire est d'autant moins mystérieuse que, vingt-quatre heures avant que Pesquet ne vendît la mèche, il adressait une note, dans le même sens, à la préfecture de police…

On a évoqué les mobiles personnels qui poussaient M. Debré à accorder sa protection à Pesquet – comme il l'avait fait auparavant lors d'une procédure d'expulsion du mouvement gaulliste déclenchée contre ce peu ragoûtant personnage par Jacques Chaban-Delmas. Cette protection prit, à partir du 22 octobre et de la plainte en diffamation portée par Mitterrand, les formes les plus diverses.

Qui était le juge désigné pour instruire l'affaire ? M. Braunchweig. Bon. Mais qu'allait apprendre Roland Dumas, avocat de Mitterrand, de la bouche de Jacques Isorni, qui était le défenseur de Pesquet * ? Que celui-ci était un vieil ami du juge, avec lequel il s'était lié au régiment, en 1939. Ainsi alerté, Roland Dumas mena l'enquête, finit par retrouver des photos des deux hommes dignes d'illustrer *Les Copains* de Jules Romains. Et l'enquête révéla même que le procureur, M. Touffait, était lui aussi un proche de Pesquet !

« La loi, l'usage, le simple bon sens, l'honnêteté enfin eussent commandé [le dessaisissement], écrit Roland Dumas. Un conseil de guerre se tint à la chancellerie, en présence du procureur et du juge. L'aubaine était trop bonne et l'occasion trop belle de tenir en main ces deux hommes désormais liés par un secret inavouable, au mépris des règles du Code

* Remplaçant Me Tixier-Vignancour, pour que la manœuvre ne soit pas trop voyante.

de procédure pénale et des droits de la défense… Mitterrand était tombé dans un coupe-gorge judiciaire [30]. » (Mais Michel Debré, juriste éminent, est un si honnête homme, si rigoureux…)

Les abus ou excès du pouvoir, dans cette affaire, sont constants. Quand, objet de la même sollicitation de Pesquet un mois avant Mitterrand, Maurice Bourgès-Maunoury signale cette étrange démarche à la police (comme eût dû le faire le sénateur de la Nièvre…), nulle suite n'est donnée par la justice à cette mise en garde : il fallait que le provocateur poursuive son office, jusqu'à Mitterrand… Condamné, Pesquet est rapidement mis en liberté provisoire, ce qui lui permet de se mettre à l'abri en Italie. Puis, frappé de vingt ans de réclusion pour participation à un complot de l'OAS en Algérie, il se retrouve en liberté, trouvant le moyen de se faire encore condamner pour abus de confiance… Mais le voilà de nouveau libre ! Et nanti d'un bon « pourboire » par le pouvoir : la direction d'une succursale de l'UAP en Normandie !

Trouva-t-il la protection accordée par Michel Debré insuffisante ? Dans une interview accordée en 1974 à *L'Aurore*, journal peu suspect d'indulgence pour Mitterrand (qu'il avait traité en novembre 1959 de « personnage définitivement disqualifié »), Robert Pesquet allait assurer qu'en 1958 il avait été abordé au Palais-Bourbon par deux personnalités importantes du nouveau régime qui lui avaient déclaré : « Un leader de l'opposition pourrait se servir d'un vieux dossier, d'une affaire dépassée et gonflée [le "bazooka"]. Nous cherchons à l'empêcher de nuire […]. Cet homme, c'est Mitterrand. Pour l'empêcher d'agir, il faut le discréditer, l'exécuter moralement. » Et, quelques mois plus tard, Pesquet ne trouvait pas mieux que *Minute* pour désigner les instigateurs : « C'est Michel Debré, alors Premier ministre, et Christian de La Malène * qui ont tout organisé [31]… »

Citant ces textes, et faisant justement observer le caractère suspect qui s'attache aux dires de ce nauséabond personnage, Franz-Olivier Giesbert croit pouvoir assurer que, même « s'il n'inspira pas directement le complot, Michel Debré en fut au moins […] l'allié objectif – et zélé [32]… ». Mais, dans

* Député de Paris et ministre très proche de Michel Debré.

Le Monde du 10 janvier 1996, Jean-Marie Colombani ira plus loin encore, assurant que toute l'affaire se réduisait à « un montage concocté dans les officines du Premier ministre Michel Debré ».

Terrible accusation, qu'a retenue, enquêtant sur l'affaire, Philippe Alexandre... Il faut admettre que tant les antécédents pré-Algérie française du premier chef de gouvernement de la Ve République que l'autorité ou l'influence qu'il exerçait sur les divers pouvoirs, exécutif, législatif et judiciaire, permettaient seuls de couvrir et combiner autant de pressions et de passe-droits. Ne s'agissait-il pas d'abattre l'ennemi numéro 1 du Général ? Tâche sacrée, au-delà du bien et du mal...

La vilenie des agissements de ses adversaires ne suffit pas pour mettre François Mitterrand hors de cause, comme il l'est dans l'affaire des « fuites ». La plupart de ses interlocuteurs de l'époque, amis ou adversaires, rapportent le cri qu'il lança, et qui exprime une évidence : « J'ai été piégé ! » Il est vrai, et l'on peut s'en étonner, s'agissant d'un homme si averti, ou « durci », comme l'écrivait Mauriac [*]. Mais s'il a été « piégé », c'est qu'il était « piégeable ». Trop enclin à l'intrigue pour ne pas en être envoûté. On l'a dit : Maurice Bourgès-Maunoury, objet de la même sollicitation de Pesquet, a eu le réflexe sain : « Allons à la police ! » Sur quoi le provocateur s'est dérobé. Mitterrand, lui, est entré dans le jeu, fasciné...

Il est vrai que, selon le témoignage de tous ceux qui le fréquentaient à cette époque, amis ou relations, François Mitterrand vivait alors dans la hantise de l'attentat, et que la vie des siens, Danielle et les garçons, lui paraissait en danger. Certains parlent de « harcèlement [33] ». Dans le climat halluciné de l'époque, les circonstances atténuantes ne lui manquent pas, du point de vue moral et psychique. C'est du point de vue politique – le seul où il acceptait d'être jugé – qu'il est répréhensible.

Et comment juger l'exploitation qu'il fit, ou laissa faire d'abord, de sa mésaventure ? « Héros malgré lui » ? Consentant en tout cas aux hommages qui lui sont adressés dans les divers cercles de la gauche. Comment put-il recevoir ces

---

* Corrigeant ainsi un « endurci » qui avait blessé Mitterrand...

acclamations, quelques jours auparavant, sans que le rouge lui monte au front ? La situation était inextricable, il ne pouvait se dérober à l'éloge sans tomber dans l'aveu. Mais quel type de flegme faut-il pour vivre cela ?…

« Je me suis fait piéger ! » Poussé par un homme qui, assuré d'un destin primordial, avait choisi une fois pour toutes de distinguer les moyens politiques de la morale de l'Histoire, ce cri avait valeur d'autocritique. Sur le terrain sur lequel il avait choisi de se battre, où la charité a peu à voir et où peu de coups sont interdits, il avait subi une défaite.

* * *

Mais comment le général de Gaulle lui-même traita-t-il cette affaire où s'empêtrait cet homme qu'il n'aimait pas et qu'il tenait pour son adversaire le plus acharné ? Dans ses *Mémoires interrompus*, Mitterrand l'accuse d'avoir été, en l'occurrence, « vindicatif ». Léon Noël, auquel le Général vouait une estime particulière [*], rapportait volontiers qu'à ceux de ses conseillers qui lui suggéraient de jouer de cet argument contre Mitterrand lors de la campagne de 1965, le chef de l'État répondait noblement qu'on ne saurait ainsi ternir l'image d'un homme qui pouvait devenir président de la République. Fort bien. Mais dans ses Mémoires [34], Jacques Foccart assure qu'à la fin de 1959 le Général pressait les siens d'activer la procédure accusatoire contre Mitterrand. Or on a vu que ladite procédure se perdit bientôt dans les sables et que l'inculpé Mitterrand ne se retrouva plus soudain devant aucun juge…

La noble longanimité du général-candidat de 1965 ne fut-elle pas due tout simplement au fait que la répugnante manœuvre de 1959, que le « montage concocté dans [ses] officines » ne débouchait sur rien ? Et qu'en présence d'un tel fiasco le très avisé général, à son tour piégé, jugea qu'à

* Bien que cet ancien ambassadeur eût représenté le Quai d'Orsay dans le wagon de Rethondes où fut signé l'armistice de juin 1940 avec les nazis – le crime par excellence selon de Gaulle…

pousser trop loin dans ce sens, il risquait de mettre son ancien Premier ministre face au dossier du « bazooka » et de l'étrange opération Pesquet, plus encore que d'embarrasser l'imprudent miraculé de l'Observatoire ?

CHAPITRE IX

Dix millions de voix

• Du fond du trou • Ligues, clubs et bandes : la CIR • Réélection dans la Nièvre • « J'ai su tout de suite que je serais candidat... » • *Le Coup d'État permanent* • Laisser jouer Gaston ! • L'annonce du 9 septembre • Le Général candidat • La bande à Mitterrand • 100 000 voix par jour • Le « blasphème ».

Dans une page atroce de ses *Croquis de mémoire*, Jean Cau décrit François Mitterrand, après le « coup foiré * » de l'Observatoire, comme un « homme traqué au fond d'un trou » où les chasseurs, torches brandies, s'apprêtent à abattre « l'animal tapi dans l'ombre »[1]. Ainsi s'exprimait, à nu, une certaine haine.

« Traqué » ? C'est en tout cas un homme désemparé, hors de lui, que découvrent au lendemain du 22 octobre les proches de Mitterrand, ceux qui « tiennent bon », assurés de sa bonne foi (surprise), ceux qui n'ajoutent aucun « mais... » aux encouragements et aux tapes sur l'épaule que beaucoup prodiguent. Certains (ou certaines) lui voient des larmes aux yeux, submergé de lassitude, écartant les questionneurs : « Ah, laissez-moi... » La tentation d'en finir ? Le corsaire insubmersible de l'affaire des fuites est sur le point de « craquer » **.

Il lui faut faire le compte des amitiés perdues. Surtout celle, fondamentale, d'Henri Frenay, le chef de guerre, le fondateur de l'UDSR, le parrain de son fils Gilbert. Les réserves qu'exprime ce compagnon, au lendemain de l'aven-

---

* Le contexte est clair : pour M. Cau, c'est un coup de Mitterrand...

** Près de quarante ans plus tard, André Rousselet reste persuadé qu'il n'excluait aucun geste.

ture nocturne de l'Observatoire, entraînent pour les Mitterrand la perte d'un « grand frère » [2].

Ainsi chancelle-t-il, une semaine durant. Mais Debré survient. Et, grâce à ce que Catherine Nay appelle la « grossière manœuvre [3] » du Premier ministre (Franz-Olivier Giesbert parlant, lui, de « médiocre opération »), grâce à l'attitude « vindicative » du général de Gaulle, voici le cavalier remonté sur sa selle, l'homme traqué prêt à la riposte. Grâce aussi aux fraternels articles que signe Mauriac dans *L'Express*, au soutien global que lui accorde ce journal, et à la solidarité sans faille de Pierre Mendès France.

Moment essentiel dans la vie de François Mitterrand, dans la construction du personnage. « Les pièges que vous tendent vos ennemis sont autant d'incitations au combat », disait-il volontiers. Son frère Robert, qui ne cache pas les doutes que lui inspira une première version des faits, le décrit alors comme un homme dont l'épreuve a musclé la détermination, sur lequel « chaque sarcasme, chaque invective [est comme] un coup de fouet [4] ». Et il est tout de même l'homme capable, au cours d'un déjeuner où l'on attend de savoir s'il va être ou non inculpé, de se lever soudain pour téléphoner à sa secrétaire d'aller quérir chez l'horticulteur douze plants de rosiers pour son jardin [5]. Bravade ? Il faut pouvoir...

Arrêtons-nous encore un instant sur ce Mitterrand de la fin d'octobre 1959, au visage marqué par ce que Victor Hugo appelait une « balafre à l'honneur [6] ». Qui n'a pas connu pareille épreuve, la dérision alentour, le mépris qui s'affiche, les ricanements, les gloussements – et, quand il paraît à une tribune, les quolibets qui fusent –, ne peut pas mesurer à quel point les conjurés de l'Observatoire, si puissants qu'ils soient ou si minables qu'ils s'avèrent, ont réussi d'abord leur coup. Mais à quel point aussi ils ont durci à long terme, cuirassé leur ennemi.

Ce cynique, ce maître en manœuvres en tous genres, enrichit d'un coup sa panoplie. On a voulu, mieux que l'abattre, le déshonorer, et il a mis son bras dans l'engrenage, faisant follement confiance à un gredin de petit calibre. Et pour cela il a payé. Comment, désormais, ne pas s'équiper, s'armer, se cuirasser pour la revanche ?

Nous n'avons pas fini de compter les flèches qu'il va décocher. Mais, en attendant, retenons celles qu'on a plantées dans sa chair, après la campagne des « fuites », les manœuvres de Dides et les injures de Legendre. Le rescapé de l'Observatoire est un homme qui aura toujours la conviction que les coups qu'il donne, ce sont des coups qu'il rend.

Avec qui ? Au cœur de quel groupe, de quelle troupe ? La stratégie des cercles va jouer – du plus petit au plus large. Et d'abord les intimes, la garde rapprochée. Au milieu de novembre, il organise un week-end à Poigny-la-Forêt avec Louis Mermaz, Georges Dayan, Joseph Perrin, Georges Beauchamp et Louis Périllier* – lequel, pour fidèle qu'il soit, ose tout de même formuler une bonne question : « Pourquoi ne pas vous être confié, dès le lendemain de l'attentat, à l'un de nous au moins [7] ? » Mais François Mitterrand n'entend plus parler que d'avenir, et ranimer les quelques organisations qui ont, depuis un an, déclenché la lutte contre le système gaulliste.

L'UFD (Union des forces démocratiques), fondée en 1958 au lendemain de l'écrasement des opposants au nouveau pouvoir, n'a pas trouvé ses assises, et surtout pas son unité. Déjà s'y manifeste l'originalité cinglante de la « deuxième gauche », qui trouve en Claude Bourdet et Gilles Martinet ses pionniers, en attendant que surgisse le scintillant Michel Rocard. En ces milieux, où l'on se pique de vertu, de pureté, l'affaire de l'Observatoire fait des ravages.

Gilles Martinet évoque ces réunions de 1960 où François Mitterrand paraissait, en retard comme toujours, tendu, s'asseyant à l'écart, plus pâle encore que d'ordinaire, et où, président de séance, il recevait, lui, Martinet, des billets ainsi griffonnés : « Si tu lui passes la parole, je quitte la tribune [8] ! » D'autant qu'à cette époque la question algérienne est au cœur de tous les débats, et que, dans cet éclairage, le nom de Mitterrand ne résonne pas bien en ces milieux.

Alors, mieux vaut inventer des regroupements où l'on n'a pas honte de lui. Où, flanqué de ses compagnons indéfectibles, Dayan, Dumas, Mermaz, Beauchamp, le bâtonnier Thorp, les sénateurs Tron et Aubert, il pourra préparer un autre avenir ! C'est d'abord sur les décombres de l'UDSR, qui ne s'est pas remise du schisme gaulliste de 1958**, et

* Ancien résident général en Tunisie.

** Mitterrand y ayant fait prévaloir le « non » à de Gaulle, Pleven et ses amis ont fait sécession.

d'ailleurs au local même où elle nichait, 25, rue du Louvre, qu'est créée la LCR (Ligue pour le combat républicain), dont l'intitulé provoqua quelques ricanements : le terme « ligue », qui évoquait les luttes antidémocratiques d'avant-guerre, contre le Front populaire notamment, était-il bien choisi pour qualifier un organisme de lutte contre le « pouvoir personnel » ?

Ligue ou parti ? C'est à vrai dire un club *, cette LCR, qui s'affirme aux côtés de bien d'autres organisations de ce type, et d'abord du Club Jean-Moulin, créé naguère à l'initiative de quelques vieux gaullistes de guerre, comme Daniel Cordier et Stéphane Hessel, qui, révulsés par l'opération « Résurrection » d'où a surgi le nouveau régime, osent placer symboliquement leur organisation sous le patronage de l'homme qui, au nom du général de Gaulle, avait unifié la Résistance en 1943.

Mais beaucoup plus proche de la LCR mitterrandienne sont le Club des jacobins, créé par un jeune journaliste lyonnais, Charles Hernu, jusqu'alors très proche de Pierre Mendès France et qui va lier de plus en plus étroitement son sort à celui de son ancien ministre de l'Intérieur, et les « colloques juridiques » du bâtonnier Thorp, dont François Mitterrand va devenir l'un des animateurs, rompant des lances ** à propos de la guerre qui se ranime au Vietnam en 1960, et y faisant la connaissance d'un homme, l'avocat communiste Jules Borker, qui jouera un rôle dans la suite de l'histoire.

La rentrée à petits pas dans l'arène politique ne dévore pas tout le temps que cet hédoniste aime préserver pour tout ce qui n'est pas la bataille publique. Quand le garde des Sceaux du temps de la guerre d'Algérie flânait assez librement à Saint-Germain-des-Prés pour entendre quelques journalistes murmurer autour de lui : « Tiens, voilà Mitterrand qui drague… », que dire et que faire de ce temps où il n'est plus qu'un parlementaire de l'opposition réduit à lancer à la tribune ses deux ou trois philippiques annuelles ?

Voici venu le temps des livres, le temps des fleurs, le temps des dames. Cet homme qui sera capable, devenu pré-

---

* « Une quarantaine de membres », confie en souriant Roland Dumas (entretien avec l'auteur, avril 1997).

** Avec l'auteur, entre autres…

sident, de déambuler des heures durant, au cours de négociations capitales, de bouquiniste en collectionneur, entre Paul Guimard et Roland Dumas, de quelle navigation littéraire n'est-il pas capable en ce début des années 60 ouvertes au vagabondage esthétique ?

Pas ou peu de peinture. Peu ou pas de musique. Des soirées au théâtre, oui, où il emmène Danielle, où il rencontre des amis, où il est accueilli, à Nanterre, par Patrice Chéreau et Catherine Tasca. Mais surtout les livres.

> « Ce qui frappait chez Mitterrand, confie Paul Guimard, c'est trois choses qui ne vont pas toujours ensemble : le goût du texte ; la passion de l'édition rare ; l'avidité de rencontrer les auteurs. C'est comme ça que nous nous sommes connus : quand il aimait un livre, il lui fallait connaître l'écrivain [...].
> Ses goûts ? Tout le monde sait que, pour lui, le comble de l'art consistait en une rencontre du drapé de Chateaubriand avec la pointe de Pascal. Qu'il mettait très haut Retz et Saint-Simon ; que le XIXe siècle lui était familier – avec une tendresse pour Lamartine, un peu folklorique, liée à Cluny et Milly, le pays de Danielle et de Solutré, mais avec une dilection pour Stendhal et Benjamin Constant – ; quant au XXe siècle, c'était surtout pour lui l'école de *La NRF* – Valéry, Gide, Claudel... Mais il n'était pas fasciné par Proust. Mauriac, Giono, Bernanos étaient ses références [...].
> Et n'oubliez pas la poésie. Il adorait la poésie, citant des centaines de poèmes par cœur – Saint-John Perse, par exemple, mais aussi Aragon. Et vers la fin de sa vie, il venait à Artaud...
> Et nous n'avons rien dit du roman russe, sa passion pour Dostoïevski le cédant peu à peu à son admiration pour Tolstoï... »

Il voyage aussi. En Asie bientôt, en Chine, au Bengale. Aux États-Unis à diverses reprises, où il se sent heureux, si libre... Sans parler, bien sûr, des deux pays selon son cœur : l'Italie et l'Égypte.

* * *

Le problème clé de cette période pour Mitterrand, ce n'est pas la liquidation de la guerre d'Algérie, à laquelle il ne consacre que peu de ses soins – dès lors que de Gaulle y conduit une politique que la gauche, quoi qu'elle en dise, ne peut que lui envier. C'est l'élaboration d'une nouvelle stratégie de nature à remettre en question, à moyen terme, l'hégémonie qu'a fait approuver par l'écrasante majorité des électeurs le détenteur de ce que Mitterrand et ses amis continuent imperturbablement d'appeler le « pouvoir personnel ». Cette stratégie, c'est celle du Front populaire.

Vaste entreprise, qui ne date pas de la période d'isolement douloureuse d'« après l'Observatoire », de cette espèce de retraite au désert, de ce qu'André Rousselet appelle « la réinvention sociale du personnage en rupture avec son milieu antérieur[9] ». Elle remonte plus loin, à l'écrasement de la « gauche du refus », à la fin de l'année 1958. Face à un phénomène aussi considérable que l'institutionnalisation du général de Gaulle telle que Mitterrand l'avait prévue – en désaccord avec Mendès –, face au laminage des deux grandes forces de gauche réduites à 20 % de l'électorat, que faire, sinon tenter de s'unir ?

C'est là que le sénateur de la Nièvre manifeste son sens stratégique, sa « vertu » proprement politique. Quand Pierre Mendès France reçoit cette défaite comme une sorte de malédiction civique, et, déchiré par cette rupture de son contrat avec les citoyens de Louviers, se démet de tous ses mandats, François Mitterrand se garde bien de perdre un pouce de sa hauteur, un gramme de ses pouvoirs : il réagit d'emblée par la recherche d'une opération compensatoire.

Pulvérisée, la gauche ? La poudre est une matière première. On en fera un matériau de construction. La défaite a un mérite : c'est de faire converger les infortunes, de rapprocher dans la retraite le Breton du Gascon, et du communiste, le socialiste, voire le radical. Sur ce constat Mitterrand va bâtir une stratégie qui marque l'inflexion la plus importante de sa carrière depuis son entrée dans la Résistance, et qui donne sa valeur politique au « non » du 1er juin 1958, où entraient bien des soucis d'esthétique et de morale.

Au début de 1959, Mitterrand apporte à la directrice de *La Nef*, Lucie Faure, femme d'Edgar (mais dont les amitiés se situent plus à gauche que celles de l'ancien président du Conseil[*]), deux articles importants. Le premier, publié dès

---

* Lequel prépare son ralliement au système.

le mois de janvier 1959 sous le titre « Dialogues à contretemps », est une judicieuse évocation de la chute de la IVe République et de l'avènement de la Ve, sous forme d'un échange de vues où Mitterrand donne à son contradicteur de si beaux arguments en faveur du Général (pour ce qui a trait à l'épisode de mai 1958, en tout cas) qu'on voit bien qu'il vécut cette époque beaucoup plus divisé contre lui-même que ne le fait paraître une lecture hâtive de l'Histoire*...

Mais c'est le second de ces articles, publié en avril 1959, qui est le plus éclairant. Déjà, dans le texte de janvier, Mitterrand, effleurant prudemment le thème du Front populaire, avait suggéré que les défaites de la gauche sont dues à sa désunion, et que « l'histoire des partis de gauche depuis la Libération semblait tirée de l'aventure des Curiaces ». On ne saurait amorcer mieux le plaidoyer publié trois mois plus tard.

Dans le second article de *La Nef*, Mitterrand va droit au but. Sous le titre « Front populaire, coalition immorale ? » et tout en se gardant de minimiser les risques que comporterait « l'association au pouvoir du Parti communiste avec une poussière de formations démocratiques [...] vouées à l'anéantissement », il assure que « l'équilibre futur de la démocratie dépend de la création d'un rassemblement fortement structuré des forces socialistes et républicaines »[10]. Il n'a pas osé encore lâcher le mot « communiste », le rusé stratège. Mais qui n'a lu le mot tabou, derrière ce texte – à l'heure où les formations, groupements et associations patronnés par Mendès France, Bourdet ou Mayer arborent l'enseigne de « gauche non communiste » ?

Mitterrand vient de flécher un nouvel itinéraire, celui du « rééquilibrage de la gauche », qui va changer l'histoire politique du pays pour un quart de siècle. Et ce n'est pas la cruelle équipée de l'Observatoire qui va le « rééquilibrer », lui, dans l'autre sens : devant le Sénat, lors de l'offensant débat sur la levée de son immunité parlementaire, le seul groupe qui le soutient en bloc est le communiste**. Ce sont des choses qui ne s'oublient pas, à l'heure où un socialiste nommé Méric se déchaîne contre vous, à l'heure où Henri Frenay vous tourne le dos...

---

* Voir chapitre précédent.

** Seuls trois socialistes lui font confiance...

Non moins intéressant : ce Front populaire qu'il se refuse à voir comme une « coalition immorale » – pas plus que ne l'ont fait Léon Blum et Charles de Gaulle –, il le met en pratique désormais dans la Nièvre, d'abord contre, puis avec les socialistes SFIO, au sein de coalitions hétéroclites, parfois dans la défaite, parfois dans la victoire, soit dans le cadre municipal, soit sur le plan cantonal – il est toujours conseiller général de Montsauche – ou sénatorial, avant de reconquérir son mandat de député, en 1962.

L'appoint communiste ne l'a pas sauvé de la débâcle en 1958, on l'a vu. Mais le précédent est créé. Un notable de la République bourgeoise a accepté de faire campagne au côté des staliniens. Le PCF est sorti du ghetto. C'est sur ce schéma de Front populaire que se dérouleront désormais ses batailles politiques dans la Nièvre – où il est entré « par la droite » en 1946…

Au début de 1959, Fernand Dussert, qui joue un rôle très actif dans sa carrière nivernaise, vient au nom d'un groupe de maires du Morvan lui proposer de se porter candidat à la mairie de Château-Chinon. Il accepte d'être présenté, refuse de faire campagne, est élu le 26 mars 1959, et, dans la foulée, pose sa candidature à l'élection sénatoriale : quelques semaines plus tard, le 26 avril, le voici sénateur de la Nièvre. Ce qui s'appelle un rétablissement…

La tornade de l'affaire de l'Observatoire n'a guère atteint ce havre pastoral où le sénateur-maire va poursuivre, avec la bénédiction des communistes morvandiaux et sous le signe d'une « union de la gauche » en miniature, une carrière de bâtisseur d'écoles et d'orateur des comices agricoles, voire de constructeur d'usines, celle notamment des bas Dim à Château-Chinon *. Elle l'atteint si peu qu'il pourra, dès 1962, reconquérir son mandat à l'Assemblée nationale.

Entre-temps, il aura fait deux voyages qui, pour se situer dans des univers modelés par le marxisme, n'auront guère contribué à resserrer l'alliance très critique, et volontiers conflictuelle, qu'il a nouée avec les communistes français. Au début de 1961, flanqué d'un homme qui prendra dans sa

* Grâce à l'obligeance de M. Pinay, ministre des Finances malmené par de Gaulle et qui prendra sa revanche en faisant ce cadeau au plus voyant des opposants…

vie une place incontrôlable, François de Grossouvre, il visite la Chine dite « populaire », d'où il ramènera un livre assez banal, que n'importe quel voyageur intelligent et doté d'une bonne culture politique (non marxiste) eût pu écrire, *La Chine au défi*. Y figure un entretien avec Mao Tsé-toung, où le prophète de la « longue marche » fait naturellement l'éloge de la patience. De quoi réconforter l'homme qui s'est donné une ou deux décennies pour ressusciter…

Trois mois plus tard, c'est un autre visage exotique du marxisme autoritaire qui lui est montré, en Guinée, où Sékou Touré, trente mois après avoir dit « non » à de Gaulle et à la Communauté *, a invité les amis que sont à ses yeux Pierre Mendès France et François Mitterrand, les parrains du RDA de 1957 **. Les impressions retirées par les deux voyageurs, telles qu'on pouvait les recueillir alors, n'incitaient pas à l'optimisme. Si le sénateur de la Nièvre maintient fermement le cap sur le Front populaire, ce ne sera évidemment pas en se référant aux expériences asiatiques ou africaines.

Mais qui a jamais cru que c'est la révélation marxiste ou l'illumination léniniste qui l'avait conduit à rechercher, dans la vieille gauche de tradition montagnarde ou communarde, la contribution obligée à toute résurrection de l'opposition populaire ? Depuis qu'il s'est mis à la lecture de Jaurès et de Blum, il mesure mieux ce qui sépare les socialistes français de leurs camarades russes et allemands. Si peu avenants qu'ils soient, néanmoins, les héritiers des bolcheviks contrôlent, potentiellement, plus de la moitié de l'électorat de gauche. Faut-il le laisser en exil ?

Il piaffe. Le cauchemar de l'Observatoire s'estompe. Pierre Mendès France laisse s'évaporer, entre palabres et opérations tactiques menées en son nom, l'incomparable crédit qui est le sien, celui du seul homme qui « existe » face à de Gaulle – non sans écrire, et fort bien, sa *République moderne*, qui va bientôt s'imposer comme l'alternative au système gaullien. Mais la vie politique n'est pas faite que de colloques et d'interviews dans des revues intellectuelles.

---

* Dont, on l'a vu, le ministre de la France d'outre-mer de 1950-1951 avait été un précurseur.

** Le Rassemblement démocratique africain, son partenaire au sein de l'UDSR des années 50.

L'ancien député de l'Eure, s'il reste fort admiré, s'est mis à peser moins lourd dans l'opinion – et c'est la chance qui s'offre à son ancien lieutenant devenu son rival.

Au surplus, le postulat mendésien de juin 1958 (« Ils ne tiendront que quelques mois ! ») perd chaque jour de son crédit face au pronostic mitterrandien. Dès lors que, le Général ayant traversé à son avantage les tumultes et secousses d'Algérie et signé la paix en mars 1962, les Français ne concluent pas que sa mission est achevée, chacun voit bien que son pouvoir est durable et qu'à son propos la critique technicienne ou moralisatrice ne suffit pas. Il faut proposer et préparer une action alternative.

François Mitterrand ayant signifié que la tâche est trop énorme pour qu'on puisse se permettre de tenir à l'écart une portion importante de l'électorat, et des producteurs de richesse, les électeurs du PCF, va aller plus loin encore. Lui, le guérillero de l'antigaullisme, ose donner une réponse positive à l'autre question majeure : cette alternative au pouvoir gaullien, peut-on la préparer à l'intérieur du système ? Faut-il détruire ou s'introduire ? Pratiquer l'effraction ou l'intromission ?

S'il choisit la seconde voie en 1962, c'est parce que le Général et ses conseillers tendent, sous la forme apparente d'un piège, une perche qu'il saisit avec une dextérité prophétique. En quelques mois, les stratèges gaullistes donnent à leur pire adversaire l'occasion de s'imposer, contre Mendès France d'abord, puis aux dépens du Général, comme le dauphin à long terme.

Quand, le 20 septembre 1962, quelques semaines après l'attentat du Petit-Clamart dont il n'a réchappé que par miracle, le général de Gaulle propose qu'à l'issue de son mandat septennal (1965) le président de la République soit élu désormais au suffrage universel, cette réforme fondamentale étant approuvée « par la voie la plus démocratique, celle du référendum », la première réaction du sénateur de la Nièvre est très négative – comme celle de Mendès France. Que signifie cette initiative, sinon un affaiblissement de la nature parlementaire de l'ingénieux système inventé quatre ans plus tôt par Michel Debré, une accentuation du caractère personnel du régime ?

Les sarcasmes vont crépiter de sa bouche ou ruisseler de sa

plume : il n'a pas de mots trop durs pour cette « course au plébiscite » et la « présidentialisation » d'un régime qu'il a déjà tellement brocardé qu'il est soudain à court de qualificatifs – en attendant de les réinventer, suintants d'acides corrosifs, dans *Le Coup d'État permanent* *. S'il ne dénonce pas, comme son ami Gaston Monnerville, une « forfaiture », c'est pour mieux attaquer la procédure choisie par le Général, celle du référendum. La majorité des juristes, y compris certains des artisans de la Constitution de 1958, estiment qu'il eût été plus conforme au texte fondateur (article 89) de solliciter, pour réviser la Constitution, l'avis des deux Chambres assemblées. C'est à cet avis qu'il se range. Mais le Général tient à « son » référendum. Et, père putatif de la Constitution, n'a-t-il pas, infuse, la science de la rénover ?

Cette gesticulation polémique par quoi s'exerce sa fonction d'opposant de choc dissimule, sciemment ou non, chez Mitterrand, une adhésion profonde. En cette révision constitutionnelle, il voit la révélation de son avenir. On peut et doit souvent se méfier de l'authenticité des réactions, commentaires ou pronostics, formulés après coup, de ce maître tacticien qui est aussi un maître écrivain. Ici pourtant on peut citer une phrase de *Ma part de vérité* qui date de sept ans plus tard, mais qui sonne juste, et que le cours des événements va bientôt authentifier : « Depuis 1962, c'est-à-dire depuis qu'il a été décidé que l'élection du président de la République aurait lieu au suffrage universel, j'ai su que je serais candidat. Quand ? Comment ? Je ne pouvais le prévoir[11]... »

Nous voilà au cœur de la « mitterrandologie », au cœur du personnage. Là où se croisent exactement ambition, culture et intuition. Une odeur de pouvoir a traversé son champ olfactif, un tumulte de suffrages populaires son champ auditif, et de sa bonne mémoire historique ont surgi des triomphes romains, des entrées de ville en Toscane et quelques rumeurs plébiscitaires : il sait bien que son cher Lamartine fut ainsi balayé, en 1848, par Louis Napoléon. Mais, n'était le coup d'État du 2 Décembre, n'a-t-il pas quelque faiblesse pour cet ambigu ?

Et, là encore, dans le long duo des divas de la gauche, se

---

* Publié deux ans plus tard, en 1964.

distingue et se détache la voix la plus jeune. A la décision du général de Gaulle, le refus opposé par Pierre Mendès France est sans nuance, ni arrière-pensée. Un bloc. Pour l'ancien président du Conseil, dévot du parlementarisme (bien qu'il n'y soit point à son aise), l'inflexion plébiscitaire de la Constitution est purement et simplement détestable. Plus encore que celui de Mitterrand, son « non » de mai 1958 était lié aux circonstances, aux conditions dans lesquelles était fondé le nouveau régime. Dans un autre climat, il eût, à sa manière, âpre et un peu ronchonneuse, approuvé les institutions « à l'anglaise » de Michel Debré. Mais cette élection présidentielle au suffrage universel lui paraît une offense à la démocratie, une ouverture vers le populisme et la « politique spectacle ». L'horreur.

Mitterrand multiplie certes les philippiques contre le référendum « illégal et plébiscitaire ». Mais dans une interview publiée par *Combat* le 22 octobre 1962, à quatre jours du scrutin, il glisse cette phrase décisive : « Je ne dis pas qu'il ne faille pas tirer de la Constitution ce qu'elle peut avoir de bon, et notamment le fait d'avoir à la tête de l'État un homme qui dispose d'une certaine stabilité et de grands pouvoirs. » Eh bien ! Et il se montre encore plus explicite avec ses intimes, comme Louis Mermaz[12]. Une voie s'ouvre à lui…

Ainsi les deux contestataires se séparent-ils cette fois sur une question de fond. On est au cœur de la contradiction entre le janséniste et le jésuite, entre principes et efficacité – celle-ci ne mettant pas forcément à mal ceux-là. Vous engageriez-vous sur cette piste impure ? Le serait-elle, pourquoi pas, si elle amène au pouvoir ce et ceux pour quoi je me bats ? Car l'enjeu déborde évidemment le débat qui oppose l'ambition personnelle à la vertu collective.

Si Mitterrand voit dans la nouvelle procédure d'élection du chef de l'État une chance inespérée, ce n'est pas seulement pour lui. D'opportunes évolutions pouvaient faire de l'élu de la Nièvre, dans les années 70, un favori du collège des notables institué par la Constitution de 1958 et orienté sociologiquement au centre droit – presque aussi bien qu'un Chaban-Delmas ou un Edgar Faure. C'est en tant que fondateur d'une gauche unifiée que le nouveau système lui paraît bénéfique. Car un jour viendrait bien où la masse populaire basculerait à gauche. Alors sept années seraient offertes à un homme pour mettre en œuvre une politique que Léon Blum * n'avait eu le loisir d'appliquer que pendant quelques mois…

Bref, une brèche s'est ouverte – et pour lui d'amples perspectives. Le cabinet Pompidou ayant été renversé par l'Assemblée le 5 octobre 1962, le général de Gaulle dissout la Chambre et décide de faire coup double : le référendum sur le nouveau mode d'élection du président est fixé au 28 octobre, et les élections les 18 et 25 novembre.

Le Général obtient l'approbation de sa révision constitutionnelle par 62 % des suffrages exprimés – chiffre qu'il juge un peu décevant. Mitterrand a voté « non », « parce que je suis un citoyen, écrit-il, et non pas un robot », espérant que les élections législatives rééquilibreraient les pouvoirs. Mais non : trois semaines plus tard, 233 députés gaullistes assurent au Général la plus forte majorité dont ait bénéficié un chef d'État démocratique français.

Pierre Mendès France, qui a cette fois tenté sa chance à Évreux, reste sur le carreau. Alors que François Mitterrand, trois ans après le guet-apens parisien où il a paru s'abîmer, est très largement réélu dans le Morvan (circonscription de Clamecy-Château-Chinon). Il obtient au second tour 21 705 voix, contre 10 510 à son rival gaulliste : un des meilleurs scores de sa carrière, dans une conjoncture très défavorable.

Provocante sinuosité de sa vie parlementaire : tout élu qu'il soit par une majorité de Front populaire, socialistes, PSU et communistes compris, il s'inscrit au groupe dit du « Rassemblement démocratique », qu'inspire un radicalisme prémendésiste, à l'ancienne, celui qu'incarnent trois personnages très intelligents : Maurice Faure, Félix Gaillard et Jacques Duhamel, le filleul politique d'Edgar Faure. Retour à la « IVe », au centrisme ? C'est l'apparence. Mais Mitterrand ne se contente pas, lui, d'être intelligent et nostalgique : il a « intégré » les mécanismes du nouveau système, pour mieux s'y introduire et le dominer un jour.

Au Palais-Bourbon, ses performances sont impressionnantes. Il fait certes face à une majorité non seulement écrasante, mais vociférante. Il n'est pas un de ses discours qui ne soit haché de « Pesquet ! Pesquet ! » ou de « Francisque !

* Et autrement Mendès…

Vichy ! ». Mais il y a longtemps que ce type de musique a sur lui un effet roboratif, et il n'est pas en reste d'arguments tranchants contre « ces gaullistes de brocante qui s'agitent autour des gaullistes de légende ».

D'après l'observateur sans complaisance qu'était Pierre Viansson-Ponté *, c'est le 24 avril 1964 qu'« il atteint le sommet de sa carrière d'orateur parlementaire. Alors que le général de Gaulle [...] repose sur un lit de l'hôpital Cochin, le Premier ministre Georges Pompidou et le porte-parole de l'opposition François Mitterrand s'empoignent durement, dans un corps à corps sans décision ni sanction à propos du rôle et des attributions du président de la République... ». Débat prophétique.

Pompidou a beau traiter Mitterrand de « personnage du passé », d'« ombre », de « fantôme », de « type d'homme de la IVe République que les Français ne veulent pas revoir », il est trop intelligent et cultivé pour ne pas voir qu'il a en face de lui, nouveau Guizot, un Thiers dans la force de l'âge qui n'a pas lâché prise. L'empoignade entre le dauphin et le prétendant va rebondir, des années durant, mais toujours en coulisses, sans jamais prendre la forme solennelle de l'affrontement présidentiel – au grand dam des amateurs de références historiques qui eussent aimé savoir, entre autres choses, lequel était le plus gaulliste des deux...

... Sans se laisser abuser par ce livre que publie, en 1964, un Mitterrand tout bouillant de rage négatrice. Il avait prévu un long exil du pouvoir, en ayant apparemment pris son parti. Mais voici près de dix années qu'il tourbillonne autour de la forteresse comme les cavaliers sioux autour du camp fortifié des pionniers, et il n'en peut plus, le député de la Nièvre, il n'en peut plus d'impuissance. Alors il va troquer pour quelques mois sa baguette de coudrier politique pour un stylet de polémiste, et larder de coups sans merci ce régime qui l'exclut.

A qui (ce fut souvent mon cas) lui faisait grief des incongruités d'un tel pamphlet, des outrances de la caricature **, il

---

* Qui, ayant été son ami, ne lui a jamais pardonné de ne pas lui avoir dévoilé « toute la vérité » au lendemain de l'attentat de l'Observatoire.

** « Ce qui est excessif est insignifiant » (Talleyrand).

répliquait, sèchement : « C'est mon meilleur livre ! » Ce qui ne clôt pas le débat. Il est bien possible que l'écrivain Mitterrand, grand lecteur de Pascal, ait voulu décocher, à l'adresse du pouvoir gaullien qui ne laissait pas de s'inspirer du réalisme des bons pères, ses *Provinciales*. Et que ce patronage ait donné à sa charge une alacrité et une verve toutes neuves, avec cette passion qui se croit assez pure pour faire fi de la bonne foi *. Tout le talent du monde, et même les coups reçus, et même les abus dont se rendait coupable ce régime qui glissait pesamment alors vers le grand tangage de Mai 68, rien ne justifie des formules de ce type :

> « De Gaulle serait-il un dictateur ? Je ne cherche pas à l'abaisser en le plaçant dans une rubrique où ma génération s'est habituée à ranger pêle-mêle Hitler et Mussolini, Franco et Salazar, Staline et Pilsudski – mais si de Gaulle n'imite personne, ne ressemble à personne, sinon à la rigueur à un Louis Napoléon Bonaparte qu'habiteraient les vertus bourgeoises de Louis-Philippe, ce qui serait plutôt rassurant, le gaullisme, lui, porte les stigmates qui ne trompent pas. Son évolution évoque, avec une totale absence d'originalité, aussi bien les velléités les plus plates, les plus ternes, les plus molles dictatures, telle celle qu'à Vichy, sous couleur d'ordre moral, le maréchal Pétain infligea aux Français [13]... »

Un tel texte n'est pas digne de François Mitterrand, fût-il écrit dans l'exil intérieur auquel il se juge – il s'est – contraint. Le fait seul qu'il fut libre de publier sous le règne de ce « Louis Napoléon », de ce « Pétain », une diatribe que Hugo ou Bernanos eussent dû publier hors de nos frontières ne suffisait-il pas à le retenir de tracer ces mots qui démontrent que la colère peut conduire un homme aussi sagace aux limites de la sottise – pour ne pas parler de vulgarité ?

Bref, le député de la Nièvre, chef du Front populaire dans le Morvan, compagnon de travée des centristes au Palais-Bourbon, ferraille, parfois à propos, contre le « pouvoir personnel ». Mais il n'est pas homme à s'enfermer dans la négation prophétique. Jérémie n'est pas « son » prophète : il le traitera de « hurleur » face à un Élie Wiesel décontenancé, lors de leur dialogue de 1995 [14]. La polémique est plus qu'un

---

* « La foi remplace la bonne » (Gide).

violon d'Ingres pour Mitterrand. Mais il est plus doué pour l'architecture que pour la musique militaire. Et, mi-abeille, mi-architecte, pour reprendre une image qui lui est chère, il va se consacrer à la reconstruction de la gauche.

* * *

Cette opération d'invention, François Mitterrand l'entreprend vers 1964 à partir de trois constats, qui vont, conjugués, fonder sa stratégie.

D'abord, que les perspectives de durée du régime vont en déclinant : encore trois ans, encore cinq ans ? Le mandat présidentiel du Général va s'achever en 1965, les grandes grèves des mineurs du Nord ont affaibli sa crédibilité « sociale », et l'autorité du Premier ministre sur la majorité vacille parfois. Ensuite, que son chemin ne passe pas par les nouveaux partis de gauche créés depuis l'avènement de la Ve République, le PSA ou le PSU (on lui en a interdit l'accès, et Mendès France est leur prophète), mais s'inscrit plutôt dans la mouvance des « anciens », SFIO et radicaux. Enfin, que la gauche n'a d'avenir que dans une union de « tous les républicains », n'excluant pas ces communistes dont il apprécie, dans la Nièvre, le soutien.

Dès la fin de 1962, il a accompagné son ami Maurice Faure au congrès radical de Vichy, et y a repris le thème de ses articles de *La Nef* de 1959, la « candidature unique des républicains ». Ce qui suscite en ces lieux quelques murmures, mais retient l'attention de bons tacticiens. Ceux du PCF prennent désormais note de ses démarches : dix mois plus tard, haranguant ses compatriotes de Tarbes, le 15 septembre 1963, Jacques Duclos en appellera lui aussi à la coalition des forces de gauche : mais il va, lui, jusqu'à suggérer l'élaboration d'un programme commun – avec dix années d'avance. Ce qu'exclut alors Mitterrand.

Fructueux hasard du calendrier : c'est ce même 15 septembre que le député de Château-Chinon convie électeurs et amis à Saint-Honoré-les-Bains, petite station voisine, pour un « banquet des mille », dans la grande tradition des agapes républicaines présidées jadis par Gambetta en lutte contre le

Second Empire. Audacieuse référence. Mais Mitterrand ne manque pas son coup : ils sont presque mille (huit cent soixante…) autour de lui, dont le socialiste Gérard Jacquet (qui jouera un rôle dans la suite de l'histoire) et le radical Maurice Faure. Le député communiste de la Nièvre reste muet, mais sa présence contribue à authentifier la démarche unitaire de Mitterrand, qui écrit quelques jours plus tard dans *Le Courrier de la Nièvre* :

> « … Quatre à cinq millions d'électeurs, qui sont du peuple, votent communiste. Négliger leurs suffrages serait coupable, ou tout simplement stupide. De Gaulle a-t-il répudié les voix communistes lors du référendum d'avril 1962 […]. Si faire le Front populaire, c'est appeler les communistes au gouvernement, Léon Blum ne l'a pas fait en 1936*, tandis que de Gaulle l'a fait en 1944[15]… »

Ainsi fait-il le *forcing* en direction des trois partis traditionnels de la gauche. Mais il ne saurait négliger pour autant les nouvelles composantes que constituent les clubs – structure fort bien ajustée à son tempérament de chef de bande, de pilote à équipage réduit. Si réduit même en l'occurrence – sa Ligue pour le combat républicain (LCR) ne compte guère plus de quelques dizaines d'apôtres – qu'il lui faut tout de même l'élargir en la fusionnant avec le Club des jacobins des mendésistes Charles Hernu et Guy Penne, fusion qui va conduire à la création de la Convention des institutions républicaines – noyau mitterrandien par excellence, d'où partira la grande aventure de 1965, avec ses retombées ultérieures.

En cette fin de 1963, François Mitterrand s'approche sensiblement de la ligne de départ ; mais ses pieds ne sont pas encore calés dans les *starting blocks* – toujours dédaignés par Pierre Mendès France, et où s'installe soudain un champion inattendu.

Le 10 octobre 1963, sur la couverture de *L'Express*, qui vient de prendre ses distances avec l'auteur de *La République moderne*, s'étale la silhouette d'un homme noir, désigné comme « Monsieur X ». L'hebdomadaire de Jean-Jacques Servan-Schreiber et Françoise Giroud le présente comme le

---

* Si : Blum a bien sollicité les communistes. C'est Thorez qui a rejeté l'invite, « pour ne pas effrayer la bourgeoisie… ».

candidat idéal à la prochaine élection présidentielle. Il ne faudra pas longtemps au *Canard enchaîné* pour dévoiler « l'homme au masque Defferre ». C'est le maire de Marseille en effet qui est ainsi propulsé en tête de la compétition.

L'homme est sympathique à beaucoup, courageux et susceptible de recueillir les voix de gaullistes rebutés par le pompidolisme. Sa stratégie est claire : alliance centre gauche entre la SFIO, les radicaux et le MRP – à l'exclusion des communistes. Ce qu'on appelle aussitôt, et non sans abus, la « grande fédération », qui a « à peu près le contour du Front républicain de 1956[16] ». Opération anticommuniste ? Anti-Mollet surtout, le candidat ayant depuis dix ans pour objectif de libérer son parti de l'emprise archaïque du secrétaire général – au surplus rallié à de Gaulle en 1958 –, afin de situer la SFIO sur une ligne réaliste et pragmatique, plus « démocrate » que socialiste.

L'opération, conduite des mois durant avec l'art du « marketing » qui distingue l'équipe de *L'Express*, et qui bénéficie du soutien flegmatique de Mendès et de Mitterrand – dont on connaît les réserves, le premier au sujet du mode de scrutin présidentiel, le second à propos de l'exclusion des communistes –, s'enlisera finalement, du fait des manœuvres d'un Guy Mollet qui a bien deviné le sens de l'opération, et du conservatisme des dirigeants du MRP : le 18 juin 1965, lors de la réunion décisive chez l'un d'eux, Pierre Abelin, ils refusent de laisser figurer le mot « socialisme » dans le manifeste du candidat et exigent qu'il récuse par avance les voix communistes.

Le comportement de François Mitterrand, dans cette affaire où pouvaient s'anéantir ses ambitions, a été unanimement résumé d'un mot : « loyauté ». Son éloquence, lors de tel ou tel meeting en faveur de Defferre, à Bordeaux par exemple, n'eut certes pas la verve ou le mordant de ses interventions parlementaires contre le régime. Et peut-être son intervention au colloque des clubs réunis le 7 juin 1964 au palais d'Orsay au nom de sa Convention des institutions républicaines, qui fut l'occasion d'un nouvel appel à la participation des communistes à l'union de la gauche, jeta-t-elle une note discordante dans la campagne de Gaston Defferre. On ne l'en crédite pas moins d'un soutien honorable à la tentative de son ami.

Mais sitôt que Gaston Defferre, découragé par les interminables palabres dont Guy Mollet, les républicains populaires Jean Lecanuet et Joseph Fontanet et le radical Jacques Duhamel étaient les protagonistes, annonça qu'il renonçait, le 25 juin 1965, le député de la Nièvre mit en marche les mécanismes conduisant à sa propre candidature : opération qu'il préméditait, nous l'avons vu, depuis que de Gaulle avait fait prévaloir, contre son vote mais avec sa discrète bénédiction, l'élection du président de la République au suffrage universel.

Reprenons en la complétant la citation de *Ma part de vérité*, parce que, cette fois au moins, la confidence mitterrandienne (« depuis 1962, j'ai su que je serais candidat... ») exprime toute la vérité, ou presque :

> « Candidat [...]. Quand ? Comment ? Je ne pouvais le prévoir. J'étais seul. Je ne disposais de l'appui ni d'un parti, ni d'une Église, ni d'une contre-Église, ni d'un journal, ni d'un courant d'opinion. Je n'avais pas d'argent et n'avais pas à en attendre des sources de distribution [...] que tout le monde connaît. Autant de raisons pour ne pas être candidat, à moins que ce ne fussent autant de raisons pour l'être[17]. »

Il n'est pas un mot qui ne sonne juste ici. Et pas un qui ne demande à être nuancé, ou complété. Et d'abord celui-ci : « seul ». Il est bien vrai que le député de la Nièvre n'a avec lui ni « parti », ni « Église », ni « argent ». Mais il a réuni autour de lui cette « bande » sur laquelle on reviendra, et intéressé à sa cause, à son ambition encore non exprimée, des forces encore disjointes mais qu'il sait en attente. C'est en tout cas à une date située autour du 25 juin 1965 qu'il faut faire remonter l'ensemble de l'opération qui va porter le rescapé de l'affaire de l'Observatoire * à mettre en question le pouvoir du géant de mai 1958...

Dans *Ma part de vérité*, François Mitterrand assure que c'est « en juillet [que] Pierre Mendès France fut le premier à [lui] suggérer, par l'intermédiaire de Roland Dumas, d'entrer en lice ». Il est vrai que le rôle joué par l'auteur de *La République moderne* fut important, et surtout « légitimant ».

* Encore sous le coup de l'inculpation que le pouvoir, on sait pourquoi, n'ose pas mettre en œuvre...

Roland Dumas raconte qu'il prit l'initiative, le 3 ou 4 juillet, d'aller demander à Pierre Mendès France (dont il était l'avocat) de présenter sa candidature, et qu'il s'entendit répondre par l'ancien président du Conseil que, hostile à l'élection du président au suffrage universel et n'ayant aucune chance de recueillir les voix des communistes, il n'était pas question pour lui de se porter candidat. Sans compter, soupirait PMF, que « jamais les Français n'éliraient à la tête du pays un Juif[18]... ». L'ancien président du Conseil ajoutait que Mitterrand, en revanche, était l'homme de la situation, en tant qu'adversaire déterminé du régime et seul capable de mener « une campagne coup de poing[19] ».

En fait, et si encourageants que pussent être en l'occurrence les propos de son prestigieux aîné, le député de Château-Chinon avait déjà pris sa décision. Louis Mermaz évoque l'agitation qui s'empara de son chef de file sitôt que Defferre eut constaté son échec – et qu'avaient précédée de discrètes démarches menées du côté des partis et des clubs, les consignes données à ses proches, Dayan ou Beauchamp, de sonder les gens d'Horizon 80, la mise en alerte de Charles Hernu et de ses « jacobins »[20]. Une précampagne ? Non, mais des sondages, pour le cas où...

Claude Estier, devant lequel Mitterrand a formulé l'hypothèse de sa propre candidature dès le début de l'année 1965, raconte que, revenant à la fin de juin d'un long séjour professionnel en Égypte, il trouva son chef de file et ses amis en pleine effervescence : une vraie ruche[21]. Si bien que le signe adressé par Mendès tombait bien, à la fois comme impulsion nouvelle donnée à une machine qui avait déjà embrayé, et comme justification.

Dès le 4 juillet 1965, un colloque de la Convention des institutions républicaines (le club mitterrandiste grossi de celui des jacobins) tenait à Saint-Gratien, dont le maire était le mendésiste Léon Hovnanian, un séminaire groupant, autour de Mitterrand, Mermaz et Beauchamp, Dayan et Hernu, Rousselet, Dumas et Estier. C'est là et c'est alors que furent formulées par François Mitterrand les trois conditions de sa candidature, avec une précision qui révélait une longue méditation :

– que Mendès France se manifeste publiquement à ses côtés, étant entendu que Mitterrand s'engageait lui-même à soutenir son aîné s'il revenait sur sa décision ;

– que les communistes s'abstiennent de présenter un candidat contre lui ;

– que la SFIO lui accorde, par la voix de Guy Mollet, son « investiture ».

Estier, lui demandant aussitôt s'il peut rendre publiques ces « conditions » dans *Le Nouvel Observateur*, obtient un acquiescement. Dès lors la précampagne est lancée – et l'on s'étonne que l'annonce officielle de la candidature, en septembre, ait déconcerté les commentateurs *. Le prenaient-ils si peu au sérieux ?

Les vacances n'empêchent pas que l'on pousse quelques pions. Le 3 août, Mendès France confirme de vive voix ses intentions à Mitterrand, tandis que Georges Dayan rencontre Guy Mollet, qui, un peu surpris, ne manifeste aucune prévention : dès l'instant qu'il est débarrassé de la candidature Defferre ! Du côté communiste, Mitterrand et Dumas rencontrent l'avocat Jules Borker, très proche de Waldeck Rochet. Leur interlocuteur reste évasif, mais ne formule aucune mise en garde. Et, au cours d'un entretien avec Waldeck Rochet et son secrétaire Charles Fiterman, au siège du PCF, quelques jours plus tard, Claude Estier recueille l'impression que, compte tenu de son comportement depuis 1958, le député de la Nièvre dispose, en ces lieux, d'un préjugé favorable.

Estier s'empresse de téléphoner ces nouvelles, le 22 août, à Hossegor, où Mitterrand passe ses vacances avec quelques amis. Il est invité à les rejoindre. Dans *Ma part de vérité*, Mitterrand assure que pendant ces quelques semaines de congés (après l'entretien du 3 août avec Mendès) il ne prit aucun contact politique ni n'accorda d'interview. En fait, il reçut au moins Jacques Derogy. Ce qui est clair, constate Estier, c'est que son chef de file a bel et bien pris sa décision : à tel point que le journaliste se voit invité à s'intégrer à l'équipe de campagne que forme le « déjà candidat ».

François Mitterrand rentre à Paris au début de septembre, avec de bonnes cartes en main : Mendès l'ayant assuré de son soutien, Guy Mollet de sa sympathie, Waldeck Rochet de sa bienveillance, les trois « conditions de Saint-Gratien » semblent réunies. C'est au cours des quatre journées des 6, 7,

---

* Voir plus loin, p. 302 et suivantes.

8 et 9 septembre que tout va se décider, et les obstacles se dissoudre sous les pas de Mitterrand. A cent jours de l'élection, alors que le général de Gaulle ne s'est pas déclaré en vue d'un second mandat, les seuls candidats officiels sont Me Tixier-Vignancour, porte-parole de l'extrême droite, le sénateur charentais Pierre Marcilhacy et le radical André Cornu, qui s'écartera bientôt. Le flou.

Écoutons l'auteur de *Ma part de vérité* : « Je suis revenu à Paris le 6 septembre, et j'ai dîné le soir même avec Jean-Raymond Tournoux, Jean-Jacques Servan-Schreiber, Thierry de Clermont-Tonnerre et le colonel de Fouquières. On parla ou plutôt ils parlèrent beaucoup de l'élection présidentielle et supputèrent les chances de Maurice Faure. Ma décision était prise… » Notons le « ils parlèrent », admirable, et l'enchaînement quasi automatique entre l'évocation de la candidature de Maurice Faure et le « ma décision était prise ». Double éclairage savoureux sur le personnage, qui, laissant pour une fois parler les autres, affirme sa détermination en contrepoint du concurrent cité. Le guetteur dialectique…

Que sa décision fût prise est une évidence. Que personne n'en parlât, en dépit des innombrables supputations dont débordait alors la presse, est stupéfiant. Les noms qui circulent alors, dans la galaxie de l'opposition, sont ceux de Maurice Faure, radical soutenu par *L'Express*, et de Daniel Mayer, candidat du PSU, président de la Ligue des droits de l'homme, poursuivi par la haine de Guy Mollet * (« s'il se présente, il aura un candidat du parti contre lui ! »). Le secrétaire général de la SFIO ne semble d'ailleurs pas décidé à maintenir le discret encouragement accordé à Mitterrand pendant l'été : le 2 septembre, il déclare à *Paris-Presse* que le candidat le plus capable de battre de Gaulle serait… Antoine Pinay.

S'il a, d'entrée de jeu, formulé trois conditions à sa candidature, Mitterrand voit maintenant se dresser contre lui trois concurrents : un au centre, Faure ; un à gauche, Mayer ; un à droite, Pinay. En quelques jours, ils seront, un par un, et sans larmes, écartés. Maurice Faure ? Mitterrand apprend

---

* Qui ne pardonne pas à Daniel Mayer de l'avoir chassé, lui, Mollet, du poste de secrétaire général de la SFIO en 1946. Quel meilleur objet de haine que la victime…

qu'ayant sondé Guy Mollet, il n'y a pas trouvé grand réconfort et s'entend dire, avec le savoureux accent de viticulteur gascon dont le maire de Cahors enveloppe ses propos les plus graves, qu'il se « désintéresse de ce combat » et que, tel un héros d'Offenbach, il « part pour la Grèce ».

Du frêle et ironique Daniel Mayer, chez qui le conduit Claude Estier, le presque candidat reçoit cette assurance : « S'il est démontré que vous êtes mieux placé que moi pour être le candidat unique de la gauche, je m'inclinerai et vous soutiendrai. » Ce qui fut fait, avec une exemplaire élégance, et bien que les dirigeants du PSU, Claude Bourdet et Gilles Martinet entre autres, se refusant à tenir Mitterrand pour un candidat de gauche, eussent tenté de remettre en selle le meilleur disciple de Léon Blum.

Cette prévention contre le député de la Nièvre, nul ne l'exprime alors avec moins d'indulgence que Me Pierre Stibbe, augure du PSU. Ce brave militant anticolonialiste qui ne pardonne pas à François Mitterrand son rôle dans la guerre d'Algérie publie dans *Le Monde* un article où il assure que le candidat doit être « un homme d'une rigueur morale absolue qui ne puisse prêter le flanc à aucune attaque d'ordre personnel, [qui ne doit pas avoir] contribué à déprécier la politique par l'opportunisme, l'arrivisme, le goût de l'intrigue ou des affaires [ni] eu aucune compromission avec le régime de Vichy [...] [ou] pris aucune part aux erreurs et défaillances d'une grande partie de la gauche dans les épreuves de la décolonisation... ».

On ne pouvait mettre plus cruellement les points sur les *i*. Ce portrait-robot du mauvais candidat Mitterrand, l'intéressé le qualifiera de « fielleux », ajoutant : « Il aurait à lui seul enlevé mes dernières hésitations quant à l'urgence de me lancer dans l'aventure, si j'en avais eu [22]. »

Reste M. Pinay. Pour le dissuader d'entrer en piste, Robert Mitterrand, frère aîné du député de la Nièvre, propose de s'entremettre : il connaît depuis longtemps l'homme au petit chapeau, ayant voyagé à ses côtés en Asie. Les deux hommes se retrouvent chez lui. François Mitterrand connaît les rancunes de Pinay à l'encontre des gaullistes, qui se sont servis de lui avant de le rejeter, et l'effroi que lui inspirent les initiatives du Général à l'encontre des Américains et de l'Europe de Bruxelles : il a envie d'en découdre. Mais son interlocuteur lui démontre que, compte tenu de la présence de plusieurs candidats de droite et des quelque 30 % que peut espérer un porte-parole de la gauche, il risque de se trouver éliminé au premier tour. Est-ce bien digne d'un ancien président du Conseil ? Robert Mitterrand qui, écrit-il, connaît bien l'« infini bon sens » et l'« amour-propre intransigeant » du maire de Saint-Chamond, voit dans son « je vais réfléchir » le signe d'une prudente retraite [23]… Le troisième obstacle est levé.

Le mercredi 8 septembre, vers 23 heures, François Mitterrand réunit chez lui, rue Guynemer, les hommes de son équipe pour faire le point des derniers contacts. Claude Estier, qui vient de voir René Andrieu, rédacteur en chef de *L'Humanité*, peut lui confirmer les intentions favorables des communistes, et lui-même fait état du ralliement probable de Gaston Defferre, qui devrait accorder son soutien au candidat de gauche en dépit des divergences de leurs points de vue sur les relations avec le PCF.

Le lendemain est le jour clé : le général de Gaulle doit tenir à 15 heures une conférence de presse au cours de laquelle il fera vraisemblablement savoir s'il entre ou non en campagne, le premier tour de la consultation étant fixé au 5 décembre. Le tacticien Mitterrand a décidé de profiter de la dramatisation que le vieux chef va conférer à la campagne pour lancer simultanément l'annonce de sa propre candidature, la personnalisant ainsi avec éclat : « A ma droite, le tenant du titre. A ma gauche, le challenger ! »

Le programme de sa matinée du 9 septembre n'en est pas moins chargé. A 9 heures, il voit Gaston Defferre, qui lui confirme un soutien distancié. A 11 heures, il a rendez-vous avec Guy Mollet, cité Malesherbes, pour une dernière mise au point. L'accueil est aimable, un peu condescendant : « Réfléchissez encore un peu. Deux ou trois jours… – J'annoncerai ma décision dans deux ou trois heures… » Sensation, poignée de main. « Bonne chance… »

A midi, le presque candidat réunit encore quelques conseillers chez lui. Dernier tour de table. Vous êtes d'accord ? Un oui, un oui, encore un autre, mais soudain fuse une objection : elle est formulée par Alain Savary, l'un des leaders du PSU, qui, cinq ans plus tôt, lui a claqué au nez la porte du PSA en signifiant que, fût-il d'un autre temps, le port de la francisque ne créait pas un préjugé favorable à l'admission dans une organisation de gauche…

Cette fois, cet homme respecté, et bien au-delà des cercles de gauche, fait valoir que, dans cette conjoncture escarpée, le candidat Mitterrand subirait un handicap personnel : « Vous êtes vulnérable… L'affaire de l'Observatoire suscitera “injustement” des attaques *ad hominem*[24]… » Sur un homme comme Mitterrand, ce type d'argument, si pertinent soit-il, ne peut jouer, comme l'article de Stibbe, qu'un rôle d'aiguillon. C'est un combattant corseté dans son armure qui entraîne ses fidèles dans un restaurant de Montparnasse, la Palette*.

Autour de celui qui est encore pour quelques instants le futur candidat sont réunis, ce 9 septembre à 13 h 30, Robert Mitterrand, Georges Dayan, Roland Dumas, André Rousselet, Charles Hernu, Georges Beauchamp, Paul Bordier et Claude Estier. Dans deux heures, de Gaulle doit prendre la parole : c'est alors que Mitterrand annonce à ses amis qu'il a décidé d'« embrayer » sur la même ligne de départ, de « prendre la roue » du Général[25]. Et comme les dépêches rendant compte des propos du général-président doivent « tomber » vers 16 heures, il rédige sur le coin de la table sa déclaration de candidature, qui, portée à l'AFP par Estier et Bordier vers 15 h 30, doit se glisser entre deux paragraphes de celle du Général.

Il se trouve que la manœuvre dérape, dans la mesure où de Gaulle, répondant à la question universellement attendue sur sa décision, s'en est tiré par une pirouette, qui n'est pas de sa meilleure veine : « Je vous réponds tout de suite que vous le saurez, je vous le promets, avant deux mois d'ici. » Or le premier tour de scrutin est prévu pour deux mois et trois semaines plus tard… Comment administrer meilleure leçon de désinvolture monarchique ?

Dira-t-on qu'il hésitait encore, qu'il pesait le pour et le contre à propos de Pompidou, inévitable dauphin ? Non. Quelles que fussent sa fatigue – il a 75 ans, et a subi deux opérations en dix ans – et la lutte obstinée que mène Mme de Gaulle contre l'accomplissement d'un second mandat, il sait

---

* Où Beauvoir et Sartre avaient leurs habitudes, et qui est remplacé aujourd'hui par un Hippopotamus.

depuis le mois de juillet qu'il lui faut livrer lui-même les deux batailles qu'il a engagées au début de l'été, pour la sortie de la France de l'organisation intégrée de l'OTAN, et le maintien de la règle de l'unanimité dans les organismes européens (qui a conduit à la politique de la « chaise vide »* à Bruxelles). Comment confier ces deux missions à un Pompidou encore peu averti en ces domaines, et insuffisamment convaincu ?

Si quelque doute subsiste encore en lui, l'entrée en lice de Mitterrand suffirait à le lever. Pourrait-il pardonner à ce rebelle, insoumis à sa loi depuis vingt-deux ans, les pages assassines du *Coup d'État permanent* ? Jacques Foccart, qui n'était que trop dans sa confidence, laisse entendre [26] que l'entrée en campagne de Mitterrand fit sur lui l'effet d'un révulsif – comme l'article de Stibbe sur le candidat de la gauche.

En « prenant la roue » d'un champion qui fait du sur-place, Mitterrand a-t-il raté son départ ? Non. Les quelques phrases plus ou moins improvisées sur la table de la Palette sonnent plus juste que celles du *Coup d'État permanent*. Alléguant « l'incompatibilité d'humeur entre de Gaulle et la démocratie » et « l'incertitude dans laquelle se trouvent, après le retrait de Gaston Defferre, les républicains résolus à combattre le pouvoir personnel », Mitterrand lance le gant :

> « J'ai donc décidé de solliciter les suffrages des Français et des Françaises le 5 décembre prochain [...]. Il s'agit essentiellement pour moi d'opposer à l'arbitraire du pouvoir, au nationalisme chauvin et au conservatisme social, le respect scrupuleux de la loi et des libertés, la volonté de saisir toutes les chances de l'Europe et le dynamisme de l'expansion, ordonnée par la mise en œuvre d'un plan démocratique. »

Texte sagement « républicain », d'où sont absents les mots « dictature », « socialisme » et « union de la gauche ». Mais pas un « chauvin » abusif. Le ton montera plus tard...

On ne saurait dire que l'accueil répondit à l'attente. La surprise – surprenante, on l'a dit – dominait. Ricanements à

---

* Celle de la France, qui s'abstient pour protester contre la remise en question de cette règle fondamentale – le droit de veto – dans l'esprit du Général.

droite (l'homme de la francisque, de l'Observatoire, face à de Gaulle !), scepticisme ou pudibonderie à gauche (« Faible et habile, ou faiblement habile », laissait tomber Édouard Depreux, secrétaire national du PSU, tandis que Gilles Martinet lâchait : « Je ne croyais pas qu'il oserait ! » et que Marc Heurgon, leur camarade, crachait : « La droite ne présente pas Pesquet ? Pourquoi présenterions-nous Mitterrand ? », platitude assez grossière pour avoir suscité la gêne parmi les siens...).

Les augures de la science politique, à commencer par Raymond Aron, n'eurent pas de mot assez méprisant pour commenter cette entrée en lice. Jean-Jacques Servan-Schreiber assurait que, représentée par un tel candidat, la gauche ne rassemblerait « pas plus de cinq à six millions de voix, son plus mauvais score depuis le Second Empire ». Quant à Pierre Viansson-Ponté, il aura l'honnêteté de rappeler dans son *Histoire de la République gaullienne*, publiée douze ans plus tard, qu'il parlait alors du « plus mauvais candidat possible [27] ».

Une fois de plus, c'est François Mauriac, que l'affection illumine aussi bien que l'animosité, qui est le plus intelligent :

> « De son point de vue, François Mitterrand n'a pas tort de poser sa candidature. Non qu'il ait une chance de l'emporter, il n'est pas si naïf que de le croire. Mais dans cette faillite des anciens partis, dans ce vide sinistre dont au fond nous souffrons tous, l'intelligence, le courage, le talent d'un homme, cela compte, et peut lui assigner demain ou après-demain une place éminente, mais à une condition : c'est de ne pas jouer les roquets [28]. »

Ce sont évidemment les réserves de la gauche que le candidat s'employa d'emblée à surmonter, notamment celles du *Nouvel Observateur*, où ses partisans, Claude Estier et Hector de Galard, s'opposaient à Gilles Martinet, fort hostile, tandis que Jean Daniel s'acharnait à espérer que Mendès France sortirait de sa réserve *. C'est tout de même une interview accordée à trois collaborateurs de cet hebdomadaire par François Mitterrand, le 29 septembre, qui servit en

* Comme l'espérait aussi l'auteur de ce livre...

quelque sorte de prélude à la campagne, sur le thème du « respect de la loi » :

> « Pompidou m'a un jour traité de "fantôme" et d'"ombre du passé". Je suis une ombre qui se porte bien [...]. Placé à la pointe du combat, je me saisis de l'arme que le pouvoir me donne [...]. Nous avons une alouette de démocratie pour un cheval de pouvoir personnel [...]. Il y a des dispositions à prendre très vite : l'abrogation de l'article 16 *, la restauration des conditions de l'indépendance de la justice [...]. Après de Gaulle, on aura besoin de restituer aux Français le sens de la loi : comment demander à un citoyen de croire en la loi quand le chef de l'État s'en amuse ? » **

Moyennant quoi, l'hebdomadaire le plus prestigieux de la gauche française paraît la semaine suivante avec un titre qui, prévu pour être « Mitterrand, jamais ! », sera un ingénieux « Mitterrand, pourquoi ? », alors que *Les Temps modernes* de Sartre clament : « Pire que de Gaulle ! Mitterrand ne représente la gauche que dans la mesure où il en exprime la déliquescence... »

Ainsi, moins de six ans après le cauchemar de l'automne 1959, François Mitterrand est remonté en selle, contesté mais fringant et péremptoire, pour défier le héros national en ses abus, sinon en sa grandeur. Le mot « outrecuidance » vient aussitôt sous la plume, mais sans qu'on s'y arrête. Dès lors que Charles de Gaulle avait arrêté – et fait confirmer par une majorité des citoyens – que le chef de l'État serait désormais élu directement par le peuple, le déroulement du mécanisme électoral appelait bien sur la scène un audacieux capable de relever le gant. Et qui, en cet automne de 1965, faute de l'opposant « légitime », Pierre Mendès France, rétif à la règle de ce jeu, pouvait, en vue de donner la réplique au vieux champion, présenter des atouts comparables, pour ce qui est du talent, de l'énergie, de l'éloquence, du courage, du sens tactique, du cynisme combatif enfin, à ceux dont pouvait se prévaloir Mitterrand ?

Les pires erreurs historiques sont l'anachronisme et l'anticipation. C'est pourquoi il ne faut pas nous laisser abuser ici

---

* Qui accorde les pleins pouvoirs au chef de l'État en cas de crise.

** Dix-neuf mots qui seront retournés contre lui, vingt ans après...

par les accomplissements ultérieurs, les aventures d'État, les ors présidentiels et les funérailles respectueuses. Ce qu'il importe de voir, c'est ce qu'était le Mitterrand de 1965, comment il était considéré. Pour ce faire, on donnera la parole à l'un des observateurs les plus fins et les moins complaisants de l'époque, André Ribaud*, qui, sous couleur de pasticher Saint-Simon, donnait dans sa rubrique « La Cour » du très sarcastique *Canard enchaîné*, le plus judicieux reflet de la société et de la faune politique du temps :

> « C'était un homme entre deux tailles et deux âges, assez d'une figure aimable qui arrêtait avec plaisir les yeux des dames, d'une ambition qui s'appuyait de toutes sortes de talents pour arriver à la plus haute fortune, riche en dons, fertile en vues, en ressources, en ressorts, entreprenant, aussi hardi à changer de front qu'adroit à tirer de biais, maître signalé en artifice, avec extrêmement de valeur brillante et un cœur au-dessus des périls. Il avait fort de l'esprit, mais manégé et parfois si labyrinthé qu'il se perdait dans ses détours et se laissait alors piéger en terrain coupé et raboteux, dans des taillis d'intrigues romanesques, dont il ne sortait qu'avec embarras, quoiqu'il eût d'ailleurs la tête froide et fort capable de tenir tout le soin de l'État. »

Cet admirable portrait de Mitterrand entrant en campagne face à de Gaulle est daté du 29 septembre 1965. On ne saurait soupeser plus finement atouts et faiblesses du personnage, ni le situer à une altitude plus exacte. « Fort capable de tenir tout le soin de l'État » ? Fallait-il donc se draper dans le style mordoré du duc atrabilaire pour déceler et faire paraître si bien, au-delà des embarras et frasques de la Fronde, le Mazarin entrant en scène face à l'autre cardinal, le grand ?

Un des exercices classiques de la mitterrandologie consiste à examiner si, privé des poisons et aiguillons de l'affaire de l'Observatoire, François Mitterrand se fût lancé dans l'aventure. Deux des meilleurs historiographes de cette période, Jacques Derogy et Jean-François Kahn, vont jusqu'à établir ici un parallèle avec « le Tigre » et suggérer qu'à l'instar du scandale de Panama pour Clemenceau, cette affaire fut à

* De son vrai nom Roger Fressoz.

l'origine des audaces de François Mitterrand, essentiellement compensatrices.

Toynbee est un historien stimulant et sa théorie du *challenge** rend bien des services au biographe pressé. Mais est-il utile d'aller faire ce détour – d'ailleurs fructueux – pour expliquer la dynamique mitterrandienne, cette ambition fondamentale, essentielle, qui repose sur la certitude d'une légitimité représentative à ouvertures et espaces multiples ? Cet adolescent qui se croit assuré d'« ajouter » à l'histoire de son pays, ce jeune homme qui, à Vichy en 1942, se persuade qu'il lui revient, et à lui seul, de « réveiller le pays de l'intérieur » quand l'Autre agit au-delà de la mer, a-t-il besoin de la morsure du serpent – Dides, Pesquet, Debré – pour se dresser et entrer en lice ? Il suffit qu'une brèche s'ouvre, ou une porte, pour qu'il s'élance.

Il est vrai qu'il est couturé de cicatrices, que nul, en sa génération, même Pierre Mendès France, n'a reçu tant de crachats ou de menaces – et qu'il a bien des revanches à prendre, ne serait-ce que sur ses propres inconséquences, ses propres égarements. Être entré, si peu que ce soit, dans le jeu de Pesquet, avoir cru à la reconnaissance de Michel Debré, et avoir surmonté cela, voilà qui vous cuirasse un homme !

C'est ce Mitterrand qui, à 49 ans, revenu des stalags, de Vichy, du réseau RNPG, onze fois ministre, vingt ans député, trois ans sénateur, maire du Château-Chinon, président du conseil général de la Nièvre, auteur de quelques livres inégaux, avocat épisodique au barreau de Paris, marié, père de deux garçons, riche en aventures de tous ordres et désordres, lecteur inlassable, orateur mordant, promeneur rarement solitaire, séducteur infatigable, gastronome pressé, horticulteur minutieux – et inculpé depuis six ans d'un délit que la justice du régime se garde d'élucider –, entre en lice contre le général de Gaulle.

* * *

* Défi, qui donnerait l'impulsion à tout mouvement historique.

Que l'on dise sa « bande » ou son « clan », et que l'on parle de « table ronde » ou de « club » comme sous la Révolution, le fait est que François Mitterrand a su agglutiner autour de lui, en deux ou trois décennies, des fidélités et des amitiés d'une fermeté et une densité exceptionnelles. Un tel privilège, l'épopée de la France libre aurait dû en gratifier naturellement Charles de Gaulle – et l'étonnant est que, si des fidélités somptueuses lui furent acquises, l'amitié ne lui fut pas donnée en partage (mais à cette altitude…). Pierre Mendès France put se prévaloir, lui, d'un compagnonnage éminent, celui de Georges Boris, et les fidélités et dévouements fleurirent aussi autour de lui, que fondaient sa « vertu », sa force de conviction et son génie didactique.

Qu'est-ce donc qui inspira à l'égard du multiple et déconcertant Mitterrand une fraternité si vivace ? Il se réfère volontiers au « point fixe » de Pascal pour fonder ses raisonnements. Mais qui le fut moins que lui, ce « point » ? Et pourtant, cette inlassable virevolte – que les honneurs suprêmes ne devaient point figer – aboutit, de saison en saison, de récolte en récolte, à grouper autour de lui prisonniers, clandestins, corsaires de la politique, compagnons de cordée dans l'ascension vers le pouvoir – survivant (presque tous) à l'épreuve d'octobre 1959.

Au moment où s'élance, en septembre 1965, l'expédition en quête de la Toison d'or, les Argonautes du mitterrandisme ne sont pas aussi fourmillants, aussi claironnants qu'en 1981. On peut en décompter une quinzaine, mais ils s'affairent et vibrionnent comme cent.

En tête, et on pourrait dire au cœur de l'entreprise (et de son prophète), vient Georges Dayan, depuis un quart de siècle le confident, le frère, le « calife », investi d'une confiance telle qu'elle a survécu à l'épisode de Vichy. Comment faire revivre mieux ce disciple des disciples que ne le fait Jean Daniel imitant le plaidoyer de l'avocat oranais pour son ami François contesté par la « gauche cathare » :

« Oui, Mitterrand aime la vie, les femmes, la poésie, les idées, l'indépendance. Comme vous […]. Donc ce ne peut être un homme honorable […]. Ah, s'il était un peu puritain, un peu austère, un peu emmerdant comme cet homme, quelque chose… France, alors bien sûr vous pourriez l'admirer ! » Et d'admettre, au détriment de son « cher despote », cet air d'insincérité qui, « lorsqu'il fait les yeux doux, lui donne l'air d'un évêque qui se serait mis des faux cils [...]. Mais contre cela, il lutte, il lutte... ». On est là assez loin de la bigoterie. Mais le dévouement est total.

Le deuxième des apôtres, c'est Roland Dumas, avocat lui aussi, d'une agilité, d'une ingéniosité sans pareilles, qui fit la liaison avec Pierre Mendès France aussi bien qu'avec les communistes, parlementaire dans toutes les acceptions du mot, gai, agile, audacieux, polyglotte et polyvalent, peu entravé par les préceptes de la morale ordinaire, et qui a le bon goût de ne pas s'amouracher des mêmes dames que son chef de file. Capable avec ça de vous rédiger une motion de congrès ou un texte d'accord en dix phrases et sept minutes...

Qui situer sur la troisième ligne ? Le subtil Louis Mermaz, rescapé de l'UDSR, historien à l'ironie documentée, travailleur précis qui a pris congé pour trois mois de ses élèves du lycée Lakanal (dont le futur Thierry Le Luron) ; ou le bouillonnant Charles Hernu, qui va s'improviser la dynamo de la campagne, le tambour du village, secouant, pétaradant, bluffant... Ou André Rousselet, qui depuis dix ans, venu de la préfectorale, apporte à l'équipe son acuité intellectuelle, son autorité flegmatique, une connaissance des rouages de l'État et un sens des affaires qui éblouit Mitterrand, moins capable de faire une addition que de laisser aux autres le soin de la régler...

Georges Beauchamp ne prétend pas aux premiers rôles. Mais « Jojobobo », fidèle entre tous depuis les luttes de 1943 et les combats de 1944, est capable à la fois de diriger *Le Courrier de la Nièvre* (en découpant les articles du bulletin de Georges Bérard-Quélin, radical mitterrandiste qui est l'un des hommes les mieux informés de Paris), d'organiser un meeting ou de choisir, pour son « patron », les plus beaux oignons de tulipe de Seine-et-Oise...

On a déjà apprécié l'apport que fournit au groupe l'adhésion de Claude Estier, journaliste intrépide, qui, du *Monde* à *Libération** et au *Nouvel Observateur*, sème la graine du mitterrandisme à pleines brassées, et s'instaure le trait

* Celui d'Emmanuel d'Astier, compagnon de route du PCF, qui se ralliera bientôt à de Gaulle.

d'union permanent entre les nostalgiques du mendésisme qui donnent le ton au *Nouvel Observateur* et un Parti communiste où Waldeck Rochet et ses « modernistes » ne contrôlent guère plus de la moitié d'un appareil que grippent encore les vieux staliniens du type Fajon et Plissonnier. C'est lui qui dirige le bulletin de campagne, *Combat républicain*, aidé par le très intelligent Marc Paillet, rédacteur en chef de l'AFP, jaillissante fontaine d'idées, venu du trotskisme (et qui se détachera de l'équipe pour ne pas jouer les compagnons de route des notables du PCF), et Georges Fillioud, lui aussi journaliste et qui gagne ses galons de disciple en se faisant écarter d'Europe n° 1 pour mitterrandophilie…

On a déjà évoqué le rôle fondamental que joue dans cette équipe papillonnante le solide manieur de dossiers Paul Legatte, échappé à l'entourage de Mendès France par goût de l'action, ce qui excite la verve canonique de François Mitterrand (« Vous êtes hérétique, Paul, et relaps ! »), et celui, qui va se préciser au cours de la campagne, du frère aîné, Robert Mitterrand. Mais pas encore celui de Pierre Soudet, conseiller d'État également venu des rangs du mendésisme et qui, aux côtés de sa femme Laurence, joue un rôle essentiel dans cette aventure d'amitié, de l'ancien résident général en Tunisie Louis Périllier, de l'ancien préfet de la Nièvre Yves Cazaux* ou du sénateur méridional Émile Aubert, qui a bravement épaulé Mitterrand lors de la crise de 1959, du banquier socialiste Ludovic Tron, inspecteur général des finances, ancien directeur de la BNCI, de son collègue Paul Bordier, du Dr Guy Penne, venu des « jacobins ». Tandis que, discret encore, un jeune homme au regard sévère et aux analyses tranchantes s'affaire, rédige et bat la charge : Pierre Joxe, 32 ans. Et comme il faut bien que cette table ronde accueille une femme, voici Marie-Thérèse Eyquem, inspectrice générale des sports, la « Mère courage » du mitterrandisme.

> « Artisanat, voilà le seul mot qui puisse définir cette campagne, ces cent jours de 1965, racontent Claude Estier et Louis Mermaz. On était entassés dans quatre petites pièces

---

* Qui a appartenu à Vichy, comme Jean-Paul Martin, au cabinet de René Bousquet, auquel il a consacré un livre.

sordides du 25 de la rue du Louvre, l'ancien local de l'UDSR. Pas même une pièce pour recevoir la presse […]. Quatre téléphones, cinq machines à écrire à jeter à la casse, et quelques dactylos, dont Marie-Claire Papegay, Paulette Decraene et une bénévole qui était Édith Cresson. »

Dans *Ma part de vérité*, François Mitterrand assure que son comité national de soutien, présidé par le bâtonnier Thorp, « ne put rassembler que 97 millions d'anciens francs », moins du dixième de ce que coûta la campagne d'affichage du général-président. Dans *Mémoires interrompus*, il raconte drôlement le début de sa campagne : « Personne ne montait sur la tribune pour me soutenir. Alors je faisais tout : j'ouvrais la séance moi-même, je me présentais, je faisais mon discours, j'organisais la discussion, et puis je partais. Mais au bout de dix jours, tous se disputaient une place à la tribune [29]. » Un peu forcé ?

Avant d'évoquer les péripéties de cette campagne qui changea sa vie, et pour longtemps la physionomie de la gauche française, il faut évoquer son encadrement politique, la réalisation des trois conditions de Saint-Gratien *, et surtout ce qui en était la principale originalité, la résurrection du Front populaire. Opération menée de main de maître, mais non sans ratés, volte-face et chassés-croisés, par le mécanicien Mitterrand, qui semble assuré depuis le 9 septembre des trois accords : ceux de Mendès, déclaré, de Guy Mollet, qui ne s'oppose pas mais…, et de Waldeck Rochet, qui doit encore convaincre ses camarades avec l'aide prestigieuse d'Aragon, séduit par ce « coup » et sa dimension romanesque.

Le 16 septembre, Mitterrand a convoqué la presse pour expliciter sa démarche, et d'abord la convergence avec le PCF. Au moment de monter à la tribune, il est saisi par la manche : c'est Claude Fuzier, l'intime de Guy Mollet, qui lui glisse dans l'oreille : « Il ne faut pas que vous vous prévaliez de votre accord avec les communistes… – Mais c'est tout le sens de ma démarche ! – C'est Guy Mollet qui m'envoie ! » Le candidat passe outre et révèle à la presse la signification de son projet. Deux semaines plus tard, dans *Paris-Presse*, le

---

* Voir ci-dessus, p. 296.

secrétaire général de la SFIO assure qu'il ne rompra pas avec Mitterrand, mais répète que Pinay serait un meilleur candidat…

Du côté des « cocos », on commence à s'inquiéter. Me Borker informe son confrère Dumas que Waldeck Rochet souhaite une rencontre avec Mitterrand, qui accepte mais veut conserver à ce contact un caractère privé. On s'accorde pour un dîner chez les Dumas, fixé au 10 novembre. Waldeck Rochet se préoccupe de savoir qui servira à table. Dumas : « Rassurez-vous : notre employée de maison est communiste et son mari secrétaire de la cellule du quartier… » Waldeck : « Je préfère qu'il n'y ait là aucun membre du Parti, hormis Borker et moi ! » Tiens ! C'est Anne-Marie Dumas, donc, qui fera le service…

Voici les deux partenaires face à face :

Mitterrand : « Je crois que vous tenez davantage à l'existence d'un “texte commun” qu'au contenu de ce texte… »

Waldeck Rochet : « Non ! Je tiens aux deux ! »

Mitterrand : « Je ne pourrai pas faire un pas de plus que la SFIO. Guy Mollet sait que nous nous rencontrons. J'ai pris sur moi de décider cette rencontre et de l'en informer. »

Waldeck Rochet : « Le Parti communiste est puissant et influent. Les militants ne comprendraient pas que l'on ne prenne pas en considération ses demandes et ses positions. »

Mais comment rendre publique la rencontre ? Waldeck Rochet y tient, Mitterrand beaucoup moins. Dumas propose une solution : lors d'une prochaine conférence de presse, le candidat exposera ses dix propositions, qui seront transmises officiellement dès le lendemain au siège du Parti communiste, avec un mot de sa main adressé au secrétaire général. Maigre concession. Waldeck Rochet veut bien s'en contenter : dès lors que le PC est traité avec égards… Quant à François Mitterrand, il n'a pas « négocié » un texte, ce qui serait contraire à l'esprit même de sa candidature, démarche personnelle, et dangereux par rapport à ses partenaires qui l'observent.

Affaire faite, chacun se retire, quand soudain la sonnette de l'appartement des Dumas retentit : c'est Borker, affolé, dans un souffle : « Waldeck Rochet a oublié sa serviette dans votre salon ! » On la retrouve. Le pacte est sauvé !

Conformément à l'accord passé le 10, François Mitterrand a de nouveau convoqué la presse pour le 17 novembre à

15 heures à l'hôtel Lutétia. Quelques heures auparavant, il reçoit des indications selon lesquelles le Parti communiste n'est plus d'accord, bien que le matin même Borker ait appelé Guy Mollet pour avoir confirmation que tout était bien en ordre. Au moment où le candidat de la gauche s'apprête à abattre ses cartes, la rumeur de la rupture avec le PCF, évidemment diffusée par la SFIO, va bon train. Nouveau torpillage ?

Borker se précipite à l'hôtel Lutétia. A l'entrée de la salle, Hernu l'arrête : impossible d'avoir accès à Mitterrand qui parle déjà. L'avocat communiste griffonne en hâte un billet qu'Hernu finit par se résigner à glisser à l'orateur. Mitterrand s'interrompt trois secondes, lit le billet et poursuit sa harangue : l'alliance tient bon. Et, six jours plus tard, *L'Humanité* signifie que le PCF soutiendra le candidat de l'« Union démocratique ». « Pour nous, confie un des proches de Waldeck Rochet, c'est l'événement le plus important depuis 1947[30]... » Et le patron du PCF prédit que Mitterrand obtiendra plus de 8 millions de voix...

Fermeté du côté du Parti, manœuvres du côté de la SFIO... Mitterrand pouvait-il espérer naviguer sur des eaux moins agitées ? Quant à la troisième composante du triptyque de Saint-Gratien, le soutien de Pierre Mendès France, le candidat peut à bon droit l'estimer solide. Le 27 octobre, dans *Le Nouvel Observateur*, l'ancien président du Conseil accorde à son ancien ministre le crédit le plus généreux que le cynique puisse attendre du puritain :

> « ... Mitterrand [...] nous a rendu à tous un immense service en acceptant d'être candidat, vaillamment, dans ces conditions et dans ces délais et en clarifiant une situation qui est vraiment désastreuse [...]. Il paraît que des hommes de gauche éprouvent des scrupules [...]. Je peux dire ici une chose décisive pour moi : dans toutes les affaires graves depuis vingt-cinq ans, je l'ai trouvé du bon côté de la barricade * [...]. Voilà une candidature qui a recueilli une large approbation dans les milieux de la gauche, dans les partis, dans les syndicats. Mitterrand est le mieux placé pour réunir l'ensemble des voix démocrates et socialistes. Je ne vois pas comment on peut

* C'est la formule à laquelle, jusqu'à la fin de sa vie, PMF recourait pour définir ses relations avec Mitterrand, quitte à nuancer ensuite...

encore hésiter. Je vote pour lui et, à ceux qui me font confiance, je demande de voter pour lui. »

Le candidat en avait-il espéré autant ?

En face, qui ? Un Charles de Gaulle de 75 ans, toujours majestueux, qui vingt mois plus tôt a fait réprimer sans ménagements une importante grève des mineurs du Nord, laissant ainsi porter atteinte au mythe social du gaullisme, et sur un terrain où ce Lillois, commandant d'unités de « ch'timis », ne s'est pas senti à l'aise.

Le plan dit de « stabilisation » que s'est laissé imposer le ministre des Finances, Valéry Giscard d'Estaing, peu enclin à ce type de mesures, fait régner sur le pays un climat d'austérité. Alors est mis en place le Ve plan, qualifié par le Général d'« ardente obligation ». Mais si le chef de l'État prétend faire prévaloir son planisme, Pompidou et Giscard, chacun à sa manière, celui-ci plus technocratique, celui-là plus classiquement capitaliste, ne pensent qu'à instaurer le règne du marché. Manœuvres et contrecoups qui créent un certain malaise. Le pays consulté en 1965 est gros d'inquiétudes sociales et économiques, tandis que les audaces diplomatiques du Général, à propos de l'Alliance atlantique et de l'Europe, inquiètent les modérés.

On a vu que de Gaulle en a pris à son aise, dès le début, avec cette consultation voulue par lui. Il va sans dire que seule compte sa décision souveraine et que, s'il se décide enfin, ce sera le 4 novembre, un mois exactement avant le scrutin. Il ne saurait y avoir de compétition. De Gaulle, président sortant, héros historique, bâtisseur des institutions, ne saurait réunir moins de 65 % des suffrages. Que pèsent les mots des autres ? Un Mitterrand, ce corsaire, pourrait-il mettre en question la légitimité ? Bref, on laissera caqueter les prétendants volubiles, et le Général attendra les dernières heures de la campagne pour confirmer sa prééminence.

Il se trouve que ce scénario est contredit par les faits. Vers le 20 novembre, quinze jours avant le scrutin, les sondages (déjà fort à la mode) indiquent un effritement du capital de voix gaullistes. De 70 à 60 %, puis 55 %… Les concurrents font leur œuvre, dès lors que la télévision leur est soudain ouverte, montrant au bon peuple des visages nouveaux pour lui, ô merveille…

Le porte-parole de l'extrême droite, Me Jean-Louis Tixier-Vignancour, qui pendant des mois a fait retentir sous un chapiteau ambulant sa voix surgie de cavernes profondes pour jeter l'anathème sur ce général-bradeur-d'empire, mobilise l'antigaullisme vichyste et colonial. Le sénateur géant (cinq centimètres de plus que de Gaulle) Pierre Marcilhacy développe des thèses noblement inspirées de Montesquieu sur le ton de Royer-Collard. L'ancien syndicaliste Marcel Barbu, lui, n'arrive pas à se faire prendre au sérieux. Mais le très décoratif président du MRP, Jean Lecanuet, avec un physique de gendre accueilli au château, une denture splendide, des méthodes de marketing politique qui font alors sensation et un beau discours européen, touche des cœurs, gagne des voix et grimpe vers le pourcentage (15 %) qui avait permis à son parti de gouverner la France pendant plus de dix ans.

Si c'est François Mitterrand qui rafle la mise, ce n'est pas d'abord du fait de l'éclat de sa campagne, ou de son argumentation. Il a sur les « petits » concurrents l'avantage du soutien de grands partis organisés qui, on l'a vu, ont d'abord choisi à son égard une attitude d'expectative, ne s'engageant qu'après deux semaines environ. De la presse quotidienne, il ne peut attendre grand secours : quelques journalistes parisiens de droite, pourtant, comme Henri Marque et Serge Groussard, accompagnent le coup, par curiosité intellectuelle. En province, il ne peut compter que sur l'appui, d'ailleurs déclaré, de *La Dépêche du Midi*, dont l'augure est son ami Joseph Barsalou, et où se fait sentir l'influence d'un certain René Bousquet *.

De cette campagne, l'excellent expert qu'est Roland Cayrol écrit qu'elle fut « l'une des plus mobilisatrices et des plus riches d'effets [de] l'histoire électorale française [31] ». Pourquoi ? Parce que ce fut une bataille d'hommes, personnalisant au maximum leurs démarches – l'un est une voix, l'autre est un faciès, celui-là un principe, celui-ci une remontrance au Prince…

On a souvent écrit que ce débat présidentiel avait manifesté l'avènement de la télévision – et Mitterrand lui-même a soutenu parfois que c'était le surgissement sur le petit écran

* Dont l'activité, comme collecteur de fonds, est moins évidente ici que celle d'André Bettencourt.

de visages nouveaux (en cet exercice...), rompant avec le ronron solennel du pouvoir gaulliste, maître absolu du média visuel*, qui avait déstabilisé le candidat de Gaulle. Si cette thèse était solide, le challenger Mitterrand n'aurait pas menacé comme il le fit le tenant du titre : car il fut, à la télévision, médiocre**. Il a pour sa part incriminé techniciens et mandataires de la télévision publique, qui auraient opéré de telle façon que sa voix fût muée, certain soir, en celle de Donald Duck... Fantaisies. Du séducteur qui faisait vibrer les salles, l'écran ne restituait – la faute à qui ? – qu'un acteur emphatique aux rouflaquettes balzaciennes, comme s'il eût vraiment voulu donner consistance à la légende Rastignac...

C'est ailleurs, c'est face aux foules de province assemblées dans les théâtres et les préaux d'école, que le candidat de la gauche fit sa percée, foudroyante. A la base de son entreprise, il y a cette certitude, qu'il confiait au début de la campagne à un jeune dirigeant socialiste qui allait lier son sort au sien, Pierre Mauroy : « Il y a, en politique, les idées. Il y a aussi les hommes. Si nous réussissons à rassembler cent hommes décidés et d'accord sur les grandes options, on ira très loin. On rénovera la gauche. Un jour, on dirigera la France[32]... » Trop beau pour être vrai ? Trop mitterrandien ? Mais non : on peut faire confiance à l'honnête Mauroy pour ne pas caricaturer son futur chef de file. « Cent hommes décidés »... Il est en passe de les grouper : rien de mieux pour cela que la hardiesse du projet, pour peu que le succès s'ensuive.

On a cité le candidat, évoquant acidement sa solitude des premiers jours – puis la flamme qui prend, puis le feu de brousse. Ils sont cinq mille à la Mutualité le 22 novembre, près de dix mille à Lille le lendemain, davantage à Tarbes le surlendemain et plus encore le 3 décembre à Grenoble. Ébahi, l'envoyé spécial de l'AFP écrit que « jamais depuis la Libération on avait vu une participation populaire aussi importante ». *100 000 Voix par jour* : c'est le titre du livre

---

* Le Général dit en substance à son ministre Alain Peyrefitte : la presse est notre ennemie. La télévision est notre seule arme. Contrôlons-la et usons-en...

** Sauf lors d'un dialogue avec Roger Louis.

que Claude Manceron, croyant revivre là les grandes journées révolutionnaires, a donné au livre qu'il a consacré à la campagne.

Ce n'est pas qu'il dise des choses bien neuves, ni très constructives, Mitterrand. Il n'a qu'un thème, en fait, celui des libertés. Mais il est riche… A condition d'entrer dans son jeu – et il sait superbement vous y entraîner –, on écoute, fasciné, cet appel à réinventer une république des citoyens, un système libéré des pesanteurs d'un paternalisme héroïque et hégémonique. Pour un peu, on croirait entendre Camille Desmoulins en 1789. Mais guère de vision cohérente des réalités sociales et économiques… Nous sommes au cœur de la pure bataille politique.

Un thème original, pourtant, chez le candidat de la gauche : la question féminine. Consacrant l'une de ses trois émissions télévisées à un entretien avec son amie Benoîte Groult, romancière féministe, François Mitterrand ne se contente pas de plaider pour une plus large participation des femmes à la vie politique : il se prononce en faveur de la légalisation de la contraception, position alors originale, qui dut lui coûter plus de voix sur la droite qu'elle ne lui en valut à gauche…

Ce qui fait, pour beaucoup, le succès du candidat, c'est le bonheur qu'on lui voit d'être ainsi en prise avec les foules, reconnu, salué, aimé peut-être. Racheté, même ? Quand on lui demandait s'il ne se reconnaissait pas surtout comme un orateur parlementaire, un *debater* dont la verve portait mieux qu'ailleurs sur un auditoire informé et rétif à la fois, il ripostait, se référant visiblement à ces inoubliables journées de la fin de 1965 : « Mais non ! Plus l'auditoire était vaste, et plus je me sentais heureux. Ah ! ces meetings de Toulouse ou du Palais des Sports, ces 30 000 visages tendus vers moi [33] ! » L'opéra, donc, plutôt que la musique de chambre…

Et tandis que Mitterrand électrise les auditoires, le Général se tait. « La République, grommelle-t-il, c'est moi. La Constitution, qui l'a faite ? La démocratie, qui la viole ? » Mais de la fin de septembre au début de décembre, sa cote de popularité dégringole jusqu'à 44 %… Il ne paraît que deux fois à la télévision, l'air ennuyé, le 30 novembre et le 3 décembre, avant-veille du scrutin.

Dès la fin de novembre, Guy Mollet – dépité ou séduit ? – a parlé de ballottage à un Mitterrand qui – prudent ou sarcastique ? – lui a rétorqué qu'il lui suffirait d'en faire naître l'hypothèse irritante dans le camp d'en face. Mais à d'autres auxquels il ne craint pas de se confier, Claude Estier et Louis Mermaz, il évoque déjà le second tour : « Il était comme transporté, infatigable, sur la brèche vingt heures durant. Et chaque jour passé l'exaltait davantage. Nous ne pouvions plus le suivre [34]… »

Bref, le 5 décembre, le verdict tombe : de Gaulle, moins de 45 % ; Mitterrand, plus de 32 % ; Lecanuet, près de 16 %. La stupéfaction. Dans *Le Monde*, Pierre Viansson-Ponté parlera de « blasphème » ! Peu avant 20 heures, le plus proche collaborateur du Général, Étienne Burin des Roziers, téléphone à Colombey : « C'est le ballottage ! » Silence de plomb. Que mijote-t-il ? Vers 23 heures, Georges Pompidou, Louis Joxe et Alain Peyrefitte se groupent autour du téléphone de Matignon pour parer à la catastrophe qui s'annonce : « Ils ne veulent plus de moi, je me retire ! – Vous ne pouvez livrer la République à Mitterrand ! »

Il reste au Général, que cet argument contribue à ranimer, deux semaines pour déclencher la contre-attaque. Il refuse, en dépit des conseils de Pompidou, de la mener « contre le Front populaire », faisant valoir à juste titre qu'il partage les votes ouvriers avec son adversaire et de transformer la lutte en un débat « droite contre gauche », le rêve de Mitterrand… Il accepte de s'exprimer sous la forme de trois interviews avec un journaliste prévenant, Michel Droit, au cours desquelles il brocarde surtout les dévots de l'Europe, les fameux « cabris ». Il prépare soigneusement les dialogues avec Alain Peyrefitte. « Si je gagne…, fait-il. – Comment, coupe son ministre, si ? Il n'est pas question que Mitterrand l'emporte… – Mais si… »

Au cours d'un meeting géant au Palais des Sports, le gaullisme rassemble ses cautions les plus prestigieuses : François Mauriac, Germaine Tillion, Maurice Schumann, Jean-Marcel Jeanneney et, naturellement André Malraux – qui dénonce en Mitterrand « le candidat des trois gauches, dont l'extrême droite » !

Il est vrai que le candidat de l'opposition pour lequel Jean Lecanuet s'est désisté (non sans se faire beaucoup prier) vient de recevoir des secours peu ragoûtants : le désistement de Tixier-Vignancour, l'appel en sa faveur du capitaine

Sergent, naguère chef de l'OAS terroriste en métropole, les encouragements de Me Isorni, avocat de Pétain : ainsi va l'antigaullisme, qui se soucie moins des services qu'il rend que des torts qu'il fait *. De ce piège Mitterrand se tire comme il peut, assurant qu'il n'a pas à « faire le tri de ses voix ** ».

Le 19 décembre 1965, 85 % des Français votent, tant le débat a passionné les citoyens. Le Général est élu par 55,2 % des voix exprimées contre 44,8 % (soit 10 300 000 voix) à François Mitterrand – que ce face-à-face équilibré projette au rang de leader national de l'opposition. Le « coup » déclenché cinq mois plus tôt, le 4 juillet, à Saint-Gratien, a provoqué un reclassement structurel de la vie politique française, le plus important sans aucun doute depuis l'opération de résurrection gaullienne de 1958, et poussé un personnage vers le sommet.

La FGDS (Fédération de la gauche démocrate et socialiste), créée dans la foulée de la déclaration de candidature du 9 septembre, ne saurait équilibrer l'UNR gaulliste. Mais l'élisant pour président en octobre, cette organisation, qui regroupe la SFIO, les radicaux et « sa » CIR, amorce un rééquilibrage et officialise en tout cas François Mitterrand comme chef de l'opposition à un général de Gaulle qui vient de laisser paraître des signes de déclin.

Sept ans après le désastre électoral de 1958, six ans après la mise en quarantaine de 1959, le proscrit humilié est promu prétendant…

* Les composantes de l'antimitterrandisme, vingt-cinq ans plus tard, ne seront pas moins complexes…

** Un argument qui nourrira contre lui l'accusation de collusion avec l'extrême droite. Voir tome 2, chapitre XVI.

CHAPITRE X

Forger l'outil : Épinay

• Le contre-président • Absent de Grenoble • Un cabinet fantôme • Accord électoral avec le PCF de Waldeck • 1967 : à un siège du pouvoir • La grande bourrasque de Mai • Mendès France ou le malentendu • D'Alfortville à Issy-les-Moulineaux, un nouveau Parti socialiste ? • Le cataclysme de 1969 • La conjuration des contraires • « Main basse sur la cité » ?

François Mitterrand a 50 ans. La campagne de 1965 l'a investi enfin de ce « destin national » auquel il se croit promis depuis plus d'un quart de siècle, quand, jeune évadé, il se sentait appelé à « réveiller la France de l'intérieur ». La France ? Il a en tout cas réveillé la gauche.

Lui que la résurrection du Général paraissait vouer à un exil indéfini et auquel le faux pas de 1959 semblait promettre la damnation politique a surmonté ces malédictions. Au terme d'une campagne de cent jours, la moitié des Français, ou presque, l'a absous et promu, faisant de lui le « contre-président ». Qui pourra lui barrer la route vers le pouvoir suprême, en 1972 ?

Ambition nue ? Le pouvoir comme assouvissement d'une pure (ou impure) *libido dominandi* ? Faut-il le répéter ? Ce serait trop simple. En François Mitterrand il y avait cette voracité-là, carnassière et aristocratique – la part de Rastignac ou de Retz –, doublée d'une soif de revanche sur ceux qui, en 1954 et surtout en 1959, avaient tenté de l'exclure, de l'humilier ou de le déshonorer.

Mais l'inventeur de la Convention des institutions républicaines de 1963 porte en lui un autre personnage, un républicain de 1789 poussé par les circonstances vers un socialisme de désir, mal défini et contrôlé. Ce « politique absolu » est gagné par l'idéologie : un bon historien de la fin des années 60, Michel Winock, le décrit comme « un leader éloquent, talentueux, sincèrement converti au socialisme, [qui] par son invariable opposition à la majorité de la Ve République, par un certain dépouillement personnel et un approfondissement de ses choix politiques, par son audace aussi [...] a su s'imposer comme le représentant indiscuté de la gauche [1] ».

« Indiscuté » ? Le mot va trop loin. La discussion en question ne cessera qu'en 1981, pour reprendre autrement, et plus âprement encore. Mais la situation de François Mitterrand, au lendemain du scrutin de décembre 1965, est dominante à gauche. Certes, les perspectives d'avenir de Pierre Mendès France restent ouvertes, compte tenu de sa stature morale, de ses compétences et des fidélités qu'il a suscitées. Mais son refus d'entrer en compétition face au général de Gaulle et la performance de Mitterrand condamnent pour l'heure l'ancien président du Conseil à n'être que le prestigieux mentor intellectuel et moral de la gauche, sa *République moderne* restant une mine d'où sortiront nombre d'idées et de programmes en vue de trouver une alternative au système gaullien.

On se refusera à mettre l'accent sur les escarmouches qui ont opposé les deux hommes et font le bonheur des échotiers politiques (sur le thème « Quel benêt ! » pour l'un, « Quel gredin ! » pour l'autre). Mais ce sera pour mieux reconnaître, entre eux, une différence fondamentale d'approche de l'action civique.

Pour l'aîné, la politique est une science (plus ou moins dérivée de l'économie et du droit) qui conduit à la formulation d'un contrat passé entre le responsable et le citoyen, contrat dont l'exécution constitue la mission du gouvernement, et la négation celle de l'opposant. Pour le cadet, la politique est un art, tout d'exécution, celle-ci portant en elle sa propre définition. Dans un cadre très général – libertés, système représentatif, justicialisme –, ce sont la conquête du pouvoir, les circonstances, les conditions et les alliances qui l'ont permises qui dessinent le comportement du politique, et l'exercice, par lui, du pouvoir. Les programmes sont des cadres souples, dans lesquels s'inscrit l'action. Au « quoi ? » de l'un répond le « qui ? », le « comment ? », voire le « quand ? » de l'autre. Entre le savant et l'artiste, les dissonances ne cesseront jamais, sans interdire alliances ni convergences.

Cet écart, Mitterrand le marqua avec une crudité étonnante dans un article que Mendès France l'avait bravement invité à écrire sur son propre livre, *La République moderne*, et dans sa propre revue. L'ex-président du Conseil avait pris ses risques, son ancien ministre sut ne pas esquiver les siens :

> « … Il oblige son lecteur à le suivre dans la difficile construction d'une République où, selon ses vues, tout doit marcher du même pas : les faits, les hommes, les législatures et les institutions […]. Avant d'édifier les structures de l'État, il serait sage de constituer l'équipe des citoyens prêts à les assumer avec la foi et l'enthousiasme de ceux qui entreprennent l'œuvre d'une vie [2]… »

Le moins qu'on puisse dire, c'est que les points sont mis sur les *i*. C'est tout juste si le député de la Nièvre n'oppose pas l'esprit de finesse à l'esprit de géométrie, l'intuition à la règle, le mouvement aux lignes qu'il déplace… On jurerait de Gaulle opposant sa souple conception de la guerre à l'enseignement de l'École, si, dans le rapport de Mitterrand à Mendès, l'ironie ne le cédait si secrètement au respect.

Cette action vers le pouvoir dans laquelle il est d'ores et déjà impliqué, le Mitterrand qui émerge du combat de 1965 nanti d'un mandat par une puissante minorité de contestation peut bien se refuser à la lier à un plan : mais il lui faut définir une stratégie de contestation sur quelques thèmes et grâce à un système d'alliances.

La première serait précisément celle que définit le programme moderniste de Pierre Mendès France, fondant l'action de la gauche sur une rigueur économique et une rationalité productive à partir desquelles s'exerce la justice distributive, sous le contrôle de l'État. Nous savons que ce n'est pas la voie mitterrandienne, quel que soit le tribut que paie ou soit appelé à payer à cette sagesse sociale le leader de la gauche en embarquant dans ses équipes à venir un Delors ou un Bérégovoy. Ni son tempérament ne l'y conduit, ni les alliances qu'il conclut, ni le fait que ce soit la « musique » de PMF.

La deuxième voie conduirait à une relance de la « grande fédération » defferriste, alliant socialistes, radicaux et démocrates chrétiens, sous son égide, plus dynamisante que celle du maire de Marseille. Après tout, le 19 décembre 1965, Lecanuet a laissé glisser « ses » voix vers lui, mêlées à celles des « cocos ». Mais, depuis lors, le président du MRP, fort de son score présidentiel, organise un centre démocrate jaloux de son autonomie. Et Mitterrand juge cette stratégie dépassée, estimant que la mine de voix est plus prometteuse sur la gauche : il sera toujours temps de rallier le centre…

C'est donc sur la troisième piste qu'il lui faut s'élancer, celle qui conduit à l'alliance (conflictuelle ou pas) avec le PCF. Sa croyance en la possibilité d'une entente entre un anticommuniste aussi chevronné que lui et les héritiers de Thorez se fonde sur la prise en charge du Parti par Waldeck Rochet, en qui il voit, depuis leur rencontre à Londres en 1943, le dirigeant communiste français le moins infecté par le virus du stalinisme et le plus enclin à assurer la relève, à la tête du Parti, par des hommes de même tendance. N'est-il pas poussé à le faire par l'évolution favorable des rapports Est-Ouest – évolution dont de Gaulle tire parti de son côté en allant prôner en URSS, cet été-là, la « détente » et la « coopération » ?

Mais l'engagement sur cette voie fondamentale de l'union de la gauche qu'il pratique dans le Morvan depuis 1959, et qui va le conduire d'abord à un accord électoral avec le PCF en décembre 1966, puis au Programme commun de 1972 (envisagé très tôt par lui, au moins comme hypothèse) doit tenir compte de trois données qui émergent alors et vont le contraindre à une navigation encore plus compliquée (ce qui n'est pas pour l'effaroucher…) que celle qu'il prévoyait au moment de l'épiphanie de 1965.

D'abord, la résurgence d'un courant chrétien activé par le concile Vatican II, qui se manifeste dans certains clubs et syndicats*, courant qui naguère frayait sa voie près des communistes ou sur la gauche du MRP, et se trouve ramené

* A l'automne 1964, la Confédération syndicale chrétienne s'est déconfessionnalisée, a abandonné le sigle CFTC pour celui de CFDT et a opté à une très forte majorité pour le socialisme démocratique, la laïcité et la planification. Dans cette mutation, un rôle fondamental a été joué par Paul Vignaux, grand universitaire spécialiste de la philosophie médiévale.

dans les eaux socialistes ; ensuite, la manifestation de ce qu'on appelle alors, bizarrement, les « forces vives » (du travail, de la technique, des jeunes agriculteurs) ; enfin, l'entrée en jeu de l'ENA, qui, vingt ans après sa création, s'affirme comme la pourvoyeuse hégémonique des jeunes cadres de la vie politique.

Mitterrand n'est pas homme à se laisser embarrasser par ces questions. A l'adresse des chrétiens, et bien qu'il soit resté, à l'instar du général de Gaulle, de ces catholiques qu'exaspèrent les interférences entre le religieux et le politique, il a rendu un hommage chaleureux à l'encyclique de Paul VI, *Populorum Progressio*, assurant qu'au vu de ce texte « les recommandations de l'Église recoupent nos objectifs [3] ». Les « forces vives », Jacques Delors les incarnera bientôt à ses côtés. Quant aux nouveaux cadres, il a déjà ouvert son « premier cercle » à des énarques auxquels Pierre Joxe a donné l'exemple dès avant l'élection de 1965.

La question fondamentale, Mitterrand étant ce qu'il est, reste celle de l'outil. La campagne de 1965 a été l'œuvre d'un appareil dérisoire, démontrant en apparence que ce mode d'élection ne postulait pas la maîtrise d'un grand parti. Mais un tel coup, réalisé avec la petite bande de la Convention des institutions républicaines, les « cent hommes décidés » dont parlait l'homme de Château-Chinon à Pierre Mauroy, on ne le réussit pas deux fois, face à un pouvoir qui, ayant senti passer le vent du boulet, s'est ressaisi entre les mains puissantes et expertes de Pompidou, et un centre que Lecanuet s'occupe à structurer. Ayant choisi le chemin fléché à gauche, repéré les alliances, soupesé les autres forces, consulté le calendrier (les élections législatives doivent se dérouler dans dix-huit mois), il lui manque encore le grand parti qui fera de lui son chef, ou son illustration en vue de la porter au gouvernement d'abord, à l'Élysée ensuite.

La FGDS (Fédération de la gauche démocrate et socialiste) est née dans l'élan de sa campagne – bien que l'esquisse en fût tracée deux mois plus tôt par les dirigeants socialistes et radicaux, avant que Mitterrand n'ait pris la stature que lui ont assurée sa campagne et son score de décembre. Avait-on prévu de l'y inviter ? Maintenant, il faut lui faire sa place – la place dominante. Mais l'outil est faible et disparate. Interrogé par *L'Express*, Mitterrand décrit alors la Fédération comme un simple cartel électoral. S'il se refuse à « casser les partis », il précise : « Je crois à la dynamique de ma candidature [en vue] des élections législatives de 1967… »

A la FGDS, foire d'empoigne, chaque boutique songe à gonfler ses effectifs et à minimiser le rôle de la voisine, y compris la SFIO, largement majoritaire. Comme naguère à l'UDSR face à Pleven, Mitterrand ne se gêne pas pour majorer le nombre de ses partisans de la CIR, distribuant des cartes plus nombreuses que les militants ; mais Mollet ou Billères, le socialiste et le radical, ne procèdent pas autrement. Et dans le registre de la vertu outragée, le député de la Nièvre est incomparable… Tant qu'un centralisateur n'aura pas aménagé et musclé ce conglomérat, le pouvoir en place pourra se croire tranquille.

Tandis que la FGDS fait à Mitterrand une escorte indécise et se révèle incapable d'exploiter la performance de décembre 1965, un courant voisin mais non parallèle s'organise, s'exprime et recrute à l'enseigne du PSU (Parti socialiste unifié), en se réclamant du personnage envoûtant que reste Pierre Mendès France, encore que la plupart des initiatives soient prises indépendamment de lui. Ainsi, le colloque socialiste d'avril 1966.

C'est à Grenoble que se réunissent Gilles Martinet et Pierre Bérégovoy au nom du PSU, le bouillonnant sociologue Serge Mallet, Georges Lavau, juriste fort avisé, Jean Daniel, un jeune inspecteur des finances qu'on appelle en ces lieux Servet et qui se nomme Michel Rocard, et d'autres hommes en quête d'un programme réellement socialiste à l'usage du gouvernement de gauche qui ne saurait manquer d'être appelé tôt ou tard aux affaires. Non sans quelques hésitations, Pierre Mendès France se joint à ce concile convoqué en son nom.

Mitterrand n'a pas été à proprement parler invité. Une place lui eût été faite. Est-ce l'exigence programmatique du colloque ? Le fait que son rival en soit l'augure et la raison d'être – ce rival en qui il ne cesse de voir sa « conscience coupable » ? ou parce qu'il sent qu'on l'eût simplement toléré ? En tout cas, il se tient à l'écart de cette manifestation d'un socialisme programmatique et « moderne » – un mot qui, *a contrario*, porte déjà en lui l'« archaïque » dont le cinglera quinze ans plus tard le jeune génie révélé par ces assises grenobloises.

Bien lui en prend. Le message qu'il adresse aux congressistes, lu à la tribune par celui de ses lieutenants qui est le plus apte à se faire entendre en telle occurrence, Marc Paillet, est sifflé, et l'un des textes du colloque dénonce sèchement les « accords purement électoraux », formule qui vise évidemment la stratégie mitterrandienne. Pierre Mendès France a beau lui rendre hommage à la tribune, saluant son « ami » Mitterrand en tant qu'animateur et rassembleur de la gauche, les échanges du colloque de Grenoble sont plus favorables à ceux qui, tels Rocard et Lavau, veulent rester à l'écart de la Fédération qu'à ceux qui, comme Martinet et Bérégovoy, jugent le moment venu de la rejoindre, ne serait-ce que pour la noyauter.

Bien des années plus tard, nonobstant ses triomphes, François Mitterrand ne parlait de ce colloque grenoblois qu'avec amertume : « Je sais bien que cette machine de Grenoble était montée contre moi. Non par la volonté de Mendès, ni même de Martinet. Mais le fait est que cette démarche, en compétition avec celle qui se déroulait sous mon égide à partir de la FGDS, a divisé le socialisme français, et pour très longtemps [4]... »

Pour rétablir la confiance en l'unité de la gauche et retrouver l'ascendant que les amis de Mendès France lui contestent, l'homme aux 45 % de voix est saisi d'une idée singulière : la formation d'un « contre-gouvernement », à l'exemple du *shadow cabinet** britannique. On voit bien à quoi tend la démarche : donner une structure plus solide, en la chapeautant, à une opposition composite, à cette FGDS surtout, où les lois du nombre et celles du talent, les tendances, les traditions, les pesanteurs et les dynamismes s'entrechoquent dans le désordre et le babil. En tant que personnalité la plus phosphorescente de la Fédération, Mitterrand pense consolider sa légitimité de prétendant par la présidence du contre-gouvernement.

En fait, l'opération, qui ne s'inscrit dans aucune tradition française – alors qu'elle est en Grande-Bretagne officiellement inscrite dans les institutions et jouit d'un statut offi-

---

* *Shadow* signifie « ombre ». Libre au lecteur de traduire.

ciel –, fut assez mal conduite et mal comprise pour tendre moins à consolider le contre-président qu'à faire de lui un *shadow president*, un président fantôme…

Comment un homme si averti et ingénieux, si fier de sa dextérité, fut-il capable de constituer ce cabinet de musée Grévin ? Guy Mollet y était chargé des Affaires étrangères, le sénateur Tron des Finances, Gaston Defferre des Affaires sociales, René Billères de l'Éducation, Georges Guille des Collectivités locales, Pierre Mauroy de la Jeunesse, Marie-Thérèse Eyquem de la Condition féminine, Michel Soulié des Droits de l'homme et Jean-François Revel de la Culture – l'auteur du *Style du Général*, pamphlet aussi venimeux dans l'antigaullisme que *Le Coup d'État permanent*, prétendant jouer ainsi les *shadow* Malraux *…

Dans *Ma part de vérité*, le président de ce cabinet postiche confie qu'il eut « de la peine à convaincre l'opinion de gauche [d'avoir] bien agi en faisant entrer dans le contre-gouvernement quelques dirigeants notoires de l'ancien régime » – formule cruelle pour les intéressés. (Mais n'est-ce pas ainsi qu'avait procédé de Gaulle en juin 1958, s'attirant les sarcasmes d'Alger et de quelques gaullistes de choc ?)

La presse se gausse de cet aréopage flétri. *Combat* parle de « caricature grossière ». Jean Daniel assure que « ce contre-gouvernement n'existe pas », et François Mauriac se rit dans son « Bloc-notes » de cette « collection de vieux illustrés [qui] racontent une histoire finie ». Ce pas de clerc ridiculise les participants et déclasse une idée par ailleurs fort saine qui, bien mise en œuvre et groupant des personnages crédibles, eût servi la cause de la démocratie. François Mitterrand gardera un souvenir si nauséeux de cette tentative avortée qu'il n'osera pas même l'évoquer dans *Politique*, florilège de sa carrière – imitant de Gaulle qui préféra, dans ses *Mémoires*, passer sous silence le RPF…

Le contre-gouvernement n'est pas encore trépassé que le président de la FGDS amorce une autre opération, beaucoup plus conséquente : la négociation d'un accord avec le PCF en vue des élections prévues pour le mois de mars 1967. Un tel traité ne va pas de soi. Certes, du côté communiste, si fermement que Waldeck Rochet soit encore encadré par les

---

* Pas pour longtemps d'ailleurs.

hommes du vieil appareil stalinien, on y est enclin : les résultats du 19 décembre 1965 parlent d'eux-mêmes. Le Parti a récupéré la moitié de ses anciens électeurs – dont 80 % l'avaient abandonné en 1962 –, il est sorti de son ghetto, il est redevenu un acteur décisif de la vie politique française. Tout l'incite donc à poursuivre sur cette voie.

Mais précisément parce que cette stratégie unitaire s'avère payante pour le PCF, les alliés de Mitterrand au sein de la FGDS, ces hommes publics dont la vie publique s'est développée, et non sans fondement, à l'encontre du stalinisme français et étranger, ont de bonnes raisons de faire des réserves. Elles apparaissent nettement chez les radicaux, qui prétendent faire dépendre leur accord d'une ouverture symétrique du côté du Centre démocrate de Lecanuet. Suggestion qui se heurte moins à Mitterrand qu'à Guy Mollet, converti au rapprochement avec les communistes, lui, l'homme qui avait lié son nom à la formule fameuse : « Les communistes ne sont pas à gauche, ils sont à l'Est… ». Le patron de la SFIO est, comme tous les convertis, intolérant.

L'accord électoral entre la FGDS et le PCF en vue des législatives de mars 1967 fut signé après une semaine de négociations, le 20 décembre 1966, au siège de la Fédération, rue de Lille. Il prévoyait des désistements réciproques en faveur, non du candidat de gauche arrivé en tête, comme cela s'était souvent pratiqué, mais du « candidat de gauche le mieux placé pour l'emporter ». Disposition capitale, et évidemment favorable aux non-communistes, mieux à même, dans 90 % des cas, et même arrivés au troisième rang, de rallier les suffrages des électeurs modérés : ce qui allait advenir.

Commentant cet accord dont il est tout de même l'inspirateur – et auquel va se joindre, sous l'impulsion de Gilles Martinet, un PSU longtemps rétif –, François Mitterrand soutient que « ce jour-là a commencé la marche irréversible vers l'unité [5] ». Cette formule date de 1969 : il est toujours dangereux en politique de parler d'« irréversibilité ». Et on pourrait objecter au surplus que, réversible ou pas, la marche avait commencé pour lui en 1959 et, pour la FGDS, lors de sa campagne de 1965. Mais les formules ont leurs raisons, et leur saveur, dût-elle tourner au rance.

Le pouvoir gaulliste ne prit pas du tout à la légère l'accord de la rue de Lille, qui modifiait les données de la prochaine campagne électorale, dès longtemps jugée aléatoire. Au lendemain de la difficile victoire présidentielle de 1965, le plus sagace des commentateurs politiques de l'époque, Jacques Fauvet, avait prévu que « la belle se [jouerait] au printemps 1967 », et que ce « troisième tour » serait une rude épreuve pour un régime que son collègue Pierre Viansson-Ponté déclarait « désormais en sursis ».

Le Général n'en a pas moins décidé de maintenir au moins provisoirement à Matignon Georges Pompidou, dont le talent a mûri, avec l'expérience politique. De son côté, le Premier ministre a réussi à se débarrasser d'un très encombrant (et ambigu) ministre des Finances, Valéry Giscard d'Estaing. Mais c'est pour se voir imposer par de Gaulle, au même poste, Michel Debré, avide de manifester ses ardeurs patriotiques et dirigistes, et de mener l'économie française comme une armée en campagne[*]. Le tout dans un climat de tension presque caricaturale entre les deux hommes qui ne parviennent, ni par la dextérité, l'un, ni par la véhémence, l'autre, à conjurer la sclérose qui s'installe au sommet de l'État. Sclérose analysée avec une hardiesse profonde par le ministre Edgard Pisani[**] dans une note au chef de l'État, qui la lut avec un mélange de fureur et d'admiration.

Le régime fait encore belle figure. Mais il s'essouffle.

Le Général est si conscient de la menace que fait peser sur le pouvoir en place la stratégie mitterrandienne que l'un des thèmes les plus constants de ses entretiens avec ses ministres, notamment avec Alain Peyrefitte qu'il va faire glisser de l'Information à la Recherche, puis à l'Éducation, est l'attitude à adopter en cas de victoire de la gauche en mars 1967. Que faudrait-il faire ? Recourir à l'article 16, qui attribue les pleins pouvoirs au chef de l'État ? Non, dit le Général, conscient du climat de guerre civile que ferait planer une telle mesure : « Je ne mettrai pas mon mandat en jeu. Il y aura 487 élections locales. Elles ne peuvent prévaloir sur la seule élection nationale[***] [...]. Je ne manquerai pas d'armes. La plus puissante, c'est la dissolution [...].

---

* Sous la poigne d'un chef d'état-major nommé Jean-Yves Haberer.

** Qui est passé de l'Agriculture à l'Équipement.

*** Toute la théorie de la cohabitation est là...

Laissons nos adversaires dans l'inquiétude. Il faut leur mettre dans la gorge une poire d'angoisse [6]... »

On voit que toutes les hypothèses sont prévues... On voit aussi que le champion auquel s'attaque à nouveau Mitterrand n'a rien perdu de sa lucidité, ni de sa dextérité... auxquelles le Général ajoute une pugnacité qui ne s'embarrasse guère de scrupules sur le choix des moyens et des formules. La campagne n'est pas encore ouverte, le 9 février 1967, qu'il prend l'offensive, sur le mode agressif, assurant que les trois « formations partisanes » qui s'attaquent à la République ne pourraient qu'aboutir par leur « combinaison » à des « ruines désastreuses » (le « moi ou le chaos » s'est mué en « nous ou le désastre »). A quoi Mitterrand riposte : « Autrefois, de Gaulle était de Gaulle. Il n'est plus, maintenant, qu'un gaulliste. »

Pompidou a prévu que la bataille des « 487 élections partielles » serait très dure, et tenté de mobilisé tous ses ministres et notables, y engageant jusqu'à Maurice Couve de Murville (qui perdra sa mise, à Paris, face au grotesque Frédéric-Dupont...). Mais il ne réussit pas à convaincre Jean-Marcel Jeanneney d'affronter à Grenoble Pierre Mendès France. Le ministre des Affaires sociales s'y refuse parce qu'il a de l'« estime » pour l'ancien chef du gouvernement (argument trop rare en de telles occurrences...) *.

François Mitterrand mène une campagne nationale, consacrant assez peu de temps au Morvan – où il sera pour la première fois élu au premier tour, par 56 % des voix, contre 33 % au candidat gaulliste. Mais c'est tout de même à Nevers que se déroule, le 22 février, le débat culminant de la campagne, entre le Premier ministre Georges Pompidou, venu sur « ses » terres si l'on peut dire, et le chef de l'opposition, qui lui apporte la contradiction. Trois heures de bataille, rappelant celle, mémorable, qui avait opposé les deux hommes à l'Assemblée nationale trois ans plus tôt, à propos des pouvoirs respectifs du chef de l'État et du Premier ministre.

Au palais des Expositions de Nevers où « les barbouzes de Paul Comiti – le patron du très énergique Service d'action

* L'année suivante, M. Jeanneney fera un autre choix : 1968 sera passé par là.

civique (SAC) – sont plus nombreuses que les paysans[7] », François Mitterrand a du mal à se faire entendre par un public que Pompidou a littéralement envoûté. Mais il peut tout de même lancer : « La Constitution est tombée du côté où elle penchait, du côté du pouvoir personnel » et opposer au programme de la majorité, qu'il définit comme « un *digest* de propagande », ce qu'il appelle « les quinze points de Nevers », projet où la Constitution n'est remise en question que sur deux points : la durée du mandat présidentiel et le recours à l'article 16. A quoi Pompidou riposte : « Cet homme est dangereux ! »

Quelques jours plus tard, le président de la FGDS, rappelant cette empoignade à des auditeurs parisiens, évoquait « un Premier ministre calme d'abord et plaidant correctement son dossier et soudain cédant à la tentation de l'insulte [...] à la passion de la violence », alors que s'opposaient, dans la salle, « une foule assise et protégée » et « là-bas une autre foule, debout, derrière la porte. Comment ne pas voir là le symbole du régime déclinant [...]. La France coupée en deux, voilà l'héritage du gaullisme... ». On ne saurait être plus spécieux...

Les résultats du premier tour ne répondent pas à l'attente du président de la FGDS : les candidats du pouvoir recueillent 37,7 % des suffrages, 20 % de plus qu'en 1962, alors que sa formation n'en obtient que moins de 19 %. La sensation est provoquée par le score réalisé par le Parti communiste, qui retrouve plus de 5 millions de voix, 22 % de l'électorat, comme à ses beaux jours de la IVe République ; et aussi, en sens inverse, par celui du Centre démocrate, qui perd le tiers des voix qui s'étaient portées en 1965 sur Jean Lecanuet.

C'est au deuxième tour que tout se décide, et c'est alors que François Mitterrand peut savourer, sinon une victoire, du moins la fertilité de sa stratégie : en application de l'accord du 20 décembre 1966, la coalition de type Front populaire nouée par ses soins obtient plus de 46 % des voix, contre 42,6 % pour les candidats du pouvoir. Si bien qu'à l'Assemblée le gouvernement ne dispose plus que d'une voix de majorité – et à condition que lui reste attaché le groupe des 43 giscardiens !

Mieux encore, la presque totalité de ses amis fidèles sont

élus : Georges Dayan à Nîmes, Roland Dumas à Brive, André Rousselet à Toulouse, Louis Mermaz à Vienne, Georges Fillioud à Romans, Claude Estier dans le XVIIIe arrondissement de Paris (contre l'hyper-gaulliste Alexandre Sanguinetti). C'est pour Mitterrand non seulement un succès politique, mais aussi une fête de l'amitié – donnée capitale pour lui, on le sait – et obtenue par la grâce de son habileté tacticienne, deux d'entre ses compagnons l'ayant emporté grâce au désistement de communistes arrivés en tête de la gauche au premier tour. Heureux l'homme chez qui font bon ménage la tactique et les sentiments…

Réaction du général de Gaulle ? Cette confidence à Alain Peyrefitte : « Alors, vous les avez gagnées, vos élections ! C'est dommage ! On aurait vu comment on peut gouverner avec la Constitution ! » Propos que le ministre commente ainsi : « Aux yeux du Général, le mandat présidentiel conférait une légitimité suffisante pour traverser une mauvaise passe… quitte à avoir recours à l'arbitrage du peuple. Par la dissolution. Par le référendum [8]… » Celui qui était alors le secrétaire général de l'Élysée, et comme tel le plus proche conseiller du Général, Étienne Burin des Roziers, assure pour sa part que si le gouvernement n'avait pas obtenu la majorité le 19 mars, de Gaulle aurait aussitôt dissous l'Assemblée et tenté de renverser la tendance, sur son nom [9]…

Le fait est que Pompidou reste Premier ministre (un peu moins) et Mitterrand chef de l'opposition (un peu mieux). Plus besoin de cabinet fantôme. Il est désormais, pour la moitié (moins un) des représentants du peuple, le maître du jeu. Et c'est à ce titre qu'il va conduire la double opération qui consiste d'abord à rassembler la gauche non communiste au sein d'un grand parti, ensuite à nouer avec les communistes ressuscités une alliance non plus électorale, mais de gouvernement.

En attendant que s'opèrent, sous sa houlette ou sous son impulsion, ces amples mutations, le député de la Nièvre doit faire face à une évidence : la disparition de la FGDS, « morte de la victoire du 19 mars 1967 », écrira-t-il. Comme d'autres meurent, ou s'évanouissent, de saisissement ? Ou comme un papillon, tué par la naissance du jour ?

Non. Mais parce qu'une dynamique nouvelle s'est manifestée au cours de ces journées de mars 1967. S'il existait un molletisme, composante majeure de la Fédération, il s'est quasiment évaporé ; à sa place ou à ses dépens se déploie un mitterrandisme, informe ou ambigu, mais qui est le mouvement et l'avenir. D'où l'observation faite en cette fin de mars par celui que l'on tient pour le successeur naturel de Guy Mollet à la tête de la SFIO : négligeant cette flatteuse perspective, Pierre Mauroy en appelle à la formation, sur les ruines de la FGDS, d'un « grand Parti socialiste ».

S'il observe très lucidement la courbe de son déclin, Guy Mollet n'est toujours pas prêt à s'effacer : il le fera bien voir trois ans plus tard. Encore un instant, monsieur le bourreau, la SFIO palpite encore… Si bien que la stratégie mitterrandienne, dont le déploiement est prévu sur deux axes, va d'abord progresser par l'extérieur, en direction du voisin communiste.

C'est dix mois après l'avancée globale de mars 1967 que François Mitterrand rend publique avec Waldeck Rochet, le 24 février 1968, une « plate-forme commune », qui ne dissimule d'ailleurs pas les « divergences » que les deux contractants « s'attacheront à réduire dans le cadre d'un dialogue permanent ». Georges Pompidou dénonce aussitôt ce « programme d'anarchie qui conduit à la dictature ». En fait, observera le député de la Nièvre, il s'agit moins d'un « programme » que d'un « constat » ou mieux d'un « accord élargi » par rapport à celui, purement électoral, de décembre 1966 : mais, notamment sur la politique extérieure, les désaccords constatés sont si profonds qu'on est loin encore d'un Programme commun.

Quant aux démarches en vue de l'unification entre socialistes, elles progressent lentement – si lentement qu'elles seront brusquement réduites à l'état d'anecdote par le surgissement du séisme adolescent de Mai 68.

* * *

L'imprévisible, écrit Valéry, déconcerte le calculateur plus que l'insouciant. Par la turbulence poétique du mois de mai 1968, nul être au monde, en tout cas nul animal politique ne pouvait être plus profondément affecté que le stratège à moyen terme François Mitterrand. Le papier à musique sur lequel il écrit savamment sa partition depuis bientôt trois ans – sinon depuis 1958 – est soudain emporté par la bourrasque, et c'est en vain qu'il tentera, pendant longtemps, de le récupérer.

Ses rivaux et concurrents aussi ? Autrement… Le « savant » Mendès France médite à trop long terme pour voir là beaucoup plus qu'une péripétie – qui l'exalte… Le pur empiriste Pompidou manipule au moins mal la matière première, poussière, glaise ou moellon, qui lui tombe sous la main. Quant à de Gaulle, il a fait son plein de merveilles et miracles : ce coup-là vient en trop. Tout poète qu'il est, il s'y abîmera – après coup.

Mitterrand, donc… La légende veut qu'il fut à ce point éberlué qu'il en resta coi, et invisible, jusqu'à certain 28 mai, où on ne saurait dire qu'il fit merveille. En fait, il s'agit bien d'une légende. Notre calculateur bousculé par les danseurs de Sorbonne ne fut pas précisément une des vedettes de l'opéra de mai. On le retrouve pourtant, stupéfait mais attentif, des monômes géants de la première quinzaine à la Commune semi-révolutionnaire de la deuxième, étranger à la rue nocturne (on y reviendra), mais en quête de vérités, de contacts et d'interprétation du phénomène – rejeté, mais pas absent.

Ce rejet, il faut en dire un mot. Allait-il de soi ? Si atypique qu'il fût, ou contre-typique, le mouvement sorbonnique était, pour simplifier, orienté « à gauche », et dressé contre les pouvoirs en place – universitaire, policier, politique, financier. Le chef de l'opposition dont la virulence, lors des dernières élections, un an plus tôt, avait décoiffé quelques potentats, que haïssait au premier chef la classe au pouvoir par l'entremise de Pompidou, que les « barbouzes » du régime tenaient si bien à l'œil et qui venait de passer un accord avec le PSU, acteur de la « Révolution », aurait pu être considéré au moins comme un allié objectif par les « enragés ». Si Mendès France échappa pour sa part à leur vindicte, à la différence de Mitterrand, était-ce en raison de l'attention ancienne et active qu'il portait à la « jeunesse » ? Rien n'est moins sûr : il s'agit là d'un concept flou, et récusé par la plupart des manifestants…

Ici, tout ou presque était affaire d'image. Et celle de Mitterrand se composait, aux yeux de beaucoup de petits « gardes rouges » du Quartier latin, de trois volets : algérien, électoral et stalinien. Il restait dans les mémoires le garde des Sceaux de Guy Mollet en 1956, le virtuose de la manœuvre électorale et l'homme qui, par deux fois, avait pactisé avec ceux que Daniel Cohn-Bendit appelait les « crapules staliniennes ». Lourde charge pour sa barque. « Raisons » ou prétextes d'un rejet radical ? Le fait est qu'à quelques frôlements près il resta, en mai, le fantôme dans le placard.

Dans diverses interviews ultérieures, et dans *Ma part de vérité*, il jugera sévèrement et son comportement, et le mouvement. Soutenant qu'en une telle occurrence la surprise de la gauche devant « la lame de fond la plus importante qu'ait connue la France depuis la guerre » était « plus coupable » que celle de ses adversaires du système en place, il qualifiait le mouvement de Mai de « méli-mélo similimarxiste », y voyant un « salmigondis », du « Poujade savant »…

Sa présence, pourtant, est attestée en divers lieux. Et d'abord en province. Non qu'il ait manqué, à Paris, les premières explosions du début du mois – le 3 ou le 7 par exemple. De la rue Guynemer à la rue de Lille, où siège la Fédération, et au Palais-Bourbon, il est « dans son jardin », et ce flâneur de mai ne manque pas de humer l'odeur des gaz lacrymogènes, d'entendre le bruit que font, la nuit, les barricades, de croiser les ludions chevelus saisis par l'idéologie révolutionnaire : à Sciences Po, sa vieille maison, il constate que l'amphithéâtre Boutmy est rebaptisé « Che Guevara* ». Il hausse les épaules : « Une révolution qui a les cheveux longs et les idées courtes », l'entend-on murmurer…

En prenant part, le 5 mai à Vichy, le 10 à Chambéry, à des meetings alors que le mouvement étudiant bascule progressivement dans l'affrontement physique avec les forces spéciales de la police, manifeste-t-il son indifférence ou son embarras ? Non. Il dénonce durement, ici et là, la répression. Au cours de la nuit du 10, Charles Hernu le supplie par téléphone de rentrer à Paris, où est sa place de responsable – au

* Lequel a été liquidé l'année précédente à l'instigation de la CIA.

moment même où Pierre Mendès France reçoit, à Grenoble, des appels similaires de Georges Kiejman et de Michel Rocard. Mais si l'auteur de *La République moderne* quitte, non sans mauvaise humeur, ses électeurs de Grenoble pour se plonger dans un Paris fiévreux, Mitterrand poursuit son tour de France, par Gap, par Digne, puis vers Niort, le 17. A Château-Chinon, le dimanche 26, il préside une fête champêtre [10] avec quelques caciques d'une gauche grisonnante. Le décalage est, sans jeu de mots, radical.

Entre-temps, néanmoins, le député provincial a fait quelques plongées dans Paris, aux lisières du champ de bataille – qui sont celles de sa vie. L'air qu'on lui voit, alors, entre l'Odéon occupé par des hirsutes et la rue des Écoles, n'est pas exactement celui de la convivialité, moins encore de la participation à l'effervescence de ceux qu'il appelle les « zozos ». Entre deux barricades, il glisse, perplexe, sinon ironique, allongeant le pas – comme Alexis de Tocqueville entre celles que dressaient, en 1848, les compagnons d'Armand Marrast ; et il pense à son cher Lamartine maniant alors ces forces élémentaires pour en faire la République…

Ce Mitterrand à propos duquel Cohn-Bendit lance dans un rire roux, ravageur : « Celui-là peut, à la rigueur, nous servir ! », chemine sur un autre plan. Professionnel de la politique, légaliste dans l'âme, parlementaire par vocation et par destination, il ne pourrait que singer, que mimer les barricadistes.

A-t-il, une fois pour toutes, choisi de se tenir à l'écart, après le grand défilé du 13 mai, auquel il a pris part au milieu des dirigeants de sa Fédération moribonde, entre Guy Mollet et Billères, très loin des leaders du mouvement, perdu parmi un million de marcheurs, rabroué par certains, sifflé par d'autres ?

Pas tout à fait. Il a tenté de s'intégrer, de participer. Certain soir de mai (le 20 ?), le téléphone sonne au siège du SNE-sup *, quartier général d'Alain Geismar, le sage des fous, qui est déjà en contact discret avec Pierre Mendès France. Un camarade décroche. « M. Mitterrand souhaiterait parler à M. Geismar. » Le camarade raccroche. « On n'a pas besoin

* Syndicat national de l'enseignement supérieur, dont Geismar est le président.

de Kerenski*… » Le président de la FGDS ne se décourage pas. En son nom, Georges Dayan prend contact avec Jean Poperen, qui s'est lié, au PSU, avec Geismar, membre du comité de soutien au candidat de la gauche en 1965 : un rendez-vous est arrangé chez les Dayan, rue de Rivoli.

Mitterrand fait valoir que, si l'on cherche une issue positive au conflit, il faut une passerelle, un appareil politique. Le PC est franchement hostile, les insurgés le récusent. Mais la FGDS, non. Geismar n'est pas indifférent à l'idée de « débouché politique ». Mais cette préoccupation n'est pas partagée par ses camarades : quand, ayant cordialement éconduit son interlocuteur de la rue de Rivoli, il leur rend compte de ses entrevues « politiques », il est à peine écouté, et se donne « l'impression d'être un zombie… »[11].

Zombie lui-même, François Mitterrand va donc se cantonner au terrain qui est le sien : le parlementaire et le politique. Cette action se déploie sur trois plans. Au Palais-Bourbon, il intervient à plusieurs reprises en défense des contestataires. Le 8 mai, il lance à l'adresse du pouvoir gaulliste : « Elle avait 8 ou 10 ans, cette génération, quand vous avez pris le pouvoir. Ô compagnons du 22 mars**, les compagnons du 13 mai*** devraient avoir plus de modestie lorsqu'ils vous incitent au respect de la loi ! » Le 14 mai, il s'élève, pièces médicales à l'appui, contre les « brutalités policières », et notamment l'usage de gaz lacrymogènes. Et, le 22, il défend, contre le gouvernement, une motion de censure qui recueille 233 voix. Il en manque une dizaine pour que le cabinet Pompidou soit renversé, mais ce texte a reçu le soutien, sensationnel, d'une des personnalités prestigieuses du régime, Edgard Pisani – qui démissionne du gouvernement.

Le second type de démarches accomplies en ces jours de fièvre par François Mitterrand est lié à la personnalité de Pierre Mendès France. Le député de la Nièvre a vite compris que, si un courant peut passer entre l'émeute juvénile et la

---

* Le chef du gouvernement provisoire russe de 1917, éliminé par Lénine.

** Le groupe d'avant-garde du mouvement, qu'anime Cohn-Bendit.

*** Mitterrand se réfère ici au coup du 13 mai 1958.

chose publique, une « passerelle » être construite, c'est par l'homme de Genève – grâce à son image de pacificateur, de puritain étranger aux « magouilles » et de prophète qui a annoncé « la mort du régime dans la rue ».

Le 23 mai, alors qu'il dîne chez Charles Hernu, PMF reçoit un appel pressant de Mitterrand : « Il faut nous voir, je vous attends chez moi… » On se retrouve rue Guynemer, à quelques minutes à pied du foyer des troubles. Le quartier est en proie à l'épilepsie. Les hommes publics responsables ne doivent-ils pas, par leur présence, soit manifester leur sympathie, soit constituer une protection ? C'est, approuvée par Mitterrand, la thèse de Charles Hernu. Son hôte n'est pas d'accord (parce qu'il flaire une astuce ou craint d'être compromis par ces compagnons ambigus ?). Mendès démontre à son cadet et à leur ami que l'équipée serait vue comme une tentative de récupération (le sait-il par Geismar ?) et tournerait mal. Bon. On se sépare sans aigreur.

Le lendemain, 24 mai, est le jour où le chef de l'État « parle aux Français », proposant une issue à la crise : un référendum, tandis que les contestataires organisent une manifestation monstre (où l'on entend crier : « Ni de Gaulle, ni Mitterrand ! ») autour de la gare de Lyon, c'est-à-dire sur la rive droite. La « révolution » a franchi la Seine… De la gare de Lyon, les manifestants se dirigent vers la Bourse, symbole du capitalisme honni par cette foule de Trotski et de Mao en miniature. La fièvre monte à la fin de la soirée, avivée par des provocateurs, à tel point qu'un cri jaillit, vers 23 heures : la Bourse brûle ! Les matraques policières se font plus lourdes.

Le Pr Marcel-Francis Kahn, qui s'affaire au milieu des blessés, voit les choses tourner si mal qu'il sent le besoin d'un recours : seul Pierre Mendès France (qui vient de lancer sa riposte à l'allocution du Général : « Un plébiscite, ça ne se discute pas, ça se combat ! ») a l'autorité morale et politique pour faire tomber la fièvre ou apaiser la violence. Le médecin court chez l'ancien président et l'entraîne d'abord vers la Bourse, où un calme relatif est revenu, puis sur la rive gauche, rue Soufflot notamment, quartier général de l'Union des étudiants. On reconnaît PMF, et la radio, qui est partout et contribue à créer l'événement, le claironne. C'est ainsi que François Mitterrand apprend, irrité, que le professeur de sagesse de la veille s'est mué soudain, du fait des circonstances, en pape des fous.

Est-ce le dépit, la conviction d'avoir été berné ? (Mais il connaît « son » Mendès et le tient pour incapable de rouerie.) C'est surtout parce que, ayant entendu de Gaulle, il a observé l'énorme indifférence avec laquelle, pour la première fois depuis dix ans, a été accueilli son appel. Il voit le moment venu d'intervenir. Ce vide qui vient de s'exprimer au sommet de l'État, et qui pouvait se manifester plus tragiquement, le Général ayant assuré que, si le référendum ne lui était pas favorable, il se retirerait, cet évanouissement du pouvoir que peut constater n'importe quel visiteur de palais ministériel, un animal politique tel que lui saurait-il se contenter d'en prendre acte ? Le pouvoir a horreur du vide. Tenter de le combler relève du désir autant que du devoir.

La réponse donnée alors à la question par François Mitterrand a inspiré mille commentaires, d'où émerge une condamnation si globale qu'elle étonne. Le chef de l'opposition n'est-il pas fondé à se manifester face à un pouvoir évanescent ? Ce qui est vrai, c'est que la représentation qui fut faite de son initiative restera un chef-d'œuvre d'intoxication politique, à mettre au compte du grand manœuvrier qu'était Georges Pompidou. Manipulant alors des médias audiovisuels entièrement à sa dévotion, le Premier ministre sut faire, d'une intervention assez malhabile, mais logique et plutôt inoffensive, une tentative de putsch totalitaire…

La veille, 27 mai, dans la soirée, le stade Charléty avait été le théâtre d'une étrange manifestation où sembla s'épanouir le génie tourbillonnant de ce printemps rouge et noir : tandis que claquaient les drapeaux de l'anarchie, les orateurs gauchistes y faisaient moins le procès du pouvoir que celui du « révisionnisme » incarné par le PCF, sous le regard étonné de Pierre Mendès France qui, flanqué de Michel Rocard et Georges Kiejman, était venu là pour faire barrage, par sa seule présence muette, à l'opération répressive qu'on lui avait fait prévoir. Au regard de Mitterrand, c'est là s'aventurer au-delà de l'imaginable : le moment n'est-il pas venu du retour au réel, c'est-à-dire à la réactivation du politique ?

Le 28, donc, à la fin de la matinée, il rencontre la presse à l'hôtel Continental : étrange choix que celui de ce « beau quartier » de bijoutiers et de falbalas, de ce palace doré sur tranche… Dans le brouhaha et le flottement qui enveloppent alors toutes choses, le président de la FGDS fait connaître à l'opinion que, le chef de l'État ayant laissé prévoir sa démission au cas où le peuple, consulté par référendum, n'approuverait pas son projet de « participation », créant ainsi un vide institutionnel, lui, candidat à la présidence trente mois plus tôt, et alors soutenu par 45 % des Français, se présenterait lors de l'élection présidentielle qui ne manquerait pas de s'ensuivre.

En attendant, il suggérait la formation d'un gouvernement transitoire de dix membres présidé par Pierre Mendès France – qu'il choisirait ensuite pour Premier ministre s'il était élu lui-même président. Ce qui était établir entre eux, de façon cavalière, une hiérarchie que l'Histoire n'imposait pas mais qui se fondait sur le précédent de 1965.

De cette intervention qui fut peut-être le seul moment « raisonnable » dans cette cavalcade de fièvres, et que des personnalités modérées comme Antoine Pinay ou Jean Lecanuet et un large secteur de la presse tinrent pour « intéressante » – *Le Monde* y voyant même se manifester « le tandem de demain[12] » –, le pouvoir va faire, par le truchement d'une télévision entièrement à sa botte*, une caricature destinée à inspirer la terreur. « Je me serais fait peur à moi-même », confiera plus tard Mitterrand, après avoir vu le montage télévisé montré au public.

On peut n'avoir pas été témoin direct de la performance de François Mitterrand à l'hôtel Continental** et tenir pour assuré que les images qui en furent montrées le soir par la télévision ne reflétaient correctement ni le personnage ni l'esprit de sa démarche : on le voit tendant le bras vers un objectif qui n'est pas montré et supposé faire ainsi le salut fasciste… L'ensemble du montage et le découpage des citations donnent l'image d'un appel au coup d'État : ainsi sera justifiée la « remise en ordre » opérée les jours suivants.

Pas de clerc ? Peut-être. Pas de l'oie ? Non. En se manifestant ainsi, avec l'impatience qui a souvent marqué sa marche

---

* La plupart des journalistes, fussent-ils des gaullistes historiques comme Brigitte Friang, se solidarisèrent avec les grévistes protestant contre les manipulations gouvernementales. Ils furent licenciés.

** C'est le cas de l'auteur.

vers le pouvoir, le député de la Nièvre fut sans doute maladroit (aussi mauvais, disaient certains, que de Gaulle le 24 mai…) et indélicat à l'égard de PMF (non prévenu, bien que Claude Estier ait fait entrevoir à l'ancien président du Conseil la démarche de Mitterrand au cours de la matinée). Mais il ne faisait rien là qui ne répondît aux exigences et à l'urgence où se débattait un pays dont l'État vacillait, dont les ministres se cachaient, et dont le président allait le lendemain disparaître aux yeux même de son Premier ministre – pour se rendre en secret à l'étranger, au quartier général de Massu à Baden-Baden…

L'opération de l'hôtel Continental ne devait pas assainir les relations « pointues » entre PMF et Mitterrand, et moins encore les rapports entre le second et l'opinion publique. Quand, le lendemain, les élus du gaullisme parisien auront rassemblé sur les Champs-Élysées des centaines de milliers de partisans autour de Malraux, Debré * et Schumann, l'un des slogans les plus souvent répétés après « De Gaulle n'est pas seul ! » et « Les cocos au poteau ! » sera « Mitterrand charlatan ! »… **

Et quand, un mois plus tard, le Général ayant substitué au référendum annoncé le 24 mai des élections législatives réclamées par Pompidou, c'est la coalition nouée par Mitterrand entre la FGDS et le PCF qui paiera le plus lourd tribut à la réaction provoquée chez les bonnes gens par les extravagances de mai – dont ils étaient les cibles !

« Ce sont les élections de la trouille ! » grommellera le Général, constatant que ce triomphe de son parti n'est pas le sien, mais celui du rassurant Pompidou : le fait est qu'avec 360 sièges sur 485, le Premier ministre fait entrer au Palais-Bourbon, observe l'éditorialiste du *Monde*, le groupe le plus nombreux qui ait jamais forcé la porte d'une Assemblée française. La Fédération – comme le PCF et le Centre de Lecanuet – perd la moitié de ses sièges, notamment ceux qu'avaient conquis l'année précédente les amis de Mit-

---

* Qu'on ne voyait plus depuis plusieurs jours à son ministère des Finances…

** L'auteur n'a pas personnellement entendu, à la différence des autres slogans, d'horribles « Cohn-Bendit à Dachau ! » rapportés par certains confrères…

terrand – Dumas, Rousselet, Dayan – et même, à Grenoble, Pierre Mendès France.

Le député de la Nièvre a sauvé son siège, qu'était venu lui disputer Jean-Claude Servan-Schreiber, gaulliste de choc en dépit de ses liens familiaux avec Mendès France, soutenu par le célèbre cancérologue Georges Mathé, Morvandiau qui supplie ses compatriotes de chasser « ce politicien au rancart », faute de quoi, ose-t-il écrire, toutes les guérisons obtenues par son génie médical ne lui laisseraient qu'« amertume et tristesse »… Plus haineux que Dides ou que Pesquet !

Le désastre. Pire, pour le député de la Nièvre, que celui de 1962, parce que ce qui a volé en éclats, cette fois, c'est une architecture qui est son œuvre, le fruit des années de travail entamées par la campagne du candidat de 1965, complétées par la mise en place de la Fédération et les accords successifs passés avec le PCF. Lequel, ayant refusé une partie des alliances électorales suggérées par le président de la FGDS, rejette sur son allié de la veille les avanies qu'il vient de subir depuis un mois.

Discrédit pour Mitterrand ? Bien pis : visitant quelques mois plus tard une de ces communautés rurales improvisées dans les Cévennes ou en Dordogne par les anciens contestataires du Quartier latin, Jean-Marie Borzeix prononce le nom de Mitterrand devant une jeune fille, qui le coupe : « Tiens, je le croyais mort [13] ! » Anecdote dont la traduction politique est celle-ci : alors qu'en novembre 1967 un sondage réalisé par la SOFRES plaçait Mitterrand en tête des candidats possibles à l'élection présidentielle (53 % des votants, contre 43 % à Pompidou), un an plus tard une enquête similaire n'accorde plus que 9 % de suffrages au candidat de la gauche…

Il ne serait pas juste de tourner la page « Mitterrand en mai » sans citer la leçon courageuse et pénétrante qu'il en a lui-même tirée dans *Ma part de vérité*, s'adressant à Alain Duhamel :

> « Au début de cette année-là, j'ai pensé que j'avais encore un peu de temps devant moi […]. Je n'en avais pas […]. Que je disposais d'une certaine marge de sécurité auprès de mes associés politiques […]. Je ne l'avais pas […]. Absorbé par les problèmes internes que l'on me posait à plaisir, je n'ai pas méconnu les premiers signes de l'orage (j'avais attiré l'attention de mes amis sur l'importance, que je jugeais considé-

rable, du mouvement de Rudi Dutschke)*, mais je n'ai pas suivi leur progression d'assez près. Je me suis attardé sur l'aspect caricatural des agités du 22 mars. Je n'ai pas assez recherché ce que signifiait leur démarche dans un temps comme le nôtre. Voilà pour la confession.
Mais j'avouerai, au risque de n'être point absous par les plus indulgents, que si j'avais été mieux préparé à recevoir l'événement, les choses n'auraient pas pris un autre tour que celui qu'elles ont pris. Je nie encore qu'en mai la situation ait été révolutionnaire. Je ne l'aurais donc pas traitée comme telle. Mon langage n'aurait pas été celui des enragés. J'aurais dénoncé le mirage de l'action directe, le trompe-l'œil des attitudes, le contreplaqué des idéologies. Entre la démagogie bêtifiante que trop d'adultes ont déversée à pleins seaux sur la jeunesse et le souci que j'aurais eu de ne pas dire un mot qui pût servir le régime, il n'y avait guère de place. [...] J'ai manqué la révolution. Mais il n'y a pas eu de révolution [14]. »

A la fin de l'été 1968, François Mitterrand est, une fois de plus, au pied de la montagne. Au Palais-Bourbon, cinquante-sept députés seulement représentent désormais la Fédération. La quasi-totalité de « sa » bande, du premier cercle, en a été chassée. Il y fait « presque figure de pestiféré », écrit Claude Estier, et préfère siéger à part, comme « non inscrit ». Mais les « cent hommes décidés » sur lesquels il table pour bâtir son pouvoir, il les connaît maintenant, il sait comment les orienter et faire valoir leur talent, autour du sien. Le vaincu de 1968 n'a rien à voir avec le proscrit intérieur, l'homme aux abois d'octobre 1959. « Ce qui nous stupéfiait alors, confie Louis Mermaz, c'est à quel point il faisait face. Loin d'être le “naufragé”, l'“homme à la mer” dont parlait la presse, il n'était, dans ce désastre, que projets [15]... »

Mais il ne s'est pas plus tôt remis au rouet que le frappe une nouvelle épreuve : l'invasion de la Tchécoslovaquie par la coalition pro-soviétique jette une nouvelle tache de sang sur la politique – pour lui fondamentale – d'unité de la gauche. Peu importe que son allié Waldeck Rochet soit l'un des hommes qui ont le plus fait pour mettre en garde les maîtres de Moscou et éviter le pire. Peu importe qu'à l'inverse le pouvoir gaulliste décrive ce forfait, par la voix

* Leader du mouvement des jeunes révolutionnaires berlinois, cible d'une tentative d'assassinat.

de Michel Debré, comme un simple « incident de parcours », alors que Mitterrand, lui, condamne sans réserve cet acte « impérialiste ». C'est sur le système communiste et ses alliés que retombe la honte. Et dans ce qui reste de la Fédération, les anathèmes sont lancés contre l'architecte de la mauvaise alliance.

Alors, le 7 novembre, c'est un Mitterrand au pouvoir et au prestige émoussés qui convoque le comité exécutif pour lui annoncer qu'il démissionne de la présidence de la Fédération, et lance un appel à la création d'un nouveau parti socialiste. On ne saurait jeter une si bonne semence sur un terrain en apparence si mal préparé : seul de tous ses interlocuteurs de la SFIO, Pierre Mauroy manifeste sa sympathie. Mais Mitterrand a connu de pires moments d'isolement. L'idée est lancée. Elle mûrira.

* * *

Et le voici pris de nouveau à contre-pied par le destin : le référendum sur la participation et la réforme du Sénat que le général de Gaulle a voulu organiser pour raviver son prestige et « reprendre la main » à Georges Pompidou, le vrai vainqueur des élections de juin 1968, a mal tourné pour le vieux président, qui tire noblement [*] les conséquences de sa défaite et « cesse d'exercer [ses] fonctions » le 27 avril 1969 à minuit. La voie est libre : mais pas pour le Mitterrand renié par les siens des lendemains de la ruineuse kermesse de Mai 68. Onze ans après l'entrée à la Trappe de 1958, quatre ans après la fructueuse campagne dite du « ballottage », François Mitterrand, qui avait tant attendu cette heure, ne peut pas être au rendez-vous.

Face à Georges Pompidou (dont le Général se garde bien de soutenir la candidature [**], se déclarant « hors de la conjoncture ») et au président du Sénat, Alain Poher, chef de l'État par intérim, la gauche a pour représentants le socialiste

* Et bien que nul texte ne l'y contraigne.

** Non sans lui adresser le 30 avril une lettre, confidentielle, d'encouragement…

Gaston Defferre et le communiste Jacques Duclos, vieux stalinien s'il en fut. Mais Defferre ne se présente pas seul : à ses côtés figure, comme éventuel Premier ministre, Pierre Mendès France, qui reprend ainsi l'idée suggérée par Mitterrand lors de la calamiteuse conférence de presse du Continental, le 28 mai 1968.

Il est des absences qui valorisent mieux que des actions d'éclat. Écarté de la compétition par un plébiscite muet et de très actifs conciliabules de caciques, le pugnace candidat de 1965 sera grandi par l'échec inimaginable du tandem qui est censé tenir son rôle au centre gauche, et le succès du communiste auquel sa propre mise à l'écart a permis de resurgir. On faisait grief à Mitterrand de son alliance avec les camarades des assassins de Prague, et voici que Duclos, jovial commissaire soviétique, obtient 23 % des voix ! Quant à l'équipe Defferre-Mendès, en dépit de la sympathie qu'inspire l'un, de l'admiration que l'on voue à l'autre, elle ne recueille que 5,1 % des suffrages…

En ce nouvel exil, qu'il sait beaucoup plus provisoire que celui de 1958, que faire, sinon chercher à se définir, à se reconstruire et s'affiner ? Cette opération de chirurgie éthique prend la forme d'un livre, déjà cité, auquel il a donné un titre un peu ironique sinon autocritique, faussement modeste et en fin de compte judicieux, *Ma part de vérité*. Quel autobiographe, jamais, en trouva de meilleur ? L'intérêt de l'ouvrage publié en 1969, un an après la bourrasque de Mai, tient aussi à l'habile pilotage de l'interlocuteur, Alain Duhamel.

Il y a là, outre de savoureuses notations autobiographiques, une « confession de socialisme », simple et tranquille, qui est un assez joli morceau, et qu'on ne peut se retenir de citer, parce qu'elle sonne juste. Ne faut-il voir là qu'une tranche de vie, une excursion en socialisme, prise entre les pesanteurs sociales de la jeunesse, le pragmatisme impatient des années 50 et les impératifs de pouvoir des années 80 ? Peut-être. Mais il faut cheminer un instant avec ce socialiste saisonnier, éminemment laïque et même anticlérical (par rapport à la cléricature socialiste), un brin sarcastique, et dont les esprits forts trouvent à coup sûr les habits trop neufs et les références trop littéraires :

> « Je ne suis pas né à gauche, encore moins socialiste, on l'a vu. Il faudra beaucoup d'indulgence aux docteurs de la loi marxiste, dont ce n'est pas le péché mignon, pour me le pardonner. J'aggraverai mon cas en confessant que je n'ai montré par la suite aucune précocité. J'aurais pu devenir socialiste sous le choc des idées et des faits, à l'Université par exemple, ou pendant la guerre. Non. Je ne le suis pas non plus devenu par la vertu d'un métier qui m'aurait instillé des réflexes de classe : je n'ai jamais été producteur de plus-value pour le compte d'autrui. Je n'ai pas, enfin, adhéré à une formation politique qui m'aurait peu à peu formé à ses disciplines idéologiques [...]. J'ai pris parti tout simplement pour la justice telle que je la ressentais, rétif devant son exigence, hésitant à m'engager pour elle, quelquefois tenté de lui tourner le dos [...].
> Si la preuve de l'existence d'un dieu tient à l'existence de ses prêtres, si cette preuve gagne en force et en évidence à mesure que s'accroît leur nombre, que s'aiguise leur intransigeance, que se multiplient leurs contradictions, le dieu du socialisme existe. Mais l'originalité de ceux qui le servent est précisément d'affirmer qu'il n'existe pas, sinon sous l'apparence des faits et qu'alors il naît et meurt avec chacun d'eux, création continue, changeante, rigoureuse et créatrice d'elle-même. Le socialisme n'a pas de dieu mais il dispose de plusieurs vérités révélées et, dans chaque chapelle, de prêtres qui veillent, tranchent et punissent. Catéchumène parmi les catéchumènes entassés dans le narthex, j'ai lu les livres sacrés et entendu les prédicants. Fidèles à leur religion, ils enseignent la puissance des faits. Mais sur quel ton ! Rares sont ceux qui préfèrent le conseil au précepte et l'examen au dogme [16]... »

Avec ce livre, « un nouveau Mitterrand commence à apparaître, observe Giesbert. Il reste un ministre centre gauche de la IVe République avec les pieds dans la glaise et de la paille plein les sabots [...]. Mais il devient aussi un socialiste [...]. Politiquement, Mitterrand prend une nouvelle densité [17]... ». Cette « densité » nourrie de la dynamique campagne de 1965 et de la cruelle expérience du printemps des barricades, il va l'employer à construire l'outil qui doit lui permettre d'associer son idée fixe, la conquête du pouvoir, à son idée neuve, la « démocratie socialiste ». Cet outil, ce ne peut être qu'un nouveau parti socialiste bâti sur les ruines de la SFIO.

Il n'est pas le seul à y penser. Dès le début des années 60, quelques rebelles au molletisme, et surtout Alain Savary, fondateur de l'Union des clubs de gauche liée au PSU, travaillent à réinventer le parti de Jaurès et de Blum. Au congrès d'Alfortville, le 4 mai 1969, un an après l'événement de Mai 68, Savary a tenté de se faire désigner par ses camarades comme candidat socialiste lors de la compétition présidentielle, face à Pompidou : il s'est vu préférer Gaston Defferre, avec le résultat que l'on sait – et qui ne pouvait que l'inciter à persévérer.

Son problème consiste en ceci : Guy Mollet veut bien s'effacer au profit d'un homme éminemment estimable, mais ne se résigne pas à cesser de manipuler la machinerie de cette SFIO dont il est le maître depuis 1946. Au congrès d'Issy-les-Moulineaux, en juillet 1969, Alain Savary est élu premier secrétaire du « nouveau Parti socialiste ». La SFIO est bien enterrée, mais non son grand sorcier. L'influence occulte de Guy Mollet grandit même du fait de l'éloignement de son rival Gaston Defferre, le grand vaincu de l'élection présidentielle, et de la réserve où se tient Pierre Mauroy, que Mitterrand fascine et qui, tout ami de Savary qu'il soit, considère l'auteur de *Ma part de vérité* comme le rénovateur qu'attend la social-démocratie française.

En dépit de sa gestuelle de chanoine et d'un léger pédantisme biblique ou ecclésiastique, personne n'a jamais pris Mitterrand pour un « régulier » dans cet univers où l'on semble ne manger du curé que pour en perpétuer l'espèce. Séculier ? Comme Talleyrand, évêque d'Autun, il dit la messe en lorgnant du côté des paroissiennes. Mais son « latin » idéologique et ses références, sous le contrôle de diacres aussi savants que Pierre Joxe, Claude Estier, Jean Poperen ou (jusqu'en 1970) Marc Paillet, sont agréés par les docteurs. Reste à bâtir ce parti dont Savary a déjà tracé l'esquisse et réinventé le nom.

Flanqué de Robert Verdier, dont Léon Blum, rentrant de déportation, avait pensé faire un héritier en l'associant à son cher Daniel Mayer, Alain Savary a en principe les atouts pour rénover la « vieille maison » fondée en 1905 par Jaurès. Auréolé, à la Libération, de tous les titres de nature à lui valoir l'admiration des honnêtes gens, gouverneur à 27 ans, député à 29, secrétaire d'État à 38, démissionnaire du gouvernement Mollet après le rapt de l'avion de Ben Bella, il propose l'image la plus propre à favoriser la renaissance d'un socialisme rajeuni, honorable et ambitieux. Il l'eût fait, en tout cas, si l'ombre portée de Guy Mollet n'avait donné l'impression que, derrière la belle enseigne neuve, le même boutiquier tenait la caisse : idée que contribuaient à répandre les deux autres héritiers présomptifs – Defferre et Mauroy.

Si bien que, dans la bataille que va livrer François Mitterrand pour s'assurer le contrôle du parti déjà épousseté par lui, Savary traînera le handicap d'être vu par beaucoup comme l'homme de paille de Mollet. Tous ceux qui ont connu Savary * savent parfaitement que cette imputation était fausse et que l'homme qui avait su rompre avec le tout-puissant président du Conseil de 1956 était fort apte à trancher les liens avec le « parrain » vieillissant de 1969. Mais les rumeurs ont la vie plus dure que les vérités.

* * *

François Mitterrand a-t-il jamais mieux mérité ce qualificatif de « florentin » dont le dotait Mauriac dans les années 50 qu'en cette année 1971 où, à la tête de quelques spadassins ingénieux et secrétaires dévoués, il va en quelques heures conquérir un parti sous couleur de le « fonder » ?

Car le Parti socialiste, réinventé à partir de la SFIO au congrès constitutif d'Issy-les-Moulineaux, existe bel et bien. Son leader a bonne allure et bonne renommée, dans un style néo-mendésiste, entouré du sage professeur Verdier et de jeunes talents comme Jean-Pierre Cot et Dominique Taddéi. Pour Mitterrand, s'agit-il d'alliés honorables, d'un havre prometteur ou d'un bastion à conquérir ? De la fin de 1969 à l'été 1970, on peut penser qu'il hésite.

J'ai pour ma part le souvenir d'un dîner organisé à cette époque en l'honneur du grand romancier allemand Günter Grass, au cours duquel le député de la Nièvre répondit à une question que je lui posai sur le rôle qu'il comptait jouer au sein du nouveau Parti socialiste par rapport à Savary : « Mon souhait est d'y entrer, avec mes amis. Mais non d'y jouer le rôle prépondérant. » Et peut-être était-il sincère.

---

* *A fortiori* ceux qui ont été ses amis, comme l'auteur.

C'est vraisemblablement au cours des journées nationales de la Convention des institutions républicaines, le « noyau dur » du mitterrandisme, tenues en novembre 1970 à Château-Chinon, que l'opération de conquête fut décidée, de préférence au noyautage (méthode plus florentine, pourtant...). Savary vient de lancer l'idée de convoquer, avant l'été 1971, un congrès de regroupement des « frères séparés ». Mitterrand saisit la balle au bond et, le 10 novembre 1970, invite à se rassembler sous le signe du socialisme tous ceux qui, nonobstant « les sceptiques et les fatigués », osent « repartir à l'assaut de la majorité ».

C'est sous son impulsion qu'est créée une délégation nationale pour l'unité des socialistes, placée sous la présidence d'une personnalité particulièrement écoutée, membre du Conseil d'État, Nicole Questiaux. Laquelle constate, en ouvrant son dossier et en recevant les personnages du drame, que, fût-il passé aux mains de personnages transparents, le Parti socialiste restait au pis un nœud de vipères, au mieux un labyrinthe.

Pour simplifier, disons qu'en 1970 on y repère cinq ou six tendances (on dira plus tard « courants ») : au centre, le tandem Savary-Verdier, suivi par Cot, Gau, Taddéi et l'inévitable Guy Mollet, qui, loin d'abdiquer, compense son effacement public par une fiévreuse activité de couloirs doublée par celle de ses amis Fuzier et Cazelles.

A droite, André Chandernagor, qui reste attaché à l'alliance avec les centristes. Au centre droit (mais cette localisation sera contestée par eux), les deux leaders des fédérations les plus puissantes, celle des Bouches-du-Rhône avec Gaston Defferre, naguère engagé dans l'aventure de la « grande Fédération » avec les centristes, et celle du Nord avec Pierre Mauroy ; un peu à part, Gérard Jacquet, tout acquis déjà à l'idée de la prise en charge du parti par Mitterrand et son équipe.

A gauche se tiennent fermement Jean Poperen, qui, pour avoir quitté le Parti communiste et son carcan, n'en reste pas moins marxiste, reconnu par tous pour une des meilleures têtes du mouvement, et le CERES de Jean-Pierre Chevènement, Didier Motchane, Pierre Guidoni, Alain Gomez et Georges Sarre, qui viennent de recueillir un blâme pour des prises de position trop favorables au PCF, après qu'un brillant pamphlet, *La Social-Médiocratie*, signé « Jacques Mandrin » (pseudonyme commun de Chevènement et Motchane), eut fait grincer les dents des notables du Parti.

Quand Mitterrand et ses « conventionnels * » considèrent ce magma, qui représente, dans le pays, environ 80 000 adhérents, ils y voient des amis naturels, et avec lesquels ils ont déjà fait route, un Defferre ou un Mauroy – et un adversaire, Guy Mollet, dont ils veulent surtout se débarrasser. Savary n'a pour eux que le défaut de tenir la place – encore que ses relations personnelles avec Mitterrand soient entachées, on le sait, de quelques souvenirs amers, le nouveau premier secrétaire ayant par deux fois fait barrage à l'homme de Château-Chinon **.

Conquérir ce parti par les voies démocratiques, c'est y obtenir la majorité au cours d'un congrès. Celui qu'a convoqué Alain Savary pour le mois de juin 1971 doit en fournir l'occasion. Mais François Mitterrand et les siens n'y peuvent compter que sur le soutien de Defferre, Mauroy et Jacquet : un peu plus de 40 % des mandats. Où trouver la force d'appoint ? Chez les plus violents adversaires de Guy Mollet – et, à travers lui, de Savary, que Chevènement est un des rares militants à ne pas ménager. Le CERES représente entre 8 et 10 % des votants… L'opération « florentine » va donc consister, pour la Convention, à faire alliance avec la droite, le centre droit et l'extrême gauche, sans alerter le centre et ses alliés.

Conjuration chez les Médicis ? Coalition entre le Valois et le Guise, sous l'égide de la reine Catherine ? En tout cas, le complot fut mené dans le plus profond mystère au cours des premiers mois de 1971.

> « Nous étions si attentifs à ne pas dévoiler le secret des conciliabules, confie Pierre Joxe, qu'il fut cantonné à huit ou neuf personnes, Mitterrand, Dayan, Estier, Mermaz et moi d'un côté, Defferre, Mauroy et Jacquet de l'autre, enfin Chevènement. Mitterrand était si soucieux du secret qu'il tint à l'écart Charles Hernu, trop bavard [18]… »

---

* A noter que Georges Dayan appartenait à la SFIO dès avant la guerre, et que Claude Estier l'avait quittée en 1947.

** Voir chapitres VII et VIII.

Le congrès dit d'« unification » (entre le nouveau Parti socialiste et la Convention – plus quelques groupes de chrétiens, tel Vie nouvelle, dont Jacques Delors était proche, et des personnalités comme Robert Buron) fut convoqué pour les 11, 12 et 13 juin 1971 à Épinay-sur-Seine. Cette commune de la périphérie nord de Paris, dont les habitants se nomment « les Spinassiens » – sans référence au ministre de l'Économie du Front populaire Charles Spinasse *, fort prisé par Léon Blum mais qui, tout socialiste qu'il fût, ne résista pas à la tentation de jouer un rôle à Vichy –, fut un foyer d'encyclopédistes autour de Mme d'Épinay et de Diderot.

C'est dans l'immense salle du Centre sportif Léo-Lagrange **, tout en longueur, que se réunissent au matin du vendredi 11 juin les quelque 1 000 congressistes (800 socialistes, 97 conventionnels, 80 inorganisés), empilés dans la touffeur de ce début d'été et lorgnant vers les aimables pelouses alentour, piquées de tentes blanches.

Joxe avait, au nom de Mitterrand, « fait » la salle en accord avec les délégués de Defferre et Mauroy, patrons des deux grosses fédérations des Bouches-du-Rhône et du Nord – si bien soudées qu'un président de séance n'évite pas le lapsus « Bouches-du-Nord »… –, qui représentaient à elles seules 25 % des mandats. Elles occupaient massivement les premiers rangs, alors que plus loin Guy Mollet se tassait au milieu de ses camarades du Pas-de-Calais derrière Mitterrand et ses amis de la Nièvre et que, plus loin encore, Savary était encadré par ses compagnons du Vaucluse.

Les « conjurés » avaient pris soin de disposer leurs amis au bord des travées pour les rendre plus mobiles, et Joxe avait eu l'idée de doter ses alliés de stylos Bic violets ou verts dépassant de la poche supérieure, qui leur permettait de se reconnaître dans les conciliabules. L'exceptionnelle longueur de la salle rendit souvent les contacts difficiles, et l'éloignement des poperénistes, on le verra, allait contribuer à leur isolement final [19].

Le thème majeur prévu par les congressistes était celui des relations avec les communistes, la renaissance de l'unité de

---

* Ce Corrézien devait devenir l'un des parrains de la carrière de Jacques Chirac…

** Ministre de la Jeunesse et des Sports du Front populaire.

la gauche mise à l'épreuve par les bouleversements de Mai 68 et la campagne présidentielle de 1969. Pour le délégué moyen, l'élargissement du nouveau parti était un fait acquis, l'intégration de la Convention mitterrandienne une conclusion tout à fait souhaitable, la vocation de Mitterrand à un rôle prestigieux allait de soi ; mais peu envisageaient que la « démolletisation » dût provoquer l'éviction du sympathique secrétaire général Savary. Les « conjurés » ne l'entendaient pas ainsi. Pour eux, situés à la droite et à la gauche du parti, il s'agissait bien d'une prise de pouvoir.

Le problème, si l'on peut dire, c'est qu'il n'y en avait point, entre mitterrandistes et savarystes – on veut dire : de problème de fond. Les uns et les autres étaient partisans de l'intégration de la Convention et des autres groupes et personnalités au sein d'un plus grand Parti socialiste ; les uns et les autres voulaient, à plus ou moins long terme, la démolletisation, le rajeunissement et le nettoyage du parti ; les uns et les autres souhaitaient une claire orientation à gauche ; les uns et les autres entendaient négocier avec les communistes un accord profond et durable – si possible « de gouvernement ». Tout pour s'entendre, n'était ce Guy Mollet dans l'ombre, et la personne même de Savary : le CERES veut son élimination pour bien marquer la rupture, ses amis Defferre et Mauroy ne le soutiendront pas parce qu'ils n'ont pas goûté qu'il les devance au secrétariat général, tandis que les mitterrandistes le tiennent pour un aimable gêneur.

La conjuration a toutefois un maillon faible, Gaston Defferre, qui a bien été mêlé à toutes les tractations, mais reste extrêmement méfiant à l'égard des communistes. Difficile de passer de sa « grande Fédération » de 1965, ouverte au centre, à cette union de la gauche sur laquelle pèse l'ombre du stalinisme. Faut-il aller si loin pour se débarrasser de Guy Mollet ? Au fond, il est plus proche de Chandernagor que de Chevènement… Mitterrand sent ces hésitations, et, à la veille du congrès, il fait appel à son ami de Résistance Pierre Merli *, maire d'Antibes et intime de Defferre, pour vérifier si le maire de Marseille tient bon. Coup de téléphone de Merli à la veille du congrès : « Tu peux compter sur Gaston [20] ! »

---

* Authentique Florentin d'origine, lui… Ancien dirigeant de l'UDSR, il a obliqué à droite. Mais c'est un ami fidèle.

Ce qui sera vérifié au cours d'une soirée passée dans un hôtel de Montmorency, choisi par Joxe pour son éloignement du champ de bataille (mais on s'apercevra que Poperen, resté l'allié de Savary, y loge !). L'opération est alors mise au point, la soudure étant opérée dans un climat jovial entre Chevènement et Defferre – qui ne connaissait le leader du CERES que par les sarcasmes dont celui-ci l'abreuvait depuis des années. Dès lors qu'il a réussi à faire aller ces deux-là de compagnie, Mitterrand peut croire à la réussite de sa conjuration…

Alors que retentissent dans l'immense salle les cris d'« Unité ! Unité ! » qui visent aussi bien les rapports entre socialistes et communistes que les relations entre Savary et lui, François Mitterrand monte à la tribune – costume clair, cravate sombre –, pour prononcer l'un des discours qu'il aura le plus travaillés au cours de sa longue carrière. Se refusant – et pour cause ! – à jouer les « professeurs de socialisme », il se situe sur un plan où peut se déployer son talent, celui de la construction émotionnelle du climat du congrès :

> « … Si c'est une fête, moi, cela me plaît ! Si c'est une cérémonie, c'est déjà plus ennuyeux […]. Si c'est un rite, cela se gâte. Si c'est avec le sentiment que nous sommes des pionniers […] nous allons pour la première fois après soixante-cinq ans* rassembler – c'est fait – unifier – je le crois – tous les courants profonds du socialisme… »

Saluant la convergence entre courants marxiste, proudhonien et chrétien (notamment les disciples « personnalistes » d'Emmanuel Mounier), représentés au congrès, il pose la question centrale :

> « Qu'allons-nous faire de l'unité ? Maintenant que notre parti existe, je voudrais que sa mission soit d'abord de conquérir […]. Je suis pour la vocation majoritaire de ce parti. Je souhaite que ce parti prenne le pouvoir […]. Déjà le péché d'électoralisme ! Je commence mal […]. Il faut passer par la conquête du pouvoir. La vocation groupusculaire n'est pas la mienne ! »

---

* Le congrès de Tours remonte à 1920. Il s'agit donc de la rupture entre jauressiens et guesdistes, en 1905.

Et le voici qui s'aventure sur le terrain périlleux, définissant sans timidité l'opération d'alliance compétitive qu'il conduira pendant deux décennies, et faisant ainsi se froncer beaucoup de sourcils :

> « Il faut d'abord songer à reconquérir le terrain perdu sur les communistes. Je pense qu'il n'est pas normal qu'il y ait aujourd'hui cinq millions* de Françaises et de Français qui choisissent le Parti communiste sur le terrain des luttes et même sur le terrain électoral parce qu'ils ont le sentiment que c'est ce parti-là qui défend leurs intérêts légitimes, c'est-à-dire leur vie… »

Ce qui ne retient pas l'orateur de plaider pour un rassemblement de la gauche qui, dépassant les alliances électorales, conduirait à un « accord de gouvernement » avec le PCF. Et en venant au fond des problèmes, il va lancer, se situant clairement à la gauche du groupe en train de naître, et non sans rappeler l'importance des problèmes de stratégie :

> « Réforme ou révolution ? […] La révolution est d'abord une rupture […]. Celui qui ne consent pas à la rupture avec l'ordre établi […] avec la société capitaliste, celui-là, je le dis, ne peut être adhérent du Parti socialiste […]. Le véritable ennemi […], celui qu'il faut déloger […], c'est le monopole ! Terme extensif pour signifier toutes les puissances de l'argent, qui corrompt, qui achète, l'argent qui écrase, l'argent qui tue, l'argent qui pourrit jusqu'à la conscience des hommes [21] ! »

Morceau mitterrandien par excellence, avec ses bouffées de marxisme un peu scolaire colorant en rouge le moralisme chrétien et quelques pincées de romantisme lamartinien – qui dut faire hausser quelques épaules, mais enchanta 80 % des congressistes. Discours de leader, en tout cas, et assez « socialiste » pour accréditer le candidat en rassemblant sa coalition hétéroclite.

Si le fondateur de la Convention parle déjà ainsi en patron, en porte-parole investi du parti qu'il amplifie plus qu'il ne s'y rallie, et qui déjà, confusément, le reconnaît pour sa figure dominante, c'est Jean-Pierre Chevènement qui va faire tomber les masques en posant le problème sous l'angle

* Le score de Jacques Duclos deux ans plus tôt.

le plus aigu : « Le problème principal de ce congrès n'est pas le texte d'orientation qui en sortira. Un texte ne vaut que par son application. Le problème est donc de savoir qui dirigera le parti ! » Ce qui s'appelle parler clair. Alors même que s'échangent des motions qui ne se distinguent guère – deux d'entre elles, officiellement en compétition, ayant été révisées également par François Mitterrand ! –, le débat finit par s'orienter clairement sur les personnes.

La prise de pouvoir des conjurés va s'opérer dès le samedi matin, sur un thème apparemment de pure forme, celui du mode de désignation des membres du comité directeur du parti. A la SFIO, c'était la proportionnelle. Mais les courants étaient si nombreux que le parti devenait aussi mal gouvernable que la IVe République, surtout depuis la disparition du « général » Léon Blum.

Au nom des savarystes, Dominique Taddéi, bon juriste, propose un projet de proportionnelle « corrigée » pour rendre le parti « gouvernable ». Alors Chevènement bondit à la tribune pour exiger que soit rétablie la proportionnelle intégrale – qui seule donne sa chance à un courant très minoritaire comme le sien : il présente une motion en ce sens. Elle est soutenue avec une telle ardeur par les porte-parole de Mauroy et Defferre, et, au nom de Mitterrand, par Claude Estier, que la conjuration est, d'un coup, dévoilée.

Savary, déconcerté, peut bien dénoncer une « alliance contre nature » entre droitiers et gauchistes, et Ernest Cazelles, le porte-serviette de Mollet, hurler : « Guy, on est fichus, Joxe a quadrillé le congrès ! » (propos d'expert !), le fait est que la motion Chevènement est en train de faire basculer le rapport de forces au sein du parti : lors du scrutin qui s'ensuit, l'application de la proportionnelle intégrale donne au nouveau parti un comité directeur composé de 28 savarystes, 23 partisans de Mauroy et Defferre, 13 mitterrandistes, 10 camarades de Poperen et 7 membres du CERES – Chevènement se posant dès lors en arbitre…

Apercevant de loin Jean Poperen qui fait penser à un boxeur groggy, Pierre Joxe, encouragé par Mitterrand, l'appelle pour tenter de l'associer à la majorité nouvelle. Écoutons-le :

> « "Jean, lui criai-je, Jean, viens nous rejoindre, ta place est avec nous !" Il ne m'entendit pas, la salle était immense, et un

> intense brouhaha régnait. C'est ainsi qu'il est resté sur l'autre bord [...]. Alors je croise Savary, indigné : "Tu es fier, Pierre, de ce que vous venez de faire ? Tu en es fier ? – Eh oui, lui répondis-je, et toi, tu vas nous rejoindre, libéré de Mollet... !" Il se détourna, furieux [22]... »

Lorsque les congressistes se séparent, le dimanche soir 13 juin, les jeux sont faits. Les mandats qui se portent respectivement sur les motions – si peu différentes qu'elles soient sur le fond – expriment le nouveau clivage : pour le texte Mitterrand, 43 926 voix ; pour celui de Savary, 41 757. Trois jours plus tard, au siège du parti, cité Malesherbes, François Mitterrand sera élu premier secrétaire du Parti socialiste.

Suite de l'entretien, trente-cinq ans plus tard, avec Pierre Joxe :

> « Avouez que Savary avait de quoi être indigné : François Mitterrand vient de s'emparer à ses dépens, par le biais d'une manœuvre secrète, d'un parti dont il n'était pas membre quelques jours plus tôt...
> – Raisonnement faux, parce que fondé sur des prémisses inexactes. Le congrès d'Épinay était un congrès constitutif en vue de la création d'un nouveau parti, formé à partir de l'ancienne SFIO devenue le Parti socialiste, et de divers éléments, dont la Convention de Mitterrand. C'est un nouveau parti qui naissait à Épinay. C'est à celui-ci qu'adhéraient les militants, Savary comme Mitterrand. Il n'y a pas eu de problème pour y admettre Savary. Il y en a eu pour Guy Mollet, que nous avons finalement admis, et pour Max Lejeune * [...]. Tout est là : le parti d'Épinay était un parti nouveau ! »

A la base, pourtant, la perplexité le dispute à l'irritation. Témoin cet extrait du carnet de notes d'une militante de la Convention, fervente mitterrandiste, entourée de camarades du parti rénové par Savary à Épinay :

---

* Le plus « ultra » des ministres socialistes pendant la guerre d'Algérie, au point de se vanter d'être responsable du rapt de l'avion de Ben Bella, il ne fut pourtant exclu du parti qu'en 1972 pour avoir refusé de se désister pour un candidat du PC conformément à la discipline statutaire.

> « Mitterrand allié à Savary et Poperen contre la “droite” du parti, mes amis de la SFIO en rêvaient. C'était pour eux l'achèvement de la rénovation, la réconciliation : tous unis dans notre parti ! […] Après Alfortville et Issy, Épinay ! […] Mais c'est fini. A mes côtés, la colère éclate. “Si je n'étais pas élu par la population, fulmine Jean-Pierre, je démissionnerais et m'inscrirais au Parti communiste. C'est une malhonnêteté qu'on a faite là.”
> Ils ne me regardent pas. J'ai participé à la malhonnêteté. La réprobation, la colère, la déception m'englobent. Le poing qu'ils lèvent pour entonner *L'Internationale*, ils le lèvent contre les traîtres qui viennent de prendre le pouvoir dans le parti. Ils ne sont pas les seuls à ne pas comprendre. Beaucoup de nouveaux adhérents manifestent leur perplexité… »*

La presse ? La plus défavorable à Mitterrand – la majorité – parle de « hold-up ». *L'Humanité* ironise sur « une obscure bataille de clans pour la conquête du pouvoir ». Dans *Le Monde* du 15 juin 1971, sous le titre « Se dégager du passé ** », Raymond Barrillon écrit qu'après le « triomphe » qu'il avait d'abord obtenu lors de l'ouverture du congrès, « M. Mitterrand a dû se contenter d'une victoire peu limpide » parce qu'« il était impossible de faire table rase du passé », mais que « peut-être la gauche non communiste de ce pays retrouvera-t-elle [après Épinay] le goût d'espérer, la volonté d'entreprendre, la gaieté et la joie que Robert Buron, ancien ministre de De Gaulle, porte-parole d'un catholicisme très indépendant, exaltait dimanche matin à la tribune du congrès » [23].

Mais l'article qui devait rester lié à l'histoire du congrès d'Épinay, planté comme un couteau dans la mémoire de Mitterrand, est celui que lui consacra, dans *Le Nouvel Observateur*, le 21 juin 1971, Marcelle Padovani, sous ce titre cruel : « Main basse sur la cité *** ». Cette excellente journaliste (qui fait même référence à la nuit des Longs Couteaux, au cours de laquelle, en 1934, Hitler avait fait massacrer les sections d'assaut du capitaine Röhm…) propose du face-

---

* Notes alors prises et communiquées à l'auteur par Françoise Carle.

** Auquel la rédaction du *Monde*, reproduisant l'article vingt-cinq ans plus tard, substituera « Les obscures batailles du Congrès d'Épinay », beaucoup plus négatif.

*** La cité Malesherbes, siège historique du Parti socialiste.

à-face d'Épinay une version plutôt favorable à Savary, à l'homme tout au moins, non sans donner du vainqueur une image en fin de compte positive :

> « C'est un homme tranquille qui s'installe cité Malesherbes et qui est décidé à mener rapidement toutes négociations. Il a deux ans devant lui avant l'échéance des élections législatives. Il se plaît à dire que la gauche a, dans le pays, la majorité sociologique et qu'il lui reste seulement à conquérir la majorité politique. Mais François Mitterrand aime aussi la solitude et la lecture ; il ne sera, peut-être, qu'un premier secrétaire de transition. »

N'était le dernier trait (qui ne déplut d'ailleurs pas aux lecteurs de cet hebdomadaire...), la description était fine. Mais le titre et la référence aux procédures nazies blessèrent le nouveau secrétaire du Parti socialiste. La lettre qu'il adressa alors à la journaliste * montre un homme blessé, irrité qu'une certaine intelligentsia de gauche, fidèle à Mendès France hier, à Savary aujourd'hui, rétive à un certain « métier » politique, lui réserve si volontiers ses coups. On la citera dans son intégralité, tant elle fait bien ressortir la sensibilité combative de François Mitterrand et la singularité de ses rapports avec la presse :

> Assemblée nationale
>
> *Paris, le 21 juin 1971*
>
> « Chère Mademoiselle,
> "Main basse sur la cité" donne bien le ton des articles que *Le Nouvel Observateur* consacre au congrès d'Épinay et à ses suites. On imagine le brigand que je suis, homme de jeu face à l'homme de rigueur, le vice face à la vertu, accomplissant son hold-up. "Comment, en trois jours, François Mitterrand a conquis la direction du Parti socialiste" : êtes-vous sûre que ce soit là la vérité historique, que trois jours pouvaient suffire à qui que ce soit, que tout ait commencé l'autre vendredi, cette année, il y a même deux ans ? Il est vraiment commode de s'en tenir aux caricatures. Peut-être n'ai-je pas montré assez de "rigueur" en luttant comme je l'ai fait depuis 1958, peut-être suis-je l'image de l'opportunisme en portant avec moi l'héritage de la IVe République que j'ai servie sous Mendès France

---

* Avec laquelle il devait rétablir, ou plutôt établir, des relations d'amitié.

et Guy Mollet tandis que d'autres, sinon le ou les mêmes, poussaient l'habitude jusqu'à servir aussi la Vᵉ, ou ne la combattaient qu'à l'abri de partis endormis. Peut-être ai-je oublié de rester à Londres et à Alger tandis que je m'évadais d'Allemagne et que je rentrais de Londres dans la France occupée.
Ce préambule traduit un peu de lassitude devant l'excès d'une sourde critique, qui me blesse. Pardonnez-le. *Le Nouvel Observateur* ne cesse donc pas de me considérer comme un adversaire et de m'attaquer avec vilenie. Je croyais sottement que nous nous étions, même timidement, tendu la main. Je le regrette mais je l'admets et il faut que j'en tienne compte.
Je ne vous en veux pas pour ce qui vous concerne. Il est bon que vous puissiez écrire librement ce que vous pensez. J'attendais, je l'avoue, j'espérais un autre signe.
Croyez-moi fidèlement vôtre,

François Mitterrand*. »

* * *

Encore un « coup » qui vient enrichir l'image du condottiere lecteur de Machiavel et disciple de Mazarin : ce qui est toujours mieux que la référence aux gangsters ou aux SS évoqués ici ou là. Mais la caricature, comme il l'écrit lui-même, vient trop facilement sous la plume. Les alliances de même nature que celle qui donna à Mitterrand la clé de la cité Malesherbes sont monnaie courante dans les assemblées, les gouvernements et les congrès : comme celle qui, nouée entre Fouché et Barras, jeta Robespierre à la guillotine. A la Libération, de Gaulle associe dans son gouvernement Frenay et ses ennemis communistes. Le cabinet Mendès France regroupe dix ans plus tard les plus violents adversaires de la CED à des « européens » militants ; et dans le second gouvernement gaulliste de juin 1958, Soustelle, mal revenu d'Alger, s'assied aux côtés de ceux que ses amis du putsch voulaient la veille coller au poteau.

Au surplus, l'alliance d'Épinay a tenu bon – et dix ans plus tard, Mauroy, Defferre, Chevènement et Chandernagor militeront toujours dans le même parti, affrontant ensemble, aux côtés d'Alain Savary, l'épreuve du pouvoir.

---

* Lettre amicalement communiquée par Marcelle Padovani.

CHAPITRE XI

« Je me sentais prêt… »

• Socialiste, vraiment ? • Bataille pour un programme • La vérité de Vienne • Référendum boomerang • Une mort prématurée • Candidat du PCF ? • Campagne dans la tour • Les femmes avec nous ! • « Le monopole du cœur » • Pour 400 000 voix • La Seine, Paris, l'Océan…

Vers la fin de l'après-midi du 16 juin 1971, un monsieur bien mis et portant beau, venu à pied des aimables quartiers de la rive gauche – Dieu, qu'il faisait beau ce jour-là « sur l'pont des Arts » ! –, l'air un peu moqueur, franchissait la porte à deux battants d'un immeuble ancien du bas Montmartre que les militants de la SFIO appelaient « la vieille maison ». Toute la poussière du monde semblait s'être nichée là, au long des boiseries, des vitraux, des plaques de linoléum. Le socialisme restait une idée neuve en Europe, mais le 12, cité Malesherbes paraissait fait pour abriter le musée des espérances mortes.

C'est là que le vainqueur d'Épinay vient recevoir son brevet de premier secrétaire du parti rénové par ses soins ; mais, cette formalité expédiée, il ne reviendra guère dans « la vieille maison » qu'en visiteur impatient, arborant l'air d'un seigneur venu inspecter le plus crotté de ses domaines, et peu enclin à y prendre un bain d'archéo-socialisme – si fort qu'il admirât Léon Blum d'avoir défendu cette forteresse vermoulue contre les assauts du totalitarisme bolchevique.

Mais quel socialiste est-il donc lui-même, ce premier secrétaire par effraction, émergeant des houles d'Épinay ?

La première réponse est celle des esprits forts, et relève du sarcasme : du socialisme Mitterrand a mis le masque, comme le portent ses amis vénitiens, mais ne s'en soucie guère. Est-il seulement informé de ce par quoi et pour quoi s'affrontaient Guesde et Jaurès, Jean Longuet et Marceau-Pivert ? Connaît-il seulement la différence entre « lutte des classes » et « action de classe » à propos desquelles s'affrontaient Léon Blum, Jean Rous, Daniel Mayer et Guy Mollet en 1946 ? Que sait-il du socialisme, lui dont Guy Mollet disait en ricanant : « Mitterrand n'est pas devenu socialiste, il a appris à parler socialiste… », sinon que c'est, avec ses dévots, l'un des meilleurs leviers disponibles pour la conquête du pouvoir ?

Sarcasme court, malavisé, et qui rend bien mal compte de la pluralité de Mitterrand. S'agissant de lui, le scepticisme est aussi inopérant que la jobardise. Qu'il y ait eu moins de socialisme chez lui, fût-ce au cours des années 1960-1980, que ce qu'il a proclamé, c'est bien probable. Mais comment ne pas tenir compte de cette longue et parfois humiliante patience qu'il mit à être admis et reconnu, dès le temps de l'UDSR, alors que le pouvoir gaulliste ne bloquait pas, ailleurs, toute issue ; et plus tard quand il frappait vainement à la porte du PSA, du PSU, lui, l'orgueilleux, soumis aux épreuves et interrogations, et repoussé pour des raisons « biographiques ».

On peut soutenir que la constance, ici, l'emporte sur la pesanteur sociologique et politique, et qu'en s'acharnant à s'impliquer dans le mouvement socialiste, jusque dans ses structures les plus surannées, Mitterrand peut être crédité en ce domaine de ce que les chrétiens appellent le « baptême de désir », avant d'être consacré à Épinay et béatifié cité Malesherbes. Quitte à user plus tard de façon très spécifique, et finalement nostalgique, de cette ordination tardive.

Il est si conscient du scepticisme qui, une fois de plus, le vise, s'agissant en l'occurrence de cette « grâce » socialiste, qu'il n'a de cesse alors de s'afficher pour tel dans d'innombrables interviewes accordées à de grands journalistes comme Pierre Desgraupes et Roger Priouret.

Au premier il déclare : « Le socialisme est pour moi un choix qui m'engage sans recours[1]. » Que cette profession de foi serve de conclusion à un long commentaire du « sermon sur la montagne » qui, selon lui, résume « toutes les raisons de vivre », n'affaiblit pas la portée du propos – pas plus que la confidence faite à Priouret : « Je mourrai libéral sur tous les plans, notamment celui de la démarche intellectuelle[2]. »

Il ne serait pas Mitterrand si l'ambivalence ne se marquait en chacune de ses propositions, lui donnant plus d'authenticité.

On peut juger quelque peu ridicule l'usage qu'il fait de la logomachie partisane, on allait dire folklorique, de ce qu'il appelait lui-même (s'agissant des autres) le « charabia marxiste ». Mais on ne peut lui contester une habileté croissante dans le maniement de cette panoplie verbale, des concepts de « classe » et de « front », d'« appropriation », de « rupture » et d'« aliénation ».

Ce qui permet à Mitterrand de gagner souvent la partie, en de telles joutes, c'est la chaleur humaine qui lui vaut d'opérer la fusion entre les deux pulsions personnelles qui ennoblissent sa démarche idéologique : la passion de la liberté et l'appétit de justice. Ce que Louis Mermaz résume en suggérant qu'à la fin des années 60, « le socialisme émerge en lui de la foi républicaine [3] ».

Les vieux renards et les jeunes loups qui formaient son auditoire d'Épinay furent probablement tentés un moment de hausser les épaules en l'entendant évoquer, sur le ton du récent converti, le « front de classe » et les « monopoles » : mais c'est d'un élan presque unanime qu'ils se levèrent enfin pour saluer cette poussée de socialisme, de quelques fusées de socialisme, au cœur et dans la voix du politique à l'état pur.

Gilles Martinet, cofondateur du PSU, qui le combattit souvent et ne se rallia jamais à lui sans réserve, assure : « Quand [Mitterrand] parlait d'"exploitation de l'homme par l'homme", je regardais fixement la pointe de mes souliers. » Mais il écrit aussi dans *Cassandre et les Tueurs* :

> « Il serait profondément injuste de ne voir en lui qu'un maître tacticien. Il est vrai que Mitterrand […] est assurément le meilleur stratège qu'ait eu jusqu'à présent la gauche, très supérieur à Léon Blum et Mendès France. En cette matière, ce n'est pas seulement la définition des objectifs qui compte […], c'est aussi la réunion des moyens susceptibles de les atteindre […]. Il était le premier à en analyser toutes les implications avec l'œil froid et lucide d'un chef de guerre [4]. »

Par effraction ou autrement, François Mitterrand pénétra dans le socialisme, s'en imprégna et, tous risques pris, y prospéra. Cette pénétration ou plutôt cette implantation ne peut être aisément datée, peut-être pas même du congrès d'Épinay. Le socialisme de Mitterrand a mûri par degrés avant de s'étioler à l'épreuve des faits (s'étioler, pas s'éteindre...).

Mais si réelle qu'on croie cette imprégnation – on s'interdit d'aller jusqu'au mot « conversion » –, il faut bien voir qu'elle s'est accompagnée en lui d'une autre découverte, au moins aussi neuve et importante, celle de l'organisation de masse, moyen de cette fin. Jusqu'en 1965 et au-delà, le député de Château-Chinon a été, sinon un franc-tireur, au moins un chef de petites « bandes », comme il aimait à le dire, un inventeur de « cercles », comme il le confiait à Roland Dumas en 1958. Sa campagne présidentielle de 1965 lui a fait découvrir les masses, la nécessité de les organiser, de les encadrer.

Cinq jours après avoir pris en main le parti d'Épinay, le nouveau premier secrétaire faisait à *L'Express* une déclaration particulièrement éloquente :

> « Par goût, peut-être suis-je un homme solitaire [...]. Peu à peu, j'ai découvert [que] le socialisme représente la seule réponse aux problèmes actuels [...]. Mais il n'a pas la moindre chance de succès sans la constitution de grands partis. Ayant compris cela, j'en ai tiré les conséquences : finie l'appartenance aux groupuscules [5] ! »

On a noté au passage le pluriel (« de grands partis »), qui marque à la fois son ambition de grandeur, s'agissant du mouvement d'Épinay, et la reconnaissance, comme d'une nécessité, de l'« autre » organisation, aux fins de représenter l'« autre » socialisme, l'autoritaire, avec lequel le dialogue doit reprendre en vue d'une forme quelconque d'unité ou de convergence. Amorcée lors de la campagne présidentielle, appliquée lors des élections de 1967, puis durement contestée, voilà l'« union de la gauche » revenue au cœur du débat politique français : à Épinay, les deux motions supposées rivales en font un article de foi commun, au point que les communistes y voient comme la nécessaire conclusion du congrès et viennent aussitôt réclamer l'ouverture du dialogue. Le partenaire de la cité Malesherbes redresse la tête – mais le PC domine encore d'assez haut le PS pour qu'il lui soit délectable de parler d'unité...

François Mitterrand perçoit les raisons de cette hâte, qui lui dicte sa conduite : gagner du temps. Son succès d'Épinay porte en lui des promesses de croissance et d'adhésion, et chaque mois à venir va muscler et grossir le parti. Au surplus, Waldeck Rochet, atteint au plus profond par la sinistre intervention soviétique à Prague, a dû – sous la pression de Moscou – faire retraite, cédant au moins provisoirement la place à un certain Marchais, qu'il convient d'observer avant de croiser le fer avec lui.

Autant de raisons – sans parler de l'occasion de s'affirmer à gauche – qui poussent Mitterrand à s'envoler dès l'automne pour le Chili, où Salvador Allende tente de faire survivre son gouvernement d'unité populaire, harcelé par une droite combative soutenue sinon aiguillonnée par la CIA… Ce qui explique pourquoi Mitterrand a choisi d'y faire, en novembre 1971, son premier voyage à l'étranger de leader du socialisme français en quête d'union de la gauche. Gaston Defferre et Claude Estier l'accompagnent.

Si bref qu'il soit, et si peu superposables que soient les situations chilienne et française, ce séjour à Santiago – où il rencontre aussi Fidel Castro, une relation qui pourra le servir face à ses interlocuteurs du PCF – aura beaucoup compté dans l'élaboration de son projet et de sa stratégie vis-à-vis des communistes. Non que le PC chilien se manifeste par ses surenchères à l'égard d'Allende : il est dans l'ensemble raisonnable et loyal, beaucoup plus que la gauche socialiste… Mais c'est le personnage même, et le comportement du président chilien, sa tentative courageuse de remodeler une société sans porter atteinte aux libertés – ce qui est, transposé dans un contexte tragique, le projet d'Épinay – qui fascinent Mitterrand.

Son dialogue avec Allende, tel que le rapporte Claude Estier dans *La Plume au poing* (« le problème est bien de savoir si on peut réussir le socialisme en changeant les structures économiques et en préservant la démocratie »), est au centre même de sa réflexion, au moins tant que le socialisme restera au cœur de son projet politique. La figure du président assassiné ne cessera de le hanter, moins dans ses livres, d'ailleurs – où il ne fait que de brèves allusions à Salvador Allende –, que dans sa conversation.

Avant d'en venir au face-à-face avec le « parti frère », les vainqueurs d'Épinay se sont donné un manifeste, *Changer la vie*, rédigé, en marxiste effervescent, par Jean-Pierre Chevènement. Ce texte a fait s'écarquiller les yeux du premier secrétaire, toujours prêt pourtant à s'émerveiller des audaces de son jeune vicaire du CERES. Le 12 mars 1972, à Suresnes, une convention nationale du parti a adopté un programme qui confirme les orientations du congrès d'Épinay : union de la gauche, nationalisations, « front de classe » – mâtinées d'une référence à l'« autogestion des entreprises », qui n'est pas faite pour séduire les messieurs du PCF. N'importe : le rendez-vous est pris pour le début de l'été.

La négociation entre socialistes et communistes ne s'ouvrira pas sans que le président Georges Pompidou n'ait tenté une manœuvre apparemment habile en vue de jeter un ferment de discorde entre les deux partis de gauche : l'organisation d'un référendum relatif à l'admission de la Grande-Bretagne dans l'organisation européenne. Il est évident qu'une telle opération, si importante et souhaitable qu'elle soit, se situe au niveau de la négociation entre États et ne nécessite pas une solennelle adhésion populaire : rien de moins gaullien que cette intrusion de la masse dans la diplomatie*… Mais, ce faisant, le successeur du Général se soucie moins d'être fidèle à son inventeur que d'opposer aux socialistes dès longtemps « européens » les communistes hostiles à tout ce qui peut ressembler à une coalition antisoviétique.

A tacticien, tacticien et demi. François Mitterrand ne peut certes opposer ici à Pompidou un front uni de la gauche, mais il peut jouer de la manipulation de telle façon que le pétard explose à la figure du manipulateur : alors que les communistes font campagne pour le « non », le député de la Nièvre, constatant la maigreur de l'intérêt porté par les citoyens à la question posée, choisit de préconiser une abstention qui lui permettra de décompter, en sa faveur, les voix des abstentionnistes. En n'obtenant que 36 % de « oui » par rapport aux inscrits, Georges Pompidou essuie un lourd échec, que Mitterrand inscrit à son crédit.

C'est donc en se targuant d'un nouveau succès que le patron des socialistes va à la rencontre des chefs commu-

* Et d'ailleurs que cette implantation de l'Angleterre en Europe…

nistes. Le moins qu'on puisse dire est que, un an après le congrès qui l'a hissé sur le pavois, il le fait sans naïveté, sinon sans illusions. Il aborde ce rendez-vous périlleux en auteur de ce manuel de réalisme qu'est *Un socialisme du possible*[6] et avec le constant et visible souci de prendre son temps. Le dialogue n'est amorcé, au niveau des experts, qu'à la fin d'avril, après le référendum, le bilan étant fait des risques, des tendances et des rapports de force, chez lui et en face.

Nul n'est plus conscient que lui, républicain de tradition, vieux praticien de la guerre froide, du caractère aventureux et même périlleux de ce dialogue avec les totalitaires. Certains sont en voie de rédemption, mais mis en garde par la disgrâce de Waldeck Rochet. Ces hommes qui ne sont plus tout à fait « à l'Est » dépendent encore de l'aide matérielle du Kominform, sont surveillés par lui et restent hostiles à la construction européenne, à l'Alliance atlantique et à l'esprit de la démocratie pluraliste. En contradiction avec tout ce qui fait sa propre histoire politique.

Au Parti socialiste un courant subsiste, après les effusions d'Épinay et les travaux de Suresnes, qui dénonce toute entente avec les staliniens – soit des modérés comme Chandernagor, qui se ralliera, par « patriotisme de parti » ; soit d'anciens trotskistes comme Marc Paillet, qui, lui, a déjà pris le large. Un autre courant manifeste, en direction de l'union de la gauche, un activisme missionnaire : ainsi Chevènement, Claude Estier et Pierre Joxe. Mais au fur et à mesure que se dérouleront les négociations, on les trouvera plus circonspects. En tout état de cause, c'est bien Mitterrand qui, d'avril à juin, dirige la manœuvre, flanqué de ses centristes – Mermaz, Mauroy, Pontillon, dans un esprit de vigilance militante : « Dans une alliance, professe-t-il, il ne faut laisser aucune échappatoire à son allié ! »

Du côté communiste, les contradictions sont moins visibles, mais tout aussi réelles. Deux évidences contradictoires nourrissent les analyses : que Moscou, ses doctrinaires et ses stratèges sont fondamentalement hostiles à une compromission entre un Parti communiste et la social-démocratie, à moins que celle-ci ne soit représentée par un parti à l'agonie ; que la base des militants français et bon nombre des cadres aspirent en revanche à sortir de l'isolement. C'est cette contradiction que doit gérer une direction encore peu expérimentée depuis le départ en semi-retraite de Waldeck Rochet. Prenant le risque du choix « français » contre Moscou, celui-ci avait présumé de ses forces, face au « grand frère » qui, intervenant à Prague, a démontré que jusqu'à nouvel ordre son empire n'avait qu'un centre de décision : Moscou, et qu'une loi : la force.

A Paris, le bloc thorézien, disloqué au lendemain de la guerre par le surgissement des résistants de l'intérieur impatients de faire entendre leur voix face aux fonctionnaires du soviétisme, puis rassemblé sous la poigne du secrétaire général et de ses grenadiers, montre à nouveau des fissures. La vieille garde stalinienne a réussi à imposer, entre les deux dauphins de Waldeck Rochet, celui qu'elle « tient » le mieux, Georges Marchais, contre Roland Leroy. Mais le nouveau patron a ses pulsions propres et ses humeurs. Si bien qu'on le verra, entre deux coups de sang et ruses épaisses, s'ouvrir au compromis, alors que l'antisoviétique Leroy se croira obligé d'en rajouter en fait de sectarisme idéologique, pour ne pas faire figure de modéré.

Au cœur de la société close du communisme français surgissent des courants multiples, suscités ou activés par les péripéties internationales (Mai 68, le printemps de Prague, l'expérience chilienne, l'euro-communisme naissant à Rome et à Madrid, et bientôt la révolution des Œillets au Portugal). Si les tentatives d'ouverture « à l'italienne » des étudiants de *Clarté* sont fermement contenues, un personnage considérable contribue à l'évolution : Aragon, Aragon lui-même, ancien chantre du stalinisme enfin touché par la lumière du pluralisme socialiste.

François Mitterrand assurait que l'écrivain avait mis la main au manifeste de Champigny, qui, à la fin de 1968, ouvrit la voie à une démarche unitaire du PCF. Le journal d'Aragon, *Les Lettres françaises*, s'ouvrait au débat. Avec la connivence de ses amis Edmonde Charles-Roux et Gaston Defferre, le poète contribua sans nul doute à la convergence entre les deux forces de la gauche à partir de 1970. Et François Mitterrand n'était pas homme à négliger quelque geste que ce fût d'un écrivain de la stature de l'auteur d'*Aurélien*.

Le premier secrétaire du Parti socialiste se délecte avec gourmandise de ces analyses d'experts – les anciens communistes ne manquent pas autour de lui – qui lui font voir, en cette citadelle totalitaire, les brèches par où pourront se glisser ses jeunes lieutenants, auxquels il rappelle en toute occasion qu'ils doivent se considérer comme des « soldats aux avant-postes, prêts à se faire tuer sur place plutôt que de céder du terrain ».

Trois ans plus tard, Étienne Fajon, type du vieux stalinien, publiera une brochure intitulée *L'Union est un combat*. On ne saurait résumer mieux la négociation de 1972, dont Mitterrand, orateur d'Épinay, n'a pas caché qu'elle viserait à une reconquête, par les socialistes, du terrain perdu face aux communistes depuis 1920 et le congrès de Tours. Ce défi lancé, les dirigeants du PCF étaient prévenus. Ils ne seront pas déçus…

Quatre commissions mixtes sont au travail depuis le mois d'avril. Celle qui se préoccupe des affaires sociales ne fait guère paraître de sujet de discorde. Mais les trois autres doivent résoudre des problèmes brûlants : en matière institutionnelle, à propos des nationalisations, sur l'Alliance atlantique et la force de frappe. Il est curieux que ces derniers thèmes n'aient pas donné lieu à des affrontements aussi vifs que les deux autres. A vrai dire, entre les socialistes co-inventeurs du pacte atlantique et les communistes liés aux patrons du pacte de Varsovie, la contradiction est si forte, si vitale que la constater pouvait suffire à couper court au dialogue. Dans ces cas-là, le stratège, qu'il soit de Gaulle ou Mitterrand, se contente de formulations vagues et de généralisations prospectives…

C'est sur le terrain des institutions (le PS étant représenté par Joxe) et sur celui des nationalisations (son porte-parole étant Mauroy) que la bataille préparatoire fut la plus dure. Les communistes prétendaient que le contrat liant, en vue de gouverner, les deux partenaires, fût assez strict pour que si une contradiction apparaissait entre eux, conduisant l'un d'eux à voter la censure, la dissolution de la Chambre dût intervenir automatiquement : prétention qui plaçait la survie d'un gouvernement à direction socialiste (l'hypothèse la plus vraisemblable…) sous la menace constante d'une décision du PCF. Plus intolérable encore était cette exigence formulée par le porte-parole de Marchais : la majorité de gauche serait irréversible – interdisant toute alternance…

De telles propositions, inspirées d'une mentalité totalitaire*, eussent pu (ou dû) conduire les négociateurs socialistes à couper court. Mitterrand se contenta de les repousser, non sans tolérer qu'une phrase du projet implique qu'il ne saurait y avoir de majorité que « populaire »(!) et se résigner à lâcher un peu de lest sur d'autres points. Et peut-être Marchais et les siens n'avaient-ils manifesté une telle outrecuidance sur le terrain de la pratique démocratique que pour obtenir ailleurs quelques concessions.

C'est en matière de nationalisations que le négociateur socialiste fut contraint de lâcher le plus de terrain. Les communistes, représentés par le pur stalinien Henri Jourdain, avaient formulé des exigences telles que leur adoption eût transformé l'économie française en une bureaucratie caricaturale. Chargé de négocier ce dossier, Pierre Mauroy, qui, en tant que socialiste nordiste, penchait spontanément vers les nationalisations industrielles, résista moins peut-être que Mitterrand l'eût souhaité. Restèrent inscrites au Programme commun neuf opérations de ce type, que l'on retrouvera en 1981.

Quand, dans la soirée du 23 juin 1972, les deux délégations se font face au siège du PCF pour la mise au point finale d'un accord auquel personne (pas même Mitterrand) n'envisage de renoncer, les divergences entre socialistes et communistes restent très fortes. Au sein même du groupe socialiste, Gaston Defferre dénonce l'excès des concessions faites en commission par ses camarades. Le climat est tendu : Mitterrand rappelait parfois qu'il n'était jamais entré dans le superbe immeuble bâti par Niemeyer pour ses camarades français, place du Colonel-Fabien, sans se demander s'il en sortirait libre…

Regardons-les, face à face, les deux champions. A gauche, flanqué de Leroy l'acide et de Kanapa (censé être porteur des ukases du Kremlin), un grand escogriffe brun au regard aigu sous le sourcil charbonneux, à la voix pleine de cambouis, qui émaille de spontanéités réelles ou calculées, de brutalités et de foucades, une partition orchestrée par de plus grands que lui. A droite, entre un Defferre bouillonnant de méfiance et un Mauroy rayonnant de bonne volonté, le cou-

---

* Et stupide, compte tenu de ce qu'est la société française…

A ÉPINAY, EN JUIN 1971...
...le leader de la Convention républicaine entend imposer son autorité en vue de la « rupture » avec le capitalisme.
(Photo Keystone)

CINQ MOIS PLUS TARD AU CHILI.
Avec Salvador Allende qui mesure déjà, lui,
les embûches que doit surmonter la gauche au pouvoir.
(A. Nogues/Sygma)

« A ARMES ÉGALES » :
arbitrés par Guy Claisse et Alain Duhamel,
François Mitterrand, leader de la gauche,
et Michel Debré, ministre de la Défense.
(Photo Keystone)

Bientôt candidat de la gauche « unie » :
face à Valéry Giscard d'Estaing, Mitterrand en marche avec son état-major :
Mauroy, Rocard, Pontillon, Fabius, Benassayag, Chevènement.
(Photo C. Freire/Rapho)

Aux portes du pouvoir ?
L'orateur de 1974 « tient » son public, mais n'a pas prévu
toutes les manigances qui se trament...
(Photo Francolon/ Gamma)

FACE-À-FACE À LA VEILLE DU SCRUTIN DE 1974.
Dans quelques instants, le président en titre foudroiera le prétendant d'un « Vous n'avez pas le monopole du cœur » décisif.
(Photo A. Nogues/Sygma)

LE SECRÉTAIRE D'ÉTAT HENRY KISSINGER
n'est pas enclin à faire crédit au socialiste, mais il fait grand cas du machiavélien, qui, lui-même…
(Photo Keystone)

Au temps où le premier secrétaire du PS jugeait préoccupante
la montée du CERES et de ses leaders
Jean-Pierre Chevènement et Georges Sarre.
(Photo F. Ducasse/Rapho)

AUX « ASSISES DU SOCIALISME »,
Michel Rocard et le PSU se rallient au PS.
Peut-on dire que François Mitterrand s'en réjouit sans réserve ?
(Photo G. Le Querrec / Magnum)

Ce que Marc Riboud a surpris là,
ce n'est pas l'expression d'une confiance naïve de l'aîné...
(Photo Marc Riboud)

…que le cadet écoute néanmoins avec un intérêt poli…
(Photo G. Le Querrec/Magnum).

…se sachant,
au congrès de Metz,
surveillé de très près.
(Photo A. Brucelle/Sygma)

AVEC SON AMI FRANÇOIS-RÉGIS BASTIDE
qui l'a qualifié de « pastoral »,
le maître de Latche entre ses fleurs et son chien Titus.
(Photo J. Pavlovski/Sygma)

MENANT CAMPAGNE EN BRETAGNE AVEC DANIELLE.
Mais ses électeurs de 1978 restent minoritaires.
(Photo D. Goldberg/Sygma)

LA BATAILLE AVEC LE PCF DE MARCHAIS FAIT RAGE.
Pour « actualiser » le Programme commun,
faut-il renoncer à l'Union de la gauche ?

(Photo Archive Photos)

5 MARS 1981 : CONFÉRENCE À PARIS
ENTRE DIRIGEANTS SOCIALISTES.
Mario Soares, Bettino Craxi et Felipe Gonzales
se plaisent visiblement chez leur camarade français.
(Photo Keystone)

LE CLIMAT ENTRE « CAMARADES »
est encore plus chaleureux avec l'Israélienne Golda Meir,
dont il partage visiblement l'émotion...
(Photo R. Melloul/Sygma)

… et avec l'Allemand Willy Brandt, qu'il admire.
(Photo Archive Photos)

Sur ses chevaliers de la Table ronde
Estier, Labarrère, Cathala, Quilès, Attali,
son ascendant s'exerce sans réserve
(à Alfortville, en 1980).
(Photo Roger-Viollet)

Au cours de la campagne présidentielle de 1981.
En vue de l'aéroport de Bordeaux, avec Danielle,
et, derrière son siège, semblant jouer une scène de polar,
François de Grossouvre...
(Photo D. Goldberg/Sygma)

A QUELQUES SEMAINES DU SCRUTIN PRÉSIDENTIEL
visite aux électeurs du XVIIIe arrondissement de Paris :
les questions fusent.
(Photo Karel/Sygma)

Entre deux meetings de la campagne qui va le porter à l'Élysée,
le propriétaire de Latche entre son labrador et ses deux ânes.
(Photo D. Goldberg/Sygma)

pant, le cinglant Mitterrand, qui dans un demi-sourire ouvre les bras – comme une tenaille… Les communistes sont chez eux. Ils sont plus forts. Mais ils sont comme devant un juge.

Le leader socialiste ouvre le feu en dénonçant l'ampleur excessive du projet de nationalisations : il faut en retrancher un bon tiers, dont celle de la sidérurgie : « Vous voulez notre chemise ! » rugit Marchais – dont Mitterrand disait volontiers que « l'outrance est sa façon de dire bonjour ». De 9 heures du soir, le 23 juin, à 4 h 30 le lendemain matin, c'est un feu roulant d'interpellations, d'objections, d'adjurations. Le chef du parti d'Épinay, après avoir mis en scène, vers 2 heures du matin, une brillante fausse sortie (« Tant pis, nous avons atteint le point limite ! ») avec papiers rangés, lunettes ôtées et chaise repoussée, réussit à arracher un texte qui reflète ses vues sur la plupart des points, plus nombreux en tout cas que ne l'impliquait le rapport des forces de l'époque. Il prétendra résumer ainsi ce qu'il a obtenu : « un programme social-démocrate » (sous-entendu : imposé à des staliniens…).

« Mitterrand n'a pas plié [7] ! », écrit Giesbert, résumant le débat de façon assez bienveillante pour le futur président. Celui-ci a marqué des points, sur l'essentiel – respect des règles démocratiques*, intangibilité de l'alliance occidentale, maintien de principe de l'arme nucléaire, refus de l'économie « administrative ».

Si l'on ne savait déjà à quel point les questions humaines et de rapport de forces l'emportaient chez Mitterrand sur la lettre des textes, on s'étonnerait qu'un homme à l'esprit aussi délié, et si attentif aux mots, ait pu contresigner certaines absurdités du Programme commun, comme celui qui, entérinant le recours à l'arme nucléaire, réduit l'usage aux engins tactiques, ce qui est ruiner le principe même de la dissuasion…

Et alors que les porte-parole socialistes tenaient à rappeler qu'en toute occasion le suffrage universel a valeur décisive, Marchais et ses amis faisaient ajouter qu'en aucun cas le gouvernement ne pourrait s'appuyer sur « une autre majorité que la majorité de gauche » – prétendant donner un caractère irréversible à une victoire des « forces populaires » ! Incon-

---

* Compte tenu de la formule aberrante citée plus haut.

cevable « aberration [8] ». Cette concession, François Mitterrand la dénoncera quelque temps plus tard dans *La Rose au poing*, mais elle fait cruellement tache dans le texte contresigné par les champions nocturnes du 27 juin 1972 – texte que Raymond Aron va désigner comme un « cercle carré [9] » ; Rocard, plus cinglant encore, parlera, lui, de « torchon de papier ».

Étrange déraison des traités : à Épinay, un accord profond sur les programmes avait conduit à un désaccord éclatant et à l'écrasement de l'un, au triomphe de l'autre. Place du Colonel-Fabien, des contradictions fondamentales sur les principes mêmes de la vie publique, de la démocratie, sur les conduites de l'économie, la stratégie et le système d'alliance de la France aboutissaient à un accord, noir sur blanc. Et, qui plus est, à la victoire du faible sur le fort.

Ce que gagnait Mitterrand sur Marchais, fait observer Gilles Martinet, c'est le passage de « la "voie française" vers le socialisme » (c'est-à-dire une simple modulation du modèle soviétique) au « socialisme à la française », qui impliquait, fondamentalement, le pluralisme et la reconnaissance du principe de l'« alternance », c'est-à-dire de la démocratie [10].

Il faut se garder en effet d'anticiper et de porter déjà au crédit des dirigeants socialistes, en avril 1972, les progrès décisifs qu'ils vont enregistrer, dans les années à venir, aux dépens de leurs compétiteurs. Au printemps 1972, le PCF contrôle encore plus de 20 % de l'électorat (son partenaire, 18 ou 19 %), sans compter l'appui véhément de la plus grande centrale syndicale française et le soutien encore peu discret – bien que traversé d'orages – de la deuxième puissance du monde… Face-à-face inégal. Un ami de François Mitterrand tel que Charles Salzmann, d'origine russe, laisse percer une telle inquiétude qu'au cours d'une promenade en tête à tête le leader socialiste lui jette : « Vous n'allez tout de même pas me prendre pour Kerenski * ! »

L'accord du 27 juin 1972, que les radicaux de Robert Fabre allaient contresigner un mois plus tard, appelait les commentaires les plus contradictoires. Ceux que Franz-Olivier Giesbert nomme les « anticommunistes thyroïdiens » s'indignèrent, tel Jean-François Revel, qui, naguère candidat

---

* Voir note * p. 336.

de la Fédération mitterrandienne à Neuilly, proclama gravement dans *L'Express* que, cinquante-deux ans après le congrès de Tours, « les partisans de Blum se sont alignés sur ceux de Cachin * … ». Après tout, le sagace Alain Peyrefitte informait les lecteurs du *Figaro* que Marchais n'allait faire qu'une bouchée de Mitterrand…

Plus sereinement, Roger Priouret, bon observateur de l'économie française, mettait l'accent, dans *L'Expansion*, sur les risques de « rigidité » que le programme du 27 juin faisait planer et posait ainsi la question de savoir si « ce socialisme – et le programme qui, maintenant, l'accompagne – résisterait à l'exercice du pouvoir, à la confrontation des Français qui n'aiment pas la société industrielle, mais sont très attachés aux avantages qu'elle leur a donnés ».

Quant aux analystes les plus pertinents de notre vie publique, ils ne dissimulèrent pas l'étonnement que leur causait cette manipulation du Goliath communiste par le David socialiste. Dans *Le Monde*, Jacques Fauvet présenta le 27 juin 1972 comme « la date la plus importante pour la gauche depuis la scission du congrès de Tours » parce que le rapport de forces alors imposé à Léon Blum et à ses amis était en train de s'inverser du fait de la tenace virtuosité de Mitterrand.

Alors augure de Radio-Luxembourg, c'est-à-dire le plus écouté, Jean Ferniot n'avait pas caché le scepticisme que lui inspirait l'opération d'Épinay (« bataille dans un verre d'eau autour d'un cadavre » – à quoi Mitterrand avait riposté par un message en quatre mots : « Le cadavre bouge encore. » Ayant étudié l'accord du 27 juin, il y vit le début d'une mise au pas du Parti communiste par le leader socialiste, ajoutant que si de Gaulle avait entamé la démolition du PCF, Mitterrand était en voie de mener l'opération à son terme…

A ces maîtres en lucidité Mitterrand avait donné des armes de choix – et ses partenaires communistes ne pouvaient prétendre avoir été floués. On a cité déjà le passage capital du discours d'Épinay où, devant un auditoire truffé de nostalgiques du Front populaire, le chef des « conventionnels » fixait pour objectif au nouveau parti de « regagner sur les

---

* Le premier incarnant la social-démocratie, le second le léninisme.

communistes le terrain perdu ». Mais la signature du Programme commun allait lui donner l'occasion de parler plus clair encore.

Quelques heures après avoir conclu l'accord du 27 juin, François Mitterrand prenait l'avion pour Vienne, où se déroulait le XIIe congrès de l'Internationale socialiste. Et devant les leaders des « partis frères », scandinave, anglais, allemand, autrichien, italien, fort inquiets de ce qui leur apparaissait comme une inféodation de leurs camarades de Paris à une organisation stalinienne en position de force, le porte-parole du parti français déclarait tranquillement : « Notre objectif fondamental, c'est de refaire un grand Parti socialiste sur le terrain occupé par le PC, afin de faire la démonstration que, sur les cinq millions d'électeurs communistes, trois millions peuvent voter socialiste *. » (On se croirait déjà en 1981...)

Essayons d'imaginer la tête que pouvait faire, écoutant ce discours flamboyant de leur nouveau camarade français, un leader social-démocrate allemand ou travailliste anglais : « Ce sont des choses que l'on fait – si on le peut – mais qu'on ne dit pas ! On nous disait ce Mitterrand tortueux et sournois... Un vrai petit coq français, oui, qui ne sait pas encore ce que sont les staliniens... »

Le PCF de 1972 n'était pas prêt à se résigner au rôle de victime. Mais les audacieux propos tenus par Mitterrand à Vienne ne déclenchèrent pas la réplique indignée qu'on eût pu attendre de celui qui, au cours de la nuit du 26 au 27 juin, refusait de se laisser arracher « sa chemise ». Roland Leroy, chargé de riposter publiquement à l'« allié » outrecuidant, le fit sur un ton flegmatique, assurant que le vœu de Mitterrand « relevait de l'utopie ».

Mais si Marchais ** s'interdit de polémiquer publiquement avec son nouvel associé – on peut y voir la preuve de l'importance qu'il attachait à l'alliance, n'étant pas accoutumé à

---

* Inversant la formule fameuse d'Albert Treint, l'un des prédécesseurs de Thorez à la tête du PCF, qui invitait ses camarades, en 1922, à « plumer la volaille socialiste », le stalinien Maxime Gremetz lance alors aux socialistes : « Vous voulez nous tondre comme des moutons ! »

** Qui ne sera confirmé dans ses fonctions de secrétaire général du PCF qu'en décembre 1972, au congrès de Saint-Ouen.

accepter de passer pour une potiche –, il prend une revanche d'abord discrète en rédigeant, à l'usage du comité central de son parti, un rapport sur les réalités de l'« union » qui ne ménage pas plus ses associés que Mitterrand n'avait fait des siens à Vienne :

> « Le PS représente dans sa forme organisée le courant social-démocrate réformiste tel que l'histoire l'a fait dans notre pays. Ses traits permanents, au-delà de la volonté réelle ou non de promouvoir les réformes sociales et démocratiques, sont la crainte que se mettent en mouvement la classe ouvrière et les masses, l'hésitation devant le combat de classe face au grand capital, la tendance au compromis avec celui-ci et la collaboration des classes. Ces traits n'ont pas été estompés depuis le congrès d'Épinay *. »

Au défi de Vienne le leader communiste répondait par un cours menaçant pour l'école des cadres du Parti, à Bobigny : le moins qu'on puisse dire est que cette alliance ne naissait pas sous le signe de l'illusion. Note marginale, mais significative. Au journaliste Jean-Michel Cadiot, qui, plus tard, lui demandait pourquoi, invité à la fête de *L'Huma* qui avait suivi la signature de l'accord, il ne s'y était pas rendu, François Mitterrand se contentait de répondre, bien des années après : « Question saugrenue [11]… » Se commettre chez ces croquants, M. de Jarnac ?

Avertis par Mitterrand de ce qui les attendait – une permanente opération de reconquête, par la « volaille socialiste », du terrain conquis depuis cinquante ans par le renard communiste –, les dirigeants du PCF allaient être alertés par un second coup de semonce, décoché, celui-ci, non par quelques sociaux-démocrates hypocrites, mais par leur maître en orthodoxie marxiste, Mikhaïl Souslov : l'idéologue en chef du Kremlin, invité au XXe congrès de ses camarades français, à Saint-Ouen – celui où fut sacré Georges Marchais, jusqu'alors intérimaire de Waldeck Rochet –, les mit en garde contre les dangers d'une alliance avec un Parti socialiste avide de les dominer. De cet homme redoutable l'avis ne fut pas retenu…

---

* Ce texte devait être publié trois ans plus tard en annexe du livre d'Étienne Fajon, *L'Union est un combat*.

Les ferments de discorde se multiplient. Le plus voyant a trait à Soljenitsyne. *Le Nouvel Observateur* (qui n'est certes pas « à la botte » de Mitterrand) ayant, notamment sous les plumes de Gilles Martinet et de Jean Daniel, pris la défense de l'auteur de *L'Archipel du Goulag* exilé, *L'Humanité* se déchaîne contre la « campagne antisoviétique » encouragée par le leader du PS.

L'humeur des gens de Moscou à l'encontre de François Mitterrand s'était déjà aigrie quand le nouveau premier secrétaire du PS avait rompu des lances en faveur des juifs d'URSS persécutés par le régime néo-stalinien : le type d'« ingérence » que le pouvoir soviétique ne supporte pas et qui avait valu au premier secrétaire du Parti socialiste de recevoir, le 31 août 1972, une lettre violente de l'ambassadeur d'URSS à Paris, Piotr Abrassimov, l'accusant de « céder à la vague de l'antisoviétisme ». D'où l'annulation d'un projet de voyage du leader du PS à Moscou.

Comme Jean Ferniot l'avait prévu, et en dépit de la prophétie des augures de *L'Express* et du *Figaro*, l'embrassade ambiguë du 27 juin 1972 va s'avérer le plus terrible lacet qui se soit jamais passé autour du cou un stalinien français. Dans les mois qui suivent la nuit du 27 juin, notamment lors des élections législatives de mars 1973, le PS rattrape, puis double son imposant allié. Au printemps, le parti de Mitterrand rassemble, avec ses satellites radicaux, 20,8 % des voix et obtient 103 sièges à l'Assemblée, alors que celui de Marchais ne le précède plus que de 0,7 % des voix, qui ne lui valent que 73 sièges. Déjà, la parité. Bientôt…

Commentaire protecteur du leader socialiste : « Que M. Marchais se rassure. Tous les petits ruisseaux qui se jettent dans la rivière socialiste iront à la rencontre de la rivière communiste pour former le fleuve du Programme commun. » Trop joli pour être honnête. Georges Marchais enrage contre l'insolente bienveillance de ce géographe plein de ruses. Et il lui faut encore enregistrer, six mois plus tard, lors des élections cantonales, une avancée de ses alliés, auxquels il est de plus en plus clair qu'il sert de tremplin, ou de faire-valoir.

Nouvelle nasarde pour le PCF à l'occasion du congrès des socialistes à Grenoble, en juin 1973, celui où Alain Savary rejoint la majorité mitterrandiste : les meilleurs alliés du PCF au sein du PS, les militants du CERES, dont la représentation nominale passe de 8 à 20 %, voient néanmoins s'affaiblir leur influence à la tête du parti, où ce qui compte surtout, désormais, c'est le crédit dont on dispose auprès de Mitterrand. Or le premier secrétaire brocarde « ces gens qui veulent faire un faux Parti communiste avec de vrais petits-bourgeois » – mais veut bien, magnanime, ne pas les rejeter encore dans les marges...

Où s'arrêtera-t-il, ce champion d'Épinay ? Dans *L'Unité*, dont Claude Estier et Véronique Neiertz ont fait sa tribune, il distribue ses fleurs et ses flèches, ses bénédictions et ses foudres. Feuilleter *La Paille et le Grain*, le recueil de ses articles de ce temps-là *, c'est promener sur les hommes et les choses, du monde et de France, Pompidou et Kissinger, Allende et Giscard, Sadate, Chaban et Tito, un projecteur implacable et sarcastique : Mitterrand est alors Asmodée et le chef de l'opposition, le globe-trotter universel et le presque-président. Une antichambre sonore et un kaléidoscope. Il règne, *in partibus*, sur un royaume délimité par les ombres de Pascal et de Jaurès, de Lamartine et de Léon Blum, royaume de mots et de chiffres, de douleurs et de poèmes, où il est bon de s'épancher tant qu'on n'a de comptes à rendre qu'à ses camarades subjugués.

Cette situation de guérillero seigneurial, François Mitterrand en goûterait pleinement la saveur, nanti à la fois d'un pouvoir à peine marginal et d'une liberté suffisante pour ranimer en lui l'écrivain et le séducteur, si l'appétit ne le possédait d'imprimer sa marque sur son temps et d'exercer sur les multitudes l'autorité qui émane si fort de lui – autorité que distingue ainsi dans une chronique du *Nouvel Observateur* [12], avec un mélange d'agacement et de respect, le « gaulliste gauchiste » Maurice Clavel :

> « Qu'est-ce donc qui a grandi Mitterrand, depuis quelque temps ? Si on voulait compenser l'éloge par une pointe, on pourrait dire : la fin de l'adolescence. Il parle en homme, et comme à des hommes. Son ancienne agressivité s'est émoussée mais non par usure : plutôt par une sorte d'invasion de sérénité. Il est une façon de se passionner qui ressemble à l'énervement et qui vous perd dans les petites querelles : c'est

* Il a osé emprunter le titre « Bloc-notes » à Mauriac...

> celle qu'il n'a plus. Sa façon de remettre les choses à leur place, à leur juste place – au plus juste –, peut y remettre aussi les gens qui n'ont pas pris leurs distances avec les choses [...]. Une autre perfidie pourrait consister à dire qu'il "gaullise", mais c'est le propre de tout homme d'État que de voir au-delà des "péripéties", que d'agir sans s'agiter... Or il semble intact et lisse et les objections glissent. Au besoin, il les époussette. Il a une autorité interne qui a remplacé son trop vieux charme. »

Diagnostic de grand artiste, qui a étudié la science politique sous le professeur de Gaulle*.

Bientôt, il lui faudra entrer en lice contre l'un ou l'autre des épigones du Général, ce Pompidou auquel il accorde « une ambition plus haute que son fauteuil, où, il faut le dire, il s'est assis sans se baisser[13] » ; ou ce Giscard qui « possède au plus haut degré l'art d'expliquer les échecs dont il tire sa réussite[14] » ; ou Chaban ; ou Messmer ? Il se prépare, s'affûte, peaufinant, émondant son entourage, recrutant, lorgnant vers les uns (et les unes), se détachant des autres, courant le monde. Plus que deux ans. Il sera prêt...

* * *

Mais un soir, le 2 avril 1974 vers 22 h 30, alors qu'il dîne comme il le fait souvent chez Lipp, seul et annotant le texte d'un prochain discours, il voit le patron de la maison, Roger Cazes, accourir et se pencher vers lui : « Le président Pompidou vient de mourir... » Alors il lève les yeux vers le porteur de nouvelle, des yeux où celui-ci, racontait-il, a vu « une angoisse presque insupportable ». Passage de la mort, chez cet obsédé ? Ou approche du pouvoir, si désiré, si effrayant aussi ? Sa vie bascule, en tout cas, et si vite... Trop vite.

Dans ces cas-là, la force de Mitterrand est de savoir prendre son temps. Il rentre à pied chez lui, rue de Bièvre, en vue de Notre-Dame – un quart d'heure de méditation –,

* Il arrivera aussi à Clavel de lâcher un mot : « Mitterrand a tout pour lui, mais il n'a que ça ! » Distinction pascalienne entre l'avoir et l'être, que l'intéressé dut détester !

décroche son téléphone et écrit son adieu à cet homme qu'il n'a connu que pour l'affronter en quelques joutes mémorables – parlementaires et électorales :

> « Comme tous les Français, je savais le chef de l'État condamné à une fin prochaine, et comme eux, elle m'a surpris. Sans doute répugnais-je à surveiller les feuilles de température [...], à scruter les bouffissures qu'exhibait la télévision [...]. Peut-être aussi refusais-je inconsciemment l'événement dont je savais qu'il atteindrait ma propre vie [...]. Il aimait l'État, s'aimait dans l'État, mais après cinq ans d'une résistance sans partage, rien n'était encore commencé. Malchance ? Maladie ? Défaut de caractère ? On a beaucoup discuté de son acharnement à exercer ses fonctions jusqu'au bout [...]. Je crois comprendre qu'il y avait de la fierté dans cette façon d'afficher sa décrépitude *.
> ... Le Pompidou de 1962 avait du ton et de l'allure [...]. J'étais sensible à cette carrure, à ce timbre [...]. Il émanait de sa personne une lourde puissance [...]. L'affaire Markovic **, qui le blessa au cœur doublement, durcit sa volonté d'entrer à son compte, à son heure, dans cette Histoire de France [...]. Oui, je le plains et ne suis pas son ennemi. Peut-être Georges Pompidou était-il plus grand qu'il ne fut[15]... »

Des traits autobiographiques, conscients ou non, donnent du prix à ce portrait. Il en aurait davantage, plus généreux. Mais sa générosité – prophétique ? –, Mitterrand l'avait montrée auparavant, en se refusant plus que tout autre à spéculer publiquement sur la « décrépitude » présidentielle qui, dès le début de l'année 1974, était devenue la fable de l'opinion.

Alors que les gens supposés informés, à Washington comme à Paris, assuraient que la cortisone, dont l'usage enflait si visiblement le visage et alourdissait la silhouette du président, est prescrite à ceux qui sont atteints de la terrible maladie de Kahler (forme particulièrement pernicieuse du cancer de la moelle épinière), le chef de l'opposition, interrogé en mars par un collaborateur du *Nouvel Observateur*, avait réagi durement à une question sur la santé du président : « Pompidou annule ses rendez-vous ? Et

---

* Est-il utile d'amorcer ici un parallèle ?

** L'assassinat d'un individu auquel une certaine campagne de presse essaya de mêler Georges Pompidou et son épouse.

après ? Tout le monde peut avoir des grippes difficiles. Moi aussi… » Et il assurait ailleurs : « La souffrance et le courage méritent le respect [16]. » Au point que le malade, qui ne l'aimait guère, confiait à un intime que Mitterrand était le seul homme public qui se fût montré, en ces circonstances, « correct ».

Bref, le président disparu, la succession est ouverte – et la campagne. Ce ne sont pas ses proches qui d'abord pressent Mitterrand d'entrer en lice – mais les communistes : dès le lendemain 3 avril, dans la matinée, Roland Leroy et Paul Laurent prennent rendez-vous avec Claude Estier et Gérard Jacquet, à la brasserie Balzar, pour leur signifier que le PCF a d'ores et déjà choisi Mitterrand pour candidat. Leroy fera même valoir : « C'est à nous que revient l'initiative de cette candidature [17] ! » (ce qui était le meilleur moyen d'éveiller la méfiance de Mitterrand)… Et le lendemain, à l'Assemblée, Marchais remet une lettre au premier secrétaire du PS pour lui confirmer les intentions de son parti.

François Mitterrand se tait et fait répondre (par Pierre Mauroy, à la grande fureur de Marchais) qu'il entend se donner le temps de la réflexion. Prudence de bon aloi : en se portant candidat dès le jeudi 4 avril, Jacques Chaban-Delmas, prétendant le plus naturel à la couronne post-gaulliste, fait crier à l'indécence * et commence à altérer ainsi un crédit qui ira, un mois durant, s'évaporant…

Tour à tour se déclarent après lui Edgar Faure – pour un tour de piste –, Pierre Messmer, Premier ministre en place que Jacques Chirac, ministre de l'Intérieur, pousse en avant pour faire pièce à Chaban, haï par le clan pompidolien (et d'abord par ses maîtres, Pierre Juillet et Marie-France Garaud), mais qui bientôt se retire ; et dans la matinée du lundi 8, c'est au tour de Valéry Giscard d'Estaing d'entrer en scène, assurant qu'il s'adresse à « ceux qui refusent la société bureaucratique » et qu'il a choisi, pour ce faire, de « regarder la France au fond des yeux ». Trois, quatre autres personnages se déclareront tour à tour **, illustrant la boutade de Charles de Gaulle qui assurait qu'après lui ce ne

* On se demande d'ailleurs pourquoi…

** Dont un certain Le Pen, tenu alors pour le dernier des poujadistes en activité.

serait pas le vide, mais le « trop-plein ». Un parlementaire gaulliste, considérant cette pléthore de candidats de droite, retournera même une autre formule du vieux chef : « C'est Mitterrand ou le chaos ! »

Mais où est-il, le candidat de la gauche ? Dans la Nièvre, où, mimant l'indifférence, il vaque à ses diverses tâches d'élu local, et le dimanche à Vézelay, où il aime s'isoler quelques heures. Le lundi après-midi, pourtant, à la Mutualité, un congrès extraordinaire du Parti socialiste élit à l'unanimité son premier secrétaire pour candidat à la présidence : par une coïncidence sur laquelle on refusera de s'attarder, François Mitterrand surgit vers 19 heures pour lancer au milieu des acclamations : « Vous voulez que je sois votre candidat ? Je le serai ! »

D'emblée, pourtant, le député de la Nièvre a pris une position très claire par rapport au parti conquis à Épinay deux ans plus tôt : il n'en sera pas *le* candidat, ni même celui des forces liées par le Programme commun, il sera le candidat de tous les Français en quête d'une politique rompant avec celle de la droite. On ne le reverra plus cité Malesherbes, dont les clés sont confiées à Pierre Mauroy, premier secrétaire par intérim ; et il choisit d'installer son état-major de campagne dans le lieu le plus susceptible de marquer des distances avec « la vieille maison », le plus propre à manifester que c'est à une autre échelle – et on peut dire, sans jeu de mots, à une autre altitude – que se situe la nouvelle campagne : la tour Montparnasse*…

Nous qui avons suivi la première campagne présidentielle de François Mitterrand**, celle de 1965, cette entreprise artisanale conduite à partir de quelques pièces « sordides » par une bande de deux douzaines de militants et de copains aidés de trois dactylos dont une bénévole***, publiant un vague bulletin avec des fonds venus d'on ne sait où et des techniques de communication héritées du XIXe siècle, nous allons découvrir, neuf ans plus tard, l'entrée de François Mitterrand et des siens dans un autre âge, celui de la technique, de

* L'une des très rares réalisations architecturales de l'époque gaullo-pompidolienne.

** Voir chapitre IX.

*** Édith Cresson, il est vrai…

l'ordinateur, du marketing et des mass media : Lamartine chez les Martiens…

C'est au mois de mai 1973, quand rien n'annonçait l'ouverture prochaine de la succession, que François Mitterrand avait demandé à Claude Perdriel, directeur du *Nouvel Observateur* – avec lequel il s'était réconcilié après l'« incident d'Épinay * », non sans que ses relations avec ce journal ne traversent des tempêtes souvent roboratives –, d'être l'organisateur de sa campagne présidentielle, prévue pour 1976. L'agilité d'esprit, l'entregent, le pragmatisme, la compétence économique de cet ingénieur saisi par le journalisme l'ont séduit. Et, non sans avoir obtenu l'agrément du directeur de la rédaction, Jean Daniel, qu'inquiète une telle forme d'implication dans la bataille à venir, Perdriel s'envole pour les États-Unis en vue d'étudier les méthodes de campagne utilisées dans le pays qui, entre autres merveilles, a inventé ce type de désignation du chef de l'État.

C'est à la campagne conduite deux ans plus tôt par le candidat démocrate George McGovern contre Richard Nixon que Perdriel consacre son étude. Si le sénateur du Dakota du Sud a été vaincu par l'ancien vice-président, ce n'est pas, selon le grand expert qu'est Pierre Salinger, sans avoir mis sur pied l'organisation « la plus efficace ** de toute l'histoire politique américaine [18] ». Marketing, *mailings*, enquêtes d'opinion, collecte de fonds, contacts avec l'électeur, mobilisation des jeunes, toutes les procédures du *vote getting* sont transposables, et seront utilisées.

Rentré à Paris fin décembre 1973, Perdriel et son plus proche collaborateur, Bernard Villeneuve, demandent un an à Mitterrand pour mettre au point leur stratégie de communication. Quatre mois plus tard, la mort de Georges Pompidou dramatise et brusque l'opération. Ce ne sont pas les idées ni les hommes qui manquent (parmi les proches du candidat, un Estier, un Fillioud sont de vieux routiers de la communication), mais un local et des fonds – et du temps.

Le local s'offre, inespéré : après l'avoir mis à la disposition d'Edgar Faure, candidat éphémère, c'est à l'équipe Mitterrand qu'un promoteur nommé Jean-Claude Aaron,

---

* Voir, chapitre précédent, la lettre à Marcelle Padovani.

** Bien que malheureuse…

relation d'André Rousselet, propose le troisième étage de la tour Montparnasse : mille mètres carrés tout nus, sans cloison ni meuble – à titre gracieux… « Vous n'y pensez pas ! fait Mitterrand. Un cadeau de cette importance, d'un promoteur immobilier ! Imposez-lui de payer… » (Ce sera 60 000 francs pour six semaines.)

Le lieu est beau, et l'espace propice à tous les échanges et les regroupements entre équipes et services, à toutes les formes de rençontre et d'accueil. Les gens et les groupes se croisent librement, échangent et débattent : le contraire de la situation de 1965. Le candidat n'est pas là très souvent, sillonnant la France. Pierre Mauroy gardant la cité Malesherbes, le personnage central du dispositif, c'est Gaston Defferre, dont l'autorité bonhomme et les compétences électorales font merveille. Il a la haute main sur tout, sauf sur l'équipe des économistes animée par Jacques Attali, apparition fulgurante dans le ciel mitterrandien, qui décrira plus tard cette campagne comme « la plus belle de nos communes aventures, celle de tous nos rêves et de toutes nos exigences [19] ».

Dans le livre qu'elle a consacré à cet épisode, Sylvie Colliard parle de « la première campagne moderne de la gauche [20] ». D'abord épaulé par Christian Goux, Attali fera ensuite appel à Michel Rocard. Toujours leader du PSU, et sans même prendre le temps de consulter ses amis, celui-ci accepte d'enthousiasme et devient au fil des jours l'expert numéro 1 en ce domaine, admirant au passage la puissance d'assimilation du candidat…

Donnons la parole au maître d'œuvre, Claude Perdriel :

> « Ce qui m'a frappé, chez le Mitterrand en campagne, au-delà de sa formidable autorité, c'est sa prudence, je dirais même sa méfiance pointilleuse, et pas seulement à propos des promoteurs immobiliers ou des collecteurs de fonds. En matière d'alliances électorales, par exemple : Jean-Jacques Servan-Schreiber offre son aide, et celle de *L'Express*, ce qui enchante Defferre et Dumas. Le candidat coupe court : “Je n'ai pas confiance en lui. Où le retrouvera-t-on demain… ?” Consulté, Edgar Faure nous a été très utile, faisant valoir que ce qui comptait, dans une telle campagne de masse, ce n'était pas la grande presse parisienne, mais les innombrables petites feuilles de province, *La Gazette du Quercy* ou *Les Nouvelles*

de Draguignan. C'est à elles qu'il fallait adresser nouvelles, éléments de débat, échos… Nous avons relevé 2 200 titres, nous les avons mis en fiches grâce à 25 télex et les avons servis… Je signais mes bulletins "Pierre Mauroy". Quand il l'a su, il en a bien ri !

Nous avons étudié et dressé systématiquement les comportements et motivations électoraux des différents groupes sociaux et des classes d'âge. Très intéressants, les plus de 60 ans, 25 % du corps électoral… Nous avons constaté qu'ils pensaient à gauche (la pauvreté, l'injustice…), mais votaient à droite, les troubles qu'est censée amener la gauche risquant de mettre en péril le versement des retraites, leur survie… Nous avons essayé de les rassurer !

Autre observation à propos de Mitterrand : le souci (ou la manie) de susciter rivalités, compétition, émulation entre les siens. J'avais obtenu de lui la promesse d'être le seul responsable du secteur information. Je n'ai pas mis longtemps à m'apercevoir que Fillioud avait de son côté des responsabilités, et surtout que Rousselet avait plus que son mot à dire. Compte tenu de l'amitié qui les liait tous deux à Mitterrand, il n'y avait pas à s'en étonner, mais c'était irritant. Non que Mitterrand se méfiât de l'un ou de l'autre. Ce pluralisme faisait partie de son système…

Nous avons bien essayé de lui faire prendre des leçons de télévision, comme de Gaulle l'avait fait – et bien sûr Giscard. Trop assuré de son talent, il s'y refusa (s'y résignant plus tard). Mais nous avons réussi, avec l'appui de quelques dames, à lui faire modifier sa garde-robe… et à se faire limer les dents [21]… »

[Pour les rouflaquettes, elles étaient en voie de disparition…]

L'équipe de la tour fut l'une des plus brillantes qu'un homme public français ait rassemblées – moins cohérente mais plus ample que celle de Mendès France vingt ans plus tôt. Autour de Defferre, Attali et Rocard, les compagnons inséparables, Dayan, Mermaz *, Dumas, Hernu, Fillioud, Estier, Joxe, Beauchamp, plus Joseph Franceschi, maire d'Alfortville, chargé de la sécurité et de l'organisation des meetings, l'historien Claude Manceron, le juriste Jean-Claude Colliard, Maurice Benassayag, Jean-Pierre Cot… Et Pierre Mendès France, s'il se tint en retrait, prouvera à diverses reprises, nous le verrons, qu'on pouvait compter sur lui.

---

* « Pendant cinq semaines, j'ai passé quinze heures par jour dans la tour », rappelle Louis Mermaz.

Les communistes ? Ils sont tenus à l'écart et en éprouvent de l'aigreur. Trois fois au cours de la campagne, affirme Claude Estier[22], Georges Marchais prend soin cependant de rendre visite à François Mitterrand, rue de Bièvre, afin de l'assurer de son soutien. Mais après les manifestations du zèle communiste, au début d'avril on voit s'amorcer une évolution négative ou une méfiance croissante à l'égard de cet encombrant et incontrôlable candidat que le parti s'est donné... La dissonance apparaît avec un éclat aveuglant (et pourtant peu relevé par la presse de l'époque) lors du grand meeting « unitaire » du 25 avril à la porte de Versailles.

Devant plus de 80 000 personnes rassemblées par son appareil et qui l'acclament, Georges Marchais martèle que les communistes attendent du candidat la mise en application de « tout le Programme commun, rien que le Programme commun ». A quoi Mitterrand riposte qu'il ne se sent lié que par les « options fondamentales » dudit programme... Sans préciser ou distinguer ce qui est fondamental pour lui – la démocratie, les alliances de la France – et ce qui apparaît essentiel à Marchais – les nationalisations par exemple... En attendant les interventions de la diplomatie soviétique, sur lesquelles on reviendra bien sûr, il y avait là de quoi préparer les surprises du scrutin du 19 mai...

Les adversaires ? Dès l'origine, François Mitterrand a senti que Jacques Chaban-Delmas (pour lequel il éprouve une sympathie de camarade de combat et de collègue de gouvernement, naguère...) était engagé dans une conduite d'échec. Dès la fin de la première semaine, il a prévu que la machinerie pompidolienne, beaucoup plus efficace (et mieux dotée...) que la gaulliste, se reporterait sur Giscard.

Lors d'un débat avec le maire de Bordeaux à Europe n° 1, le 17 avril, le candidat de la gauche n'a pas de peine à imposer son autorité : dès avant une désastreuse prestation à la télévision en compagnie d'un Malraux hagard, et qui semble n'être venu que pour prononcer une oraison funèbre, Chaban se comporte comme si le sol se dérobait sous ses pieds. Il semble miné par une répugnante campagne, que l'on disait sortie des mêmes officines que celles qui avaient monté l'affaire des « fuites » et le piège de l'Observatoire, et qui l'accusent notamment d'avoir provoqué la mort de sa deuxième femme et d'être « fragile » (le même mot, qui suppose quelques vices cachés à tous, sauf aux maîtres chanteurs, resservira bientôt contre Mitterrand).

Paraît donc, étincelant en son pourpoint doré sur tranche, Valéry Giscard d'Estaing : « Pugnacité froide, flegme séducteur, superbe mordante […] un baron beige, tout droit sorti d'un tableau de Bernard Buffet, technocrate doué et sportif jouant les gentilshommes cuistres[23]… » On s'en voudrait d'ajouter un mot à ce croquis de campagne de Jean Daniel.

Giscard avait-il dépêché lui aussi un observateur aux États-Unis pour mener une campagne dernier cri ? Mais non : il avait, en permanence, ses partisans et ses experts. Lesquels lui fixèrent un objectif et un seul : la maîtrise de la télévision. Depuis des mois, le ministre des Finances, fort doué pour cet exercice, se préparait à l'épreuve du débat télévisé où en diverses occurrences s'était déjà manifestée sa dextérité, à vrai dire incomparable. C'est sur ce terrain qu'il voulait, qu'il allait vaincre. Sa maîtrise, son astuce argumenteuse l'emporteraient sur celles de François Mitterrand qui, face à ce familier de *L'Allée du roi*, ferait parfois figure de hobereau venu de sa province avec du foin dans les sabots.

* * *

Préparée à l'américaine, on l'a vu, la campagne de François Mitterrand n'en fut pas moins conduite par des voies bien connues, déjà expérimentées en 1965, qui allaient de la conférence de presse aux fêtes villageoises et de la visite des marchés aux meetings dans les grandes villes de province. Terrains sur lesquels il n'avait en son temps pas de rival – jusqu'au moment d'affronter la télévision.

Des sept conférences de presse dont il émailla sa campagne, on peut mettre à part celle qu'il consacra, le 22 avril, aux questions féminines, sous le titre « Femmes de l'an 2000 ». Flanqué de son épouse Danielle, il plaida, comme il l'avait fait en 1965, pour l'émancipation et la promotion des femmes. Neuf ans plus tôt, il avait fait sensation en se prononçant pour la liberté de contraception : il réitéra cet appel, mettant l'accent sur le droit des mineures à en user. Et il se fit le champion d'une participation beaucoup plus importante des femmes à la vie politique.

Une militante du Front féminin l'interpelle :

Liliane Breuil : « Compte tenu du système éducatif français, nous nous demandons si un homme est réellement préparé pour décider de la vie quotidienne de 52 millions d'individus... Il semble qu'une femme y soit tout à fait prête...

François Mitterrand : « Mais je suis prêt à... »

Liliane Breuil : « ... Lui céder la place ? »

François Mitterrand : « Non, pas jusque-là ! » (Rires.)

Liliane Breuil : « Comment sera respectée la mixité naturelle au niveau gouvernemental ? »

François Mitterrand : « ... Ce serait ridicule de ma part de prendre des engagements et je ne les prendrai pas, mais je [ne voudrais pas] d'un gouvernement qui ne comprendrait pas plusieurs femmes – plusieurs dépassant le chiffre deux... J'y pousserai hardiment, si j'en ai la responsabilité, le gouvernement de la France... »

Lors de l'ouverture de la campagne, il a publié une raisonnable « profession de foi », précédée d'un slogan percutant : « La seule idée de la droite est de garder le pouvoir. Mon premier projet est de vous le rendre. » Le type de formule que les réalités amènent à nuancer... Mais le texte qui suit est souvent judicieux :

> « Ce n'est pas au nom d'un parti que je m'adresse à vous. Si je suis le candidat de la gauche, je le dois à la confiance des formations politiques et syndicales qui me l'ont demandé, à la confiance des millions de Français qui m'ont déjà aidé, soutenu, depuis bientôt dix ans. Libre de mes décisions et de mon action, je resterai fidèle à la ligne politique que je vous ai constamment* proposée [...].
>
> Je suis en effet socialiste. Comme le sont le chancelier Brandt en Allemagne, le chancelier Kreisky en Autriche, Harold Wilson, Premier ministre de Grande-Bretagne, Olöf Palme, Premier ministre de Suède, Trygve Bratelli, Premier ministre de Norvège, Joop den Uyl, Premier ministre de Hollande, pour ne citer que quelques dirigeants politiques d'Europe occidentale... »

* Hum...

Dressant un bilan sommaire, et sévère, de la situation de crise où se débat le pays, le candidat résume son projet en cinq points :

– une France plus présente,
– un peuple plus fraternel,
– une monnaie plus forte,
– une société plus juste,
– des hommes plus libres.

Cette « France plus présente », il la situe dans l'Europe des Neuf et dans « le système d'alliance où nous sommes », non sans rappeler que si « l'amitié du peuple américain nous est précieuse », « l'indépendance nationale ne peut être marchandée » (petite concession verbale à ses alliés du PCF...). Pour que le peuple soit « plus fraternel », il réclame l'« école au service de tous », le « droit à la ville » (formule bizarre, mais suggestive), la « protection de l'environnement », etc. Idées alors assez neuves.

Son développement sur la « monnaie plus forte » contre l'inflation est prometteur, comme celui qui a trait à une « société plus juste » : y sont annoncées la réduction de la durée du travail, la retraite à 60 ans, la 5e semaine de congés payés. Quant à la liberté, il s'engage à la doter d'une charte, annexée à la Constitution, garantissant le « droit à la différence » des communautés de base (une idée qui, vingt ans plus tard, paraîtra un peu vieillie...) et la suppression des « tribunaux et procédures d'exception ».

Très intéressante note finale :

> « J'appliquerai la Constitution de notre pays. Je nommerai un Premier ministre que je choisirai parmi les députés socialistes. Le gouvernement sera constitué à l'image de la majorité présidentielle. Il se présentera devant l'Assemblée nationale et engagera son existence sur son programme. Si l'Assemblée nationale ne lui accordait pas sa confiance, ce serait alors à vous de décider. »

Ainsi, en cas de désaccord entre le gouvernement et l'Assemblée, l'éventuel président Mitterrand de 1974 eût fait le choix prêté par ses collaborateurs au général de Gaulle en 1967 : retour devant les électeurs... Une continuité que pouvaient prévoir les esprits attentifs.

Un tel projet n'était pas aligné sur le Programme commun,

et il n'est pas étonnant que les communistes se soient vus, le lisant, floués. Pas un mot sur les nationalisations ! Si le premier secrétaire du PS avait qualifié le programme de 1972 de « social-démocrate », à quelle formulation pouvait donc recourir le candidat de 1974 ? Disons que, si le premier texte durcissait le modèle, le second en donnait une version fort édulcorée, plus scandinave que conforme à la tradition française, plus proche en somme du Blum de *L'Échelle humaine* que de celui du Front populaire.

Pauvre militant communiste qui se voit appelé à voter dès le premier tour pour un candidat prônant la consolidation de l'Europe, le maintien du pacte atlantique, ne citant parmi les divers amis de la France que le « peuple américain » et consacrant son ultime appel aux « libertés » ! Comment s'étonner après cela du « couac » final – dont on étudiera plus tard les multiples composantes et les sources aux origines très variées ? « Couac » que Marchais prépare dès le 20 avril en lançant que, « dans l'état actuel des choses, le PCF ne revendique pas la direction du gouvernement » (!).

L'homme qui faisait distribuer le texte élaboré dans la tour Montparnasse par les experts très sophistiqués décrits plus haut pouvait bien déclarer, lors de sa première conférence de presse : « Je ne suis pas né pour être candidat perpétuel à la présidence de la République ! », il se comportait en cette bataille comme un poisson dans l'eau, tour à tour guérillero d'opposition caricaturant avec éclat le bilan des hommes au pouvoir que sont les candidats adverses ou se comportant déjà en pré-président, frisant le solennel.

Ses chances ? Quand Alain Duhamel lui pose la question, au lendemain de son entrée en campagne, il les évalue ainsi : « 50-50, avec un petit quelque chose en moins… » Pronostic assorti de ce commentaire assez cynique : « Pompidou est mort avant que les Français eussent payé le prix de sa politique… Bref, il manque à la gauche six mois. Ou deux ans. » Duhamel : « Et qui au premier tour, de Giscard ou de Chaban ? – Giscard, bien sûr… » Il précisera dans *La Paille et le Grain* : « L'héritier naturel du régime institué par de Gaulle, c'est Giscard […]. Par le verbe et par le style, de Gaulle avait réussi à masquer la revanche de Vichy [24]. »

Le candidat de la gauche affrontera ses deux rivaux, sur les antennes d'Europe n° 1. Le face-à-face avec l'ancien

Premier ministre de Georges Pompidou tourne si fort à son avantage que le seul commentaire de Chaban, à la sortie des studios, sera : « François a bien parlé de la France. J'espère que tout ira bien pour lui[25]… » Un électeur pour le second tour ? Non : pressé par les organisations néo-gaullistes, il appellera, maussadement, à voter pour la droite…

L'affrontement avec Giscard, dans le même cadre, sera de tout autre nature. Le ministre des Finances est encore en place, et donc associé au bilan d'un pouvoir fort secoué par la conjoncture. Au surplus, Mitterrand n'a aucun atome crochu avec ce grand technicien, maître d'un domaine sur lequel son propre génie a du mal à fleurir, fût-il arrosé de jour en jour par ces jardiniers émérites que sont Jacques Attali et Michel Rocard.

Le jeudi 25 avril, à 19 h 30, on se bouscule sous le grand chapiteau d'Europe n° 1, où les « supporters » du ministre des Finances sont visiblement les plus nombreux. Le débat, qui doit durer plus d'une heure et demie, est « arbitré » par Georges Leroy. Il s'ouvre par un double refus : celui de Mitterrand de se laisser acculer à la question de la participation des communistes au pouvoir, celui de Giscard de se laisser enfermer dans l'inventaire de sa gestion. Cet inventaire lui est pourtant imposé par un antagoniste qui lui fait perdre patience en lui infligeant une impitoyable litanie : « La hausse des prix, c'est vous ; les bas salaires, c'est vous ; l'injustice fiscale, c'est vous… »

Valéry Giscard d'Estaing tente de s'en tirer en invoquant la libération de l'homme.

Mitterrand : « Si vous voulez libérer les hommes tout de suite, pourquoi avoir tant attendu ? »

Giscard : « J'ai simplement attendu d'avoir la capacité de le faire. » (Il semble laisser entendre ainsi qu'il en a été empêché par Pompidou, et que, ayant désormais les mains libres, il agira autrement…)

François Mitterrand dénonce la « préciosité » de son adversaire.

Giscard : « Vous vous êtes montré beaucoup plus littéraire que moi ! »

Mitterrand : « Pourtant, je ne suis pas Flaubert ! »

Giscard : « Peut-être que les électeurs vous permettront de le devenir… »

Mitterrand : « Dans cinq ans*, sûrement ! »

Le propos s'élèvera sur la fin, chacun des protagonistes étant incité à dévoiler son projet. Mitterrand :

> « Je me présente afin de défendre les orientations fondamentales du Programme commun et, partant de là, de dessiner un choix de société […]. Vous pilotez à vue, à courte vue, vous n'avez pas de vue d'ensemble. Tandis que les socialistes vous opposent une autre conception de l'économie qui fait confiance à l'intelligence humaine, qui cherche à orienter. Oui, cela s'appelle le plan, que le général de Gaulle avait appelé une obligation ardente et qui a été mise en terre par vous […].
> Nous voulons créer une société dans laquelle un plan examiné démocratiquement permettra de susciter l'avenir, non seulement de l'imaginer, mais de le composer en l'orientant avec toutes les valeurs techniques dont vous pourriez vous entourer. […] Le faux libéralisme dont vous nous parlez, c'est la loi de la jungle, qui laisse tout simplement le plus gros en mesure de dévorer le plus petit. […] Le choix, il est entre la maîtrise du destin par des hommes responsables et l'abandon aux forces de l'argent. »

La riposte de Giscard qui sert de conclusion au débat ne manque pas de force :

> « … Il n'y a à l'heure actuelle aucune société avancée qui ait choisi l'organisation collectiviste […]. Pour vous, le changement, c'est le renversement. Pour moi, le changement, c'est le dépassement. Je considère que la France a beaucoup progressé au cours des dernières années. […] Il reste un nouveau dépassement à faire. C'est-à-dire perfectionner ce que nous avons fait, ce que nous savons faire en perfectionnant les solutions les plus efficaces. Nous n'avons pas besoin, pour libérer les hommes, de commencer à les faire passer par un tunnel… »

Compte tenu de cette « botte » finale, la majorité des observateurs estimeront que le candidat de droite l'a emporté.

La presse, de quel poids pèse-t-elle sur l'électeur ? Dans *Ma part de vérité*, François Mitterrand relève qu'à l'exception du *Monde*, du *Nouvel Observateur*, de *L'Humanité*, du *Provençal* (de Gaston Defferre), de *La Dépêche du Midi* (où s'exerce entre autres l'influence de René Bousquet), la

---

* Tiens, le quinquennat…

quasi-totalité joue contre lui. Typique est cet éditorial publié à la veille du scrutin par *Le Figaro*, sous la signature de Jean d'Ormesson, alors son directeur :

> « ... En cas de victoire de M. Mitterrand [...] le poing, assez vite, s'abattra sur la rose qu'on nous agite sous le nez. L'ombre derrière Mitterrand, ce n'est pas la grande ombre de Jean Jaurès ou de Léon Blum, ce sont les ombres mêlées et sinistres de M. Georges Marchais et de son maître, Staline.
> [...]
> Je serais bien étonné que les Français votent pour M. Mitterrand. Mais, après tant de socialistes pressés comme des citrons, rejetés par les communistes, iniquement jugés, torturés, massacrés, ce qui m'étonne encore plus, c'est que M. Mitterrand vote pour lui-même.
> Pour le salut, pour le bonheur des Français, de tous, de beaucoup de socialistes, de M. Mitterrand lui-même, nous voterons en masse pour le candidat unique – en deux personnes – de la majorité : pour M. Chaban-d'Estaing, pour M. Giscard-Delmas... »

Mais la presse, ni même les médias ne suffisent à modeler l'esprit public. Les campagnes voient aussi fleurir une littérature abjecte, celle des tracts. Le candidat Mitterrand fut la cible d'attaques à la mesure des injures qui l'avaient si souvent abreuvé. Témoin, ce tract diffusé par un Groupement d'action républicaine, particulièrement nauséeux :

> « Cher Élu, ou Représentant de l'opinion,
> François MITTERRAND a détourné 130 millions d'anciens francs en SUISSE quelques jours après la mort de Georges POMPIDOU.
> Étudions la filière :
> Dès l'annonce de la mort du Président POMPIDOU, Monsieur François MITTERRAND fait déposer à l'AMERICAN EXPRESS INTERNATIONAL BANKING CORPORATION à GENÈVE (Tél. 32-65-80), une somme de 1,30 million de NF, au taux d'intérêt annuel de 18 %.
> Cette banque, située 7, rue du Mont-Blanc à GENÈVE, fait face à un immeuble sis au 4 de la même rue où habite :
> – Madame veuve HANIN, parente de Monsieur Roger HANIN, beau-frère de Monsieur François MITTERRAND... [qui] sert de prête-nom à Monsieur François MITTERRAND pour rendre ses dépôts parfaitement anonymes [grâce à] la SOCIÉTÉ ANONYME TRANSHIPPING TRUST (qui a de multiples sociétés affiliées) appartenant à Monsieur FRANÇOIS (de son vrai nom FELDERBEHR).

> Il était de notre devoir de vous informer de ces faits concernant le candidat comme nous pourrions vous informer sur :
> – Sa brusque fortune survenue durant son premier poste ministériel lorsque des sommes importantes sont rentrées de SUISSE en FRANCE.
> – L'origine de ses biens importants tant en Métropole qu'au CONGO BELGE.
> Ces actions passées et présentes sont malheureusement connues par un certain nombre de personnalités et partis politiques, tant en FRANCE qu'à l'Étranger et notamment par le PARTI COMMUNISTE FRANÇAIS.
> Une telle situation le rendra totalement vulnérable aux exigences de ses alliés communistes s'il accède à la Présidence de la République [26]. »

Autre forme de polémique : le faux journal, distribué aux électeurs. Ainsi, un certain *France-Matin* en date du 19 avril, en titres énormes, annonçait en vrac la dévaluation du franc, la sortie de la France du Marché commun, la création de Milices ouvrières par le PCF et, pour couronner le tout, la démission imminente de Mitterrand, Duclos assurant l'intérim et le Premier ministre Marchais se présentant pour lui succéder [27]…

Littératures de circonstance ? Certes. Chaban et Pompidou furent aussi les cibles de tels crachats. Aussi bien, évoquant leur carrière, eût-on également dénoncé ces procédés.

* * *

A la veille du premier tour, le candidat socialiste est de nouveau interrogé par Alain Duhamel : après un mois de campagne, quel est son pronostic ? « J'arriverai en tête [*], mais après ? Eh bien, 50-50 avec un petit quelque chose en plus [**] ! […] Je vois monter l'étiage du courant populaire… »

Au soir du 5 mai, Mitterrand obtient 43,26 % – dix points de plus qu'en 1965, deux points de moins qu'espéré –,

---

* Il y a deux grands candidats de droite, Chaban et Giscard.

** On n'a pas oublié que, trois semaines plus tôt, il prévoyait « un petit quelque chose en moins »…

contre 32,6 % à Giscard, moins de 15 % pour Chaban, le grand battu, et 3 % pour le porte-parole du conservatisme intégral, Jean Royer. Amère victoire pour le candidat de la gauche – moins « unie » que ne le clamaient les slogans. Mitterrand, l'air sombre, ne gagne la tour que vers 23 heures, grommelant : « Que ceux qui n'y croient plus se retirent... » Ce que personne ne fait, bien sûr. Que pense du comportement de Mitterrand, ce soir-là, le numéro 2 du Parti communiste, Roland Leroy, venu en observateur, sinon en ami : « ... Il était à ramasser à la petite cuiller *. Il répétait qu'il lui manquait un point et demi. Pour son projet de déclaration, j'ai proposé de rechercher les voix républicaines et centristes. Il a soutenu mon point de vue quand d'autres voulaient un appel aux gauchistes [28]. »

La campagne du second tour, pour laquelle le candidat de la gauche bénéficie du ralliement massif des personnalités de la Résistance gaulliste – dont beaucoup sont fort éloignés du PCF ou même du PS, comme Romain Gary, Daniel Cordier, Louis Vallon, Jean-Marcel Jeanneney, David Rousset ou Vladimir Jankélévitch – sera dominée par le débat télévisé dont l'organisation donne lieu à de rudes négociations quant à la date – Giscard, assuré de l'emporter à ce jeu, veut qu'il se déroule le plus tard possible pour que l'autre ne puisse s'en relever, et Mitterrand, convaincu d'être plus solide, le souhaite très long, afin que le maigre gentilhomme s'effondre sous ses coups... Et, bien entendu, sont âprement discutés les noms des journalistes dits « modérateurs », les temps d'antenne, etc.

Les voici le vendredi 10 mai 1974, à 20 heures, face à face, séparés par une table et deux arbitres enfin agréés par l'un et l'autre : Jacqueline Baudrier, dont Mitterrand a concédé la présence à Giscard, Alain Duhamel **, dont le second a bien voulu consentir au premier la participation. Le tirage au sort a désigné le cadet *** pour l'ouverture du feu, l'aîné pour la conclusion.

---

* Plus tard se développera, notamment en 1981, une campagne du PCF sur le thème : « En 1974, Mitterrand était "effondré". » Comment, dès lors, ne pas le laisser se noyer tout seul ?

** Co-auteur, avec Mitterrand, de *Ma part de vérité*.

*** Giscard l'est de dix ans (1916, 1926).

Ici, l'oiseau au petit bec emmanché d'un long cou, aigu comme un couteau, impondérable et crépitant de statistiques, piquant, tranchant – il appartient de toute évidence au domaine de l'air, parfois de l'eau. Là, un mammifère au masque finement sculpté dans le calcaire blanc, plus lent, parfois épiscopal – qui relève sans nul doute de la terre ou du feu. Celui-ci manie le sabre, frappant de haut en bas. Celui-là, le fleuret, pointant et esquivant. France des châteaux passée de Versailles à Polytechnique contre France des villages montée à Paris pour plaider, prêcher ou enseigner. Le pointu joue des chiffres et des mots, par touches et retraits ; le trapu riposte par phrases et strophes. L'instant est le domaine de l'un. L'autre s'affirme dans la période, le déroulé.

M. d'Estaing lance sa pointe : pour gouverner il n'aura pas besoin de dissoudre l'Assemblée, il peut compter sur le soutien de la Chambre en place. Et il sera immédiatement libre d'agir en vue d'un « changement sans risque » alors que son adversaire devra non seulement procéder à de nouvelles élections, mais sera tenu – Marchais l'a dit ! – de faire entrer sept ministres communistes dans le gouvernement...

Le plaideur de Jarnac riposte par un moulinet :

> « Le changement sans risque dont vous parlez, il est sans risque, naturellement pour des gens comme vous...
> – Qu'appelez-vous, monsieur Mitterrand, des gens comme nous ?
> – Des gens qui appartiennent à une certaine classe sociale, qui ne sont pas affrontés, comme la plupart des hommes et des femmes...
> – Vous n'avez pas le droit de dire des choses pareilles !
> – Il y a une politique qui défend la France qui travaille, et que j'entends représenter, et une politique qui lui nuit et sert les intérêts des classes privilégiées ; c'est la vôtre...
> – C'est une caricature ! »

De fait...

On se calme un peu, échangeant faits et chiffres, au milieu desquels le candidat de droite se meut le plus souvent avec une grâce échassière, et quelquefois une cuistrerie de lauréat couronné de sa calvitie – reprenant son adversaire sur tel sigle ou telle mesure qu'il n'a pas de mal, ministre des Finances depuis douze ans, à connaître mieux. Il s'enhardit même à lui opposer le Programme commun, que son rival a des raisons de ne pas ignorer – quitte à en oublier parfois telle stipulation. Et parce que son interlocuteur l'a défié sur ce point, Mitterrand se croit tenu de rappeler que tout son projet tend à « répartir plus justement les fruits de l'effort national […] à engager l'admirable aventure non seulement de la réussite économique, mais aussi du progrès social. C'est là tout notre débat. »

« Vous n'avez pas, monsieur Mitterrand, le monopole du cœur… » Les dix mots ont résonné dans le studio et aux oreilles de 20 millions d'auditeurs. Rarement phrase aura joué dans une conjoncture électorale un rôle aussi décisif. Depuis le « quarteron de généraux » de Charles de Gaulle et sa « chienlit », depuis ses « cabris » européens, quelle formule, quelle phrase aura autant fait pour servir une ambition, en desservir une autre ? A cet instant*, face à son adversaire quinaud, le lauréat au front étroit a conquis ses étoiles.

Mitterrand a perdu la partie**…

Le commentaire que cette défaite d'un moment a inspiré à François Mitterrand dans *La Paille et le Grain* en dit très long, et de façon inattendue, sur l'homme et sa conception de la lutte politique :

> « Beaucoup ont critiqué la lenteur, l'hésitation […] de ma riposte […] si je cherche un mot pour exprimer mon état d'âme, j'écrirai que j'étais tranquille […]. On me voulait boxeur sur le ring et j'esquivais le corps à corps ! Crainte des coups ? Allons donc ! L'adversaire était de taille mais qui doutera*** qu'à ce jeu j'aurais manqué des armes et du métier requis ? […] J'ai trop participé aux combats de la politique pour n'avoir pas gardé comme un goût d'amertume des victoires gagnées en bretteur […]. J'admire les dons de Giscard, la qualité de son discours, la vigueur de son ambition. Mais j'apprécie ce qu'il vaut comme si je n'étais pas en cause.

* Souvenir poignant pour un électeur de Mitterrand, je peux en témoigner.

** Revenant sur l'épisode dans *Verbatim I*, Jacques Attali montre Robert Badinter, Régis Debray et lui-même visionnant en 1981 le débat de 1974, constatant, « consternés, [que] Mitterrand avait perdu plus manifestement que nous ne l'avions mesuré à l'époque ».

*** Ne veut-il pas dire « croira » ?

> La présidence est pour lui un point d'arrivée. Pour moi un point de départ. Ce que j'accomplis maintenant engage, immensément, plus que moi-même. Élu, Giscard sera capable de grandes actions. Élu, je changerai le cours des choses et donc la vie des hommes de mon temps. Cela dit, le socialisme n'est pas à la merci d'une élection [29]. »

Un tel détachement à propos d'un tel enjeu ? Il faut vraiment être ce prince de l'ambivalence pour faire admettre d'un même élan et le flegme et la foi.

A la veille du scrutin, François Mitterrand dresse ainsi le bilan de la campagne qu'il vient de mener avec des moyens importants – son comité de soutien présidé par le juriste François Luchaire a collecté 400 millions de francs –, mais très inférieurs à ceux de son adversaire, qui « est » le gouvernement, contrôle la télévision et reste le favori des médias.

> « En quarante jours, j'ai rédigé, dicté, corrigé des centaines d'articles et d'interviews, reçu d'innombrables journalistes, subi soir et matin les flashs des photographes, donné sept conférences de presse, produit douze émissions à la télévision et douze à la radio d'État, livré cinq duels à Valéry Giscard d'Estaing et Jacques Chaban-Delmas, participé à neuf autres débats sur les postes périphériques, tourné six films [...]. J'ai arrêté à trente-deux mes réunions publiques. Presque chaque soir, je suis allé au-devant d'immenses assemblées, 50 000 à Toulouse, 25 000 à Nice, Nantes, Grenoble… »

Grenoble : retenons la référence. C'est là, le 17 mai, jour de clôture, conformément à la demande faite par Mitterrand à Mendès France, qu'a lieu le dernier grand meeting de la campagne, dans la fameuse patinoire olympique où l'ancien président du Conseil a si souvent rassemblé la foule, notamment face à Pompidou, en 1967. La foule immense fait une ovation au candidat lorsque, tourné vers PMF, il clame : « Je salue celui qui fut mon maître ! » François Mitterrand eût à bon droit usé du présent, ne serait-ce que pour saluer les efforts généreux déployés depuis un mois en sa faveur par l'auteur de *La République moderne*, à peine relevé d'un grave accident cardiaque.

Et voici venu le 19 mai 1974, que le candidat de la gauche a présenté l'avant-veille dans *Le Monde* comme « un tournant décisif dans l'histoire de notre pays », dès lors qu'« on ne peut changer les choses sans changer les hommes », que l'histoire de la France montre que ce pays « progresse par grands bonds […] et non par une lente évolution » et que « le destin de la gauche a toujours été de prendre en charge ces moments historiques ».

Le dimanche soir, tandis que la tour Montparnasse, où se sont rués par centaines ceux qui composent, tant bien que mal, *per fas et nefas*, l'« intelligentsia de gauche », vrombit de rumeurs optimistes et de chiffres extraits de sondages dits secrets, François Mitterrand est dans la Nièvre, au chevet d'un ami malade, Fernand Dussert, agriculteur et sénateur du département. Affectation ? Non. Il aime, ces soirs-là, de fièvre et de tension, prendre le large. C'est autour d'une majestueuse table de ferme qu'il prend connaissance du verdict : avec 13 396 600 voix, contre 12 980 000, Valéry Giscard d'Estaing est élu président de la République, 50,81 % contre 49,19 %. Il a manqué à Mitterrand 400 000 voix… Un point. Un monde.

Ni lui ni ses proches ne cherchent à voiler la violence de la déception collective. Elle s'exprime d'emblée dans une déclaration faite par le candidat battu, de sa mairie de Château-Chinon. Remerciant ses « treize millions d'électeurs qui ont permis le plus grand rassemblement de notre histoire contemporaine sur les idéaux de la gauche », il mesure, dit-il, « leur tristesse, à la dimension de leur espoir ».

C'est seulement dans la matinée du lendemain, 20 mai, qu'il rejoint Paris et réunit à la tour Montparnasse son état-major de campagne – Defferre, Mauroy, Dayan, Mermaz, Rousselet, Joxe, Hernu, Attali, Rocard, Beauchamp, Fillioud, Estier, Perdriel… – et commente calmement son échec.

Plusieurs versions existent de cette confidence à voix haute. Aucune ne permet d'assurer que le candidat mit en accusation quelque responsable que ce soit, ou chercha à rejeter la faute sur un groupe, une équipe ou un parti *. Toutes mettent l'accent sur la confiance qu'il manifesta dans la prochaine victoire d'une gauche qui venait de la frôler de si près. C'est sur son avenir personnel que les versions

* Ce qui ne nous empêche pas de le faire, nous, un peu plus loin…

divergent. Selon les uns, il assura que le succès à venir, ce ne serait pas lui qui y conduirait, mais une « génération nouvelle ». Selon les autres, il soutint qu'en dépit de cet échec il se sentait assuré d'être élu lors du prochain scrutin présidentiel.

Si l'on essaie de faire la synthèse de ces versions ou simplement de reconstituer le propos moins dans la lettre que dans l'esprit, on peut aboutir à cet énoncé : « Je me sentais prêt à diriger ce pays. Jamais peut-être je ne retrouverai des circonstances aussi favorables, et chez moi une pareille disponibilité physique * et morale. L'échéance est venue trop tôt, avant maturation. Deux ans plus tard, nos chances auraient été encore meilleures. Mais il est clair désormais que la gauche accédera tôt ou tard au pouvoir. Avec moi ? Sans moi ? Je ne suis pas obsédé par l'idée d'être président de la République. J'ai le goût du pouvoir, mais de bien d'autres choses aussi [...]. Mais c'est vrai que je me sentais de plain-pied avec l'histoire... »

A Jean Daniel il confiera quelques jours plus tard : « Être chef de l'État, mais ce n'est pas fondamental pour moi [...]. Je trouve plus important de renverser l'ordre des choses [...]. Pour être candidat, vous remarquerez que je ne me suis pas précipité, loin de là. C'est la mort de Pompidou qui m'a jeté dans la campagne électorale [...]. C'était trop tôt [...]. Il aurait fallu que les choses mûrissent encore, que les nouvelles générations aient le temps d'arriver. Si l'élection présidentielle avait eu lieu normalement, en 1976, je crois que j'aurais été élu... »

Un texte en tout cas ne peut être contesté, c'est celui qu'il publia dans *La Paille et le Grain* : « Mardi 21 mai. Un quotidien commente ce matin le résultat de l'élection et s'apitoie. "Le destin ne l'aime pas...", écrit-il de moi [...]. Que savent-ils de mon destin ? Le destin de la Seine est-il d'arroser Paris ou bien d'aller à l'Océan [30] ? »

« La mer » eût été plus juste. « L'Océan » est plus beau.

---

* Ici, la prémonition est forte.

CHAPITRE XII

... Mais Moscou ne l'a pas voulu, lanturlu...

• Les étranges démarches de M. Tchervonenko • Un « domaine interdit » • Les assises du socialisme • M. le premier secrétaire en voyage à Moscou • M. Marchais fait ses comptes • D'un congrès à l'autre • Le PS à la conquête des mairies • Réactualiser le Programme commun... • ... pour mieux rompre • Oh, la belle défaite !

Affirmer qu'en 1974 François Mitterrand fut écarté de la présidence par les Soviétiques, et que Valéry Giscard d'Estaing fut, de ce fait, l'« élu de Moscou », est prendre le risque de passer pour un provocateur en quête de sensation. Le danger s'amoindrit pourtant si l'on se réfère à un auteur dont l'autorité est peu contestée : dans ses *Mémoires*[1], Raymond Aron écrit que, en recevant la visite de l'ambassadeur d'URSS entre les deux tours du scrutin de l'élection présidentielle de 1974, le candidat de la droite avait contracté envers M. Brejnev une « dette de reconnaissance ».

Dette qui s'alourdit si l'on considère que, quelques jours plus tôt, avant le scrutin du premier tour, le même diplomate, Stephan Tchervonenko, avait également été reçu par une autre personnalité de la majorité, Alain Peyrefitte, lui faisant entendre de la façon la plus nette que les autorités soviétiques ne souhaitaient pas la victoire de François Mitterrand. Dans une lettre adressée à l'auteur, M. Peyrefitte évoque avec esprit cette pittoresque démarche :

> « J'ai reçu la visite inattendue, dans les premiers jours de la campagne des élections présidentielles de 1974, de l'ambassadeur soviétique à Paris, M. Tchervonenko [...] venu me dire en termes alambiqués que "le candidat de l'Union soviétique

> pour cette élection était le même que le mien", c'est-à-dire Chaban-Delmas. C'était une démarche officielle : "Je suis chargé de vous dire que..." Tchervonenko était accompagné par un conseiller d'ambassade qui servait d'interprète.
> Je lui ai demandé les raisons de cette préférence. Il me répondit que l'Union soviétique était attachée à "la politique d'indépendance et de coopération" engagée dans la clarté par le général de Gaulle. Au contraire, avec "mon adversaire", on ne pouvait être sûr de rien. Ce serait une aventure qui pouvait être préjudiciable à l'intérêt de la paix*... »

On ne prétendra pas que les maîtres de Moscou « faisaient » les élections en France comme en Russie, ni même qu'ils étaient en mesure de manipuler à volonté les électeurs communistes comme ceux du PCUS. Et l'on se gardera d'oublier qu'au lendemain de la visite de M. Tchervonenko à M. Giscard d'Estaing, le 7 mai 1974, le bureau politique du Parti communiste français publia un communiqué qualifiant d'« inopportune » et « regrettable » la visite du diplomate au candidat.

La question du comportement du PCF lors de cette élection présidentielle de 1974 mérite d'être posée. Plusieurs historiens et biographes de Mitterrand créditent en l'occurrence Marchais et les siens d'une attitude « loyale », conforme en tout cas au pacte du Programme commun de 1972. Mais l'étude du résultat de scrutin du 19 mai 1974 révèle une importante déperdition des voix entre les deux tours. Pour imposant qu'il soit, le chiffre de 13 millions de voix de gauche en faveur de Mitterrand ne représente pas le total des suffrages espérés par le candidat – qui en avait escompté près d'un million de plus.

La plupart des spécialistes de la sociologie électorale incriminent un certain mauvais vouloir des militants de la vieille SFIO qui n'avaient pardonné à Mitterrand ni le « hold-up »

---

* Alain Peyrefitte, ayant raconté l'histoire dans son livre, *Le Mal français* (LGF, 1979, p. 423 et 433), envoya l'ouvrage à l'ambassadeur Tchervonenko – qui, Giscard ayant été élu entre-temps contre Mitterrand, lui adressa une caisse de vodka et une grosse boîte de caviar. Ni lui ni son prédécesseur n'ayant jamais fait de cadeau à Alain Peyrefitte, « ce cadeau-là avait valeur de message », conclut l'auteur du *Mal français*. Et si Chaban avait été élu, combien de caisses et de boîtes ?...

d'Épinay, ni l'alliance de 1972 avec les staliniens. Dans les départements traditionnellement acquis au vieux parti de la cité Malesherbes, le Pas-de-Calais de Guy Mollet ou les Bouches-du-Rhône de Gaston Defferre, le « plein » des socialistes ne fut pas atteint. Mais c'est ailleurs aussi qu'il faut chercher, semble-t-il, le verrou tiré devant le candidat dit « de la gauche », et pour des raisons qui vont au-delà des fortes déperditions de voix communistes, le 5 mai 1974, dans la périphérie parisienne.

François Mitterrand n'aimait pas évoquer cet épisode. Si peu disposé qu'il fût dans les années suivantes à ménager Marchais et les siens, il se garda d'ailleurs d'ouvrir ce procès. Mais quand, à la fin de sa vie, on le poussait sur la question, il résumait ainsi son point de vue : « En 1974, les dirigeants du Parti communiste ont manifesté à mon endroit une évidente mauvaise volonté. Mais les électeurs venaient à nos réunions, et c'était là l'essentiel... »

L'essentiel ? Le grand manipulateur d'opinion qu'il était ne pouvait manquer de tenir aussi pour fort négatives les déclarations répétées de Marchais ou de ses compagnons sur le nombre de ministres communistes dont l'entrée était prévue dans le gouvernement de la gauche. « Nous ne revendiquons pas la direction du gouvernement... », « Nous n'occuperons aucun ministère clé », « Nous n'aurons que sept ou huit portefeuilles... ». Autant de mauvais coups sciemment portés au candidat de gauche qui se serait bien passé que l'on précisât quoi que ce fût à ce sujet.

Dans une page de *L'Abeille et l'Architecte*, l'auteur évoque la soirée de la tour Montparnasse, assombrie par l'annonce décevante qui venait de lui être faite : il n'avait recueilli que 43 % des voix – ce qui, selon ses propres estimations, lui interdisait la victoire. C'est alors, on l'a vu, que surgit Roland Leroy, directeur de *L'Humanité* et numéro 2 du PCF, affichant, au cœur de l'affliction générale, un air « épanoui » [2]...

* * *

Signes ? Impressions ? Clichés ? On ne saurait tenter, même fugitivement, d'apprécier le comportement du Parti communiste français par rapport à son allié de 1972 sans rappeler brièvement quelques données permanentes de la stratégie léniniste par rapport à la « société bourgeoise » et à la social-démocratie, à la nature des relations entre le pouvoir de Moscou et le parti français et la stratégie stalinienne vis-à-vis de l'Europe occidentale – rappels que l'on esquissera en se fondant notamment sur un entretien avec Philippe Robrieux, historien du PCF, ancien secrétaire et biographe de Thorez.

Au regard des idéologues de Moscou, une alliance avec un parti émanant de la société bourgeoise, fût-il social-démocrate*, ne peut être que conflictuelle, dominatrice et doit tendre à l'absorption du partenaire par le mouvement « ouvrier » proprement dit, la voie électorale et parlementaire n'étant qu'illusoire et propre seulement à évaluer les rapports de force apparents. Du même point de vue, l'objectif stratégique de l'URSS en Europe occidentale ne devait viser qu'à la déstabilisation du continent en vue de sa domination**. Dans la mesure où l'URSS pouvait peser sur le résultat d'une élection européenne, son appui devait être accordé au candidat le plus faible ou le plus conciliant : en 1974, les experts soviétiques pensaient que c'était Giscard. D'où les démarches de M. Tchervonenko.

Il est vrai que de 1972 à 1976 environ, Georges Marchais, conseillé par Jean Kanapa*** et considérant l'apparent fléchissement de l'autorité du Kremlin sous Leonid Brejnev, avait cru pouvoir esquisser une stratégie autonome, « française », qui devait déboucher sur le Front populaire ou l'union de la gauche – celle que n'avait pu faire aboutir Waldeck Rochet.

A l'échec de l'un comme de l'autre on a voulu trouver des raisons circonstancielles – la tragédie de Prague, pour le premier, l'insuffisance intellectuelle et le passé du second : ni par l'expérience ni par le talent Georges Marchais n'était de taille à mener de tels combats. En fait, il s'agit moins d'une question de personnes que d'une question de structure et de

* *Surtout* social-démocrate...

** Que l'on appela un temps « finlandisation ». Improprement : il se trouve que la Finlande a préservé son indépendance.

*** Et autrement par Aragon.

culture, cette subordination du Parti français au « grand frère » qui le contraint à subir l'admonestation de M. Souslov à l'occasion du XXIe congrès, ou la « mise au piquet » de Georges Marchais (dont le nom disparaît des colonnes de *La Pravda* pendant deux ans, après qu'il se fut permis de critiquer les démarches « électorales » de l'ambassadeur Tchervonenko...).

Au temps de la puissance soviétique et de l'orthodoxie stalinienne, l'alliance (entre socialistes et communistes) est circonstancielle, le conflit (entre les mêmes) naturel et permanent. En cas d'extrême urgence (face à la surpuissance hitlérienne, par exemple), le pouvoir de Moscou avait pu encourager les Fronts populaires. Il n'en voyait plus la nécessité à l'époque de la « détente », après la grande crise internationale de 1973 *. Alors, les sociaux-démocrates ne sont pas des alliés, mais des proies. S'ils refusent ce rôle, ils doivent être matés.

Cette argumentation, Philippe Robrieux la développa autrement face à François Mitterrand, qui reproduit ainsi ses propos dans *L'Abeille et l'Architecte* :

> « Vous appartenez à l'Internationale socialiste que Moscou considère comme son plus tenace adversaire. L'éventualité d'un gouvernement de la gauche dirigé par un socialiste et soutenu par l'élan populaire l'inquiète [...]. Pour Brejnev, vous représentez la somme des inconvénients. Pour la première fois depuis 1917, la Russie soviétique craint que ne se développe sur le continent une expérience socialiste cautionnée par les communistes et capable d'inventer un modèle de société différent sinon contraire au sien. Vous pénétrez au cœur du domaine interdit [3]. »

C'est donc sur ce fond de conflit permanent et de détente circonstancielle que se développent les relations entre le parti de François Mitterrand et celui de Georges Marchais, resté peu ou prou sous le contrôle des « camarades soviétiques » **. La campagne électorale de 1974 a montré l'ex-

* Qui, à propos du Proche-Orient, alla jusqu'à l'alerte nucléaire.

** Bien qu'il lui arrive de déclarer à Mitterrand, avec l'aplomb qui le caractérise : « Nous n'avons pas, comme vous, à tenir compte d'influences extérieures... »

trême fragilité de l'alliance conclue deux ans plus tôt, relations que résume le titre de la brochure d'Étienne Fajon, *L'Union est un combat.*

Ce combat prenant à diverses reprises la forme électorale, soit sous forme de candidature commune, soit par les voies de l'alliance ou du désistement, il faut garder en mémoire la consigne donnée certain jour dans *L'Humanité* par l'idéologue de référence, Lucien Sève, professeur de philosophie : « En définitive, chacun se détermine par lui-même dans l'isoloir » – propos apparemment favorable à l'exercice heureux de la démocratie, mais qui signifie, en cette période où le PCF donne des consignes officielles de désistement en faveur des alliés socialistes, que les vrais militants, eux, peuvent en user autrement...

Ceux qui appartiennent au « parti profond », comme dit Robrieux, cadres et permanents appointés (près d'un inscrit sur quatre), doivent se déterminer, dans l'isoloir, en fonction du « long terme », de l'idéologie léniniste et des intérêts de l'URSS, plutôt que des orientations de circonstances et de la démocratie formelle. Rompus à la dialectique, ils savent pratiquer à l'occasion le « désistement révolutionnaire à droite »...

* * *

Privé de l'exercice du pouvoir en cette cinquante-cinquième année de son âge où il estime avoir atteint la plénitude des talents, de l'expérience, de la créativité – et peut-être de sa foi en une doctrine que risquent fort d'effriter ou de cabosser les accidents de la route... –, François Mitterrand a-t-il connu quelques semaines d'abattement ? D'amertume, peut-être. De découragement, non.

Ses proches* le décrivent très vite remonté en selle, demandant à Pierre Mauroy de lui restituer les clés de la maison de la cité Malesherbes, et travaillant à préparer les « assises du socialisme » qui, en octobre, doivent conduire à un *aggiornamento* idéologique et à un regroupement d'organisations et de tendances.

---

* Mermaz, Estier, Joxe.

L'idée a pris consistance lors de la campagne présidentielle, le jour surtout – le 11 avril – où Michel Rocard a accepté d'entrer dans l'équipe du candidat Mitterrand. Qu'il ait dû pour cela se faire mettre par le PSU « en congé de parti » souligne la bizarrerie de la situation. Il est bien vrai que le PSU, par ses origines, son histoire, le double caractère libertaire et moderniste de son idéologie, le tempérament et les références éthiques de ses fondateurs (Bourdet, Martinet, Rocard), est différent du parti d'Épinay. Il est non moins vrai que les contingences électorales, les nécessités du pouvoir qui semblent désormais à portée de la main, la dynamique enclenchée en 1971 appellent au regroupement. Si Chevènement et Chandernagor font route commune depuis Épinay, pourquoi Rocard et Mauroy ne se retrouveraient-ils pas au sein du même parti ?

C'est donc à la fusion entre le PS et le PSU que tendront surtout les « assises du socialisme » convoquées pour les 12 et 13 octobre à l'hôtel PLM Saint-Jacques, à Paris. Mais le mot « fusion » recouvre, de part et d'autre, bien des arrière-pensées.

Pour Mitterrand, il s'agit d'une absorption du petit par le gros. Pour Rocard, d'une synthèse entre le vieux et le jeune – celui-ci se plaçant tout naturellement dans la situation qui était celle, à Épinay, de Mitterrand par rapport à Mollet. Et qui sait ? Si le leader de la petite Convention de 1971 a pu prendre alors le contrôle de la grande machine SFIO, pourquoi le mince mais flamboyant PSU ne pourrait-il rééditer une si belle opération et provoquer, sous son impulsion, la création d'une nouvelle organisation, le PDS (Parti des socialistes)[4] ?

Mais le vigoureux PS, dont le leader vient de recueillir près de 50 % des suffrages des Français, n'est pas le parti du congrès d'Alfortville, mal remis des 5 % obtenus par Defferre en 1969 ; et surtout Mitterrand n'est pas Guy Mollet. Le formidable manipulateur d'Épinay ne saurait se laisser, à son tour, manipuler. Il impose purement et simplement l'absorption du PSU par le PS, opération qui perdra un peu de sa rudesse humiliante du fait de l'entrée simultanée, aux côtés de Rocard, de personnages de premier plan comme Jacques Delors et Edgard Pisani, le premier ancien conseiller de Jacques Chaban-Delmas, le second ancien ministre du général de Gaulle, avec lequel il a rompu lors des journées de mai 1968. Autres recrues du PS : le pertinent syndicaliste Edmond Maire, leader de la CFDT, et Hubert Dubedout, maire de Grenoble, ville qui passe alors pour le meilleur laboratoire d'expérimentation sociale.

Tous intégrés à la galaxie Mitterrand ? Attention : si le député de la Nièvre peut se glorifier d'être l'aimant de cette limaille étincelante, il écoute les mises en garde de ses camarades les plus attentifs à l'alliance « à gauche » – Poperen, Chevènement, Estier, Joxe – et voit bien que ces ralliements prestigieux chargent sa barque dans le sens le plus propre à porter ombrage à ses alliés communistes. Qu'il s'agisse de « modérés », comme Delors ou Dubedout, ou au contraire d'anciens compagnons de route des gauchistes, comme Rocard ou Maire, ce sont des hommes connus pour leur allergie à toutes les formes de stalinisme. L'ensemble de ces recrutements provoque la méfiance ou même l'aigreur des gens de la place du Colonel-Fabien. Elle s'exprime par la voix de Roland Leroy : « Le prétendu rééquilibrage de la gauche […] vise à affaiblir les positions du Parti communiste […]. Rocard a combattu le Programme commun […]. Sa venue signifiera-t-elle détachement… ou modification de ce Programme [5] ? »

Si les communistes réagissent avec tant d'amertume à cette opération qui ne met pas en cause la loyauté de leur partenaire (Mitterrand peut à bon droit déclarer qu'en rejoignant le PS Rocard n'a pu qu'adhérer à sa « ligne » et à ses alliances [*]), c'est qu'ils viennent simultanément d'enregistrer une nouvelle nasarde électorale, dont ils imputent – non sans quelques raisons – la responsabilité à leurs alliés. Le 6 octobre, une semaine avant la réunion des assises, le deuxième tour de six élections législatives partielles avait vu l'élection de cinq socialistes – grâce au bon report des voix

---

* Dans *Mitterrand et les Communistes*, Jean-Michel Cadiot reproduit ce propos du premier secrétaire du PS : « Rocard est entré en effet au PS et a adopté par là même la stratégie du PS. Le programme du PS est resté le même. Je pensais qu'il était important de réunir les socialistes. Les communistes n'avaient pas à intervenir dans cette affaire intérieure du Parti socialiste » (affaire « intérieure » à fortes retombées extérieures).

communistes – et l'élimination en Dordogne d'un vieil élu du PCF, Yves Péron, provoquée par le médiocre soutien des électeurs du PS.

Dès le premier tour, Marchais et ses amis avaient pu comparer la poussée de l'électorat socialiste (en certaines circonscriptions de 15 %) et la stagnation de leurs propres candidats. Mais alors, cette union de la gauche, programme ou pas, ne profiterait-elle qu'aux sociaux-démocrates ? Seraient-ils, ces « camarades », en train de passer au laminoir le Parti communiste, franchissant la barre de 20 % de l'électorat quand leurs alliés de 1972 glissent au-dessous de cette ligne fatidique ? La cote d'alerte est atteinte. Pour reprendre une formule utilisée naguère par Malraux à son encontre, le PCF « veut bien coopérer, pas être cambriolé »...

Le XXIe congrès du Parti communiste français, convoqué à Vitry-sur-Seine le 24 octobre 1974, cinq mois après les incidents qui ont émaillé la campagne présidentielle, quelques semaines après la reculade électorale du 6 octobre et les assises qui ont accru la puissance du partenaire et rival, se réunit donc sous les signes de l'amertume, de la récrimination et du durcissement.

Le rapport de Georges Marchais qualifie d'« équivoque » l'évolution du PS à propos du Programme commun – il en rend responsable Rocard – et de « pernicieux » le comportement du PS à propos du rééquilibrage de la gauche. « Sur le terrain de la lutte pour la démocratie, nous ne craignons pas l'émulation. Nous la croyons naturelle et nécessaire [...]. Mais cette émulation ne peut consister, pour l'un des partenaires, à se donner pour objectif de se renforcer au détriment de l'autre pour imposer sa volonté. »

Le secrétaire général peut bien déployer, plus de trois heures durant, sa verve faubourienne et son humeur de dogue, marteler sur un ton menaçant qu'il a choisi d'intensifier son effort sur le terrain où il est sans rival, celui des entreprises, il semble comme diminué, déconfit – dans la mesure où la stratégie d'ouverture, de Front populaire, vient de subir une défaite et d'afficher son ambiguïté. On voit luire le sarcasme dans le regard de Leroy, la voix du vieux stalinien Plissonnier se fait plus lourde, et un jeune homme nommé Juquin manifeste, contre le PS, des ardeurs combatives.

Les échos du congrès de Vitry provoquent des remous au sein du Parti socialiste : Chevènement, Poperen, Estier mettent en garde François Mitterrand contre ce qui peut, en réaction, conduire le parti d'Épinay à un glissement à droite, et contre tout ce qui peut affaiblir l'alliance avec le PC. Le premier secrétaire ne s'en émeut pas. Être dénoncé par Marchais comme « dominateur et sûr de lui » ne saurait lui déplaire *. Et au surplus, le climat ambiant ne l'incite pas à faire preuve, à l'endroit de ces interlocuteurs communistes, d'une particulière longanimité. C'est l'époque en effet où un homme et un pays concentrent l'intérêt, et de façon peu favorable à Moscou : Soljenitsyne et le Portugal.

L'exil du grand écrivain russe, naguère objet de l'attention bienveillante de Nikita Khrouchtchev, avait quelques mois plus tôt provoqué l'indignation de la majorité de l'intelligentsia occidentale et attiré sur lui, ses épreuves et ses thèses une attention fascinée.

Le salut admiratif – à l'écrivain mais surtout au proscrit – que lui adresse Jean Daniel dans *Le Nouvel Observateur* fait de ce journal la cible d'une campagne de la presse communiste. *France-Nouvelle* et *L'Humanité* déchaînent contre lui des arguments d'une brutalité archaïque : on se croirait revenu au temps de la guerre froide… Contre cette agression, François Mitterrand engage son autorité, écrivant dans *L'Unité* (le 1er février 1974) que « les atteintes à la liberté d'expression en URSS sont un fait que les socialistes condamnent depuis un demi-siècle […]. Le coup de sang qui a donné la fièvre au Parti communiste français [l'a conduit à] ranimer un vocabulaire ("*Le Nouvel Observateur*, professionnel de la division" !) que l'on imaginait jeté aux oubliettes… ». Et quelques jours plus tard, dans une interview au *Nouvel Observateur*, le leader socialiste est plus net encore, assurant que cette tentative de « censure », de la part du PCF, « nuit au climat nécessaire à l'union de la gauche [6] ».

La révolution portugaise dite « des Œillets », déclenchée le 25 avril 1974, quelques jours avant le débat présidentiel

---

* Six ans plus tard, dans *Ici et Maintenant* (Fayard, 1980), c'est de cet automne de 1974 que Mitterrand datera le grand basculement du PCF, l'invention de sa stratégie de la « terre brûlée » et du « Yalta intérieur », bien avant la rupture « officielle ».

entre Giscard et Mitterrand, ne devrait pas provoquer un affrontement aussi radical entre le leader socialiste et ses partenaires communistes. Mais à partir de la fin de l'année 1974, pendant sept ou huit mois, le Portugal divisera la gauche française, les communistes (et nombre de leurs amis) prenant parti pour Alvaro Cunhal, le plus stalinien des dirigeants de l'Ouest européen, et les officiers marxistes qui suivent ses directives, les socialistes pour le social-démocrate Mario Soares, que François Mitterrand traite comme un ami.

Un épisode lugubre, le sabotage du journal socialiste de Lisbonne *Republica* par les syndicats et le Parti communistes, en mai 1975, donne à Mitterrand l'occasion d'une rude mise en cause de *L'Humanité* : « Adieu, presse libre ! A moins que chacun ne prête la main à la démocratie en péril. Déjà les partis communistes d'Italie et d'Espagne ont condamné l'opération. L'attitude du Parti communiste français est plus embarrassée. Or, la liberté d'expression s'inscrit au premier rang des droits élémentaires [7]. »

Entre celui qui fut le candidat unique de la gauche et ses partenaires du PCF, les relations semblent vouées à la compétition permanente.

Mais François Mitterrand ne poursuivra pas son âpre dialogue avec les communistes, français et soviétiques, sans avoir assuré la totale prise en main du Parti socialiste au congrès de Pau, du 31 janvier au 3 février 1975. Le premier secrétaire du Parti socialiste a connu, à la tête de son mouvement, des moments plus intenses ou plus glorieux, il n'en a pas connu de plus serein. Ce n'est pas par hasard que les observateurs parleront de lui, à l'issue des débats, comme du « régent ». En cette cité liée au souvenir du roi Henri, ils auraient pu, dans le registre d'Ancien Régime, aller plus loin.

Il est le chef d'un parti qui, trois mois plus tôt, lors des assises, a rassemblé non pas autour de lui, mais en lui, par une sorte d'ingestion, les membres épars de la famille socialiste, des autogestionnaires aux néo-marxistes, des syndicalistes aux techniciens, des chrétiens aux francs-maçons. Il est aussi le chef d'un parti qui, en moins de quatre ans, depuis Épinay, a plus que doublé ses effectifs, passant à 70 000 à près de 150 000 adhérents – chiffre qui eût fait rêver Guy Mollet, sinon Georges Marchais...

Alors il peut distribuer les rôles et les places au comité directeur, fixer arbitrairement la représentation de Rocard, de Poperen, des amis de Defferre et de Mauroy – et surtout réduire, de façon drastique, l'influence du CERES, le courant gauchisant qui, après lui avoir donné la victoire à Épinay, est passé de 8 à 21 % des mandats en quatre ans, lui posant ainsi un problème. « Qui t'a fait roi ? » : ce n'est pas une question qu'est prêt à entendre le « régent » de Pau : nonobstant sa religion de l'amitié, il pratique la loi régalienne d'ingratitude.

Le CERES, où l'on se permet de dénoncer le « phénomène de cour[8] » autour de Mitterrand, est carrément marginalisé. Non seulement parce qu'il a pris dans le parti une place que le premier secrétaire juge démesurée, mais parce qu'il entend maintenir avec les communistes des liens privilégiés – point sur lequel François Mitterrand est devenu peu conciliant.

C'est en son nom que se dresse à la tribune du congrès le procureur le plus inflexible qui, depuis des années, ait fait entendre au Parti communiste les quatre vérités socialistes. Il s'appelle Lionel Jospin. Énarque entré au ministère des Affaires étrangères, rallié au PS peu après le congrès d'Épinay, on l'a vu, il s'est d'abord posé en expert du tiers-monde – non sans faire paraître, aux yeux du premier secrétaire, une bonne connaissance de la littérature marxiste et de l'histoire du communisme, ce qui lui vaut d'être affecté à ce front de bataille.

Haute carrure, menton carré, la voix un peu blanche, le ton tranchant, il se dresse et dénonce la volonté d'hégémonie que prétend exercer le PCF sur la gauche française, et son refus de débattre de la « vérité révélée ». Ce que Mitterrand instillait pointe par pointe, coup par coup, Jospin l'assène en bloc, face aux « camarades » de la place du Colonel-Fabien. Écoutons-le décrire sa mission, en ce temps-là :

> « Le PC a tenté de peser sur nous. Il y eut dès lors des phases de rapprochement quand il avait besoin de nous […]. Et des phases d'extrême gravité. J'ai établi un argumentaire théorique et politique contre ces agressions. Pendant des années, le PC voulait nous enfermer dans un dilemme : ou bien vous rompez l'union de la gauche, et vous serez accusés d'être des diviseurs – c'est l'accusation de "virage à droite" –, ou bien

vous voulez poursuivre l'union de la gauche, mais c'est à nos conditions. Tout l'art de Mitterrand fut de ne tomber ni dans un risque ni dans l'autre. [...] Nous n'entrions pas dans la querelle et gardions le talisman de l'union de la gauche[9]. »

Il a dit « talisman ». Il a dit « union ». Mais dans un esprit laïque, non mystique, le regard froid et la mémoire en éveil. Plus que jamais en ce début de l'année 1975, où les coups pleuvent – notamment à propos d'un projet de voyage en URSS de François Mitterrand, programmé pour le mois d'avril. Une nouvelle polémique ayant éclaté (était-ce à propos du Portugal, de Soljenitsyne, des juifs d'Union soviétique ?), on apprit le 10 avril que l'invitation faite aux socialistes français était annulée.

L'exaspération, sinon de François Mitterrand qui affecta le plus grand calme (était-il si fâché ?), au moins de ses amis, s'exprima dans un éditorial de Jean Daniel du *Nouvel Observateur*, qui accusait Moscou de vouloir « empêcher à tout prix que puisse réussir, surtout en Europe, une expérience de socialisme démocratique qui risquerait d'être contagieuse dans les pays du bloc soviétique. Un "compromis historique*" à Rome, un "Programme commun" à Paris : il n'en faudrait pas plus pour qu'on ose rêver à nouveau du "printemps", non seulement à Prague, mais à Budapest aussi bien qu'à Pankow** ».

La violence des réactions provoquées par la muflerie des autorités soviétiques (au nom du Parti français, Marchais fit connaître son désaccord) incita les gens de Moscou à se raviser. Et c'est ainsi que, le 24 avril 1975, fut accueillie par les dirigeants de l'URSS une délégation socialiste française conduite par François Mitterrand et composée de Gaston Defferre, Pierre Mauroy, Michel Rocard, Jean-Pierre Chevènement, Claude Estier, Lionel Jospin et – plus modeste mais fort important car il parle le russe à l'insu des hôtes – Charles Salzmann, ami personnel du chef de la délégation, qui publiera une savoureuse relation du voyage dans *Le Bruit de la main gauche*.

---

* La démarche menant à l'alliance, en vue de gouverner, entre la Démocratie chrétienne et le Parti communiste italien.

** Siège du gouvernement de l'Allemagne de l'Est.

Visite importante dans la carrière du premier secrétaire, en raison des leçons qu'il en tira. Il était parti pour l'URSS fort de deux certitudes : que le pouvoir soviétique, favorable au *statu quo* politique en France, ne l'avait invité que pour mesurer de plus près sa capacité de nuisance ; et que le responsable de l'idéologie à Moscou, Mikhaïl Souslov, ne contrôlait pas seulement le PCUS, mais tous les partis communistes dans le monde. Il avait donc conscience d'aller non seulement à la rencontre de ses adversaires, mais du vrai patron de ses alliés...

Compte tenu des incidents pittoresques, parfois ridicules, inhérents à ce type de visites, François Mitterrand devait en retenir deux moments forts : celui où, reçu avec les siens par Souslov, entouré d'une demi-douzaine de hiérarques du Parti, dont Ponomarev, il entend formuler dans toute sa rigueur le *credo* marxiste-léniniste, c'est-à-dire que l'Occident est voué, de crise en crise, à la paupérisation absolue, et donc à la Révolution – laquelle rend la guerre inutile et absurde ; et celui où, le recevant accompagné du seul Salzmann, Leonid Brejnev laisse paraître devant lui sa décrépitude.

Parlant d'une visite récente de communistes français, le secrétaire général du PCUS, s'adressant à Mitterrand, prend le ton de la confidence : « ... Je ne me cache pas pour voir mes copains [...] le chef, qui, déjà ? était assis là, à votre place... » Ponomarev, qui se tient tout près, lui glisse : « ... Le camarade Marchais... » Brejnev : « Regardez-moi. Voyez comme je suis. Ai-je l'air dangereux ? » Et quelques instants plus tard : « Camarade Mitterrand, votre réponse m'a coupé mes bretelles... » Et il fait le geste de manier des ciseaux... En aparté, à Ponomarev : « Comment je parle ? – Ça ne se voit pas... – J'ai parfois du mal à articuler [10]... »

Ni du dogmatisme élémentaire de Souslov, ni du gâtisme de Brejnev (dont il trace d'ailleurs, dans *L'Abeille et l'Architecte*, un portrait d'une étrange bienveillance [11]), François Mitterrand n'était homme à conclure que l'Union soviétique était vouée à l'aveuglement permanent, ni à un effondrement prochain. Mais cet homme politique qui avait connu de loin, au temps de la guerre froide, le grand tsar ténébreux, ses réseaux, ses armées et ses purges, qui avait peu à peu découvert la force et les manques de l'analyse marxiste et connu de près le dévouement héroïque des militants de la base, un tel voyage était de nature à le guérir de quelques complexes. Le géant était borgne et son souffle était court, voilà le fait. Dira-t-on qu'en atterrissant à Paris, le 21 avril, François Mitterrand se sentait plus libre * ?

Libre, et serein, en voie d'instaurer, avec ses tonitruants voisins et partenaires du Programme commun, des relations enfin normales – normales dans la compétition ? Peut-être le pensa-t-il, et certains de ses amis, comme Claude Estier, situent à cette époque du retour d'URSS, au printemps 1975, l'une des périodes où Mitterrand crut avoir créé avec ses interlocuteurs de la place du Colonel-Fabien des rapports équilibrés. Marchais n'avait-il pas engagé son autorité sur la stratégie d'union de la gauche ? Les dirigeants soviétiques, en accueillant les sociaux-démocrates français avec bonhomie, ne paraissaient-ils pas prêts enfin, sinon à l'approuver, en tout cas à tolérer l'« union » comme un expédient provisoire ?

En ouvrant *Le Monde* du 9 juillet 1975, l'auteur de *Ma part de vérité*, si peu naïf qu'il fût, manqua tomber de son haut. S'étalait dans le journal du soir le texte du rapport présenté par Georges Marchais devant le comité central de son parti le 29 juin 1972, au lendemain même de la signature du Programme commun, présentant ses partenaires socialistes comme des traîtres à la classe ouvrière... Que ce texte ne fût alors publié qu'en annexe d'une brochure dite théorique du vieux stalinien Étienne Fajon, significativement intitulée *L'Union est un combat* **, ne changeait rien à l'affaire : le Parti avait choisi, trois ans après la signature de l'accord, de plaquer cette gifle sur la joue de son allié !

Ce texte n'était-il pas antidaté ou retouché ? Comme le disait à ses amis Jean Poperen, ancien communiste, « un parti qui est capable de truquer les documents photographiques de son histoire est aussi capable de changer textes et dates ». Bref, que le Parti socialiste eût été dénoncé dès 1972, ou floué depuis lors, ou insulté récemment, le soupçon s'installait en maître. Pour des hommes comme Estier ou

---

* Et ce n'est pas le voyage à Cuba qu'il fit quelques semaines plus tard qui pouvait modifier ces conclusions d'ensemble.

** Voir chapitre X.

Joxe, qui avaient tant investi dans l'alliance, « rien ne pouvait plus être comme avant[12] ».

Pourquoi Marchais et les siens jugèrent-ils bon, en cet été 1975, de traiter ainsi leurs alliés ? Ukase de Moscou, décidément mal impressionné par le « camarade Mitterrand », ses Defferre, Rocard et Jospin ? Concession faite par Marchais à la vieille garde stalinienne de son parti, ou au courant Leroy ? Nul n'a encore donné l'explication à cette agression sous forme de mine longtemps enfouie et soudain déterrée.

La situation au Portugal, où se déroulait, *in vivo*, le scénario de la lutte pour le pouvoir entre sociaux-démocrates et staliniens, qui était en train de tourner lentement au bénéfice des premiers – dans le cadre de l'Alliance atlantique, dont la puissance de contrôle et d'encadrement avait été sous-estimée à Moscou –, joua évidemment un rôle dans la poussée d'adrénaline que manifesta, chez Marchais et les siens, la publication du 9 juillet. De cette affaire, il faut retenir le commentaire très aigu qu'en fit le leader socialiste :

> « Selon Georges Marchais, l'Alliance atlantique et la CEE constituent des alliances de classe, ayant pour nature et pour fonction d'enchaîner notre pays au système impérialiste sous la direction des États-Unis, [ce pourquoi] le Parti socialiste [y] est profondément attaché [car] les traits permanents du Parti socialiste sont “la crainte que se mettent en mouvement la classe ouvrière et les masses, l'hésitation devant le combat de classes face au grand capital…”.
> L'excès de langage est un procédé coutumier à qui veut faire diversion. Je ne m'y arrêterai que pour remarquer le caractère ubuesque d'une stratégie tout entière axée sur l'alliance avec un partenaire jugé incapable de cesser d'être ce qu'il est, c'est-à-dire traître et relaps. Les trois années écoulées après la signature du Programme commun ont été riches de combats où, en dépit des sombres pronostics du secrétaire général du Parti communiste, la gauche est restée unie et solidaire. Mais il est vrai que ce programme n'est pas socialiste et qu'il n'a abouti que parce que la confrontation idéologique en a été évacuée*.
> … De notre côté, nous avons fait admettre à nos interlocuteurs qu'il fallait systématiquement et exclusivement se placer – y

* On a vu à quel point il peut relativiser cet argument…

compris pour régler les points de divergence – dans l'optique d'une action gouvernementale commune, nous n'avons consenti à aucun compromis portant atteinte à nos principes, à la ligne de nos congrès, aux intérêts des travailleurs, à nos devoirs internationaux. Bref, nous n'avons pas du tout l'intention de troquer notre programme contre le Programme commun et nous veillons comme à la prunelle de nos yeux à l'affirmation permanente des positions propres de notre parti, à son indépendance d'expression et d'action, au renforcement de son influence et de son organisation.

Certains de mes lecteurs seront sans doute choqués par ces dernières réflexions bien dans la manière, penseront-ils, du Parti socialiste. Qu'ils se rassurent, je les ai empruntées mot pour mot à la résolution du comité central du Parti communiste français adoptée le surlendemain du jour où nous avions ensemble, et dans l'euphorie de la sincérité, bu le champagne de l'amitié, place du Colonel-Fabien [13]. »

Comme lassé de ces jeux où les dés sont obstinément pipés, on le verra prendre son vol, à la fin de cette année 1975, pour les États-Unis d'Amérique, où il avait déjà fait quatre voyages. Il retourne pour la première fois depuis sept ans dans ce pays dont il dit qu'il l'aime « sans mesure […] ce pays où chacun va à la rencontre du passant et ouvre grand sa porte [14]… ». En ces lendemains de défaite au Vietnam d'où s'enfuient les derniers diplomates américains, va-t-il retrouver les États-Unis abattus par « trop de coups reçus » ? Eh bien, non ! L'Amérique qu'il redécouvre, voici ce qu'il en dit alors : « Attendez qu'elle se redresse, qu'elle s'avance au milieu du ring […]. Je ne donne pas cher du décor de carton ni des potiches du vestibule […]. Dans les entrailles de l'Amérique, les poches de grisou vont sauter [15]. »

Nous voilà loin du rêve de M. Souslov, celui d'un Occident épuisé et disloqué. Aux yeux du récent visiteur de Moscou et de Tachkent, on est là au cœur de la dynamique du monde. Et l'entretien essentiel qui lui est ménagé à Washington avec un Henry Kissinger qui achève sa mission au State Department, entraîné hors du cercle du pouvoir par la déconfiture de Nixon mais auréolé d'une aura diplomatique incomparable, ne lui inspire pas le croquis apitoyé qu'il consacrait naguère à Brejnev-aux-bretelles-coupées. La passe d'armes qu'il engage avec cet homme qui lui ressemble trop, dans une version germanique, pour qu'il l'aime, nous vaut une méditation que tel grand essayiste du temps de Tocqueville eût tirée d'une soirée avec Metternich :

> « Rien de moins duplice que sa diplomatie. Il séduit ou il frappe. Certes, il est plus aisé au Prince qu'à tout autre de dédaigner les faux-semblants. A toujours soupçonner qu'il vous trompe, vous avez perdu d'avance. L'habileté ne monte pas assez haut pour expliquer les grands destins. Les derniers mètres se font seul : on ne peut juger un homme qu'à la fin. Quand on s'use à faire carrière, il ne reste rien pour l'Histoire. Je n'envie pas le sort de tel ou tel de nos contemporains qu'une longue inutilité finit par rendre indispensable[16]. »

Non, décidément, ce n'est pas sous les plafonds du Kremlin, entre idéologues et bureaucrates, qu'il aurait trouvé l'inspiration d'un tel autoportrait*…

Mais le voilà ramené, au début de janvier 1976, dans les clapotis de la dialectique, à même de vérifier qu'avec les dialecticiens de petit calibre qui prennent cette méthode historique pour l'art de la contradiction permanente et trouvent le moyen de justifier la stratégie des fronts antifascistes de 1935 par la signature du pacte Molotov-Ribbentrop de 1939, ou vice versa, toute initiative appelle son contraire. Les dirigeants du PCF, s'étant brutalement distanciés du Parti socialiste, vont faire de leur congrès un hymne à l'« eurocommunisme », sinon à l'antistalinisme. Comme s'il était impossible à M. Marchais de combiner souplesse tactique et modération idéologique.

C'est à Saint-Ouen que se réunit, en février 1976, le XXIIe congrès du PCF. A l'intention de ceux qui auraient pu douter de son orientation générale – durcissement pour resserrer les liens avec Moscou et bloquer les avancées du PS, ou assouplissement pour séduire les classes moyennes intéressées par la stratégie mitterrandienne ? – Georges Marchais a tenu à hisser, quelques jours plus tôt, les couleurs les plus rassurantes : au micro d'Europe n° 1, le 7 janvier, il a brusquement annoncé que le Parti communiste français renonçait au principe, central dans la doctrine léniniste, de la « dictature du prolétariat » : déclaration qui a fait sursauter

* On en trouvera un écho au tome 2, chapitre IV.

de nombreux cadres du Parti, non informés de ce revirement idéologique fondamental.

Le ton étant ainsi donné, le congrès de Saint-Ouen sera aussi « ouvert » que celui de Vitry, dix-huit mois plus tôt, avait été dominé par le sectarisme. On se croirait à Rome, ou à Prague au début de 1968. Au nom d'un « socialisme aux couleurs de la France » (couleurs qui n'ont pas toujours été douces, objecteraient robespierristes et communards), les orateurs de Saint-Ouen vont jusqu'à dénoncer les camps soviétiques – dont le dévoilement seul, deux décennies plus tôt, dans *Les Temps modernes*, valait à Sartre ou à David Rousset d'être traités par *L'Humanité* d'« hyènes dactylographes »...

Entre ces « sociaux-traîtres » et ces staliniens liés par un contrat plus ou moins contraignant, la coexistence sulfureuse, émaillée de polémiques, va prendre de nouveau la forme des compétitions électorales, marquées de négociations où s'affrontent des appétits d'autant plus contradictoires que, depuis la résurrection du Parti socialiste, en 1972, les terrains de chasse se superposent. Ainsi l'année 1976, ouverte par le rassurant congrès de Saint-Ouen où les augures du PS ont pu déceler les prémices d'une détente en profondeur, ne s'achèvera pas sans que les modestes élections cantonales n'aient ravivé les plaies.

Le 7 mars 1976, en effet, le parti de François Mitterrand, qui semble en proie à la boulimie, recueille près de 27 % des voix – contre 22,9 % à celui de Marchais. Constatant amèrement que l'ouverture proclamée à Saint-Ouen ne paie guère, les porte-parole du PCF s'en prennent à nouveau à un voisin accusé – non sans preuves parfois... – d'avoir souvent soutenu, au second tour, les candidats de droite contre ceux du parti dit de la classe ouvrière.

Les dirigeants socialistes se gardent cette fois de polémiquer. Sont-ils trop certains qu'au niveau des conseils généraux, dans bon nombre de secteurs, leur électorat penche irrésistiblement à droite ? Leur flegme n'est d'ailleurs pas mis très durement en cause par Georges Marchais et les siens, trop préoccupés de ménager l'avenir dans un secteur beaucoup plus important, celui des mairies. Les communistes savent bien qu'ils ne préserveront leurs bastions municipaux qu'en accord avec les socialistes, désormais en position de force et libres de leurs alliances depuis que le climat euphorique de 1972 a fait place à la compétition ouverte.

Le problème, tel que le posent les communistes, est celui des listes communes – à quoi s'opposent la majorité des compagnons de Mitterrand. En juin 1976, les trois dirigeants signataires du Programme commun, Marchais, Mitterrand et le radical Robert Fabre, prévoient la formation de listes de gauche, les responsables locaux des trois partis étant chargés de définir sur place et au coup par coup le « meilleur accord possible ».

Pourquoi Mitterrand, échaudé, prit-il ce risque – alors qu'il était, qu'il se sentait surtout en position de force, et que son compère radical ne poussait guère à la manœuvre ? Une confiance en soi démesurée, avivée, en novembre, par les résultats de législatives partielles où se manifestaient encore la croissance du PS, le piétinement du PC, le portait alors…

Le fait est que lors des élections municipales du 20 mars 1977, c'est une victoire inespérée que remportent à la fois son parti et la gauche en général : 52 % des suffrages exprimés passent à babord… Il n'est pas d'éditorialiste qui ne crie au « raz de marée », et le premier secrétaire du PS a lui-même ce cri : « La France se donne ! » (Ô Don Juan…) Cette fois, le pouvoir semble vraiment à portée de la main, et dans la presse de droite on relève des signes de résignation, presque de ralliement…

Ce qui frappe, dans le comportement de ce Mitterrand du printemps 1977, c'est moins l'exultation qu'éprouve celui qui peut se croire, en attendant mieux, le maître de la France urbaine, que le vœu qu'il exprime d'un renouvellement profond des cadres du parti d'Épinay. On le voit fasciné par ces nouveaux visages de jeunes maires, de Françoise Gaspard à Jean-Marc Ayrault. Comme si, ayant conquis et apprivoisé à Épinay les valeurs et les positions anciennes du socialisme français, il se voyait désormais en inventeur, en créateur d'une génération appelée au pouvoir : les élections législatives doivent se dérouler dans un an, en 1978…

Le Parti communiste n'a pas accueilli de bonne grâce ce verdict municipal : le PS a gagné deux fois plus de villes importantes que lui. Or les mairies, ce ne sont pas de médiocres hochets parlementaires, mais le pouvoir direct sur les gens, les rapports sociaux – et des revenus assurés. Voilà de quoi raviver une aigreur qui n'a cessé d'être nourrie depuis cinq ans, et motiver une ample contre-attaque. C'est ainsi qu'en avril 1977, peu de semaines après la victoire « commune » aux élections municipales, Georges Marchais, en quête d'un piège pour ses partenaires, lance le mot d'ordre d'« actualisation » du Programme commun.

Cinq ans de pratique avaient démontré au leader communiste que la signature du Programme commun avait accéléré, et à ses dépens, la renaissance du Parti socialiste, exactement comme Mitterrand l'avait annoncé à ses camarades de l'Internationale socialiste en 1972. Si ce programme servait ainsi les intérêts de leurs concurrents, il importait aux communistes de le changer, sous couleur de l'« actualiser » – un mot à double sens qui signifie aussi bien « rendre actuel » que « faire passer dans les faits ».

La première réaction de Mitterrand fut, en privé, négative : il y vit des perspectives de conflit, d'abord parce que, selon une formule qui lui est chère, « on ne sort jamais de l'ambiguïté qu'à son détriment », ensuite parce qu'il avait compris que, désormais affaibli par rapport à ses alliés, Marchais ne pouvait plus consentir des concessions faites au temps où sa supériorité semblait évidente… Le PC est devenu trop faible pour plier. Mais le bon sens parlait pour la mise à jour d'un programme vieux de cinq ans. On prit date pour une rencontre le 17 mai.

Si Mitterrand a pu s'interroger un instant sur les arrière-pensées qui habitaient alors l'esprit de ses partenaires communistes, ses incertitudes seront vite levées : le 10 mai, l'avant-veille d'un important rendez-vous télévisé pris par François Mitterrand avec le Premier ministre Raymond Barre, *L'Humanité* publiait le « chiffrage » du Programme commun « actualisé » selon les vues du Parti communiste : 350 milliards de francs d'augmentation des dépenses en prestations sociales et hausses salariales…

C'était offrir le plus beau cadeau au Premier ministre appelé à débattre avec Mitterrand. « Lorsque j'ai lu ces chiffres dans *L'Humanité*, fit Raymond Barre de son ton sucré, j'ai été ennuyé pour vous, monsieur Mitterrand. Je me suis demandé : dira-t-il oui ? – Bien entendu, répliqua le socialiste, ce sera non ! » Mais le mauvais coup était fait :

Marchais avait réussi à déstabiliser le « camarade Mitterrand » face à l'opinion publique…

Quand les trois partenaires se retrouvent le 17 mai, au siège du Parti radical, le climat est donc tendu. Robert Fabre relève d'emblée que l'opération de *L'Humanité* a « desservi l'union ». Marchais plaide pour la « liberté d'expression ». Mitterrand coupe : « Actualiser n'est pas alourdir… » Marchais : « C'est un diktat… » Fabre tente de s'interposer. Mitterrand, exaspéré, à son voisin radical : « Faites donc un programme avec les communistes ! » On se sépare de fort mauvaise humeur, non sans prendre un autre rendez-vous pour le mois de septembre.

Retrouvant ses camarades du PS, François Mitterrand résume ainsi la situation : « Le Parti communiste cherche à se délivrer des contraintes de l'alliance [qui] a fait de nous la première force du pays [mais] il ne peut signer le crime sans attirer sur lui la colère populaire […]. Dire non nous expose à endosser la responsabilité d'une rupture que nous ne souhaitons pas [17]… »

Le congrès du Parti socialiste convoqué à Nantes à partir du 17 juin * lui donne l'occasion de faire le point, plus sereinement. Ces quelques semaines ont un peu calmé la fièvre provoquée par les « comptes fantastiques de M. Marchais ». Selon le premier secrétaire, il « ne serait pas sérieux » de ne pas « discuter de l'actualisation du programme […] en tenant compte des événements [qui] ont infirmé certaines de ces propositions […] en somme un travail assez modeste [18]… ».

Modeste ? Ni les communistes, ni les radicaux n'entendaient qu'il en soit ainsi. Ils vont en administrer la preuve.

C'est en mai 1977 en effet que le Parti communiste diffuse un texte explosif, le « rapport Kanapa » sur la défense nationale, qui est – stupéfaction ! – un ralliement du PCF à l'arme nucléaire française, honnie jusqu'alors par les porte-parole du Parti. Au point que, lors des négociations de 1972, Marchais et ses camarades avaient prétendu faire de la destruction immédiate de la force de frappe un article du programme, ne se laissant qu'avec peine convaincre par Mitterrand et Defferre de se contenter d'en arrêter le déve-

* Sur lequel on reviendra au chapitre suivant.

loppement et de prévoir sa reconversion en « industrie atomique de paix ».

Et voilà que l'expert numéro 1 du Parti en matière stratégique exigeait soudain le développement de cette arme, à condition que la France s'interdise la « première frappe * » (ce qui est annuler l'effet de dissuasion « du faible au fort »...), qu'elle renonce à la stratégie « anti-cités » que redoute particulièrement l'URSS, et que l'emploi relève d'une décision collégiale – proposition bouffonne. Cette exaltation de la bombe tendait à son désamorçage au bénéfice de Moscou.

Arrière-pensées ou pas, c'était, sur un point fondamental, une « actualisation » qui ne pouvait relever que d'une négociation tripartite. Ce faisant, Marchais et les siens signifiaient que leurs rapports avec Moscou avaient la priorité absolue sur leurs relations avec les partenaires du Programme commun.

Après avoir observé un silence gêné, bien étrange de sa part, François Mitterrand se décida à réagir, au début d'août – après le congrès de Nantes, avant la reprise de la négociation à trois –, sous forme d'une interview accordée à Jean-Pierre Mithois pour *Le Matin*. Il y suggérait que la question de l'armement nucléaire fût soumise à une « consultation du peuple français ** », offre d'abord accueillie avec une prudence plutôt positive par quelques dirigeants du Parti communiste [19]. Mais de Corse, où il passe ses vacances, Georges Marchais réagit violemment. Dénonçant là une « trahison » par Mitterrand du Programme commun, il explose : « Liliane ***, fais les valises **** ! »

Philippe Robrieux tente d'expliquer ainsi ce coup d'éclat :

> « Des derniers conciliabules tenus place du Colonel-Fabien, il ressort que l'accord sur l'"actualisation" est en voie d'être

* Si l'URSS était tentée de lancer cent divisions vers l'Ouest sans recourir au nucléaire, aucune dissuasion ne serait possible...

** Après de longues consultations internes, le Parti socialiste se ralliera lui-même, en 1978, à la stratégie de dissuasion nucléaire, fondement de la défense nationale.

*** Son épouse.

**** C'est-à-dire : la situation est si grave qu'il faut courir sur le champ de bataille.

signé : Fiterman le confie à des proches. Dès le retour du secrétaire général, le bruit se répand : rien n'est fait, Mitterrand est infidèle au Programme commun. Tout donne à penser que les vacances de Marchais ont été studieuses – en tout cas pas solitaires ! Qui a-t-il vu en Corse – ou ailleurs ? Des Russes ? Avant lui, Waldeck Rochet me disait : "Je fais ce que je peux, pas ce que je veux…" Marchais, pour sa part, laisse échapper, à cette époque, un piteux : "On nous surveille !" [20]. »

Le 1er août, Mitterrand, en vacances lui aussi, à Latche, a reçu une lettre de Gaston Defferre qu'on citera très largement, tant elle est éloquente :

« Cher François,
En relisant, dans le calme de la campagne, le projet du Programme commun actualisé, il m'est apparu que les communistes avaient enfin trouvé le moyen qu'ils cherchaient depuis longtemps pour arrêter la progression du Parti socialiste. Toutes les thèses qu'ils ont soutenues, tous les amendements qu'ils ont présentés sont reliés par une sorte de fil conducteur, sont l'expression d'une ligne politique logique, cohérente.
Il est évident qu'ils veulent nous couper d'une partie de nos sympathisants et de nos électeurs.
Il me paraît probable, sinon certain :
1. Qu'en 1977 ils ne sont pas décidés à céder sur l'essentiel comme ils l'avaient fait en 1972.
2. Que la rupture ne les effraye pas. Au contraire, ils y voient sans doute une possibilité de nous mettre en accusation […].
3. Que, si malgré tout la gauche est majoritaire dans l'Assemblée élue en 1978, ils se consoleraient aisément de l'échec du gouvernement chargé d'appliquer le Programme commun.
4. Qu'ils sont conscients que vous êtes le seul capable de mener le PS à la bataille, d'assurer son union, de diriger le gouvernement et de leur tenir tête.
Ils préfèrent attendre cinq ans, dix ans s'il le faut, convaincus que, sans vous, le PC dominera à nouveau le PS [21]… »

Le 21 au soir, après être intervenu à la télévision sur un ton très caustique, François Mitterrand emmène dîner au restaurant quelques amis, dont Jean Daniel, qui le décrit ainsi dans *L'Ère des ruptures* :

« [Saisi d']une férocité allègre, lapant ses huîtres, ingurgitant son vin, plissant ses paupières […]. Il pourfend tout le monde […] "Je suis sûr que les communistes ont déjà pris leur déci-

> sion […]. Je peux vous dire quand ils l'ont prise : au lendemain des élections municipales […]. Si je fais des concessions sur des points importants, ce dont je n'ai pas envie […] ils nous mèneront de concession en concession. Ou bien je fais preuve d'une intransigeance gratuite et alors je leur offrirai l'occasion rêvée de la rupture…" Dayan et Estier essayant de nuancer, Mitterrand balaye d'un geste les objections : "Vous n'y comprenez rien, le premier ennemi des communistes, c'est le Parti socialiste. Et le premier ennemi dans ce parti, c'est moi. Désormais, ils vont s'acharner à affaiblir le parti et à se débarrasser de moi. Quand le feront-ils, comment le feront-ils ? Attendront-ils d'être au gouvernement ? Je n'en sais rien. Je sais que la guerre est décidée" [22]. »

Que confiait alors Marchais à ses camarades ? On serait bien en peine de le dire. Mais si la thèse de Mitterrand était intégralement vérifiée, le secrétaire général du PCF serait un grand acteur. Car à le voir en ces heures-là s'agiter et palabrer, on croit déceler à tout instant une émotion qui donne à penser que le rôle dévastateur qu'on lui fait jouer là n'est pas celui qu'il eût souhaité remplir. Quand il intervient à la télévision sur Antenne 2, le 22 à 20 heures, il lance un appel à l'unité sur un ton où il est bien difficile de ne pas sentir vibrer une sincérité blessée. A qui s'adresse-t-il ? A Mitterrand ou à Souslov ? Dans la salle de rédaction du *Nouvel Observateur*, le scepticisme agacé fait place à l'interrogation. Le fin Georges Mamy, qui le connaît bien, murmure : « Cet homme se prépare à quelque chose de pénible et nous y prépare… »

La rupture s'opère en deux temps. Le 14 septembre 1977, c'est au siège du Parti socialiste, 7 *bis* place du Palais-Bourbon, que se retrouvent les trois délégations. Mitterrand est entouré de Mauroy, Rocard et Bérégovoy, qui a mené jusqu'alors, en son nom, la négociation. Marchais est systématiquement agressif. A Rocard, qui met en cause l'opportunité d'une grille de salaires à l'échelon national, il lance : « Quand j'étais à l'usine, mon patron parlait comme toi ! » Le désaccord se manifeste surtout à propos des nationalisations – que Marchais veut multiplier, « à la carte », c'est-à-dire à l'initiative du personnel, quand Fabre veut les freiner.

A la fin de l'après-midi, le radical Fabre réclame une suspension de séance et annonce qu'il va faire à la presse une déclaration importante. Elle l'est en effet : c'est une annonce de rupture. Marchais joue l'étonné, Mitterrand ne cherche pas à dissimuler sa colère. Il voit bien que le PC va déchaîner une campagne sur le thème : c'est le PS qui a provoqué la rupture, téléguidant son modeste satellite radical – tandis que la presse modérée va soutenir que les « petits » radicaux ont eu, face aux staliniens, le courage dont manque le chef de file des socialistes...

Et revoilà François Mitterrand face à Marchais le 21 septembre – Robert Fabre, ayant rompu sur le fond, n'est là que pour la forme – au siège du PCF, place du Colonel-Fabien. Pour tenter de sauver l'union, deux jours de discussions sont prévus. D'accord avec le sombre pronostic de Defferre, Mitterrand est sans illusion. Il pense que les communistes ont arrêté leur décision.

A l'appui de cette thèse, le premier secrétaire cite à ses amis la confidence faite à Léopold Senghor, président du Sénégal, par Giscard : les Soviétiques ont fait officiellement savoir au président français qu'ils étaient plus que jamais hostiles à l'arrivée au pouvoir de la gauche en Europe occidentale. Il se réfère aussi à un article, signalé par son ami Charles Salzmann, qu'a publié en janvier 1977 la revue officielle du PCUS, *Kommunist*. Un certain Krassine y condamne le « crétinisme parlementaire », la « croyance naïve dans le suffrage universel » et insiste sur le danger qu'il y aurait pour des communistes à souscrire à des « programmes minimum, forme moderne du révisionnisme, à seule fin de se concilier les partis bourgeois et sociaux-démocrates ». Le grand coup de barre communiste menant à la rupture serait parti de là.

D'un Marchais-qui-provoque-la-rupture-malgré-lui Claude Estier a esquissé un portrait frappant, assez plausible. Celui des lieutenants de Mitterrand qui, avec Joxe et Chevènement, était le plus attaché à l'alliance communiste met en doute que la question des nationalisations fût la véritable cause de la rupture et cherche ailleurs :

> « Pendant des heures, assis à quelques mètres de lui autour de la grande table ovale de la salle où siège le bureau politique, j'ai observé Georges Marchais, le visage creusé, les traits tirés, la voix tour à tour agressive et dramatique. J'ai eu la conviction

– comme la plupart des membres de la délégation socialiste – qu'à ce moment, l'eût-il souhaité, quelque chose lui interdisait de s'engager dans la recherche d'un compromis... »

« Quelque chose » ? On n'est pas très loin de la suggestion de Robrieux, qui parle, lui, d'un « dieu » vigilant... Assez « vigilant » pour inciter le secrétaire général du PCF à des incongruités primaires – comme poser la question de savoir si les socialistes, parvenus au pouvoir, accepteraient de défendre leur pays contre une agression des États-Unis ou de l'Allemagne fédérale [23] ! Grotesque provocation, qui ne pouvait être inspirée que par des officines exotiques.

Si la rupture ne fut pas simplement dictée pour des raisons fondées sur les seuls intérêts de la stratégie globale de l'URSS, ici liés, pour une fois, à l'application de l'idéologie profonde, on pourrait, à l'exemple du *Monde* daté du 25 septembre 1977, la trouver dans l'exigence qu'aurait fait connaître l'interlocuteur communiste de se voir attribuer des « positions de pouvoir » devenues à ses yeux indispensables depuis sa mise en minorité par le PS, entre 1972 et 1977. Ce qu'il pouvait faire semblant de négliger, fort, il lui fallait l'exiger, faible : Mitterrand l'avait bien vu. On peut imaginer que ce fut là la condition (irréalisable, compte tenu de la vigilance du partenaire socialiste) mise par Moscou à la poursuite de la politique unitaire *.

Le 22 septembre, vers 23 heures, c'est la dernière passe d'armes, à propos, une fois de plus, des nationalisations.

Marchais : « Il y a un fossé entre les engagements que vous avez pris avec nous il y a cinq ans et vos propositions d'aujourd'hui. »

Mitterrand : « Nous avons une vue progressive des nationalisations. »

Marchais : « Vous avez changé... Il faut nous dire honnêtement : "Pendant des années, nous avons eu la même lecture que vous, mais nous modifions aujourd'hui notre lecture." »

---

* Dans *Autopsie d'une rupture* (J.-C. Simoën, 1979), François Loncle, l'un des négociateurs radicaux, signale deux exigences ahurissantes du PCF : que dans le gouvernement de gauche à venir, chaque ministre n'ait que sa « responsabilité propre », limitée par une « coordination interministérielle », et que l'actualisation du programme soit permanente... (p. 134-135).

Mauroy : « Un procès commence. »

Marchais : « Je n'ai jamais fait de procès à quiconque et je n'en ferai pas. »

Mitterrand : « Nous partons de postulats différents. Notre raisonnement s'est appliqué aux neuf groupes*, pas un de plus. Votre vraie pensée, ce n'est pas neuf, c'est dix, onze, douze, c'est plus… Toute votre argumentation s'inscrit dans une façon de penser selon laquelle, partout où il y a du capital privé, c'est de trop. C'est votre conception de la société, de la vie. Il est légitime que vous ayez un dogme. Mais, si l'on s'enferme dans des positions dogmatiques, on n'arrive pas à se rejoindre… Un compromis consiste à mettre un peu de côté le dogme auquel on se rattache. C'était le cas en 1972. Nous aurions souhaité, de votre part, le même esprit en 1977. »

Marchais : « C'est l'accusation de collectivisme… L'argument est mauvais. Il faut le laisser à nos adversaires… Ne déplaçons pas le débat : l'unité sur un bon programme bien actualisé… Je le redis, nous n'avons pas d'autre stratégie. »

Mitterrand : « Nous sommes dans le même cas. »

Marchais : « Alors, si c'est exact, il faut faire les pas** qui s'imposent. »

Mitterrand : « … Si on développait le Programme commun de 1977 au-delà des limites de 1972, on tomberait dans la bureaucratisation, l'immobilisme, le blocage… On a épuisé les ressources de ce qu'on peut se dire. »

Fabre : « Nous nous sommes tout dit… »

C'est fini. On se sépare, dans la nuit, un peu hébétés, tout de même surpris. Aux débats sans merci vont se substituer les polémiques de part et d'autre vengeresses, sur le thème : « C'est vous qui avez, en brisant l'unité, trahi l'attente populaire ! » A ce jeu, la machine communiste est imbattable.

Dès la matinée du vendredi affluent au siège du Parti socialiste les télégrammes de protestation et des « délégations de travailleurs » se succèdent pour réclamer des explications et sommer le PS de « faire un pas*** ». Les directions du PCF et de la CGT peuvent bien assurer qu'elles ne sont pour rien dans ses démarches [24]…

---

* A nationaliser (voir chapitre précédent, p. 368).

** Formule qui va servir de leitmotiv à la campagne communiste.

*** Le mot d'ordre de Marchais, on l'a vu…

La rupture était-elle programmée par le PCF, comme en était persuadé Mitterrand ? Entre bien d'autres indices, une observation pittoresque semble le confirmer. Le 23 septembre, quelques heures après la rupture, *L'Humanité* publiait en première page un dessin de Wolinski représentant un Giscard qui, à l'instar du « petit caporal », tire l'oreille de Mitterrand et de Fabre en leur glissant : « Je suis content de vous, mes petits gaillards ! » Un tel dessin ne peut avoir été remis au journal et soumis à l'approbation du directeur qu'à la fin de l'après-midi du 22 – cinq ou six heures avant la rupture… Pour Roland Leroy, négociateur des accords et patron de *L'Humanité*, la cause était déjà entendue…

Le premier échec de François Mitterrand depuis près de dix ans ? Bien plus : la promesse apparente d'une défaite plus grave, six mois plus tard, lors des élections législatives de 1978 qui, de l'avis général, devaient sous le signe de l'unité lui ouvrir les portes du pouvoir – sous une forme que personne encore n'avait théorisée, ni même imaginée.

Pendant des mois, le pilonnage communiste contre la trahison socialiste sera incessant, implacable : on relèvera certains jours, dans *L'Humanité*, jusqu'à cinq articles tendant à démontrer la félonie, ou le « glissement à droite », des alliés de la veille. Mais en dépit des incitations du CERES à infléchir la ligne pour reprendre la négociation, Mitterrand se refuse au moindre geste, fût-ce en vue des élections législatives prévues pour le printemps suivant : il lui suffit de consulter les sondages pour constater que le vent souffle toujours pour lui. Regagnant vers le centre ce qu'il a perdu sur sa gauche, le Parti socialiste est en train de passer la barre des 30 % d'intentions de vote…

Plus les élections approchent, plus fort les divers orateurs du PCF clament : « Il y aura des ministres communistes, et nous exigeons des portefeuilles importants. » On ne pouvait épouvanter plus savamment les électeurs modérés, rassurés par la rupture du 23 septembre et qui rêvaient d'un gouvernement issu des élections où Mitterrand et Fabre eussent fait l'économie de l'homme aux sourcils noirs…

François Mitterrand peut-il encore croire qu'entre le pouce baissé par les communistes et l'appareil du pouvoir, il garde ses chances de se frayer la voie vers la victoire ? Toute sa stratégie, depuis 1965, ne repose-t-elle pas sur ce postulat que, sans la participation active et coordonnée du Parti communiste à sa stratégie de contestation, la droite contrôle indéfiniment le pouvoir ? C'est parce qu'il considère que là est le point de passage obligé vers ce pouvoir qu'il a accepté de contresigner un Programme commun dont il connaît les pesanteurs et les absurdités. Le sabotage qu'il voit se développer sous ses yeux, les provocations qu'il découvre de jour en jour dans la presse du Parti devraient lui dessiller les yeux, à lui, le réaliste. Ce qu'il sait ne devrait-il pas l'emporter sur ce qu'il veut croire encore ?

Non. Rien en tout cas, ni dans ses confidences aux intimes ni dans ses propos ou écrits d'alors, ne persuade que la rancœur et le découragement ont pris le dessus sur l'espoir. Valéry Giscard d'Estaing ayant, le 27 janvier 1978, à Verdun-sur-le-Doubs, appelé les Français à « faire le bon choix », faute de quoi il serait, chef de l'État en exil intérieur, obligé de laisser s'appliquer le « Programme commun [qui] plongerait la France dans le désordre économique », François Mitterrand mène à travers le pays une campagne marquée par un optimisme fondé sur l'irrésistible progression de la gauche, « surtout socialiste ».

Le 7 février, il dénonce certes « une sorte de coalition absurde, anti-historique [qui] se forme entre la droite et l'un de nos partenaires de la gauche... ». Mais c'est pour ajouter : « ... ce partenaire qui doit revenir, celui que nous attendons ». Et faisant mine de retenir cette hypothèse : « Personne ne pourra raisonner de la même façon si, le 12 mars, nous* avons 7 millions de voix [...]. Les suffrages que vous nous donnerez le 12 mars serviront, le 19, à faire élire le candidat de gauche le mieux placé [...] nous retirerons nos candidats et ne demanderons rien en échange [...]. Le Parti socialiste n'a pas l'intention de marchander ses désistements [25]. »

Le 1er mars, il ose aborder la question du programme, assurant que « la gauche doit aller vers la victoire avec son programme tel qu'il est, et non un programme qui serait devenu, par touches successives, une sorte de copie du programme communiste ». Et il soutient que si le Parti socialiste est « attaqué par la majorité et les communistes », c'est qu'il

---

* « Nous », c'est désormais le seul PS...

« représente la France tout entière, à l'exception de la petite classe des privilégiés ». « La France tout entière »... Le climat semble l'autoriser à lancer ce défi : les foules sont presque aussi denses qu'au temps où il était le candidat unitaire, et les sondages toujours aussi prometteurs...

* * *

Il est vaincu. Le 12 mars 1978, en dépit (ou en raison ?) d'une participation électorale sans précédent et d'une poussée de la gauche qui, toutes tendances additionnées, lui permet de recueillir 49,5 % des suffrages, le Parti socialiste ne passe pas le cap des 23 % dont il avait fait son chiffre de base. Compte tenu du comportement des dirigeants communistes, il est clair que les perspectives de report des voix, au second tour, sont médiocres. Mitterrand peut bien se féliciter, le 15 mars, que son parti ait rassemblé « les 7 millions de voix qui étaient annoncés », il sait bien que ses « alliés » de la place du Colonel-Fabien tiennent son sort entre leurs mains – et que le verdict est depuis longtemps prononcé.

S'il en doutait, il lui suffirait de regarder ce soir-là la télévision, où surgissent sur l'écran, haut perchés derrière un bureau-tribunal qui évoque les procès de Moscou, les membres du bureau politique du PCF, brochette de personnages aux faces verrouillées, dont l'apparition seule est de nature à décourager 80 % des Français de voter pour une gauche ainsi musclée. Quel metteur en scène spécialiste de la lutte contre les « rouges » M. Marchais a-t-il engagé pour épouvanter à ce point le bourgeois ?

Alors les communistes peuvent bien participer, au siège du PS, à une réunion où sont mis au point les désistements du second tour, et du coup céder sur presque tous les points dans le « polissage » du programme à défendre avant l'ultime scrutin, les visages hilares qu'ils promènent dans les locaux de leurs alliés du PS en disent long sur leurs convictions : ils sont parvenus à leurs fins. C'est donc au plus balourd d'entre eux, Paul Laurent, qu'il reviendra de résumer leur état d'esprit : « Voici réunies les conditions d'une belle défaite [26] ! »

Au soir du 19 mars 1978, le Parti socialiste obtient 28,31 % des suffrages exprimés, réalisant le meilleur score de son histoire électorale. Mais la majorité reste en place, avec 290 sièges contre 202. Et c'est le cri du poignardé :

> « L'espoir de l'union de la gauche s'est brisé le 22 septembre 1977 sur la désunion. L'Histoire jugera comme il convient ceux qui en ont pris la responsabilité, n'hésitant pas à joindre leurs attaques violentes, incessantes, à celles de la droite contre le Parti socialiste […]. J'imagine la tristesse de 15 millions de Françaises et de Français. Rien ne doit abattre leur résolution […]. Qu'ils sachent que rien n'entamera la mienne… »

Dans une note prise cette nuit-là en vue de son prochain livre, François Mitterrand écrit :

> « Avant que le coq chante * […] La politique obéit si souvent aux lois de la physique que j'attends maintenant du principe d'Archimède une somme de doutes, d'abandons, d'insolences et d'injures exactement égale à la somme d'éloges, de soumissions et de serments qui m'eût procuré le mouvement contraire [27]. »

---

* Dans l'évangile de la passion, Jésus dit à Pierre : « Avant que le coq chante, tu me trahiras trois fois. » Marchais comparé à Simon Pierre ? Miséricorde mitterrandienne…

CHAPITRE XIII

Les couteaux de Lorraine

• Mort de l'Ami • Un *tua culpa* saisissant • L'allergie à visage humain : Rocard • De Nantes à Metz, de la messe au judo • Ni dogme ni grand prêtre • *Ici et Maintenant* • Après Conflans, Créteil • Un candidat globe-trotter • « 110 propositions ».

Le 28 mai 1979 n'est pas l'une des dates les plus notoires de la biographie de François Mitterrand, et bon nombre d'experts se perdraient peut-être à en rechercher le sens – pourtant très fort : c'est le jour de la mort de l'Ami, l'homme que les autres intimes mettaient hors de pair et qui, dans cette vie lardée de coups d'estoc et déchirée d'ambitions rivales, avait été le flegmatique, le sagace porteur de torche, Georges Dayan.

Nous l'avons constamment aperçu au second plan, camarade d'université ou de régiment, premier confident de la rencontre d'Alger avec le général de Gaulle, chef de cabinet sous la IVe République, député, sénateur, maire, ce gentleman pied-noir à la désinvolture sarcastique, haute silhouette ployée, distillant des propos d'une acuité qui n'épargnait pas son trop phosphorescent chef de file, créatif et désintéressé, égal à l'autre en esprit mais pas en ambition, et mettant son orgueil à cheminer dans la pénombre. Mandel auprès de Clemenceau ? Non. Le Tigre n'aimait pas son lieutenant. Mitterrand aimait Dayan.

En juin 1978, passant le week-end chez André Rousselet, leur ami commun, Georges Dayan est terrassé par une rupture d'anévrisme. Hospitalisé en catastrophe, pris en main par le Pr Natali, il semble se remettre. Mais les turbulences politiques qui suivent la rupture de l'union de la gauche l'épuisent à nouveau. Au lendemain du congrès de Metz *,

* Voir plus loin, p. 440 *sq*.

dont il a détesté les violences – n'appréciant guère la rudesse tactique qu'y déploya le chef de file –, les médecins décident une intervention cardiaque. A Rousselet il glisse : « Une simple affaire de plomberie. Sans risque[1]... » Il meurt sur la table d'opération, le 28 mai 1979.

Deux jours plus tard, au cimetière Montparnasse où est inhumé son ami, François Mitterrand, serré contre Irène Dayan, est si bouleversé qu'il ne peut prononcer un seul mot d'adieu – lui, le confident de la mort, le rhéteur inspiré... Ce n'est que peu à peu qu'il pourra rendre à son ami les hommages publics attendus, à Nîmes, dont Georges avait été le député, à Camiérac (Gard), dont il était le maire. On ne trouve que peu de textes de Mitterrand sur cet homme au sujet duquel, prié de faire connaître les raisons de leur amitié, il eût volontiers répondu par les mots fameux de Montaigne à propos de La Boétie : « Parce que c'était lui, parce que c'était moi. »

Chaque 28 mai, Irène Dayan recevait de lui une lettre, un télégramme ou des fleurs – sauf en 1994, où, ayant laissé passer de deux jours l'anniversaire douloureux, le président luttant contre son propre mal s'excusa le 30 mai auprès d'Irène d'avoir « manqué à la plus élémentaire des marques d'affection et de fidélité[2]... ».

Qui pourrait apprécier ce par quoi la disparition de son compagnon changea la vie ou le comportement de François Mitterrand ? Est-ce le manque de ce regard ironique, de cette tendresse critique, ou simplement l'usage du pouvoir qui le firent plus âpre, ou cinglant, ou solennel ? Ou encore les combats internes qui émaillèrent les dernières phases de l'escalade des marches du palais – des marches où il n'eut pas contre son épaule l'épaule de Georges, le palais où n'entra pas Dayan * ?

---

* C'est, entre mille formules échangées entre eux, Georges Dayan qui recueillit l'un des mots les plus profondément mitterrandiens que l'on puisse rapporter. Apprenant ensemble comment Willy Brandt, à Varsovie, s'est agenouillé devant le monument aux martyrs juifs du ghetto, les deux amis se confondent en témoignages d'admiration. Et Mitterrand, soudain : « Et puis, quelle bonne idée ! »

* * *

Au moment où les Français venaient d'apprendre, ce 28 mars 1978, peu après 20 heures, que la turbulente coalition des partis de gauche, quelques mois plus tôt promise à la victoire, restait minoritaire, on vit sur le plateau de télévision d'Antenne 2, y précédant de justesse le porte-parole désigné par son parti, Claude Estier, s'avancer un jeune homme au visage raviné, crispé par la tristesse, qui jeta dans le micro, d'une belle voix rauque, quelques phrases simples mais inoubliables : « La gauche vient de manquer un nouveau rendez-vous avec l'Histoire [...]. Est-il impossible qu'elle gouverne ce pays ? Est-ce une fatalité ? Je dis non ! »

Michel Rocard était déjà un personnage de la vie publique française – et du Parti socialiste, qu'il avait rejoint quatre ans plus tôt*. Mais à cette minute-là, il en devint l'un des protagonistes, et pour beaucoup** le porteur de l'espoir. On goûta ce morceau de « parler vrai », dût-on apprendre plus tard par tel ou tel témoin présent dans le studio que cet émouvant improvisateur disposait d'un texte amplement raturé – ce qui n'en abaissait ni la pertinence ni la portée – et dût-on se persuader, à la réflexion et au dire d'experts, que ce beau chant mélancolique était un réquisitoire bien ciblé contre celui qui, l'ayant écarté de sa route, n'avait pu épargner aux socialistes ce nouvel échec.

Mea culpa émouvant, ou *tua culpa* un peu trop habile, en tout cas précipité ? François Mitterrand ne perdit pas de temps à s'interroger sur le sens de cette fulgurante intervention : pour lui, Florentin ou pas, huguenot ou papiste, c'était le coup de poignard d'un conjuré. Coup d'autant plus cruel qu'il était porté au lendemain d'une défaite que l'on pouvait considérer comme celle de sa stratégie d'union de la gauche, et qu'il semblait, venu de l'autre bord, un écho à la campagne de harcèlement conduite par Georges Marchais et les « camarades » du PCF.

Dans les réactions abusives qui furent alors celles de

---

* Voir chapitre XI.

** Y compris l'auteur...

François Mitterrand, dans cette logomachie de la « guerre » et de la « trahison » qu'il déploya face à son jeune rival, il faut voir le comportement d'un homme blessé, d'autant plus sensible qu'il connaît, en ces épreuves qu'il vient de subir, sa part de responsabilité.

Si l'union de la gauche a volé en éclats, c'est bien du fait des communistes : quel qu'ait pu être le « jeu de Moscou », qui garde sa part de mystère, les textes sont là, la collection de *L'Humanité* comme les discours de campagne de Marchais, de Fiterman ou de Juquin, pour rappeler que les violations de l'alliance vinrent, dans la proportion de cinq contre une, du camp communiste. Mais en répétant à qui voulait l'entendre que son objectif principal était de domestiquer ou de minimiser le PCF, et en démontrant sur le terrain électoral l'efficacité de sa stratégie, Mitterrand avait provoqué la colère de ses alliés et attisé leur esprit de revanche. D'où la savante stratégie d'empêchement conduite par les communistes contre le député de la Nièvre, qui a abouti à la modicité de sa victoire du premier tour, et à l'échec du 28 mars.

Et maintenant, avant même que ses porte-parole et lui-même aient pu proposer un commentaire mettant en lumière les progrès de leur parti et les perspectives offertes, voilà surgi des rangs du PS ce trublion qui, agitant le spectre de la défaite, se présente comme un recours. Non seulement battu, mais rejeté « au musée », comme iront le répétant les rocardiens ?

Le Mitterrand de cette vendange-là ne sera pas sucré. C'est un combattant tous azimuts que l'on va voir se dresser, sur deux fronts – défensif contre Marchais, offensif contre Rocard –, allant même jusqu'à remettre en question, en cette dernière joute, son alliance intime, fondamentale, avec Pierre Mauroy.

* * *

Entre Mitterrand et Rocard se sera déroulé, en un quart de siècle, l'un de ces duels d'hommes et d'idées dont une certaine histoire est gourmande. Ainsi, pour s'en tenir à la période moderne, ceux qui ont opposé Clemenceau à Ferry et Guesde à Jaurès (pour ne pas parler de celui qui, pour un enjeu plus formidable, dressa de Gaulle contre Pétain).

Entre l'homme d'Épinay et celui de Grenoble, la contradiction, d'autant plus dure qu'elle se situe dans un espace politique restreint, à l'intérieur d'un même camp, fut d'une quintuple nature : de tempérament, d'histoire, de milieu, d'idéologie, et enfin de religion.

François Mitterrand est né assis sur un trône, où son buste romain affichait sa densité, son masque sa fermeté, où ses gestes épiscopaux se déployaient, où ses jambes trop brèves se faisaient oublier; et peu importe qu'il aimât la marche, fût-elle en pente raide, et même, longtemps, le tennis, puis le golf. Peu importe même qu'il fût à son zénith sur l'estrade d'un meeting. A ce gastronome, grand lecteur et causeur fascinant, tout siège était bon, et surtout le plus haut.

Michel Rocard mourra debout, en mouvements, en élans et esquives, en virevoltes et gambades. « Il faut tout le temps qu'il gigote [...]. Quel jeu de jambes [...]. Il me donne le tournis [3] ! », soupirait Mitterrand. (S'il ne lui eût donné que le tournis...) Le trône n'est pas son fait, mais la tente du chef nomade : on a vu de grands souverains s'en accommoder, et pas seulement en Orient.

L'histoire de Mitterrand, provincial, sinue à travers les paysages français, le long d'un chapelet de rivières, parfois coupées de rapides mais volontiers enflées en estuaires. Laborieuse, bien balisée, elle fait son chemin comme il sied, de tragédies traversées en catastrophes surmontées. L'Histoire est tragédie, et il le sait : mais l'art politique consiste à la maîtriser pour en faire un roman-fleuve, puis un fleuve canalisé.

Qui parle d'histoire, au singulier, à propos de Rocard ? D'histoires plutôt, faites d'expéditions scientifiques, de traversées inventives, d'escalades et de colloques ingénieux, de courses gracieuses. Il va de plongées sous-marines en conquêtes de l'espace et de percées conceptuelles en aurores boréales. Quand Mitterrand progresse, Rocard surgit : en 1968 à Charléty, dans la tour Montparnasse, à Grenoble, dans les studios d'Antenne 2.

François a ses amis. D'Angoulême au stalag IX, de Thuringe au Palais-Bourbon, du Morvan aux étangs des Landes, des bouquinistes du quai Saint-Michel aux escarpements de

Bourgogne. On ne se tutoie qu'arrachés en commun à la guerre, et les bourrades sont proscrites. On s'entraide, on est fidèle dans l'épreuve et accapareur dans la victoire, on « pousse en mêlée » bien ensemble, on conquiert et occupe le terrain.

Michel a ses copains, dont le centre nerveux est à Paris, avec vue sur la mer. On lit plutôt Keynes que Lamartine, Galbraith que Tolstoï. On rêve à l'Annapurna plus qu'à Venise, et aux taux de croissance optimale plus qu'à l'édition originale de Pétrarque. On découvre, on ferraille, on suggère, on s'égaille. Quand le mitterrandiste gagne, le rocardien brille.

Mitterrand est un républicain de gauche (devenu de gauche, mais sincèrement, quoi qu'il y parût...) dont l'idéologie, un temps socialiste, s'enracine en chacune des républiques, la première dont il se récitait à 15 ans les grands textes, *via* Michelet et où il eût siégé entre Vergniaud* et Desmoulins, sauvant peut-être sa tête avec Sieyès ; la deuxième, celle de son cher Lamartine, celle du drapeau tricolore et des ateliers nationaux ; la troisième, incarnée par Clemenceau, qu'il salue comme « le plus grand[4] » ; la quatrième, qui fut le socle de sa statue ; et la cinquième, qu'il accapara, faute de l'aimer et de la réformer.

Rocard est un démocrate socialiste qui se méfie de l'État et parlerait volontiers du pouvoir au pluriel, sauf s'il s'agit du « marché ». Ce Parisien** eût-il été, en 1792, plus girondin que son rival ? En 1848, il eût été plus socialiste et, au début du siècle, moins clemenciste.

Mais leur incompatibilité d'humeur et d'histoire, ne faut-il pas la rechercher aussi dans la religion ? On ne saurait être – sinon par la pratique sacramentelle – plus catholique que François Mitterrand, clerc anticlérical, évêque laïque, pontife en quête d'Être suprême, assuré qu'il n'est pas de débordement que la confession (éventuelle) n'abolisse, amoureux des pierres imbibées de spiritualité, avide de cérémonial et pas hostile à l'encens.

Rocard est protestant, beaucoup mieux encore que de naissance : d'éducation, de réflexes. Imprégné d'esprit scout,

* Limougeaud comme son père à lui.

** Né à Courbevoie.

celui des Éclaireurs. Ni sacrement pour lui, ni tiare, ni intermédiaire avec le Seigneur. Il préfère le synode au concile, et ne tutoie pas seulement Dieu. Faute de confesseur, ce type d'homme tend plus soigneusement à la vertu, lorgnant de loin du côté des cathares (que hait Mitterrand) et s'affirmant assez libre religionnaire pour préférer Michel Servet * à Jean Calvin, détenteur implacable du pouvoir de tuer.

Voilà de quoi faire une belle paire d'ennemis – ou d'amis ? Sully avait gardé le pourpoint noir quand Henri le Béarnais passait au pourpre. Des ennemis complémentaires ? Cela n'était pas inimaginable – au moins comme l'avaient été Pierre Mendès France et François Mitterrand. Robert Schneider a situé leur relation sur le plan de la « haine tranquille ». Mais Rocard a-t-il toujours détesté Mitterrand autant que le font ses amis ? On se retiendra de collectionner les traits qui révèlent la part de fascination qu'exerçait l'évêque sur le scout, et Rocard lui-même confiait plus de dix ans après les affrontements des années 70 : « Mes rapports avec Mitterrand ont souvent été meilleurs et plus étonnants qu'on le dit[5]. »

Ce n'est pas seulement par goût de la polémique ou pour cultiver sa différence (« son péché mignon », dit Pierre Mauroy) que Michel Rocard prononça à Nantes, en 1977, face à un Mitterrand au zénith après son triomphe aux élections municipales, l'un des discours les plus percutants qu'ait jamais écoutés conclave socialiste, mais parce qu'il lui fallait se définir à long terme et suggérer au PS une autre voie que celle de l'union de la gauche, qui déjà…

Le 18 juin 1977, à la tribune du congrès de Nantes, l'ancien leader du PSU rappelait aux élus et cadres socialistes que la gauche française était le fruit d'une double culture : la jacobine, parisienne, centralisatrice, planiste et volontiers autoritaire, qui s'était notamment incarnée dans le Comité de salut public, la Commune et Jules Guesde ; et la girondine, décentralisatrice, démocratique, autogestionnaire sinon libertaire. Il ne prétendait pas enfermer Mitterrand dans le rôle d'un Robespierre marxisant, ni s'affirmer lui-

---

* Le médecin protestant brûlé à Genève sous l'autorité de Calvin, pour avoir posé le problème de l'existence de Dieu. Rocard avait choisi son nom, on l'a vu, pour pseudonyme.

même comme l'héritier des girondins et de Proudhon. Mais son discours tendait à montrer les vices du centralisme que risquait d'alourdir l'enfermement dans l'alliance communiste. Leçon d'histoire enrichie de culture économique, trop pertinente pour ne pas humilier le « régent » du parti, fort peu marxiste au demeurant, et plus proche, on le sait, de la Gironde (qui n'était pas que douceur)* que de la Montagne…

C'est par l'aîné que, le plus souvent et avec constance, fut tiré le verrou – à quelques exceptions près. Il faut entendre les fidèles de Mitterrand décrire ses agacements, ses rejets, ses sarcasmes. André Rousselet, qui ne fut pas de ceux que l'Histoire mit le plus crûment face à l'homme de Conflans (comme Fabius ou Chevènement), parle d'un permanent mauvais vouloir, d'une négation massive, essentielle. Irréductible : « Au fond, compte tenu des exigences tactiques, Mitterrand ne reconnaissait rien à Rocard, et surtout pas ce par quoi il distinguait ceux avec qui il devait travailler : l'aptitude politique**. »

Bref, passé les tempêtes qui provoquèrent la dislocation de l'union de la gauche, s'annonçaient les orages internes au Parti socialiste. Plus ou moins programmée par Marchais et les siens, la défaite de 1978 annonçait l'ouverture d'une bataille successorale. L'apostrophe rocardienne du 28 mars signifiait que l'état d'Épinay – comme on dit l'« état de grâce » – était non pas clos, mais ouvert à la contestation. Le roi n'était pas nu, mais couvert d'une armure fêlée. Son infaillibilité catholique était remise en cause par le féal protestant.

Pour se protéger contre les menaces, ici de Navarre et là de Guise, Henri III (que nous retrouverons, tant il préfigure par certains traits le François de l'Élysée) avait groupé quarante-cinq spadassins, dont le père Dumas fit un livre. Mitterrand se contenta alors de trente compagnons, mais de choix.

* Elle vota la mort du roi.

** Peu de semaines avant sa mort, passant en revue les partenaires de sa vie, de Pleven à Chirac, je l'interrogeais sur Rocard. Et autant il témoignait en fin de compte de largeur d'esprit à propos de tous, autant l'ancien président fut acrimonieux, obstinément, à l'égard de son rival.

Le 30 mars, puis le 29 avril, il a réuni les instances dirigeantes du parti, pour tracer, en ces lendemains de défaite, les grandes lignes de la stratégie du parti pour 1981, assurant que les socialistes ont désormais trois candidats possibles : « moi-même, Pierre Mauroy et Michel Rocard » – ce qui est situer celui-ci au troisième rang, et installer entre le frémissant dauphin et lui un confortable maire du palais.

Cet ordre de succession fixé, il s'en va à la rencontre des deux successeurs potentiels. Avec Rocard, les choses se passent normalement mal, au cours d'un déjeuner où le premier secrétaire a savamment embrouillé les problèmes dans un fatras de références religieuses : s'agissait-il d'autre chose que d'embarrasser le jeune homme que lui rappeler que, ballotté entre Médicis et Coligny, il ne fait pas encore le poids ?

Avec Mauroy, les choses sont plus subtiles, car il ne s'agit plus de neutraliser, mais de raviver une fidélité attiédie par les péripéties récentes et la sympathie du Lillois pour Rocard. C'est Gaston Defferre, le moins diplomate et le plus franc des hommes, qui s'est posé en médiateur. On se retrouve chez lui, dans la belle maison de Saint-Antonin, au pied de la montagne Sainte-Victoire. Mitterrand parle moins de Cézanne que de politique… et Mauroy retombe sous le charme : Rocard est isolé !

Il le serait si, plus mitterrandistes que Mitterrand, plus antirocardiens encore, les Trente – « conventionnels » comme Mermaz, Estier, Mexandeau et Joxe, nouveaux grenadiers tels que Jospin, Quilès et Fabius, et curieusement Jacques Delors qui passait pour fort lié à Rocard – ne publiaient un manifeste dénonçant le « danger mortel » que ferait courir aux socialistes une solution « technique et moderniste » – c'est-à-dire, dans l'esprit des signataires, rocardienne. Texte qui semble inspiré par le CERES, bien que Chevènement et ses amis n'en soient encore qu'« informés ».

Pierre Mauroy a l'impression d'avoir été pris dans les filets que Mitterrand s'apprêtait à jeter sur Rocard pour l'emprisonner. Pendant de longs mois, il va se tenir à l'écart du premier secrétaire et de ses Trente. Puisque celui-ci a inscrit l'avenir du parti dans un triangle, le maire de Lille le dessine d'abord isocèle. Il tient toujours Mitterrand pour le chef du parti et son meilleur candidat. Mais il a de l'amitié pour Rocard, et ne peut manquer au surplus d'observer son implacable progression dans les sondages : dès le mois d'octobre 1978, la cote du cadet dépasse celle de Mitterrand comme candidat présidentiel, au regard de l'opinion publique…

François Mitterrand observe avec irritation le flottement de Mauroy et l'escalade de Rocard (quel « jeu de jambes ! »), dont il rend responsable la presse – notamment *Le Nouvel Observateur*. Il ne peut désormais reprendre la main que sur le terrain, dans l'exercice où sa maîtrise est incomparable : le congrès du parti, qu'il aborde dans des conditions psychologiques favorables, du fait d'une gaffe de Rocard – déclarant à la radio que lorsqu'il serait candidat à la présidence, Pierre Mauroy deviendrait premier secrétaire du parti… Ce qui était promettre Mitterrand au néant – et fut mal reçu, notamment par le maire de Lille qui voulait bien s'interposer entre le leader et son rival, mais non être opposé à Mitterrand.

C'est le 6 avril que se réunit, à Metz, le congrès socialiste où, pour la première fois depuis Épinay, Mitterrand met son titre en jeu. A Pau, c'était une fête. A Nantes, une cérémonie (où certains, et pas seulement des rocardiens, décelaient la montée d'un syndrome monarchique : dans *Le Monde*, Raymond Barrillon, qui n'avait jamais cherché à dissimuler ses sympathies mitterrandistes, brocardait la Cour du premier secrétaire, ses barons, baronnes et laquais…).

A Metz, c'est d'un tout autre exercice qu'il s'agit : à la motion du courant Mitterrand (eh oui, le souverain se porte candidat à sa succession, comme de Gaulle en 1965 !), qui « pèse » 40 %, s'opposent celle de Rocard (20 %) et celles de Chevènement (20 %) et de Mauroy (14 %). Quand il a appris qu'à l'exemple de Rocard, le maire de Lille maintenait contre lui son texte dans le sens d'une réorientation du parti, il a confié à son frère Robert : « Ce sera dur, mais c'est jouable [6] ! » Alors il a joué, en virtuose chevronné.

Épinay avait été le théâtre d'une conjuration dans le style des doges de Venise. Ce qui se passa à Metz fait plutôt penser aux séances de la Convention, à ces journées de germinal de l'an II au cours desquelles les modérantistes affrontèrent, à la tribune comme dans les couloirs, les chefs de la Montagne. Rocard serait-il trop menu pour jouer les Danton ?

Mauroy fera l'affaire. Quant au Robespierre de Château-Chinon, il va trouver, nous le verrons, un Saint-Just à peine plus âgé que son modèle pour écraser les « contre-révolutionnaires ».

Partie carrée, donc. Si Mitterrand, avec son magot initial de 40 % de mandats, est à peu près assuré de l'emporter en fin de compte, les 20 % de Chevènement lui seront bien utiles, presque autant que les 9 % décisifs qu'il avait fournis en 1971 à Épinay. Mais si l'opération tenait alors du paradoxe, en 1979 elle relève d'une partition dès longtemps répétée entre le chef d'orchestre et le premier trompette du CERES.

Le rude cynisme d'Épinay était le produit des circonstances – le difficile accouchement d'un parti, appelant le recours à la césarienne. Le réalisme très cru, parfois féroce, qui régna en Lorraine, province des Guise, confirma certes que le patron n'avait rien perdu de sa poigne et savait en user, irrité par le défi de Rocard et la semi-sécession de Pierre Mauroy. Elle parut abusive à certains – comme le pauvre Georges Dayan, on l'a déjà suggéré. Où le fleuret aurait suffi, manié par un bretteur comme lui, Mitterrand choisit le sabre. Fut-ce parce que, au matin de l'ouverture du congrès, Rocard a laissé échapper, à propos du succès initial de la majorité mitterrandiste : « C'est le scrutin du troisième âge » ? Ce qui était chercher les coups…

Et pour bien faire voir sa pugnacité, le premier secrétaire s'élança dès le premier jour à la tribune du congrès, plaidant avec une fougue juvénile pour sa stratégie du Programme commun, exactement pour tout ce que Rocard dénonce comme relevant de l'« archaïsme », de la première culture, celle qui semble tirer, du fonds jacobin, ses emprunts au marxisme. Mitterrand veut la bataille frontale, sur le fond des choses, sur la ligne « dure » – que, selon lui, la « trahison » communiste ne remet pas en cause : soyons unitaires pour deux ! Épinay, tout Épinay…

Rocard, pris pour cible, ne peut pas attendre pour riposter. Mais succédant à la tribune au tribun, et pour judicieuses que soient ses critiques, il ne « fait pas le poids ». Il n'est pas jusqu'à son ami Martinet qui ne l'ait, ce jour-là, trouvé « à côté de la plaque » [7]. D'autant que ses plus fines analyses économiques sont assorties d'une très contestable leçon d'histoire sur le « déclin permanent du socialisme français depuis la non-intervention en Espagne… », sur ce qu'il appelle une « malédiction ». A quoi on peut opposer bien des arguments, ne serait-ce que les scores sans précédent naguère obtenus par le Parti socialiste, aux municipales ou aux cantonales (27 %), dont le Blum des plus beaux jours du Front populaire de mai 1936 se fût félicité !

A ce discours crispé et à tout prendre malencontreux, Mitterrand voulut que fût opposée une riposte cinglante, et par une voix juvénile, lui que les rocardiens vouaient déjà, par leurs cris, « au musée ». C'est Laurent Fabius (32 ans) qui fut choisi pour faire entendre la voix accusatrice de Saint-Just. Il a lui-même évoqué cette mission d'exécuteur des hautes œuvres :

> « Le congrès de Metz fut […] très dur […]. Dans la salle régnait une véritable atmosphère de haine. Lorsque Mitterrand entra […] des groupes de partisans de Michel Rocard scandaient : “Mitterrand à l'hospice !” Et j'imagine – je sais – que d'autres nourrissaient des amabilités symétriques à l'endroit de Michel Rocard […]. François Mitterrand m'avait demandé de monter en ligne publiquement devant le congrès […]. Il fallait montrer que [des] jeunes étaient aux côtés du vieux lion […]. Rocard ayant ironisé sur les “socialistes du troisième âge” qui soutenaient François Mitterrand, je répliquai que nous acceptions ce vocable et que même nous nous en faisions gloire si le premier âge était “celui de Jaurès, le deuxième celui de Blum et le troisième celui de François Mitterrand”… Michel Rocard ayant affirmé qu'entre le plan et le marché, il n'y avait rien, je lui rétorquai – et la formule, souvent commentée ou déformée, reste assez vraie – qu'entre le plan et le marché il y avait le socialisme […]. J'exposai cela avec flamme, trop de flamme peut-être [8]… »

Trop de flamme en effet, et certains s'y brûlèrent, comme Jacques Delors, signataire de la motion Mitterrand, mais ami de Rocard et qui jugea « honteux » que l'on se permît de lui administrer une si hautaine leçon. Le premier secrétaire, pour sa part, n'y vit pas malice, applaudissant à tout rompre la charge de son disciple contre son rival.

La colère du chef n'était pas pour autant apaisée. Elle allait éclater lors de la préparation des textes de résolutions – à propos de celle des rocardiens. Y ayant lu cet amendement proposé par le sociologue Patrick Viveret : « Les socialistes n'ont ni dogme ni grand prêtre... », il explose : « C'est une insulte à mon adresse ! – Mais voyons, observent deux proches de Rocard, cette formule est extraite de votre texte ! – Dans ce contexte, elle prend un tout autre sens ! Pour moi, elle est blessante ! », riposte, non sans pertinence, le « grand prêtre » [9]...

Victoire certes, mais amère, pour le « régent » de Pau, pour le « roi » de Nantes. Il n'a même pas pu faire, avec Mauroy, la paix : la défaite du maire de Lille, en son alliance avec Rocard, paraît trop lourde pour n'être pas blessante. Mais elle est surtout pour Mauroy instructive : « Michel » ou pas, c'est avec Mitterrand, en priorité, qu'il faut construire... Pour ce qui a trait à Rocard, le premier secrétaire du « Comité de salut public » revient tout de même de Lorraine avec un bon acquis en poche : l'imprudent a lâché à la tribune que, si Mitterrand était candidat à la présidence, il s'effacerait devant lui...

La grande, l'unique affaire, en effet, c'est celle de la candidature, face à un Giscard parti en flèche dans un style réformiste d'avant-garde, sur le thème ingénieux de la « décrispation », mais qui s'essouffle, subit les effets des deux chocs pétroliers, du chômage galopant et du fait que le principal parti de la majorité, le néo-gaulliste sous ses divers avatars, creuse sourdement sa tombe. Contre ce virtuose de la statistique en dentelles qu'est le président élu en 1974, qui sera plus opératoire : un Giscard de gauche comme Rocard, ou un anti-Giscard comme lui ?

A-t-il vraiment, en ces mois-là, tout au long de l'année 1980, hésité ? Bon nombre de ses proches, comme Claude Estier ou Lionel Jospin, pensent que oui. D'autres, non moins proches et informés, comme Mermaz, Quilès, Fillioud ou Fabius, tiennent qu'il méditait, fourbissait ses armes, testait ses amis, soupesait les atouts du clan Rocard, mais excluait de n'être pas sur la ligne de départ en mai 1981.

Deux de ces métaphores sportives dont il était friand peuvent permettre une assez bonne approche de sa méditation d'alors. Lui qui a raconté que l'un des rêves qu'il faisait en « montant » à Paris, en 1934, était d'assister aux courses du Vel' d'hiv', sait bien que le surplace initial est, dans le domaine de la vitesse, la clé de la victoire, et qu'il faut surtout éviter de partir le premier pour pouvoir placer sa pointe finale (« au *finish* », disent les experts). Il n'est pas de grand décideur qui ne connaisse les vertus de la position en second, nonobstant le jeu de jambes de Rocard.

Stratégie de pure nuisance ? Non. Schneider et Du Roy rapportent qu'il répondait alors volontiers à ses visiteurs impatients, changeant de référence sportive : « Rocard et moi, nous pouvons sauter deux mètres. Cette fois-ci, la barre est à deux mètres vingt. Pour moi, c'est trop haut. Pour Rocard, c'est peut-être possible. A condition que je l'aide[10]... » Le trait est joli. Mais crut-il vraiment que Giscard, le Giscard un peu fripé par six ans de secousses et tumultes, avait placé la barre si haut ?

Le fait est que, cet été-là, François Mitterrand ne parle pas seulement de performances sportives. Il écrit un livre qui pèse à coup sûr plus lourd que les métaphores les plus ingénieuses. Parce que ce livre, qui s'intitule avec une éloquence irrévocable *Ici et Maintenant*, la devise par excellence de l'homme d'action et du gagneur, n'est rien d'autre qu'un manifeste de pouvoir, ou de la nécessaire conquête du pouvoir.

C'est l'un de ses proches les plus ardemment acquis à une nouvelle candidature, Paul Quilès, qui a pris l'initiative de cette entreprise. Il ne s'agit pas d'un essai comme *Le Coup d'État permanent*, d'une collection d'articles comme *L'Abeille et l'Architecte* ou d'une rétrospective comme *Ma part de vérité*, mais d'un dialogue d'action qui, pour être plus percutant, aura pour partenaire un observateur supposé critique, excitant la pugnacité du premier secrétaire. Jacques Attali propose Guy Claisse, fort bon journaliste, tenu pour rocardien*, donc peu complaisant, et obtient son accord le 16 juillet 1980. L'entretien va se dérouler, quinze heures durant, du 1er au 3 août suivants – étant entendu que la seule « question qui ne sera pas posée » sera celle de la candidature (prématurée, a signifié l'hôte de Latche), question à laquelle tous ses propos pourtant, « en bosse » ou « en creux », semblent répondre. Mais on voudrait citer d'abord ce paragraphe de la préface de Guy Claisse :

* Encore que lui-même ne se reconnût pas pour tel...

> « Entre les séances d'enregistrement, chacun vaquait à ses occupations. Pour François Mitterrand, sa famille, ses amis, ses chiens, ses ânes, ses chênes, ses livres ; pour moi, de brèves flâneries dans les dunes de la côte toute proche. En fin d'après-midi, nous regardions les jeux Olympiques * à la télévision. Le dernier jour, nous partîmes nous promener à vélo. Il s'était coiffé pour la circonstance d'un vaste béret landais d'un rouge éclatant. Nous fîmes halte dans un bistrot de campagne où son entrée ne dérangea pas les buveurs. Il m'apparut qu'il flottait autour des pins une rare odeur de liberté [11]. »

Voilà un journaliste qui sait voir et écrire…

S'il est vrai – par hypothèse… – que le maître de Latche hésite encore à se présenter, ce n'est pas que la timidité l'étouffe. On lit, à la page 3 du dialogue avec Claisse, dans un chapitre intitulé « D'abord être soi-même » : « Je prie ceux que cela gêne de m'en excuser : je fais partie du paysage de la France. » Comme un brin d'herbe, ou comme le Mont-Saint-Michel ? Bigre ! Est-ce d'un homme qui songe à s'effacer devant le « petit Rocard » ?

Et ce n'est pas son implacable description de la restalinisation du PCF qui peut faire croire à l'abandon de ses ambitions électorales. Sans s'attarder à rechercher quand le parti de Marchais a décidé de « casser l'union » et d'« abattre le PS », il constate que c'est là sa « ligne » à moyen terme. Mais il n'y voit nulle condamnation de la stratégie unitaire de 1972 – seulement un aveu de faiblesse des communistes par rapport aux socialistes, car « quand le PC veut tout, cela veut dire qu'il ne veut rien [12] ». De ce « rien », un bon stratège de gauche ne peut-il faire son miel ?

Au hasard des propos, on relève de bien savoureuses notations – dussent-elles gagner en saveur d'être rétrospectives – à propos de cette présidence à laquelle il aspire :

> « Si sept ans c'est trop long, quatorze, ça l'est encore plus ! Hypothèse d'école : Si M. Giscard d'Estaing était réélu et s'il terminait ce second mandat, il disposerait d'une durée de pouvoir supérieure à celle de tous les dirigeants occidentaux […]. Durée que n'atteignent en Europe que les archontes communistes [13]… »

* Ceux de Moscou.

Faut-il avoir l'esprit mal tourné pour en sourire, en 1998 ?

C'est constamment en chef d'État virtuel qu'il parle dans ce livre. Bien moins quand il soumet l'« État Giscard » à une critique presque aussi acerbe et tout aussi excessive que celle qu'il infligeait seize ans plus tôt à la République gaullienne que lorsqu'il traite des affaires du monde. Là perce le souverain. Comme il regrette qu'à propos de l'Afghanistan et de l'Iran, l'Occident n'ait pas fait preuve de plus de fermeté *, Guy Claisse met l'accent sur la « discrétion » du chef de l'État français. Alors lui : « Kaboul, otages, quand il s'agit du droit, notre président prend le temps de respirer à fond [14]. »

Tout le livre n'est pas de cette encre. Mais s'y ébroue et s'y manifeste un esprit au sommet de son art de la synthèse, de l'acuité visuelle. Un esprit auquel il ne manque plus que de rompre avec l'amertume inhérente à l'exil intérieur – toujours un peu courte – pour atteindre à la vraie maîtrise de l'intelligence et de la décision. A quelques flèches près, inutiles, et qui sentent leur opposant professionnel, on écoute parler là un maître qu'appelle l'exercice du pouvoir, et dont les derniers mots ont la simplicité des certitudes : « Faire ce qu'on peut là où l'on est, je ne connais pas d'autre morale. »

L'accent est mis sur le « faire ». L'homme qui parle ainsi n'est pas mûr – ou l'est trop – pour le rôle de témoin critique. Et s'il lui manquait encore quelques impulsions, elles vont lui être données, entre beaucoup d'autres, par deux hommes qui ont, comme on le dit un peu bizarrement, son « oreille » : l'expert en analyse d'opinion qu'est Charles Salzmann, déjà cité à propos du voyage en URSS de 1975, et le grand avocat Robert Badinter, devenu depuis quelques mois de ses intimes et dont les avis n'ont pas seulement la vertu que confère le talent, mais celle de la nouveauté.

Le 8 août 1980, de la maison des Cévennes où il a souvent accueilli Mitterrand et où il passe ses vacances, Salzmann écrit au candidat virtuel que les perspectives électorales lui semblent favorables, en raison du contexte international qui appelle un homme fort, aussi de la malveillance du RPR à l'endroit de Giscard, et enfin du comportement des communistes qui (« Trop, c'est trop ») peut le servir au deuxième tour. A supposer, écrit Salzmann, que Giscard obtienne

* Contre l'intervention soviétique, et les prises d'otages.

d'emblée 31 % des voix, Mitterrand 25, Marchais 19 et Chirac 14, on peut supposer qu'en dépit du report d'une fraction des voix communistes sur Giscard (eh oui…), près de la moitié des suffrages RPR se reporteraient sur le candidat socialiste qui, en fin de compte, obtiendrait 52 % des voix*… De quoi doper un candidat…

Plus décisif encore fut peut-être l'article alors rédigé par Robert Badinter et publié dans *Le Nouvel Observateur* du 30 août, article que l'auteur ne dut pas publier sans un minimum d'assentiment (d'encouragement ?) de celui dont il était alors le confident. Sous le titre « Partons gagnants », le futur garde des Sceaux écrivait :

> « La défaite de Valéry Giscard d'Estaing en 1981 est probable […] parce que la gauche comme force politique unie n'existe plus […]. Si en effet V. G. E. a été élu en 1974, ce n'est pas en dépit de l'union de la gauche, mais bien à cause d'elle. […] L'union de la gauche est défunte. Et même si, par une nostalgie compréhensible, on soupire à gauche après elle, la conjoncture internationale lui interdit de renaître.
> La nouvelle donne politique conduit à la probabilité de la défaite de M. Giscard d'Estaing et à la victoire du candidat socialiste. Reste aux socialistes à tirer immédiatement les conséquences d'une situation si favorable, en désignant sans plus tarder leur candidat, en faisant l'union autour de lui, en élaborant aussi un programme qui, destiné à être vécu par des Français qui ne sont pas en majorité socialistes, ne peut être la traduction électorale du "Projet socialiste". Peut-être est-ce d'ailleurs sur les divisions entre les socialistes et la passion doctrinale de certains d'entre eux que table secrètement M. Giscard d'Estaing pour l'emporter[15]… »

On ne saurait dire que ce provocant et paradoxal manifeste relevât de l'orthodoxie mitterrandienne. On y retrouverait même une petite musique rocardienne… Mais il est bien clair que c'est en faveur de son ami Mitterrand que Robert Badinter « casse la tire-lire » de l'union de la gauche : prolongeant son analyse, on pourrait soutenir que cette rupture ne pouvait être aussi bénéfique que parce qu'elle mettait un terme, provisoire ou non, à une tentative hardie que l'allié

---

* Pronostic établi en août 1980 ! (Cf. Charles Salzmann, *Le Bruit de la main gauche*, *op. cit.*, p. 57.)

s'était donné le tort de briser, et que le candidat dont Badinter traçait ainsi la voie était fort, aussi bien de tout ce qu'il avait tenté à gauche – sur ce point plus crédible que Rocard – que de sa délivrance du carcan de 1972. Ordalie nécessaire pour affronter le grand combat…

Mitterrand doit compter aussi avec l'attente anxieuse de ceux qu'il a entraînés, depuis la naissance de la « Convention », la candidature de 1965, Épinay et la campagne de 1974, dans « son » aventure. Les grognards mitterrandiens ne supportent pas l'idée de voir ce PS bâti de leurs mains confisqué par les rocardiens – plus hardiment encore qu'eux-mêmes ont subtilisé le parti aux savarystes en 1971.

Bref, aussi bien le livre – il doit paraître avant la fin de l'année – que l'article de Badinter, la consultation de Salzmann et l'attente des siens conduisent à la décision du maître de Latche, décision dont on peut penser qu'elle est prise à l'automne 1980. Toutes les gesticulations, dans les mois qui suivent, tiennent à la fois à son souci – quelque peu pervers – de déstabiliser, désorienter, empêtrer Rocard, qu'il voit se débattre au bout de son hameçon, enrageant contre ce vieux muet du sérail ; mais aussi et surtout à sa certitude qu'une campagne ne saurait se prolonger, sans exaspérer les citoyens, plus de trois mois. Le scrutin étant prévu pour mai, il serait maladroit de se prononcer avant le mois de février. Alors il laisse les uns et les autres s'épuiser à le convaincre, et son rival, toujours enchaîné par son serment de Metz, multiplier les faux départs.

Soudain, voici que Rocard n'y tient plus. Le silence de l'autre est si long, si lourd… Et le 19 octobre est le jour d'ouverture des candidatures. N'est-ce pas le moment ? Après en avoir informé Mitterrand, qui, au téléphone, accueille la nouvelle avec une bienveillance presque humiliante, le député des Yvelines convoque la télévision en sa mairie de Conflans-Sainte-Honorine – après tout, c'est sa terre d'élection – le 19 octobre, à 19 h 30, en vue d'une déclaration solennelle. L'écran s'allume, les micros se tendent, et Michel Rocard fait savoir au peuple français, à l'heure où l'on se met à table, qu'il sera candidat à la prochaine élection présidentielle.

Mais comment, par quelle aventure, cet homme si séduisant, au regard si jeune et vif, au ton si fraternel, au discours si prenant que chez lui l'obscurité du propos s'émaille d'étincelles mystérieuses, comment Rocard put-il donner ce soir-là une telle impression de faux pas, de fausse manœuvre, d'acte manqué ? Maquillage de Sioux, articulation hachée, regard fixe, il fit moins figure de juvénile aspirant au pouvoir que de candidat au suicide expliquant les raisons de son geste [*].

Entre des dizaines de salves tirées alors contre lui, retenons la plus cruelle, celle de Pierre Charpy, vieux gaulliste, dans *La Lettre de la nation*, qui ne souhaite certes pas servir Mitterrand (mais déteste plus encore Giscard !) : « Née d'une séquence de télévision au soir du deuxième tour des élections de 1978 [**], l'image de Michel Rocard risque d'avoir été minée par la séquence de dimanche soir. Assis sur un trou sans savoir pour quoi faire ? Que voilà un beau président ! » Chez les mitterrandiens, c'est une explosion de joie. Au « Il est cuit ! » de Paul répond le « Il s'est planté ! » de Pierre, la motion de synthèse étant : « Il ne fait décidément pas le poids ! » de Laurent, les plus malins suggérant que, si le vaincu de Metz avait voulu travailler pour Mitterrand, il n'aurait pu faire mieux…

Le « ratage » de Michel Rocard, si total et dont il convenait loyalement, ne peut s'expliquer que par une manœuvre du premier secrétaire du parti. Deux heures avant qu'il prenne la parole à Conflans, Mitterrand avait choisi de s'adresser à quelques centaines de militants de Mulhouse pour rappeler que, tant que le parti ne s'était pas prononcé, nul ne pouvait être vraiment candidat, et qu'il n'est pas décent de « marcher plus vite que la musique [16] ». Propos dont l'AFP avait fait une dépêche, laquelle avait été remise au maire de Conflans au moment où il allait paraître devant les caméras…

Le croc-en-jambe a réussi. Mais François Mitterrand ne peut se contenter d'une stratégie d'empêchement. Et d'ailleurs il la juge dépassée et souhaite plus. Certains de ses proches, Estier ou Mermaz par exemple, ont parlé de cet épisode comme d'un « déclic », à partir duquel les dernières hésitations du député de la Nièvre (si tant est qu'il en eut…) se sont dissipées. D'autant que, pour faire pièce à Rocard, Jean-Pierre Chevènement s'est à son tour déclaré, ce qui

---

* Réflexion d'un « supporter »…

** Voir plus haut, p. 433-434.

risque de donner à la maison socialiste, s'il n'y met bon ordre, les allures d'une foire d'empoigne.

Les occasions ne vont pas lui manquer de faire de son entrée en scène l'un de ces « romans vrais » qu'il goûte tant, où se manifestent sa subtilité, son art de l'intrigue et de la psychologie, son goût du mot, sa volupté du geste. Rocard a tenté de lancer précipitamment un « appel de Conflans » ? Lui, c'est de partout en France que, posément, il va dessiner la statue et le discours du candidat Mitterrand : une œuvre d'art ou, mieux, d'artisanat.

Première touche, première étape : Marseille, où se déroule, le dimanche 26, sous l'égide de son cher Gaston Defferre, la « fête de la rose ». Il ne parle que quelques minutes, mais c'est à partir d'un texte écrit. Le mot « candidature » n'y figure pas. « De nombreuses fédérations ont fait appel à moi [...], indique-t-il. J'y vois un acte d'adhésion à la ligne politique qu'ensemble nous avons tracée à Épinay... » La référence est claire : Rocard n'y était pas, et ne cesse depuis lors de faire campagne contre cette « ligne » – imposée grâce au « coup de main » alors donné à Mitterrand par les délégués des Bouches-du-Rhône conduits par Defferre... Bien joué !

Le 8 novembre, jour de la sortie en librairie d'*Ici et Maintenant*, dont on a dit la force de convocation, il jette ses dés, sous une forme exactement inverse de celle qu'avait choisie Rocard en en appelant au grand public. C'est en comité directeur du parti, et sous forme d'une très courte lettre qu'il a donné à lire à son ami Louis Mermaz, qu'il présente sa candidature à l'agrément de ses camarades : « En réponse aux fédérations qui m'ont demandé d'être le candidat des socialistes, je soumets cette candidature au vote des membres du parti. » Comment prendre plus soigneusement le contre-pied de son jeune rival – il est vrai minoritaire au PS, majoritaire dans l'opinion ?

Michel Rocard annonce aussitôt le retrait de sa candidature, conformément à l'engagement qu'il avait pris à Metz ; mais la consternation qui se marque à cet instant sur ses traits si mobiles montre bien qu'il a cru jusqu'au bout que le doyen n'irait pas au feu...

On ne s'attardera pas sur le thème de l'hésitation, s'agissant d'un sphinx tel que Mitterrand – qui pouvait donner à croire et ceci à l'un, et cela à l'autre, à la fois sincère et double, et qui dut probablement être travaillé par quelques doutes au début de l'été 1980, doutes qui n'avaient certes pas trait au « potentiel » Rocard, mais à lui-même, à la capacité d'investissement total de l'hédoniste sexagénaire qu'il était, et que dissipa probablement, mieux que tout, l'exercice intellectuel accompli en vue d'*Ici et Maintenant*. C'est en ces trois journées, puis dans la mise au point de ce texte* qu'il s'assura de son magistère. Non, il n'a pas perdu son « punch » de 1974. Non. Il est au sommet de sa forme.

Il se trouve pourtant que, la question Rocard réglée, l'entreprise se heurte à trois obstacles majeurs : l'état de l'opinion, les moyens du pouvoir, l'opposition du Parti communiste. Déçue par la performance de Rocard, et en faisant peut-être retomber les torts sur son chef de file et son pouvoir de fascination, l'opinion, en effet, reste rétive à l'endroit de Mitterrand. En novembre, et jusqu'au début de l'année suivante, les sondages ne lui donneront guère plus de 15 % d'intentions de vote contre 60 au chef de l'État en place – dont les moyens d'action restent considérables : trois ministres seront affectés à la campagne – dont Jean-François Deniau le talentueux. Et bientôt Michel Poniatowski dont l'argument le plus raffiné est que, Mitterrand élu, ce seront « les chars soviétiques sur la place de la Concorde… ».

La stratégie du Parti communiste se dessine de plus en plus clairement : sa cible privilégiée sera l'allié avec lequel il a rompu en 1977. D'emblée, Georges Marchais s'est porté candidat, et ses premières interventions, dans les médias, ont mis en cause François Mitterrand, qualifié d'aspirant au « pouvoir personnel », tandis que *L'Humanité* du 10 novembre publie un éditorial où il est affirmé que « le pouvoir prête main-forte à la mise sur orbite de François Mitterrand parce que l'objectif majeur du candidat socialiste est le même que celui de Giscard d'Estaing… ».

Un son de cloche favorable, encore, à Mitterrand : à la fin de novembre, quatre élections partielles témoignent des progrès du Parti socialiste, qui conquiert ces sièges au détriment des candidats de la droite. Signe assez fort pour que *Le Point*, hebdomadaire favorable au pouvoir en place qui a

* Avec le concours de Pierre Bérégovoy.

publié en novembre un sondage donnant au chef de l'État vingt points d'avance sur Mitterrand, rectifie le tir en décembre, publiant une enquête intitulée : « Giscard peut-il être battu ? »

Depuis des mois, Mitterrand ne cesse de répéter qu'une bonne campagne doit être courte (« moins de cent jours »), ce qui explique en partie ses atermoiements, tout autant que le souci de consultation et d'écoute, et la guerre d'usure contre Rocard. Les circonstances et la fébrilité de son premier compétiteur l'ont contraint à se démasquer deux mois plus tôt que prévu. Mais sitôt mis sur orbite, il n'a plus qu'une idée : prendre le large, et pour se faire désirer, et pour méditer, de loin et de haut, à l'abri des chamailleries, sur son rôle et celui de la France.

Qui d'entre nous ne se souvient de l'étonnement alors éprouvé ? On vit le candidat à l'arraché s'éclipser, s'en aller aux États-Unis discuter des rapports entre l'« eurosocialisme et l'Amérique » – qui s'en moque –, en Israël, pour le congrès du Parti travailliste de Shimon Peres, où l'on peut admettre qu'il poursuit un objectif électoral, et encore, au début de février, flanqué de Gaston Defferre, Jospin, Bérégovoy et Estier, en Chine et en Corée du Nord, où il a cru bon de se rendre pour rencontrer le monstrueux Kim Il-sung. Globe-trotter ou candidat ? Ses électeurs potentiels se posent des questions, les uns parlant de désinvolture, les autres de largeur de vues…

Entre le voyage en Israël, où, dans une atmosphère fraternelle et euphorique*, le candidat socialiste a dévoilé quelques-unes de ses batteries à ses compagnons de route – Jospin s'entend dire qu'il sera le dauphin à la tête du parti, et Bérégovoy qu'il sera le directeur de la campagne présidentielle –, et l'expédition chinoise, s'est déroulé le cérémonial sans lequel l'entrée en lice de François Mitterrand n'aurait pas eu le style, la solennité que savoure (presque autant que le secret) ce cardinal drapé, comme il se doit, de rouge.

C'est à Créteil, le 24 janvier 1981, que se déroula le congrès extraordinaire d'investiture du candidat du PS, alors

---

* C'est à Tel-Aviv, rapporte Charles Salzmann, qui était du voyage, que lui fut communiqué un sondage plaçant pour la première fois Mitterrand en tête au second tour.

qu'un avisé chroniqueur du *Figaro* suggérait à François Mitterrand, plutôt que de briguer vainement l'Élysée pour la troisième fois, de se retirer à Latche afin de s'adonner « à ses passions secrètes : la philosophie grecque, le bricolage, la gastronomie et le cinéma américain ». Ce qui était faire peu de cas de l'arboriculture…

Le congrès de Créteil ne fut pas une simple messe dite pour la Saint-François, bien qu'y régnât une ferveur quelque peu dévote : le candidat à la candidature fut désigné par 83 % des votants. Trait significatif : après qu'on fut passé au vote pour choisir son successeur à la direction du parti, Laurent Cathala, maire de Créteil, fit savoir que Lionel Jospin était élu « premier secrétaire par intérim ». « Pourquoi par intérim ? » coupa Mitterrand, donnant ainsi une fière idée de sa confiance dans son propre avenir…

C'est à Créteil que furent mises au point les fameuses « 110 propositions », qui étaient en fait l'actualisation, « à la Mitterrand », du Programme commun de 1972. Les textes élaborés et signés neuf ans plus tôt place du Colonel-Fabien dissimulaient de moins en moins leurs incohérences, l'allié et collaborateur communiste avait fui d'abord, puis entamé la guerre, et les fines analyses de Rocard avaient contribué à débarbouiller le programme socialiste du dogmatisme des formules de 1972.

Lesdites « 110 propositions » restent marquées du néo-marxisme imposé à la fois par la copulation idéologique de quelques mitterrandistes avec le PCF, et les contributions personnelles de Pierre Joxe et Jean-Pierre Chevènement, sinon par les émerveillements du néophyte Mitterrand. Mais le bon sens des principaux rédacteurs, Michel Charasse et Pierre Bérégovoy, est passé par là.

A la relecture, de longues années plus tard, et après une mise à l'épreuve qui, de 1981 à 1983, fut plus attentive (on se garde du mot « fidèle ») qu'on n'aurait pu le prévoir alors, compte tenu du décalage traditionnel entre la littérature électorale et l'action gouvernementale, on y relève quelques projets qui généreront autant de crises après 1981. Notamment la proposition 90, qui a trait à la création d'« un grand service d'enseignement public, unifié et laïque ». Ce qui donne à penser que c'est moins sur l'application de la vulgate marxisante que buta l'exercice du pouvoir mitterrandien que sur les vieilles et profondes contradictions qui déchirent la société française…

Bref, à dater du milieu de février et de son retour de Chine, François Mitterrand entre en campagne, briguant pour la troisième fois la présidence de la République, avec quelques rides et quelques blessures de plus qu'en 1974, mais une expérience sans égale, avec l'atout supplémentaire que lui vaut l'affirmation de son autorité face à Rocard, à la tête d'un Parti socialiste devenu le premier de France et convenablement rassemblé, et la liberté que lui donne la brouille avec le PCF : pouvoir dire enfin ce qu'il pense de Georges Marchais…

CHAPITRE XIV

Aux marches du palais

• « La force tranquille » • Un compagnon du Tour de France • Au futur immédiat • Le recul de Marchais, à double tranchant • La chambre du Vieux Morvan • « Quelle histoire, hein !... » • La pluie de la Bastille • Distribution des royaumes • La cérémonie du sacre.

Quatre « gros » candidats entrent en lice * : le président Giscard d'Estaing, François Mitterrand, Georges Marchais et Jacques Chirac. Au début de mars, quand la compétition prend forme, les estimations des sondeurs donnent respectivement à Giscard 29 %, à Mitterrand 23 ou 24 %, à Marchais 19 % et à Chirac 15 %.

Alors que les deux derniers sont en campagne depuis le mois d'octobre 1980, usant leurs forces et leurs arguments, le chef de l'État entame la sienne plus tard encore que Mitterrand, au début de mars. Jusqu'alors, il a affecté de vaquer au service de l'État, avec l'abattage et le style qui le signalent de façon plutôt positive au regard de son électorat.

Le 27 février pourtant, Giscard est sorti de sa réserve pour dialoguer, lui, le « libéral », avec Louis Pauwels, alors tenu pour le porte-parole de la droite extrême – et qui le pousse à adopter une ligne peu démocratique, dénonçant des partis politiques qui « minent les institutions »... C'est le 2 mars que le président se porte officiellement candidat à sa succession, se définissant comme un « citoyen candidat » impatient de donner impulsion à un « septennat nouveau ». Mais sa campagne oscillera constamment entre l'éloge de l'acquis et le rêve du différent. Ce qui fera sa relative incohérence.

---

* Les autres sont Michel Debré, Marie-France Garaud, Michel Crépeau, Huguette Bouchardeau et Brice Lalonde : ce dernier seul passera la barre des 3 %...

Jacques Chirac ne le ménage pas. Soutenu par une forte majorité des élus néo-gaullistes, le maire de Paris semble n'être entré en scène que pour empêcher la réélection de celui dont il a été de 1974 à 1976 le Premier ministre. Il définit d'ailleurs Giscard comme « le candidat de l'UDF » et motive sa propre entrée en campagne par la volonté d'« arrêter le processus de dégradation que connaît la France ». Avec leurs plus modestes moyens, Michel Debré et Marie-France Garaud ne disent pas autre chose : c'est donc à une coalition d'archéo- et de néo-gaullistes que doit faire face le président-candidat. Ainsi François Mitterrand va-t-il bénéficier d'une croisade gaulliste…

La campagne de Georges Marchais est axée, pour l'essentiel, contre Mitterrand, qu'il a cru, à l'origine, pouvoir battre au premier tour, en dépit des avertissements charitables de Fiterman et de Juquin… Le thème majeur de ces philippiques, c'est le « glissement à droite » de Mitterrand. Suivant fiévreusement à la télévision les reportages sur la campagne de son rival, le cosignataire des accords de 1972 rugit à l'adresse de tel de ses camarades : « Regarde, y a personne à ses meetings, il va être battu par Giscard ! »

Le secrétaire général du PCF ne se contente pas de faire une campagne sectaire. Il laisse des notables de son parti, le maire de Vitry par exemple, prendre des mesures d'exclusion raciste, comme la destruction au bulldozer d'un foyer d'immigrés qui indigne (hypocritement ou non) des électeurs de tous bords. Au surplus, l'image de Georges Marchais a été quelques mois plus tôt (en mars 1980) altérée par des révélations de la presse sur son comportement pendant la guerre : il avait travaillé en Allemagne beaucoup moins contraint et de façon plus prolongée que ne le laissait entendre sa biographie officielle. Ce qui faisait dire à beaucoup que, si Moscou l'avait imposé contre Leroy à la tête du PCF, c'est parce qu'il était « tenu ».

Mitterrand ? Les deux campagnes précédentes du député de la Nièvre avaient été faites de meetings, surtout en 1965 (et même en 1974, compte tenu de l'amplification des moyens et des techniques), celle de 1981 fut diversifiée, beaucoup plus centrée sur la radio et la télévision – terrain dangereux pour lui, on l'a dit.

La campagne de 1974 avait été marquée par l'entrée en

scène à ses côtés de Claude Perdriel, homme de presse féru de techniques modernes. Celle de 1981 vit la prise en main, psychique et presque physique, du candidat par Jacques Séguéla, publicitaire mirobolant – beaucoup trop aux yeux de la plupart des compagnons de François Mitterrand, qui y virent l'intrusion d'une technique mensongère dans le noble champ de la politique.

On peut partager – et au-delà – cette opinion, et estimer néanmoins ingénieuses et fructueuses l'invention par Séguéla du slogan de « la force tranquille » (Mitterrand aurait préféré « pour une France forte et tranquille ») et la création de l'affiche ornée de la petite église de campagne – non sans que le candidat en fît estomper l'image, jugée trop cléricale : ne dénonçait-il pas l'intrusion des « cathos » dans les sphères dirigeantes de son parti ? Quoi qu'on pense de M. Séguéla, on doit constater que « son » Mitterrand de 1981 – apaisé, convivial, rural, débonnaire – était une version du personnage plus propre que toute autre à séduire la masse des Français.

Mais l'ingénieux Séguéla ne fut qu'une pièce, la plus voyante, du grand mécanisme monté par trois ingénieurs : Paul Quilès, Jacques Attali et Pierre Bérégovoy, en liaison étroite avec Lionel Jospin, le premier secrétaire du parti. A partir du PC de campagne installé rue de Solférino, nouveau siège du PS, ils firent tournoyer une équipe dont Mermaz, Estier, Joxe et, bien sûr, Mauroy et Defferre étaient des pièces maîtresses et à laquelle Michel Rocard prêta un concours qu'on peut qualifier de méritoire, encore qu'il ne fût utilisé que tardivement à la radio ou à la télévision. Trop brillant ? La machine du PS fonctionne désormais comme une usine (Paul Quilès et Jacques Attali sont polytechniciens, et Bérégovoy ancien cheminot, André Rousselet et Pierre Joxe étant responsables des finances). Au point que Pierre Mauroy constate, effaré, que les billets de train et d'avion, et même les chèques, arrivent à l'heure dite : la vieille SFIO est loin [1].

C'est le 16 mars que la campagne de Mitterrand prend son élan, lors de l'émission *Cartes sur table*, animée par son vieil interlocuteur Alain Duhamel *, qui sait le mettre sur

* Co-auteur de *Ma part de vérité*.

orbite sans lui faire de cadeau. Quand on tente de dresser le bilan de ses démarches et de découvrir les raisons de sa victoire, il faut tenir compte de cette heure de télévision. Rarement – et même depuis lors – cet homme réputé mal à l'aise devant l'écran, mais qui depuis quelques mois travaille sur magnétoscope*, en aura aussi bien maîtrisé l'espace et les moyens.

Cinq temps forts dans cette prestation qu'à la fin de sa vie François Mitterrand évoquait encore avec émotion, convenant qu'elle avait été l'un des épisodes clés de sa carrière. Essayons, dix-sept ans plus tard, de nous retrouver dans notre situation d'électeur potentiel devant notre écran.

Comment ne pas être saisi d'abord par l'assurance formulée par le candidat qu'au lendemain de l'élection le nouveau président de gauche serait doté d'un « état de grâce » libérant « des forces nouvelles disponibles pour une politique audacieuse » ? Frappé, ensuite, par le rappel de ses trois tentatives d'évasion, la dernière étant la bonne, ce qui faisait bien augurer de cette troisième tentative présidentielle ? Surpris par la fermeté dont il fait preuve face aux dirigeants querelleurs du PCF, assurant qu'il ne serait pas fait appel à des ministres communistes si le Parti ne changeait pas ? Ému, enfin, par la promesse d'abolition de la peine de mort – chacun sachant qu'un tel propos lui aliénerait des dizaines de milliers de voix ? C'est là peut-être, prenant ses risques, que le trop habile Mitterrand imposa d'un coup sa crédibilité. S'il sait aussi être courageux…

Dernier souvenir, plus mitigé : tranchant sur une modération dont il voulait faire, non sans raisons, l'attribut de l'homme fort et sûr de lui, le candidat socialiste, appelé à commenter un article de la *Pravda* favorable à Valéry Giscard d'Estaing, ne peut se retenir de déclencher une polémique : « Il fallait que son voyage à Varsovie** reçût le salaire […] dû au petit télégraphiste ! » Jet de venin un peu court…

---

* Notamment avec Laurent Fabius et Serge Moati.

** Lors d'un récent sommet européen, M. Giscard d'Estaing s'était chargé d'apporter à ses collègues la promesse, à lui faite à Varsovie par Leonid Brejnev, d'un retrait des troupes soviétiques d'Afghanistan… qui se fit attendre.

A l'Élysée, on s'indigne, non moins que le flegmatique locataire de Matignon, Raymond Barre. Mais Jacques Chirac, lui, trouve ces réactions ridicules : « Si critiquer la politique étrangère de Giscard porte atteinte à la France, on ne pourra pas non plus critiquer la politique économique sous prétexte que l'on portera atteinte au franc. »

C'est à la suite de cette émission qui a assis la « crédibilité » du candidat socialiste que Charles Salzmann adresse à Mitterrand une analyse des intentions de vote qui semble avoir levé ses appréhensions. Désormais, compte tenu des balourdises de Marchais et de la pugnacité dont Chirac fait preuve contre Giscard, les prévisions pour le second tour sont plutôt favorables au « challenger », qui reçoit un renfort ardemment désiré et sollicité : celui de Pierre Mendès France. Le 29 mars, au *Club de la presse*, bien qu'en proie à de très graves ennuis de santé, l'ancien président du Conseil vient apporter son soutien à Mitterrand, comme en 1965, comme en 1974.

Qu'est-ce, pour un candidat, que d'avoir le vent en poupe, sinon qu'il bénéficie de chances inattendues ? Le tour de Valéry Giscard d'Estaing de passer à *Cartes sur table* est venu. Au moment où le grand virtuose s'apprête à éblouir son monde comme il sait le faire en exposant son nouveau plan pour l'emploi, la nouvelle éclate : celle de l'attentat dont Ronald Reagan a manqué de peu être la victime... En bon professionnel, Jean-Pierre Elkabbach délaisse un instant la compétition pour lancer le président-candidat sur le sujet. Et voilà Giscard désarçonné, réduit à formuler quelques banalités sur le risque qu'il y a à diriger l'État. Le pétard est mouillé, le feu d'artifice manqué...

L'ascendant que prend Mitterrand sur les autres candidats, c'est en sillonnant les provinces qu'il l'affirme. A partir du début d'avril, il s'ébroue de Grenoble – où, en ce lieu symbolique de leur affrontement, Michel Rocard vient lui prêter main-forte, avec tout le talent qui lui a fait défaut quand il défendait naguère sa propre cause – à Brest, Bordeaux ou Lyon. A Besançon, le 10 avril, devant une foule très participante, Mitterrand s'en prend violemment au chef de l'État :

> « Selon M. Giscard d'Estaing, critiquer sa politique, c'est critiquer la France ! Mais lorsqu'il allait chasser chez Bokassa,

> ce n'était tout de même pas la France qui tuait l'antilope. Lorsqu'il contemplait Israël des hauteurs jordaniennes*, ce n'était pas la France qui regardait dans ses jumelles [...]. Lorsqu'il vend des chars AMX 30 à Pinochet, ce n'est pas la France qui signe le contrat. Lorsqu'il envoie des experts pour conseiller les bourreaux d'Argentine [...] ce n'est pas la France, ce n'est que lui... »

Dans un excellent reportage publié le 18 avril par *Le Nouvel Observateur*, Kathleen Evin fait bien ressortir la combinaison de lyrisme et de précision technique qui donne alors son efficacité à la campagne du candidat socialiste :

> « ... Beaucoup de choses ont changé. Insensiblement, le parti et l'organisation socialistes se sont professionnalisés. Pour la première fois les voyages en avion sont plus nombreux que les déplacements en voiture, pour la première fois les emplois du temps sont fixés à l'avance et rares sont les mauvaises surprises du genre meeting supplémentaire ou brochettes de discours interminables que le malheureux candidat doit ingurgiter avant d'avoir droit au micro. Les horaires sont à peu près respectés, le service d'ordre est efficace, la sono fonctionne. Bref, tout baigne dans l'huile. Le candidat, soigné et dorloté comme un boxeur, trouve, dès sa sortie du ring, verre d'eau fraîche, pardessus douillet, cache-nez et chapeau, voiture confortable et silence amical qui lui permet de récupérer.
> L'homme lui-même a insensiblement modifié son style. Les envolées lyriques style IIIe République sont moins fréquentes, les chuchotis dans le micro style confidences à deux ont quasiment disparu, laissant la place au réquisitoire véhément, à la polémique joyeuse, à l'argumentation en trois points dans lesquels l'orateur excelle... »

Il joue à fond, face à tous les auditoires, de sa connaissance intime du paysage français, des vivants et des morts, des anniversaires et des cathédrales, du héros local du Causse à la révolte des Bonnets rouges, de la fête votive ici, et là des rogations, maître d'école et bedeau, disciple de Ferry et bénisseur de moissons, Français multicolore et multifaces,

---

* En visite en Jordanie, le chef de l'État français a été filmé regardant les positions de l'armée israélienne à la jumelle au milieu d'officiers arabes, donnant l'impression qu'il épousait la cause de ses hôtes. Il fera valoir que cette image, jumelles en main, a été prise à l'hippodrome de Longchamp, et plaquée ensuite sur celles de Jordanie...

imbattable sur l'artisanat de la douelle ou de la brique, sur les performances des équipes de rugby de sous-préfectures languedociennes et les fêtes champêtres du Cantal, à la fois *Guide Michelin* et compagnon du Tour de France. Il sait ici que les cathares ont été brûlés, là que des girondins ont été dévorés par les loups – et le dit avec une compassion conquérante. Il plaît, il grimpe, il s'épanouit, et sait dormir en temps utile, rêvant à Jeanne Hachette et fourbissant, au réveil, ses armes et ses traits pour le lendemain.

Il en a fait un rite : son dernier appel public aux électeurs est lancé à Toulouse, où est vivace la tradition de gauche *. Cette année-là, le meeting toulousain se déroule l'avant-veille du scrutin fixé au 26 avril, pour l'anniversaire de celui qui vit, en 1936, la victoire du Front populaire. Il est étonnant de pétulance, de pugnacité, ce soir-là, cet homme de 65 ans qui depuis deux mois vole, roule, court, parle, sabre, esquive et tranche dans le vif, de Brest à Strasbourg et d'Amiens à Perpignan. « Aujourd'hui, lance-t-il, c'est moi qui ai sept ans de moins que Giscard ! » Il enchaîne sur un mot de Blum ou un trait de Gambetta, et se décrit déjà, après le 10 mai, à l'Élysée. Où puise-t-il cette allègre rage de vaincre, cette *furia* ? Dans la seule libido du pouvoir ?

Le dimanche 26 avril, jour du scrutin, il est à Château-Chinon, comme toujours en pareille occurrence. Au conseil politique qu'il a constitué pour la circonstance, formé de Lionel Jospin, Gaston Defferre, Pierre Mauroy, Jean-Pierre Chevènement, Véronique Neiertz et Michel Rocard, Paul Quilès étant directeur de campagne, Attali et Fabius chargés du cabinet, il a fait connaître depuis une semaine le pronostic, qu'il estime « rassurant » : 29 % à Giscard, 25 % à lui-même, 18 % pour Marchais et 15 % pour Chirac. « Avec le report des trois quarts des voix communistes et d'un tiers de celles de Chirac, on se situerait au-dessus de 50 % », estiment Salzmann et lui.

Vers 18 heures, les évaluations des instituts de sondage le situent à plus de 25 %, Giscard à moins de 29 %, Chirac et Marchais (dans cet ordre inattendu) entre 15 et 20 % : il est clair que le président sortant est en péril, et que bon nombre d'électeurs communistes ont voté pour Mitterrand dès le

* Sinon la fidélité de cet électorat…

premier tour. Dans sa chambre du Vieux Morvan (premier étage, numéro 7, douze mètres carrés, papier verdâtre, une table d'étudiant en Formica et deux chaises), il prend le temps de savourer ces chiffres (ceux de Marchais, surtout !) qui, à 20 heures, seront révisés à la hausse – pour lui : quand Giscard passe à peine la barre des 28 %, il frôle les 26 %. Il n'a jamais osé en espérer tant…

A peine les chiffres définitifs ont-ils surgi sur l'écran, Jacques Attali appelle du siège du Parti socialiste : « Quoi qu'il arrive, vous avez réussi votre vie ! » Ce qu'il a réalisé en tout cas, François Mitterrand, c'est le « pari de Vienne », ce projet communiqué à ses camarades de l'Internationale socialiste neuf ans plus tôt, au lendemain du congrès d'Épinay : récupérer pour le socialisme la masse des voix communistes perdues par la SFIO depuis le congrès de Tours.

Avec plus de 10 % de voix de plus que Marchais qui l'a défié en combat singulier, Mitterrand vient non seulement de tenir sa promesse, mais encore de remplir la condition posée par les meilleurs politologues – et Valéry Giscard d'Estaing – depuis dix ans : « Pour que les conditions de l'alternance de la droite à la gauche soient remplies, il faut que le PC soit ramené à 15 % des voix… » Chose faite…

Jubilation dans la chambre n° 7, ou au bar du Vieux Morvan ? Oui et non. Le vieil anticommuniste pavoise : mais le candidat fait ses comptes. La reculade du Parti communiste affaiblit les reports attendus de ce bord pour le second tour, et renforce l'importance de l'électorat chiraquien – plus ample que prévu : au-delà de 18 %.

D'où l'importance extrême accordée à la prise de position du candidat néo-gaulliste – formulée dès le lundi matin. Mitterrand ne pouvait espérer mieux que cette intention de vote de Chirac qui déclare se prononcer « à titre personnel » pour Giscard, mais se garde de toute consigne à ses électeurs… Ce qu'on appelle, en une telle occurrence, le « service minimum ». Allons, on peut tabler sur près d'un tiers du capital amassé par le maire de Paris…

Du côté communiste, le désistement en faveur du candidat de gauche est laborieux, mais annoncé par Marchais, qui déclare le 28 avril à la télévision, d'un ton rogue, qu'il ne s'agit pas d'un « chèque en blanc ». En fait, tout au long des deux semaines qui s'ouvrent, bon nombre de cadres du Parti appelleront au « vote révolutionnaire » pour Giscard contre le « social-traître » qui a écrasé le secrétaire général au premier tour : le témoignage qu'en apporta dix ans plus tard Pierre Juquin est irrécusable…

Valéry Giscard d'Estaing accuse le coup : il a perdu quatre points depuis 1974, deux au moins par rapport aux estimations effectuées au cours de la campagne. Le désistement communiste va donner l'occasion à son équipe de relancer sa campagne du second tour sur le thème du péril soviétique incarné par Mitterrand, bien qu'à l'instar de l'élection précédente les autorités de Moscou ne dissimulent pas leur désir – partagé par Washington et Bonn – de voir le président sortant reconduit.

Ce qui fait l'originalité de cette dernière phase de la compétition, c'est que le président en titre se conduit comme un challenger, dénonçant, accusant, se démenant, quand son adversaire se comporte, non sans superbe, comme l'homme en place, jouant les arbitres, les modérés : la force tranquille… Ce paradoxe s'affiche avec une vigueur caricaturale le 2 mai : alors que Giscard, flanqué d'Alain Delon, préside à la porte de Pantin un meeting très « classe » où l'on dénonce le « péril rouge », Mitterrand, aux côtés de Pierre Mendès France et de Jacques Delors, anime avec Jacques Attali, dans une salle du Sénat, les débats d'un comité d'experts économiques qui ne peuvent passer pour des parangons du marxisme…

Comme en 1974, la grande affaire du second tour, c'est le débat télévisé, sur lequel le président sortant compte pour surclasser son adversaire, comme il l'avait fait sept ans plus tôt. Les sondages du début de mai donnant Mitterrand en tête, Valéry Giscard d'Estaing met tous ses espoirs dans le maniement magistral des chiffres et des statistiques qu'on lui reconnaît. Au défi lancé par le chef de l'État, le candidat socialiste prend son temps pour répondre (« il se défile », croit pouvoir écrire Philippe Tesson), puis le fait en exigeant que le dialogue soit arbitré par des personnalités agréées de part et d'autre : ce seront en fin de compte Michèle Cotta et Jean Boissonnat *. Serge Moati veillera, en face d'Alexandre

* L'une plus proche du candidat socialiste, l'autre tenu pour mieux disposé à l'endroit du président. Mais sans outrance de part et d'autre…

Tarta, à faire respecter l'égalité dans le traitement des images.

C'est le mardi 5 mai, à 20 heures, que les deux adversaires se retrouvent face à face. Mitterrand a travaillé toute la journée sur les fiches préparées par Fabius et Attali. En fin d'après-midi, celui-ci vient le chercher pour l'accompagner dans une promenade au bord de la Seine, autour de Notre-Dame. Le candidat murmure : « Compte tenu des sondages, il me suffit d'un match nul », s'attardant à faire l'éloge du talent de Giscard. Et son compagnon de s'étonner que l'on puisse combattre un homme qu'on admire ainsi… Les voilà arrivés à la Maison de la radio, au studio 101, où on leur apprend que le sort a désigné le challenger pour intervenir en dernier. Bon[2]…

Sur la table qui les sépare, Mitterrand a déposé une chemise jaune, où s'entassent ses fiches. Giscard a rangé les siennes dans un dossier à couverture verte où il a classé le « projet socialiste » : « On ne me l'a pas fait payer, précise-t-il drôlement, parce qu'il est un peu abîmé. »

Le « grand débat » de 1981, ne revêtit pas l'aspect sportif, brillamment compétitif, de celui qui en 1974 avait opposé les deux mêmes « champions ». Il fut plus grave, plus politique, moins pittoresque. Toutes les images et métaphores pour caractériser les compétiteurs avaient été utilisées – encore que les statuts fussent différents, et que, président, un échassier ne soit plus tout à fait le même personnage, pas plus qu'un mammifère parvenu au troisième âge (de la compétition en tout cas). Au surplus, si la virtuosité de Giscard n'a pas faibli, le candidat socialiste a été libéré de ses inhibitions, d'abord par le dressage à lui infligé par Moati, Attali, Séguéla ou Fabius, ensuite par sa magistrale prestation du 16 mars face à Duhamel et Elkabbach.

Le Monde résumera l'affrontement en une formule judicieuse : « le renversement des rôles ». Qui eût débarqué ce soir-là d'une autre planète, en effet, eût probablement vu en Mitterrand le tenant du titre, en Giscard le challenger. Celui-ci menait la plupart des assauts, celui-là esquivait, cassait le rythme, contre-attaquait. Mais nul physicien n'est venu nous dire que le pouvoir relève du solide, et l'opposition du fluide…

Son offensive, le président en titre la mena sur deux plans :

M. Mitterrand, élu, n'aura pas de majorité pour gouverner ; et le programme socialiste prévoyant la nationalisation de 50 % de l'industrie française conduira à une « économie administrée » sans équivalent en Occident, au blocage de la production et à l'aggravation du chômage.

Sur le premier point, la riposte de Mitterrand est d'une netteté inattendue : « Le président de la République peut dissoudre quand il veut. Et je dissoudrai quand je le déciderai. La Constitution, croyez-moi, sera respectée [...]. Et j'ai l'intention de faire procéder à des élections avant le 1er juillet. Si un argument majeur s'opposait à cela, de toutes manières ma décision serait maintenue. Je veux dire par là que je ne serais pas en mesure de garder cette Assemblée. On ne peut pas mener une autre politique sans une autre majorité. »

Contre-attaque de Giscard, historiquement spécieuse : « Donc vous prendrez, en arrivant, un décret de dissolution. Vous ferez donc ce qu'a fait, jadis, Mac-Mahon, c'est-à-dire que sans avoir rencontré la représentation nationale, sans même qu'un gouvernement soit venu lui dire : "Voilà mon programme", vous direz : "Messieurs les députés, je vous renvoie chez vous." [...] Si vous renvoyez les députés sans même qu'ils aient eu droit à un exposé de la politique de votre gouvernement et aux possibilités d'exprimer la censure, ensuite si le suffrage universel renvoie les mêmes, c'est un désaveu au président de la République... »

Deux passes d'armes très vives, où l'un et l'autre font mouche tour à tour.

Giscard, à son contradicteur qui dresse le procès de son bilan : « Je ne fuis aucune responsabilité et j'indique seulement que les efforts que nous avons accomplis seraient compromis, excusez le mot : ruinés, si le programme tel qu'il est présenté par M. Mitterrand entrait en application... »

Mitterrand : « Vous ne voulez pas parler du passé, je le comprends bien. Mais rappelez-vous votre refrain d'il y a sept ans : Mitterrand, l'homme du passé ! C'est quand même ennuyeux que dans l'intervalle vous soyez devenu l'homme du passif ! »

Giscard essaie de reprendre la main en jouant de son instrument favori, la virtuosité financière. D'où un échange aussi rapide et implacable qu'entre des opérateurs boursiers :

Giscard : « … Pour le deutsche mark… pouvez-vous me dire les chiffres ? »

Mitterrand : « Je connais bien la chute du franc par rapport au mark… »

Giscard : « Non, non, mais aujourd'hui ? »

Mitterrand : « Le chiffre de la journée, de la soirée ? »

Giscard : « Oui, comme ordre de grandeur ? »

Mitterrand : « Je n'aime pas beaucoup […] cette méthode. Je ne suis pas votre élève et vous n'êtes pas le président de la République ici. Vous êtes simplement mon contradicteur, et j'entends bien… »

Giscard : « Oui, et je vous ai posé une question… »

Mitterrand : « … Je n'accepte pas cette façon de parler. »

Giscard : « Le fait de vous demander quel est le cours du deutsche mark… »

Mitterrand : « Non, non, pas de cette façon-là ! Ce que je veux simplement vous dire, c'est que lorsque l'on passe de 1,87 franc à 2,35 francs environ en l'espace de sept ans, cela n'est pas une réussite pour le franc… »

Ce qui s'appelle une prise de judo : pressé, sommé de prononcer un chiffre, il fait mine de s'en tirer en accusant son adversaire d'abus de pouvoir – pour lui sortir soudain le chiffre exact et ridiculiser par là l'homme qui depuis près de vingt ans se confond avec le franc…

Valéry Giscard d'Estaing, traité d'« homme du passif », veut se présenter comme un homme nouveau : « … Pendant ces sept ans, je me suis transformé et préparé à exercer, je le crois, une présidence qui sera une présidence de progrès pour la France… »

Mais le candidat socialiste tente de lui claquer la porte au nez et de monopoliser l'espérance : « En vérité, il y a une politique du passé, c'est celle qui s'achève maintenant, en 1981. Il y a une autre politique possible : j'ai dit partout ce que j'entendais faire si j'étais élu président de la République […] c'est la défense de la liberté. »

Ainsi, ce n'est pas sur l'invocation attendue à la justice qu'il clôt son intervention, mais sur le thème de la liberté – comme pour tenter de confisquer cette valeur-là aussi au président en place.

La presse, dans son ensemble, donna du face-à-face le reflet qu'espérait Mitterrand : elle y voit un « match nul »

– comme si, dans une étape de montagne du Tour de France, le « rouleur » faisait jeu égal avec le « grimpeur », sur son terrain… Il fallait être Max Clos, éditorialiste du *Figaro*, pour assurer, seul, que le challenger avait été « acculé dans les cordes ».

Dès lors qu'il n'a pas su jouer de l'arme qui lui était la plus favorable pour rétablir la situation, le président semble perdre son sang-froid et déclenche, autour de lui, d'étranges procédures. Le 6 mai, les deux chaînes de télévision transmettent à plusieurs reprises une déclaration du gendre de Charles de Gaulle, le général de Boissieu, grand chancelier de la Légion d'honneur, annonçant qu'il se démettrait de ses fonctions au cas où l'emporterait un homme qui avait « insulté » de Gaulle, après avoir eu un comportement répréhensible sous l'Occupation*. Ce qui provoque, au nom du candidat mis en cause, une mise au point très raide de l'amiral Sanguinetti, compagnon de la Libération, soutenu par quarante de ses camarades : il réclame la destitution et la mise aux arrêts du « grand chancelier » partisan.

Et le lendemain, 8 mai, hors des horaires réservés à la campagne, le chef de l'État juge bon d'intervenir encore pour faire entendre un exposé si caricatural du projet socialiste, dont il brandit un exemplaire à l'antenne comme un combiné de faucille et de marteau, que son adversaire obtient un droit de réponse, formulé, avec un talent renouvelé, par Michel Rocard.

Le 7, après avoir fini par décocher contre Giscard, lors d'un meeting à Montpellier, la flèche empoisonnée qu'il avait su garder dans son carquois lors du débat à propos du taux du mark : « Moi, je ne lui ai pas demandé le prix actuel du diamant** ! », il enregistre son dernier message officiel de campagne, d'une banalité rassurante. Obsédé par l'idée qu'il n'a droit qu'à trois « prises », il lit par deux fois le texte de manière exécrable. La troisième tentative est tout juste

* Dans ses *Mémoires de guerre* (tome 2, p. 169), le Général cite Mitterrand parmi quelques combattants de l'intérieur qui ont rendu le plus de services à la Résistance. Pendant la guerre, Alain de Boissieu était prisonnier, lui, en URSS.

** On accusait le président sortant d'avoir reçu en cadeau personnel des diamants du général Bokassa, empereur de Centre-Afrique…

passable. En est-il encore à tenter d'apprivoiser cette étrange machine ? Mais peut-être est-il, comme disent les sportifs, « au bout du rouleau »…

Le 8 mai pourtant, dernière journée de la campagne, tandis que le président harangue les électeurs de Verdun et de Bordeaux, le candidat socialiste court du mémorial de la déportation de Paris, dans l'île Saint-Louis, à Épinay, où il fend la foule, non sans mal, avec deux heures de retard, à Mulhouse, où Rocard, encore lui, se dévoue bravement pour faire attendre, à cinq mille auditeurs trépignants, l'arrivée du candidat, et à Nantes, où la foule est énorme.

Là, les fidèles le découvrent pour la première fois fatigué. Claude Estier observe qu'il profite des douze coups de minuit pour abréger son discours. Comportement très rare chez lui, qui s'est pris de passion pour ces face-à-face publics. Dans l'avion qui le ramène vers Paris, le sévère Paul Quilès lui affirme qu'il ne peut plus perdre. Il le regarde, apparemment surpris, encore sur ses gardes : « Tout de même, vous rendez-vous compte de ce que cela signifierait pour l'Histoire ? »

Le jour du scrutin, 10 mai 1981, François Mitterrand et les siens sont à Château-Chinon, tandis que monte la fièvre au siège du parti, rue de Solférino, où Paul Quilès et Lionel Jospin mettent la dernière main aux préparatifs de la fête prévue place de la Bastille, en cas de victoire. Les sondages, devenus confidentiels, situent toujours le candidat socialiste à plus de 51 %.

A Château-Chinon, vers 17 heures, assis à la terrasse du Vieux Morvan, François Mitterrand, sa femme Danielle, sa belle-sœur et son beau-frère Christine et Roger Hanin, recrus d'émotion et de fatigue, sont quasiment muets : le dernier, pas plus qu'Ivan Levaï, ne cherche même plus à animer la conversation… Paraissent coup sur coup, venus l'un de Paris et l'autre de Vienne, Robert Mitterrand et Louis Mermaz. A ce compagnon fidèle, le candidat lance d'un ton presque rogue : « Qu'est-ce que vous faites là ?… »

Rue de Solférino, à la même heure, dans le grand bureau de Lionel Jospin, l'atmosphère est plus pétillante : autour du premier secrétaire, Mauroy, Attali, Quilès, Estier, Bérégovoy, Poperen, Fillioud, Fabius sont tremblants d'une fièvre déjà joyeuse, assurés de ce que vont, d'un instant à l'autre, confirmer les instituts de sondage. « Chacun des présents, écrira Attali, sait que lui-même sera demain quelque chose dans le gouvernement de la France [...]. Plus rien ne subsiste des disputes antérieures, ni des perspectives de rivalités futures[3]... » Et à 18 heures, la SOFRES téléphone : « Mitterrand, 52 %... Aucune erreur possible... » Jospin appelle aussitôt le candidat* : « Voilà, c'est sûr, vous êtes élu... » Et la voix, au bout du fil, ne trouve à dire, ô merveille de l'innocence au fond de tant de calculs : « Quelle histoire, hein, quelle histoire ! »

Ces deux mots, il les répète au même instant à Danielle, à son frère Robert, à Mermaz, à ceux qui se pressent autour de lui dans le petit salon du Vieux Morvan, les yeux humides. « Quelle histoire... » Et à Hubert Védrine, qui vient d'accourir de la Creuse : « Vous avez vu ce qui vient de nous arriver ! » Les mots historiques se forgent plus tard !

Et le voilà qui grimpe dans sa chambre minuscule où sont convoqués bientôt Mermaz et Levaï. « Préparez-moi un texte, tous les deux... » Bigre ! Le vieux compagnon de l'UDSR, tout professeur d'histoire qu'il est, et le journaliste à panache se penchent en vain sur la page blanche. Que dit aux Français un homme qui, après trente ans de vicissitudes, vient d'être appelé par eux au pouvoir suprême ? Vingt minutes plus tard, le nouveau président regarde, goguenard, le maigre brouillon élaboré par ses deux amis : « Allons, si je ne fais pas tout moi-même** ... » Et en quelques minutes – mais lui, il a eu le temps de s'y préparer ! – il griffonne trente lignes qui noueront de façon plus charnelle le lien entre les Français et lui : « Au-delà des luttes politiques et des contradictions, c'est à l'Histoire qu'il appartient de juger maintenant nos actes... » Un rien pompeux, en dépit d'une juste référence à ses parents.

Et soudain, autour du Vieux Morvan que Pierre Joxe a rejoint à son tour avant même la proclamation des résultats, le réseau de l'État se manifeste, se resserre autour de l'élu :

---

* Que viennent de prévenir son ami Jean Riboud et la journaliste Danièle Molho.

** Un mot que l'on prêtait volontiers, vingt ans plus tôt, au général de Gaulle, à propos des jeux Olympiques de Rome, où les Français avaient sombré....

service d'ordre, motards : « Nous avons senti la main du pouvoir s'emparer de lui, nous le confisquer en quelque sorte[4]… », confiera Louis Mermaz. A 20 heures, quand apparaît le visage du vainqueur sur l'écran de télévision de la salle commune, l'explosion est brève. Après un passage à la mairie de Château-Chinon pour sa première déclaration publique, et une aubade des « vielleux du Morvan », c'est le départ, sous des trombes d'eau, pour Paris, où le nouveau président a donné rendez-vous à ses compagnons, rue de Solférino, vers minuit. Conduisant lentement sous la pluie, le chauffeur, Pierre Tourlier, fredonne *L'Internationale*…

Déjà la fête à la Bastille, préparée depuis quinze jours par Quilès et Jospin, avec le concours du préfet de la Seine, Pierre Somveille*, bat son plein dans l'orage. Dix camions préparés à Montreuil débouchent sur la place pour, en vingt minutes, dresser un vaste plateau. Sous la pluie, une foule énorme se rassemble, hurlant : « Mitterrand, du soleil ! » Une des rares promesses qu'il n'ait pas faite… Des cris imbéciles sont poussés contre Jean-Pierre Elkabbach (« Avant-goût d'épuration ? », murmure Jacques Attali, qui est mieux placé que d'autres pour prévenir ces vilenies…). *Le Temps des cerises* jaillit, puis une *Internationale* chantée en polonais par Anna Prucnal. Des poèmes de Prévert, de la gaieté…

Le nouveau président n'arrive qu'après minuit rue de Solférino. Les effusions sont brèves. Il s'enferme ostensiblement avec Pierre Mauroy, aparté qui signifie aux yeux de tous une intronisation à Matignon, et lance ensuite à Pierre Bérégovoy un « Je vous vois demain ! » qui semble annoncer quelque portefeuille : l'intéressé apprendra – non sans déception – qu'il reçoit beaucoup plus, le secrétariat général de l'Élysée, alors que Jacques Attali se croyait assuré pour sa part de ce poste stratégique entre tous. Premiers accrocs dans l'euphorie de la victoire – bien minimes aux yeux de ceux qui sont informés que le franc, déjà durement attaqué, est entré dans une phase critique…

Des commentaires assez banals d'une presse** qui croit

---

* Très proche collaborateur du Premier ministre Pompidou en mai 1968.

* Sauf exceptions éclatantes, qu'on nous permettra de ne pas mieux préciser…

ingénieux et profond de reproduire le commentaire qu'appellent presque tous les résultats électoraux depuis trois siècles que se publient des gazettes : « C'est plutôt la défaite des uns que la victoire des autres… », on retiendra celui d'un conservateur anglais intelligent, fort proche de Giscard au demeurant, Charles Hargrove, immuable correspondant du *Times* à Paris :

> « Il faut des nerfs d'acier et un espoir chevillé au cœur dans la victoire du socialisme pour porter par trois fois ses couleurs lors d'élections présidentielles comme il l'a fait […]. L'image de l'homme tranquille qu'il cultive soigneusement sert un dessein politique. Comme il sentait grandir le nombre de ses supporters après le premier tour, il voulut apparaître comme étant plus et autre chose que le candidat des socialistes ou même comme celui des forces populaires mais devenir l'unificateur de tous les Français – de presque tous les Français qui voulaient le changement, cela dans la tradition du général de Gaulle. » (Référence qui fit alors se hausser quelques sourcils…)

Jusqu'au 20 mai à minuit, Valéry Giscard d'Estaing reste chef de l'État, et siège encore à l'Élysée, amer et délaissé, sauf de ses intimes, Jean Sérisé et Jacques Wahl, Poniatowski et d'Ornano, imputant sa défaite aux gaullistes, se résignant très mal à son sort d'exclu : il a 54 ans… La plupart de ses partisans se sont égaillés, se préparant aux élections que fait prévoir le séisme présidentiel. Et il met au point une cérémonie télévisée où il va apparaître, le 19 mai, quittant, l'air lugubre et plein d'angoisse pour la France, un fauteuil que son départ laisse évidemment vide, sous le regard d'une caméra qui n'en peut mais…

François Mitterrand, qui a tenu, dès le 19 mai, à aller se recueillir sur la tombe de son ami Georges Dayan, a fait du 22, rue de Bièvre un Élysée miniature, tandis que Pierre Bérégovoy dirige l'antenne présidentielle, installée 6, rue de Solférino, non loin du siège du Parti socialiste, dans un appartement assez mal adapté : s'y affairent Nicole Questiaux, André Rousselet, Michel Vauzelle, Hubert Védrine, Jean-Claude Colliard, Jean Glavany et un nouveau venu (nouveau pour ceux qui n'ont pas suivi de près le candidat vainqueur), Régis Debray. Jacques Attali, qui en est, bien sûr, y observe sans indulgence « la noria de charlatans et de courtisans, de listes et d'organigrammes, d'experts et de clients [5]… ».

Déjà tournoient, s'interpellent, se lorgnent et se « marquent » quelques-uns des grands notables de demain. On sait que Mauroy sera le Premier ministre, Bérégovoy le secrétaire général de l'Élysée. On dispute du rôle promis à Gaston Defferre, à Louis Mermaz (qui a pris son téléphone pour faire savoir honnêtement à son chef de file qu'il comptait bien sur un ministère…), à Jacques Delors (les Finances ou les Affaires sociales ?), au vieil ami radical du président, Maurice Faure (les Affaires étrangères ou la Justice ?), à Nicole Questiaux et Édith Cresson, à Pierre Joxe, à Jack Lang, à André Rousselet – lequel fait très vite savoir qu'il ne souhaite pas être ministre : enfin un… Le nom du grand avocat Robert Badinter circule, comme celui de Claude Cheysson, diplomate, dirigeant de grandes entreprises industrielles, que Giscard avait pensé appeler près de lui… Mais, curieusement, celui de Roland Dumas, intime de Mitterrand, reste dans la pénombre.

François Mitterrand a nettement fait comprendre à Pierre Mauroy que c'est lui, le président, qui formerait l'équipe – bien que, constitutionnellement, son rôle se limite au choix du Premier ministre. Le maître de Matignon ne choisira qu'un seul titulaire, son ami Jean Le Garrec. Les autres sont désignés par le président élu, non sans débats et négociations d'ailleurs. Dès avant le 21, on apprend que Gaston Defferre, auquel avait été réservée la présidence de l'Assemblée, a réclamé et obtenu l'Intérieur (« La décentralisation, c'est la grande affaire, je m'en charge [6] ! »). Cheysson est chargé des Affaires étrangères, qu'il a décidé de rebaptiser « Relations extérieures », à l'exemple de Talleyrand (« Si vous y tenez », a fait Mitterrand avec une moue : il déteste le sinueux ministre de Napoléon…).

Charles Hernu n'a guère de concurrents pour la Défense, Jacques Delors aura bien les Finances, mais flanqué, pour le Budget, de Laurent Fabius – ce qui n'enchante pas le premier. Maurice Faure ira au ministère de la Justice. Michel Jobert, naguère bras droit de Pompidou, a été reçu à déjeuner dès le 12 mai par Mitterrand, qui cherche des hommes d'expérience pour épauler ses jeunes loups. Édith Cresson reçoit l'Agriculture, Jack Lang la Culture, où il aura d'emblée l'occasion d'affirmer son style d'homme de théâtre en organisant avec Serge Moati et Roger Hanin la première journée du nouveau pouvoir, le 21 mai. Fleurs au pluriel, couronne au singulier.

En cet exercice de distribution, moins des prix que des responsabilités, il est à son affaire, François Mitterrand, ci-devant député de la Nièvre. C'est toute son histoire – toutes ses histoires – qui ressuscite – qui ressuscitent – là, celle du jeune député de 1946 qui désigne son camarade de promotion parlementaire Maurice Faure, avec lequel il revit les joutes de la IVe République, du tripartisme aux balbutiements de l'Europe ; celle du leader du l'UDSR, qui donne enfin sa chance au lieutenant impeccable, Louis Mermaz ; celle du résistant au gaullisme de pouvoir, qui retrouve Defferre et Cresson ; et celle du reconstructeur du socialisme, qui exalte Mauroy sans exclure Savary, doté, non sans surprise, du redoutable ministère de l'Éducation ; et celle des batailles entre les courants du PS, d'Épinay à Metz, qui appelle l'intégration de Rocard et Jean-Pierre Cot, aussi bien que de Chevènement et de Joxe. Ce n'est plus un ministère, c'est un manuel d'histoire de la gauche, ou une autobiographie de François Mitterrand.

Laquelle ne saurait être complète si ne surgissait, glorieux mais encombrant, le nom de Pierre Mendès France, l'aîné ombrageux, dont la santé inspire les plus vives inquiétudes et dont on sait qu'il critique assez durement les mesures prises ou prévues par son cadet. Sera-t-il oublié ? Nombreux sont ceux qui pressent le nouvel élu de lui confier une haute mission, fût-elle brève et symbolique. Au Proche-Orient, où il jouit (fait bien rare) de l'estime des deux camps ? Aux États-Unis, où son prestige est grand ? Aux « comptes de la nation », dont il fut l'augure ? François Mitterrand objecte que son chef de file est trop fatigué – c'est vrai – et en désaccord sur trop de points – c'est encore vrai, mais il n'est pas le seul… – pour entrer dans « son » équipe. Ce que disait de Gaulle vingt ans plus tôt.

Alors, le beau projet se réduira à l'accolade donnée par le nouveau président à un Mendès France aux yeux baignés de larmes, le 21 mai, à l'Élysée (« J'ai failli pleurer moi aussi », confiait Mitterrand à un intime), et à ces mots en forme d'offrande propitiatoire : « Sans vous, rien de tout cela n'aurait été possible... »

Mais il restera là comme un manque...

Deux débats, à l'orée de ce règne où le passé de celui qui n'est plus s'entremêle et s'entrechoque avec l'avenir de celui qui n'est pas encore. L'un, dérisoire, à propos de la date : à quelle heure pourra-t-on crier : « Le roi est mort, vive le roi ! » ? En principe, ce doit être le 19 mai à minuit. Mais Giscard tient à « son » ultime Conseil des ministres, le 20 au matin. Mitterrand grommelle mais cède : il se saisira du flambeau avec 540 minutes de retard, le 21 mai.

Cependant, un autre débat, beaucoup plus sérieux, dramatise l'inter-règne : à propos de la dégringolade du franc. Le 11 mai au matin, la Bourse a baissé le pouce en direction du chef de la gauche. La cotation des valeurs françaises est suspendue ! Des milliards de francs glissent vers la Suisse. Rocard fait campagne pour une dévaluation à laquelle Mitterrand se refuse, pour la raison, à vrai dire forte, qu'il a promis de ne pas la faire...

Delors propose à Mitterrand d'organiser une contre-offensive avec le Premier ministre sortant. Mais ni Raymond Barre ni le président élu ne se prêtent à ce jeu, l'un soutenant qu'il n'est plus là que pour « expédier les affaires courantes » (mais qu'est-ce que les « affaires courantes » en temps de crise ?) et l'autre se refusant à la cogestion avant d'avoir toutes les commandes en main. Procrastination à double détente, qui va coûter à l'État près du tiers de ses réserves en devises – et dont il faudra répartir les responsabilités entre sortants et débutants...

* * *

Et voici venue la journée du sacre, si souvent contée qu'on souhaiterait faire l'économie d'un récit ressassé, mais trop significative d'un esprit monarchique moins contrôlé que rehaussé par les rites républicains pour n'être pas évoquée.

La passation du pouvoir entre les deux présidents s'opéra sans que rien de bien remarquable ne signalât ce passage de témoin entre le gentleman orléaniste qui s'était pris pour un descendant de Louis XV et le Machiavel élu par le peuple de gauche. Le sortant dévoila quelques-uns de ces secrets * qu'on appelle d'État parce que nul de ceux qui touchent à l'État, à commencer par les hommes de banque, n'en ignore le moindre détail ; l'autre était si pressé de savourer sa gloire qu'il n'y prêta qu'une oreille distraite en apparence. Ayant fait observer à son successeur que « l'on est quelque peu prisonnier à l'Élysée », l'« homme du passif » remit la clé de l'arme nucléaire à l'« homme du passé », qui l'en remercia avec la componction voulue.

Cette formalité n'eût pas laissé de traces si, ayant choisi de quitter à pied l'Élysée, de sa foulée de lévrier afghan, Valéry Giscard d'Estaing, troisième président de la Ve République, n'avait dû écouter les vociférations de quelques voyous supposés militants socialistes : « Dehors, Giscard, rends-nous les diamants !… » Sinistre…

En fin de matinée, François Mitterrand est devant l'Arc de Triomphe – flanqué de Pierre Mauroy (de Gaulle s'y était fait étrangement accompagner par son ancien directeur de cabinet, Georges Pompidou, ainsi sacralisé pour l'avenir ** …). La taille du nouveau souverain est décidément un peu courte, un peu tassée. Mais on n'est pas là pour maintenir la « ligne » Giscard. Cette robustesse enracinée, et désormais enveloppée, n'est-elle pas signe de force, tranquille ou pas ? L'élu ressemble à ses affiches, et rien n'évoque moins la horde rouge et les fureurs communardes que ce président-né au pas lent, au front lisse, au menton haut.

C'est au Panthéon, cathédrale républicaine où l'immortalité vertueuse n'est pas prodigue de ses dons, que Jack Lang, homme de spectacle – souvent meilleur –, a choisi d'organiser le sacre, n'ignorant point que le premier bénéficiaire de cet asile, le comte de Mirabeau, inhumé là par les soins des inventeurs de la République, en avait été extrait par des républicains plus soucieux de vertu que d'éloquence.

C'est là pourtant que, escaladant les marches une rose à la main, François Maurice Adrien Marie, second fils d'Yvonne et de Joseph Mitterrand, élu le 10 mai 1981 par une claire

---

* La mort prochaine de Brejnev, quelque belliqueux projet de Kadhafi…

** Michel Debré n'étant pas encore désigné pour Matignon.

majorité du peuple français, pénètre vers 18 heures, sous un ciel d'orage. *La Marseillaise* orchestrée par Hector Berlioz y est chantée par le ténor espagnol Placido Domingo, d'ailleurs admirable, avant que retentisse l'*Hymne à la joie* de Beethoven, dirigée par Daniel Barenboïm. L'élu, d'un pas solennel digne des pontifes du répertoire (le Joad d'*Athalie* joué par Mounet-Sully ?), erre parmi les tombeaux et les ombres. Celle de Jaurès parle-t-elle plus haut que celle d'Hugo ?

Du portique de Soufflot aux grilles du Luxembourg, la foule était dense et chaleureuse, les amis et les compagnons au coude à coude, Willy Brandt serré contre Mario Soares. On souriait beaucoup. C'était un autre jour. Pour la première fois depuis un demi-siècle – quelque signification politique et idéologique que l'on donne au règne ambigu du général de Gaulle –, un homme montait légalement vers le pouvoir au nom de la gauche et pour remplir, sur le thème de la justice sociale, un mandat prolongé. Et c'est lui, Mitterrand, qui avait reçu ce mandat.

Était-ce la réalisation du rêve mué en volonté de l'adolescent de Jarnac, de l'évadé du stalag IX, du ministre de 30 ans, du stratège d'Épinay ? Faute de pouvoir répondre, ici, ou d'avoir obtenu de lui une réponse autre que de convenance, on citera quelques phrases de l'allocution qu'il adressait aux Français, ce 21 mai 1981 :

> « … Troisième étape d'un long cheminement après le Front populaire et la Libération, la majorité politique des Français, démocratiquement exprimée, vient de s'identifier à sa majorité sociale […]. Dans le monde d'aujourd'hui, quelle plus haute exigence pour notre pays que de réaliser la nouvelle alliance du socialisme et de la liberté, quelle plus belle ambition que de l'offrir au monde de demain ? C'est en tout cas l'idée que je m'en fais et la volonté qui me porte, assuré qu'il ne peut y avoir d'ordre et de sécurité là où régnerait l'injustice, où gouvernerait l'intolérance. C'est convaincre qui m'importe, et non vaincre.
>
> Il n'y a qu'un vainqueur le 10 mai 1981, c'est l'espoir. Puisse-t-il devenir la chose de France la mieux partagée. Pour cela, j'avancerai sans jamais me lasser sur le chemin du pluralisme, confrontation des différences dans le respect d'autrui. Président de tous les Français, je veux les rassembler pour les grandes causes qui nous attendent et créer en toutes circonstances les conditions d'une véritable communauté nationale… »

L'« espoir partagé » ? « Tous les Français » ? « Rassembler » ? « Véritable communauté nationale » ? Autant d'énigmes en cette aube de règne. Au terme d'une périlleuse escalade, le voici au pied d'une falaise plus altière encore, armé d'une autorité apparemment durable et d'une dure expérience des épreuves du pouvoir.

Notes

Chapitre I. Un si bon jeune homme

1. François Mitterrand et Élie Wiesel, *Mémoire à deux voix*, Odile Jacob, 1995, p. 13.
2. Robert Mitterrand, *Frère de quelqu'un*, Robert Laffont, 1988, p. 80.
3. Entretien avec l'auteur, octobre 1981.
4. Entretien avec l'auteur, janvier 1997.
5. François Mitterrand, *Ma part de vérité*, Fayard, 1969, p. 15.
6. Robert Mitterrand, *Frère de quelqu'un*, *op. cit.*, p. 59.
7. François Mitterrand et Élie Wiesel, *Mémoire à deux voix*, *op. cit.*, p. 25.
8. *Ibid.*, p. 51.
9. *Ibid.*, p. 12-13.
10. *Le Nouvel Observateur*, 17 janvier 1996.
11. François Mitterrand, *L'Abeille et l'Architecte*, Flammarion, 1978, p. 16.
12. Id. et Élie Wiesel, *Mémoire à deux voix*, *op. cit.*, p. 24.
13. Jean Lacouture, *François Mauriac*, t. 1 : *Le Sondeur d'abîmes*, Le Seuil, coll. « Point Essais », 1990, p. 99.
14. Julien Green, *Journal*, Plon, 1938, p. 238.
15. Entretien avec l'auteur, novembre 1996.
16. Jacques Nobécourt, *Le Colonel de La Rocque*, Fayard, 1996.
17. Entretien avec l'auteur, février 1997.
18. François Mitterrand, *Politique I*, Fayard, 1977, p. 5-6.

Chapitre II. Je suis un évadé

1. Entretien avec l'auteur, mars 1997.
2. Communiquée par Irène Dayan.
3. Robert Mitterrand, *Frère de quelqu'un*, *op. cit.*, p. 174.
4. Entretien avec l'auteur, novembre 1995.
5. Charles Moulin, *Mitterrand intime*, Albin Michel, 1982, p. 38.
6. Pierre Péan, *Une jeunesse française*, Fayard, 1994, p. 149.
7. François Mitterrand, *Mémoires interrompus*, p. 42.
8. Pierre Péan, *Une jeunesse française*, *op. cit.*, p. 142.
9. François Mitterrand, *Politique I*, *op. cit.*, p. 8.
10. *Ibid.*, p. 9.
11. *Ibid.*, p. 11.
12. Entretien avec l'auteur, novembre 1996.

13. Pierre Péan, *Une jeunesse française*, *op. cit.*, p. 150-151.
14. Cité in *ibid.*, p. 151-152.
15. Robert Mitterrand, *Frère de quelqu'un*, *op. cit.*, p. 185.
16. François Mitterrand, *Mémoires interrompus*, *op. cit.*, p. 50.
17. Robert Mitterrand, *Frère de quelqu'un*, *op. cit.*, p. 186.
18. Henri Madelin, *La Croix*, 27 janvier 1996.

Chapitre III. Un maréchal, deux généraux

1. François Mitterrand, *Mémoires interrompus*, *op. cit.*, p. 68.
2. *Ibid.*, p. 79.
3. Pierre Péan, *Une jeunesse française*, *op. cit.*, p. 179.
4. François Mitterrand, *Politique I*, *op. cit.*, p. 11-14.
5. Pierre Péan, *Une jeunesse française, op. cit.*, p. 187-188.
6. Jean Guitton, *Le Travail intellectuel,* Aubier-Montaigne, 1986, p. 119.
7. Christophe Lewin, *Le Retour des prisonniers de guerre français*, Publications de la Sorbonne, 1987, p. 29.
8. Entretien avec l'auteur, novembre 1997.
9. François Mitterrand et Élie Wiesel, *Mémoire à deux voix*, *op. cit.*, p. 55.
10. François Mitterrand, *Mémoires interrompus*, *op. cit.*, p. 87.
11. Id., *Les Prisonniers de guerre devant la politique*, Éd. du Rond-Point, 1945, p. 8.
12. Pierre Péan, *Une jeunesse française*, *op. cit.*, p. 203.
13. François Mitterrand, *Mémoires interrompus*, *op. cit.*, p. 93.
14. *Ibid.*, p. 95.
15. Entretien avec l'auteur, janvier 1997.
16. Entretien avec l'auteur, octobre 1996.
17. Récit fait à l'auteur par Jean Védrine, janvier 1997, et « Dossier PG rapatriés » établi par Jean Védrine.
18. Entretien avec l'auteur, 1997.
19. Christophe Lewin, *Le Retour des prisonniers de guerre français*, *op. cit.*, p. 40.
20. Entretien avec l'auteur, novembre 1996.
21. *Le Monde*, 5 avril 1973.
22. François Mitterrand, *Mémoires interrompus*, *op. cit.*, p. 77-78.
23. Charles de Gaulle, *Mémoires de guerre*, t. I : *L'Appel*, Plon, p. 67.

Chapitre IV. Un destin national

1. Entretien avec l'auteur, décembre 1996.
2. Entretien avec l'auteur, janvier 1997.
3. Entretien avec l'auteur, 1995.
4. François Mitterrand, *Mémoires interrompus*, *op. cit.*, p. 102.
5. *Ibid.*, p. 105.
6. Entretien avec l'auteur, janvier 1997.
7. Pierre Péan, *Une jeunesse française*, *op. cit.*, p. 353-355.
8. *Ibid.*, p. 356.
9. Franz-Olivier Giesbert, *François Mitterrand ou la tentation de l'histoire*, Le Seuil, coll. « Points Actuels », 1990, p. 77-78.

10. François Mitterrand, *La Paille et le Grain*, Flammarion, 1981, p. 10-11.
11. Henri Frenay, *La nuit finira*, Robert Laffont, 1983, p. 251.
12. Entretien avec l'auteur, mars 1997.
13. François Mitterrand, *La Paille et le Grain*, *op. cit.*, p. 13.
14. Id., *Ma part de vérité*, *op. cit.*, p. 21.
15. Id., *La Paille et le Grain*, *op. cit.*, p. 165.
16. Charles Moulin, *Mitterrand intime*, *op. cit.*, p. 59.
17. Entretien avec l'auteur, novembre 1996.
18. Pierre Péan, *Une jeunesse française*, *op. cit.*, p. 405.
19. Charles Moulin, *Mitterrand intime*, *op. cit.*, p. 60.
20. *Ibid.*, p. 61.
21. François Mitterrand, *Mémoires interrompus*, *op. cit.*, p. 104.
22. Entretien avec l'auteur, novembre 1996.
23. Récit fait à l'auteur, novembre 1996.
24. Récit fait à l'auteur, novembre 1996.
25. Entretien avec l'auteur, 1997.
26. Entretien avec l'auteur, 1997.
27. Entretien avec l'auteur, octobre 1995.
28. François Mitterrand, *Les Prisonniers de guerre devant la politique*, *op. cit.*, p. 30.
29. Id., *Mémoires interrompus*, *op. cit.*, p. 151.
30. Id., *La Paille et le Grain*, *op. cit.*, p. 11.
31. Id., *Mémoires interrompus*, *op. cit.*, p. 152.
32. Charles Moulin, *Mitterrand intime*, *op. cit.*, p. 111.
33. Henri Frenay, *La nuit finira*, *op. cit.*, p. 489.

Chapitre v. Les palais de la République

1. Henri Frenay, *La nuit finira*, *op. cit.*, p. 459.
2. Charles Moulin, *Mitterrand intime*, *op. cit.*, p. 73.
3. Entretien avec l'auteur, mars 1997.
4. Lettre publiée grâce à l'autorisation de Mazarine Pingeot.
5. Charles de Gaulle, *Mémoires de guerre*, t. 3 : *Le Salut*, *op. cit.*, p. 245.
6. Roland Cayrol, *François Mitterrand, 1945-1967*, FNSP, 1967, p. 9.
7. Entretien avec l'auteur, février 1997.
8. Entretien avec l'auteur, février 1997.
9. Robert Mitterrand, *Frère de quelqu'un*, *op. cit.*, p. 233.

Chapitre vi. Coups de barre en Afrique ou le « grand dessein »

1. Entretien avec l'auteur, octobre 1995.
2. François Mitterrand, *Mémoires interrompus*, *op. cit.*, p. 176.
3. Id., *Politique I*, *op. cit.*, p. 84-85.
4. Franz-Olivier Giesbert, *François Mitterrand ou la tentation de l'histoire*, *op. cit.*, p. 143.
5. *Esprit*, octobre 1948.
6. *Présence française et Abandon,* Plon, 1957, p. 178.
7. Entretien avec l'auteur, janvier 1996.
8. Entretien avec l'auteur, mars 1996.

9. Entretien avec l'auteur, 1972.
10. Franz-Olivier Giesbert, *François Mitterrand ou la tentation de l'histoire*, *op. cit.*, p. 149.
11. *Ibid.*, p. 149.
12. François Mitterrand, *Présence française et Abandon*, *op. cit.*, p. 171.
13. Georgette Elgey, *Histoire de la IVe République*, t. 1 : *La République des illusions*, *1945-1951*, Fayard, 1993, p. 619.
14. Bernard Lefort, *Carnets secrets de la IVe République*, Le Seuil, 1996, p. 165.
15. *Ibid.*, p. 208.
16. Entretien avec l'auteur, février 1997.
17. Entretien avec l'auteur, décembre 1996.
18. Entretien avec l'auteur, octobre 1994.
19. *Le Nouvel Observateur*, 2 février 1976.
20. Entretien avec l'auteur, mars 1997.
21. Entretien avec l'auteur, mars 1997.
22. Entretien avec l'auteur, février 1997.
23. Georgette Elgey, *Histoire de la IVe République*, t. 3 : *La République des tourmentes*, *1954-1959*, Fayard, 1993, p. 303.
24. *Journal officiel*, « Débats parlementaires », p. 4967-4968.
25. *Ibid.*
26. Entretiens avec l'auteur : Mendès France, 1981 ; Mitterrand, 1995.
27. Entretien avec l'auteur, janvier 1997.
28. Entretien avec l'auteur, novembre 1994.
29. Franz-Olivier Giesbert, *François Mitterrand ou la tentation de l'histoire*, *op. cit.*, p. 211.
30. Entretien avec l'auteur, mars 1997.
31. Entretien avec l'auteur, octobre 1995.

Chapitre VII. Deux hommes et une rumeur

1. *Combat*, 8 juin 1953.
2. Jean-Jacques Servan-Schreiber, *Passions*, Fixot, 1991, p. 187.
3. Entretien avec l'auteur, avril 1997.
4. Entretien avec l'auteur, octobre 1995.
5. Entretien avec l'auteur, mars 1997.
6. Entretien avec l'auteur, février 1981.
7. Entretien avec l'auteur, février 1981.
8. Entretien avec l'auteur, 1981.
9. Franz-Olivier Giesbert, *François Mitterrand ou la tentation de l'histoire, op. cit.,* p. 201-202.
10. Lettre d'un témoin à Mitterrand, citée par Georgette Elgey, *La République des tourmentes*, *op. cit.*, p. 263.
11. Entretien avec l'auteur, 1996.
12. Entretien avec l'auteur, mars 1997.
13. Entretien avec l'auteur, septembre 1996.
14. Entretien avec l'auteur, décembre 1996.
15. Entretien avec l'auteur, mars 1997.
16. Entretien avec l'auteur, 1981.
17. Entretien avec l'auteur, 1981.

18. François Mitterrand, *Mémoires interrompus*, *op. cit.*, p. 187.
19. *Le Monde*, 10 juillet 1955.
20. Entretien avec l'auteur, mars 1997.
21. Entretien avec l'auteur, octobre 1995.

Chapitre VIII. Non, mon général… ou le Grand Incompatible

1. François Mitterrand, *Mémoires interrompus*, *op. cit.*, p. 125.
2. Entretien avec l'auteur, octobre 1996.
3. Entretien avec l'auteur, mai 1997.
4. Jacques Chaban-Delmas, *Mémoires pour demain*, Flammarion, 1997, p. 289-290.
5. Entretien avec l'auteur, 1983.
6. Jacques Massu, *Le Torrent et la Digue*, Éd. du Rocher, 1997.
7. Edmond Jouhaud, *Serons-nous enfin compris ?*, Albin Michel, 1984, p. 53.
8. Entretien avec l'auteur, 1983.
9. Jean Lacouture, *De Gaulle*, t. 2 : *Le Politique*, p. 476.
10. François Mauriac, *Bloc-Notes*, t. 2 : *1958-1960*, Le Seuil, 1993, p. 72.
11. Jean Lacouture, *François Mauriac*, t. 1 : *Le Sondeur d'abîmes*, *op. cit.*, p. 386.
12. *Ibid.*, p. 387.
13. Archives personnelles de Jean Daniel.
14. André Dulac, *Nos guerres perdues*, Fayard, 1969, p. 87-88 (et entretien avec l'auteur).
15. Daniel Mayer, *Pour une histoire de la gauche*, p. 267.
16. François Mitterrand, *Mémoires interrompus*, *op. cit.*, p. 189.
17. Récit établi à partir des *Mémoires interrompus* et d'entretiens avec François Mitterrand.
18. *Le Monde*, 3 juin 1958.
19. *Ibid.*
20. Entretien de François Mitterrand avec l'auteur, octobre 1995.
21. François Mitterrand, *Mémoires interrompus*, *op. cit.*, p. 197.
22. Entretien avec l'auteur, avril 1997.
23. Roland Dumas, *Le Fil et la Pelote*, Plon, 1996, p. 97.
24. Entretien avec l'auteur, juin 1958.
25. Roland Cayrol, *François Mitterrand, 1947-1967*, *op. cit.*, p. 54.
26. Franz-Olivier Giesbert, *François Mitterrand ou la tentation de l'histoire*, *op. cit.*, p. 251.
27. Pierre Mendès France, *Œuvres complètes*, Gallimard, 1988, t. IV, p. 544.
28. François Mauriac, *Bloc-Notes*, t. 2 : *1958-1960*, *op. cit.*, 24 octobre 1959, p. 330.
29. Entretien avec l'auteur, octobre 1996.
30. Roland Dumas, *Le Fil et la Pelote*, *op. cit.*, p. 139.
31. *L'Aurore*, 24 décembre 1974.
32. Franz-Olivier Giesbert, *François Mitterrand ou la tentation de l'histoire*, *op. cit.*, p. 265.
33. Entretien de Léone et Simon Nora avec l'auteur, avril 1997.
34. Jacques Foccart, *Foccart parle. Entretiens*, Fayard, 1998.

Chapitre IX. Dix millions de voix

1. Jean Cau, *Croquis de mémoire*, Presses-Pocket, 1986.
2. Danielle Mitterrand, *En toutes libertés*, Ramsay, 1996, p. 103.
3. Catherine Nay, *Le Noir et le Rouge*, Grasset, 1984, p. 258.
4. Robert Mitterrand, *Frère de quelqu'un*, *op. cit.*, p. 366.
5. Entretien avec l'auteur, novembre 1996.
6. Cité par François Stasse, *Mitterrand-Mendès France, la morale de l'histoire*, p. 181.
7. Entretien avec l'auteur, mars 1997.
8. Entretien avec l'auteur, mars 1997.
9. Entretien avec l'auteur, avril 1997.
10. François Mitterrand, *Politique I*, *op. cit.*, p. 374-386.
11. Id., *Ma part de vérité*, *op. cit.*, p. 47.
12. Entretien avec l'auteur, mars 1997.
13. François Mitterrand et Élie Wiesel, *Mémoire à deux voix*, *op. cit.*, p. 96.
14. *Ibid.*, p. 96.
15. *Le Courrier de la Nièvre*, 28 septembre 1963.
16. Jean Touchard (éd.), *La Gauche en France depuis 1900*, Le Seuil, coll. « Points Histoire », 1977, p. 308.
17. François Mitterrand, *Ma part de vérité*, *op. cit.*, p. 47.
18. Roland Dumas, *Le Fil et la Pelote*, *op. cit.*, p. 150.
19. *Ibid.*, p. 190.
20. Entretien avec l'auteur, avril 1997.
21. Entretien avec l'auteur, avril 1997.
22. François Mitterrand, *Ma part de vérité*, *op. cit.*, p. 48.
23. Robert Mitterrand, *Frère de quelqu'un*, *op. cit.*, p. 376.
24. Roland Dumas, *Le Fil et la Pelote*, *op. cit.*, p. 251.
25. Entretien avec l'auteur, octobre 1995.
26. Entretien avec l'auteur, 1985.
27. Pierre Viansson-Ponté, *Histoire de la République gaullienne*, t. 2 : *Le Temps des orphelins*, Fayard, 1976, p. 396.
28. *Le Figaro littéraire*, 25 septembre 1965.
29. François Mitterrand, *Ma part de vérité*, *op. cit.*, p. 51 ; et *Mémoires interrompus*, *op. cit.*, p. 237.
30. D'après Roland Dumas, *Le Fil et la Pelote*, *op. cit.*, p. 157-159, et entretien avec l'auteur.
31. Roland Cayrol *et al.*, *L'Élection présidentielle de décembre 1965*, Presses de la FNSP, 1970, p. 106.
32. Hugues Le Paige, *Mitterrand, 1965-1995. La continuité paradoxale*, Éd. de l'Aube, 1995.
33. Entretien avec l'auteur, 1995.
34. Entretiens avec l'auteur, 1997.

Chapitre X. Forger l'outil : Épinay

1. Michel Winock *in* Jean Touchard (éd.), *La Gauche en France depuis 1900*, p. 358.
2. *Les Cahiers de la République*, octobre 1962.

3. Entretien avec l'auteur, septembre 1995.
4. Entretien avec l'auteur, octobre 1995.
5. François Mitterrand, *Ma part de vérité*, *op. cit.*, p. 65.
6. Alain Peyrefitte, *Encore un effort, monsieur le président*, Jean-Claude Lattès, 1984, p. 38-42.
7. Franz-Olivier Giesbert, *François Mitterrand ou la tentation de l'histoire*, *op. cit.*, p. 318.
8. Entretien avec l'auteur, janvier 1986.
9. Entretien avec l'auteur, janvier 1986.
10. Jean-Marie Borzeix, *Mitterrand lui-même*, Stock, 1973, p. 149.
11. Hervé Hamon et Patrick Rotman, *Génération*, t. 1 : *Les Années de rêve*, Le Seuil, coll. « Points Actuels », 1987, p. 533-534.
12. *Le Monde*, 30 mai 1968, sous la signature de Raymond Barrillon.
13. Jean-Marie Borzeix, *Mitterrand lui-même*, *op. cit.*, p. 162.
14. François Mitterrand, *Ma part de vérité*, *op. cit.*, p. 98.
15. Entretien avec l'auteur, mars 1997.
16. François Mitterrand, *Ma part de vérité*, *op. cit.*, p. 164.
17. Franz-Olivier Giesbert, *François Mitterrand ou la tentation de l'histoire*, *op. cit.*, p. 345.
18. Entretien avec l'auteur, mai 1997.
19. Entretien avec l'auteur, mai 1997.
20. Entretien avec l'auteur, avril 1997.
21. François Mitterrand, *Politique I*, *op. cit.*, p. 532 *sq.*
22. Entretien avec l'auteur, mai 1997.
23. *Le Monde*, 19 juin 1971.

Chapitre XI. « Je me sentais prêt… »

1. *Le Point*, 15 janvier 1973.
2. *L'Expansion*, juillet-août 1972.
3. Entretien avec l'auteur, mars 1997.
4. Gilles Martinet, *Cassandre et les Tueurs*, Grasset, 1986, p. 168.
5. *L'Express*, 21 juin 1971.
6. François Mitterrand, *Un socialisme du possible*, Le Seuil, 1970.
7. Franz-Olivier Giesbert, *François Mitterrand ou la tentation de l'histoire*, *op. cit.*, p 363.
8. Albert Du Roy et Robert Schneider, *Le Roman de la rose*, p. 109.
9. Raymond Aron, *Mémoires*, Julliard, 1983, p. 566.
10. Gilles Martinet, *Cassandre et les Tueurs*, *op. cit.*, p. 171.
11. Jean-Michel Cadiot, *Mitterrand et les Communistes*, Ramsay, 1994, p. 166.
12. Entretien avec l'auteur, 1997.
13. François Mitterrand, *La Paille et le Grain*, *op. cit.*, p. 243.
14. *Ibid.*, p. 247.
15. *Ibid.*, p. 281-284.
16. *Année politique*, 1974.
17. Jean-Michel Cadiot, *Mitterrand et les Communistes*, *op. cit.*, p. 172.
18. Sam Anson, *George McGovern*, préface de Pierre Salinger, Buchet-Chastel, 1972, p. 12.
19. Jacques Attali, *Verbatim I*, Fayard, 1993, p. 11.

20. Sylvie Colliard, *La Campagne présidentielle de François Mitterrand en 1974*, PUF, 1979.
21. Entretien avec l'auteur, avril 1997.
22. Entretien avec l'auteur, avril 1997.
23. Jean Daniel, *L'Ère des ruptures*, Grasset, 1979, p. 215.
24. François Mitterrand, *La Paille et le Grain*, *op. cit.*, p. 287.
25. Franz-Olivier Giesbert, *François Mitterrand ou la tentation de l'histoire*, *op. cit.*, p. 381.
26. Sylvie Colliard, *La Campagne présidentielle de Mitterrand en 1974*, *op. cit.*, p. 196-198.
27. *Ibid.*, p. 200-201.
28. Jean-Michel Cadiot, *Mitterrand et les Communistes*, *op. cit.*, p. 175.
29. François Mitterrand, *La Paille et le Grain*, *op. cit.*, p. 291.
30. *Ibid.*, p. 300-301.

Chapitre XII. ...Mais Moscou ne l'a pas voulu, lanturlu...

1. Raymond Aron, *Mémoires*, *op. cit.*, p. 569.
2. François Mitterrand, *L'Abeille et l'Architecte*, *op. cit.*, p. 325.
3. *Ibid.*, p. 341.
4. Albert Du Roy et Robert Schneider, *Le Roman de la rose*, *op. cit.*, p. 165.
5. *Ibid.*, p. 167.
6. *Le Nouvel Observateur*, février 1974.
7. François Mitterrand, *L'Abeille et l'Architecte*, *op. cit.*, p. 47.
8. Albert Du Roy et Robert Schneider, *Le Roman de la rose*, *op. cit.*, p. 173.
9. Jean-Michel Cadiot, *Mitterrand et les Communistes*, *op. cit.*, p. 182.
10. Charles Salzmann, *Le Bruit de la main gauche*, Robert Laffont, 1996, p. 34-37.
11. François Mitterrand, *L'Abeille et l'Architecte*, *op. cit.*, p. 29-30.
12. Entretiens avec l'auteur, 1996-1997.
13. François Mitterrand, *L'Abeille et l'Architecte*, *op. cit.*, p. 62-63.
14. *Ibid.*, p. 105.
15. *Ibid.*, p. 107.
16. *Ibid.*, p. 112.
17. Albert Du Roy et Robert Schneider, *Le Roman de la rose*, *op. cit.*, p. 194.
18. François Mitterrand, *Politique I*, *op. cit.*, p. 586.
19. Id., *Ici et Maintenant*, p. 55.
20. Entretien avec l'auteur, juin 1997.
21. Reproduit dans *L'Abeille et l'Architecte*, *op. cit.*, p. 309.
22. Jean Daniel, *L'Ère des ruptures*, *op. cit.*, p. 250.
23. Claude Estier, *La Plume au poing*, Stock, 1977, p. 331.
24. *Le Monde*, 25 septembre 1977.
25. *Ibid.*, 8 février 1978.
26. Albert Du Roy et Robert Schneider, *Le Roman de la rose*, *op. cit.*, p. 225.
27. François Mitterrand, *L'Abeille et l'Architecte*, *op. cit.*, p. 372.

Chapitre XIII. Les couteaux de Lorraine

1. Entretien avec l'auteur, novembre 1997.
2. Texte communiqué par Irène Dayan.
3. Franz-Olivier Giesbert, *Le Président*, Le Seuil, 1990, p. 315.
4. Entretien avec l'auteur, octobre 1995.
5. Robert Schneider, *La Haine tranquille*, Le Seuil, 1992, p. 97.
6. Robert Mitterrand, *Frère de quelqu'un*, *op. cit.*, p. 465.
7. Entretien avec l'auteur, avril 1997.
8. Laurent Fabius, *Les Blessures de la vérité*, Flammarion, 1995, p. 182-183.
9. Albert Du Roy et Robert Schneider, *Le Roman de la rose*, *op. cit.*, p. 252.
10. *Ibid.*, p. 258.
11. François Mitterrand, *Ici et Maintenant*, *op. cit.*, p. XIV.
12. *Ibid.*, p. 70.
13. *Ibid.*, p. 77.
14. *Ibid.*, p. 86.
15. *Le Nouvel Observateur*, 30 août 1980.
16. Robert Schneider, *La Haine tranquille*, *op. cit.*, p. 193.

Chapitre XIV. Aux marches du palais

1. Albert Du Roy et Robert Schneider, *Le Roman de la rose*, *op. cit.*, p. 271.
2. Jacques Attali, *Verbatim I*, *op. cit.*, p. 11.
3. *Ibid.*, p. 15.
4. Entretien avec l'auteur, juillet 1997.
5. Jacques Attali, *Verbatim I*, *op. cit.*, p. 17.
6. Entretien d'Edmonde Charles-Roux avec l'auteur, juillet 1997.

Chronologie

1916-1981

26 octobre 1916	Naissance à Jarnac de François Maurice Adrien Marie Mitterrand, cinquième enfant et deuxième fils d'Yvonne et Joseph Mitterrand.
Octobre 1925	Entrée au collège Saint-Paul d'Angoulême dirigé par des religieux séculiers.
Octobre 1934	Inscription à la faculté de droit de Paris et à l'École libre des sciences politiques. Résidence à la pension du 104, rue de Vaugirard tenue par des frères maristes.
1935	Adhésion aux Volontaires nationaux du colonel de La Rocque.
1936	Collaboration à *L'Écho de Paris* (conservateur) et à la *Revue Montalembert*.
1938	Docteur en droit, diplômé des sciences politiques. Service militaire dans l'Infanterie coloniale – où il se lie à Georges Dayan. Fiançailles avec Marie-Louise Terrasse (rompues en 1940).
Septembre 1939	Sergent au 23e RIA, affecté au-delà de la ligne Maginot et en Alsace.
14 juin 1940	Blessé près de Verdun, fait prisonnier, dirigé sur un camp de Thuringe. Il y collabore à des journaux du *stalag*.
15 décembre 1941	Après deux tentatives avortées, il s'évade et parvient en zone « libre ». Bref séjour dans le Jura, à Jarnac et à Saint-Tropez chez des amis.

Janvier 1942	A Vichy, inscrit à la Légion des combattants (maréchaliste), il travaille au Commissariat au reclassement des prisonniers.
Avril 1942	Est détourné de la collaboration par la rencontre de prisonniers évadés.
Août 1942	Participe, au château de Montmaur, dans les Alpes, à une réunion de prisonniers réfractaires animée par Antoine Mauduit.
22 octobre 1942	Reçu à Vichy par le maréchal Pétain.
Janvier 1943	Démissionne du Commissariat aux prisonniers repris en main par Laval.
Février 1943	Fonde le RNPG (Rassemblement national des prisonniers de guerre).
Printemps 1943	Reçoit la francisque, sollicitée pour lui par des amis.
15 juillet 1943	Lors d'un meeting à la salle Wagram, à Paris, dénonce la collaboration avec le IIIe Reich. Passant dans la clandestinité, il prend le pseudonyme de « Morland ».
15 novembre 1943	S'envole pour Londres, où il est accueilli par les giraudistes et par les gaullistes.
4 ou 5 décembre 1943	Reçu à Alger par le général de Gaulle en présence d'Henri Frenay, son chef de file dans la Résistance. L'échange est âpre, mais aboutira à sa rapide promotion dans la Résistance.
Juin 1944	Nommé commissaire (provisoire) aux prisonniers de guerre en attendant le retour à Paris d'Henri Frenay et du gouvernement de Gaulle.
Août 1944	Prend part aux combats pour la libération de Paris.
Septembre 1944	Refuse d'être le second de Frenay et démissionne.

28 octobre 1944	Épouse Danielle Gouze.
1945	Dirige le journal des ex-prisonniers, *Libres,* puis la revue *Votre beauté.*
Juin 1946	Candidat malheureux aux élections législatives dans la Seine.
10 novembre 1946	Élu député de la Nièvre, apparenté à l'UDSR, petite formation du centre gauche.
Janvier 1947	Ministre des Anciens Combattants dans le gouvernement du socialiste Ramadier…
Novembre 1947	… puis dans celui du MRP Robert Schuman.
Juillet 1948	Secrétaire d'État de l'Information dans le cabinet Queuille (radical).
Mars 1949	Élu conseiller général de Montsauche dans la Nièvre.
Juillet 1950	Ministre de la France d'outre-mer dans le gouvernement Pleven (UDSR). Négocie avec le Dr Houphouët, fondateur du RDA, prévenant une explosion en Afrique.
Octobre 1951	Au congrès de l'UDSR, s'impose comme l'héritier du président, René Pleven (il lui succédera deux ans plus tard).
Janvier 1952	Ministre d'État dans le cabinet Edgar Faure.
Juin 1953	Ministre délégué chargé de l'Europe dans le cabinet Laniel (droite)…
Septembre 1953	… il démissionne pour protester contre la politique répressive menée au Maroc et en Tunisie. Collabore à *L'Express* et se lie à Pierre Mendès France.
18 juin 1954- 5 février 1955	Ministre de l'Intérieur du gouvernement Mendès France.

Juillet-novembre 1954	Impliqué dans l'affaire des « fuites » (de documents relatifs à la guerre d'Indochine), il se disculpe avec éclat.
1er novembre 1954	Au soulèvement en Algérie (qui relève de son ministère) il répond, comme Mendès France, par le refus du compromis…
6 février 1954	… mais sa politique de réformes provoque la chute du gouvernement de « PMF ».
Décembre 1955	Le successeur, Edgar Faure, ayant dissous l'Assemblée, Mendès France, Mitterrand, Guy Mollet et Chaban-Delmas forment le Front républicain…
2 janvier 1956	… qui l'emporte de très peu aux élections. Mollet est préféré à Mendès France pour présider le gouvernement, Mitterrand devénant ministre de la Justice.
6 février 1956	Chahuté à Alger, Guy Mollet se résigne à une politique répressive : alors que PMF démissionne, Mitterrand reste au gouvernement et couvre la poursuite de la guerre, perdant là beaucoup de son crédit.
1957	Il publie : *Présence française et Abandon*.
13 mai 1958	Alger se soulève contre Paris et en appelle à de Gaulle, qui acquiesce.
1er juin 1958	Le Général est investi chef du gouvernement à une large majorité. Mendès et Mitterrand votent « non ».
30 novembre 1958	Tous deux sont battus aux élections, exclus de l'Assemblée.
Mars-avril 1959	François Mitterrand est élu maire de Château-Chinon, puis sénateur de la Nièvre.
15 octobre 1959	« Attentat » de l'Observatoire : un certain Pesquet révèle que le sénateur est tombé dans un piège tendu par lui. Les poursuites judiciaires contre Mitterrand tournent court, mais il subit un discrédit profond.

1961	Après une visite en Chine, il publie *La Chine au défi*.
25 novembre 1962	Mitterrand est réélu député de la Nièvre.
1963	Il fonde la LCR (Ligue pour le combat républicain) qui, fusionnant avec d'autres clubs, devient le CAI (Comité d'action institutionnel).
1964	La publication du *Coup d'État permanent* et une joute parlementaire avec le Premier ministre Pompidou font de lui l'adversaire n° 1 du pouvoir, contre lequel il fonde la CIR (Convention des institutions républicaines).
8 octobre 1965	Il se porte candidat à l'élection présidentielle contre le général de Gaulle…
19 décembre 1965	…qu'il met en ballottage (45 % contre 55 %) à la suite d'une campagne très dynamique. Il est, dans la foulée, élu président de la FGDS (Fédération de la gauche démocrate et socialiste).
Mai 1966	Il forme un « contre-gouvernement », qui sombre dans l'indifférence.
19 mars 1967	Aux élections législatives, sous son impulsion, la gauche frôle la majorité d'un siège. L'ombre de la cohabitation s'est profilée…
Mai 1968	Le mouvement étudiant, qu'il appréhende mal, le marginalise. Sa proposition de former un gouvernement provisoire avec Mendès France est, pour lui, un fiasco.
Juin 1968	Les élections que Pompidou arrache à de Gaulle provoquent l'écrasement de la gauche. Mais Mitterrand sauve son siège de député.
1969	Il publie *Ma part de vérité*, entretiens avec Alain Duhamel, et renonce à se pré-

	senter à l'élection présidentielle contre Pompidou.
11-13 juin 1971	Le congrès d'Épinay, rassemblant le Parti socialiste rénové par Alain Savary, la CIR et divers clubs, le porte à la tête du mouvement, à la suite d'une alliance entre la droite et l'extrême gauche du parti. Il en devient le premier secrétaire.
26 juin 1972	Signature du Programme commun de la gauche avec le PCF et les radicaux de gauche. Le lendemain, Mitterrand déclare devant l'Internationale socialiste qu'il s'agit de récupérer les électeurs communistes…
1973	Publication de *La Rose au poing*, qui confirme cet objectif.
19 mai 1974	Candidat de la « gauche unie » à l'élection présidentielle après la mort de Georges Pompidou, François Mitterrand est battu de peu par Valéry Giscard d'Estaing (50,8 % contre 49,2 %).
Octobre 1974	Aux Assises du socialisme, Rocard et le PSU se rallient au PS.
31 janvier 1975	Le congrès de Pau manifeste l'hégémonie de Mitterrand sur le parti.
Mars 1977	Victoire de la gauche unie aux élections municipales.
Juin 1977	Congrès de Nantes, où Rocard rappelle que le socialisme français est le fruit d'une « double culture » centraliste et autogestionnaire.
Septembre 1977	Exigeant l'« actualisation » des accords, le PCF de Marchais provoque l'éclatement de l'union de la gauche.
19 mars 1978	Après un succès au premier tour des élections législatives, la gauche est battue au

	second. Commentant cet échec, Rocard se pose en héritier de Mitterrand.
6-8 avril 1979	Au congrès de Metz, le premier secrétaire impose une ligne « de gauche » contre Rocard allié à Mauroy.
1980	En publiant *Ici et Maintenant* (dialogue avec Guy Claisse), Mitterrand manifeste son intention de se représenter en 1981, bien que Rocard soit porté par les sondages, et candidat (sauf si le premier secrétaire fait acte de candidature).
24 janvier 1981	A Créteil, le Parti socialiste choisit pour candidat François Mitterrand, dont les « 110 propositions » seront le programme de campagne.
16 mars 1981	Lors de l'émission *Cartes sur table*, préconisant notamment l'abolition de la peine de mort, Mitterrand fait une percée décisive dans l'opinion.
29 avril 1981	Premier tour de la présidentielle : Giscard 28,3 %, Mitterrand 25,8 %, Chirac 18 %, Marchais 15,3 %.
10 mai 1981	Au deuxième tour, François Mitterrand est élu président de la République par 52 % des votants.

Index des noms de personnes

Table

TOME 1

RÉALISATION : PAO ÉDITIONS DU SEUIL
IMPRESSION : MAURY-EUROLIVRES À MANCHECOURT
DÉPÔT LÉGAL : AVRIL 2000. N° 40807 (00/03/78707)

DU MÊME AUTEUR

L'Égypte en mouvement
en collaboration avec Simonne Lacouture
Seuil, 1956

Le Maroc à l'épreuve
en collaboration avec Simonne Lacouture
Seuil, 1958

La Fin d'une guerre
en collaboration avec Philippe Devillers
Seuil, 1960, nouvelle édition 1969

Cinq Hommes et la France
Seuil, 1961

Le Poids du tiers monde
en collaboration avec Jean Baumier
Arthaud, 1962

De Gaulle
Seuil, 1965, nouvelle édition 1971

Le Vietnam entre deux paix
Seuil, 1965

Hô Chi Minh
Seuil, 1967, nouvelle édition 1976

Quatre Hommes et leur peuple,
sur-pouvoir et sous-développement
Seuil, 1969

Nasser
Seuil, 1971

L'Indochine vue de Pékin
(entretiens avec le prince Sihanouk)
Seuil, 1972

André Malraux, une vie dans le siècle
Seuil, prix Aujourd'hui, 1973
et « Points Histoire », 1976

Un sang d'encre
Stock-Seuil, 1974

Les Émirats mirages
en collaboration avec Gabriel Dardaud et Simonne Lacouture
Seuil, 1975

Vietnam, voyage à travers une victoire
en collaboration avec Simonne Lacouture
Seuil, 1976

Léon Blum
Seuil, 1977
et « Points Histoire », 1979

Survive le peuple cambodgien !
Seuil, 1978

Le rugby, c'est un monde
Seuil, « Points Actuels », 1979

Signes du Taureau
Julliard, 1979

François Mauriac
Seuil, Bourse Goncourt de la biographie, 1980
« Points Essais », 2 vol., 1990
1. Le Sondeur d'abîmes (1885-1933)
2. Un citoyen du siècle (1933-1970)

Julie de Lespinasse
en collaboration avec Marie-Christine d'Aragon
Ramsay, 1980

Pierre Mendès France
Seuil, 1981

Le Piéton de Bordeaux
ACE, 1981

En passant par la France
Journal de voyage
en collaboration avec Simonne Lacouture
Seuil, 1982

Profils perdus
53 portraits contemporains
A.-M. Métailié, 1983

De Gaulle
1. Le Rebelle (1890-1944)
2. Le Politique (1944-1959)
3. Le Souverain (1959-1970)
Seuil, 1984, 1985 et 1986
et « Points Histoire », 3 vol., 1990
préface de René Rémond

Algérie : la guerre est finie
Éd. Complexe, Bruxelles, 1985

De Gaulle ou l'éternel défi
en collaboration avec Roland Mehl
Seuil, 1988

Champollion
Une vie de lumières
Grasset, 1989

Enquête sur l'auteur
Arléa, 1989
Seuil, « Points Actuels », 1991

Jésuites
1. Les Conquérants
Seuil, 1991
2. Les Revenants
Seuil, 1992

Le Citoyen Mendès France
en collaboration avec Jean Daniel
Seuil, « L'histoire immédiate », 1992

Voyous et Gentlemen : une histoire du rugby
Gallimard, « Découvertes », 1993

Le Désempire
Figures et thèmes de l'anticolonialisme
en collaboration avec Dominique Chagnollaud
Denoël, « Destins croisés », 1993

Une adolescence du siècle
Jacques Rivière et la NRF
Seuil, 1994

Mes héros et nos monstres
Seuil, 1995

Montaigne à cheval
Seuil, 1996
et « Points », n° P 500

L'Histoire de France en 100 tableaux
Hazan, 1996

Mitterrand. Une histoire de Français
2. Les vertiges du sommet
Seuil, 1998
et « Points », n° P 745

Collection Points

DERNIERS TITRES PARUS

R492. Louve basse, *par Denis Roche*
R494. Poupée blonde
par Patrick Modiano, dessins de Pierre Le-Tan
R495. La Mort de Lohengrin, *par Heinrich Böll*
R496. L'Aïeul, *par Aris Fakinos*
R497. Le Héros des femmes, *par Adolfo Bioy Casares*
R498. 1492. Les Aventures de Juan Cabezón de Castille
par Homero Aridjis
R499. L'Angoisse du tigre, *par Jean-Marc Roberts*
R501. L'Innocent, *par Ian McEwan*
R502. Les Passagers du Roissy-Express
par François Maspero
R503. Adieu à Berlin, *par Christopher Isherwood*
R504. Remèdes désespérés, *par Thomas Hardy*
R505. Le Larron qui ne croyait pas au ciel
par Miguel Angel Asturias
R506. Madame de Mauves, *par Henry James*
R507. L'Année de la mort de Ricardo Reis, *par José Saramago*
R508. Abattoir 5, *par Kurt Vonnegut*
R509. Comme je l'entends, *par John Cowper Powys*
R510. Madrapour, *par Robert Merle*
R511. Ménage à quatre, *par Manuel Vázquez Montalbán*
R512. Tremblement de cœur, *par Denise Bombardier*
R514. L'Ultime Alliance, *par Pierre Billon*
R515. Le Café des fous, *par Felipe Alfau*
R516. Morphine, *par Mikhaïl Boulgakov*
R517. Le Fou du tzar, *par Jaan Kross*
R518. Wolf et Doris, *par Martin Walser*
R519. La Course au mouton sauvage, *par Haruki Murakami*
R520. Adios Schéhérazade, *par Donald Westlake*
R521. Les Feux du Bengale, *par Amitav Ghosh*
R522. La Spéculation immobilière, *par Italo Calvino*
R523. L'homme qui parlait d'Octavia de Cadix
par Alfredo Bryce-Echenique
R524. V., *par Thomas Pynchon*
R525. Les Anges rebelles, *par Robertson Davies*
R526. Nouveaux Contes de Bustos Domecq
par Jorge Luis Borges et Adolfo Bioy Casares
R527. Josepha, *par Christopher Frank*
R528. L'Amour sorcier, *par Louise Erdrich*
R529. L'Europe mordue par un chien, *par Christophe Donner*
R530. Les hommes qui ont aimé Evelyn Cotton
par Frank Ronan

R531. Agadir, *par Mohammed Khaïr-Eddine*
R532. Brigitta, *par Adalbert Stifter*
R533. Lune de miel et d'or, *par David Shahar*
R534. Histoires de vertige, *par Julien Green*
R535. Voyage en France, *par Henry James*
R536. La Femme de chambre du Titanic, *par Didier Decoin*
R538. La Boîte noire, *par Jean-Luc Benoziglio*
R542. L'Aimé, *par Axel Gauvin*
R543. Vends maison, où je ne veux plus vivre
par Bohumil Hrabal
R544. Enquête sous la neige, *par Michael Malone*
R545. Sérénissime, *par Frédéric Vitoux*
R547. Les Girls du City-Boum-Boum, *par Vassilis Alexakis*
R548. Les Rives du fleuve Bleu, *par Emmanuel Roblès*
R549. Le Complexe polonais, *par Tadeusz Konwicki*
R550. La Patte du scarabée, *par John Hawkes*
R551. Sale Histoire, *par Eric Ambler*
R552. Le Silence des pierres, *par Michel del Castillo*
R554. Ludo & Compagnie, *par Patrick Lapeyre*
R556. Chaque homme dans sa nuit, *par Julien Green*
R557. Nous sommes au regret de..., *par Dino Buzzati*
R559. Nouvelles démesurées, *par Adolfo Bioy Casares*
R560. Sylvie et Bruno, *par Lewis Carroll*
R561. L'Homme de Kiev, *par Bernard Malamud*
R562. Le Brochet, *par Eric Ambler*
R563. Mon valet et moi, *par Hervé Guibert*
R564. Les Européens, *par Henry James*
R565. Le Royaume enchanté de l'amour, *par Max Brod*
R566. Le Fou noir *suivi de* Le Poing fermé, *par Arrigo Boito*
R567. La Fin d'une époque, *par Evelyn Waugh*
R568. Franza, *par Ingeborg Bachmann*
R569. Les Noces dans la maison, *par Bohumil Hrabal*
R571. Une saison ardente, *par Richard Ford*
R572. Le Dernier Été des Indiens, *par Robert Lalonde*
R573. Beatus Ille, *par Antonio Muñoz Molina*
R574. Les Révoltés de la « Bounty »
par Charles Nordhoff et James Norman Hall
R576. La Loi du capitaine, *par Mike Nicol*
R577. La Séparation, *par Dan Franck*
R578. Voyage autour de mon crâne, *par Frigyes Karinthy*
R579. Monsieur Pinocchio, *par Jean-Marc Roberts*
R580. Les Feux, *par Raymond Carver*
R581. Mémoires d'un vieux crocodile, *par Tennessee Williams*
R582. Patty Diphusa, la Vénus des lavabos
par Pedro Almodóvar
R583. Le Voyage de Hölderlin en France
par Jacques-Pierre Amette
R584. Les Noms, *par Don DeLillo*

R585. Le Châle, *par Cynthia Ozick*
R588. Mr. Stone, *par V. S. Naipaul*
R589. Loin de la troupe, *par Heinrich Böll*
R590. Dieu et nous seuls pouvons, *par Michel Folco*
R591. La Route de San Giovanni, *par Italo Calvino*
R592. En la forêt de longue attente, *par Hella S. Haasse*
R593. Lewis Percy, *par Anita Brookner*
R594. L'Affaire D., *par Charles Dickens*
Carlo Fruttero et Franco Lucentini
R595. La Pianiste, *par Elfriede Jelinek*
R597. L'Ile enchantée, *par Eduardo Mendoza*
R598. Vineland, *par Thomas Pynchon*
R599. Jolie, la fille !, *par André Dubus*
R602. Le Déménagement, *par Jean Cayrol*
R603. Arrêt de jeu, *par Dan Kavanagh*
R605. La Belle Affaire, *par T. C. Boyle*
R610. Le Parapluie jaune, *par Elsa Lewin*
R611. L'Amateur, *par André Balland*
R612. Le Suspect, *par L. R. Wright*
R614. Mémoires du Capitán Alonso de Contreras
par Alonso de Contreras
R615. Colère, *par Patrick Grainville*
R616. Le Livre de John, *par Michel Braudeau*
R617. Faux Pas, *par Michel Rio*
R618. Quelqu'unbis est mort, *par Jean-Luc Benoziglio*
R619. La Vie, quelque part, *par Anita Brookner*
R620. Iblis ou la Défroque du serpent, *par Armande Gobry-Valle*
R621. Fin de mission, *par Heinrich Böll*
R622. Les Mains vides, *par Maurice Genevoix*
R623. Un amour de chat, *par Frédéric Vitoux*
R624. Johnny s'en va-t-en guerre, *par Dalton Trumbo*
R626. L'Enfant chargé de songes, *par Anne Hébert*
R630. Cytomégalovirus, *par Hervé Guibert*
R631. La Maison Pouchkine, *par Andreï Bitov*
R632. La Mémoire brûlée, *par Jean-Noël Pancrazi*
R633. Le taxi mène l'enquête, *par Sam Reaves*
R634. Les Sept Fous, *par Roberto Arlt*
R635. La Colline rouge, *par France Huser*
R636. Les Athlètes dans leur tête, *par Paul Fournel*
R637. San Camilo 1936, *par Camilo José Cela*
R638. Galíndez, *par Manuel Vázquez Montalbán*
R639. China Lake, *par Anthony Hyde*
R640. Tlacuilo, *par Michel Rio*
R641. L'Élève, *par Henry James*
R642. Aden, *par Anne-Marie Garat*
R644. Dis-moi qui tuer, *par V. S. Naipaul*
R646. L'Étrange Histoire de Sir Hugo et de son valet Fledge
par Patrick McGrath

R647. L'Herbe des ruines, *par Emmanuel Roblès*
R648. La Première Femme, *par Nedim Gürsel*
R649. Les Exclus, *par Elfriede Jelinek*
R650. Providence, *par Anita Brookner*
R651. Les Nouvelles Mille et Une Nuits, vol. 1
par Robert Louis Stevenson
R652. Les Nouvelles Mille et Une Nuits, vol. 2
par Robert Louis Stevenson
R653. Les Nouvelles Mille et Une Nuits, vol. 3
par Robert Louis Stevenson
R654. 1492. Mémoires du Nouveau Monde, *par Homero Aridjis*
R655. Lettres à Doubenka, *par Bohumil Hrabal*
R657. Cassandra, *par John Hawkes*
R658. La Fin des temps, *par Haruki Murakami*
R660. La Femme du boucher, *par Li Ang*
R661. Anaconda, *par Horacio Quiroga*
R663. Je ferai comme si je n'étais pas là, *par Christopher Frank*
R666. Une sécheresse à Paris, *par Alain Chany*
R667. Charles et Camille, *par Frédéric Vitoux*
R668. Les Quatre Fils du Dr March, *par Brigitte Aubert*
R669. 33 Jours, *par Léon Werth*
R670. La Mort à Veracruz, *par Héctor Aguilar Camín*
R671. Le Bâtard de Palerme, *par Luigi Natoli*
R672. L'Ile du lézard vert, *par Eduardo Manet*
R673. Juges et Assassins, *par Michael Malone*
R674. L'Enfant de Port-Royal, *par Rose Vincent*
R675. Amour et Ordures, *par Ivan Klíma*
R676. Rue de la Cloche, *par Serge Quadruppani*
R677. Les Dunes de Tottori, *par Kyotaro Nishimura*
R678. Lucioles, *par Shiva Naipaul*
R679. Tout fout le camp !, *par Dan Kavanagh*
R680. Les Sept Solitudes de Lorsa Lopez, *par Sony Labou Tansi*
R681. Le Bout du rouleau, *par Richard Ford*
R682. Hygiène de l'assassin, *par Amélie Nothomb*
R684. Les Adieux, *par Dan Franck*
R687. L'Homme de la passerelle, *par Isabelle Jarry*
R688. Bambini, *par Bertrand Visage*
R689. Nom de code : Siro, *par David Ignatius*
R690. Paradis, *par Philippe Sollers*
R693. Rituels, *par Cees Nooteboom*
R695. Le Trouveur de feu, *par Henri Gougaud*
R696. Dumala, *par Eduard von Keyserling*
P1. Cent Ans de solitude, *par Gabriel García Márquez*
P2. Le Chevalier inexistant, *par Italo Calvino*
P3. L'Homme sans qualités, tome 1, *par Robert Musil*
P4. L'Homme sans qualités, tome 2, *par Robert Musil*
P5. Le Monde selon Garp, *par John Irving*
P6. Les Désarrois de l'élève Törless, *par Robert Musil*

P7. L'Enfant de sable, *par Tahar Ben Jelloun*
P8. La Marche de Radetzky, *par Joseph Roth*
P9. Trois Femmes *suivi de* Noces, *par Robert Musil*
P10. Un Anglais sous les tropiques, *par William Boyd*
P11. Grand Amour, *par Erik Orsenna*
P12. L'Invention du monde, *par Olivier Rolin*
P13. Rastelli raconte…, *par Walter Benjamin*
P14. Ce qu'a vu le vent d'ouest, *par Fruttero & Lucentini*
P15. L'Appel du crapaud, *par Günter Grass*
P16. L'Appât, *par Morgan Sportès*
P17. L'Honneur de Saint-Arnaud, *par François Maspero*
P18. L'Héritage empoisonné, *par Paul Levine*
P19. Les Égouts de Los Angeles, *par Michael Connelly*
P20. L'Anglais saugrenu, *par Jean-Loup Chiflet*
P21. Jacques Chirac, *par Franz-Olivier Giesbert*
P22. Questions d'adolescents, *par Christian Spitz*
P23. Les Progrès du progrès, *par Philippe Meyer*
P24. Le Paradis des orages, *par Patrick Grainville*
P25. La Rage au cœur, *par Gérard Guégan*
P26. Le Patient anglais, *par Michael Ondaatje*
P27. Ça n'est pas pour me vanter, *par Philippe Meyer*
P28. Notre homme, *par Louis Gardel*
P29. Mort en hiver, *par L. R. Wright*
P30. L'Exposition coloniale, *par Erik Orsenna*
P31. La Dame du soir, *par Dan Franck*
P32. Le Monde du bout du monde, *par Luis Sepúlveda*
P33. Brazzaville Plage, *par William Boyd*
P34. Les Nouvelles Confessions, *par William Boyd*
P35. Comme neige au soleil, *par William Boyd*
P36. Hautes Trahisons, *par Félix de Azúa*
P37. Dans la cage, *par Henry James*
P38. L'Année du déluge, *par Eduardo Mendoza*
P39. Pluie et Vent sur Télumée Miracle
par Simone Schwarz-Bart
P40. Paroles malvenues, *par Paul Bowles*
P41. Le Grand Cahier, *par Agota Kristof*
P42. La Preuve, *par Agota Kristof*
P43. La Petite Ville où le temps s'arrêta
par Bohumil Hrabal
P44. Le Tunnel, *par Ernesto Sabato*
P45. La Galère : jeunes en survie, *par François Dubet*
P46. La Ville des prodiges, *par Eduardo Mendoza*
P47. Le Principe d'incertitude, *par Michel Rio*
P48. Tapie, l'homme d'affaires, *par Christophe Bouchet*
P49. L'Homme Freud, *par Lydia Flem*
P50. La Décennie Mitterrand
1. Les ruptures
par Pierre Favier et Michel Martin-Roland

P51. La Décennie Mitterrand
2. Les épreuves
par Pierre Favier et Michel Martin-Roland
P52. Dar Baroud, *par Louis Gardel*
P53. Vu de l'extérieur, *par Katherine Pancol*
P54. Les Rêves des autres, *par John Irving*
P55. Les Habits neufs de Margaret
par Alice Thomas Ellis
P56. Les Confessions de Victoria Plum, *par Anne Fine*
P57. Histoires de faire de beaux rêves, *par Kaye Gibbons*
P58. C'est la curiosité qui tue les chats, *par Lesley Glaister*
P59. Une vie bouleversée, *par Etty Hillesum*
P60. L'Air de la guerre, *par Jean Hatzfeld*
P61. Piaf, *par Pierre Duclos et Georges Martin*
P62. Lettres ouvertes, *par Jean Guitton*
P63. Trois Kilos de café, *par Manu Dibango*
en collaboration avec Danielle Rouard
P64. L'Ange aveugle, *par Tahar Ben Jelloun*
P65. La Lézarde, *par Édouard Glissant*
P66. L'Inquisiteur, *par Henri Gougaud*
P67. L'Étrusque, *par Mika Waltari*
P68. Leurs mains sont bleues, *par Paul Bowles*
P69. Contes d'amour, de folie et de mort, *par Horacio Quiroga*
P70. Le vieux qui lisait des romans d'amour, *par Luis Sepúlveda*
P71. Rumeurs, *par Jean-Noël Kapferer*
P72. Julia et Moi, *par Anita Brookner*
P73. Déportée à Ravensbruck
par Margaret Buber-Neumann
P74. Meurtre dans la cathédrale, *par T. S. Eliot*
P75. Chien de printemps, *par Patrick Modiano*
P76. Pour la plus grande gloire de Dieu, *par Morgan Sportès*
P77. La Dogaresse, *par Henri Sacchi*
P78. La Bible du hibou, *par Henri Gougaud*
P79. Les Ivresses de Madame Monro, *par Alice Thomas Ellis*
P80. Hello, Plum !, *par Pelham Grenville Wodehouse*
P81. Le Maître de Frazé, *par Herbert Lieberman*
P82. Dans la peau d'un intouchable, *par Marc Boulet*
P83. Entre le ciel et la terre, *par Le Ly Hayslip*
(avec la collaboration de Charles Jay Wurts)
P84. Sur la route des croisades, *par Jean-Claude Guillebaud*
P85. L'Homme sans postérité, *par Adalbert Stifter*
P86. Le Nez de Mazarin, *par Anny Duperey*
P87. L'Alliance, tome 1, *par James A. Michener*
P88. L'Alliance, tome 2, *par James A. Michener*
P89. Regardez-moi, *par Anita Brookner*
P90. Si par une nuit d'hiver un voyageur, *par Italo Calvino*
P91. Les Grands Cimetières sous la lune, *par Georges Bernanos*
P92. Salut Galarneau !, *par Jacques Godbout*

P93. La Barbare, *par Katherine Pancol*
P94. American Psycho, *par Bret Easton Ellis*
P95. Vingt Ans et des poussières, *par Didier van Cauwelaert*
P96. Un week-end dans le Michigan, *par Richard Ford*
P97. Jules et Jim, *par François Truffaut*
P98. L'Hôtel New Hampshire, *par John Irving*
P99. Liberté pour les ours !, *par John Irving*
P100. Heureux Habitants de l'Aveyron et des autres départements français, *par Philippe Meyer*
P101. Les Égarements de Lili, *par Alice Thomas Ellis*
P102. Esquives, *par Anita Brookner*
P103. Cadavres incompatibles, *par Paul Levine*
P104. La Rose de fer, *par Brigitte Aubert*
P105. La Balade entre les tombes, *par Lawrence Block*
P106. La Villa des ombres, *par David Laing Dawson*
P107. La Traque, *par Herbert Lieberman*
P108. Meurtres à cinq mains, *par Jack Hitt avec Lawrence Block, Sarah Caudwell, Tony Hillerman, Peter Lovesey, Donald E. Westlake*
P109. Hygiène de l'assassin, *par Amélie Nothomb*
P110. L'Amant sans domicile fixe *par Carlo Fruttero et Franco Lucentini*
P112. L'Affaire D., *par Charles Dickens, Carlo Fruttero et Franco Lucentini*
P113. La Nuit sacrée, *par Tahar Ben Jelloun*
P114. Sky my wife ! Ciel ma femme !, *par Jean-Loup Chiflet*
P115. Liaisons étrangères, *par Alison Lurie*
P116. L'Homme rompu, *par Tahar Ben Jelloun*
P117. Le Tarbouche, *par Robert Solé*
P118. Tous les matins je me lève, *par Jean-Paul Dubois*
P119. La Côte sauvage, *par Jean-René Huguenin*
P120. Dans le huis clos des salles de bains, *par Philippe Meyer*
P121. Un mariage poids moyen, *par John Irving*
P122. L'Épopée du buveur d'eau, *par John Irving*
P123. L'Œuvre de Dieu, la Part du Diable, *par John Irving*
P124. Une prière pour Owen, *par John Irving*
P125. Un homme regarde une femme, *par Paul Fournel*
P126. Le Troisième Mensonge, *par Agota Kristof*
P127. Absinthe, *par Christophe Bataille*
P128. Le Quinconce, vol. 1, *par Charles Palliser*
P129. Le Quinconce, vol. 2, *par Charles Palliser*
P130. Comme ton père, *par Guillaume Le Touze*
P131. Naissance d'une passion, *par Michel Braudeau*
P132. Mon ami Pierrot, *par Michel Braudeau*
P133. La Rivière du sixième jour (Et au milieu coule une rivière) *par Norman Maclean*
P134. Mémoires de Melle, *par Michel Chaillou*
P135. Le Testament d'un poète juif assassiné, *par Elie Wiesel*

P136. Jésuites, 1. Les conquérants
par Jean Lacouture
P137. Jésuites, 2. Les revenants
par Jean Lacouture
P138. Soufrières, *par Daniel Maximin*
P139. Les Vacances du fantôme, *par Didier van Cauwelaert*
P140. Absolu, *par l'abbé Pierre et Albert Jacquard*
P141. En attendant la guerre, *par Claude Delarue*
P142. Trésors sanglants, *par Paul Levine*
P143. Le Livre, *par Les Nuls*
P144. Malicorne, *par Hubert Reeves*
P145. Le Boucher, *par Alina Reyes*
P146. Le Voile noir, *par Anny Duperey*
P147. Je vous écris, *par Anny Duperey*
P148. Tierra del fuego, *par Francisco Coloane*
P149. Trente Ans et des poussières, *par Jay McInerney*
P150. Jernigan, *par David Gates*
P151. Lust, *par Elfriede Jelinek*
P152. Voir ci-dessous : Amour, *par David Grossman*
P153. L'Anniversaire, *par Juan José Saer*
P154. Le Maître d'escrime, *par Arturo Pérez-Reverte*
P155. Pas de sang dans la clairière, *par L. R. Wright*
P156. Une si belle image, *par Katherine Pancol*
P157. L'Affaire Ben Barka, *par Bernard Violet*
P158. L'Orange amère, *par Didier Van Cauwelaert*
P159. Une histoire américaine, *par Jacques Godbout*
P160. Jour de silence à Tanger, *par Tahar Ben Jelloun*
P161. La Réclusion solitaire, *par Tahar Ben Jelloun*
P162. Fleurs de ruine, *par Patrick Modiano*
P163. La Mère du printemps (L'Oum-er-Bia), *par Driss Chraïbi*
P164. Portrait de groupe avec dame, *par Heinrich Böll*
P165. Nécropolis, *par Herbert Lieberman*
P166. Les Soleils des indépendances, *par Ahmadou Kourouma*
P167. La Bête dans la jungle, *par Henry James*
P168. Journal d'une Parisienne, *par Françoise Giroud*
P169. Ils partiront dans l'ivresse, *par Lucie Aubrac*
P170. Le Divin Enfant, *par Pascal Bruckner*
P171. Les Vigiles, *par Tahar Djaout*
P172. Philippe et les Autres, *par Cees Nooteboom*
P173. Far Tortuga, *par Peter Matthiessen*
P174. Le Dieu manchot, *par José Saramago*
P175. Molière ou la Vie de Jean-Baptiste Poquelin
par Alfred Simon
P176. Saison violente, *par Emmanuel Roblès*
P177. Lunes de fiel, *par Pascal Bruckner*
P178. Le Voyage à Paimpol, *par Dorothée Letessier*
P179. L'Aube, *par Elie Wiesel*
P180. Le Fils du pauvre, *par Mouloud Feraoun*

P181. Red Fox, *par Anthony Hyde*
P182. Enquête sous la neige, *par Michael Malone*
P183. Cœur de lièvre, *par John Updike*
P184. La Joyeuse Bande d'Atzavara
par Manuel Vázquez Montalbán
P185. Le Petit Monde de Don Camillo
par Giovanni Guareschi
P186. Le Temps des Italiens, *par François Maspero*
P187. Petite, *par Geneviève Brisac*
P188. La vie me fait peur, *par Jean-Paul Dubois*
P189. Quelques Minutes de bonheur absolu
par Agnès Desarthe
P190. La Lyre d'Orphée, *par Robertson Davies*
P191. Pourquoi lire les classiques, *par Italo Calvino*
P192. Franz Kafka ou le Cauchemar de la raison, *par Ernst Pawel*
P193. Nos médecins, *par Hervé Hamon*
P194. La Déroute des sexes, *par Denise Bombardier*
P195. Les Flamboyants, *par Patrick Grainville*
P196. La Crypte des capucins, *par Joseph Roth*
P197. Je vivrai l'amour des autres, *par Jean Cayrol*
P198. Le Crime des pères, *par Michel del Castillo*
P199. Les Cahiers de Malte Laurids Brigge, *par Rainer Maria Rilke*
P200. Port-Soudan, *par Olivier Rolin*
P201. Portrait de l'artiste en jeune chien, *par Dylan Thomas*
P202. La Belle Hortense, *par Jacques Roubaud*
P203. Les Anges et les Faucons, *par Patrick Grainville*
P204. Autobiographie de Federico Sánchez, *par Jorge Semprún*
P205. Le Monarque égaré, *par Anne-Marie Garat*
P206. La Guérilla du Che, *par Régis Debray*
P207. Terre-Patrie, *par Edgar Morin et Anne-Brigitte Kern*
P208. L'Occupation américaine, *par Pascal Quignard*
P209. La Comédie de Terracina, *par Frédéric Vitoux*
P210. Une jeune fille, *par Dan Franck*
P211. Nativités, *par Michèle Gazier*
P212. L'Enlèvement d'Hortense, *par Jacques Roubaud*
P213. Les Secrets de Jeffrey Aspern, *par Henry James*
P214. Annam, *par Christophe Bataille*
P215. Jimi Hendrix. Vie et légende, *par Charles Shaar Murray*
P216. Docile, *par Didier Decoin*
P217. Le Dernier des Justes, *par André Schwarz-Bart*
P218. Aden Arabie, *par Paul Nizan*
P219. Dialogues des Carmélites, *par Georges Bernanos*
P220. Gaston Gallimard, *par Pierre Assouline*
P221. John l'Enfer, *par Didier Decoin*
P222. Trente Mille Jours, *par Maurice Genevoix*
P223. Cent Ans de chanson française
par Chantal Brunschwig, Jean-Louis Calvet
et Jean-Claude Klein

P224. L'Exil d'Hortense, *par Jacques Roubaud*
P225. La Grande Maison, *par Mohammed Dib*
P226. Une mort en rouge, *par Walter Mosley*
P227. N'en faites pas une histoire, *par Raymond Carver*
P228. Les Quatre Faces d'une histoire, *par John Updike*
P229. Moustiques, *par William Faulkner*
P230. Mortelle, *par Christopher Frank*
P231. Ceux de 14, *par Maurice Genevoix*
P232. Le Baron perché, *par Italo Calvino*
P233. Le Tueur et son ombre, *par Herbert Lieberman*
P234. La Nuit du solstice, *par Herbert Lieberman*
P235. L'Après-Midi bleu, *par William Boyd*
P236. Le Sémaphore d'Alexandrie, *par Robert Solé*
P237. Un nom de torero, *par Luis Sepúlveda*
P238. Halloween, *par Lesley Glaister*
P239. Un bonheur mortel, *par Anne Fine*
P240. Mésalliance, *par Anita Brookner*
P241. Le Vingt-Septième Royaume, *par Alice Thomas Ellis*
P242. Le Sucre et autres récits, *par Antonia S. Byatt*
P243. Le Dernier Tramway, *par Nedim Gürsel*
P244. Une enquête philosophique, *par Philippe Ken*
P245. Un homme peut en cacher un autre, *par Andreu Martín*
P246. A l'ouest d'Allah, *par Gilles Kepel*
P247. Nedjma, *par Kateb Yacine*
P248. Le Prochain sur la liste, *par Dan Greenburg*
P249. Les Chambres de bois, *par Anne Hébert*
P250. La Nuit du décret, *par Michel del Castillo*
P251. Malraux, une vie dans le siècle, *par Jean Lacouture*
P252. Une année en Provence, *par Peter Mayle*
P253. Cap Horn, *par Francisco Coloane*
P254. Eldorado 51, *par Marc Trillard*
P255. Juan sans terre, *par Juan Goytisolo*
P256. La Dynastie des Rothschild, *par Herbert Lottman*
P257. La Trahison des Lumières, *par Jean-Claude Guillebaud*
P258. Je suis vivant et vous êtes morts, *par Emmanuel Carrère*
P259. Minuit passé, *par David Laing Dawson*
P260. Le Guépard, *par Giuseppe Tomasi di Lampedusa*
P261. Remise de peine, *par Patrick Modiano*
P262. L'Honneur perdu de Katharina Blum, *par Heinrich Böll*
P263. Un loup est un loup, *par Michel Folco*
P264. Daddy's Girl, *par Janet Inglis*
P265. Une liaison dangereuse, *par Hella S. Haasse*
P266. Sombre Sentier, *par Dominique Manotti*
P267. Ténèbres sur Jacksonville, *par Brigitte Aubert*
P268. Blackburn, *par Bradley Denton*
P269. La Glace noire, *par Michael Connelly*
P270. La Couette, *par Camille Todd*
P271. Le Petit Mitterrand illustré, *par Plantu*

P272. Le Train vert, *par Herbert Lieberman*
P273. Les Villes invisibles, *par Italo Calvino*
P274. Le Passage, *par Jean Reverzy*
P275. La Couleur du destin, *par Franco Lucentini et Carlo Fruttero*
P276. Gérard Philipe, *par Gérard Bonal*
P277. Petit Dictionnaire pour lutter contre l'extrême droite *par Martine Aubry et Olivier Duhamel*
P278. Le premier amour est toujours le dernier *par Tahar Ben Jelloun*
P279. La Plage noire, *par François Maspero*
P280. Dixie, *par Julien Green*
P281. L'Occasion, *par Juan José Saer*
P282. Le diable t'attend, *par Lawrence Block*
P283. Les cancres n'existent pas, *par Anny Cordié*
P284. Tous les fleuves vont à la mer, *par Elie Wiesel*
P285. Parias, *par Pascal Bruckner*
P286. Le Baiser de la femme-araignée, *par Manuel Puig*
P287. Gargantua, *par François Rabelais*
P288. Pantagruel, *par François Rabelais*
P289. La Cocadrille, *par John Berger*
P290. Senilità, *par Italo Svevo*
P291. Le Bon Vieux et la Belle Enfant, *par Italo Svevo*
P292. Carla's Song, *par Ken Loach*
P293. Hier, *par Agota Kristof*
P294. L'Orgue de Barbarie, *par Bernard Chambaz*
P295. La Jurée, *par George Dawes Green*
P296. Siam, *par Morgan Sportès*
P297. Une saison dans la vie d'Emmanuel *par Marie-Claire Blais*
P298. Smilla et l'Amour de la neige, *par Peter Høeg*
P299. Mal et Modernité, *suivi de* Vous avez une tombe au creux des nuages *par Jorge Semprún*
P300. Vidal et les Siens, *par Edgar Morin*
P301. Dieu et nous seuls pouvons, *par Michel Folco*
P302. La Mulâtresse Solitude, *par André Schwarz-Bart*
P303. Les Lycéens, *par François Dubet*
P304. L'Arbre à soleils, *par Henri Gougaud*
P305. L'Homme à la vie inexplicable, *par Henri Gougaud*
P306. Bélibaste, *par Henri Gougaud*
P307. Joue-moi quelque chose, *par John Berger*
P308. Flamme et Lilas, *par John Berger*
P309. Histoires du Bon Dieu, *par Rainer Maria Rilke*
P310. In extremis *suivi de* La Condition, *par Henri James*
P311. Héros et Tombes, *par Ernesto Sábato*
P312. L'Ange des ténèbres, *par Ernesto Sábato*
P313. Acid Test, *par Tom Wolfe*

P314. Un plat de porc aux bananes vertes
par Simone et André Schwarz-Bart
P315. Prends soin de moi, *par Jean-Paul Dubois*
P316. La Puissance des mouches, *par Lydie Salvayre*
P317. Le Tiers Livre, *par François Rabelais*
P318. Le Quart Livre, *par François Rabelais*
P319. Un enfant de la balle, *par John Irving*
P320. A la merci d'un courant violent, *par Henry Roth*
P321. Tony et Susan, *par Austin Wright*
P322. La Foi du charbonnier, *par Marguerite Gentzbittel*
P323. Les Armes de la nuit *et* La Puissance du jour
par Vercors
P324. Voltaire le conquérant, *par Pierre Lepape*
P325. Frère François, *par Julien Green*
P326. Manhattan terminus, *par Michel Rio*
P327. En Russie, *par Olivier Rolin*
P328. Tonkinoise..., *par Morgan Sportès*
P329. Peau de lapin, *par Nicolas Kieffer*
P330. Notre jeu, *par John le Carré*
P331. Brésil, *par John Updike*
P332. Fantômes et Cie, *par Robertson Davies*
P333. Sofka, *par Anita Brookner*
P334. Chienne d'année, *par Françoise Giroud*
P335. Nos hommes, *par Denise Bombardier*
P336. Parlez-moi de la France, *par Michel Winock*
P337. Apolline, *par Dan Franck*
P338. Le Lien, *par Patrick Grainville*
P339. Moi, Franco, *par Manuel Vázquez Montalbán*
P340. Ida, *par Gertrude Stein*
P341. Papillon blanc, *par Walter Mosley*
P342. Le Bonheur d'apprendre, *par François de Closets*
P343. Les Écailles du ciel, *par Tierno Monénembo*
P344. Une tempête, *par Aimé Césaire*
P345. Kamouraska, *par Anne Hébert*
P346. La Journée d'un scrutateur, *par Italo Calvino*
P347. Le Tambour, *par Günter Grass*
P348. La Minute nécessaire de monsieur Cyclopède
par Pierre Desproges
P349. Fort Saganne, *par Louis Gardel*
P350. Un secret sans importance, *par Agnès Desarthe*
P351. Les Millions d'arlequin, *par Bohumil Hrabal*
P352. La Mort du lion, *par Henry James*
P353. Une sage femme, *par Kaye Gibbons*
P354. Dans un jardin anglais, *par Anne Fine*
P355. Les Oiseaux du ciel, *par Alice Thomas Ellis*
P356. L'Ange traqué, *par Robert Crais*
P357. L'Homme symbiotique, *par Joël de Rosnay*
P358. Moha le fou, Moha le sage, *par Tahar Ben Jelloun*

P359. Les Yeux baissés, *par Tahar Ben Jelloun*
P360. L'Arbre d'amour et de sagesse, *par Henri Gougaud*
P361. L'Arbre aux trésors, *par Henri Gougaud*
P362. Le Vertige, *par Evguénia S. Guinzbourg*
P363. Le Ciel de la Kolyma (Le Vertige, II)
par Evguénia S. Guinzbourg
P364. Les hommes cruels ne courent pas les rues
par Katherine Pancol
P365. Le Pain nu, *par Mohamed Choukri*
P366. Les Lapins du commandant, *par Nedim Gürsel*
P367. Provence toujours, *par Peter Mayle*
P368. La Promeneuse d'oiseaux, *par Didier Decoin*
P369. Un hiver en Bretagne, *par Michel Le Bris*
P370. L'Héritage Windsmith, *par Thierry Gandillot*
P371. Dolly, *par Anita Brookner*
P372. Autobiographie d'un cheval, *par John Hawkes*
P373. Châteaux de la colère, *par Alessandro Baricco*
P374. L'Amant du volcan, *par Susan Sontag*
P375. Chroniques de la haine ordinaire, *par Pierre Desproges*
P376. La Prière de l'absent, *par Tahar Ben Jelloun*
P377. La Plus Haute des solitudes, *par Tahar Ben Jelloun*
P378. Scarlett, si possible, *par Katherine Pancol*
P379. Journal, *par Jean-René Huguenin*
P380. Le Polygone étoilé, *par Kateb Yacine*
P381. La Chasse au lézard, *par William Boyd*
P382. Texas (tome 1), *par James A. Michener*
P383. Texas (tome 2), *par James A. Michener*
P384. Vivons heureux en attendant la mort, *par Pierre Desproges*
P385. Le Fils de l'ogre, *par Henri Gougaud*
P386. La neige tombait sur les cèdres, *par David Guterson*
P387. Les Seigneurs du thé, *par Hella S. Haasse*
P388. La Fille aux yeux de Botticelli, *par Herbert Lieberman*
P389. Tous les hommes morts, *par Lawrence Block*
P390. La Blonde en béton, *par Michael Connelly*
P391. Palomar, *par Italo Calvino*
P392. Sous le soleil jaguar, *par Italo Calvino*
P393. Félidés, *par Akif Pirinçci*
P394. Trois Heures du matin à New York, *par Herbert Lieberman*
P395. La Maison près du marais, *par Herbert Lieberman*
P396. Le Médecin de Cordoue, *par Herbert Le Porrier*
P397. La Porte de Brandebourg, *par Anita Brookner*
P398. Hôtel du Lac, *par Anita Brookner*
P399. Replay, *par Ken Grimwood*
P400. Chesapeake, *par James A. Michener*
P401. Manuel de savoir-vivre à l'usage des rustres et des malpolis
par Pierre Desproges
P402. Le Rêve de Lucy
par Pierre Pelot et Yves Coppens (dessins de Liberatore)

P403. Dictionnaire superflu à l'usage de l'élite et des bien nantis
par Pierre Desproges
P404. La Mamelouka, *par Robert Solé*
P405. Province, *par Jacques-Pierre Amette*
P406. L'Arbre de vies, *par Bernard Chambaz*
P407. La Vie privée du désert, *par Michel Chaillou*
P408. Trop sensibles, *par Marie Desplechin*
P409. Kennedy et moi, *par Jean-Paul Dubois*
P410. Le Cinquième Livre, *par François Rabelais*
P411. La Petite Amie imaginaire, *par John Irving*
P412. La Vie des insectes, *par Viktor Pelevine*
P413. La Décennie Mitterrand, 3. Les Défis
par Pierre Favier et Michel Martin-Roland
P414. La Grimace, *par Heinrich Böll*
P415. La Famille de Pascal Duarte
par Camilo José Cela
P416. Cosmicomics, *par Italo Calvino*
P417. Le Chat et la Souris, *par Günter Grass*
P418. Le Turbot, *par Günter Grass*
P419. Les Années de chien, *par Günter Grass*
P420. L'Atelier du peintre, *par Patrick Grainville*
P421. L'Orgie, la Neige, *par Patrick Grainville*
P422. Topkapi, *par Eric Ambler*
P423. Le Nouveau Désordre amoureux
par Pascal Bruckner et Alain Finkielkraut
P424. Un homme remarquable, *par Robertson Davies*
P425. Le Maître de chasse, *par Mohammed Dib*
P426. El Guanaco, *par Francisco Coloane*
P427. La Grande Bonace des Antilles, *par Italo Calvino*
P428. L'Écrivain public, *par Tahar Ben Jelloun*
P429. Indépendance, *par Richard Ford*
P430. Les Trafiquants d'armes, *par Eric Ambler*
P431. La Sentinelle du rêve, *par René de Ceccatty*
P432. Tuons et créons, c'est l'heure, *par Lawrence Block*
P433. Textes de scène, *par Pierre Desproges*
P434. François Mitterrand, *par Franz-Olivier Giesbert*
P435. L'Héritage Schirmer, *par Eric Ambler*
P436. Ewald Tragy et autres récits de jeunesse
par Rainer Maria Rilke
P437. Histoires pragoises, *par Rainer Maria Rilke*
P438. L'Admiroir, *par Anny Duperey*
P439. Une trop bruyante solitude, *par Bohumil Hrabal*
P440. Temps zéro, *par Italo Calvino*
P441. Le Masque de Dimitrios, *par Eric Ambler*
P442. La Croisière de l'angoisse, *par Eric Ambler*
P443. Milena, *par Margarete Buber-Neumann*
P444. La Compagnie des loups et autres nouvelles
par Angela Carter

P445. Tu vois, je n'ai pas oublié
par Hervé Hamon et Patrick Rotman
P446. Week-end de chasse à la mère
par Geneviève Brisac
P447. Un cercle de famille, *par Michèle Gazier*
P448. Étonne-moi, *par Guillaume Le Touze*
P449. Le Dimanche des réparations, *par Sophie Chérer*
P450. La Suisse, l'Or et les Morts, *par Jean Ziegler*
P451. L'Humanité perdue, *par Alain Finkielkraut*
P452. Abraham de Brooklyn, *par Didier Decoin*
P454. Les Immémoriaux, *par Victor Segalen*
P455. Moi d'abord, *par Katherine Pancol*
P456. Traité du zen et de l'entretien des motocyclettes
par Robert H. Pirsig
P457. Un air de famille, *par Michael Ondaatje*
P458. Les Moyens d'en sortir, *par Michel Rocard*
P459. Le Mystère de la crypte ensorcelée, *par Eduardo Mendoza*
P460. Le Labyrinthe aux olives, *par Eduardo Mendoza*
P461. La Vérité sur l'affaire Savolta, *par Eduardo Mendoza*
P462. Les Pieds-bleus, *par Claude Ponti*
P463. Un paysage de cendres, *par Élisabeth Gille*
P464. Un été africain, *par Mohammed Dib*
P465. Un rocher sur l'Hudson, *par Henry Roth*
P466. La Misère du monde, *sous la direction de Pierre Bourdieu*
P467. Les Bourreaux volontaires de Hitler
par Daniel Jonah Goldhagen
P468. Casting pour l'enfer, *par Robert Crais*
P469. La Saint-Valentin de l'homme des cavernes
par George Dawes Green
P470. Loyola's blues, *par Erik Orsenna*
P471. Une comédie française, *par Erik Orsenna*
P472. Les Adieux, *par Dan Franck*
P473. La Séparation, *par Dan Franck*
P474. Ti Jean L'horizon, *par Simone Schwarz-Bart*
P475. Aventures, *par Italo Calvino*
P476. Le Château des destins croisés, *par Italo Calvino*
P477. Capitalisme contre capitalisme, *par Michel Albert*
P478. La Cause des élèves, *par Marguerite Gentzbittel*
P479. Des femmes qui tombent, *par Pierre Desproges*
P480. Le Destin de Nathalie X, *par William Boyd*
P481. Le Dernier Mousse, *par Francisco Coloane*
P482. Jack Frusciante a largué le groupe, *par Enrico Brizzi*
P483. La Dernière Manche, *par Emmett Grogan*
P484. Les Lauriers du lac de Constance, *par Marie Chaix*
P485. Les Fous de Bassan, *par Anne Hébert*
P486. Collection de sable, *par Italo Calvino*
P487. Les étrangers sont nuls, *par Pierre Desproges*
P488. Trainspotting, *par Irvine Welsh*

P489. Suttree, *par Cormac McCarthy*
P490. De si jolis chevaux, *par Cormac McCarthy*
P491. Traité des passions de l'âme, *par António Lobo Antunes*
P492. N'envoyez plus de roses, *par Eric Ambler*
P493. Le corps a ses raisons, *par Thérèse Bertherat*
P494. Le Neveu d'Amérique, *par Luis Sepúlveda*
P495. Mai 68, histoire des événements, *par Laurent Joffrin*
P496. Que reste-t-il de Mai 68 ?,
essai sur les interprétations des « événements »
par Henri Weber
P497. Génération
1. Les années de rêve
par Hervé Hamon et Patrick Rotman
P498. Génération
2. Les années de poudre
par Hervé Hamon et Patrick Rotman
P499. Eugène Oniéguine, *par Alexandre Pouchkine*
P500. Montaigne à cheval, *par Jean Lacouture*
P501. Le Mendiant de Jérusalem, *par Elie Wiesel*
P502. … Et la mer n'est pas remplie, *par Elie Wiesel*
P503. Le Sourire du chat, *par François Maspero*
P504. Merlin, *par Michel Rio*
P505. Le Semeur d'étincelles, *par Joseph Bialot*
P506. Hôtel Pastis, *par Peter Mayle*
P507. Les Éblouissements, *par Pierre Mertens*
P508. Aurélien, Clara, mademoiselle et le lieutenant anglais
par Anne Hébert
P509. Dans la plus stricte intimité, *par Myriam Anissimov*
P510. Éthique à l'usage de mon fils, *par Fernando Savater*
P511. Aventures dans le commerce des peaux en Alaska
par John Hawkes
P512. L'Incendie de Los Angeles, *par Nathanaël West*
P513. Montana Avenue, *par April Smith*
P514. Mort à la Fenice, *par Donna Leon*
P515. Jeunes Années, t. 1, *par Julien Green*
P516. Jeunes Années, t. 2, *par Julien Green*
P517. Deux Femmes, *par Frédéric Vitoux*
P518. La Peau du tambour, *par Arturo Perez-Reverte*
P519. L'Agonie de Proserpine, *par Javier Tomeo*
P520. Un jour je reviendrai, *par Juan Marsé*
P521. L'Étrangleur, *par Manuel Vázquez Montalbán*
P522. Gais-z-et-contents, *par Françoise Giroud*
P523. Teresa l'après-midi, *par Juan Marsé*
P524. L'Expédition, *par Henri Gougaud*
P525. Le Grand Partir, *par Henri Gougaud*
P526. Le Tueur des abattoirs et autres nouvelles
par Manuel Vázquez Montalbán
P527. Le Pianiste, *par Manuel Vázquez Montalbán*

P528. Mes démons, *par Edgar Morin*
P529. Sarah et le Lieutenant français, *par John Fowles*
P530. Le Détroit de Formose, *par Anthony Hyde*
P531. Frontière des ténèbres, *par Eric Ambler*
P532. La Mort des bois, *par Brigitte Aubert*
P533. Le Blues du libraire, *par Lawrence Block*
P534. Le Poète, *par Michael Connelly*
P535. La Huitième Case, *par Herbert Lieberman*
P536. Bloody Waters, *par Carolina Garcia-Aguilera*
P537. Monsieur Tanaka aime les nymphéas
par David Ramus
P538. Place de Sienne, côté ombre
par Carlo Fruttero et Franco Lucentini
P539. Énergie du désespoir, *par Eric Ambler*
P540. Épitaphe pour un espion, *par Eric Ambler*
P541. La Nuit de l'erreur, *par Tahar Ben Jelloun*
P542. Compagnons de voyage, *par Hubert Reeves*
P543. Les amandiers sont morts de leurs blessures
par Tahar Ben Jelloun
P544. La Remontée des cendres, *par Tahar Ben Jelloun*
P545. La Terre et le Sang, *par Mouloud Feraoun*
P546. L'Aurore des bien-aimés, *par Louis Gardel*
P547. L'Éducation féline, *par Bertrand Visage*
P548. Les Insulaires, *par Christian Giudicelli*
P549. Dans un miroir obscur, *par Jostein Gaarder*
P550. Le Jeu du roman, *par Louise L. Lambrichs*
P551. Vice-versa, *par Will Self*
P552. Je voudrais vous dire, *par Nicole Notat*
P553. François, *par Christina Forsne*
P554. Mercure rouge, *par Reggie Nadelson*
P555. Même les scélérats…, *par Lawrence Block*
P556. Monnè, Outrages et Défis, *par Ahmadou Kourouma*
P557. Les Grosses Rêveuses, *par Paul Fournel*
P558. Les Athlètes dans leur tête, *par Paul Fournel*
P559. Allez les filles !, *par Christian Baudelot et Roger Establet*
P560. Quand vient le souvenir, *par Saul Friedländer*
P561. La Compagnie des spectres, *par Lydie Salvayre*
P562. La Poussière du monde, *par Jacques Lacarrière*
P563. Le Tailleur de Panama, *par John Le Carré*
P564. Che, *par Pierre Kalfon*
P565. Du fer dans les épinards, et autres idées reçues
par Jean-François Bouvet
P566. Étonner les Dieux, *par Ben Okri*
P567. L'Obscurité du dehors, *par Cormac McCarthy*
P568. Push, *par Sapphire*
P569. La Vie et demie, *par Sony Labou Tansi*
P570. La Route de San Giovanni, *par Italo Calvino*
P571. Requiem caraïbe, *par Brigitte Aubert*

P572. Mort en terre étrangère, *par Donna Leon*
P573. Complot à Genève, *par Eric Ambler*
P574. L'Année de la mort de Ricardo Reis, *par José Saramago*
P575. Le Cercle des représailles, *par Kateb Yacine*
P576. La Farce des damnés, *par António Lobo Antunes*
P577. Le Testament, *par Rainer Maria Rilke*
P578. Archipel, *par Michel Rio*
P579. Faux Pas, *par Michel Rio*
P580. La Guitare, *par Michel del Castillo*
P581. Phénomène futur, *par Olivier Rolin*
P582. Tête de cheval, *par Marc Trillard*
P583. Je pense à autre chose, *par Jean-Paul Dubois*
P584. Le Livre des amours, *par Henri Gougaud*
P585. L'Histoire des rêves danois, *par Peter Høeg*
P586. La Musique du diable, *par Walter Mosley*
P587. Amour, Poésie, Sagesse, *par Edgar Morin*
P588. L'Enfant de l'absente, *par Thierry Jonquet*
P589. Madrapour, *par Robert Merle*
P590. La Gloire de Dina, *par Michel del Castillo*
P591. Une femme en soi, *par Michel del Castillo*
P592. Mémoires d'un nomade, *par Paul Bowles*
P593. L'Affreux Pastis de la rue des Merles
par Carlo Emilio Gadda
P594. En sortant de l'école, *par Michèle Gazier*
P595. Lorsque l'enfant paraît, t. 1, *par Françoise Dolto*
P596. Lorsque l'enfant paraît, t. 2, *par Françoise Dolto*
P597. Lorsque l'enfant paraît, t. 3, *par Françoise Dolto*
P598. La Déclaration, *par Lydie Salvayre*
P599. La Havane pour un infant défunt
par Guillermo Cabrera Infante
P600. Enfances, *par Françoise Dolto*
P601. Le Golfe des peines, *par Francisco Coloane*
P602. Le Perchoir du perroquet, *par Michel Rio*
P603. Mélancolie Nord, *par Michel Rio*
P604. Paradiso, *par José Lezama Lima*
P605. Le Jeu des décapitations, *par José Lezama Lima*
P606. Bloody Shame, *par Carolina Garcia-Aguilera*
P607. Besoin de mer, *par Hervé Hamon*
P608. Une vie de chien, *par Peter Mayle*
P609. La Tête perdue de Damasceno Monteiro
par Antonio Tabbuchi
P610. Le Dernier des Savage, *par Jay McInerney*
P611. Un enfant de Dieu, *par Cormac McCarthy*
P612. Explication des oiseaux, *par António Lobo Antunes*
P613. Le Siècle des intellectuels, *par Michel Winock*
P614. Le Colleur d'affiches, *par Michel del Castillo*
P615. L'Enfant chargé de songes, *par Anne Hébert*
P616. Une saison chez Lacan, *par Pierre Rey*

P617. Les Quatre Fils du Dr March, *par Brigitte Aubert*
P618. Un Vénitien anonyme, *par Donna Leon*
P619. Histoire du siège de Lisbonne, *par José Saramago*
P620. Le Tyran éternel, *par Patrick Grainville*
P621. Merle, *par Anne-Marie Garat*
P622. Rendez-vous d'amour dans un pays en guerre *par Luis Sepúlveda*
P623. Marie d'Égypte, *par Jacques Lacarrière*
P624. Les Mystères du Sacré-Cœur, *par Catherine Guigon*
P625. Armadillo, *par William Boyd*
P626. Pavots brûlants, *par Reggie Nadelson*
P627. Dogfish, *par Susan Geason*
P628. Tous les soleils, *par Bertrand Visage*
P629. Petit Louis, dit XIV. L'enfance du Roi-Soleil *par Claude Duneton*
P630. Poisson-chat, *par Jerome Charyn*
P631. Les Seigneurs du crime, *par Jean Ziegler*
P632. Louise, *par Didier Decoin*
P633. Rouge c'est la vie, *par Thierry Jonquet*
P634. Le Mystère de la patience, *par Jostein Gaarder*
P635. Un rire inexplicable, *par Alice Thomas Ellis*
P636. La Clinique, *par Jonathan Kellerman*
P637. Speed Queen, *par Stewart O'Nan*
P638. Égypte, passion française, *par Robert Solé*
P639. Un regrettable accident, *par Jean-Paul Nozière*
P640. Nursery Rhyme, *par Joseph Bialot*
P641. Pologne, *par James A. Michener*
P642. Patty Diphusa, *par Pedro Almodóvar*
P643. Une place pour le père, *par Aldo Naouri*
P644. La Chambre de Barbe-bleue, *par Thierry Gandillot*
P645. L'Épervier de Belsunce, *par Robert Deleuse*
P646. Le Cadavre dans la Rolls, *par Michael Connelly*
P647. Transfixions, *par Brigitte Aubert*
P648. La Spinoza connection, *par Lawrence Block*
P649. Le Cauchemar, *par Alexandra Marinina*
P650. Les Crimes de la rue Jacob, *ouvrage collectif*
P651. Bloody Secrets, *par Carolina Garcia-Aguilera*
P652. La Femme du dimanche *par Carlo Fruttero et Franco Lucentini*
P653. Le Jour de l'enfant tueur, *par Pierre Pelot*
P654. Le Chamane du Bout-du-monde, *par Jean Courtin*
P655. Naissance à l'aube, *par Driss Chraïbi*
P656. Une enquête au pays, *par Driss Chraïbi*
P657. L'Île enchantée, *par Eduardo Mendoza*
P658. Une comédie légère, *par Eduardo Mendoza*
P659. Le Jardin de ciment, *par Ian McEwan*
P660. Nu couché, *par Dan Franck*
P661. Premier Regard, *par Oliver Sacks*

P662. Une autre histoire de la littérature française, tome 1, *par Jean d'Ormesson*
P663. Une autre histoire de la littérature française, tome 2, *par Jean d'Ormesson*
P664. Les Deux Léopards, *par Jacques-Pierre Amette*
P665. Evaristo Carriego, *par Jorge Luis Borges*
P666. Les Jungles pensives, *par Michel Rio*
P667. Pleine Lune, *par Antonio Muñoz Molina*
P668. La Tyrannie du plaisir, *par Jean-Claude Guillebaud*
P669. Le Concierge, *par Herbert Lieberman*
P670. Bogart et Moi, *par Jean-Paul Nozière*
P671. Une affaire pas très catholique, *par Roger Martin*
P672. Elle et Lui, *par George Sand*
P673. Histoires d'une femme sans histoire *par Michèle Gazier*
P674. Le Cimetière des fous, *par Dan Franck*
P675. Les Calendes grecques, *par Dan Franck*
P676. Mon idée du plaisir, *par Will Self*
P677. Mémorial de Sainte-Hélène, tome 1 *par Emmanuel de Las Cases*
P678. Mémorial de Sainte-Hélène, tome 2 *par Emmanuel de Las Cases*
P679. La Seiche, *par Maryline Desbiolles*
P680. Le Voyage de Théo, *par Catherine Clément*
P681. Sans moi, *par Marie Desplechin*
P682. En cherchant Sam, *par Patrick Raynal*
P683. Balkans-Transit, *par François Maspero*
P684. La Plus Belle Histoire de Dieu *par Jean Bottéro, Marc-Alain Ouaknin et Joseph Moingt*
P685. Le Gardien du verger, *par Cormac McCarthy*
P686. Le Prix de la chair, *par Donna Leon*
P687. Tir au but, *par Jean-Noël Blanc*
P688. Demander la lune, *par Dominique Muller*
P689. L'Heure des adieux, *par Jean-Noël Pancrazi*
P690. Soyez heureux, *par Jean-Marie Lustiger*
P691. L'Ordre naturel des choses, *par António Lobo Antunes*
P692. Le Roman du conquérant, *par Nedim Gürsel*
P693. Black Betty, *par Walter Mosley*
P694. La Solitude du coureur de fond, *par Allan Sillitoe*
P695. Cités à la dérive, *par Stratis Tsirkas*
P696. Méroé, *par Olivier Rolin*
P697. Bar des flots noirs, *par Olivier Rolin*
P698. Hôtel Atmosphère, *par Bertrand Visage*
P699. Angelica, *par Bertrand Visage*
P700. La petite fille qui aimait trop les allumettes *par Gaétan Soucy*
P701. Je suis le gardien du phare, *par Eric Faye*
P702. La Fin de l'exil, *par Henry Roth*

P703. Small World, *par Martin Suter*
P704. Cinq photos de ma femme, *par Agnès Desarthe*
P705. L'Année du tigre, *par Philippe Sollers*
P706. Les Allumettes de la Sacristie, *par Willy Deweert*
P707. Ô mort, vieux capitaine..., *par Joseph Bialot*
P708. Images de chair, *par Noël Simsolo*
P709. L'Œuvre de Dieu, la Part du Diable
scénario par John Irving
P710. La Ratte, *par Günter Grass*
P711. Une rencontre en Westphalie, *par Günter Grass*
P712. Le Roi, le Sage et le Bouffon
par Shafique Keshavjee
P713. Esther et le Diplomate, *par Frédéric Vitoux*
P714. Une sale rumeur, *par Anne Fine*
P715. Souffrance en France, *par Christophe Dejours*
P716. Jeunesse dans une ville normande
par Jacques-Pierre Amette
P717. Un chien de sa chienne, *par Roger Martin*
P718. L'Ombre de la louve, *par Pierre Pelot*
P719. Michael K, sa vie, son temps, *par J. M. Coetzee*
P720. En attendant les barbares, *par J. M. Coetzee*
P721. Voir les jardins de Babylone, *par Geneviève Brisac*
P722. L'Aveuglement, *par José Saramago*
P723. L'Évangile selon Jésus-Christ, *par José Saramago*
P724. Si ce livre pouvait me rapprocher de toi
par Jean-Paul Dubois
P725. Le Capitaine Alatriste, *par Arturo Pérez Reverte*
P726. La Conférence de Cintegabelle, *par Lydie Salvayre*
P727. La Morsure des ténèbres, *par Brigitte Aubert*
P728. La Splendeur du Portugal, *par António Lobo Antunes*
P729. Tlacuilo, *par Michel Rio*
P730. Poisson d'amour, *par Didier van Cauwelaert*
P731. La Forêt muette, *par Pierre Pelot*
P733. Cousu de fil noir, *par Brigitte Aubert*
P734. Entre deux eaux, *par Donna Leon*
P735. Sheol, *par Marcello Fois*
P736. L'Abeille d'Ouessant, *par Hervé Hamon*
P737. Besoin de mirages, *par Gilles Lapouge*
P738. La Porte d'or, *par Michel Le Bris*
P739. Le Sillage de la baleine, *par Francisco Coloane*
P740. Les Bûchers de Bocanegra, *par Arturo Pérez-Reverte*
P741. La Femme aux melons, *par Peter Mayle*
P742. La Mort pour la mort, *par Alexandra Marinina*
P743. La Spéculation immobilière, *par Italo Calvino*
P744. Mitterrand, une histoire de français.
1. Les Risques de l'escalade, *par Jean Lacouture*
P745. Mitterrand, une histoire de français.
2. Les Vertiges du sommet, *par Jean Lacouture*